रॉय एफ़ बॉमाइस्टर *द पावर ऑफ़ बैड : हाउ द निगेटिविटी इफ़ेक्ट रूल्स अस ऐंड हाउ वी कैन रूल इट* के सह-लेखक हैं। वे यूनिवर्सिटी ऑफ़ क्वींसलैंड में एक शोध मनोवैज्ञानिक हैं, जो इस बात का अध्ययन करते हैं कि सामान्य वयस्क क्यों सोचते हैं, महसूस करते हैं और वे जैसा चाहें कार्य करते हैं। वे विशेष रूप से अपनी पहचान, नकारात्मकता प्रभाव, सामाजिक अस्वीकृति और आवश्यकता से संबंधित, आत्म-नियंत्रण, आत्म-सम्मान और लोगों को जीवन का अर्थ कैसे मिलता है, पर अपने काम के लिए जाने जाते हैं।

जॉन टियरनी *द पावर ऑफ़ बैड : हाउ द निगेटिविटी इफ़ेक्ट रूल्स अस ऐंड हाउ वी कैन रूल इट* के सह-लेखक हैं। वे *सिटी जर्नल* में योगदान करने वाले संपादक और *न्यू यॉर्क टाइम्स* के लिए विज्ञान स्तंभ, ''फ़ाइंडिंग्स'' के लेखक हैं। उनके लेखन ने अमेरिकन एसोसिएशन फ़ॉर द एडवांसमेंट ऑफ़ साइंस और अमेरिकन इंस्टीट्यूट ऑफ़ फ़िजिक्स से पुरस्कार जीते हैं।

विलपावर

महानतम मानवीय शक्ति की पुनः खोज

रॉय एफ़. बॉमाइस्टर

और जॉन टियरनी

अनुवाद : प्रभात रंजन

MANJUL

मंजुल पब्लिशिंग हाउस

MANJUL

मंजुल पब्लिशिंग हाउस

कॉरपोरेट एवं संपादकीय कार्यालय

• द्वितीय तल, उषा प्रीत कॉम्प्लेक्स, 42 मालवीय नगर, भोपाल-462 003

विक्रय एवं विपणन कार्यालय

• सी-16, सेक्टर 3, नोएडा, उत्तर प्रदेश, 201301

वेबसाइट : www.manjulindia.com

वितरण केन्द्र

अहमदाबाद, बेंगलुरू, कोच्चि, कोलकाता, चेन्नई,
हैदराबाद, मुम्बई, नई दिल्ली, पुणे

रॉय एफ़. बॉमाइस्टर और जॉन टियरनी द्वारा लिखित मूल अंग्रेजी पुस्तक
विलपावर का हिन्दी अनुवाद

Willpower by Roy F. Baumeister and John Tierney – Hindi Edition

This edition published by arrangement with Penguin Press, an imprint of Penguin Publishing Group, a division of Penguin Random House LLC

यह हिन्दी संस्करण 2025 में पहली बार प्रकाशित

ISBN 978-93-5543-525-5

Cover Design: Ben Wiseman

अनुवाद : प्रभात रंजन

मुद्रण व जिल्दसाज़ी : गोपसंस पेपर्स प्राइवेट लिमिटेड

हमारे बच्चों

एथेना एवं ल्यूक को

अनुक्रम

भूमिका

आप सफलता को चाहे जिस रूप में परिभाषित करें – एक सुखी परिवार, अच्छे दोस्त, संतोषप्रद जीवन, अच्छा स्वास्थ्य, आर्थिक सुरक्षा, आपको जो भी चीज़ें पसंद हैं उनकी दिशा में आगे बढ़ने की प्रेरणा – इसके साथ कुछ गुण भी होते हैं। जब मनोवैज्ञानिक ऐसे निजी गुणों को अलग करके देखते हैं, जो 'सकारात्मक परिणामों' की भविष्यवाणी करते हैं तो उनको हर बार दो लक्षण मिलते हैं – बुद्धि एवं आत्म नियंत्रण। अभी तक शोधकर्ता यह नहीं सीख पाए हैं कि स्थायी रूप से बुद्धि को किस तरह से बढ़ावा दिया जाता है। लेकिन उन्होंने इस बात की खोज की, बल्कि नए सिरे से खोज की, कि आत्म नियंत्रण को किस तरह से बेहतर बनाया जा सकता है।

यह किताब इसलिए ही है। हम लोग यह सोचते हैं कि संकल्प शक्ति एवं आत्म नियंत्रण की दिशा में शोध मानव कल्याण की दिशा में मनोविज्ञान की सबसे बड़ी उम्मीद है। संकल्प शक्ति हमें अपने एवं अपने समाज में छोटे एवं बड़े पैमाने पर बदलाव करने देता है। चार्ल्स डारविन ने *द डेसेंट ऑफ़ मैन* में यह लिखा है, 'मानव संस्कृति का सर्वोच्च संभव चरण वह होता है, जब हम इस बात को समझ लेते हैं कि हमें अपने विचारों को वश में करने की ज़रूरत है।' संकल्प शक्ति की विक्टोरियाई धारणा का बाद में कोई हिमायती नहीं रहा, बीसवीं शताब्दी के अनेक मनोविश्लेषकों तथा दार्शनिकों को तो इस बात पर भी संदेह था कि उनका कोई अस्तित्व था भी। बॉमाइस्टर ने भी इसकी शुरुआत संदेह के साथ ही की थी। लेकिन उसने बाद में प्रयोगशाला में संकल्प शक्ति का परीक्षण किया : किस तरह से यह लोगों को डटे रहने की शक्ति देता है, जब उनकी संकल्प शक्ति कमज़ोर पड़ती है तो किस तरह से उनका आत्म नियंत्रण जाता रहता है, किस तरह से शरीर के रक्त प्रवाह में इस मानसिक ऊर्जा को ईंधन मिलता है। उसने और उसके सहयोगियों ने यह पाया कि मांसपेशियों की तरह से संकल्प शक्ति भी अधिक उपयोग से थकान का अनुभव करने लगती है, लेकिन दीर्घ अवधि में व्यायाम के द्वारा मजबूत बनाया

जा सकता है। चूँकि बाऊमाइस्तर ने प्रयोगों ने पहली बार संकल्प शक्ति के अस्तित्व को दिखाया था, इसलिए समाज विज्ञान में यह एक ऐसा विषय बन गया जिसका सबसे अधिक गहराई से अध्ययन किया गया (और वे प्रयोग मनोविज्ञान के सबसे अधिक उद्धृत किए गए शोधों में एक हैं)। उसने और दुनिया भर के उनके सहयोगियों ने यह पाया कि अपनी संकल्प शक्ति को बेहतर बनाना अच्छे जीवन का सबसे निश्चित तरीक़ा है।

उनको यह बात समझ में आई कि निजी और सामाजिक रूप से सबसे बड़ी समस्याओं का कारण होता है आत्म नियंत्रण का असफल हो जाना : आदतन ख़र्च करना तथा क़र्ज़ लेना, आवेग में आकर हिंसा करना, स्कूल में उम्मीद से कम प्रदर्शन, काम में टालमटोल, शराब और मादक द्रव्यों का सेवन, अस्वस्थ भोजन, व्यायाम में कमी, चिरकालिक चिंता का होना, विस्फोटक गुस्सा होना। आत्म नियंत्रण की कमी हर प्रकार के व्यक्तिगत सदमे से जुड़ी होती है : दोस्तों को खोना, नौकरी से हटाया जाना, तलाक़ लेना, जेल जाना। इसके कारण आप यूएस ओपन हार सकते हैं, जिस तरह से 2009 में सेरेना विलियम्स अपने चिड़चिड़ेपन के कारण यूएस ओपन हार गई; यह आपके करियर को तबाह कर सकता है, जैसा कि व्यभिचारी राजनेताओं को पता चलता रहता है। इसने जोख़िम भरे ऋण तथा निवेशों की आपदा में योगदान दिया, जो वित्तीय व्यवस्था की तबाही का कारण बन गई, और जो बहुत से लोगों की अस्थिर संभावनाओं (अपने नेताओं समेत) में दिखाई देता है, जो अपने बुढ़ापे के लिए पर्याप्त राशि रख पाने में असफल साबित हुए।

किसी भी आदमी से पूछिए कि उसकी सबसे बड़ी निजी ताक़त क्या है, तो हमेशा वे ईमानदारी, करुणा, ख़ुशमिज़ाजी, रचनात्मकता, साहस तथा ऐसे अन्य अच्छे-अच्छे गुणों के बारे में बताएँगे - यहाँ तक कि विनम्रता के बारे में भी बताएँगे। लेकिन वे आत्म संयम या आत्म नियंत्रण के बारे में नहीं बताएँगे। शोधकर्ताओं ने जब दुनिया भर के दस लाख से अधिक लोगों के बीच सर्वेक्षण किया तो पाया कि गुणों की सूची में यह सबसे आख़िर में आता था। शोधकर्ताओं की प्रश्नावली में दो दर्जन से अधिक 'चारित्रिक शक्तियों' की सूची दी गई थी, जिनमें आत्म नियंत्रण ऐसा गुण था जिसको अपने अंदर सबसे कम लोगों ने पहचाना। इसके विपरीत, जब लोगों से उनकी कमियों के बारे में पूछा गया तो उस सूची में आत्म नियंत्रण सबसे ऊपर आता था।

लोग इस बात से अभिभूत महसूस कर रहे हैं कि उनको लुभाने वाली चीज़ें इतनी हैं जितनी कभी नहीं थी। हो सकता है कि आपका शरीर काम पर बहुत निष्ठापूर्वक पहुँच गया हो, लेकिन आपका दिमाग़ किसी भी पल माउस की एक क्लिक से या फ़ोन की एक घंटी से पल भर में वहाँ से भटक सकता है। आप ईमेल

देखने के लिए या फ़ेसबुक देखने के लिए, या गॉसिप साइट पर नज़र फेरने के लिए, या वीडियो गेम खेलने के लिए किसी भी काम को टाल सकते हैं। कम्प्यूटर का एक सामान्य उपयोगकर्ता दिन भर में तीन दर्जन वेबसाइट देखता है। आप दस मिनट की ऑनलाइन ख़रीदारी में अपना इतना नुक़सान कर सकते हैं कि उससे साल भर का आपका बजट बिगड़ जाए। लोभ-लालच कभी ख़त्म नहीं होता। हम लोग अक्सर यह सोचते हैं कि संकल्प शक्ति असाधारण शक्ति होती है आकस्मिक काल में हम जिसका प्रयोग करते हैं, लेकिन बाउमिस्टर एवं उसके सहयोगियों ने हाल में जब मध्य जर्मनी में 200 लोगों से अधिक संख्या में स्त्री-पुरुषों के समूह के निरीक्षण किया तो यह पाया कि ऐसा नहीं था। जर्मनी के इन लोगों के शरीर में बीप संकेतक लगा दिया गया था, जो दिन भर में नियमित अंतराल पर सात बार बंद हो जाता था, तब वे यह बताने के लिए प्रेरित होते कि उनको किसी तरह की इच्छा का अनुभव तो नहीं हो रहा या हाल में उन्होंने ऐसी किसी इच्छा का अनुभव किया हो। यह श्रमसाध्य अध्ययन विल्हेम होफ़मैन ने किया था, और उन्होंने सुबह से लेकर आधी रात के बीच दस हज़ार से अधिक ऐसे तात्कालिक रपटों को दर्ज किया।

पता चला कि इच्छाएँ अपवाद नहीं बल्कि वह परिपाटी की तरह थीं। आधे समय में तो लोगों को उस समय इच्छाओं का अनुभव हुआ, जब उनके बीप संकेतक बंद थे, और करीब एक चौथाई लोगों ने यह कहा कि उनको पिछले कुछ मिनटों में इच्छा का अनुभव हुआ। इनमें से बहुत सी इच्छाएँ ऐसी होती थीं, जिनसे वे बचने की कोशिश कर रहे थे। शोधकर्ता इस नतीजे पर पहुँचे कि लोग जितनी देर जगे होते हैं, उसका पाँचवाँ हिस्सा वे इच्छाओं से संघर्ष करने में बिताते हैं - रोज़ाना तीन से चार घंटे। इस बात को दूसरी तरह से देखें, जब हम लोगों ने पाँच लोगों को औचक रूप से टोका तो उनमें से एक अपनी किसी इच्छा से संघर्ष करने के लिए अपनी संकल्प शक्ति का उपयोग कर रहा था। और इसमें वे सभी उदाहरण शामिल नहीं हैं जिनमें संकल्प शक्ति को आज़माया गया, क्योंकि लोग इन चीज़ों को दूसरी चीज़ों के ऊपर भी आज़माते हैं, जैसे, निर्णय लेने में।

बीप संकेतक पर आधारित अध्ययन में सबसे सामान्य रूप से जिन इच्छाओं से संघर्ष किया जा रहा था, उनमें सबसे ऊपर थी खाने की इच्छा, उसके बाद थी सोने की इच्छा, और फिर मौज मस्ती की इच्छा, जैसे मेमो लिखने के बजाय काम से ब्रेक लेकर कोई गेम खेलना या किसी पज़ल को हल करने लगना। जिन इच्छाओं से सबसे अधिक संघर्ष किया जाता है, उस सूची में सेक्स की ख़्वाहिश इसके बाद थी, इसके अलावा अन्य प्रकार की ख़्वाहिशों में दूसरे प्रकार के मेल मिलाप थे, जैसे ईमेल चेक करना या सोशल मीडिया साइट्स को देखना, संगीत सुनना या टीवी देखना। अपने लोभों से बचने के लिए लोगों ने बताया कि वे तरह-तरह की

रणनीतियाँ बनाते थे। इनमें सबसे प्रचलित था ध्यान भटकाने की कोशिश करना, या किसी नई तरह की गतिविधि में लग जाना, वैसे कई बार लोगों ने अपनी इच्छाओं को दबाने की भी कोशिश की, या सख़्ती से अपनी इस इच्छा से बच निकलने की कोशिश की। कुल मिलाकर, लोग अपनी इच्छाओं के छठे भाग के सामने घुटने टेक देते रहे। थोड़ी देर सो लेने, सेक्स करने और पैसे ख़र्च करने की ख़्वाहिशों से बचने के मामले में वे अपेक्षाकृत सफल रहे लेकिन खाने और कोल्ड ड्रिंक पीने के मामले में वे औसत साबित हुए। वे टीवी देखने, वेब या मीडिया के अन्य तरह के माध्यमों को देखने के लोभ लालच से नहीं बच पाए, कम से कम आधी बार वे उसके चक्कर में आ ही गए।

इसका इतिहास उत्साह बढ़ाने वाला नहीं लगता है, और ऐतिहासिक स्तर से इसमें असफलता की दर बहुत अधिक हो सकती है। हमारे पास यह जानने का कोई जरिया नहीं है कि बीप संकेतक तथा प्रयोगात्मक मनोवैज्ञानिकों के पहले के दौर में हमारे पूर्वजों ने किस तरह से आत्म नियंत्रण का अभ्यास किया था, लेकिन ऐसा लगता है कि उनके ऊपर इतना दबाव नहीं था। मध्य काल में अधिकतर लोग खेती-बाड़ी करते थे, दिन-दिन भर खेत में रहते थे, अक्सर अपने साथ जौ की बनी मदिरा भी रखते थे। उनको ना तो नौकरी में प्रमोशन के लिए काम करना पड़ता था न ही वे सामाजिक सीढ़ी पर ऊपर चढ़ने की कोशिश करनी होती थी, इसलिए बहुत अधिक मेहनत पर किसी तरह का लाभ नहीं था (या उनको परहेज़ बरतने की कोई बहुत अधिक ज़रूरत थी)। उनके गाँवों में शराब, सेक्स या आलस्य के अलावा कोई ख़ास चीज़ ऐसी नहीं होती थी जिसकी उन्हें लालच हो। अच्छे गुणों को आम तौर पर इस इच्छा के कारण लागू किया जाता था जिससे कि सार्वजनिक रूप से शर्मिंदा नहीं होना पड़े, ना कि इसके पीछे किसी तरह के मानवीय आदर्श को हासिल करना लक्ष्य होता था। मध्यकालीन कैथोलिक गिरजों में मुक्ति अधिकतर इस बात के ऊपर निर्भर करती थी कि आप समूह के समूह में बने रहें एवं सामान्य कर्मकांड करते रहें ना कि संकल्प शक्ति के माध्यम से कुछ बड़े बड़े काम करें।

लेकिन 19वीं शताब्दी के दौरान जब किसान औद्योगिक नगरों में आए तो उनके ऊपर गाँव के चर्च और सामाजिक दबाव तथा सार्वभौम विश्वासों का दबा नहीं रहा। प्रोटेस्टेंट सुधारवादियों ने धर्म को अधिक वैयक्तिक बना दिया तथा ज्ञानोदय ने किसी भी प्रकार के धर्म सिद्धांत में आस्था को कमज़ोर बनाया। विक्टोरियाई लोगों ने पाया कि वे संक्रमण काल में थे,क्योंकि नैतिक मान्यताओं एवं मध्यकालीन यूरोप की रूढ़िवादी संस्थाओं का अंत हो रहा था। उस समय बहस का एक लोकप्रिय मुद्दा यह था कि क्या नैतिकता धर्म के बिना बची रह सकती थी। विक्टोरियाई काल के बहुत से लोगों को सैद्धांतिक आधारों पर धार्मिक सिद्धांतों के

ऊपर शंका होने लगी, लेकिन वे अपने आपको सच्चे आस्थवान के रूप में जताते रहे, क्योंकि उनको ऐसा लगता था कि नैतिकता की रक्षा करना उनका सार्वजनिक कर्तव्य था। आज उनके ढोंग और पाखंड का मजाक उड़ाना आसान लगता है, जैसे छोटी स्कर्ट पहनकर टेबल के ऊपर पैर नहीं रखने जैसे क़ायदे- या टखने खुले नहीं रहने चाहिए! इसने किसी को प्रभावित नहीं किया। अगर आप ईश्वर और देवता को लेकर उनकी गम्भीर प्रार्थनाओं को पढ़ें, सेक्स को लेकर उनके पकाऊ सिद्धांतों को पढ़ें तो आपको समझ में आएगा कि उस दौर के लोग राहत पाने के लिए आस्कर वाइल्ड के इस दर्शन की दिशा में मुड़ गए – 'मैं अपने लोभ को छोड़कर हर चीज़ से अपने आपको बचा सकता हूँ।' लेकिन यह देखते हुए कि जिस तरह के नए-नए लालच के साधन उपलब्ध थे, इसलिए शक्ति के नए नए स्रोतों की तलाश शायद ही विक्षिप्तता थी। चूँकि शहरों में आए नैतिक पतन तथा सामाजिक बुराइयों को लेकर परेशान थे, इसलिए विक्टोरियाई दौर के लोग दैवी कृपा से अधिक किसी मूर्त चीज़ की तलाश में थे, किसी ऐसी चीज़ के जो यहाँ तक नास्तिक लोगों के लिए भी रक्षक का काम करे।

इसलिए उन लोगों ने *संकल्प शक्ति* शब्द का प्रयोग करना शुरू किया, क्योंकि ऐसी लोक आस्था थी कि औद्योगिक क्रांति की भाप शक्ति जैसी कोई अंदरूनी चीज़ भी होती है। लोगों ने एक अंग्रेज लेखक सैमुएल स्माइल्स की *सेल्फ़ हेल्प* किताब पढ़नी शुरू की, जो 19वीं शताब्दी में अटलांटिक के दोनों ओर सबसे लोकप्रिय किताबों में एक थी, इससे लोगों में संकल्प शक्ति की चेतना का और भी विकास हुआ। उसने पाठकों का ध्यान दिलाते हुए कहा, 'जीनियस सब्र से बनते हैं,' इसमें उन्होंने न्यूटन से लेकर स्टोनवेल जैक्सन की सफलता का विश्लेषण करते हुए बताया कि उनकी सफलता 'आत्म त्याग' तथा 'अनथक लगन' का नतीजा थी। विक्टोरिया काल के एक और गुरु थे अमेरिकी मंत्री फ्रैंक चेनिंग हैडोक, उनकी एक किताब अंतर्राष्ट्रीय स्तर पर बेस्टसेलर साबित हुई, *द पावर ऑफ़ विल।* उन्होंने संकल्प शक्ति के बारे में लिखते हुए वैज्ञानिक होने का आभास देते हुए लिखा, यह ऐसी ऊर्जा है जिसमें गुणवत्ता को बढ़ाने तथा गुणवत्ता के विकास की क्षमता होती है', लेकिन उनको इस बारे में ना तो किसी तरह का ख़याल था ना ही किसी तरह का कोई प्रमाण ही था कि यह ऊर्जा क्या हो सकती थी। इसी तरह की धारणा बेहतर प्रमाणों के साथ सिगमंड फ्रायड को सूझी जिनका सिद्धांत यह था कि मानसिक गतिविधियों के मामले में आत्मनिर्भर होने के लिए ऊर्जा के स्थानांतरण की आवश्यकता होती है।

लेकिन आत्म की ऊर्जा के इस मॉडल को बाद के शोधकर्ताओं ने सामान्य तौर पर नजरअंदाज़ ही किया। हाल में बाउमिस्तर के प्रयोगों के बाद वैज्ञानिकों ने

ऊर्जा के इस स्रोत की दिशा में व्यवस्थित रूप से देखना शुरू किया। इससे पहले, पिछली शताब्दी के दौरान मनोवैज्ञानिकों, अध्यापकों तथा इस तरह के वर्गों के लोगों द्वारा इसके नहीं होने के प्रमाणों की तलाश में लगे रहे।

संकल्प का पतन

अगर आप किताबों का सर्वेक्षण करें या एयरपोर्ट पर जिस तरह की सेल्फ़ हेल्फ़ किताबें मिलती हैं, उनका सर्वेक्षण करें तो यह बात आपके सामने साफ़ हो जाएगी कि चरित्र निर्माण का जो सिद्धांत 19वीं शताब्दी में था, वह काफ़ी समय से चलन के बाहर हो गया है। संकल्प शक्ति से आकर्षण की शुरुआत 20वीं सदी की बात है, जिसका कुछ कारण तो विक्टोरियाई युग की ज़्यादती रहीं तो कुछ अर्थव्यवस्था में बदलाव एवं द्वितीय विश्वयुद्ध के कारण यह हुआ। प्रथम विश्वयुद्ध के दौरान लंबे समय तक ख़ून-खराबा इसलिए चलता रहा, क्योंकि बहुत सारे अकड़ू भद्र लोग अतार्किक तरीक़े से हो रही मौतों के लिए अपने कर्तव्य का पालन कर रहे थे। बौद्धिक लोगों ने अमेरिका तथा पश्चिम यूरोप के बहुत सारे देशों में जीवन के बहुत सहज रूप को प्रचारित किया- लेकिन दुर्भाग्य से जर्मनी में उन्होंने संकल्प के मनोविज्ञान का विकास किया, जिससे कि युद्ध से उबरने में अपने देश को दिशा निर्देशित कर सकें। इस विषय को नाज़ियों ने अपना लिया, जिनकी 1934 की रैली को लेनी रिफ़ेन्स्टल की कुख्यात प्रचार फ़िल्म द *ट्रायंफ ऑफ़ द विल* में दिखाया गया है। नाज़ियों के एक मनोरोगी के सामूहिक आज्ञापालन का सिद्धांत कहीं से विक्टोरियाई निजी नैतिक शक्ति का सिद्धांत नहीं था, लेकिन उनकी विशिष्टता इसमें खो गई थी। अगर नाज़ी संकल्प शक्ति का प्रतिनिधित्व करते थे तो यह जनसंपर्क का ख़राब उदाहरण था, एडोल्फ़ हिटलर की ओर से इसका निजी तौर पर समर्थन नहीं किया गया था।

संकल्प शक्ति का पतन ऐसा नहीं था कि कोई इतनी बुरी चीज़ थी, और युद्ध के बाद अन्य शक्तियाँ भी इसको कमज़ोर बनाने में लगी हुई थी। जैसे-जैसे तकनीकी के कारण सामान सस्ते होने लगे और उपनगरों में रहने वाले अमीर होने लगे तो उपभोक्ताओं की माँग को बढ़ाना अर्थव्यवस्था के लिए महत्त्वपूर्ण हो गया, तथा परिष्कृत नई विज्ञापन उद्योग व्यवस्था सभी से ख़रीदने के लिए कहने लगी। समाजविज्ञानियों ने एक नई पीढ़ी की पहचान की जो 'पर निर्देशित' थी, जो अपने पड़ोसियों की राय से अधिक संचालित होते थे, बजाय अपनी मजबूत आंतरिक नैतिक प्रतिबद्धता के कारण। विक्टोरियाई काल की सख़्त सेल्फ़ हेल्प किताबों को बहुत चालाकी से भारी आत्म केंद्रित किताबों के रूप में देखा गया। नई तरह की बेस्टसेलर किताबें ख़ुशमिज़ाज किताबें थीं, जैसे *हाउ टु विन फ़्रेंड्स ऐंड इन्फ़्लुएंस*

पीपल, तथा नॉर्मन विंसेंट पेले की द *पावर ऑफ़ पोज़िटिव थिंकिंग।* कारनेगी ने पाठकों के लिए आठ पन्नों में यह लिखा कि उनको किस तरह से मुस्कुराना चाहिए। अगर आप सही तरह से मुस्कुराएँगे तो लोग आपको देखकर अच्छा महसूस करेंगे, और वे आपके ऊपर भरोसा करने लगेंगे तो सफलता पक्की है। पेले तथा अन्य लेखक कुछ और आसान पद्धतियों के साथ आए।

'मनोविज्ञान का बुनियादी पहलू है निष्पादन योग्य इच्छा', पेले ने लिखा। 'जो आदमी सफलता की कामना करता है वह मानकर चलता है कि वह पहले से ही सफल है।' नेपोलियन हिल की किताब *थिंक ऐंड ग्रो रिच* की करोड़ों प्रतियाँ बिक चुकी हैं। इस किताब में वह पाठकों से यह कहते हैं कि आप जितना धन चाहते हैं कि आपके पास हो, उस राशि को कागज़ के एक टुकड़े पर लिखकर रख लें और फिर यह विश्वास करना शुरू कर दें कि आपके पास उतनी धनराशि है। इन गुरुओं की किताबें पूरी शताब्दी भर बिकती रहीं, और इस अच्छा महसूस करने वाले दर्शन को इस सुमधुर स्लोगन के माध्यम से कहा जाता है : 'विश्वास कीजिए, हासिल कीजिए।'

लोगों के चरित्र में आए इस बदलाव को मनोविश्लेषक एलेन व्हीलिस ने देखा, जिन्होंने 1950 के दशक के आख़िर में एक खुलासा किया जिसको उन्होंने अपने पेशे का गंदगी भरा छोटा सा रहस्य कहा : फ्रायड के बताए हुए उपाय अब उस तरह से कारगर नहीं रह गए हैं जिस तरह से उनको होना चाहिए। अपनी प्रसिद्ध किताब द *क्वेस्ट फ़ॉर आइडेंटिटी* में व्हीलिस ने यह बताया कि फ्रायड के ज़माने से लेकर अभी तक चरित्र के ढाँचे में किस तरह के बदलाव आए हैं। फ्रायड के मरीज़ों में अधिकतर विक्टोरियाई काल के मध्यवर्गीय नागरिक थे जिनकी संकल्प शक्ति बहुत मज़बूत थी, जिसके कारण उपचार करने वालों के लिए उनकी मज़बूत सुरक्षात्मकता तथा सही ग़लत की उनकी समझ को भेद पाना मुश्किल हो जाता था। फ्रायड के उपचार की जो पद्धतियाँ थीं, वह इस आधार पर काम करती थीं कि मरीज़ के बाहरी आवरण को भेद कर उनको यह दिखाया जाए कि वे क्यों मनोरोगी और दुखी हैं, क्योंकि एक बार जब वे लोग अपनी अंतर्दृष्टि को पा लेते थे तो वे बहुत आसानी से बदल जा सकते थे। शताब्दी के मध्य तक आते-आते लोगों के व्यक्तित्व का कवच बदल चुका था। व्हीलिस एवं उनके सहकर्मियों ने यह पाया कि लोगों को अब फ्रायड के काल से मुक़ाबले अंतर्दृष्टि जल्दी प्राप्त हो जाती थी, जिससे उपचार या तो रुक जाता या असफल हो जाता। विक्टोरियाई काल के लोगों का किरदार उतना मज़बूत नहीं होता था कि वे अपनी उस अंतर्दृष्टि का अनुसरण कर अपने जीवन को बदल डालें। व्हीलिस ने पश्चिमी समाज में फ्रायड की शब्दावली में पश्चिमी समाज में सुपर ईगो के पतन की चर्चा की है, लेकिन असल में वह

संकल्प शक्ति के कमज़ोर होने के बारे में चर्चा कर रहे थे – जब जनसंख्या वृद्धि के काल में पैदा हुए बच्चे, जिनको बेबी बूमर्स कहा जाता था, 1960 के दशक में आते आते परिपक्व हो चुके थे, जिनका यह मंत्र था कि 'अगर यह अच्छा लगता है तो कर डालो।'

लोकप्रिय संस्कृति 1970 के दशक की मैं वादी पीढ़ी का आनंद मनाने में लगी थी तथा समाज वैज्ञानिकों की तरफ़ से संकल्प शक्ति के विरुद्ध नए तर्क सामने आ रहे थे, बीसवीं शताब्दी के उत्तरार्ध में जिनकी संख्या और प्रभाव में बहुत तेज़ी से वृद्धि हुई थी। अधिकतर समाज विज्ञानी किसी व्यक्ति की बदतमीज़ी का कारण उसके बाहर खोजते थे : ग़रीबी, वंचना, उत्पीड़न या पर्यावरण या आर्थिक तथा राजनीतिक व्यवस्था की अन्य प्रकार की विफलताओं में। बाहरी कारणों की तलाश अक्सर सभी लोगों के लिए अधिक सहज होता है, ख़ासकर अकादमिक जगत के लोगों को, जिनको इस बात का डर रहता है कि अगर उन्होंने पीड़ित व्यक्ति को दोषी ठहराया और यह लिखा कि लोगों की समस्याओं के कारण उनके अपने अंदर ही होते हैं, तो हो सकता है कि वे राजनीतिक रूप से ग़लत करार दे दिए जाएं। किसी के व्यक्तित्व की कमियों को ठीक करके के बजाय सामाजिक समस्याओं की चर्चा करना आसान होता है, क्योंकि उनसे निपटने के लिए समाज विज्ञानी नई नीतियों एवं कार्यक्रमों को प्रस्तावित कर सकते हैं।

इस विचार को कि लोग सजग रूप से अपने ऊपर नियंत्रण रख सकते हैं, मनोवैज्ञानिकों के द्वारा परंपरागत रूप से संदेह की निगाह से देखा जाता रहा है। फ्रायडवादियों का ऐसा दावा था कि वयस्क लोग जो बर्ताव करते हैं, वह अचेतन शक्तियों एवं प्रक्रियाओं का हिस्सा होता है। बी एफ़ स्किनर चेतना एवं अन्य प्रकार की मानसिक प्रक्रियाओं का कुछ ख़ास सम्मान नहीं करते थे, सिवाय कुछ आकस्मिक कारणों को छोड़कर। अपनी किताब *बियोंड फ्रीडम ऐंड डिग्निटी* में उन्होंने यह लिखा है कि मानव स्वभाव को समझने के लिए हमें किताब के शीर्षक में जिन पुराने मूल्यों की बात है, उससे आगे जाना होगा। वैसे तो स्किनर के बहुत सारे विशिष्ट सिद्धांतों का त्याग कर दिया गया, लेकिन उनके नज़रिए से जुड़े पहलुओं को मनोवैज्ञानिकों के बीच नया जीवन मिला जिनको इस बात पर पूरा यक़ीन था कि चेतन मानस अचेतन के अधीन होता है। संकल्प को इतना कम महत्त्व दिया गया कि व्यक्तित्व संबंधी आधुनिक सिद्धांतों में ना तो इसका उल्लेख आता है ना ही इसका मापन किया गया। कुछ तंत्रिका विज्ञानियों के बारे में यह कहा जाता है कि उन्होंने इसके अस्तित्व को ही नकार दिया। बहुत से दार्शनिकों ने इस पद का इस्तेमाल करने से ही मना कर दिया। अगर वे स्वतंत्र संकल्प शक्ति के शास्त्रीय दार्शनिक प्रश्न के बारे में चर्चा भी करते तो वे कर्म की स्वतंत्रता के बारे में बात

करना अधिक पसंद करते, क्योंकि उनको इस बात पर संदेह था कि संकल्प शक्ति जैसी कोई चीज़ होती भी है। कुछ लोगों ने इस तथाकथित संकल्प शक्ति का संदर्भ उपहासपूर्वक दिया। हाल के दिनों में कुछ विद्वान यह तर्क भी देने लगे हैं कि क़ानूनी व्यवस्था को नया रूप देना चाहिए ताकि संकल्प शक्ति एवं ज़िम्मेदारी के घिसे-पिटे विचारों को इससे बाहर किया जा सके।

बौमिस्टर ने जब 1970 के दशक में प्रिंसटन में सामाजिक मनोवैज्ञानिक के रूप में अपने करियर की शुरुआत की तो संकल्प शक्ति को लेकर उन्होंने आम तौर पर संदेह जताया। उस जमाने में उनके सहकर्मी आत्म नियंत्रण पर नहीं बल्कि आत्म सम्मान के ऊपर ध्यान लगाए हुए थे, और बौमिस्टर इस दिशा में होने वाले शोध के शुरुआती लोगों में से एक हुए, जिसमें यह बताया गया कि जो लोग अपनी योग्यता तथा अपनी क्षमता को लेकर आत्मविश्वास से अधिक परिपूर्ण होते हैं, उनके अधिक ख़ुश रहने तथा सफल होने की संभावना अधिक रहती है। इसलिए सभी लोगों की इस दिशा में मदद क्यों नहीं करनी चाहिए कि वे अपने आत्मविश्वास को बढ़ाने वाले ज़रियों की तलाश करें और सफल हो जाएं? यह मनोवैज्ञानिकों एवं आम लोगों के लिए सर्वथा उचित लक्ष्य लगा, जिनको *आई एम ओके- यू आर ओके* तथा *अवेकेन द जायंट विदिन* जैसी लोकप्रिय किताबों से इसके लोकप्रिय स्वरूप के बारे में पता चला। लेकिन बाद में इसके परिणाम निराशाजनक रहे, प्रयोगशाला में भी और उसके बाहर भी। जबकि अंतरराष्ट्रीय सर्वेक्षणों से यह पता चला कि अमेरिका में आठवीं कक्षा में पढ़ने वाले गणित के विद्यार्थी को अपनी योग्यता को लेकर बहुत आत्मविश्वास होता था, जबकि परीक्षा में उनको कोरियाई, जापानी तथा ऐसे तमाम छात्रों से कम अंक आते थे जिनमें आत्मविश्वास की कमी होती थी।

इस बीच, 1980 के दशक में कुछ शोधार्थी आत्म नियमन में दिलचस्पी दिखाने लगे, इस शब्द का प्रयोग मनोवैज्ञानिक आत्म नियंत्रण के लिए करते थे। आत्म नियंत्रण को पुनर्जीवन सिद्धांतकारों द्वारा नहीं दिया गया, जिनको अभी भी इस बात पर पूरा विश्वास था कि संकल्प शक्ति विक्टोरियाई मिथक है। लेकिन जब दूसरे मनोवैज्ञानिक प्रयोगशाला में या स्थल में गए तो उनका सामना ऐसी ही चीज़ से होता था, जो उसकी तरह भयावह दिखाई देने वाला था।

संकल्प की वापसी

मनोविज्ञान में बहुत शानदार सिद्धांत आसानी से सामने आए। लोग अब इस क्षेत्र के विकास के बारे में सोचने लगे हैं, जो संभव हुआ है कुछ चिंतकों की विलक्षण सोच के कारण, लेकिन यह आमतौर पर इस तरह से काम नहीं करता है। नए आइडिया के बारे में सूचना कोई मुश्किल काम नहीं है। हम जो कर रहे हैं, उसे क्यों कर रहे

हैं, इस बात को लेकर हर आदमी के पास अपना एक सिद्धांत होता है, जिसके कारण मनोवैज्ञानिक बहुत परेशान हो चुके हैं, जब उनकी किसी खोज को ख़ारिज करते हुए कोई कहता है, 'अच्छा, मेरी दादी माँ को *इस* बारे में पता था।' प्रगति केवल सिद्धांत के बारे में सोचने से नहीं आती है बल्कि इससे आती है, जब कोई उस सिद्धांत के परीक्षण के लिए कोई चालाक तरीक़ा खोज निकालता है, इसी तरह से वाल्टर माइकल ने किया। वह और उनके सहकर्मी आत्म नियमन को लेकर सिद्धांत नहीं बना रहे थे, बल्कि ना तो आत्म नियंत्रण के बारे में अपने परिणामों की चर्चा कर रहे थे या इसके कई साल के बाद संकल्प शक्ति के परिणामों के बारे में ही बात कर रहे थे।

वे इस बात का अध्ययन कर रहे थे कि किस तरह से कोई बच्चा तात्कालिक ख़ुशी पाने के ऊपर क़ाबू पाना सीखता है, कि उनको चार साल के बच्चे में इसको परख़ने का एक रचनात्मक तरीक़ा पता चला। वे एक एक करके बच्चे को कमरे में लेकर आते, उनको मिठाई जैसी कोई चीज़ दिखाते, उसके बाद उसके साथ एक समझौता करते और फिर उसको उस चीज़ के साथ कमरे में अकेले छोड़ बाहर आ जाते। उस समझौते के अनुसार बच्चे जब चाहे, उस चीज़ को खा सकते थे, लेकिन अगर वे परीक्षण करने वाले के आने तक उसको खाने से अपने आपको रोक लेते तो उनको खाने के लिए एक और मिठाई खाने के लिए मिल सकती थी। कुछ बच्चे तो उसी समय मिठाई खा लेते; कुछ बच्चे कुछ देर तक तो अपने आपको रोकने की कोशिश करते लेकिन स्वयं को रोक नहीं पाते; लेकिन कुछ बच्चे बड़े इनाम की आस में पूरे पंद्रह मिनट तक इंतज़ार करते। जो बच्चे अपने आपको रोक पाने में सफल रहे, वे ऐसा इसलिए कर पाए, क्योंकि वे किसी और चीज़ में ध्यान लगाकर ऐसा कर पाने में सफल साबित हुए, जो 1960 के दशक में जब यह प्रयोग किया जा रहा था, अपने आप में बहुत दिलचस्प खोज लग रही थी।

हालाँकि बहुत बाद में मिशेल को भाग्य से कुछ और पता चल गया। संयोग से उनकी अपनी बेटी भी स्टैनफ़ोर्ड के उसी स्कूल में पढ़ रही थी, जिस स्कूल में यह मिठाई वाला प्रयोग किया जा रहा था। यह बात उनके द्वारा अपने प्रयोग को पूरा कर लेने तथा दूसरे विषय पर ध्यान लगाने के बहुत दिन बाद की बात है, बच्चियों को अपने क्लास के दूसरे छात्रों के बारे में पता चलता रहता था। उसने गौर किया कि जो बच्चा एक और मिठाई मिलने के लिए पहली मिठाई को नहीं खाने से अपने आपको रोक नहीं पाया था, वह स्कूल के अंदर और बाहर दोनों जगह दूसरे बच्चों से अधिक परेशानी में रहा। इस बात को देखने के लिए कि क्या ऐसा और बच्चों के साथ भी हो रहा था, मिशेल और उसके सहकर्मियों ने ऐसे सैकड़ों बच्चों के ऊपर गौर करना शुरू किया जिनके ऊपर उन्होंने प्रयोग किए थे। उन्होंने पाया कि चार

साल की उम्र में जिन बच्चों ने संकल्प शक्ति का प्रदर्शन किया था, उनको परीक्षा में अच्छे अंक आए थे। जिन बच्चों ने पूरे पंद्रह मिनट तक दूसरी मिठाई के लिए इंतज़ार किया था, उनको वैसे बच्चों से अधिक नंबर आए थे, जो पहले आधे मिनट भी अपने आपको नहीं रोक पाए थे। जिन बच्चों ने संकल्प शक्ति दिखाई थी, वे अपने सहपाठियों एवं अध्यापकों के बीच अधिक लोकप्रिय हो गए। वे अधिक कमाऊ निकले। उनका बदन छरहरा था जिससे उम्र अधिक होने के बाद उनके वज़न बढ़ने की संभावना भी कम थी। उनके नशेड़ी होने की संभावना भी कम ही रहती थी।

ये नतीजे चौंकाने वाले थे, क्योंकि यह बहुत दुर्लभ बात थी कि छोटे बचपन में किसी तरह के परीक्षण के माध्यम से कोई बड़ा होकर किस तरह का हो सकता था, इसके बारे में बहुत महत्त्वपूर्ण स्तर तक बताया जा सकता था। यह असंबद्धता फ्रायड के द्वारा विकसित मनोविश्लेषण के परीक्षण के लिए बहुत बड़ा झटका था, जिसमें इस बात पर ज़ोर दिया जाता था कि बचपन के अनुभवों की आधारशिला पर वयस्क व्यक्तित्व तैयार होता है। 1990 के दशक में इस साहित्य का सर्वेक्षण करते हुए मार्टिन सेलीगमैन इस नतीजे पर पहुँचे कि इस बात का कोई विश्वसनीय प्रमाण नहीं मिलता है कि आपके बचपन की घटनाओं का आपके वयस्क व्यक्तित्व के ऊपर प्रभाव पड़ता है, सिवाय किसी बहुत बड़े हादसे या कुपोषण जैसे अनुभवों को छोड़कर। बचपन और वयस्क जीवन में जो थोड़ी बहुत समानताएँ देखने में आई भी तो उनको आनुवंशिक या जन्मजात प्रवृत्ति के आधार पर विश्लेषित किया जा सकता था, जैसे किसी का ख़ुशमिज़ाज या तुनकमिजाज होना। अगर कोई अपने आपको मिठाई खाने से रोक पाता है तो हो सकता है कि इसका भी कोई आनुवंशिक सूत्र हो, लेकिन यह ऐसी चीज़ है जिसको विकसित भी किया जा सकता था, बचपन की एक दुर्लभ विशेषता के रूप में जिसके फल हमें जीवन बाहर मिलते रह सकते थे। बाउमिस्टर ने अपनी किताब *लूज़िंग कंट्रोल* में आत्म नियंत्रण के सकल लाभों के बारे में जो बताया है, उसको देखते हुए यह और असाधारण दिखने लगता है। यह बौद्धिक किताब उन्होंने 1994 में अपनी पत्नी डायना टाइस और टॉड हिथरटन के साथ मिलकर लिखी थी, डायना केस वेस्टर्न रिज़र्व यूनिवर्सिटी अनेक साथ ही पढ़ीं थीं जबकि टॉड हार्वर्ड में प्रोफ़ेसर थे।

'आत्म नियमन की विफलता हमारे समय का बहुत बड़ा सामाजिक रोग है', वे इस नतीजे पर पहुँचे, इसी का परिणाम है कि तलाक़ की दर बढ़ गई है, घरेलू हिंसा बढ़ गई है, तथा अन्य कई प्रकार की समस्याओं में भी वृद्धि हो गई है। इस किताब से प्रेरित होकर बहुत से प्रयोग होने लगे, अध्ययन होने लगे, जिसमें व्यक्तित्व परीक्षण में आत्म नियंत्रण को मापने के एक पैमाने का विकास भी शामिल है। जब शोध के दौरान जब परीक्षा के परिणामों के आधार पर विद्यार्थियों

के व्यक्तित्व के लगभग तीन दर्जन विशेषताओं के आधार पर तुलना की गई तो पता चला कि आत्म नियंत्रण ही उनके व्यक्तित्व का ऐसा गुण था, जिस कारण परीक्षा में उनके परिणाम बेहतर होने की संभावना अधिक रहती थी। विद्यार्थियों के आईक्यू या सैट की परीक्षा के परिणामों से भी अधिक उसके आत्म नियंत्रण के गुण के आधार पर उनके अच्छे रिज़ल्ट की बेहतर भविष्यवाणी की जा सकती थी। यह बात सही है कि जिनमें प्रतिभा बहुत अधिक होती थी, उनको तो लाभ रहता ही था लेकिन अध्ययनों से यह पता चला है कि आत्म नियंत्रण का महत्त्व अधिक था, क्योंकि इसके कारण छात्र अधिक विश्वसनीय तरीक़े से कक्षा में आने लगे, वे अपने होमवर्क को बनाने की शुरुआत जल्दी करने लगे, वे टेलीविज़न देखने में कम समय लगाने लगे, जबकि काम में अधिक समय।

कार्यालयों में जो मैनेजर आत्म नियंत्रण के मामले में आला दर्जे के माने जाते थे, उनके बारे में अनेक मातहतों एवं सहकर्मियों का मत ऊँचा था। जिन लोगों का आत्म नियंत्रण बहुत अच्छा था, उनमें यह पाया गया कि वे दूसरे लोगों के प्रति काफ़ी सुरक्षित तथा संतोषजनक तरीक़े से लगाव रखते हैं। उनमें यह पाया गया कि वे दूसरे लोगों के राय-विचार को भी समझने वाले थे और हर बात को दूसरे लोगों के नज़रिये से भी समझते थे। वे भावनात्मक रूप से अधिक स्थिर पाए गए एवं उनको दुश्चिंता, निराशा, खानपान की गड़बड़ियों, शराब पीने की आदत तथा इसी तरह की अन्य तरह की बुराइयों से भी वे दूर ही रहे। वे कम गुस्सा होते हैं, उनके भड़क उठने की संभावना कम ही होती थी, चाहे वह मौखिक रूप से हो या शारीरिक रूप से। जबकि जिन लोगों का अपने ऊपर नियंत्रण कमज़ोर होता है, उनमें यह संभावना होती है कि वे अपने साथी के साथ मारपीट कर सकते थे या इसी तरह के अनेक अपराध वे बार-बार कर सकते हैं। जैसा कि जून तंगनी ने दर्शाया है, जो बाउमिस्तर के साथ मिलकर व्यक्तित्व परीक्षण के लिए आत्म नियंत्रण का पैमाना विकसित करने में संलग्न थीं। जब उन्होंने क़ैदियों के ऊपर परीक्षण किया और जेल से छूट जाने के कई साल बाद वे उनके पास गई तो उन्होंने पाया कि जिन लोगों में आत्म नियंत्रण की कमी थी, उनमें इस बात की संभावना अधिक रहती थी कि वे फिर से अपराध करके वापस जेल चले गए हों।

इसका सबसे बड़ा प्रमाण 2010 में प्रकाशित हुआ है। यह अध्ययन बहुत मेहनत के साथ बहुत लंबे समय तक किया गया है, इतना विस्तृत और इतना व्यापक अध्ययन इसके पहले आज तक नहीं किया गया, जिसमें शोधकर्ताओं की एक अंतरराष्ट्रीय टीम ने न्यूज़ीलैंड में एक हज़ार बच्चों को जन्म से लेकर उन पर बत्तीस साल हो जाने तक निगाह बनाए रखी। हर बच्चे में आत्म नियंत्रण को अलग-अलग तरीक़ों से मापा गया (शोधकर्ताओं द्वारा उनके स्वयं अवलोकन

के द्वारा, साथ ही अभिभावकों, अध्यापकों, तथा स्वयं बच्चों द्वारा समस्याओं के बारे में बताने के द्वारा)। इससे उन बच्चों के आत्म नियंत्रण के बारे में विश्वसनीय जानकारी मिली, और शोधकर्ता किशोरावस्था से लेकर उनके वयस्क होने तक मिले असाधारण क़िस्म के परिणामों के आधार पर उनका परीक्षण कर पाए। जिन बच्चों में आत्म नियंत्रण अधिक था, वे जब बड़े हुए तो उनका शारीरिक स्वास्थ्य बहुत अच्छा था, उनमें मोटापे की समस्या नहीं थी, सेक्स से जुड़ी बीमारियों की उनमें कमी पाई गई, और यहाँ तक कि अनेक दाँत भी स्वस्थ थे। (अपने ऊपर अच्छे नियंत्रण का मतलब दाँतों को अच्छे से साफ़ करना भी होता है।) आत्म नियंत्रण वयस्कों में निराशा नहीं पैदा होने दे रहा था, लेकिन जिन लोगों में इसकी कमी पाई गई, वे शराब, मादक द्रव्यों का सेवन करने में लग गए। जिन बच्चों का आत्म नियंत्रण कमज़ोर था, वे आर्थिक रूप से ग़रीब हो गए। वे अपेक्षाकृत कम वेतन वाली नौकरी करते पाए गए, उनके बैंक में कोई ख़ास जमा पूँजी नहीं थी, उनमें से बहुत लोगों के पास अपने घर तक नहीं थे, ना ही उनके पास रिटायरमेंट के बाद के जीवन के लिए जमा पूँजी ही थी। वे जब बड़े हुए तो उनको अधिक बच्चे हुए और उनको उन्हें स्वयं पालना पड़ा, शायद इसलिए क्योंकि दीर्घ अवधि के रिश्ते के लिए जिस तरह के अनुशासन की ज़रूरत होती है, उसकी उनमें कमी थी। जिन बच्चों में आत्म नियंत्रण अच्छा था, उनकी शादी स्थिर होती है और पति पत्नी दोनों मिलकर बच्चों को पालते हैं। अंतिम बात, लेकिन यह कोई कम महत्त्व की बात नहीं है जिन बच्चों का आत्म नियंत्रण कमज़ोर था, उनमें से कई बाद में जेल भी गए। जिन लोगों में आत्म नियंत्रण की कमी पाई गई, उनमें से 40 प्रतिशत बच्चे 32 साल की उम्र तक अपराधी हो गए, और जिन बच्चों ने अपनी किशोरावस्था में आत्म नियंत्रण का अच्छा परिचय दिया था उनमें से महज़ 12 प्रतिशत बच्चे बाद में चलकर अपराधी हुए।

यह कोई हैरत की बात नहीं थी कि इनमें से कुछ भेदों का संबंध उनकी बौद्धिकता तथा सामाजिक वर्ग और नस्ल से भी था - लेकिन इन सभी पहलुओं को अगर ध्यान में रखा जाए, तब भी ये परिणाम मायने रखने वाले थे। बाद में शोधकर्ताओं ने उसी परिवार के भाइयों एवं बहनों का अध्ययन किया ताकि वे एक ही परिवार में पलने वाले अलग-अलग बच्चों की तुलना कर सकें। एक बार फिर यही बात सामने आई कि जिन बच्चों का आत्म नियंत्रण कमज़ोर था, बड़े होने पर उनका जीवन बहुत बुरा हुआ। वे बीमार रहने लगे, ग़रीब हो गए, और उनमें से अनेक तो जेल भी चले गए। इससे साफ़ नतीजे हो नहीं सकते थे : आत्म नियंत्रण महत्त्वपूर्ण शक्ति है और जीवन में सफलता का मूलमंत्र है।

विकासक्रम और शिष्टाचार

जब मनोवैज्ञानिक आत्मणियंत्रण के लाभों को पहचानने में लगे हुए थे, तब नृतत्वशास्त्री एवं तंत्रिकाविज्ञानी यह समझने का प्रयास कर रहे थे कि इसका विकास कैसे हुआ। मानव मस्तिष्क को बहुत लाभकारी अंग के रूप में पहचाना गया, मानव के विकास में इसके कारण उसको बहुत बड़ा लाभ हुआ : उसमें यह बुद्धि थी कि वह किसी भी माहौल में किसी भी समस्या का समाधान कर सकता था। जिस जीव में बुद्धि होती है वह निश्चित रूप से निर्बुद्धि जीवों से बेहतर तरीक़े से अपने आपको बचाए रख सकता था, अपनी संतति का विकास कर सकता था। लेकिन बड़े मस्तिष्क को बहुत अधिक ऊर्जा की भी ज़रूरत होती है। वयस्क इंसान का दिमाग़ उसके शरीर का दो प्रतिशत ही होता है लेकिन वह उसकी बीस प्रतिशत ऊर्जा का शोषण कर लेता है। अतिरिक्त बुद्धि तभी कारगर होती है, जब जीव के अंदर इतनी ऊर्जा हो कि वह उसको शक्ति प्रदान कर सके, और वैज्ञानिकों को यह बात समझ नहीं आई कि दिमाग़ अपना काम किस तरह चला रहा था। किस तरह से यह दिमाग़ अपनी पूरी शक्ति के साथ आनुवंशिकी रूप से विस्तृत रूप में रहा है?

इस बड़े दिमाग़ की शुरुआती व्याख्या केले तथा इसी तरह से अन्य फलों के माध्यम से की जा सकती है। जो जीव घास खाते हैं, उनको इस बारे में अधिक सोचना नहीं पड़ता है कि उनको अगली बार का भोजन कैसे मिलेगा। लेकिन अगर किसी पेड़ पर एक सप्ताह पहले अगर पूरी तरह से पके हुए केले हों तो हो सकता है कि आज उस पेड़ पर कुछ भी ना हो, या सड़े हुए फल बचे रह गए हों। केले खाने वाले को बड़ा दिमाग़ भी चाहिए होता है ताकि उनको यह याद रहे कि पके फल किसी जगह पर हैं, और दिमाग़ को केले की कैलोरी से शक्ति मिलती है, इसलिए फल खाकर दिमाग़ को मज़बूत बनाने वाले सिद्धांत का मतलब समझ में आता है – लेकिन यह केवल सिद्धांत रूप में ही सही है। नृतत्वशास्त्री रोबिन डनबर ने जब अलग-अलग जीवों के भोजन और उनके दिमाग़ का सर्वेक्षण किया तो उनको इस सिद्धांत के समर्थन में कुछ नहीं मिला। दिमाग़ के आकार का संबंध इससे बिलकुल नहीं था कि वे किस प्रकार का भोजन करते थे। डनबर अंत में इस नतीजे पर पहुँचे कि बड़ा दिमाग़ शारीरिक माहौल के साथ संगति बिठाने के लिए नहीं होता है बल्कि वह उससे निपटता है, जो जीने के लिए अधिक ज़रूरी होता है : सामाजिक जीवन। जिन जीवों के दिमाग़ बड़े होते हैं उनका सामाजिक दायरा अधिक बड़ा और जटिल होता है। जो मनुष्यों को समझने का एक नया नज़रिया देता है। मनुष्य सबसे विकसित जीव है और उसका दिमाग़ सबसे विकसित इसलिए है, क्योंकि उसका दिमाग़ बहुत बड़ा होता है और उसका सामाजिक समूह भी बड़ा होता है, इसलिए हमें आत्म नियंत्रण की ज़रूरत अधिक पड़ती है। हम लोग यह सोचते हैं कि संकल्प

शक्ति अपने आपको बेहतर बनाने की शक्ति है- आहार का पालन करना, समय पर काम पूरा करना, जॉगिंग के लिए बाहर जाना, धूम्रपान छोड़ना- लेकिन शायद यही मुख्य कारण नहीं है कि यह हमारे पूर्वजों में पूरी तरह से विकसित हुआ। मानव सामाजिक प्राणी होता है जिसको समूह के दूसरे लोगों के साथ तालमेल बिठाने के लिए अपने ऊपर नियंत्रण रखना पड़ता है। उन्हें अपने जीने के लिए जो भोजन चाहिए होता है, उसके लिए वे दूसरे लोगों के ऊपर निर्भर रहते हैं। जब भोजन साझा किया जाता है, तो जो पुरुष सबसे बड़ा और सबसे मज़बूत होता है, उसे खाने के लिए पहले मौक़ा दिया जाता है, शेष लोग अपनी अपनी हैसियत के अनुसार भोजन का इंतज़ार करते रहते हैं। अगर यही समूह पशुओं का होता है, तो बिना मार खाए अपने आपको बचाने के लिए तत्काल खा लेने की अपनी इच्छा को क़ाबू में रखना होता है। चिम्पांज़ी और बंदर का दिमाग़ अगर गिलहरी के आकार का होता तो वे शांतिपूर्वक अपना भोजन नहीं कर सकते थे। हो सकता था कि वे लड़ने झगड़ने में ही अधिक ऊर्जा ख़र्च कर लेते बजाय भोजन करने के।

वैसे तो कुछ अन्य जीवों में भी इतनी मानसिक क्षमता होती है कि वे भोजन के दौरान बुनियादी शिष्टाचार दिखा सकें, लेकिन मानवीय स्तर से अगर देखें तो उनका आत्म नियंत्रण स्तर बहुत कम होता है। विशेषज्ञों का कहना है कि मनुष्य के अलावा जो सबसे होशियार जीव होते हैं वे अपने भविष्य के बारे में केवल बीस मिनट तक ही आगे सोच सकते हैं- इतनी देर में कोई इंसान अपना भोजन समाप्त कर लेता है, लेकिन यह समय इतना नहीं होता है कि वह भोजन के बाद के बारे में योजना बना सके। (गिलहरी जैसे कुछ जीव स्वभाववश अपने भोजन को छिपा देते हैं और बाद में उसको फिर निकालकर खाते हैं, लेकिन उनमें यह आदतन होता है, यह उनकी सजग बचत योजना का हिस्सा नहीं होता है।) एक प्रयोग यह किया गया जिसमें बंदर को दिन में एक बार ही भोजन दिया गया, दोपहर के समय, लेकिन वे रात के खाने के लिए भोजन बचाना कभी नहीं सीख पाए। यहाँ तक कि उनके पास यह अवसर था कि वे जितना चाहे खा लें लेकिन उन्होंने उतना ही खाया जितने से उनका पेट भर जाये, उन्होंने शेष भोजन को या तो नज़रअंदाज़ कर दिया या भोजन के लिए एक दूसरे से लड़कर शेष भोजन को बर्बाद कर दिया। रोज़ाना सुबह वे भूखे पेट ही उठते थे, क्योंकि यह उनको कभी सूझा ही नहीं कि दिन के भोजन में से कुछ शाम के लिए या रात के भोजन के लिए या सुबह के नाश्ते के लिए बचा लिया जाए।

मनुष्य बेहतर तरीक़े से इसलिए जानते हैं, क्योंकि उनका दिमाग़ बहुत बड़ा होता है, जो मनुष्यों में लाखों साल पहले विकसित हुआ था। आत्म नियंत्रण के बहुत से रूप ऐसे होते हैं जो अचेतन के स्तर पर काम करते हैं। आप अपने बॉस की

प्लेट मांस का टुकड़ा नहीं उठाएँ, इसके लिए आपको सजग रूप से अपने आपको रोकना नहीं पड़ता है। आपका अवचेतन मानस लगातार इसमें आपकी मदद करता रहता है कि आप सजग रूप से कोई बड़ी सामाजिक ग़लती नहीं कर पाएं, और यह सूक्ष्म रूप से इतने शक्तिशाली रूप से काम करता रहता है कि कुछ मनोवैज्ञानिकों ने इसी को असली बॉस के रूप में देखा है। अवचेतन की प्रक्रियाओं से आसक्ति एक ऐसी बुनियादी ग़लती है जो शोधार्थियों के द्वारा अक्सर की जाती है, क्योंकि वे व्यवहार को छोटे छोटे टुकड़ों में बाँटते रहते हैं, जो तात्कालिक प्रतिक्रियाओं के आधार पर वे करते रहते हैं। अगर आप कुछ पलों की गतिविधियों के तात्कालिक कारणों को देखें तो वह दिमाग़ से जुड़ने वाली किसी स्नायु की प्रतिक्रिया हो सकती है। इस दौरान किसी तरह की चेतना नहीं होती है। किसी को पता नहीं होता है कि स्नायु द्वारा ऐसा किया जा रहा है। लेकिन संकल्प शक्ति समय के आरपार इकाइयों को जोड़ते हुए पाया जा सकता है। संकल्प शक्ति वर्तमान अवस्था को सामान्य परिपाटी के हिस्से के रूप में देखता है। एक बार सिगरेट पीने से आपका स्वास्थ्य ख़राब नहीं हो जाएगा। एक बार हीरोइन का सेवन करने से आप उसके आदी नहीं हो जाएँगे। केक का एक टुकड़ा खाने से आप मोटे नहीं हो जाएँगे, और अगर आपने एक बार समय पर असाइनमेंट पूरा नहीं किया तो इससे आपका करियर तबाह नहीं हो जाएगा। लेकिन आप स्वस्थ रहे और आपकी नौकरी बरकरार रहे, इसके लिए यह ज़रूरी है कि आप हर बार अपने आपको उसके प्रलोभन से बचाएं। यहीं पर सजग रूप से आत्म नियंत्रण की बात आती है, यही कारण है कि जीवन से जुड़े हर पहलू में सफलता और असफलता में अंतर पैदा करता है।

इसको पढ़ने के लिए क्यों संकल्पित करें?

आत्म नियंत्रण की दिशा में पहला क़दम होता है लक्ष्य का निर्धारण, इसलिए हमें आपको इस किताब के लक्ष्य के बारे में बताना चाहिए। हम यह आशा करते हैं कि आधुनिक समाज विज्ञान के सर्वश्रेष्ठ को विक्टोरियाई व्यावहारिक ज्ञान के साथ मिला दें। हम यह बताना चाहते हैं कि किस तरह से संकल्प शक्ति या उसकी कमी ने महान लोगों या जो महान नहीं हैं, उनके जीवन को भी प्रभावित किया है। हम इस बात के बारे में विस्तार से बताएँगे कि तरह-तरह की बड़ी-बड़ी कंपनियों के मालिकान पूर्व कराटे प्रशिक्षक से जो करना चाहिए, उसके रहस्यों को सीखने के लिए 20,000 डॉलर रोज़ाना ख़र्च करते हैं, और क्यों सिलिकॉन वैली के उद्यमी 19 वीं शताब्दी के मूल्यों को बढ़ावा देने के लिए डिजिटल टूल्स का निर्माण कर रहे हैं। हम यह देखेंगे कि किस तरह ब्रिटेन की एक आया ने किस तरह से मिसौरी में तीन रोते बच्चों को चुप करवाया, और किस तरह से आमंडा पामर, ड्रयू कैरे,

एरिक क्लैप्टन और ओप्रा विन्फ्रे जैसे कलाकारों ने अपने जीवन में संकल्प शक्ति को आज़माया। हम यह देखेंगे कि किस तरह से डेविड ब्लेन ने चवालीस दिन तक उपवास किया था और किस तरह से पर्यटक हेनरी मोर्टन स्टैनली अफ्रीका के जंगलों में कई साल तक बचे रहे। हम यह बताना चाहते हैं कि वैज्ञानिकों ने किस तरह से आत्म नियंत्रण को फिर से खोजा और प्रयोगशाला के बाहर इसके क्या निहितार्थ हैं।

मनोवैज्ञानिक जब एक बार आत्म नियंत्रण के लाभों को समझने लगे तो उनका सामना एक नए तरह के रहस्य से हुआ : आख़िर संकल्प शक्ति होती क्या है? कोई मिठाई खाने से अपने आपको किस तरह से रोक लेता है? जब बौमिस्तर ने इन सवालों को उठाया तो उस समय आत्म की उनकी अपनी जो समझ थी, वह उस समय बहुत हद तक परंपरागत नज़रिए के अनुसार थी, जिसको सूचना प्रसंस्करण मॉडल कहते हैं। वह और अनेक सहकर्मी दिमाग़ के बारे में ऐसे बात करते थे, मानो वह कोई छोटा कम्प्यूटर हो। इंसान के दिमाग़ के सूचना के जो मॉडल होते हैं, उनमें आमतौर पर शक्ति या ऊर्जा के सिद्धांतों को नज़रअंदाज़ किया जाता था, जो प्रचलन से इतने बाहर थे कि शोधार्थी अब उनका विरोध भी नहीं करते। बॉमाइस्टर को यह आशा नहीं थी कि अपने आपको लेकर उनके विचारों में ऐसा बदलाव आ जाएगा, दूसरों की तो बात रहने ही दीजिए। लेकिन जब वह और अनेक सहयोगियों ने शोध करना शुरू कर दिया तो पुराने सिद्धांत कारगर नहीं लग रहे थे।

नतीजतन, बॉमाइस्टर की प्रयोगशाला में दर्जनों प्रयोगों तथा दूसरे प्रयोगशालाओं में सैकड़ों प्रयोगों के बाद संकल्प शक्ति तथा आत्म की नई समझ का विकास हुआ। हम आपको यह बताना चाहते हैं कि मानव व्यवहार के बारे में क्या पता चला और इसका उपयोग कर आप किस तरह से अपने आपको बेहतर बना सकते हैं। आत्म नियंत्रण को हासिल करना उतना जादुई और आसान नहीं है जैसी कि आधुनिक सेल्फ़ हेल्प किताबों में बताया जाता है, लेकिन यह उतना गंभीर भी नहीं है, जितना कि विक्टोरियाई लोगों ने इसको बना दिया था। आख़िरकार, आत्म नियंत्रण आपको सहज बनाता है, क्योंकि यह तनाव को कम करता है और आपको इसमें समर्थ बनाता है आप महत्त्वपूर्ण चुनौतियों के लिए अपनी संकल्प शक्ति को बचाएँ। हम लोगों को पूरा यक़ीन है कि यह किताब न केवल आपके जीवन को अधिक उत्पादक और संपूर्ण बनाएगी बल्कि आसान और ख़ुशहाल भी बनाएगी। और हम इस बात की गारंटी दे सकते हैं कि आपको नंगे पैर खड़े होकर किसी का उपदेश नहीं सुनना पड़ेगा।

1

क्या संकल्प शक्ति रूपक से अधिक है?

कई बार हम अपने लिए ही दैत्य साबित होते हैं
जब हम अपनी शक्तियों की कमज़ोरी के आकर्षण में आएंगे,
यह समझकर कि उनकी शक्ति में बदलाव होता रहता है।

—ट्रॉयलस, शेक्सपियर के *ट्रॉयलस ऐंड क्रेसिडा* में

अगर आपका अमांडा पामर के संगीत से ज़रा सा भी परिचय हो, अगर आपको इस बारे में पता हो कि गर्भपात पर उनके गीत को ब्रिटेन में प्रतिबंधित किया गया था, या 'बैकस्टैबर' का उनका वीडियो जिसमें वह चाकू लिए अर्धनग्न अवस्था में उतने ही नंगे आदमी के पीछे भाग रही है, जो कुछ समय पहले उसके साथ बिस्तर में था, तो शायद आप उसको आत्म नियंत्रण के आदर्श के रूप में नहीं देखें।

उसको अनेक तरह से भड़कीली लेडी गागा के रूप में, दिलचस्प मैडोना के रूप में बताया जाता रहा है, ऐसे व्यक्ति के रूप में जो स्त्री–पुरुष के भेद को झुकाने वाली है, उसको ब्रेख़्तियन पंक कैबरे की बड़ी नर्तकी के रूप में जाना जाता रहा है – लेकिन *विक्टोरियाई* या *दमित* जैसे शब्दों का प्रयोग उसको बताने के लिए नहीं किया जाता। उसका व्यक्तित्व यूनानी देवता डायोनीशियन जैसा है। जब उसने ब्रिटिश उपन्यासकार नील गैमन के शादी के प्रस्ताव को स्वीकार किया तो पामर ने इस बात की औपचारिक घोषणा ट्विटर पर की तो उसमें इस बात को स्वीकार किया कि हो सकता है उसकी सगाई हो गई हो, लेकिन यह भी हो सकता है कि 'वह नशे

में हो।' लेकिन एक अनुशासित कलाकार ने शायद ही इतने सारे गीत बनाए हों या दुनिया भर में संगीत के इतने सारे कार्यक्रम किए हों। पामर बिना रियाज़ किए रेडियो सिटी म्यूज़िक हॉल कभी नहीं गई। यह उसका आत्म नियंत्रण ही था कि उसका व्यक्तित्व ऐसा अनियंत्रित बना, अपनी इस सफलता का श्रेय वह जेन बौद्ध धर्म के प्रशिक्षण को देती हैं : किसी जीवंत मूर्ति की तरह से बर्ताव करते हुए। छह साल तक उसने सड़कों पर गाने गाए, फिर एक कंपनी की शुरुआत की जो बड़ी-बड़ी कंपनियों के लिए कार्यक्रमों में मूर्ति की तरह खड़े होने के लिए इंसानों को उपलब्ध करवाने का काम करती थी, जैसे मान लीजिए कि ऐसे सुपरमार्केट के उद्घाटन का अवसर हो जिसमें ऑर्गेनिक खाद्य की बिक्री होने वाली हो तो उसने हाथ में प्लेट पकड़ कर मूर्ति की तरह खड़े होने का काम करना।

पामर ने 1998 में गायकी की दिशा में क़दम बढ़ाया, जब वह बाइस साल की थी और वह बॉस्टन में अपने घर में रह रही थी। उसने वीडियो बनाए जिसमें उसने अपने आपको 'भविष्य की रॉक स्टार' के रूप में पेश किया, लेकिन इस पेशे से उसका घर नहीं चल पा रहा था, वह किराया नहीं दे पा रही थी, इसलिए वह हार्वर्ड स्क्वायर नुक्कड़ नाटक जैसा कुछ क़रने लगी, जैसे नाटक उसने जर्मनी में देखे थे। उसने अपने आपको आठ फुट की दुल्हन कहना शुरू किया। उसने अपने चेहरे को सफ़ेद रंग से पोत लिया, शादी का जोड़ा पहन लिया, चेहरे पर बुर्का डाल लिया, हाथ में औपचारिक सफ़ेद दस्ताने और उसमें गुलदस्ता, इसके बाद वह एक बक्से के ऊपर खड़ी हो जाती। अगर उसकी दान पेटी में कुछ धन डालता तो वह उसके हाथ में एक फूल थमा देती, नहीं तो वह मूर्ति बनी खड़ी रहती।

कुछ लोग उसके ऊपर कुछ कुछ फेंककर उसको अपमानित करने का प्रयास भी करते। वे उसको पकड़ लेते। कुछ उसके ऊपर चिल्लाते, कुछ धमकी देते कि वे उसकी धनराशि चुरा लेंगे। कुछ शराबी उसको उस बक्से से गिराने की कोशिश करते या उसको धक्का दे देते।

'यह कुछ अच्छा नहीं होता था', पामर ने याद करते हुए बताया, 'एक बार शराब के नशे में एक लड़के ने मेरी कमर पर सिर से टक्कर मार दी, और मैं आकाश की और देखते हुए सोच रही थी कि हे *ईश्वर, आख़िर मैंने ऐसा क्या किया था कि मुझे ऐसी सज़ा मिली?* लेकिन छह साल के दौरान मैंने अपने किरदार के काम को दो बार ही छोड़ा। मैं किसी तरह की कोई प्रतिक्रिया नहीं दिखाती। घबराती भी नहीं थी। आप बस इस तरह की बातों को बस बीत जाने देते हैं।'

वहाँ जुटने वाली भीड़ उसके शरीर की ताक़त के ऊपर हैरत करती, और लोगों को ऐसा लगता था कि अपने शरीर को बहुत देर तक इस तरह मूर्ति की तरह बनाए रखने में उसको कितनी परेशानी होती होगी। लेकिन पामर की मांसपेशियों के

ऊपर इससे किसी तरह का दबाव नहीं पड़ता था। उसको यह बात समझ में आई कि इस काम का एक शारीरिक पहलू भी था- जैसे उसने कॉफ़ी नहीं पीना सीख लिया, क्योंकि इससे उसके शरीर में ऐसी कंपकंपी होती थी कि जिसको सँभाल पाना उसके लिए मुश्किल हो जाता था। लेकिन चुनौती मूल रूप से उसके दिमाग़ में थी।

'मूर्तिवत खड़े रहना कोई ऐसी भी मुश्किल नहीं है', उसने बताया। 'जीवंत मूर्ति बनकर खड़े होने में सबसे बड़ी चुनौती यह होती है कि आप किसी तरह की प्रतिक्रिया नहीं जताएं। मैं अपनी आँखों से किसी तरह की हरकत नहीं कर सकती थी, मेरे सामने से चाहे कितनी भी दिलचस्प चीज़ क्यों नहीं गुज़र रही हो, मैं अपनी आँखों को हिला तक नहीं सकती थी। लोग मेरा ध्यान बँटाने की कोशिश करते, मैं उनकी तरफ़ ध्यान तक नहीं दे सकती थी। मैं हँस नहीं सकती थी। अगर मेरे नाक से पानी टपक रहा होता तो मैं उसको पोंछ नहीं सकती थी। मेरे कान में अगर खुजली होती तो मैं उसको खुजला भी नहीं सकती थी। अगर मेरे गाल पर कोई मच्छर आकर बैठ जाता तो मैं उसको उड़ा भी नहीं सकती थी। ये सारी चुनौतियाँ वास्तविक थीं।'

हालाँकि ये सारी चुनौतियाँ मानसिक ही थीं, लेकिन इनका असर शरीर के ऊपर भी दिखाई देने लगा। इससे उसको कमाई तो अच्छी हो रही थी, घंटे के क़रीब पचास डॉलर, लेकिन उसको लगा कि वह यह काम बहुत दिनों तक करती नहीं रह सकती थी। वह नब्बे मिनट तक यह काम करती, फिर एक घंटे आराम, उसके बाद एक बार फिर से नब्बे मिनट के लिए बक्से पर खड़ी हो जाती, फिर उस दिन के काम से आराम ले लेती। कई बार पर्यटकों की भारी भीड़ के मौसम में शनिवार के दिन वह सड़क पर मूर्ति की तरह खड़े होने के बाद रेनेसां उत्सव में जाती और वहाँ कुछ घंटे के लिए वह अप्सरा की तरह जाकर खड़ी हो जाती, लेकिन इस सबसे वह थक जाती थी।

'मैं जब घाट पहुँचती तो किसी तरह अपने आपको ज़िंदा महसूस करती, मुझे अपना शरीर भी बड़ी मुश्किल से महसूस होता था', उसने बताया। 'मैं बाथ टब में जाकर बैठ जाती, मेरा दिमाग़ पूरी तरह से सुन्न हो जाता था।'

क्यों? वह अपनी ऊर्जा को अपनी मांसपेशियों को हिलाने के लिए नहीं खर्च कर रही थी। वह तेज़-तेज़ साँस नहीं ले रही होती थी। उसका दिल तेज़ी से नहीं धड़क रहा था। कुछ भी नहीं करने में इतना मुश्किल क्या था? वह कहती कि वह अपनी संकल्प शक्ति का इस्तेमाल लोभ से बचने के लिए कर रही थी, लेकिन 19वीं सदी के इस लोक सिद्धांत को आधुनिक विशेषज्ञों द्वारा एक तरह से त्याग दिया गया था। इस बात को कहने का मतलब ही क्या है कि कोई व्यक्ति अपनी संकल्प शक्ति का उपयोग कर रहा था? किसी भी चीज़ के बारे में यह कैसे बताया

जा सकता है कि वह रूपक से कुछ अधिक है? इसका जवाब पता चला कि गर्मागर्म बिस्कुट से निकला।

मूली का प्रयोग

कई बार समाज विज्ञानियों को अपने प्रयोगों के साथ कुछ क्रूर होना पड़ता है। जब कॉलेज के विद्यार्थी बॉमाइस्टर की प्रयोगशाला में पहुँचे तो पहले से ही बहुत भूखे थे, क्योंकि वे उपवास कर रहे थे, और अब वे एक ऐसे कमरे में आ गए थे जिसमें चॉकलेट की गंध भरी हुई थी, जिसको उस समय प्रयोगशाला में बेक किया गया था। जिन लोगों के ऊपर प्रयोग किया जाना था वे सभी एक मेज़ पर बैठ गए और उनके सामने खाने-पीने के बहुत सारे विकल्प रखे गए थे : गर्मागर्म बिस्कुट, चॉकलेट के कुछ टुकड़े, और एक कटोरे में मूलियाँ। कुछ विद्यार्थियों को चॉकलेट और टॉफ़ी खाने के लिए बुलाया गया। जिन बेचारे विद्यार्थियों का भाग्य ख़राब था उन लोगों को मूली खाने के लिए कहा गया : कुछ भी स्वादिष्ट नहीं, बस कच्ची मूलियाँ।

उनके अंदर के लालच को बढ़ाने के लिए शोधार्थियों ने कुछ छात्रों को मूलियों और बिस्कुटों के साथ कमरे में बिठा दिया गया, और वे लोग उन विद्यार्थियों को छोटी सी गुप्त खिड़की से देखने लगे। जिन लोगों को मूली खाने के लिए कहा गया थे, वे अपने अंदर की लालसा को दबाने की पूरी कोशिश कर रहे थे। कुछ लोग तो बड़ी लालसा से बिस्कुटों को देखते रहे और फिर बेमन से मूली खाने के लिए बैठ गए। उनमें से कुछ लोगों ने तो ताज़े बने बिस्कुटों को उठाया और उसको सूँघने लगे, ताज़ा बनी चॉकलेटों की गंध का आनंद लेने लगे। कुछ लोगों के हाथ से बिस्कुट दुर्घटनावश नीचे गिर गए और उन्होंने जल्दी से उठाकर बिस्कुट को तश्तरी में वापस डाल दिया, ताकि उनके पाप का पता किसी को नहीं चल सके। लेकिन किसी ने वास्तव में निषिद्ध खाद्य पदार्थ को नहीं खाया। उन्होंने अपने लालच को क़ाबू में रखा, कुछ भले ही थोड़े अंतर से ही ऐसा कर पाए। प्रयोग के लिहाज़ से यह सब अच्छा था। इससे यह पता चला कि बिस्कुट सच में बहुत स्वादिष्ट और ललचाने वाले थे और अपने लोभ पर क़ाबू रखने के लिए उनको अपनी संकल्प शक्ति का सहारा लेना पड़ा।

इसके बाद विद्यार्थियों को दूसरे कमरे में ले जाया गया और उनको सुलझाने के लिए ज्यामिति की पज़ल दी गईं। उन विद्यार्थियों को ऐसा लगा कि उनकी होशियारी की परीक्षा ली जा रही हो, जबकि असल में ऐसे थे जिनका हल नहीं निकल सकता था। यह परीक्षा इस बात की थी कि पूरी तरह से प्रयास करना छोड़ने

के पहले वे कितनी देर तक उसको सुलझाने में लगे रहने वाले थे। यह एक सामान्य तकनीक थी जिसका प्रयोग दशकों से तनाव पर शोध करने वाले कर रहे थे, क्योंकि यह लगनशीलता का सबसे विश्वसनीय संकेतक है। (शोधकर्ताओं ने यह पाया है कि जो लोग ना सुलझने वाली ऐसी पज़ल को सुलझाने की कोशिश लगातार करते रहते हैं, वे उस तरह के कार्य को भी बहुत देर तक करते रहते हैं, जो असल में करने योग्य होते हैं।)

जिन छात्रों को चॉकलेट और बिस्कुट खाने दिए गए, ऐसे छात्रों ने पज़ल को सुलझाने में बीस मिनट का समय लगाया, इसी तरह से उन छात्रों ने भी किया जो भूखे तो थे, लेकिन जिनको किसी तरह का खाना नहीं दिया गया था। लेकिन मूली खाने वाले छात्रों ने एक आठ मिनट में ही हार मान ली– जो प्रयोगशाला के प्रयोग के मानकों के आधार पर बहुत बड़ा अंतर था। उन लोगों ने बिस्कुट खाने के अपने लालच के ऊपर तो सफलतापूर्वक क़ाबू कर लिया, लेकिन इसके कारण पज़ल सुलझाने के लिए उनके अंदर ऊर्जा कम पड़ गई। आख़िरकार आत्म को लेकर मनोविज्ञान के नए सिद्धांतों के विपरीत संकल्प शक्ति को लेकर पुराने लोगों का जो ज्ञान था, वह सही साबित हुआ।

संकल्प शक्ति रूपक से अधिक लग रही थी। यह ऐसी मांसपेशियों जैसी लग रही थी, जो उपयोग से थक जाता था, जिस तरह से शेक्सपियर ने *ट्रॉयलस ऐंड क्रेसिडा* में पहचाना था। ट्रोजन योद्धा ट्रॉयलस को इस बात का पूरा भरोसा था कि क्रेसिडा ग्रीक युवक की चालाकी से उसके आकर्षण में आ जाएगी, इसलिए वह उससे कहता है कि उसके वफ़ादार रहने की इच्छा पर उसको भरोसा है, लेकिन लेकिन उसको इस बात की चिंता है कि दबाव में आकर वह झुक जाएगी। वह उससे कहता है कि यह भ्रम है कि हमारे इरादे अटल रहते हैं, और वह उसको यह चेतावनी देता है कि जब यह कमज़ोर पड़ जाता है तो क्या होता है : 'कुछ ऐसा होगा जो हम नहीं करेंगे।' और निश्चित रूप से क्रेसिडा ग्रीक योद्धा के आकर्षण में पड़ जाती है।

जब ट्रॉयलस संकल्प शक्ति के 'बदलाव की क्षमता' की बात करता है तो वह एक तरह से उसी तरह की चंचलता की बात कर रहे थे, जो उन छात्रों में दिखाई दे रही थी जो बिस्कुट देखकर ललचा गए थे। जब मूली वाले प्रयोग तथा अन्य तरह के प्रयोगों के द्वारा इस सिद्धांत की पहचान कर ली गई तो नॉर्थ कैरोलिना में वैवाहिक मामलों के जाने माने सलाहकार क्लिनिकल मनोवैज्ञानिक डॉन बाउकॉम को यह बात तत्काल समझ में आ गई। उन्होंने कहा कि बौमिस्तर के शोध ने एक ऐसी स्थापना की है जिसको वे व्यवहार रूप में तो सालों से अनुभव कर रहे थे, लेकिन जिसको वे पूरी तरह से समझ नहीं पाए थे। उन्होंने यह देखा था कई वैवाहिक रिश्तों

में इसलिए मुश्किल हो गई थी, क्योंकि कामकाजी पति-पत्नी शाम के समय छोटी छोटी बातों पर लड़ते रहते थे। कई बार वे ऐसे जोड़ों को यह सलाह देते कि वे काम से घर जल्दी आ जाया करें, जो अजीब तरह की सलाह लग सकती है - एक दूसरे से लड़ने के लिए उनको और अधिक समय क्यों दिया जाए? उसको इस बात का संदेह था कि जब वे दिन भर काम करके घर लौटते थे तो वे इस तरह की स्थिति में नहीं रहते थे कि अपने साथी की चिढ़ पैदा करने वाली आदतों को नज़रअंदाज़ कर दिया जाए, या बिला वजह उदारता दिखाएं, या जब उनका साथी जली-कटी सुनाए तो वे उसको कोई सख़्त जवाब देने के बजाय अपनी ज़बान को क़ाबू में रखें। बाउकॉम ने इस बात को समझ लिया कि उनके अंदर जब थोड़ी बहुत ऊर्जा बाक़ी रहे, उसी दौरान उनको दफ़्तर का काम छोड़कर घर लौट जाना चाहिए। इस बात को उन्होंने देखा था कि काम का तनाव जब बहुत बढ़ जाता है तो शादीशुदा लोगों के ऊपर उसका असर पड़ता है। लोग अपने कार्यस्थल पर अपनी समस्त संकल्प शक्ति का इस्तेमाल कर रहे थे। अपने दफ़्तर को उन्होंने अपना सब कुछ दे दिया और घर को उसके नतीजे भुगतने पड़े।

मूली वाले प्रयोग के बाद इस प्रयोग को अलग-अलग तरह के लोगों कि समूहों के ऊपर आज़माया गया और उसके नतीजे इसी तरह के निकले। शोधकर्ताओं ने इसके और जटिल भावनात्मक प्रभावों के बारे में देखा और उसको मापने के अलग अलग तरीक़ों के बारे में सोचा, जैसे लोगों की कार्यक्षमता के ऊपर गौर करना। किसी तरह के काम को लगातार करते जाना जैसे मैराथन दौड़ने के लिए आपको अनुकूलन से अधिक की आवश्यकता होती है : इस बात से कोई अंतर नहीं पड़ता है कि आप कितने फ़िट हैं, कभी कभी आपका शरीर सुस्ताना चाहता है, और आपके दिमाग़ को शरीर से दौड़ने के लिए कहते रहना पड़ता है। इसी तरह से हैंड एक्सरसाइजर को हाथ में पकड़े रहने और फ़व्वारे के सामने उसको दबाए रखने के लिए आपको शरीर की शक्ति से भी अधिक कुछ चाहिए होता है। कुछ समय के बाद आपका हाथ थक जाता है और धीरे-धीरे आपको अपनी मांसपेशियों में दर्द महसूस होने लगता है। सहज प्रवृत्ति आराम की होती है- जब तक आपका दिमाग़ दूसरी तरह की संवेदनाओं को दबाने में लगा रहता है, जिस तरह का प्रयोग एक उदास इटालियन फ़िल्म में दिखाया गया है।

फ़िल्म देखने के पहले देखने वालों से यह बताया है कि जब वे फ़िल्म देख रहे होंगे तो उनके चेहरे के हाव-भाव को कैमरे से शूट किया जाएगा। कुछ लोगों से यह कहा गया कि वे अपनी भावनाओं को दबाकर रखें और किसी तरह की संवेदना नहीं दिखाएं। जबकि दूसरे कुछ लोगों से कहा गया कि वे अपनी भावनाओं को खुलकर जताएं जिससे कि उनके चेहरे के हाव भावों से उनकी संवेदनाओं का

पता चल सके। तीसरा समूह था, जो नियंत्रित था वह सामान्य रूप से फ़िल्म को देखने के लिए गया।

इसके बाद सभी लोगों ने *मोंडो केन* (एक कुत्ते की दुनिया) नामक फ़िल्म के एक अंश को देखा, वह एक डाक्यूमेंट्री थी जो जंगली जीवों के ऊपर आणविक कचरे के प्रभावों को लेकर थी। उसमें एक यादगार दृश्य है जिसमें एक विशाल समुद्री कछुआ को दिशा भ्रम हो जाता है, वह रेगिस्तान में भटकने लगता है, बेचारा समुद्र नहीं खोज पा रहा है और दुखद रूप से जिसकी मृत्यु हो रही है। निश्चित रूप से आँखों में आँसू ला देने वाली फ़िल्म थी लेकिन सभी देखने वालों को रोने की अनुमति नहीं थी। कुछ लोगों के चेहरे भावहीन थे, क्योंकि उनको ऐसा करने के लिए कहा गया था; कुछ लोग जानबूझकर ख़ूब रो रहे थे। उसके बाद सभी ने हैंड एक्सरसाइजर को हाथ में लेकर दबाया, इसके बाद शोधकर्ताओं ने नतीजों की तुलना की। फ़िल्म का उन समूह के ऊपर किसी तरह का प्रभाव नहीं पड़ा जिन्होंने अपनी भावनाओं को नियंत्रण में रखा था : उन लोगों ने उसी तरह से हैंडल को दबाया, जिस तरह से उन्होंने फ़िल्म देखने के पहले परीक्षण में दबाया था। लेकिन बाक़ी के दोनों समूहों ने जल्दी ही कोशिश छोड़ दी, उनके लिए इससे कोई फ़र्क़ नहीं पड़ता था कि उन्होंने अपनी भावनाओं को दबाया था या उन बेचारे कछुओं को देखकर अपनी भावनाओं को दबाया था। चाहे जो भी हो अपनी भावनाओं को नियंत्रित करने के कारण उनकी संकल्प शक्ति कमज़ोर पड़ गई थी। झूठ मूठ में ऐसा करने का असर पड़ा था।

ना ही प्रसिद्ध मानसिक अभ्यास का असर पड़ा : सफ़ेद भालू की चुनौती। सफ़ेद भालू एक तरह से मनोवैज्ञानिकों के लिए शुभंकर की तरह रहा है, तभी से जब डैन वेंगर ने यह कहानी सुनी कि किस तरह से युवा टॉलस्टॉय या किसी किसी कहानी में युवा दोस्तोव्यस्की ने अपने छोटे भाई से यह शर्त लगाई कि वह सफ़ेद भालू के बारे में सोचे बग़ैर पाँच मिनट भी नहीं चल सकता है। भाई को भुगतना पड़ा, इससे इंसान की मानसिक शक्तियों को लेकर परेशान कर देने वाली बात का पता चला। हम यह सोचते हैं कि अपनी सोच के ऊपर हमारा नियंत्रण होता है, लेकिन ऐसा होता नहीं है। पहली बार ध्यान लगाने वाले इस बात से हैरान रह जाते हैं कि उनका दिमाग़ किस तरह से इधर-उधर भटकने लगता था, जबकि वे उसको एकाग्र करने की पूरी कोशिश करते थे। वेंगर ने अपने प्रयोग के माध्यम से यह दिखाया कि अपने विचारों की धारा के ऊपर हमारा थोड़ा-बहुत ही नियंत्रण रहता है। वेग्नर अब हॉर्वर्ड में पढ़ाते हैं, उन्होंने एक प्रयोग किया जिसमें उन्होंने लोगों से कहा कि जब भी उनके ख़यालों में सफ़ेद भालू आए तो वे घंटी बजाएँ। कुछ होशियारी से तथा ध्यान बँटाने की कुछ तकनीकों के कारण कुछ देर के लिए

वह भालू ख़यालों से दूर रहा, लेकिन उसने यह पाया कि आख़िरकार सभी लोगों ने घंटी बजाई।

इस तरह का प्रयोग हो सकता है कि तुच्छ लगे। इंसानों को जितने तरह के सदमे होते हैं या मानसिक परेशानी होती है उनमें 'अयाचित सफ़ेद भालू विचार' का दर्जा बहुत ऊँचा नहीं है। फिर भी रोज़मर्रा के जीवन से वह दूरी ही इसको शोधकर्ताओं के लिए उपयोगी साधन बनाता है। लोग किस तरह से अपने विचारों को नियंत्रित करते हैं, इस बात को समझने के लिए सबसे अच्छा यह होता है कि सामान्य विचारों को नहीं चुना जाए। जब एक छात्र ने वेग्नर के प्रयोग को दूसरे रूप में करने की कोशिश की, जिसमें लोगों से यह कहा गया कि वे अपनी अपनी माँ के बारे में सोचें तो वह प्रयोग असफल रहा और इससे यह पता चला कि कॉलेज में पढ़ने वाले छात्र इतने कुशल थे कि उन्होंने अपनी माँ के बारे में नहीं सोचा।

माँ को सफ़ेद भालू से किस बात ने अलगाया? शायद छात्र इस कोशिश में थे कि अपने आपको भावनात्मक रूप से अपने माता-पिता से अलग कर लें। शायद वे अक्सर ऐसे काम करते थे जिनको उनकी माँ पसंद नहीं करती, इसलिए उनको अपनी माँ को अपने दिमाग़ से दूर करने की ज़रूरत थी। या शायद वे अपने मन से ग्लानि के भाव को दूर भगाना चाहते थे, क्योंकि वे अपनी माँ को उतना फ़ोन नहीं कर पाते थे, जितना कि उनकी माँएँ चाहती थीं। इस बात पर गौर कीजिए कि माँ और सफ़ेद भालू के बीच के अंतर को लेकर जितने तरह की व्याख्याएँ हो सकती थीं, उन सभी में बात माँ के बारे में ही थी। यही समस्या है, कम से कम शोधकर्ताओं को ऐसा ही लगता है। शुद्ध शोध के लिए माँ उचित विषय नहीं हैं, क्योंकि इतना सारा बोझ होता है- मानसिक और भावनात्मक रूप से इतने तरह के लगाव होते हैं। आप अपनी माँ के बारे में सोचते हैं या नहीं इसके अनेक कारण हो सकते हैं, वे तरह-तरह के हो सकते हैं और एकदम विशिष्ट भी, इसलिए उनको सामान्य रूप से एक जैसा नहीं समझा जा सकता है। इसके विपरीत, अगर सफ़ेद भालू को लेकर अपने विचारों को दबाने में लोगों को परेशानी होती है, क्योंकि आम अमेरिकी लोगों के रोज़मर्रा के जीवन में सफ़ेद भालू का कोई स्थान नहीं होता- इसलिए इसकी व्याख्या कई तरह से की जा सकती है।

चाहे जो भी कारण रहे हों, आत्म नियंत्रण के ऊपर शोध करने वालों के लिए सफ़ेद भालू बहुत प्रभावी था कि लोग अपनी सोच को किस तरह से नियंत्रित करते हैं। निश्चित रूप से लोगों ने कुछ देर तो सफ़ेद भालू के बारे में नहीं सोचा, लेकिन उन्होंने जल्दी ही हार मान ली (उन लोगों की तुलना में जो किसी भी चीज़ के बारे में सोचने के लिए मुक्त थे)। एक और प्रयोग में, जो अपेक्षाकृत कुछ क्रूर था, उनको अपनी भावनाओं के ऊपर क़ाबू रखने में कठिनाई हुई : उनके ऊपर

यह दबाव डाला गया कि वे *सैटरडे नाइट लाइव* के नाटक को देखते हुए या रॉबिन विलियम्स की स्टैंड आप कॉमेडी को देखते हुए निर्लिप्त रहें। देखने वालों के चेहरे के हाव भाव को रिकार्ड किया गया और बाद में शोधार्थियों ने उनको व्यवस्थित रूप से कूटबद्ध किया। एक बार फिर, उन लोगों के ऊपर उसके प्रभाव वैसे ही रहे, जिस तरह पहले सफ़ेद भालू वाले अभ्यास के दौरान रहे : जब रॉबिन विलियम्स अपना एक चुटकुला सुना रहा था तो वे अपनी हँसी या मुस्कुराहट नहीं रोक पाए।

अगर आपका बॉस ऐसा है जो आपको बेवकूफ़ी भरे सुझाव देता रहता है तो आपको इस नतीजे को दिमाग़ में रखना चाहिए। अगली मीटिंग में वह दाँत ना निपोरे इसके लिए किसी ऐसे मानसिक अभ्यास से दूर रहें, जो कठिन हो। और आप जितने चाहें उतने सफ़ेद भालुओं के बारे में सोचने के लिए स्वतंत्र हैं।

संवेदना को नाम दें

जब एक बार प्रयोगों से यह बात साबित हो गई कि संकल्प शक्ति होती है तो मनोवैज्ञानिकों एवं तंत्रिका विज्ञानियों के सामने नए तरह के सवाल आ गए। असल में संकल्प शक्ति होती क्या है? इसमें दिमाग़ का कौन-सा हिस्सा शामिल होता है? तंत्रिका सर्किट में इससे क्या होता है? और किस तरह के शारीरिक बदलाव हो रहे थे? संकल्प शक्ति के कमज़ोर हो जाने के बाद किस तरह से महसूस हुआ?

सबसे तात्कालिक सवाल यह उठा कि इस प्रक्रिया को क्या नाम दिया जाए- 'बदलने वाली क्षमता' या कमज़ोर 'संकल्प शक्ति' से कुछ और उपयुक्त नाम या 'किसी शैतान ने मुझसे यह करवा लिया।' हाल के वैज्ञानिक साहित्य से इस बारे में कुछ पता नहीं चलता। बौमिस्तर को इसके लिए फ्रायड की शरण में जाना पड़ा, ताकि वे आत्म का एक मॉडल ले सकें जिसमें ऊर्जा का सिद्धांत भी शामिल हो। फ्रायड के विचार हमेशा की तरह भविष्यदर्शी तथा पूरी तरह से ग़लत साबित हुए। उनका सिद्धांत यह था कि इंसान एक प्रक्रिया का इस्तेमाल करता है जिसमें वह ऊर्जा को उसके मूल प्रवृत्ति के स्रोत से सामाजिक रूप से अधिक स्वीकृत रूप में बदल दिया जाता है। इस प्रकार फ्रायड का यह कहना था कि महान कलाकार अपनी काम ऊर्जा को काम में लगा लेते हैं। यह बहुत होशियारी भरी कल्पना थी, लेकिन आत्म की ऊर्जा का मॉडल बीसवीं शताब्दी के मनोवैज्ञानिकों को रास नहीं आया, ना ही रूपांतरण की क्रिया का सिद्धांत ही उनके पल्ले पड़ा। जब बौमिस्तर तथा उनके सहयोगियों ने आधुनिक शोध साहित्य के समक्ष फ्रायड के सैद्धांतिक उपादानों को रखा तो उन्होंने पाया कि सबसे बुरा परिणाम रूपांतरण की प्रक्रिया का आया। असल में इसका कोई प्रमाण नहीं था, और उससे उलट बात को सही समझने के अनेक कारण था। उदाहरण के लिए अगर रूपांतरण का सिद्धांत सही था

तो फिर कलाकारों में ऐसे लोग बहुत होने चाहिए थे जिन्होंने आपकी काम ऊर्जा को रूपांतरित कर लिया हो, और इस वजह से उनके बीच सेक्स कम होना चाहिए था। लेकिन क्या आपने कलाकारों के ऐसे किसी इलाक़े के बारे मे सुना है जो सेक्स की *कमी* के कारण जाना जाता हो?

लेकिन फ्रायड का आत्म का जो ऊर्जा मॉडल था, वह कुछ बात करता था। कलाकारों की बस्ती में आपसी मेलज़ोल के लिए सबसे जरूरी पहलू ऊर्जा थी। काम भावना को रोकने के लिए ऊर्जा की ज़रूरत होती है, रचनात्मक कार्य के लिए भी उसकी ज़रूरत पड़ती है। अगर आप अपनी ऊर्जा को कला में लगा देते हैं तो आपके पास अपनी काम भावना को रोकने के लिए उतनी ऊर्जा नहीं रह जाएगी। फ्रायड इस बात को लेकर स्पष्ट नहीं थे कि आख़िर यह ऊर्जा आती कहाँ से है और यह किस तरह से संचालित होती है, लेकिन उन्होंने कम से कम आत्म के इतिहास में इसको बहुत महत्त्वपूर्ण स्थान दिया। इस दिशा में फ्रायड की दृष्टि को देखते हुए बॉमाइस्टर ने उनके प्रति सम्मान प्रदर्शित करते हुए फ्रायड द्वारा आत्म के लिए प्रयोग किए जाने वाले शब्द ईगो या अहं का चुनाव किया। इस प्रकार 'अहं ह्रास' शब्द का प्रयोग हुआ, इस शब्द का प्रयोग बॉमाइस्टर ने लोगों के अंदर विचारों, भावनाओं तथा गतिविधियों को संचालित करने के लिए उनकी ह्रासशील क्षमता को संचालित करने के लिए किया। कई बार लोग मानसिक थकान से उबर आते हैं, लेकिन बॉमाइस्टर ने यह पाया कि अगर उन्होंने अपनी संकल्प शक्ति को दबाने के लिए ऊर्जा का उपयोग किया होता (या निर्णय लेकर, जो अहं ह्रास का एक और उदाहरण है, जिसके बारे में हम बाद में बात करेंगे) तो वे धीरे-धीरे हार मान लेते। यह शब्द बाद में हज़ारों वैज्ञानिक लेखकों में आया है, क्योंकि बाद में मनोवैज्ञानिकों को अहं ह्रास की उपयोगिता के बारे में समझ आया, जिसके द्वारा विस्तृत प्रकार के व्यवहारों को समझा जा सकता था।

दिमाग़ में अहं का ह्रास किस तरह से होता है, यह बात आरंभ में रहस्य था, जब यूनिवर्सिटी ऑफ़ टोरंटो के दो शोधार्थियों माइकल इंजलिष्ट और जेनिफ़र गुटसेल ने इस बात पर गौर किया कि लोगों ने ऐसी टोपियाँ पहन रखी थीं, जिसमें इलेक्ट्रोड्स और तार लगे हुए थे, इस पद्धति को एलेक्ट्रोइन्सेफ़ेलोग्राफ़िक रिकार्डिंग नाम दिया गया, इसके माध्यम से वैज्ञानिक दिमाग़ के अंदर चलने वाली विद्युतीय गतिविधियों को दर्ज करते थे। इसके माध्यम से दिमाग़ को बिलकुल पढ़ा तो नहीं जा सकता है, लेकिन इसकी मदद से यह समझा जा सकता है कि दिमाग़ किस तरह अलग अलग समस्याओं का सामना करता है। टोरंटों के इन शोधार्थियों ने दिमाग़ के उस हिस्से पर अधिक ध्यान दिया, जिसको एंटीरियर सिंगुलेट कॉर्टेक्स कहा जाता है, यह दिमाग़ के आगे की तरफ़ का हिस्सा होता है, जो इस बेमेल को देखता है

कि आप क्या कर रहे हैं और आपको क्या करना चाहिए। इसको अंतर्द्वंद्व निगरानी व्यवस्था या ग़लती पहचाना व्यवस्था के नाम से जाना जाता है। यह दिमाग़ का वह हिस्सा होता है जो ऐसी किसी तरह की गड़बड़ी या बेमेल होने पर आपको चौकन्ना कर देता है, मान लीजिए कि आपके एक हाथ में हैमबर्गर हो और दूसरे हाथ में सेल फ़ोन, और आपने सेल फ़ोन को खाने के लिए मुँह की तरफ़ बढ़ाया तो ऐसे में यह आपको चौकन्ना कर देगा। दिमाग़ के अंदर जो यह चेतावनी की व्यवस्था होती है, वह विद्युतीय ऊर्जा की तरह से काम करती है (जिसको घटना से जुड़ी नकारात्मकता कहा जाता है)।

खोपड़ी में तार लगाकर टोरंटो में लोग किसी डाक्यूमेंट्री के कुछ परेशान करने वाले दृश्य देख रहे थे, जिसमें पशुओं के ऊपर अत्याचार हो रहा था और वे मर रहे थे। वहाँ बैठे आधे लोगों से यह कहा गया कि वे अपनी भावनात्मक प्रतिक्रियाओं को दबाए रखें, इसलिए वे लोग अहं के ह्रास की अवस्था में यानी अपने अहं को दबाकर बैठे हुए थे। बाक़ी लोग बड़े आराम से सिनेमा देख रहे थे। इसके बाद सभी लोग दूसरी तरह की गतिविधि में शामिल हो गए, जिसका वहाँ दिखाई जा रही फ़िल्म से कोई संबंध नहीं था : उस गतिविधि को प्रसिद्ध मनोवैज्ञानिक जेम्स स्ट्रूप के नाम पर स्ट्रूप कार्य नाम दिया गया था, जिसमें उनको कुछ अक्षरों के बारे में यह बताना पड़ता था कि उनको किस रंग में मुद्रित किया गया है। उदाहरण के लिए किसी अक्षर को लाल रंग से रंगा गया हो तो उसके बारे में यह बताना बहुत आसान होता है, उनको लाल रंग से पेंट किया गया है। लेकिन अगर *हरा* रंग लिखकर उसको लाल रंग से पेंट किया गया हो तो इसके लिए अतिरिक्त प्रयास की ज़रूरत होती। हरा रंग पढ़ते ही आपके अंदर सबसे पहले उसके रंग का ध्यान आएगा लेकिन आप अपनी उस सोच को रोककर स्याही के रंग को पहचानते हैं – लाल रंग को। बहुत सारे अध्ययनों में यह पता चला है कि लोग ऐसे हालात में जवाब देने के मामले में धीमे होते हैं। वास्तव में, शीत युद्ध के दौरान स्ट्रूप कार्य अमेरिकी ख़ुफ़िया विभाग के लिए ट्रूप कार्य एक साधन बन गया था। कोई गुप्तचर यह दावा कर सकता था कि वह रूसी भाषा को नहीं जानता था, लेकिन वह रंगों में रूसी अक्षरों को देखकर सही जवाब देने में अधिक समय लगा सकता था।

टोरंटो प्रयोग के दौरान सही रंग का चुनाव लोगों के लिए वाक़ई मुश्किल साबित हुआ, क्योंकि पशुओं के बारे में उदास कर देने वाली फ़िल्म को देखकर उनकी संकल्प शक्ति पहले से ही क्षीण हो चुकी थी। जवाब देने में उन्होंने अधिक समय लगाया और इस तरह और ग़लतियाँ की। उनके दिमाग़ से लगे तारों ने दिमाग़ की संघर्ष निगरानी व्यवस्था आलस भरी गतिविधियों को उजागर किया : बेमेल को लेकर चेतावनी का जो संकेत था, वह कमज़ोर था। इनके नतीजों से यह पता चला

कि दिमाग़ का जो हिस्सा आत्म नियंत्रण के लिए महत्त्वपूर्ण होता है, उसमें अहं के क्षय के कारण सुस्ती आ गई थी। जब दिमाग़ सुस्त पड़ जाता है तो ग़लतियों को पहचानने की क्षमता मंद पड़ जाती है, जिसके कारण लोगों को अपनी प्रतिक्रियाओं को नियंत्रित करना मुश्किल हो जाता है। अगर अपने अहम को मंद करने के कारण वे जिन कामों को आसानी से कर सकते थे, उनको करने के लिए भी उनको संघर्ष करना पड़ता है।

अहम को मंद करने से दिमाग़ की गति मंद पड़ जाती है, जो न्यूरो वैज्ञानिकों को बहुत आकर्षित करती है, लेकिन हम लोगों के लिए अधिक कारगर होगा अपनी खोपड़ी में तार और विद्युत तरंगों को लगाए बिना मंद पड़े अहम की पहचान करना। इसकी पहचान किस तरह की जा सकती है – अपने साथी के साथ झगड़े के पहले आपका दिमाग़ आपको इसके लिए चौकन्ना नहीं करे या आपको आइसक्रीम खाने के पहले वह सावधान नहीं करे? हाल तक शोधार्थी इसमें कुछ ख़ास मदद नहीं कर पा रहे थे। उनके दर्जनों अध्ययन में वे भावनात्मक प्रतिक्रियाओं को लेकर कुछ बता नहीं पाए, कई बार परिणाम परस्पर विरोधी आ जाते या कई बार कुछ भी नतीजे सामने नहीं आते थे। मंद पड़ने का मतलब यह नहीं था कि इसके कारण लोगों को हमेशा निराशा ही महसूस होती थी या उनको क्रोध आता रहता था या वे असंतुष्ट रहते। 2010 में जब शोधार्थियों के एक अंतरराष्ट्रीय समूह ने क़रीब अस्सी अध्ययनों के नतीजों का अध्ययन किया और पाया कि अहम के मंद करने का प्रभाव हमारे व्यवहार के ऊपर बहुत अधिक पड़ता है, व्यापक रूप में पड़ता है और यह बहुत विश्वसनीय होता था, लेकिन लोगों की भावनाओं के ऊपर उसका असर बहुत कमज़ोर रूप में पड़ा था। जो लोग ऐसी मंद अवस्था में थे, उनका कहना था कि उनको थकान का अनुभव हुआ, और उनके अंदर नकारात्मक भावनाएँ आई, लेकिन यह भिन्नता भी बहुत अधिक नहीं थी। इन नतीजों से यह पता चला कि अहम का मंद पड़ना एक ऐसी बीमारी जैसी लग रही थी जिसका कोई लक्षण नहीं था, एक ऐसी अवस्था जो किसी तरह की महसूस नहीं हो रही थी।

लेकिन अब यह बात समझ में आई है कि अहम के मंद पड़ने के संकेतक होते हैं, जो नतीजा है बॉमाइस्टर तथा उनके लंबे समय की सहयोगी कैथलीन वोह्स के नेतृत्व में यूनिवर्सिटी ऑफ़ मिनेसोटा की एक टीम द्वारा किए गए प्रयोगों का। इन प्रयोगों में भी जिन व्यक्तियों का अहम मंद पड़ा हुआ था, उन्होंने किसी एक संवेदना के बारे में नहीं बताया, किसी भी तरह की चीज़ को लेकर उन्होंने बहुत अधिक प्रतिक्रिया नहीं दिखाई। जब उन्होंने कोई उदास करने वाली फ़िल्म देखी तो वे और उदास हो गए। सुखांत फ़िल्मों को देखकर वे ख़ुश हो गए, और परेशान करने वाली फ़िल्मों को देखकर वे और परेशान हो गए, डर गए। जिन लोगों का अहं मंद नहीं

पड़ा था, उन लोगों के मुक़ाबले मंद अहं वाले लोगों के लिए बर्फ़ीला ठंडा पानी अधिक परेशान करने वाला रहा। संवेदनाओं के साथ इनकी इच्छाओं का विस्तार हुआ। एक बिस्कुट खाने के बाद ऐसे लोगों को एक और बिस्कुट खाने की इच्छा हुई, और अगर उनको दिया जाता तो वे और बिस्कुट खा जाते। जब उनको बंद लिफ़ाफ़े में कोई तोहफ़ा दिखा तो उनके अंदर से यह गहरी ख़्वाहिश जाग उठी कि उसको खोलना चाहिए।

इसलिए अगर आप किसी तरह की परेशानी का संकेत पहले से चाहते हैं तो इसके लिए किसी एक लक्षण को नहीं देखें बल्कि आपकी संवेदनाओं में किस तरह का बदलाव आया है इसको देखें। अगर आप किसी परेशान करने वाली घटना से परेशान हो जा रहे हैं या कुछ उल्टा सीधा सोचकर परेशान हो जा रहे हैं या किसी अच्छे समाचार से ख़ुश हो जा रहे हैं तो इसका मतलब यह हो सकता है कि आपके दिमाग़ का तंत्र आपकी भावनाओं को ठीक से नियंत्रित नहीं कर रहा है। भावनाओं की गहराई बहुत आनंददायक हो सकती है और यह आपके जीवन का ज़रूरी हिस्सा हो सकती है, और हम आपको यह सुझाव नहीं दे रहे हैं कि आप भावनात्मक एकरसता की कामना करें। लेकिन आपको इस बात की जानकारी होनी चाहिए कि इस तरह की भावनाओं का क्या मतलब है। अगर आप अपने अंदर के लोभ को क़ाबू करने की कोशिश कर रहे हों तो हो सकता है कि आपके अंदर छिपी हुई लालसाएँ तब और मज़बूती से जाग जाएँ, जब आप उनको दबाने की कोशिश में लगे हों। अहं के मंद पड़ने से दोहरी बाधा का निर्माण होता है। आपकी संकल्प शक्ति का अंत हो जाता है और आपके अंदर की लालसा पहले से भी अधिक मज़बूत हो जाती है।

यह समस्या विशेष रूप से ऐसे लोगों के लिए बहुत बड़ी हो सकती है जिनको किसी प्रकार की लत होती है। शोधकर्ताओं ने इस बात पर बहुत पहले ही ग़ौर कर लिया था जब आप किसी चीज़ को छोड़ने की कोशिश कर रहे होते हैं तो आपके अंदर उसको पाने की चाह और बढ़ जाती है। ड्रग्स की आदत को छोड़ने के क्रम में कोई इंसान अपनी उस आदत का त्याग करने के लिए संकल्प शक्ति का इतना ज़बरदस्त प्रयोग करता है कि उसके कारण यह हो सकता है कि अहं लंबे साया के लिए मंद पड़ जाए, और इस अवस्था के कारण उस व्यक्ति में ड्रग्स की ख़्वाहिश और भी बढ़ जाती है। इसके अलावा, अन्य तरह की घटनाओं का भी अस्वाभाविक रूप से मज़बूत प्रभाव पड़ेगा, जिसके कारण तनाव और बढ़ जाएगा या सिगरेट, शराब पीने या ड्रग्स लेने की ख़्वाहिश और भी बढ़ जाएगी। इसी वजह से व्यसनी लोग फिर से उस व्यसन के शिकार हो जाते हैं तथा छोड़ने के बाद नशेडियों को बहुत अजीब महसूस होने लगता है। मनोवैज्ञानिकों द्वारा अहं के मंद पड़ने की खोज

के बहुत पहले ब्रिटिश व्यंग्यकार सर ए.पी. हरबर्ट ने परस्पर विरोधी लक्षणों को बहुत स्पष्ट रूप से रखा है :

> 'ईश्वर का शुक्र है, मैंने सिगरेट पीनी फिर से छोड़ दी है!' उसने घोषणा की। ईश्वर का शुक्रिया मैं फिर से चुस्त-दुरुस्त महसूस करने लगा हूँ। आत्मघाती लेकिन चुस्त-दुरुस्त। एक अलग तरह का इंसान महसूस कर रहा हूँ। चिड़चिड़ा, मनमौजी, रूखा लेकिन मेरे फेंफड़े सही हैं।'

गंदे मोज़ों का रहस्य

1970 के दशक में मनोवैज्ञानिक डेरिल बीम ने व्यवहारों की एक सूची बनाकर उसके आधार पर सच्चे और ईमानदार लोगों की पहचान करने की कोशिश की। उनको ऐसा लगा कि स्कूल में 'समय पर असाइनमेंट जमा करने वालों,' 'साफ़ मोज़े पहनने वालों' के बीच वे किसी तरह का सकारात्मक संबंध देख लेंगे, क्योंकि दोनों अंतर्विवेकशीलता के अंतर्निहित गुण से पैदा होते हैं। लेकिन जब उन्होंने स्टैनफ़ोर्ड के विद्यार्थियों से आँकड़े जमा किए, जहाँ उन्होंने पढ़ाया था, तो उन्हें बड़ी हैरानी हुई कि उनके बीच का जो संबंध था, वह नकारात्मक क़िस्म का था। उन्होंने मज़ाक़ में कहा, 'छात्र या तो अपना होम वर्क करते या रोज़ाना अपने मोज़े बदलते थे, लेकिन एक दिन में दोनों नहीं करते थे।'

इस बारे में उसने आगे कुछ नहीं सोचा, लेकिन कई दशक के बाद दूसरे शोधकर्ताओं ने सोचा कि इस मज़ाक़ के पीछे क्या था। आस्ट्रेलिया के दो मनोवैज्ञानिकों मेगान ओटेन और केन चेंग ने इस संभावना के बारे में सोचा कि हो सकता था कि वे विद्यार्थी अहम मंद पड़ने से जूझ रहे हो सकते थे, जिसके बारे में मूली वाले प्रयोग में पता चला था। इन मनोवैज्ञानिकों ने एक सेमेस्टर के दौरान अलग-अलग समय पर विद्यार्थियों पर प्रयोगशाला में आत्म नियंत्रण को लेकर परीक्षण किए। जैसी कि आशा थी सेमेस्टर के अंतिम दिनों में विद्यार्थियों ने अच्छा प्रदर्शन नहीं किया, कारण साफ़ था कि परीक्षा के लिए पढ़ाई करने और असाइनमेंट जमा करने के दबाव के कारण उनकी संकल्प शक्ति के ऊपर दबाव बना हुआ था। लेकिन यह क्षय केवल प्रयोगशालाओं के परीक्षण तक ही सीमित नहीं था। जब उनके जीवन के अलग-अलग पहलुओं के बारे में पूछा गया तो यह बात साफ़ हो गई कि बेम ने गंदे मोज़े संबंधी जो खोज की थी, वह तुक्का नहीं थी। जब परीक्षा के दौरान विद्यार्थियों का आत्म नियंत्रण गड़बड़ा जाता है तो सभी तरह की अच्छी आदतें उभर कर आ जाती हैं। वे व्यायाम करना छोड़ देते हैं। वे अधिक सिगरेट पीने लगते हैं। वे चाय कॉफ़ी अधिक पीने लगते हैं। अधिक कैफ़ीन पीने को हो

सकता है पढ़ाई में सहायक के रूप में मान लिया जाए, लेकिन अगर उनको सही में अधिक पढ़ाई करनी होती तो उनको अल्कोहल का सेवन कम करना चाहिए था, लेकिन ऐसा हुआ नहीं। परीक्षा के दिनों में पार्टी वग़ैरह कम ही होती होगी, लेकिन छात्र पहले से अधिक पीने लगे थे। उन लोगों ने स्वास्थ्यवर्धक भोजन छोड़ दिया था और 50 प्रतिशत अधिक जंक फूड खाने लगे थे। ऐसा नहीं था कि उन लोगों को अचानक ऐसा लगने लगा हो कि आलू के चिप्स दिमाग़ के लिए अच्छे होते हैं। बल्कि जब उनका ध्यान परीक्षा पर एकाग्र था तो उन दिनों में उन लोगों ने स्वास्थ्य के लिए हानिकारक, मोटापा बढ़ाने वाले भोजन की चिंता छोड़ दी थी। वे किसी से फ़ोन पर बात करने, बर्तन धोने या फ़र्श की सफ़ाई को लेकर कम चिंतित हो गए थे। फ़ाइनल परीक्षा के समय निजी साफ़-सफ़ाई से जुड़े हर पहलू में गिरावट आ गई थी। छात्र दांतों को साफ़ करने को लेकर भी कम उत्साही हो गए थे। वे बाल धोने और दाढ़ी बनाना भी छोड़ दे रहे थे। और हाँ, वे गंदे मोज़े पहन रहे थे और कपड़े भी गंदे पहनने लगे थे।

क्या इन बातों से केवल यही समझा जा सकता था कि उनकी प्राथमिकताओं में कुछ व्यवहारिक बदलाव आया था, और वे स्वास्थ्य को लेकर कम चिंतित हो गए थे? क्या वे सोच समझ कर समय बचा रहे थे ताकि और अधिक समय पढ़ाई में लगा सकें? ऐसा नहीं है। परीक्षा के दौरान यह पाया गया कि छात्रों में पढ़ाई के बजाय दोस्तों के साथ समय बिताने की प्रवृत्ति बढ़ गई थी – जो एक तरह से बुद्धिमानी और व्यावहारिक से एकदम उल्टी बात थी। कुछ छात्रों में तो यह पाया गया कि परीक्षा के दौरान पढ़ाई की उनकी आदत बिगड़ गई थी, जो उनका बिलकुल इरादा नहीं था। वे और अधिक पढ़ाई करने के लिए अपनी संकल्प शक्ति का प्रयोग करना तो चाहते थे लेकिन फिर भी वे पढ़ाई कम कर पा रहे थे। इसी तरह से पाया गया कि वे पहले से अधिक सो रहे थे, और पहले से अधिक खर्चा करने लगे थे। परीक्षा के दिनों में ख़रीदारी का कोई मतलब समझ में नहीं आता था लेकिन छात्रों का अपने ख़र्चों के ऊपर किसी तरह का नियंत्रण नहीं रह गया था। वे तुनकमिज़ाज हो गए थे, चिड़चिड़े हो गए थे, और उनको गुस्सा जल्दी आ जा रहा था या बहुत जल्दी निराश हो जा रहे थे। हो सकता है कि अपने इस मिज़ाज के लिए वे परीक्षा के तनाव को दोषी ठहरा रहे हों, क्योंकि यह एक आम धारणा है कि तनाव के कारण इस तरह की भावनाएँ प्रबल हो जाती हैं। तनाव असल में करता यह है कि हमारी संकल्प शक्ति को कमज़ोर कर देता है, जो इन भावनाओं को वश में करने की आपकी क्षमता को क्षीण बना देती है।

अहं के मंद करने के प्रभावों को हाल में जर्मनी में बीपर अध्ययन में अधिक अच्छे से दिखाया गया है जिसके बारे में हम पहले ही चर्चा कर चुके हैं। बीपर

के प्रयोग के द्वारा हम दिनभर लोगों से उनकी इच्छाओं के बारे में जान सकते हैं, बौमिस्तर और उनके सहयोगी इस बात को देख सकते थे कि दिन बीतने के साथ संकल्प शक्ति में कितनी कमी आती थी। निश्चित रूप से लोग अपनी संकल्प शक्ति का जितना ही उपयोग करते उतनी ही इस बात की संभावना रहती थी कि अगली बार जैसे ही उनके सामने कोई लुभावनी चीज़ आए तो वे उसको लपक लेने के लिए लालायित हो जाएँ। जब उनके अंदर कोई नई ख़्वाहिश जाग जाए जिसके कारण आपके अंदर लेने ना लेने का द्वंद्व होने लगे और उस लुभावनी चीज़ के ठीक पहले आपने किसी लुभावनी चीज़ को लेने से अपने आपको रोक लिया हो तो आप निश्चित रूप से उसको लेने के लिए लालायित हो जाएँगे।

जब वे उस लुभावनी चीज़ के लोभ में आ जाते हैं तो जर्मनी के वयस्क एवं अमेरिका के कॉलेज के छात्र शायद अपनी इस गलती को अपने व्यक्तिव के किसी दोष की तरह देखने लगे : मेरे अंदर इतनी इच्छा शक्ति नहीं है। लेकिन वही लोग उस दिन कुछ पहले या उस सेमेस्टर की पढ़ाई के दौरान शुरुआत में उनके अंदर ऐसी इच्छा शक्ति थी कि वे किसी भी तरह के लालच से अपने आपको बचा सकते थे। अब क्या हो गया? क्या सच में संकल्प शक्ति चली गई? शायद, लेकिन अहं के मंद पड़ने को लेकर जो शोध हुआ था उसकी व्याख्या का एक और ढंग भी था। हो सकता है कि लोगों में संकल्प शक्ति की कमी नहीं होती होगी। हो सकता है कि चेतन या अचेतन रूप से उन्होंने उसको जमा कर लिया हो। बौमिस्तर के एक ग्रैजुएट छात्र मार्क मुरावेन ने संरक्षण के सवाल को उठाया और तब तक उसका अध्ययन करते रहे जब तक कि वे अल्बानी में स्टेट यूनिवर्सिटी न्यू यॉर्क में प्रोफ़ेसर नहीं हो गए। सामान्य तौर पर उन्होंने किसी व्यक्ति की संकल्प शक्ति को मंद करने के कई तरह के अभ्यासों से शुरुआत की। उसके बाद जब वे दूसरे दौर की तैयारी कर रहे थे, उनकी सहनशीलता की परीक्षा कर रहे थे, तो उन्होंने उन लोगों को यह चेतावनी दी कि इसके बाद एक तीसरा दौर भी होगा जिसमें उनको बहुत सारे काम करने पड़ेंगे। यह सुनकर लोगों ने दूसरे दौर के दौरान कामचोरी दिखाई। जाने अनजाने में वे अंतिम दौर के लिए अपनी ऊर्जा को संचित कर रहे थे।

इसके बाद मुरावेन ने दूसरे दौर के दौरान एक और प्रकार को आज़माया। लोगों की सहनशीलता की परीक्षा के पहले उसने उन लोगों को यह सूचित किया कि अगर वे अच्छा करेंगे तो उनको कुछ धन मिलेगा। नगदी की बात ने तो जैसे चमत्कार कर दिया। लोगों को अच्छा करने का मक़सद मिल गया। जिन लोगों के ऊपर प्रयोग किया जा रहा था वे लोग जिस तरह से मेहनत कर रहे थे उससे कहीं से नहीं लग रहा था कि पहले कभी इनकी संकल्प शक्ति मंद पड़ गई थी। वे मैराथन

धावक की तरह लग रहे थे जिनको सीमा रेखा पर इंतज़ार करता हुआ पुरस्कार मिल गया था और जैसे वे दोगुने जोश में आ गए थे।

लेकिन मान लीजिए कि पुरस्कार के पास पहुँचने पर मैराथन धावकों को अचानक यह बताया जाए कि सीमा रेखा असल में सड़क पर एक मील आगे जाकर थी। दूसरे दौर में मेहनत करके जिन लोगों ने नगद राशि जीती थी, मुरावेन ने उनके साथ यही किया। उसने अनेक शानदार प्रदर्शन के समाप्त होने का इंतज़ार किया और फिर उनको यह बताया कि अभी उनका काम पूरा नहीं हुआ था – उनको मेहनत का एक और दौर पूरा करना था। चूँकि इस बारे में उनको पहले से चेतावनी नहीं दी गई थी, इसलिए उन्होंने अपनी ऊर्जा को संचित नहीं किया था, और इसके कारण उनका प्रदर्शन बहुत ख़राब हुआ। वास्तव में, दूसरे दौर में उन लोगों ने बेहतर प्रदर्शन किया था, लेकिन तीसरे दौर में उनका प्रदर्शन बहुत ख़राब रहा। अब वे ऐसे मैराथन धावक की तरह दौड़ रहे थे, जिन्होंने बहुत पहले ही तेज़ दौड़कर दौड़ पूरी करने की कोशिश की जिसके कारण सब उनसे आगे निकल गए और वे लड़खड़ाते हुए सीमा रेखा तक पहुँचे।

सड़क तथा प्रयोगशाला से मिले सबक़

अपनी तमाम अराजकता के बावजूद अमंडा पामर एक मामले में पूरी तरह से बुर्जुआ हैं। आप उनसे संकल्प शक्ति के बारे में पूछिए, और वह आपसे बताएँगी कि उनमें कभी बहुत रहा ही नहीं। 'मैं अपने आपको बिलकुल अनुशासित व्यक्ति नहीं मानती', उनका कहना था। लेकिन जब आप उनके ऊपर दबाव डालेंगे तो वह बताएँगी कि छह साल तक जीवित प्रतिमा के रूप में काम करने के कारण उनका संकल्प और मज़बूत हुआ।

'सड़क पर प्रदर्शन करने से मेरे अंदर साहस में बढ़ोतरी हुई', उनका कहना था। 'उतने घंटे बक्से के ऊपर खड़े होने से मेरी एकाग्रता में वृद्धि हुई। आप प्रदर्शन करने वाले कलाकार होते हैं तो आप अपने आपको वर्तमान काल से बाँध लेते हैं और अपने आपको एकाग्र बनाए रखते हैं। लंबे समय की रणनीति बनाने के मामले में मेरा हाल बहुत ख़राब था, लेकिन कार्य नीति के मामले में मेरा कोई जोड़ नहीं और एक चीज़ करने के मामले में मैं बहुत अनुशासनबद्ध हूँ। एक समय में एक काम और उसके ऊपर मैं घंटों एकाग्रता बनाए रख सकती हूँ।'

शोधकर्ताओं ने प्रयोगशाला के अंदर और बाहर हज़ारों लोगों का अध्ययन करने के बाद भी कमोबेश यही पाया। प्रयोगों से लगातार दो तरह के सबक़ मिले :

1. आपके अंदर संकल्प शक्ति सीमित मात्रा में होती है और जब आप उसका उपयोग करते हैं तो वह मंद पड़ जाती है।
2. आप सभी प्रकार के कामों के लिए एक जैसी संकल्प शक्ति का ही प्रयोग करते हैं।

आपको ऐसा लग सकता है कि आपके अंदर काम के लिए आत्म नियंत्रण का एक संचय होता है, एक भोजन पर नियंत्रण के लिए, एक व्यायाम करने के लिए, और एक अपने परिवार के साथ अच्छे बर्ताव के लिए। लेकिन मूली वाले प्रयोग से यह पता चला कि चॉकलेट खाने की इच्छा पर क़ाबू पाने तथा ज्यामिति के पज़ल को सुलझाने के लिए ऊर्जा के एक ही स्रोत का इस्तेमाल किया गया, और ऐसा बार बार हुआ। आप दिन भर तरह-तरह के जो काम करते हैं, उनके बीच एक गुप्त संबंध होता है। आप परेशान कर देने वाले ट्रैफ़िक, ललचाने वाला भोजन, चिढ़ पैदा करने वाले सहकर्मी, बहुत अधिक काम करवाने वाले बॉस, बात बात में रूठ जाने वाले बच्चों से निपटने के लिए एक ही संकल्प शक्ति का प्रयोग करते हैं। जब आप दिन में मीठा खाने से परहेज़ करते हैं तो अपने बॉस की अच्छी हेयर स्टाइल की प्रशंसा करने के लिए आपके पास संकल्प शक्ति की कमी पड़ जाती है। पुराने जमाने में जब हताश मज़दूर घर जाते तो अपने अहं को मंद करने के लिए कुत्ते को लात जमा देते थे, हालाँकि आजकल के मज़दूर अपने पालतू पशुओं के प्रति ऐसा घटिया व्यवहार नहीं करते हैं। घर के सदस्यों में से किसी को बुरा भला कहने की उम्मीद उनसे अधिक होती है।

अहं को मंद करने से आपके दिल की धड़कन ऊपर भी असर पड़ता है। जब प्रयोगशाला में लोग मानसिक आत्म नियंत्रण का अभ्यास करते हैं तो उनके दिल की धड़कन में उतार-चढ़ाव होने लगता है; इसके विपरीत, जिन लोगों के दिल की धड़कन में सामान्य तौर पर उतार-चढ़ाव होता रहता है तो अनेक अंदर आत्म नियंत्रण के लिए अधिक ऊर्जा होती है, क्योंकि वे प्रयोगशाला में अध्यवसाय के परीक्षण में उन लोगों से अधिक अच्छा करते हैं जिनके दिल की धड़कन स्थिर रहती है। दूसरे तरह के प्रयोगों से यह पता चला है कि जिन लोगों के शरीर में लगातार दर्द होता रहता है, उन लोगों में संकल्प शक्ति की कमी पाई जाती है, क्योंकि दर्द को नज़रअंदाज़ करने को लेकर उनका दिमाग़ बहुत सुस्त होता है।

हम संकल्प शक्ति के उपयोग को मोटे तौर पर चार वर्गों में बाँट सकते हैं, जिसकी शुरुआत विचारों के नियंत्रण से होती है। कई बार यह हारने से संघर्ष करने जैसा होता है, चाहे आप निरर्थक रूप से किसी गंभीर चीज़ को नज़रअंदाज़ करने की कोशिश में होते हैं या आप कान में घुसे कीड़े से परेशान हों लेकिन उसको निकाल नहीं पा रहे हों। लेकिन आप एकाग्र होना भी सीख सकते हैं, विशेष रूप से तब

जब आपकी प्रेरणा मज़बूत हो। लोग अक्सर अपनी संकल्प शक्ति को संरक्षित करने के लिए सबसे बेहतर जवाब की तलाश नहीं करते बल्कि पूर्व निर्धारित नतीजों पर पहुँचते हैं। धार्मिक और आस्थावादी लोग दुनिया को अपनी आस्था के सिद्धांतों के आधार पर देखते हैं और इसको लेकर वे किसी तरह का कोई समझौता नहीं करते। जो सबसे अच्छे सेल्समैन होते हैं, वे अक्सर अपने आपको धोखा देने से शुरुआत करके सफल होते हैं। जो बैंकर सबप्राइम ऋण देने के बारे में सोचते हैं यानी ऐसे व्यक्ति को ऋण देने के बारे में सोचते हैं यानी ऐसे व्यक्ति को ऋण देने के बारे में जो ऋणदाता पहले किसी ऋण को न चुका पाया हो तो, वे अपने आपको इस बात का भरोसा दिला चुके होते हैं कि ऋण लेने वाले ऐसे लोगों को ऋण देने में कोई परेशानी नहीं है जो 'ना आय, ना संसाधन' के वर्ग के अंतर्गत आते हों। टाइगरवुड ने अपने आपको यह भरोसा दिया था एक विवाह का नियम उसके ऊपर लागू नहीं होता है – और दुनिया के सबसे प्रसिद्ध एथलीट के रोमांटिक संबंधों के ऊपर किसी का ध्यान नहीं जाएगा।

मोटे तौर पर एक और वर्ग होता है भावनाओं को नियंत्रित रखने का, जिसको मनोवैज्ञानिक प्रभाव विनियमन कहते हैं, जो पूरी तरह से मूड के ऊपर एकाग्र होता है। सबसे सामान्य तौर पर हम ख़राब मूड या ऐसे विचारों से बचने की कोशिश कर रहे होते हैं जो सुखद नहीं होते, जबकि हम कभी कभार ख़ुशी के भाव से बचने की कोशिश कर रहे होते हैं (जैसे जब हम किसी के अंतिम संस्कार में जाने की तैयारी कर रहे होते हैं, या किसी को कोई बुरा समाचार देने की तैयारी कर रहे होते हैं), और हम कभी कभार हम ऐसे जताते रहना चाहते हैं कि हम गुस्से में हैं (ताकि हम शिकायत दर्ज करने के लिए सही मानसिक अवस्था में रहें)। भावनाओं पर नियंत्रण विशेष रूप से बहुत कठिन होता है, क्योंकि आप केवल संकल्प लेकर अपने मूड को बदल नहीं सकते। आप जो सोचते हैं या आप जिस तरह से बर्ताव करते हैं, उसमें तो बदलाव ला सकते हैं, लेकिन आप ज़बरदस्ती अपने आपको ख़ुश नहीं कर सकते। आप अपने सास ससुर से विनम्रतापूर्वक बर्ताव कर सकते हैं, लेकिन अगर वे महीने भर के लिए आपके पास रहने के लिए आएं,तो आप अपने आपको प्रसन्न नहीं रख सकते। अपनी उदासी और गुस्से को दूर भगाने के लिए लोग तरह तरह की रणनीतियाँ बनाते हैं, जैसे उस बात से अपना ध्यान हटाने की कोशिश करते हैं, या जिम में जाकर व्यायाम करते हैं, या ध्यान लगाते हैं। वे टीवी देखने में लग जाते हैं या चॉकलेट खाकर अपने आपको व्यस्त रखते हैं या ख़रीदारी में लगे रहकर अपना ध्यान बँटाने में लगे रहते हैं। या शराब पीने लगते हैं।

एक तीसरा वर्ग है जिसको आवेग को नियंत्रण में रखने वाला वर्ग कहा जाता है, जिसको अधिकतर लोग संकल्प शक्ति से जोड़कर देखते हैं : किसी भी तरह

के लालच में नहीं पड़ने की क्षमता, जैसे शराब, तम्बाकू, मीठी ब्रेड और कॉकटेल परोसने वाली वेट्रेस से दूरी बनाए रखने की क्षमता। अगर साफ़ शब्दों में कहें तो 'आवेग नियंत्रण' ग़लत संज्ञा है। असल में आप अपने आवेगों को क़ाबू में नहीं रख सकते। यहाँ तक कि बराक ओबामा जैसे अतिप्राकृतिक रूप से अनुशासित व्यक्ति भी सिगरेट पीने की अपनी तलब को वश में नहीं कर सकते। उनकी प्रतिक्रिया कैसी होती है, इससे यह समझ में आता है कि वह किस चीज़ को वश में रख सकते हैं : क्या वह अपनी तलब को नज़रअंदाज़ करते हैं, या निकोटिन चबाने लगते हैं या सिगरेट पीने के लिए बाहर निकल जाते हैं? (व्हाइट हाउस के अनुसार वह आम तौर पर सिगरेट जलाने से बचते थे, लेकिन कई बार वह ऐसा नहीं भी करते थे।)

आख़िर में, एक वर्ग ऐसा है जिसको शोधार्थी प्रदर्शन नियंत्रण कहते हैं : आपके हाथ में जो काम है, उसके ऊपर अपनी ऊर्जा को एकाग्र रखना, गति और शुद्धता के सही योग को साधना, समय का प्रबंधन करना, जब आपका मन काम छोड़ने का हो रहा हो तो अपने आपको दृढ़ बनाए रखना। आगे किताब में हम घर में और बाहर अपने प्रदर्शन को बेहतर बनाने की रणनीतियों के बारे में चर्चा करेंगे, और हम ऐसी तकनीकों के बारे में भी चर्चा करेंगे, जिनसे सभी तरह के अन्य वर्गों में भी आत्म नियंत्रण को बेहतर बनाया जा सके- विचार, भावना, आवेग।

लेकिन इससे पहले कि विशिष्ट सलाह दूँ, हम अहं को मंद करने संबंधी अध्ययनों के आधार पर एक सामान्य सा मार्गदर्शन कर सकते हैं; और यही तरीक़ा आमंडा पामर ने अपनाया था : एक समय में एक प्रोजेक्ट पर ध्यान लगाना। अगर आप अपने आपको बेहतर बनाने के लिए एक से अधिक लक्ष्य निर्धारित करते हैं तो अपने अंदर की संचित शक्ति की बदौलत आप कुछ समय के लिए तो सफल हो सकते हैं, लेकिन इसके कारण आप अधिक मंद पड़ जाते हैं और बाद में चलकर आप भारी भूलें कर सकते हैं।

जब लोगों को अपने जीवन में बड़े बदलावों के लिए काम करना होता है और वे दूसरे बदलावों के लिए भी प्रयास करने लगते हैं तो उनके प्रयासों को कम करके आंका जाएगा या महत्त्व नहीं दिया जाएगा। उदाहरण के लिए जो लोग सिगरेट छोड़ने के लिए प्रयास कर रहे होते हैं और उस दौरान अगर वे अपनी दूसरी आदतों में बदलाव के लिए प्रयास नहीं कर रहे होते हैं तो उनके सफल होने की संभावना बहुत रहती है। जो लोग सिगरेट छोड़ने तो चाहते हैं लेकिन साथ में अपने खानपान को भी सीमित करना चाहते हैं और शराब पीने की आदत को भी कम करना चाहते हैं तो इस बात की पूरी संभावना रहती है कि वे तीनों में से किसी में भी सफल नहीं हो पाएँ- कारण शायद यह होता है कि अपनी संकल्प शक्ति से एक साथ उनकी अनेक माँगें होती हैं। शोधों से भी यह पता चला है कि जो लोग

शराब पीने की आदत पर क़ाबू पाना चाहते हैं, उनकी वैसे दिनों में असफल होने की पूरी संभावना रहती है, जब उनके आत्म नियंत्रण के सामने अन्य तरह की माँगें भी होती हैं, जबकि उन दिनों में शराब की लत पर क़ाबू करने की उनकी संभावना अधिक होती है, जब वे अपनी पूरी संकल्प शक्ति शराब पीने की आदत को सीमित करने में लगा रहे होते हैं।

सबसे बढ़कर, नए साल के संकल्पों की सूची नहीं बनाएँ। हर साल 1 जनवरी को लाखों लोग सुबह किसी तरह अपने-अपने बिस्तरों से उठते हैं, उम्मीद से भरपूर या हैंग ओवर से परिपूर्ण, वे उठते हैं और यह प्रण लेते हैं कि वे इस साल कम खाएँगे, अधिक व्यायाम करेंगे, ख़र्चे कम करेंगे, दफ़्तर में अधिक मेहनत से काम करेंगे, घर में साफ़-सफ़ाई बनाए रखेंगे। लेकिन ना जाने किस चमत्कार से उनके पास रोमांटिक डिनर पर जाने समुद्र तट पर दूर तक चलने के लिए भी समय निकल आता है।

एक फ़रवरी आते आते तो वे उस सूची को देखते हुए भी शर्माने लगते हैं। लेकिन बजाय अपनी संकल्प शक्ति के कम होने पर रोने के बजाय उनको इसका दोष इस बात को देना चाहिए, जहाँ से उनका संबंध होता है : उस सूची को। किसी में भी इस तरह की सूची के लिए पर्याप्त संकल्प शक्ति नहीं होती है। अगर आप नए तरह के शारीरिक व्यायाम की शुरुआत करना चाहते हैं तो उसी समय आपको अपने ख़र्चों को रोकने के ऊपर काम नहीं करना चाहिए। अगर आप अपने किसी नए काम के लिए ऊर्जा चाहते हैं, जैसे मान लीजिए कि अमेरिका के राष्ट्रपति का चुनाव लड़ना चाहते हैं तो वह आपके सिगरेट छोड़ने का भी समय नहीं होता है। कारण यह है कि आपकी संकल्प शक्ति का एक ही स्रोत होता है, इसलिए नए साल पर लिए गए अलग-अलग संकल्प एक दूसरे से प्रतिस्पर्धा करने लगते हैं। जब भी आप एक के पीछे जाते हैं तो आप बाक़ी संकल्पों के लिए अपनी क्षमता को कम कर लेते हैं।

बेहतर योजना यह होती है कि आप एक संकल्प लें और उसी के ऊपर डटे रहें। यही बहुत बड़ी चुनौती है। इसमें भी कई बार आपको ऐसा लगेगा एक संकल्प लेना भी बहुत अधिक था, लेकिन आप आमंडा पामर के बारे में सोचकर अपने आपको मज़बूत बना सकते हैं, कि वह किस तरह से रोज़ाना एक बक्से पर बुत की तरह खड़ी होती थी। हो सकता है कि वह अपने आपको अनुशासित व्यक्ति नहीं मानती हो, लेकिन जब वह शराबी और उसको उँगली चुभाने वाले लोगों के बीच घिरी रहती थी, तब भी अपने जैसे लोगों के बारे में एक प्रेरक बात सीखी।

'जानते हैं, इंसान असाधारण काम कर सकता है', उसने कहा। 'अगर आप यही बात तय करते हैं कि आप नही हिलेंगे तो आप नहीं हिलते।'

2

संकल्प शक्ति में शक्ति कहाँ से आती है?

परिरक्षक पदार्थों तथा अधिक मात्रा में चीनी वाले खाद्य पदार्थों के
सेवन से आपके व्यक्तित्व में किसी तरह का बदलाव आता है या नहीं,
या उसके कारण आप आक्रमक व्यवहार करने लगते हैं,
इस बारे में मुझे पता नहीं है। मैं एक मिनट के लिए भी आपको यह
सुझाव नहीं देने वाला हूँ कि ऐसा होता है।
लेकिन मनोचिकित्सा के क्षेत्र में कुछ लोगों का ऐसा मानना है कि
इसके बीच कुछ सूत्र तो है।

—डैन वाइट के मुक़दमे में उसके वकील ने अंत में यह तर्क दिया था
जंक फूड के लिए हत्यारे की चाह के कारण
'ट्विंकल डिफ़ेंस' शब्द प्रचलन में आया।

मुझे माहवरी के पहले वाला भयानक दर्द हो रहा था,
जिसकी वजह से मैं पागल सी हो गई थी।

—अभिनेत्री मेलेनी से जब यह पूछा गया कि उसने डॉन जॉनसन से
तलाक़ की अर्ज़ी क्यों दी थी और तत्काल अपनी अर्ज़ी
वापस भी क्यों ले ली थी, इस पर उसका जवाब यह था।

अगर संकल्प शक्ति महज़ रूपक नहीं है, अगर कोई शक्ति है जो इसको संचालित करती है तो वह शक्ति आती कहाँ से है? इसका उत्तर आया एक असफल प्रयोग से, जो ईसाई धर्म में पड़ने वाले उपवास की पूर्व संध्या को

आयोजित होने वाले मार्दी ग्रास तथा अन्य प्रकार के कार्निवल से प्रेरित होकर किया गया था। मार्दी ग्रास का मतलब होता है अंग्रेज़ी में फ़ैट ट्यूज़डे। इसका तात्पर्य है कि बुधवार से शुरू होने वाले उपवास के पहले जितना भी खाने-पीने का सामान घर में हो उसको निपटा लिया जाए। जिस दिन उपवास की शुरुआत होती है, उस दिन को ऐश वेडनेस्डे कहा जाता है। फ़ैट ट्यूज़डे को कई स्थानों पर पैनकेक डे के नाम से भी जाना जाता है, जिसकी शुरुआत गिरजों में भरपेट नाश्ते के साथ होती है। इस दिन बेकरी वाले विशेष तरह के भोजन बनाते हैं- जिनके नाम अलग अलग स्थानों पर अलग अलग हो सकते हैं, लेकिन आम तौर पर उनको तैयार किए जाने वाले सामान एक से ही होते हैं, जैसे चीनी, अंडे, आटा, मक्खन तथा चर्बी। यह तो खानपान की शुरुआत होती है।

वेनिस से लेकर न्यू ऑर्लियंस से लेकर रियो द जेनेरियो लोग तरह तरह की दिलचस्प शौक़ों को पूरा करने में लगे रहते हैं, यह सब परंपरा के नाम पर होता है। यह एक ऐसा दिन होता है जिस दिन आप सड़क पर मनके वाली पगड़ी डालकर निकल जा सकते हैं, उसके अलावा और कुछ भी पहने बिना, गर्व के साथ रास्ते में शराबियों को चीयर्स कहते हुए। अपने आपको पूरी तरह से उन्मुक्त छोड़ देना अच्छी आदत मानी जाती है। मेक्सिको में विवाहित पुरुषों को एक दिन उसकी समस्त ज़िम्मेदारियों से मुक्त कर दिया जाता है- इस दिन को उत्पीड़ित पतियों का दिन कहा जाता है। उपवास की पूर्व संध्या पर नियम से चर्च जाने वाले लोग भी माफ़ कर देने के मूड में रहते थे। इस दिन को उनके यहाँ श्रोव ट्यूज़डे कहा जाता था, जो श्राइव शब्द से निकला था, जिसका मतलब होता है, 'अपने पापों से मुक्ति।'

धर्मशास्त्र के दृष्टिकोण से यह सब बहुत भ्रामक है। पहले से तय मुक्ति को पुजारी क्यों बढ़ावा देगा? पहले से किए गए अपराधों के लिए पुरस्कार क्यों? कृपालु ईश्वर पहले से ही मोटे-थुलथुल इंसानों को इसके लिए प्रेरित करते हैं कि वे ठूँस ठूँस कर खायें? लेकिन मनोवैज्ञानिकों के लिए इन बातों के अपने तर्क हैं : उपवास के डिंबों के पहले थोड़ा मौज-मस्ती करने से शायद लोग अपने अंदर संकल्प शक्ति को संचित करते थे, जिसके सहारे वे आत्म त्याग के आगे के हफ़्तों में अपने आपको चलाए रखते थे। इसको मर्दी ग्रास सिद्धांत कहा जाता था, लेकिन यह वैज्ञानिकों में उतना लोकप्रिय कभी नहीं था, जितना कि मुरेठा बांधकर पैनकेक खाने वाले लोग, लेकिन यह अनुभव करने के लायक़ था। फ़ैट ट्यूज़डे के दिन के नाश्ते के बजाय बौमिस्टर की प्रयोगशाला में उन लोगों को संकल्प शक्ति के दो प्रयोगों के बीच की अवधि के दौरान पीने के लिए ख़ूब गाढ़ा आइसक्रीम शेक दिया जाता था। इस बीच, दूसरे समूहों के कम भाग्यशाली समूहों के जो लोग होते थे,

वे इस समय को बोरिंग पत्रिकाओं को पढ़ने, बड़े गिलास में स्वादहीन कॉफ़ी पीकर बिताते थे, जो पुरानी पत्रिकाओं को पढ़ने से भी ज्यादा फ़ालतू काम होता था।

जिस तरह से मार्दी ग्रास के प्रसंग में यह भविष्यवाणी की गई थी कि उसी तरह से अगले काम में आइसक्रीम खाने वाले लोगों ने अगले काम में उम्मीद से बेहतर प्रदर्शन किया। जिन लोगों ने मिल्कशेक पिया था, उन लोगों के अंदर उन लोगों से अधिक आत्म नियंत्रण था, जिन लोगों ने पत्रिकाओं को पढ़ने में समय बिताया था। यहाँ तक तो सब ठीक था। लेकिन पता यह चला कि जिन लोगों ने बेस्वाद कॉफ़ी पी थी, उन लोगों ने भी बेहतर काम किया, जिसका मतलब यह था कि आत्म संयम को बनाने के लिए यह कोई जरूरी नहीं था कि ऐसा कुछ किया जाए जिससे आपको ख़ुशी मिले। मार्दी ग्रास का सिद्धांत ग़लत हो गया। इसके अलावा दुखद बात यह रही कि न्यू ऑर्लियंस की सड़कों पर उछलकूद करने के लिए बहाने को हटा लेने का नतीजा भी शोधार्थियों के लिए शर्मनाक ही रहा। मैथ्यू गैलियोट ग्रैजुएशन का एक छात्र था, जो इस अध्ययन के लिए दौड़ा था, उसने जब बॉमाइस्टर को अपनी असफलता के बारे में बताया तो वह अपने पैरों पर लड़खड़ा रहा था।

बौमिस्तर ने सकारात्मक होने की कोशिश की। शायद यह अध्ययन असफल नहीं रहा हो। हो सकता है कि कुछ हो गया हो। आख़िर वे अहं के प्रभाव के मंद किए जाने में सफल रहे थे। समस्या यह थी कि वे बहुत अधिक सफल हुए थे। यहाँ तक कि बेस्वाद कॉफ़ी पीने के बावजूद वे सफल रहे, लेकिन कैसे? शोधार्थियों को आत्म नियंत्रण में वृद्धि का एक और संभावित कारण लगा। अगर यह आनंद नहीं था, तो क्या इसका कारण कैलोरी थी?

शुरू में तो यह विचार बहुत बेवकूफ़ी भरा लगा। कम फ़ैट वाले पेय पदार्थ पीने से भला प्रयोगशाला में किसी का प्रदर्शन किस तरह अच्छा हो सकता है? कई दशकों से मनोवैज्ञानिक बिना इस बात की चिंता किए मानसिक काम के प्रदर्शन के बारे में अध्ययन कर रहे थे कि दूध के गिलास पीने का उसके ऊपर किस तरह से असर पड़ता है। उनको इंसान के दिमाग़ को कंप्यूटर के रूप में देखना पसंद था, उनका ध्यान इस बात पर रहता था कि वे सूचनाओं को किस प्रकार से प्रसंस्करित करते थे। वे मनोवैज्ञानिक कंप्यूटर चिप्स एवं सर्किट आदि जैसी चीज़ों को इंसान के दिमाग़ ढूँढने के लिए इतने बेचैन थे कि वे मशीन को जोड़ने वाले एक अति तुच्छ लेकिन ज़रूरी चीज़ को भूल ही गए : तार को।

चिप्स और सर्किट बोर्ड तक तक किसी काम के नहीं रहते, जब तक तार के माध्यम से वे ऊर्जा के स्रोत से जुड़े नहीं रहते हैं। यही हाल मानव मस्तिष्क का होता है। मनोवैज्ञानिकों को यह बात समझने में जरा देर लगी, और यह समझ कंप्यूटर के मॉडम से नहीं आई बल्कि जीव विज्ञान से आई। जीव विज्ञान के विचारों

के आधार पर मनोविज्ञान का रूपांतरण बीसवीं शताब्दी के उत्तरार्ध का एक बड़ा विकास था। कुछ शोधार्थियों ने यह पाया कि व्यक्तित्व एवं बुद्धिमत्ता के ऊपर जीन का प्रभाव बहुत महत्त्वपूर्ण होता है। दूसरे शोधार्थियों ने यह बताना शुरू किया कि किसी इंसान के सेक्स संबंधी और रोमांटिक बर्ताव को लेकर विकासवादी सिद्धांत ने जो व्याख्या की थी और बहुत सारे पशुओं के साथ उनकी समानता देखी थी, वह अनेक पशुओं के बर्ताव से मिलती-जुलती थी। न्यूरो वैज्ञानिकों ने दिमाग़ की प्रक्रियाओं को मापना शुरू कर दिया। कुछ मनोवैज्ञानिकों ने यह पाया कि हार्मोन के कारण किस तरह से व्यवहार में परिवर्तन आया। मनोवैज्ञानिकों को बार-बार इस बात की याद दिलाई गई कि मानव मस्तिष्क जैविक शरीर में होता है।

जीव विज्ञान के ऊपर ज़ोर देने की शुरुआत नई थी और जिसके कारण मिल्कशेक का प्रयोग करने अपने परिणाम को ख़ारिज करने के पहले सोचने लगे। अपने इस परीक्षण को ख़ारिज करने के पहले उनको एक बार उसकी सामग्रियों के ऊपर ध्यान देने की जरूरत थी, जिम टर्नर जैसे लोगों की कहानियों पर ग़ौर करने की ज़रूरत थी।

दिमाग़ी ईंधन

जिम टर्नर कॉमेडियन हैं और उन्होंने दर्जनों फ़िल्मों तथा टीवी सीरियल में रोल किए हैं, जैसे एचबीओ के आर्लिस सीरिज़ में फुटबॉल स्टार थे, बाद में वे खेल से जुड़े एजेंट हो गए, लेकिन उसका सबसे नाटकीय प्रदर्शन उसने अपनी पत्नी के लिए बचा कर रखा था। यह उस रात की बात है जिस रात उसने यह सपना देखा था कि वह दुनिया भर की ग़लतियों को ठीक करने के लिए ज़िम्मेदार था। सपने में ही सही लेकिन वह बहुत थकाऊ ज़िम्मेदारी थी, लेकिन तब उनको टेलीपोर्टेशन के बारे में पता चला यानी भौतिक स्थलों को पार किए बग़ैर ऊर्जा के एक बिंदु से दूसरे बिंदु तक काल्पनिक स्थानांतरण। किसी जगह की यात्रा करने के लिए उसको बस उस स्थान के बारे में सोचना होता था और वह स्थान जादुई रूप से उसके सामने आ जाता था। इस विधि से वह आयोवा में अपने पुराने घर तक गया, न्यू यॉर्क गया, ग्रीस गया, यहाँ तक कि चाँद पर भी गया। नींद से जागने के बाद भी उसको इस बात का भरोसा था कि उसके अंदर अभी भी यह शक्ति है। उसने बड़ी उदारता से बार-बार चिल्लाते हुए अपनी पत्नी को इसके बारे में सिखाने की कोशिश की, 'तुम यह सोच लो कि तुम वहाँ हो और तुम वहाँ पहुँच जाओगी!'

उसकी पत्नी के पास उससे बेहतर योजना थी। यह जानते हुए कि उसको मधुमेह है, उसने यह कोशिश की कि उसको फलों का जूस पिला दे। वह अभी भी इतना पगलाया हुआ था कि कुछ जूस उसने अपने चेहरे पर गिरा लिया, वह उठा,

और हवा में छलांग लगाकर अपनी शक्ति का प्रदर्शन किया, और वापस बिस्तर पर आकर गिर पड़ा। उसके लिए राहत की बात यह रही कि जूस गिर गया गया और तब जाकर वह शांत हुआ- या कम से कम उसने अपनी पत्नी को इसी तरह से देखा जैसे उसका जुनून कुछ कम हो गया हो। लेकिन असल में वह शांत नहीं हुआ था। बल्कि इसका उल्टा ही हुआ : जूस में जो चीनी थी, उसने उसको दुगुनी ऊर्जा से भर दिया।

सबसे बढ़कर जूस में जो ऊर्जा थी, वह ग्लूकोज़ में बदल गई, हम जो भी भोजन में लेते हैं उससे शरीर में चीनी बनती है, ना कि केवल मीठा खाने से। पाचन की क्रिया से जो ग्लूकोज़ बनता है, वह रक्त के प्रवाह में जाकर पूरे शरीर में फैल जाता है। यह कोई आश्चर्य की बात नहीं है कि सबसे अधिक ग्लूकोज़ का उपयोग मांसपेशियों द्वारा किया जाता है, इसी तरह से दिल और जिगर के द्वारा भी बहुत अधिक ग्लूकोज़ का उपयोग किया जाता है। प्रतिरक्षा तंत्र द्वारा भी बड़ी मात्रा में इसका उपयोग किया जाता है, लेकिन अक्सर नहीं। जब आपका स्वास्थ्य बेहतर होता है तो आपका प्रतिरक्षा तंत्र बहुत कम मात्रा में ग्लूकोज़ का उपयोग करता है। लेकिन जब आपका शरीर जुकाम से लड़ रहा होता है तो यह अधिक मात्रा में ग्लूकोज़ का उपभोग कर सकता है। इसी कारण से बीमार लोगों को नींद अधिक आती है : रोग से लड़ने के लिए शरीर अपनी समस्त ऊर्जा का उपभोग कर लेता है, जिसके कारण यह व्यायाम करने के लिए, संभोग करने के लिए, या बहसबाजी करने के लिए शरीर में अधिक ऊर्जा को रहने नहीं देता है। यह आपको अधिक सोच-विचार भी नहीं करने देता है, क्योंकि इसके लिए भी खून में बहुत अधिक रक्त की ज़रूरत होती है। ग्लूकोज़ स्वयं दिमाग़ में प्रवेश नहीं करता है, बल्कि यह न्यूरोट्रांसमीटर्स में रूपांतरित हो जाता है, जो रसायन होते हैं जिनके उपयोग से दिमाग़ की कोशिका संकेत भेजने का काम करती है। अगर आपके दिमाग़ में न्यूरोट्रांसमीटर्स कम हो जाते हैं तो आपके सोचने की क्षमता रुक जाती है।

ग्लूकोज़ तथा आत्म नियंत्रण के बीच का संबंध ऐसे लोगों के बारे में अध्ययन में सामने आया, जो हाइपोग्लाइसेमिक्स थे, यानी जिनको कम रक्तचाप की शिकायत रहती थी। शोधकर्ताओं को यह पता चला कि जिन लोगों को निम्न रक्तचाप की शिकायत होती है, उनको सामान्य लोगों के मुक़ाबले एकाग्रता बनाने एवं भड़काए जाने पर अपनी नकारात्मक भावनाओं के ऊपर क़ाबू रखने में परेशानी होती है। कुल मिलाकर ये लोग अधिक चिंतित रहते हैं और आम लोगों के मुक़ाबले कम ख़ुश रहते हैं। यह पाया गया कि अपराधियों एवं हिंसक प्रवृत्ति के निम्न रक्तचाप की शिकायत अधिक पाई गई, और कुछ अधिक रचनात्मक वकीलों ने अदालत में निम्न रक्तचाप संबंधी इस अध्ययन का हवाला भी दिया।

1979 में डैन वाइट के मुक़दमे के दौरान यह मुद्दा बहुत सुर्ख़ियों में रहा। उसने सैनफ्रांसिस्को शहर में दो अधिकारियों की हत्या कर दी थी, मेयर जॉर्ज मोस्कोन तथा हार्वी मिल्क की, जो निगरानी मंडल के सदस्य थे और अमेरिका के ऐसे राजनेताओं में थे, जो खुलकर इस बात को स्वीकार करते थे कि वे समलैंगिक थे। एक मनोविश्लेषक ने उसके बचाव में यह गवाही दी कि वाइट ने जब हत्या की तो उन दिनों वह बहुत ट्विंकीज (एक अमेरिकी फ़ास्ट फूड) आदि जंक फूड का सेवन बहुत अधिक कर रहा था, जिसके बाद पत्रकारों ने यह कहकर वाइट का मज़ाक़ उड़ाया कि वह 'ट्विंकी प्रतिरक्षा' (ट्विंकी डिफ़ेंस) का सहारा ले रहा था। असल में, ऐसा नहीं था कि उसके वकील ने उसके बचाव में यह तर्क दिया था कि ट्विंकीज खाने से वह हत्यारा हो गया, क्योंकि इसके कारण उसके रक्त में शुगर का स्तर अचानक तेज़ी से बढ़ गया और फिर अचानक गिर गया। उसके वकीलों का यह कहना था कि उसके ऊपर इसलिए दया करनी चाहिए, क्योंकि वह गंभीर अवसाद के कारण 'क्षमता में कमी' से पीड़ित थे, उन्होंने उदाहरण के रूप में जंक फूड खाने की आदत (अन्य आदतों के अलावा) को उसके अवसाद में होने के प्रमाण के रूप में पेश किया, ना कि यह बताया कि उसने इसी कारण से हत्या की। लेकिन हुआ यह कि वाइट को कठोर दंड नहीं मिला, तो आम तौर पर यह माना जाने लगा कि इसके पीछे ट्विंकल डिफ़ेंस काम कर गया, जिसके कारण लोगों में बहुत गुस्सा था।

उसके वकीलों ने यह तर्क प्रस्तुत किया था कि उसके खून में शुगर की जो समस्या है, उसके ऊपर गौर् किया जाना चाहिए, लेकिन उनको इससे सफलता नहीं मिली। इस तर्क से जुड़े नैतिक तथा क़ानूनी पहलू जो भी हो लेकिन निश्चित रूप से इससे जुड़े वैज्ञानिक आँकड़े हैं, जो आपराधिक गतिविधि एवं खून में शुगर के बीच के संबंध को दर्शाने वाले हैं। एक अध्ययन में यह पाया गया कि हाल में पकड़े गए किशोर अपराधियों में से 90 प्रतिशत ऐसे थे, उनके खून में रक्त की मात्रा औसत से कम थी। कुछ अन्य तरह के अध्ययनों में यह पाया गया कि जिन लोगों को निम्न रक्तचाप की शिकायत होती है उनमें इस बात की बहुत संभावना होती है कि वे इस तरह के अपराध करें : ट्रैफ़िक नियमों का उल्लंघन, सार्वजनिक रूप से गालियाँ बकना, दुकान से सामान की चोरी, संपत्ति को नुक़सान पहुँचाना, दिखावा करना, सार्वजनिक रूप से हस्तमैथुन करना, ग़बन, आगज़नी, अपने पति या पत्नी के साथ मारपीट, और बच्चों के साथ ग़लत हरकत।

फ़िनलैंड में शोधार्थियों ने एक असाधारण अध्ययन किया, जिसमें उन लोगों ने जेल में जाकर ऐसे क़ैदियों की ग्लूकोज़ क्षमता को माप लिया जिनको हाल में ही छोड़ा जाने वाला था। इसके बाद वैज्ञानिकों ने इसके ऊपर नज़र बनाए रखी कि उनमें से कौन पहले नया कोई अपराध करता है। ज़ाहिर है कई तरह के पहलू होते

हैं, जो किसी पूर्व सजायाफ़्ता लोगों को अपराध करने से दूर कर देते हैं : परिजनों का दबाव, शादी, रोज़गार की संभावना, ड्रग्स का सेवन। फिर भी ग्लूकोज़ परीक्षण के परिणामों के आधार पर ही शोधकर्ता 80 फ़ीसदी अचूकता के साथ यह बता पाए कि इनमें से कौन सा क़ैदी फिर से हिंसक अपराध की दुनिया में जाएगा। कारण यह था कि इन लोगों के बारे में यह देखने में आया कि उनकी ग्लूकोज़ सहनशीलता दुर्बल थी, यह एक ऐसी अवस्था होती है जिसमें शरीर भोजन को उपयोग लायक़ ऊर्जा में बदल पाने में मुश्किल होती है। भोजन ग्लूकोज़ में बदल तो जाता है लेकिन खून में जो ग्लूकोज़ होता है, वह प्रवाहित तो होता रहता है लेकिन अवशोषित नहीं हो पाता। जिसके कारण होता यह है कि खून में ग्लूकोज़ की मात्रा अधिक होती है, जो सुनने में तो लाभकारी लग सकता है लेकिन यह ऐसे ही है जैसे बहुत सारी सूखी लकड़ी जमा तो हो लेकिन माचिस नहीं हो। वहाँ जो ग्लूकोज़ होता है, वह बेकार पड़ा रहता है, ना कि वह दिमाग़ और मांसपेशियों की गतिविधियों का हिस्सा हो पाता है। जब अतिरिक्त ग्लूकोज़ पर्याप्त मात्रा में ऊँचे स्तर पर पहुँच जाता है तो उस अवस्था को मधुमेह की अवस्था कहा जाता है।

ज़ाहिर है कि जिन लोगों को मधुमेह होता है, उनमें से अधिकतर लोग अपराधी नहीं होते हैं। इनमें से अधिकतर लोग ग्लूकोज़ के स्तर की निगरानी करते हैं और आवश्यकता पड़ने पर इन्सुलिन लेकर ग्लूकोज़ के स्तर को सामान्य बनाए रखते हैं। वे हॉलीवुड के एक दुर्लभ अभिनेता जिम टर्नर की तरह मुश्किल से मुश्किल काम को करके अच्छा जीवन यापन कर सकते हैं। लेकिन उनको औसत से अधिक की चुनौतियों का सामना करना पड़ सकता है, विशेष रूप से ऐसी स्थिति में जब वे सावधानीपूर्वक अपनी निगरानी नहीं करते हैं। लोगों के व्यक्तित्व के ऊपर शोध करने वाले शोधकर्ताओं ने यह पाया कि जिन लोगों को मधुमेह की बीमारी होती है, वे अधिक आवेगशील होते हैं और अपनी आयु के दूसरे लोगों के मुक़ाबले उनका मिज़ाज अधिक विस्फोटक होता है। जब वे कोई ऐसा काम कर रहे होते हैं जिसमें अधिक समय लगता हो तो इस बात की अधिक संभावना रहती है कि उनका ध्यान भटक जाए। शराबखोरी, दुश्चिंता या अवसाद को लेकर उनके अंदर अधिक समस्याएँ होती हैं। अस्पताल तथा अन्य तरह की संस्थाओं में डायबिटीज़ या मधुमेह के मरीज़ दूसरे मरीजों से अधिक नख़रे दिखाते हैं। रोज़मर्रा के जीवन में जो तनाव होता है, लगता है कि वह मधुमेह के मरीज़ों के लिए भारी होता है। तनाव से निपटने का असर आयाम नियंत्रण के ऊपर पड़ता है, और अगर आपका शरीर आपने दिमाग़ को ठीक से ईंधन नहीं दे रहा हो तो यह मुश्किल हो जाता है।

जिम टर्नर ने आत्म नियंत्रण से जुड़ी समस्याओं का सामना सीधे तौर पर किया है– और मज़ेदार तरीक़े से किया। उनके एकल शो है जिसका शीर्षक है 'डायबिटीज़ :

जिम टर्नर के साथ मेरा संघर्ष।' इसमें उन्होंने ऐसे पलों को याद किया है, जब अपने किशोर उम्र के बच्चे के साथ उनकी बहस हुई और इस बात से वे इतने गुस्से में आ गए कि वे घर से बाहर गए और अपनी कार में इतने ज़ोर से लात जमाई कि उसके ऊपर स्थायी निशान पड़ गया। 'टर्नर ने कहा कि 'कई बार ऐसा होता है जब मेरा बेटा यह देखता है कि मेरा अपने ऊपर कंट्रोल नहीं है, और तब वह ज़बरदस्ती मुझे पीने के लिए जूस देने लगता है, क्योंकि उसको यह लग रहा होता है कि अपने ऊपर मेरा वश नहीं है।'

टर्नर अपनी गाड़ी पर निशान लगाने के लिए किसी तरह के ट्विंकी डिफ़ेंस का सहारा नहीं लेते, और उनको अपने ऊपर किसी तरह का अफ़सोस भी महसूस नहीं होता। कुल मिलाकर, वे अपने मधुमेह को क़ाबू में रखते हैं और यह कहते हैं कि मधुमेह ने उनको ख़ुश होने से तथा अपने सपनों को पूरा करने से नहीं रोका। लेकिन उन्होंने इस बात की भी पहचान की कि ग्लूकोज़ के भावनात्मक परिणाम क्या होते हैं। उन्होंने कहा, 'आपसी रिश्तों के कई छोटे छोटे पलों को मैंने खो दिया। क्योंकि मैंने अपने बेटे के लिए उस समय मौजूद नहीं था, क्योंकि उस समय मैं निम्न रक्तचाप की समस्या से जूझ रहा था और जो चल रहा था उसको समझने की कोशिश में पूरी तरह से मुबतिला था। इस बीमारी की यही एक सबसे बड़ी अफ़सोसजनक बात थी।'

ऐसे पलों में टर्नर के साथ वास्तव में क्या होता है? किसी प्रसंग के आधार पर या ऐसे अध्ययनों के आधार पर जिनमें यह बताया गया हो कि डायबिटीज़ तथा अन्य तरह के समूह के लोगों में आत्म नियंत्रण की समस्या औसत से अधिक होती है, आप निश्चित रूप से किसी नतीजे पर नहीं पहुँच सकते हैं। उनके बीच संयोग से जो समानता होती है, वह कोई कारण नहीं होता है। समाज विज्ञान में, निश्चित रूप से किसी नतीजे पर पहुँचने की अनुमति तभी होती है, जब शोधकर्ता उपचार की अलग-अलग अवस्थाओं के दौरान लोगों कुछ चुने हुए लोगों के ऊपर प्रयोग करते हैं, जिससे कि अलग-अलग लोगों के बीच में जो अंतर होता है, वह साफ़ हो जाए। कुछ लोग प्रयोग के दौरान दूसरे लोगों से अधिक ख़ुश दिखाई देते हैं, या अधिक आक्रामक दिखाई देते हैं, या अपने आप में खोये और उचटी हुई अवस्था में होते हैं। इस बात की कोई गारंटी नहीं होती है कि प्रयोग के दौरान हर व्यक्ति की दशा एक समान हो, सिवाय औसत के नियम यानी लॉ ऑफ़ एवरेज को छोड़कर। अगर शोधकर्ता उपचार के दौरान या नियंत्रित समूहों में औचक रूप से लोगों का चुनाव करके प्रयोग करते हैं तो उनके बीच का जो अंतर होता है, उसका औसत निकाला जा सकता है।

उदाहरण के लिए, अगर आप इस बात का परीक्षण करना चाहते हैं कि ग्लूकोज़ का आक्रामकता के ऊपर क्या प्रभाव पड़ता है, तो आपको इस बात का ध्यान रखना पड़ेगा कि कुछ लोग सचमुच में आक्रामक हों, जबकि कुछ शांत मिज़ाज के हों। यह दिखाने के लिए कि ग्लूकोज़ के कारण आक्रामकता आई तो आपको ग्लूकोज़ तथा ग्लूकोज़ के पूर्व की अवस्था में समान संख्या में आक्रामक स्वभाव वाले लोगों को तथा शांत स्वभाव वाले लोगों को रखने की आवश्यकता होती है। औचक तौर पर लोगों का चुनाव करने से यह काम बहुत अच्छे से हो जाता है। जब आपको लोगों का सही प्रतिनिधि समूह मिल जाता है तो आप यह देख सकते हैं कि वे अलग-अलग तरह के उपचारों से किस तरह प्रभावित हो रहे हैं।

पोषण विज्ञानियों ने प्राथमिक विद्यालयों में भोजन के प्रयोग में इस पद्धति का प्रयोग किया। एक दिन सुबह के समय कक्षा के सभी विद्यार्थियों को यह कहा गया कि वे नाश्ता नहीं करें, और इसके बाद औचक रूप से चुनकर उनमें से आधे बच्चों को स्कूल में अच्छा नाश्ता दिया गया। शेष बच्चों को कुछ भी नहीं दिया गया। अगले दिन सुबह के पहले हिस्से के दौरान जिन बच्चों को नाश्ता दिया गया था, उन्होंने अधिक सीखा और और कम बदतमीज़ी की (जिसका निर्णय क्लास के मॉनिटर के द्वारा किया गया जिन को यह पता नहीं था कि किन बच्चों ने नष्ट किया था)। उसके बाद सुबह में कुछ देर के बाद सभी बच्चों को कुछ स्वास्थ्यप्रद खाने को दिया गया, तो अनेक बीच का अंतर ऐसे ग़ायब हो गया मानो कोई जादू हो गया हो।

कुछ लोगों को कुछ साधारण से कम दिए गए, तथा उसके पहले और बाद में उनके शरीर में ग्लूकोज़ के स्तर को मापा गया तो यह जादुई पहलू अलग से दिखाई दे रहा था। उनको इस तरह का अभ्यास दिया गया, जैसे उनको एक ऐसा वीडियो देखना था जिसमें स्क्रीन के नीचे के हिस्से में बहुत सारे शब्द चमकते हुए दिखाई दे रहे थे। कुछ लोगों से यह कहा गया कि वे शब्दों के ऊपर ध्यान नहीं दें; बाक़ी लोगों से यह कहा गया कि वे जैसे चाहें वैसे बैठकर देखें। इसके बाद ग्लूकोज़ के स्तर की फिर से जाँच की गई, तो उसमें बहुत अंतर पाया गया : जिन लोगों को आराम से देखने के लिए कहा गया था, उनके ख़ून में तो ग्लूकोज़ का स्तर पहले जैसा ही बना रहा, लेकिन जिन लोगों से यह कहा गया था कि वे शब्दों को देखने से बचें उनके अंदर ग्लूकोज़ के स्तर में बहुत गिरावट आई। प्रकट तौर पर आत्म नियंत्रण के इस छोटे से अभ्यास के कारण दिमाग़ के ईंधन ग्लूकोज़ में बहुत गिरावट आ गई।

कार्य कारण संबंध को स्थापित करने के लिए शोधकर्ताओं ने दिमाग़ को ईंधन देने के लिए कई तरह के प्रयोग किए, जैसे नीबू के रस में या तो चीनी मिलाकर या वाइन मिलाकर प्रयोग किया गया। चीनी वाले नीबू के रस को पीने से उनको तत्काल बड़ी मात्रा में ग्लूकोज़ मिल गया (हालाँकि यह बहुत देर तक रहा नहीं,

इसलिए शोधकर्ताओं को जल्दी-जल्दी में अपने प्रयोग को करना पड़ा)। लेकिन डायट मिठास मिलाने से ना तो ग्लूकोज़ की मात्रा में बढ़त दर्ज़ हुई, ना ही उससे किसी तरह का पोषण ही मिला।

पेय पदार्थ का क्या प्रभाव पड़ता है, यह बहुत अच्छी तरह से एक ऐसे प्रयोग में उभर कर आया, जो कंप्यूटर गेम खेलने वाले लोगों के बीच आक्रामकता को लेकर किए गए अध्ययन से सामने आया। शुरू में तो गेम सही लग रहा था, लेकिन देखते-देखते वह असंभव रूप से मुश्किल हो गया। जैसे-जैसे खेल आगे बढ़ा तो सब हताश हो गए, लेकिन उनमें एक व्यक्ति था, जिसने चीनी वाली शरबत पिया था, वह चुपचाप कुढ़ते हुए भी खेलता रहा। बाक़ी लोग ज़ोर-ज़ोर से अपशब्द बोलने लगे और कंप्यूटर को मारने लगे। लेकिन जब पहले से तय योजना के अनुसार शोधकर्ता ने उनके खेल को लेकर कुछ अपमानजनक बात कही तो जिन लोगों ने ऐसा कुछ नहीं पिया था जिसमें ग्लूकोज़ रहा हो उनके गुस्सा होने की संभावना अधिक थी।

ग्लूकोज़ नहीं, संकल्प शक्ति नहीं। शोधकर्ताओं ने अलग-अलग परिस्थितियों और अधिक अलग-अलग तरह के लोगों के ऊपर परीक्षण किया तो भी यही बात सामने आई। उन लोगों ने कुत्तों के ऊपर भी परीक्षण किया। आत्म नियंत्रण को विशेष रूप से इंसानों का गुण माना जाता है, इस अर्थ में हम लोगों ने सभ्य जीव होने के दौरान इसको विस्तृत रूप दिया है, लेकिन ऐसा नहीं है कि यह केवल इंसानों में पाया जाने वाला गुण ही है। दूसरे जीवों को भी एक दूसरे के साथ रहने के लिए बहुत हद तक आत्म नियंत्रण की आवश्यकता होती है। कुत्ते चूँकि इंसानों के साथ रहते हैं, इसलिए उनको अपनी बहुत सी आदतों को क़ाबू में रखना सीखना होता है जो बेतुके और अजीब होते हैं, जैसे घर में आने वाले मेहमानों को सूँघने की आदत।

इंसानों के ऊपर किए गए अध्ययन की ही तरह शोधकर्ताओं ने पहले कुत्तों के ऐसे समूह के ऊपर परीक्षण किया जिनको अपने मालिक से 'बैठ जाओ' सुनकर दस मिनट तक बैठने की आदत थी। इस तरह के नियंत्रण वाले कुत्तों को पहले दस मिनट तक पिंजरे में रखकर छोड़ दिया गया, जिसमें उनके पास चुपचाप बैठे रहने के अलावा किसी और तरह का कोई विकल्प नहीं था और इस वजह से उनको आत्म नियंत्रण का अभ्यास नहीं करना था। इसके बाद उन कुत्तों को उनका एक जाना-पहचाना खिलौना दिया गया जिसके अंदर उनके खाने की सामग्री भरी हुई थी। सभी कुत्ते अतीत में उस तरह के खिलौने के साथ खेल चुके थे और उसके अंदर से खाने की चीज़ सफलतापूर्वक निकाल भी चुके थे, लेकिन उस प्रयोग के लिए उस खिलौने को इस तरह से कर दिया गया था, जिससे कि वे खाद्य सामग्री निकाल नहीं सकें। नियंत्रित समूह के कुत्तों ने पहले कुछ मिनट तक खिलौने के अंदर

से खाने का सामान निकालने की कोशिश की, लेकिन जो कुत्ते आदेश का पालन करने के आदी थे, उन्होंने एक मिनट से भी कम समय में कोशिश छोड़ दी। यह वही जाना-पहचाना अहमान को मंद करने का प्रभाव था। इसके बाद जब दुबारा यह अध्ययन किया गया, तो कुत्तों को पीने के लिए कुछ अलग दिया गया, मीठे पेय पदार्थ के कारण उन कुत्तों की संकल्प शक्ति वापस आ गई जो आदेश का पालन करते थे। नए सिरे से जब उनको खिलौने दिए गए तो वे उनके साथ उतनी ही देर तक प्रयास करते रहे जितनी देर पिंजरे में बंद कुत्ते कर रहे थे। पहले की तरह ही कृत्रिम रूप से मीठे बनाए गए पेय पदार्थों का कोई असर नहीं हुआ।

इस तरह के शोधों के सामने आने के बावजूद दिमाग़ पर शोध कर रहे शोधार्थियों के बढ़ते समुदाय में ग्लूकोज़ वाली इस बात को लेकर कुछ आशंकाएँ हैं। कुछ संशयवादियों ने इस ओर ध्यान दिलाया कि आप चाहे कुछ भी कर रहे हों दिमाग़ द्वारा उतनी ही ऊर्जा का इस्तेमाल किया जाता है, जो ऊर्जा के मंद पड़ जाने के विचार के साथ आसानी से मेल नहीं खाता। इन संशयवादियों में टॉड हिथरटन भी थे, जिन्होंने अपने कैरियर की शुरुआत में बॉमाइस्टर के साथ काम किया था, बाद में वे डार्टमाउथ चले गए, जहाँ वे सामाजिक न्यूरोसाइंस के पुरोधा बन गए : यह दिमाग़ की प्रक्रियाओं तथा सामाजिक व्यवहार के बीच के संबंधों को लेकर अध्ययन करता है। वह अहम को मंद करने के सिद्धांत में यक़ीन रखते थे, लेकिन ग्लूकोज़ को लेकर जो अध्ययन था, ऐसा लगता है कि उसके ऊपर उनको यक़ीन नहीं था।

हिथरटन ने एक महत्त्वाकांक्षी सिद्धांत के ऊपर परीक्षण करने का फ़ैसला किया। वह और उनके सहकर्मियों ने कुछ मिताहारी लोगों को बुलाया और खाने की फ़ोटो को देखकर होने वाली उनकी प्रतिक्रिया को उन लोगों ने दर्ज किया। उन लोगों से यह कहा गया कि वे कॉमेडी शो को देखते हुए बिलकुल ना हँसें, और इस तरह से अहं को मंद करने का सिद्धांत लागू किया गया। इसके बाद शोधकर्ताओं ने इस बात का भी परीक्षण किया कि भोजन की तसवीर को देखकर उनके दिमाग़ की कैसी प्रतिक्रिया रही (ग़ैर खाद्य पदार्थ की तुलना में)। हिथरटन तथा केट डेमोस की पहले के शोध में यह पता चला था कि इन तसवीरों का दिमाग़ के अलग अलग हिस्सों में अलग अलग तरह की प्रतिक्रिया हुई, जैसे न्यूक्लियस अक्यूमबेंस तथा अमिग्डला में। उसी तरह की प्रतिक्रिया दुबारा भी देखी गई। मितहारी लोगों के दिमाग़ के मंद किए जाने के बाद न्यूक्लियस अक्यूमबेंस में गतिविधियों में वृद्धि हो गई, जबकि अमिग्डला में गतिविधियाँ कम पड़ गई। इस गतिविधि में महत्त्वपूर्ण बदलाव यह किया गया कि ग्लूकोज़ की मात्रा में हेरफेर किया गया था। कुछ लोगों ने मीठा नीबू पानी पिया जिससे खून में ग्लूकोज दौड़ने लगा और वहाँ से दिमाग़ में चला गया।

नाटकीय ढंग से हिथरटन ने व्यक्तित्व तथा सामाजिक मनोविज्ञान सोसाइटी के नेतृत्व को स्वीकार करते हुए (जो समाज मनोवैज्ञानिकों का सबसे बड़ा समूह है) दिए गए अपने भाषण में इसके परिणामों के बारे में बताया। सैन एंटोनियो में 2011 में आयोजित सालाना बैठक में हिथरटन ने यह बताया कि अहं को मंद करने के कारण दिमाग़ में जो बदलाव आया था, वह ग्लूकोज़ के कारण वापस हो गया- उनका कहना था कि यह एक ऐसी जानकारी थी जिससे उनको भी बहुत आश्चर्य हुआ। (बाउमिस्तर दीर्घा में बैठकर अध्यक्ष के रूप में अपने शिष्य के महानता के उस क्षण को देख रहे थे, जो संस्था के अध्यक्ष होने के कारण उनको हासिल था, उनको यह याद आया कि जब उनकी अपनी प्रयोगशाला में जब पहली बार ग्लूकोज़ के साथ सूत्र की बात पहली बार सामने आई थी तो उनको भी इस बात से बहुत हैरानी हुई थी) हिथरटन के परिणामों ने इस बात की एक बार और पुष्टि करने के अलावा कि ग्लूकोज़ संकल्प शक्ति का महत्त्वपूर्ण हिस्सा होता है के अलावा भी बहुत कुछ किया। उन्होंने इस पहेली को सुलझाने में मदद की कि मस्तिष्क की कुल ऊर्जा उपयोग में वैश्विक परिवर्तन के बिना ग्लूकोज कैसे काम कर सकता है। होता यह है अहं को मंद करने से दिमाग़ के एक हिस्से से गतिविधि दूसरे हिस्से में चली जाती है। जब आपके शरीर में ग्लूकोज़ की मात्रा कम होती है तो भी आपका दिमाग़ काम करना बंद नहीं करता। यह एक तरह के काम को करना छोड़ दूसरे तरह के काम में लग जाता है। इससे इस बात की व्याख्या में मदद मिली कि जब लोगों का दिमाग़ मंद रहता है तो वे किसी चीज़ को आम लोगों से अधिक गहराई से क्यों महसूस करने लगते हैं : दिमाग़ के कुछ हिस्से तो तेज़ी से काम करने लगते हैं, जबकि दूसरे हिस्से सुस्त पड़ जाते हैं। आत्म नियंत्रण के दौरान जब शरीर ग्लूकोज़ का उपयोग करना शुरू कर देता है तो मीठी चीज़ें खाने की उसकी इच्छा बढ़ने लगती है- यह उन लोगों के लिए बहुत बुरी ख़बर है जिनको यह उम्मीद रहती है कि आत्म नियंत्रण के उपयोग से वे मीठा खाने से बच सकेंगे। जब लोगों के रोज़मर्रा के जीवन में आत्म नियंत्रण की ज़रूरत बढ़ने लगती है तो मीठा खाने की उनकी इच्छा बढ़ने लगती है। यह बात ऐसी नहीं है कि खाने की इच्छा बढ़ जाती है- बल्कि ऐसा लगता है कि मीठा खाने की उनकी इच्छा बढ़ जाती है। प्रयोगशाला में आत्म नियंत्रण से जुड़े किसी अभ्यास को पूरा करने के बाद छात्र मिठाई तो अधिक खाने लगते हैं लेकिन दूसरे तरह के खाने के सामान नहीं। ऐसा लगता है कि आत्म नियंत्रण करने वाले लोगों में मीठा खाने की इच्छा बढ़ने लगती है।

इन सभी परिणामों से इस बात का कोई कारण समझ में नहीं आता है कि प्रयोगशाला के बाहर मीठा देने से कोई ठीक हो जाता है, चाहे वह इंसान हो या कुत्ता। शरीर को मीठा खाने खाने की इच्छा इस वजह से होती है कि वह उसको शक्ति पाने का सबसे आसान ज़रिया मान लेता है, लेकिन कम चीनी तथा अधिक

प्रोटीन वाले भोजन तथा अन्य तरह के पोषक पदार्थ भी यही काम करते हैं (लेकिन अधिक धीरे-धीरे), फिर भी ग्लूकोज़ के प्रभावों की खोज से आत्म नियंत्रण की कुछ उपयोगी तकनीकों का पता चला। यह मानव जीवन के एक पुराने रहस्य का समाधान भी देता है : महीने के किसी किसी दिन चॉकलेट मुँह को इतना लुभावना क्यों लगता है?

अंदरूनी शैतान

आप जेनिफ़र लव हेविट की अभिनय क्षमता के बारे में कुछ भी सोचते हों, लेकिन जब उसको फ़िल्म 'द डेविल एंड डेनियल वेबस्टर' में अभिनय का मौक़ा दिया गया तो आपको उसकी मौलिकता को श्रेय देना पड़ेगा। पर्दे पर वह ऐंथनी हॉपकिन्स एवं एलेक बाल्डविन के साथ थी, जो किसी भी युवा अभिनेता के लिए चुनौतीपूर्ण भूमिका थी, लेकिन उसको शैतान की भूमिका निभाने की चुनौती भी थी। जैसा कि नाटक सिखाने वाले कहते हैं कि अगर आपका लक्ष्य उस किरदार में बस जाना है तो पुलिस अफ़सर के किरदार के मुक़ाबले शैतान के किरदार में मुश्किलें अधिक हैं। आप इस बारे में शोध नहीं कर सकते कि शैतान के रूप में कैसे काम करना होता है। लेकिन हेविट ने इस भूमिका की तैयारी के लिये एक वैकल्पिक तरीक़ा निकाला।

'मैंने माहवारी के पहले के दिनों के दौरान (प्री मेंस्ट्रुअल सिंड्रोम) अपने आपको गौर से देखना शुरू किया और इस बात पर ध्यान दिया माहवारी के पूर्व के दिनों के दौरान मुझे कैसा महसूस हुआ', उसने बताया। 'उसी अनुभव को आधार बनाकर मैंने शैतान की भूमिका निभाई।'

अगर आपको लगता है कि माहवारी पूर्व को लेकर यह विचार उचित नहीं है तो आपने PMSCentral.com तथा इस तरह के अन्य वेबसाइटों पर अधिक समय नहीं बिताया जिनके ऊपर महिलाएँ उपायों और कहानियों को साझा करती हैं। वहाँ वे मज़ाक़ करती हैं जिसमें माहवारी के लिए अंग्रेज़ी में उपयोग होने वाले प्री मेंस्ट्रुअल सिंड्रोम के बारे में बताती हैं और यह बताती हैं कि उस दौरान उनके मूड में बदलाव आ जाता है। या वे प्री मेंस्ट्रुअल सिंड्रोम से जुड़ी इस तरह की सच्ची कहानियों को साझा करती हैं :

> इसके कारण मेरे जीवन का बड़ा हिस्सा बर्बाद हो जाता है। मेरी आँखें फूल जाती हैं, मैं साफ़-साफ़ कुछ सोच नहीं सकती, मैं ग़लत फ़ैसले लेने लगती हूँ, भावनात्मक रूप से बहुत बुरा होता है, गुबार फुट पड़ता है, बेसिरपैर की बातें सोचती रहती हूँ, ग़लत चीज़ें ख़रीद लेती हूँ जो मुझे बाद में लौटानी पड़ती हैं, ख़र्च बहुत अधिक हो जाता है, नौकरी छोड़

देती हूँ, बहुत अधिक थकान महसूस होती है, चिड़चिड़ापन हो जाता है, बिसूरती रहती हूँ, बहुत अधिक संवेदनशील हो जाती हूँ, पूरा शरीर दुखता रहता है, नसों में दर्द होता रहता है, शून्य में निहारती रहती हूँ, ऐसे महसूस होता रहता है जैसे मैं यहाँ हूँ ही नहीं।

प्री मेंस्ट्रुअल सिंड्रोम को चॉकलेट खाने की ख़्वाहिश से लेकर हत्या तक हर चीज़ के लिए ज़िम्मेदार ठहराया जा सकता है। सीएसआई टीवी चैनल की स्टार मार्ग हेल्ज़नबर्गर की तसवीर एक पार्टी में खींची गई, जिसमें उसके बाल अजीब तरह के रंग में थे। जब उससे पूछा गया तो उसने बताया, 'बालों में जो यह रंग है, इसको प्री मेंस्ट्रुअल सिंड्रोम का गुलाबी रंग कहा जाता है। उस दिन मैं इसे बहुत परेशान हो रही थी। मुझे कुछ समझ नहीं आ रहा था! मैंने जो किया उससे मुझे यही लगा कि सीएसआई टीवी पर मुझे इसके लिए कुछ नहीं कहा जाएगा?' कुछ नहीं समझ में आने की बात मेलेनी ग्रिफ़िथ ने भी किया था, जब प्री मेंस्ट्रुअल सिंड्रोम के दिनों में उसकी दिमाग़ी हालत ऐसी हो गई कि वह गाड़ी उठाकर तलाक़ का मुक़दमा दायर करने के लिए गई, और फिर उसने अचानक अपना दिमाग़ बदल लिया, हालाँकि उसके जनसंपर्क करने वालों ने इसके लिए नैदानिक शब्द का प्रयोग किया और कहा कि, 'ऐसा उन्होंने हताशा तथा गुस्से में आकर किया।' अक्सर यह देखा जाता है कि स्त्रियाँ आवेग में आ जाती हैं जो बहुत अज़ीब लगता है।

अज़ीब तरह से इस तरह से मूड बदलने से वैज्ञानिक भी हैरान रह गए। विकासवादी मनोवैज्ञानिकों को यह विशेष रूप से ऐसी स्त्रियों में प्रतिकूल लगता है जिनके पेट में बच्चा होता है और जो अपने आसपास के लोगों के साथ सहज नहीं रह पाती हैं? क्या बच्चा पालने के लिए समानुभूति महत्त्वपूर्ण कौशल नहीं है? क्या यह उपयोगी नहीं रहता है कि बच्चे की ख़ातिर अपने साथी के साथ अच्छा रिश्ता बनाया जाए? कुछ वैज्ञानिकों ने इस बात पर ध्यान दिया कि कोई स्त्री माहवारी पूर्व दिनों में ऐसी इसलिए हो जाती है, क्योंकि उससे पहले अंडोत्सर्ग के दिनों में वह गर्भवती नहीं हो पाई, इसलिए उनका अनुमान यह था कि स्वाभाविक चयन उन महिलाओं के लिए उपयुक्त होता है जो ऐसे पुरुष से असंतुष्ट हो जाती हैं जो अनुर्वर होता है, इसलिए वे अपने आपको मुक्त करके दूसरे साथी का चयन करती हैं। यह धारणा निश्चित रूप से स्त्रियों द्वारा प्री मेंस्ट्रुअल सिंड्रोम को दिए गए एक और नाम का उपहास उड़ाने वाला है : अंग्रेज़ी में इसको पैक माई स्टफ़ कहा जाता है यानी बोरिया-बिस्तर समेटना। लेकिन यह बात साफ़ नहीं है कि विकास से जुड़े लाभ लागत के ऊपर भारी पड़ गए हों, या यह कि इस तरह के चयनात्मक दबाव प्राचीन घास के मैदानों में भी थे। क्योंकि शिकार करके जीवन यापन करने वाले हमारे पूर्वजों के लिए प्री मेंस्ट्रुअल सिंड्रोम उतनी बड़ी समस्या नहीं

थी, क्योंकि स्त्रियाँ अपना अधिकतर जीवन या तो गर्भवती होने या बच्चे पालने में बिताती थीं।

जो भी हो, अब प्री मेंस्ट्रुअल सिंड्रोम की एक ठोस शरीर विज्ञान संबंधी व्याख्या है जिसका संबंध किसी के रहस्यमय अनजान आवेग से नहीं है। माहवारी के चक्र के पूर्व दिनों के दौरान स्त्री का शरीर अपनी बहुत अधिक ऊर्जा अंडाशय तथा उससे जुड़ी गतिविधियों में लगाने लगता है, जैसे इस दौरान अधिक मात्रा में स्त्री हार्मोन का उत्पादन होने लगता है। चूँकि प्रजनन तंत्र की तरफ अधिक ऊर्जा तथा ग्लूकोज़ का बहाव होने लगता है जिसके कारण बाक़ी शरीर के लिए कम ऊर्जा बची रह जाती है, जिसके कारण शरीर और अधिक ईंधन की माँग करने लगता है। चॉकलेट तथा अन्य प्रकार की मिठाइयाँ खाने का मन करने लगता है, क्योंकि उनसे तत्काल ग्लूकोज़ मिलता है, लेकिन किसी भी तरह के खाने से काम चल सकता है, इसी कारण स्त्रियों को खाने की अधिक इच्छा होती है। एक अध्ययन से यह पता चला है कि इस दौरान एक औसत औरत दिन में 810 कैलोरी खाना खाती है, जो सामान्य दिनों में उसके द्वारा लंच में लिए जाने वाले भोजन से 170 कैलोरी अधिक होता है।

लेकिन अधिकतर स्त्रियाँ अभी भी पर्याप्त अतिरिक्त कैलोरी नहीं ले पाती हैं। आज की आम औरत अमेरिका की उन स्त्रियों जैसी है जो अपने मोटापे को लेकर चिंतित रहती हैं, इसलिए महीने के उन कुछ दिनों के दौरान शरीर द्वारा ग्लूकोज़ की बढ़ी माँग को पूरा करने के लिए पर्याप्त मात्रा में अतिरिक्त भोजन नहीं करती हैं। जब चलने-फिरने के लिए ही अतिरिक्त भोजन नहीं रहता है तो शरीर को कटौती करनी पड़ती है, उसको प्रजनन तंत्र को प्राथमिकता देनी पड़ती है, जिसके कारण संकल्प शक्ति के लिए पर्याप्त ग्लूकोज़ नहीं रह पाता है। यह सामान्य नियम है कि पुरुषों के मुक़ाबले स्त्रियों में आत्म नियंत्रण कम होने की संभावना कम होती है लेकिन आत्म नियंत्रण से जुड़ी समस्या महीने के इन दिनों में बढ़ जाती है, अध्ययनों से बार-बार यह बात साबित हुई है।

इन दिनों के दौरान स्त्रियाँ अधिक ख़र्च करती हैं और जोश में आकर आम दिनों से अधिक ख़रीदारी करने लगती हैं। वे अधिक सिगरेट पीने लगती हैं। वे अधिक शराब पीने लगती हैं, और इसलिए नहीं कि उनको शराब पीने में आनंद आता है। ऐसी स्त्रियों में विशेष रूप से शराब पीने की संभावना बढ़ जाती है जिनके परिवार में शराबखोरी की समस्या रहती है, उन घरों में स्त्रियों में शराब पीने की मात्रा बढ़ने की संभावना अधिक होती है। माहवारी के दिनों के दौरान स्त्रियाँ या तो ख़ूब शराब पीने लग सकती हैं या तरह तरह तरह के ड्रग्स का सेवन करने लग सकती हैं। प्री मेंस्ट्रुअल सिंड्रोम के दौरान ऐसा नहीं है कि बर्ताव से जुड़ी कोई एक तरह की

समस्या ही उभर कर आए। बल्कि ऐसा लगता है इस दौरान आत्म नियंत्रण पर पूरी तरह से नियंत्रण जाता रहता है, जिसके कारण तरह-तरह की समस्याएँ बढ़ जाती हैं।

एक ड्रग ऐसी है जिसका अक्सर उपयोग नहीं किया जाता है वह है मारिजुआना, यह अपवाद आँखें खोलकर रख देने वाला है। कोकीन और मादक द्रव्यों की तरह मारिजुआना आपको किसी और दुनिया में नहीं ले जाता है या आनंद की अवस्था में नहीं ले जाता है। बल्कि आप पहले से जो महसूस कर रहे होते हैं, उस एहसास को मारिजुआना और सघन कर देता है। प्री मेंस्ट्रुअल सिंड्रोम के दौरान बुरा महसूस होता है, तो ऐसे में कोई ऐसी ड्रग क्यों लेगा जो इस एहसास को और गहरा बना दे। सबसे बढ़कर, मारिजुआना निकोटीन, शराब, कोकीन तथा अन्य तरह के ड्रग की तरह की लत नहीं है, इसलिए आत्म नियंत्रण के कम होने से मारिजुआना का सेवन करने वाला इस तरह के लोभ-लालच का शिकार नहीं होता है।

शोधार्थियों ने यह पाया है कि जिन औरतों में प्री मेंस्ट्रुअल सिंड्रोम होता है, वह सामान्य स्त्रियों के मुक़ाबले दो गुना अधिक दिनों तक काम नहीं करती हैं। निस्संदेह कुछ दिन तो वे इसलिए काम नहीं कर पाती हैं, क्योंकि प्री मेंस्ट्रुअल सिंड्रोम के दौरान उनके शरीर में दर्द बहुत होता है। लेकिन कुछ इसलिए काम नहीं कर पाती हैं, क्योंकि उनका अपने ऊपर नियंत्रण नहीं रहता है। शरीर में ग्लूकोज़ की कमी होने से क़ायदों का पालन कर पाना मुश्किल हो जाता है। स्त्रियों की जेल में ऐसी स्त्रियों जेल के क़ायदे अधिक तोड़ती हैं जो प्री मेंस्ट्रुअल सिंड्रोम से गुजर रही होती हैं। प्री मेंस्ट्रुअल सिंड्रोम के दौरान क़ानूनी और ग़ैर क़ानूनी रूप की हिंसा और आक्रामकता इस दौरान बहुत बढ़ जाती है। यह बात सही है कि कुछ ही स्त्रियाँ किसी भी समय गुस्से में आ जाती हैं, लेकिन बहुत सी स्त्रियों ने यह बताया कि इस दौरान उनके अंदर भावनात्मक बदलाव आ जाता है। अध्ययनों से बार-बार इस बात की पुष्टि हुई कि इस दौरान स्त्रियों में भावनात्मक उबाल और तनाव बढ़ जाता है। स्त्रियों का अपने पति से या प्रेमी से, साथ ही सहयोगियों से झगड़े बढ़ जाते हैं। इस दौरान वे कम सामाजिक रह जाती हैं और अक्सर अकेले भी रहने लगती हैं - जो झगड़ों से बचने के लिए एक कारगर रणनीति हो सकती है, मेलज़ोल से जिनके बढ़ने की संभावना रहती है।

प्री मेंस्ट्रुअल सिंड्रोम के बारे में आमतौर पर यह कहा जाता है कि लुटियल चरण सीधे तौर पर नकारात्मक भावनाओं को जन्म देता है, लेकिन इसकी यह व्याख्या आँकड़ों से मेल नहीं खाती। सभी स्त्रियाँ नकारात्मक भावनाओं से एक समान ढंग से प्रभावित नहीं होती हैं। जब अमंडा पामर हॉर्वर्ड स्क्वायर पर मूर्ति बनकर खड़ी रहती थी तो उसने यह पाया कि प्री मेंस्ट्रुअल सिंड्रोम के कारण उसका आत्म नियंत्रण कमज़ोर हुआ, क्योंकि इसके कारण उसकी सकारात्मक एवं

नकारात्मक दोनों तरह की भावनाएँ मुक्त हो गईं। 'प्री मेंस्ट्रुअल सिंड्रोम के दिनों में मैं बहुत संवेदनशील हो जाती हूँ और मेरा रोने का मन करता रहता था और अगर कुछ भावनात्मक होता था तो उसका असर मेरे मूर्ति बनकर खड़े होने पर भी पड़ता था', पामर ने याद करते हुए कहा। 'वह भावनात्मक बात यह भी हो सकती थी कि मुझे मूर्ति बनकर खड़े खड़े दस मिनट हो गए और इधर से ना कोई गुज़रा, ना किसी ने देखा, बस इसी बात से मैं सोचने लगती कि दुनिया कितनी हृदयहीन है, कितना अकेलापन है यहाँ और मुझे कोई भी प्यार नहीं करता है। इसका दूसरा चरम यह होता कि 95 साल का एक आदमी एक मील प्रति घंटे की रफ़्तार से मेरी तरफ़ आ रहा होता, अपने बटुए से पाँच डॉलर का नोट निकालने में पाँच मिनट लगता और उसको मेरे डिब्बे में रखकर अपनी सूनी उदास आँखों से मुझे देखने लगता। मैं किसी तरह अपनी भावनाओं के ऊपर क़ाबू पाने का प्रयास करती। बिना बोले या बिना अपने चेहरे को हिलाए मैं कोशिश करती कि जितना हो सके, उसको उतना प्यार पहुँचा दूँ।'

उसका अनुभव एकदम उसी तरह का था जिस तरह से दूसरी औरतें लुटियल चरण के दौरान बताती हैं : उनके ऊपर तरह-तरह की भावनाओं का प्रभाव पड़ता है, और उनकी समस्याएँ अक्सर किसी बात को लेकर जताई गई ज़बरदस्त प्रतिक्रिया से पैदा होती थीं। वे कहती कि वे परेशान होना नहीं चाहती हैं, लेकिन छोटी-छोटी बातों पर परेशान होने से स्वयं को रोक नहीं पाती। उनको इस बात का सहज ज्ञान नहीं होता है कि उनके शरीर ने अचानक से आत्म नियंत्रण को ईंधन की आपूर्ति बंद कर दी है, इसलिए उनको इस बात से हैरानी हो रही होती है कि सामान्य नियंत्रण पहले की तरह से काम क्यों नहीं कर रहे।

बहुत सारी स्त्रियों को ऐसा महसूस होता है, मानो उनके जीवन में तनाव बढ़ गया हो : वे बताती हैं कि लुटियल चरण के दौरान नकारात्मक घटनाएँ अधिक घटित होती हैं, जबकि सकारात्मक घटनाएँ कम। लेकिन महीने के उन कुछ दिनों के दौरान बाहर की दुनिया में किसी तरह का बदलाव नहीं होता है। अगर किसी स्त्री को ऐसा महसूस होने लगता है कि वह अपनी समस्याओं का समाधान करने में अपने आपको समर्थ नहीं पा रही है तो उसको बहुत अधिक तनाव हो जाएगा। अगर प्री मेंस्ट्रुअल सिंड्रोम के कारण अपनी भावनाओं के ऊपर उसका नियंत्रण कमज़ोर पड़ता जा रहा है, तो उस दुर्भाग्य के कारण वह परेशान हो सकती है। काम के दौरान भी उसके लिए यह चुनौती रहती है, क्योंकि उसके अंदर इतनी ऊर्जा नहीं रहती है कि वह अपने काम के ऊपर ध्यान लगाए। प्रयोगशालाओं में सावधानी से नियंत्रित परीक्षण के लिए एकाग्रता की ज़रूरत होती है, वैसे में लुटियल चरण से गुज़र रही स्त्रियों का प्रदर्शन माहवारी के अन्य चरणों से गुज़र रही स्त्रियों के मुक़ाबले बहुत

ख़राब होता है, और इस प्रभाव को सामान्य स्त्रियों में पाया गया, ना कि केवल प्री मेंस्ट्रुअल सिंड्रोम से ग्रसित स्त्रियों में। उनको प्री मेंस्ट्रुअल सिंड्रोम की बात महसूस होती हो या नहीं, लेकिन उनके शरीर में ग्लूकोज़ की बहुत अधिक कमी होती है।

हम इन समस्याओं को अतिरंजित नहीं करना चाहते, क्योंकि अधिकतर स्त्रियाँ घर और काम के दौरान प्री मेंस्ट्रुअल सिंड्रोम से बहुत अच्छे से निपट लेती हैं, और हम निश्चित रूप से यह नहीं कहना चाहते हैं स्त्रियों की संकल्पशक्ति पुरुषों के मुक़ाबले कम होती है। यह बात दोहराने की है कि कुल मिलाकर स्त्रियों में पुरुषों के मुक़ाबले आत्म नियंत्रण की समस्या कम होती है: वे हिंसक अपराध कम करती हैं और इस बात की संभावना बहुत कम होती है कि उनको शराबखोरी की आदत पड़ जाए या वे मादक द्रव्यों का सेवन करने लगें। लड़कियों में आत्म नियंत्रण बेहतर होता है और शायद यही एक कारण है कि स्कूल में लड़कियों को लड़कों से अच्छे नंबर आते हैं। लेकिन मूल बात यह है कि आत्म नियंत्रण शरीर के संगीत से बंधा होता है और ऊर्जा की आपूर्ति में उतार-चढ़ाव का उसके ऊपर असर पड़ता है। आत्म नियंत्रण वाली स्त्री संत की तरह होती है लेकिन लुटियल चरण के दौरान वह कुछ कम संत हो जाती है। प्री मेंस्ट्रुअल सिंड्रोम हाइपोग्लाइसेमिया तथा मधुमेह की तरह ही इस बात का बहुत स्पष्ट उदाहरण है कि शरीर में जब ग्लूकोज़ की कमी हो जाती है तो क्या होता है - और चाहे पुरुष हो या स्त्री, उसको मधुमेह हो या ना हो, उसको कभी-कभी ग्लूकोज़ की कमी महसूस होती है। हम सब हताशा और गुस्से के शिकार हो जाते हैं। हम सभी कभी ना कभी तरह- तरह की परेशानियों से घिर जाते हैं और ऐसे आवेगों के शिकार हो जाते हैं, जो अगर शैतानिक नहीं तो अनजाने क़िस्म के होते ही हैं।

वैसे आमतौर पर समस्या अंदरूनी होती है। ऐसा नहीं है कि दुनिया अचानक से क्रूर हो गई हो। ऐसा नहीं है कि रोमन लोक कथाओं का किरदार लूसिफ़र हमें नई-नई लुभावनी चीज़ों का आकर्षण दे रहा हो या हमारे अंदर नए नए आवेग बाहर दे रहा हो। बात इतनी ही है कि हम सामान्य आवेगों तथा पहले से चली आ रही समस्याओं का सामना करने में स्वयं को कम समर्थ पाने लगते हैं। उकसावा वास्तविक हो सकता है- आपके पास इस बात के पूरे कारण हो सकते हैं कि आप अपने बॉस के ऊपर गुस्सा हों या अपने शादी पर पुनर्विचार करें (मेलेनी ग्रिफ़िथ ने बाद में डॉन जॉनसन से तलाक़ ले लिया था)। लेकिन जब तक आप अपनी भावनाओं को वश में नहीं रखते, तब तक आप अपनी दूसरी समस्याओं के समाधान की दिशा में नहीं बढ़ सकते, और इसकी शुरुआत होती है अपने ग्लूकोज़ को क़ाबू में रखने से।

संकल्प शक्ति हासिल करने का मार्ग

अब जबकि हम इस बात का सर्वेक्षण कर चुके हैं कि ग्लूकोज़ की कमी से किस तरह की समस्याएँ आती हैं, इसलिए हम समाधान की बात कर सकते हैं तथा अधिक ख़ुश करने वाले विषयों की और बढ़ सकते हैं, जैसे अच्छा भोजन, और देर तक झपकी लेना। यहाँ कुछ सबक़ और रणनीतियाँ बताई गई हैं जिनको आज़माकर आप ग्लूकोज़ को अपने लिए कारगर बना सकते हैं :

शैतान को भोजन दें : शैतान से हमारा मतलब असली शैतान से नहीं है। हमारा तात्पर्य है आपके अंदर के संभावित शैतान से तथा उससे जो आपके साथ समय बिता रहा है। ग्लूकोज़ की कमी ऐसी चीज़ है जो बहुत प्यारे साथी को भी शैतान में बदल दे सकता है। यह पुरानी सलाह है कि सुबह के समय नाश्ता अच्छा करना चाहिए, जो असल में पूरे दिन पर लागू होता है, विशेषकर उन दिनों के लिए जब आप शारीरिक तथा मानसिक रूप से दबाव में हों। अगर आपको कोई टेस्ट देना हो, कोई ज़रूरी मीटिंग करनी हो, या कोई ज़रूरी प्रोजेक्ट हो तो बिना ग्लूकोज़ के इसको नहीं करें। दिन के भोजन के चार घंटे के बाद अपने बॉस के साथ बहस नहीं करें। रात के भोजन के ठीक पहले अपने संगी के साथ बहुत गंभीर चर्चा नहीं करें। जब आप यूरोप में रोमांटिक सफ़र पर हों तो रात के सात बजे के आसपास पुराने शहर में नहीं जाएँ और कोशिश करें कि आप अपने होटल में ख़ाली पेट ही आएँ। हो सकता है कि भूलभुलैया सड़कों पर आपकी कार को कुछ नहीं हो लेकिन आपके रिश्ते पर इसका असर पड़ सकता है।

सबसे बढ़कर जब आप वज़न बढ़ने से अधिक किसी गंभीर समस्या से जूझ रहे हों तो कैलोरी लेने में संकोच नहीं करें। अगर आप सिगरेट पीते हों तो उस दौरान उसको छोड़ने की कोशिश नहीं करें, जब आप डायट पर हों यानी वज़न कम करने के लिए संतुलित भोजन ले रहे हों। वास्तव में, अगर आप सिगरेट छोड़ देंगे तो आपको हो सकता है कि कुछ कैलोरी लेने का मन करने लगे, क्योंकि जिसको आप सिगरेट की तलब समझ रहे हों हो सकता है जब आप निकोटीन से अपनी तलब को नहीं मिटा रहे हों तो वह कुछ खाने की तलब हो सकती है। सिगरेट पीने के जो लती सिगरेट छोड़ने की कोशिश कर रहे थे तो उनको शोधकर्ताओं ने शक्कर की गोलियाँ दी, जिससे कई बार अतिरिक्त ग्लूकोज़ के कारण सफलता की दर बहुत बढ़ जाती है, ख़ासकर जब शक्कर की गोलियों के साथ दूसरे उपचारों को भी आज़माया जाता है, जैसे निकोटीन पैच का।

शक्कर प्रयोगशाला में कारगर होता है खानपान में नहीं। यह बहुत विडंबना की बात है कि आत्म नियंत्रण से जुड़े शोधार्थी जिनके ऊपर प्रयोग कर रहे होते हैं, उनको शक्कर देने को लेकर बहुत तत्पर होते हैं, यह देखने के लिए कि उनमें

से कितने लोग ऐसे हैं जो जिनके अंदर ऐसी संकल्पशक्ति है कि वे अपने आपको मिठाई खाने से रोक पाएँ। लेकिन वैज्ञानिक ऐसा महज़ थोड़ी देर की सुविधा के लिए कर रहे होते हैं। शक्कर मिश्रित पेय पदार्थ पीने से ऊर्जा में तत्काल वृद्धि हो जाती है जिससे प्रयोग करने वालों को कम अवधि में ग्लूकोज़ के प्रभाव को देखने का अवसर मिल जाता है। ना तो शोधार्थियों के पास न ही उनके पास इतना समय होता है जिनके ऊपर शोध किया जा रहा होता कि वे प्रोटीन जैसी कोई जटिल चीज़ खाकर उसके प्रभाव को देखने के लिए एक घंटे का इंतज़ार करें।

कई बार ऐसा हो सकता है कि आपके सामने कोई छोटी चुनौती हो तो जैसे मैथ का टेस्ट हो या दौड़ हो तो अपने आत्म नियंत्रण की बढ़ाने के लिए शक्कर का सेवन लाभकारी होता है। मान लीजिए कि आपने अभी सिगरेट पीनी छोड़ी हो तो सिगरेट की तलब आने पर आप मीठी गोलियों का सेवन कर उससे मुक्ति पा सकते हैं। लेकिन शक्कर के सेवन जिस तेज़ी से ऊर्जा का क्षय होता है उतनी ही तेज़ी से उसमें गिरावट भी आती है और आप अपने आपको ढीला महसूस करने लगते हैं, इसलिए यह दीर्घकाल के लिए अच्छी रणनीति नहीं है। हम आपको निश्चित रूप से यह नहीं कहने आते हैं कि आप बिना शक्कर वाला सोडा पीना छोड़कर शक्कर वाला सोडा पीने लगें, या कुछ मीठा खाने लगें। हो सकता है कि यह बात सही हो जैसा कि शोधार्थियों को पता चला है कि शक्कर वाले पेय पदार्थों से प्री मेंस्ट्रुअल सिंड्रोम के लक्षण कुछ समय के लिए कम हो जाएँ। लेकिन प्रयोगशाला के बाहर बेहतर यही होगा कि आप गायिका मेरी जे ब्लिग की इस बात को मानें जो उन्होंने प्री मेंस्ट्रुअल सिंड्रोम के बारे में बात करते हुए कही थी : 'शक्कर इसको और बुरा कर देता है।'

जब खाएँ तो धीरे-धीरे खाएँ। शरीर लगभग हर तरह की चीज़ों को ग्लूकोज़ में बदल देता है, लेकिन अलग-अलग स्तर पर। जिन खाद्य पदार्थों को जल्दी रूपांतरित किया जा सकता है उनका ग्लाइसेमिक इंडेक्स बहुत अधिक होता है। इनमें शामिल हैं, स्टार्च वाले कार्बोहाइड्रेट, जैसे सफ़ेद ब्रेड, आलू, सफ़ेद चावल, तथा नाश्ते एवं फ़ास्ट फूड में शामिल अन्य खानपान की चीज़ें। इनको खाने से उतार चढ़ाव के अपने दौर आते रहते हैं, जिनके कारण आपके अंदर ग्लूकोज़ तथा आत्म नियंत्रण की कमी हो जाती है - और आप डोनट तथा कैंडी के माध्यम से स्टार्च और शक्कर खाने की तलब जो शरीर में उठती है उसको रोक पाना मुश्किल हो जाता है। जिस दिन फ़ैट ट्यूज़डे मनाया जाता है, उस दिन तो आप पैन केक का नाश्ता कर सकते हैं, क्योंकि उस दिन बहुत चलाया जाता है, लेकिन साल के बाक़ी दिनों में वे कारगर नहीं साबित होते।

आत्म नियंत्रण एक समान रहे, इसके लिए बेहतर तो यही है कि आप ऐसा भोजन करें ग्लाइसेमिक इंडेक्स नीचा हो : अधिकतर सब्ज़ियाँ, मूँगफली, काजू आदि, बहुत सारे कच्चे फल (जैसे सेब, ब्लूबेरी और पीयर्स आदि), पनीर, मछली, मीट, ऑलिव ऑयल तथा और इस तरह के फ़ैट जिनको गुड फ़ैट कहा जाता है। (लो ग्लाइसेमिन वाले भोजन आपको छरहरा भी बनाए रख सकते हैं) उचित भोजन लेने के फ़ायदों के बारे में प्री मेंस्ट्रुअल सिंड्रोम वाली स्त्रियों के अध्ययन में बताया गया है, कि जब वे स्वास्थ्यवर्धक भोजन लेती हैं तो उनमें इसके लक्षण कम दिखाई देते हैं। सुधार गृहों में हज़ारों किशोरों के ऊपर एक के बाद एक कई सफल प्रयोग किए गए। जब सुधार गृहों में शक्कर वाले भोजन तथा कार्बोहाइड्रेट वाले भोजन के स्थान पर फल, सब्ज़ियाँ, अनाज आदि के भोजन दिए जाने लगे तो भागने की कोशिशों, हिंसा तथा अन्य तरह की समस्याओं में बहुत तेज़ी से कमी आई।

जब आप बीमार हों तो ग्लूकोज़ को अपने रोग प्रतिरोधी तंत्र के लिए बचाकर रखें। अगली बार जब आप अपने दुखते शरीर को खींच कर काम पर ले जाने की तैयारी कर रहे हों तो यहाँ कुछ बातें हैं जिनका ध्यान रखने की ज़रूरत है : जब आपको बहुत जुकाम हो और उसमें आप गाड़ी चला रहे हों तो यह उससे अधिक ख़तरनाक होता है, जब आप हल्का नशा करके गाड़ी चलाते हैं। इसका कारण यह है कि आपका रोग प्रतिरोधी तंत्र जुकाम से लड़ने में इतने अधिक ग्लूकोज़ का इस्तेमाल कर रहा होता है कि दिमाग़ के लिए कुछ ख़ास बचा ही नहीं होता है। अगर आपके अंदर ग्लूकोज़ की इतनी कमी है कि आप कार चलाने जैसे साधारण काम भी नहीं कर सकते, तो आपके दफ़्तर जाने का क्या मतलब है (यह मानते हुए कि आप वहाँ सुरक्षित पहुँच गए हों)? कई बार सारा काम उल्टा-पुल्टा हो जाता है, इसलिए जब दिमाग़ में ग्लूकोज़ की कमी हो तो किसी ज़रूरी काम को करते हुए उसके ऊपर भरोसा नहीं करना चाहिए। अगर आपके दफ़्तर में कोई जरूरी मीटिंग हो जिसको आप छोड़ नहीं सकते तो ऐसे मुद्दों से बचने की कोशिश करनी चाहिए जिससे आपके आत्म नियंत्रण के ऊपर दबाव पैदा हो। अगर आप किसी ऐसी परियोजना की निगरानी कर रहे हों जिसको हर हाल में करना हो तो कोई ऐसा फ़ैसला नहीं लें जिसको बदला ना जा सकता हो। और जो इस तरह की मुश्किल से गुज़र रहे हों, उनसे बहुत अच्छे प्रदर्शन की आशा नहीं करें। जिस दिन सैट की परीक्षा हो, उस दिन आपके बेटे को जुकाम हो गया हो तो परीक्षा को नए सिरे से निर्धारित कर लें।

जब थकान महसूस हो रही हो तो सो जाएँ। इतनी साफ़ बात हमें बताने की ज़रूरत नहीं होनी चाहिए, लेकिन रोंदू बच्चे ही नहीं जिनको नींद तो आती रहती है, लेकिन वे सोते नहीं हैं। वयस्क लोग नियमित रूप से कम सोते रहते हैं, जिसके

कारण उनका अपने ऊपर उतना नियंत्रण नहीं रह जाता है। आराम करने से हम शरीर में ग्लूकोज़ की माँग को कम कर देते हैं, और इससे खून में ग्लूकोज़ के उपयोग की हमारी क्षमता में भी वृद्धि होती है। कम सोने से ग्लूकोज़ निर्माण की प्रक्रिया बाधित होती है, जिसके कारण आत्म नियंत्रण कम हो जाता है और बहुत समय तक ऐसा होने से मधुमेह का ख़तरा बहुत अधिक हो जाता है।

हाल के एक अध्ययन में यह पता चला है कि जो कर्मचारी पूरी नींद सो नहीं पाते, उनके बारे में इस बात की संभावना अधिक रहती है कि वे अनैतिक कामों में संलग्न रहें, जैसा कि उनके सुपरवाइज़र तथा दूसरे लोगों ने पाया। उदाहरण के लिए, ऐसे लोगों में इस बात की संभावना अधिक रहेगी कि वे दूसरे लोगों द्वारा किए गए काम का श्रेय ले लें। प्रयोगशाला में जिनके ऊपर परीक्षण किया जा रहा था, उनको नगद राशि जीतने का मौक़ा दिया गया, जो छात्र ठीक से सोये नहीं थे, उनमें इस बात की संभावना अधिक रहती थी कि वे मौक़े का फ़ायदा उठाएँ और चालबाज़ी कर लें। ठीक से नहीं सोने का दिमाग़ और शरीर के ऊपर ख़राब प्रभाव पड़ता है। इसमें यह बात छिपी होती है कि आपका आत्म नियंत्रण कमज़ोर हो जाता है और निर्णय लेने की आपकी क्षमता के ऊपर भी इसका असर पड़ता है। अपनी संकल्प शक्ति से अधिकतम हासिल करने के लिए उसका उपयोग करें और सोने के लिए पर्याप्त समय निकालें। अगले ही दिन आपको अच्छा महसूस होगा– और अगली रात आप अच्छी नींद सो पाएँगे।

3

करने वाले कामों की संक्षिप्त सूची, ईश्वर से लेकर ड्रियू कैरे तक

आरंभ में ईश्वर ने स्वर्ग और धरती बनाई;
तथा धरती थी निराकार और रिक्त, तथा गहराई के चेहरे पर अंधेरा था; और ईश्वर की आत्मा पानी के ऊपर सोच में डूबी थी।
– जेनेसिस 1:1

शुरुआत में केवल सूची थी

जैसा कि बाइबिल में कहा गया है, निर्माण कोई आसान काम नहीं था, सर्वव्यापी देवताओं के लिए भी नहीं। इस काम के लिए दैवी सोच की आवश्यकता थी, जिसका मतलब यह नहीं था कि देवता अप्रसन्न भाव से इसके ऊपर चिंतन कर रहे थे। इसका मतलब यह हुआ कि स्वर्ग और धरती को अंडे की तरह कुछ समय तक सेने की जरूरत होती है। इस परियोजना को दैनिक किए जाने वाले कामों की सूची में बाँट लेना चाहिए, जिसकी शुरुआत सोमवार को किए जाने वाले कामों की सूची से की जा सकती है :

1. प्रकाश होने दो
2. प्रकाश का अवलोकन कीजिए
3. पुष्टि कीजिए कि प्रकाश सही है
4. अंधेरे से रोशनी को अलग कर दें
5. रोशनी को नाम दें (दिन)
6. अंधेरे को नाम दें (रात)

साप्ताहिक कैलेंडर का लेखा-जोखा इस प्रकार है : मंगलवार आकाश के लिए-दैनिक कामकाज, बुधवार धरती और पेड़ों के निर्माण के लिए, गुरुवार सितारों के लिए, शुक्रवार मछलियों और चिड़ियों के लिए, शनिवार स्त्रियों-पुरुषों के लिए तथा इतवार आराम और मनोरंजन के लिए। कामों को एक एक करके किया गया और सप्ताह के अंत में इनकी समीक्षा की जाती : 'और ईश्वर ने अपनी बनाई एक एक चीज़ को देखा, और चकित होकर कहा कि यह बहुत अच्छा था।'

क्या यह आराम करने वाला वीकेंड आपके जैसा लगता है? पहली निगाह में जेनेसिस की रणनीति बहुत स्पष्ट लगती है : एक लक्ष्य तय करें; उस लक्ष्य तक पहुँचने वाले क़दमों की सूची बनाएँ; उनको कर डालें; आराम करें। लेकिन ऐसे कितने लोग होते हैं, जो सप्ताह में किए जाने वाले कामों की सूची में दर्ज काम को पूरा कर पाते हैं? हमारी असफलता की दर बढ़ती रहती है और यह सूची लंबी होती जाती है। किसी भी समय में किसी आदमी के पास कम से कम एक सौ पचास काम ऐसे होते हैं, जो उसको करने होते हैं, और नए नए काम आते ही रहते हैं। हम इस बात का फ़ैसला कैसे करते हैं कि सूची में क्या चल रहा है और अगला काम क्या करना है? अच्छी ख़बर यह है कि आख़िरकार कुछ व्यावहारिक जवाब मिलते हैं, लेकिन इन रणनीतियों की तलाश की शायद ही कोई सीधी प्रक्रिया है। मनोवैज्ञानिकों तथा न्यूरोसाइंटिस्ट्स के दशकों के शोध के बाद स्व सहायता पुस्तकों के सैकड़ों सालों के बाद तथा हज़ार सालों ग़लती और सीखने की विधि से हम जेनेसिस में करने लायक़ जरूरी कामों की जो सूची है, उसको पहचान पाते हैं।

आत्म नियंत्रण की दिशा में पहला क़दम होता है, अपने लिए स्पष्ट लक्ष्य निर्धारित करना। शोधार्थी आत्म नियंत्रण के लिए जिस तकनीकी शब्द का प्रयोग करते हैं, वह है आत्म विनियमन, और इसमें विनियमन शब्द का प्रयोग बताता है कि लक्ष्य कितना मायने रखता है। विनियमन का अर्थ होता है बदलाव, लेकिन ख़ास तरह का, जान-बूझकर किया जाने वाला सार्थक बदलाव। विनियमन का अर्थ है किसी विशेष लक्ष्य या मानक की दिशा में जाना : जैसे हाईवे पर गाड़ियों की गति सीमा का निर्धारण, किसी दफ़्तर की इमारत की अधिकतम ऊँचाई। बिना कोई लक्ष्य बनाए या अन्य किसी प्रकार का मानक तय किए आत्म नियंत्रण करने का मतलब लक्ष्यहीन बदलाव से अधिक कुछ नहीं होगा, जैसे कोई डेटिंग की कोशिश तो कर रहा हो, लेकिन उसको इस बार में कुछ भी नहीं पता हो कि किस तरह के भोजन से मोटापा बढ़ता है। हम लोगों में से बहुत सारे लोगों के साथ समस्या यह नहीं है कि लक्ष्य का अभाव है बल्कि बहुत सारे लक्ष्य हैं। हम रोज़ाना करने वाले कामों की सूची बनाते हैं जो इसके बावजूद पूरा नहीं होता, जब दिन में किसी तरह का व्यवधान नहीं आता। जो कि हमेशा होता ही रहता है। जब तक वीकेंड आता

है, तब तक अधूरे कामों का अंबार लग जाता है, लेकिन हम उसको टालते रहते हैं और हमें यह आशा रहती है कि हम उसको जादू की रफ़्तार से पूरा कर लेंगे। इसी कारण उत्पादकता से जुड़े विशेषज्ञों ने यह पाया कि किसी अधिकारी के पास सोमवार के दिन ही करने वाले कामों की जो सूची होती है, वह पूरे सप्ताह भी पूरा नहीं किया जा सकता।

हम दीर्घ अवधि के लिए लक्ष्य को निर्धारित करने में भी अव्यवहारिक होते हैं। स्व सहायता के पुरोधा बेंजामिन फ्रेंकलिन ने अपने जीवन के उत्तर काल में अपनी आत्मकथा लिखी जिसमें उन्होंने बहुत आश्चर्य के साथ यह याद किया है कि जब वे बीस साल के आसपास थे तो उन्होंने अपने लिए कैसे लक्ष्य निर्धारित किए थे : 'मैंने यह साहसी और मेहनत से भरा लक्ष्य अपने लिए निर्धारित किया कि मैं नैतिक रूप से एकदम पक्का बनूँगा। मैंने यह प्रण लिया कि मैं जीवन में कभी किसी तरह की ग़लती नहीं करूँगा; मैं ऐसी हर प्रवृत्ति पर जीत हासिल करूँगा जो स्वाभाविक रूप से आती हो, किसी परिपाटी के कारण या मेरी संगति के कारण।' जल्दी ही उनका ध्यान एक समस्या पर गया। जब मैं पूरे ध्यान से एक ग़लती को करने से बचने में लगा रहता था, कि कोई दूसरी ग़लती मुझे आश्चर्य में डाल देती थी। आदत बेध्यानी का फ़ायदा उठा लेती थी, कई बार हमारा रुझान किसी तर्क के ऊपर भारी पड़ जाता है।'

इस तरह फ्रेंकलिन ने बाँटो और जीतो के नज़रिए को अपनाया। उन्होंने सद्गुणों की एक सूची बनाई और उन सबके लिए एक संक्षिप्त लक्ष्य बनाया, जैसे व्यवस्था के लिए यह लक्ष्य : 'सभी चीज़ों को अपनी जगह पर होना चाहिए; अपने कामकाज के हर हिस्से के लिए एक समय निर्धारित हो। इस सूची में क़रीब दर्जनभर और सद्गुण थे– संयम, ख़ामोशी, संकल्प, मितव्ययिता, उद्यम, तत्परता, न्याय, संतुलन, सफ़ाई, गंभीरता, ब्रह्मचर्य, और विनम्रता– लेकिन उन्होंने अपनी सीमा को पहचाना। 'मैंने इस बात को समझ लिया कि अच्छा तो यही होगा कि संपूर्णता की कोशिश करके अपने ध्यान को नहीं बटाऊँ', फ्रेंकलिन ने कहा, 'बल्कि एक बार में एक को साधूँ।' इसका जो नतीजा हुआ, उसको उन्होंने 'पाठ्यक्रम' कहा, और जिसको आज *संपूर्ण सद्गुणों के 13 सप्ताह* के नाम से जाना जाता है। स्टीवन कोवी की सात आदतें तथा बड़े बड़े आयोजकों एवं योजकों के बहुत पहले, स्टुअर्ट स्मेली के रोज़मर्रा के अभिकथन पाठ के बहुत पहले, फ्रेंकलिन ने एक नियम सारिणी बनाई, जिसमें सद्गुणों की सूची भी थी और एक प्रेरक प्रार्थना भी थी :

प्रकाश और जीवन के पिता, हे सर्वोच्च देवता!
मुझे सिखाइए जो अच्छा है, मुझे स्वयं सिखाइए!
मुझे अज्ञानता, अहंकार तथा बुराई से बचाइए,

हर तरह की नीचता से; और मेरे हृदय को भर दीजिए
ज्ञान से, सजग शांति से, एवं शांति के सद्गुण से;
पवित्र, संतोषजनक और कभी ना मिटने वाले आनंद से!

एक नोटबुक में फ्रेंकलिन ने लालस्याही से रेखाएँ खींचकर तेरह सप्ताह के लिए चार्ट बनाया, एक सद्गुण के लिए एक सप्ताह। हर चार्ट में दिनों के लिए खड़ी रेखाएँ बनाई गई थीं और आड़ी रेखाएँ सभी तरह के सद्गुणों के लिए, जिसके शुरू में उस सप्ताह के सद्गुण के बारे में लिखा गया था। दिन के अंत में वह स्तंभ के नीचे जाकर किसी सद्गुण की क़तारों में से उस सद्गुण के सामने काली पेंसिल से निशान बना देते जिसको बरकरार रखने में वह असफल साबित होते। एक चार्ट में, जो संयम के लिए समर्पित सप्ताह के लिए था, उन्होंने अपने आपको दूसरे सद्गुणों के लिए काले रंग से चिह्नित किया : इतवार को पर्याप्त चुप्पी और व्यवस्था का पालन नहीं, मंगलवार को अधिक अव्यवस्था और थोड़ा-बहुत उद्यम, शुक्रवार को संकल्प तथा मितव्ययिता का पालन नहीं कर पाया। लेकिन संयम की क़तार को रोज़ाना ख़ाली रखते हुए अपने साप्ताहिक लक्ष्य को पूरा कर लिया।

अपनी इस प्रगति से प्रेरित होकर अगले सप्ताह वह एक नए सद्गुण की ओर बढ़े, उनको आशा थी कि पहले सप्ताह उन्होंने संयम की आदत बना ली है जो तब भी बनी रहेगी जब वे दूसरे सद्गुणों पर एकाग्र करेंगे। फ्रेंकलिन ने अपनी तुलना उस माली से की जो फूलों की तेरह क़तारों में से हर सप्ताह एक क़तार के झाड़-झंखाड़ को हटाता और, जब सभी क़तारों का काम पूरा हो जाता तो वापस पहली क़तार में लौट जाता, हर बार उसको थोड़े और झाड़-झंखाड़ मिलते : 'यानी क्या मुझे यह आशा करनी चाहिए थी कि मुझे अपनी प्रगति के पन्नों पर सद्गुणों में सफलता मिल रही थी, सफलतापूर्वक मैं उसमें बनाई पंक्तियों को पूरा कर रहा था, अंत में, सभी पाठों को पूरा करने के बाद मुझे साफ़ कॉपी को देखकर ख़ुश होना चाहिए, 13 सप्ताह की दैनिक परीक्षा के बाद।'

लेकिन यह सब इसी तरह से नहीं हुआ। उन पन्नों पर निशान आते ही रहे। असल में, जब वह अपने इस पाठ को बार -बार दोहरा रहे थे, काग़ज़ पर पेसिल के निशान को मिटाते हुए ताकि नए सिरे से शुरुआत की जा सके, जिसके कारण आख़िरकार पन्नों में छेद हो गए। इसलिए उन्होंने लाल स्याही चार्ट फिर से बनाए, एक मोटे नोटबुक में हाथी दाँत से बने पन्नों वाली नोटबुक (जो पंखे की तरह से पसरती थी)। इस पाठ्यक्रम को पूरा करने के बाद वह उस मोटी से नोटबुक से पेंसिल के निशानों को गीले सोख़्ते से आराम से मिटा सकते थे, और हाथी दाँत के वे चार्ट बहुत टिकाऊ साबित हुए। क़रीब आधी शताब्दी के बाद जब वे पेरिस में

राजनयिक थे और पेरिस में स्त्रियों के साथ हँसी-मज़ाक़ कर रहे थे तो उनके पास तब भी वह चार्ट था, जो वह उन स्त्रियों को दिखाना चाहते थे, एक फ्रेंच मित्र ने उसको छूकर कहा, 'कितना मूल्यवान है यह।' अपने बाद के सेल्फ़ हेल्प गुरुओं के विपरीत (जिनमें एक वह भी था जिसने उनका नाम भी उधार ले लिया था, फ्रेंकलिन कोवी, जिसने 31 दिन प्लानर लिखा) फ्रेंकलिन ने कभी अपने इस नोटबुक वाले आइडिया अंतरराष्ट्रीय स्तर पर बेचने की कोशिश नहीं की, शायद इसलिए भी क्योंकि वह जॉर्ज वाशिंगटन की सेना के लिए मदद हासिल करने के काम में पेरिस में बहुत व्यस्त थे। या शायद इसलिए, क्योंकि उनको महिलाओं का साथ बहुत प्रिय था, जिसके कारण ब्रह्मचर्य जैसे सद्गुणों का प्रचार उनके लिए बहुत मुश्किल था। इन कमियों के बावजूद फ्रेंकलिन को अपनी मेज़ पर काग़ज़ों को व्यवस्थित बनाए रखने में बहुत मुश्किल हुई, जिसका मतलब था कि और अधिक काले निशान। जैसा कि उन्होंने *पुअर रिचर्ड्स अलमानक* में उन्होंने लिखा है :

> 'अच्छे-अच्छे साहसी संकल्प लेना तो आसान होता है; लेकिन उस संकल्प को पूरा करने के लिए जो काम करना होता है वह बहुत कठिन होता है।'

फ्रेंकलिन ने चाहे जितनी भी कोशिश की, लेकिन वह अपनी नोटबुक को साफ़ नहीं रख पाए, क्योंकि समय समय पर कुछ लक्ष्यों के साथ मुश्किल हो ही जाती थी। युवा दिनों में जब वे प्रिंटिंग का काम करते थे, तो उन्होंने कोशिश की कि रोज़ाना के कामकाम की सारिणी बहुत सख़्ती से बनाई जाए और इस तरह से व्यवस्थित रूप से कामकाज किया जाए, लेकिन उनको अक्सर उपभोक्ताओं तथा उद्योग से अयाचित माँग मिलने लगती जिसके कारण उनको अपनी बनाई सारिणी को नज़रअंदाज़ करके उस काम को पूरा करना पड़ता था। अगर वह अपने कपड़ों की स्वयं सिलाई कर तथा अपने भोजन को स्वयं तैयार कर मितव्ययिता (कुछ भी बर्बाद नहीं करना) का पालन करना चाहते थे तो उनके पास अपने काम के लिए कम समय रह जाता था-या दूसरे तक के कामों के लिए भी समय नहीं रह जाता था, जैसे जब बिजली कड़क रही हो तो पतंग उड़ाने या स्वतंत्रता के घोषणापत्र के संपादन के लिए। अगर वह अपने दोस्तों से यह वादा करते कि शाम के समय वह तो काम का समय गड़बड़ा जाता, इसलिए उनको यह विकल्प चुनना पड़ता जिससे उनके संकल्प का उल्लंघन हो जाता : 'आप जो संकल्प लेते हैं, उसका पालन बिना नागा करें।'

फिर भी, फ्रेंकलिन के लक्ष्य आधुनिक संकल्पों को देखते हुए बहुत सतत थे। उन्होंने पुरातन सद्गुण कड़ी मेहनत के ऊपर भरोसा किया और अधिक मौजमस्ती को अपना लक्ष्य नहीं बनाया (कम से कम काग़ज़ पर तो नहीं ही)। उन्होंने यह संकल्प

नहीं लिया कि वे समुद्र तट पर लंबी सैर पर जाएँगे, या किसी ग़ैरसरकारी संस्था के साथ स्वयंसेवी काम करेंगे, अपने समुदाय में रीसाइक्लिंग को बढ़ावा देंगे, और अपने बच्चों के साथ खेलने में अधिक समय बिताएँगे। उनकी सूची में पर्यटन स्थलों पर जाना शामिल नहीं था, ना ही उनका ऐसा कोई सपना था कि रिटायर होने के बाद वे फ़्लोरिडा जाएँगे। उन्होंने पेरिस की संधि के लिए बातचीत करते हुए गोल्फ़ सीखने के लिए संकल्प नहीं लिया था। आज तो अधिक लुभावनी चीज़ें हैं- जिसमें यह संकल्प भी शामिल है कि सब कुछ एक समय में ही चाहिए।

जब किसी से शोधकर्ता यह कहता है कि वह अपने निजी लक्ष्यों को सूचीबद्ध करे तो अधिकतर लोगों को पंद्रह अलग-अलग लक्ष्य बताने में कोई परेशानी नहीं हुई। कुछ लोगों ने परस्पर एक दूसरे की मदद भी की, जैसे सिगरेट छोड़ने के लक्ष्य के लिए या कम धन ख़र्च करने के लक्ष्य के लिए। लेकिन निश्चित रूप से काम और घर-परिवार के लक्ष्यों को पूरा करने में परस्पर द्वंद्व था। यहाँ तक कि परिवार के भीतर भी बच्चों की देखभाल को लेकर भी उनके बीच आपसी द्वंद्व हो गया जिनके अपने पति या पत्नी से अच्छे रिश्ते थे, जिससे इस बात को समझने में मदद मिल सकती है कि पहले बच्चे के जन्म के बाद वैवाहिक संतोष में कमी आ गई और यह तब तक चलता रहा, जब अंतिम संतान बाहर नहीं चली गई। कुछ लक्ष्य ऐसे होते हैं जिनका अपने आप में ही अंतर्द्वंद्व होता है, जैसे फ्रेंकलिन का सद्गुण संयम : 'पूर्वज ने इतनी अधिक ऊर्जा का क्षय किया कि आपको लगता है कि वह इसी लायक़ था।' बहुत से लोगों का लक्ष्य यह होता है कि जब उनके साथ बुरा हो रहा हो, तब भी वे अपने गुस्से को क़ाबू में रखेंगे। जब कभी उनके साथ कुछ बुरा होता है तो इस समय तो वे अपने आपको कुछ भी बुरा कहने या करने से रोक लेते हैं, लेकिन इसके बाद उनको बुरा लगता है, क्योंकि उनको लगता है कि वे अपनी बात रख पाने में सफल नहीं हुए या अपने लिए खड़े नहीं हो पाए, या इसलिए कि उनकी मूल समस्या का समाधान तो रह ही जाता है। संयम का अभ्यास करने से वे फ्रेंकलिन के एक और सद्गुण का उल्लंघन करते हैं, न्याय का।

परस्पर संघर्षरत लक्ष्यों के कारण बजाय कुछ करने के दुखी भाव होता है, जैसा कि मनोवैज्ञानिक रॉबर्ट एमोंस एवं लॉरा किंग ने अपने अनेक अध्ययनों में दिखाया है। उनको ऐसे लोग भी मिले जिन्होंने पंद्रह लक्ष्य गिनाए और इसको चिह्नित किया कि किसका द्वंद्व किस दूसरे के साथ था। एक और अध्ययन में लोगों ने तीन सप्ताह तक अपनी भावनाओं एवं शारीरिक लक्षणों को रोज़ाना दर्ज किया, और उन्होंने शोधकर्ताओं को अध्ययन के लिए पिछले साल के अपने स्वास्थ्य आँकड़े भी दे दिए। एक और अध्ययन में, जिनके ऊपर अध्ययन किया गया उन लोगों को बीपर पहनाए गए, जो अचानक किसी स्थान पर बंद हो जाते थे, जिससे वे इस

सवाल का जवाब दे सकते थे कि वे क्या कर रहे थे और कैसा महसूस कर रहे थे। एक साल के बाद वे प्रयोगशाला में लौटकर फिर आए और उन लोगों ने इस बारे में सूचना दी कि उनको क्या हासिल हुआ और उनका स्वास्थ्य कैसा रहा। लोगों से उनके लक्ष्यों के बारे में पूछने के बाद और उसके बाद उन लोगों के ऊपर नज़र रखने के बाद शोधार्थियों ने परस्पर विरोधी लक्ष्यों के तीन नतीजों की पहचान की :

एक, आप चिंता बहुत अधिक करते हैं। आपका जितना ही प्रतिस्पर्धी माँग से सामना होता है, उतना ही अधिक समय आप उनके बारे में सोचने में लगाते हैं। आप चिंताओं से घिरे जाते हैं : बार-बार ऐसे ख़याल आपको आते हैं जो मोटे तौर पर ऐच्छिक होते हैं और ख़ास तौर पर अच्छे नहीं होते हैं।

दूसरे, आप कम काम कर पाते हैं। ऐसा लग सकता है कि जो लोग अपने लक्ष्यों के बारे में अधिक सोचते हैं वे उस तक पहुँचने के लिए और अधिक क़दम उठाने चाहिए, लेकिन होता यह है कि वे कुछ करने के बजाय सोचने में लग जाते हैं। जिन लक्ष्यों का किसी के साथ कोई द्वंद्व नहीं होता है, वे हमें आगे ले जाते हैं, और उनसे प्रगति होती है, लेकिन बाक़ी लोग इसी चिंता में डूबे रहते हैं कि वे फँस गए।

तीसरा, आपके स्वास्थ्य के ऊपर असर पड़ता है, शारीरिक रूप से और मानसिक रूप से भी, जिन लोगों के लक्ष्यों में परस्पर द्वंद्व होता है, उनके अंदर सकारात्मक भावनाओं की कमी होती है, उनको अधिक निराशा होती है, वे अधिक चिंतित होते हैं। उनमें मनोदैहिक शिकायतें अधिक होती हैं और उनके लक्षण भी। यहाँ तक साधारण बीमारी भी, जिसकी गणना इस आधार पर की गई कि साल भर के दौरान वे कितनी बार डॉक्टर के पास गए या उन्होंने यह कहा कि वे बीमार थे, और नतीजा यह पाया गया कि जिन लोगों के ऐसे लक्ष्य थे, जो परस्पर द्वंद्वात्मक थे, उनमें बीमार होने के लक्षण अधिक पाए गए। लक्ष्य जितना ही द्वंद्वात्मक होता लोगों को उतना ही फँसा हुआ महसूस होता, और वे उतने ही दुखी रहते, उतना ही उनका स्वास्थ्य ख़राब होता।

उन लोगों ने बहुत अधिक सोचने की क़ीमत चुकाई - आधुनिक समय में इस शब्द का इस रूप में प्रयोग किया जाता है, यह शब्द जेनेसिस में नहीं है। सेने या उष्मायन के लिए जो शब्द है, वह अपने आप मानसिक तनाव के लिए उपयोग में आ जाएगा, इसमें कोई शक इसलिए नहीं है, क्योंकि बाद में मनोवैज्ञानिकों द्वारा परख़ते समय बहुत से लोगों ने इसी तरह की समस्याओं के बारे में बताया था। एक मुर्ग़ा हो सकता है कि चुपचाप चिंता करता हो लेकिन इंसान को इस बात की पीड़ा महसूस होती है, जब उनके परस्पर विरोधी लक्ष्य उनको कुछ नहीं करने देते हैं और वे चुपचाप बैठे रहते हैं। और वे इस द्वंद्व का तब तक अंत नहीं कर सकते, जब

तक कि वे इस बात का निश्चय नहीं कर लेते हैं कि किस तरह के लक्ष्य का पीछा करने से उनको सबसे अधिक लाभ होगा।

कौन से लक्ष्य?

> जो किसी रेस्तराँ में बैठकर कॉफ़ी पी रहा है। वह सोच रहा है कि समय आएगा जब वह...

मान लीजिए कि यह कहानी सुनाने का कोई अभ्यास है, आप जिस तरह से चाहें इस कहानी का अंत कर सकते हैं। बस फटाफट इस बात की कल्पना कीजिए कि जो के दिमाग़ में उस समय क्या चल रहा होगा।

अब इसी तरह के एक अभ्यास का अभ्यास कीजिए। एक कहानी को पूरी कीजिए जिसकी शुरुआत इन शब्दों से हुई हो:

> जागने के बाद बिल अपने भविष्य के बारे में सोचने लगा। सामान्य रूप से उसको आशा थी...

एक बार फिर से आपको पूरी आज़ादी होती है। बिल के बारे में अपनी कहानी को पूरी कीजिए, और इसके बारे में बिलकुल मत सोचिए कि आपके दिमाग़ जिस तरह से गद्य आ रहा है, उसको उसी रूप में लिखा जाए। आप मोटे तौर पर भी लिखें कि आगे की कहानी क्या है तो यह भी चलेगा।

ख़त्म हो गया?

अब उन गतिविधियों के बारे में सोचिए, जिनका वर्णन आपकी कहानी में किया गया है। दोनों कहानी में कितने समय के दौरान ये गतिविधियाँ घटित होंगी?

ज़ाहिर है कि यह नए लेखकों के लिए कोई साहित्यिक परीक्षा नहीं है। यह तो बस एक प्रयोग है जिसको बर्लिंगटन, वर्मोंट के एक उपचार केंद्र में हीरोइन के लती लोगों के ऊपर किया गया था। शोधकर्ताओं ने अभिभावकों के एक समूह को भी अभ्यास दिए जो उसी समाज से आते थे, जिस समाज से लती आते थे (कॉलेज की डिग्री नहीं, सालाना आय बीस हज़ार डॉलर से कम, आदि)। जब जो कॉफ़ी शॉप में बैठकर आने वाले समय के बारे में सोच रहा था, यह समय कहानी में अभिभावकों के समूह के लिए यह समय एक सप्ताह हो सकता था, हीरोइन के लती लोगों की कहानियों में यह समय बस एक घंटे का ही था। जब अभिभावकों के समूह ने बिल के भविष्य के बारे में लिखा, तो उन लोगों ने दीर्घ अवधि के लिए इच्छाओं को दर्ज

किया, जैसे काम में प्रोन्नति, या विवाह करना, जबकि जो लती थे, उन लोगों ने सामने आने वाली गतिविधियों के बारे में लिखा, जैसे डॉक्टर के पास जाना, किसी रिश्तेदार से मिलने के लिये जाना। अभिभावकों के समूह में जो पुराने ढंग के लोग थे, उन लोगों ने भविष्य के बारे में क़रीब साढ़े चार साल के कालखंड को देखा, जबकि मादक द्रव्यों के आदी लोगों का भविष्य नौ दिन से आगे तक नहीं गया।

सभी तरह के नशेबाज़ों के ऊपर किए गए परीक्षण में बार-बार यह बात सामने आई कि वे अधिक दूर तक नहीं सोच सकते थे। जब मादक द्रव्यों के आदी प्रयोगशाला में पत्तों का खेल खेलते तो वे ऐसी ख़तरनाक रणनीतियों को अपनाते जिसमें जल्दी से अधिक लाभ होने की संभावना हो, जबकि वे दीर्घ अवधि के लिए सोचकर अगर थोड़ी-थोड़ी रक़म करके जोड़ते तो उनको अधिक आय हो सकती थी। अगर यह विकल्प दिया जाता है आज उनको 375 डॉलर की राशि दी जायेगी और आज से एक साल के बाद 1000 डॉलर की राशि, तो इस बात की बहुत संभावना रहती थी कि मादक द्रव्यों के आदी तत्काल मिलने वाली राशि पर ध्यान लगाएँ, यही बात शराबियों एवं सिगरेट पीने वालों के ऊपर भी लागू होती थी। मनोविश्लेषक वारेन बिकेल ने उन नशेबाज़ों का परीक्षण वरमोंट में किया था और जो आज भी यूनिवर्सिटी ऑफ़ अरकंसास में शोध कर रहे हैं, उनका कहना है कि तंबाकू, शराब तथा अन्य तरह के मादक द्रव्यों के आदी लोगों के बीच बार बार यह देखा गया कि वे कम अवधि में लाभ के पीछे भागते रहे। (इसका बस एक ही अपवाद एक बार फिर से भांग-गाँजा रहा; क्योंकि उसका नशा अन्य द्रव्यों के मुक़ाबले कम होता है। इसमें अल्प अवधि की वह विध्वंसक मानसिकता नहीं होती है जो कि मादक द्रव्यों के आदी लोगों में होती है)। अल्प अवधि का नज़रिया वालों के लिए इस बात की संभावना अधिक रहती है कि भविष्य को लेकर आपकी सोच अल्प सीमित हो जाए, और फिर आपके आदी हो जाने के बाद आपका क्षितिज और सीमित होता जाता है क्योंकि आप तत्काल लाभ के बारे में सोचते रहते हैं। अगर आप अपने नशे की लत से मुक्त हो जाते हैं या उसको कम कर देते हैं तो संभव हो सकता है कि आपके भविष्य के क्षितिज का विस्तार हो, जैसा कि बिकेल और उसके सहकर्मियों ने तंबाकू तथा रासायनिक दवाओं का सेवन करने वाले लोगों के ऊपर परीक्षण के आधार पर पाया था।

प्रयोगशाला में और जीवन में भी जो शराबी होते हैं, मादक द्रव्यों के आदी होते हैं और सिगरेट पीने वाले होते हैं वे कम अवधि के लक्ष्यों के उदाहरण की तरह होते हैं। दीर्घ अवधि के लक्ष्य को नज़रअंदाज़ करना आपके स्वास्थ्य के लिए ख़तरा हो सकता है, शारीरिक एवं आर्थिक दोनों ही अर्थों में। जो एवं बिल के बारे में कहानियों के एक और प्रयोग में शोधकर्ताओं ने यह पाया कि जिन लोगों की

आय अधिक होती है, उनके बारे में इस बात की संभावना होती है कि वे अपने भविष्य के बारे में बेहतर रूप में सोचें बजाय उनके जिनकी आय कम होती है। यह अंतर कुछ तो आवश्यकता के कारण होता है : अगर आपको घर का किराया देने में भी मुश्किल का सामना करना पड़ रहा हो तो आप रिटायरमेंट के बाद की योजनाओं के बारे में सोचने की ऐयाशी नहीं कर सकते। हो सकता है कि किराए देने में आपके सामने आने वाली कठिनाई भी अल्प अवधि के लिए सोचने का परिणाम हो। जैसा कि ईसप की कहानी में है कि दूरदृष्टि वाली चींटी सर्दियों के लिए पहले से बेहतर तैयारी कर चुकी थी, जबकि हमेशा वर्तमान में जीने वाले टिड्डे इसके लिए बिलकुल तैयार नहीं थे।

बहरहाल, लक्ष्य निर्धारण के बारे में ईसप की बात अंतिम नहीं है। मनोवैज्ञानिक दशकों से समीपस्थ लक्ष्य (जो कम अवधि के उद्देश्य से हो) बनाम दूरस्थ लक्ष्य (जिनका उद्देश्य दीर्घकालीन होता है)। इसका सबसे अच्छा परीक्षण एल्बर्ट बांदुरा के द्वारा किया गया था, जो इस क्षेत्र के बहुत बड़े व्यक्ति माने जाते हैं (एक सर्वेक्षण में तो उनको फ्रायड, स्कैनर और पियगेट के बाद चौथे नंबर पर रखा गया था)। उन्होंने और डेल शंक ने सात से दस साल के बच्चों के ऊपर अध्ययन किया था, जिन बच्चों को गणित पढ़ने में कठिनाई होती थी। बच्चों ने एक कोर्स किया जिसमें अंकगणित के बहुत से उदाहरणों के साथ स्व निर्देशित शिक्षा दी जाती थी। कुछ छात्रों से यह कहा गया कि वे अपने लिए समीपस्थ लक्ष्य निर्धारित करें और कोशिश करें कि हर सत्र के दौरान छह पन्नों के सवालों को सुलझाएँगे। बाक़ी विद्यार्थियों को यह कहा गया कि वे दूरस्थ लक्ष्य बना लें कि उनको सातवें सत्र के अंत तक बयालीस पन्ने पूरे करने थे। दोनों लक्ष्यों की रफ़्तार एक समान थी। तीसरे समूह ने तो लक्ष्य निर्धारित ही नहीं किया, और चौथे समूह ने तो सवाल भी हल नहीं किए।

कोर्स पूरे होने के बाद जब उनकी परीक्षा ली गई तो अल्पकालिक लक्ष्य निर्धारित कर काम करने वालों ने सबको पीछे छोड़ दिया। आख़िरकार वे सफल साबित हुए क्योंकि रोज़मर्रा के लक्ष्यों को हासिल करने के कारण उनके आत्मविश्वास में बढ़ोतरी हुई और अपने ऊपर उनका भरोसा भी बढ़ा। चूँकि हर सत्र में उनका ध्यान एक ख़ास लक्ष्य को पूरा करने के ऊपर होता था, इसलिए वे बेहतर तरीक़े से सीखते और दूसरे लोगों से बढ़िया प्रदर्शन भी करते। वे हर सत्र में कम ही समय दे पाते थे, लेकिन वे बेहतर सीखते थे तथा दूसरे लोगों से अधिक तेज़ी से सीखते थे, इसलिए वे हर तरह के भौतिक रूप में प्रगति कर रहे थे। अंत में, जब मुश्किलों से उनका सामना हुआ, तो उन्होंने लंबे समय तक सब्र बनाए रखा और हार नहीं मानी। इससे यह बात समझ में आई कि दूरस्थ लक्ष्य का मतलब कोई लक्ष्य नहीं

होने के समान ही है। केवल समीपस्थ लक्ष्य से ही सीखने में सुधार होता है, अपने प्रदर्शन में सुधार होता है।

जब यह शोध लेख *जर्नल ऑफ़ पर्सनालिटी ऐंड सोशल साइकोलॉजी* में प्रकाशित हुआ (जो इस क्षेत्र में सबसे प्रतिष्ठित श्रमपूर्वक प्रकाशित पत्रिका है), तो उसी पत्रिका में डच शोधार्थियों का एक लेख प्रकाशित हुआ, जिसमें दूरस्थ लक्ष्य के गुणों के बारे में बताया गया था, कम से कम हाई स्कूल में पढ़ने वाले विद्यार्थियों के लिए। जो बच्चे दीर्घकालिक लक्ष्यों को ध्यान में रखकर पढ़ाई कर रहे थे, उनको अच्छी नौकरी मिली, उन्होंने अच्छी कमाई की, उनका पारिवारिक जीवन अच्छा रहा, समाज में उन्होंने ख़ूब प्रतिष्ठा अर्जित की– स्कूल में अच्छा करने की तमन्ना अनेक अंदर जगी। जो बच्चे दूरस्थ लक्ष्य को लेकर उदासीन रहते थे, वे बहुत बुरे छात्र साबित हुए। तात्कालिक लक्ष्यों पर ध्यान देने के बजाय दूरस्थ लक्ष्यों के ऊपर ध्यान बनाए रखना अधिक कारगर होता है, जैसे अच्छे नंबर लाने पर ध्यान लगाना, छुट्टी मनाने जाना, डिप्लोमा हासिल करना जैसे तात्कालिक लक्ष्य। ये दूरस्थ लक्ष्य वर्तमान आधारित लक्ष्यों के बजाय अधिक उपयोगी होते हैं, जैसे दूसरों की मदद करने का लक्ष्य या ज्ञान हासिल करने का लक्ष्य। अब सवाल यह उठता है कि हाई स्कूल के इन बच्चों के लिए दीर्घकालिक लक्ष्य कारगर साबित हुए जबकि इससे पहले जब अंकगणित के अभ्यास में ये उपयोगी साबित नहीं हुए थे? एक कारण यह है कि हाई स्कूल के छात्रों को अपने रोज़ाना के कामकाज तथा अपने दूरस्थ लक्ष्य के बीच स्पष्ट संबंध दिखाई देता था। अच्छे छात्र ना केवल दूरस्थ लक्ष्यों के ऊपर ज़ोर देते थे और कमज़ोर छात्रों के मुक़ाबले उनमें इस बात की संभावना अधिक होती है कि वे अपनी पढ़ाई की वर्तमान स्थिति को देखें और उन लक्ष्यों की दिशा में महत्त्वपूर्ण क़दम उठाएँ। एक और कारण यह है बड़ी उम्र के छात्र कम उम्र के छात्रों के मुक़ाबले भविष्य के बारे में सोचने के अधिक योग्य होते हैं।

चाहे वे छात्र अपने दूरस्थ लक्ष्य तक बही पहुँच पाएँ या नहीं लेकिन वे अपने दूरस्थ सपने तथा रोज़मर्रा के जीवन के बीच के संबंधों को देखते हुए आगे बढ़ते हैं। और इस बात की संभावना रहती है कि वे भी उसी तरह का पारितोषिक ले सकें जिस तरह का पारितोषिक बेन फ्रेंकलिन को मिला। अपने जीवन में बाद में उन्होंने ख़ुशी-ख़ुशी इस बात को स्वीकार किया कि वे अपने समीपस्थ लक्ष्य तक कभी नहीं पहुँच पाए, ना ही अपने दूरस्थ लक्ष्य तक ही पूरी तैयारी से पहुँच पाए। लेकिन दोनों लक्ष्यों के बीच के सूत्र ने उनको लगातार प्रेरित किया, और उनको जो नतीजे मिले उससे उनको सांत्वना मिली। सार रूप में फ्रेंकलिन ने कहा, 'कुल मिलाकर, मैं पूरी तरह से परिपूर्णता को हासिल नहीं कर पाया, जिसको पाने की महत्त्वाकांक्षा मेरे अंदर थी, लेकिन उससे बहुत दूर रह गया, फिर भी अपने इस प्रयास के कारण

मैं एक प्रसन्न व्यक्ति हूँ, जो हो सकता है कि अगर मैंने कोशिश नहीं की होती तो शायद कभी नहीं हो पाता।'

अस्पष्ट बनाम अव्यवस्थित

अपने लक्ष्य तक पहुँचने के किए आपकी योजना किस प्रकार की होनी चाहिए? शोधार्थियों ने बहुत सावधानीपूर्वक नियंत्रित माहौल में एक प्रयोग किया, यह प्रयोग कॉलेज के छात्रों के ऊपर किया गया था जो पढ़ाई के अपने कौशल को विकसित बनाने के लिए एक कार्यक्रम में हिस्सा ले रहे थे। छात्रों को इस बारे में सामान्य निर्देश तो दिए ही गए कि समय का सदुपयोग किस तरह से किया जाए, इसके अलावा छात्रों को औचक तरीक़े से तीन तरह की योजना अवस्थाओं में से एक दे दिया गया। एक समूह को यह निर्देश दिया गया कि वे रोज़मर्रा के स्तर पर यह योजना बनाएँ कि उनको क्या, कहाँ और कैसे पढ़ना है। एक और समूह को भी इसी तरह की योजना पर काम करने के लिए कहा गया, लेकिन रोज़ाना स्तर पर नहीं बल्कि मासिक स्तर पर। और तीसरे समूह ने कोई योजना बनाई ही नहीं।

शोधार्थियों को ऐसा लगा कि यह भविष्यवाणी करने के लिए वे मज़बूत ज़मीन पर हैं कि रोज़ाना योजना बनाने वाली योजना सबसे अच्छी रहेगी। लेकिन वे ग़लत थे। जिस समूह को मासिक स्तर पर योजना बनाने के लिए कहा गया था, पढ़ाई की आदतों को बेहतर बनाने तथा उसको लेकर प्रवृत्ति के स्तर पर उस समूह ने सबसे अच्छा काम किया। जो कमज़ोर छात्र थे (यानी वे पढ़ाई में अच्छे नहीं थे) उनके लिए दैनिक योजना के बजाय मासिक योजना बहुत कारगर साबित हुई, और उन्होंने उस कार्यक्रम के समाप्त हो जाने के बाद भी योजना बनाने के काम को जारी रखा। जो लोग मासिक स्तर पर योजना बना रहे थे, उनको दैनिक योजना बनाने वालों से अधिक अंक आए, जिनमें से बहुत से लोगों ने इस स्तर तक आते आते दैनिक या किसी और तरह की योजना बनाने के काम को छोड़ दिया था।

क्यों? दैनिक योजना बनाने वालों को इस बात का फ़ायदा होता है कि योजना बनाने वाले को हर पल इस बात की जानकारी रहती है कि वे क्या कर रहे होते हैं। लेकिन उनकी तैयारी समय साध्य होती है, क्योंकि दैनिक स्तर पर विस्तार से योजना बनाने के बजाय तीस दिन की मोटा–मोटी योजना बनाने में समय लगता है। दैनिक योजना की एक और कमी यह है कि उसमें लचीलेपन का अभाव होता है। इसके तहत व्यक्ति को बीच में अपने हिसाब से कुछ करने के लिये कोई जगह नहीं होती, इसलिए वह आदमी काम के जाल में फँसा हुआ महसूस करने लगता है। ज़िंदगी एकदम से योजना के मुताबिक़ शायद ही चल पाती है, इस वजह से जैसे

ही उसका शेड्यूल गड़बड़ाता है, लोगों का उत्साह टूटने लगता है। मासिक योजना में यह लाभ होता है कि आप उसमें सुधार कर सकते हैं। अगर किसी दिन किसी वजह से देरी हो जाती भी है तो भी आपकी योजना बरकरार रहती है।

अस्पष्ट बनाम अव्यवस्थित योजना को लेकर सबसे विस्तृत प्रयोग अनियंत्रित प्रकार के थे, जो सेना के अफ़सरों ने यूरोप में युद्ध के मैदानों में किए। एक बार नेपोलियन ने एक बार सेना की रणनीति की योजना बनाने के विचार को सार रूप में रखते हुए कहा: 'आप युद्ध में जाते हैं और फिर आप इतंज़ार करते हैं, देखते हैं।' दुश्मन सेना के संपर्क में आकर, वह फिर अपने आपको बेहतर बनाता और इस तरह जीत हासिल करता, जिसके कारण यूरोप में सब उसकी सेना से ईर्ष्या करते थे। उत्तर की दिशा में उसके प्रतिद्वंद्वी प्रशावासी, अपने लिए फ़ायदेमंद पहलू की खोज की, और इस बात को सुनिश्चित किया कि वे फ्रांसीसी सेना से अब नहीं हारेंगे, और इसके बाद वे योजना बनाकर आए। दूसरे दूसरे देशों में सेना के जो अफ़सर थे उन्होंने इस विचार का मज़ाक़ उड़ाया कि सैनिक मेज़ पर कागज़ कलम लेकर योजना बनाने का काम कर रहे थे। लेकिन इस तरह की योजना से सच में फ़ायदा हुआ, और अगली बार जब दोनों देशों में युद्ध हुआ तो प्रशा ने ज़ोरदार जीत हासिल की।

प्रथम विश्वयुद्ध तक सभी योजना बनाने में लगे हुए थे। दूसरे विश्वयुद्ध के आते-आते सेना के अफ़सरों ने अपने नौकरशाही युक्तियों से इतिहास के सबसे जटिल युद्ध की योजना बनाई : नॉरमंदी के ऊपर आक्रमण की। मित्र राष्ट्रों के 160,000 सैनिक समुद्र तटों पर उतरे, जो नेपोलियन की सेना के हिसाब से देखें तो बहुत अधिक नहीं थे, क्योंकि नेपोलियन रुस में 4,00,000 सैनिकों एक साथ घुसे। लेकिन यह सारी कार्रवाई इतनी सूक्ष्मता से की गई थी कि योजनाकारों ने डी डे के दिन उतरने के समय(एच आवर) के आधार पर अपना कैलेंडर बनाया(समुद्री संध्या के 1.5 घंटे बाद)। किए जाने वाले कामों की सूची में विस्तार से निर्देश लिखे गए थे, जिसमें तैयारी से लेकर(जैसे तीसरे दिन बमबारी करनी है) और फिर आक्रमण के बारे में भी सभी कुछ लिखा हुआ था। इसी तरह से चौदहवें दिन तक के बारे में सब कुछ लिखा गया था, जिसमें यह भी था कि युद्ध शुरू होने के दो सप्ताह के बाद पीछे से मदद आएगी। सेना के रणनीतिकारों के आत्मविश्वास को देखकर नेपोलियन को लगा होगा कि वे बड़बोलापन दिखा रहे हैं, लेकिन उनकी सफलता ने उनकी शक्ति में सभी का विश्वास बढ़ा दिया।

युद्ध के बाद अमेरिका के कारपोरेट जगत में योजना बनाने वाले नए नायक आए, जैसे व्हिज़ किड, जो द्वितीय विश्वयुद्ध के पूर्व सैनिकों का समूह था जिसने फ़ोर्ड मोटर कंपनी कोनए सिरे से व्यवस्थित किया। उनके प्रधान थे रॉबर्ट एस मैकनमारा, जो युद्ध के पहले हॉर्वर्ड बिज़नेस स्कूल में अकाउंटिंग पढ़ाते थे। वह

आर्मी एयरफ़ोर्स के दफ़्तर के सांख्यिकी नियंत्रण कक्ष में बैठकर अपने गणितीय ज्ञान के आधार पर बमबारी पर जाने वाले मिशन का विश्लेषण करते थे, जिसमें उनकी सफलता के कारण उनको फ़ोर्ड कंपनी में नौकरी मिली। इसके बाद वे सेना में वापस गए और रक्षा सचिव बने। उन्होंने पेंटागन में व्यवस्थित रूप से योजना के नए साधनों की शुरुआत की जो व्यवस्था विश्लेषण तथा बहुत सारे आँकड़ों के ऊपर आधारित थे। ऐसा लग रहा था कि उन्होंने आधुनिक योद्धा के लिए उपयुक्त प्रारूप बना लिया था, लेकिन बाद में वियतनाम युद्ध को लेकर उनकी योजना बुरी तरह से असफल साबित हुई। वह पेंटागन में बैठकर हताहतों के आँकड़ों के आधार पर दुश्मनों के ख़ात्मे की योजना बना रहे थे, लेकिन जंगल में सैनिकों ने यह पाया कि वे उन आँकड़ों तथा योजनाओं के ऊपर यक़ीन नहीं कर सकते थे। वियतनाम युद्ध में हार के बाद सेना के अफ़सरों को लचीलेपन का महत्त्व और अधिक समझ में आया, और इस सबक़ के आधार पर इराक़ और अफ़ग़ानिस्तान में योजनाएँ बनाई गईं जो गड़बड़ा गई। जैसा कि नेपोलियन ने कहा था, आपको बस लड़ाई शुरू करनी होती है और धीरे-धीरे उसमें बेहतर होते जाना होता है। एक आधुनिक सेनापति किस तरह भविष्य की योजना बनाता है? हाल में जब एक मनोवैज्ञानिक को जब समय और संसाधन प्रबंधन के बारे में बोलने के लिए पेंटागन में बुलाया गया था तो उसने सेना अधिकारियों के एक समूह के सामने उन्होंने यही सवाल रखा था। सेना के उन आला अधिकारियों से बातचीत की शुरुआत के पहले उसने कहा वे संक्षेप में एक नोट लिखें कि वे किस तरह से अपने कामकाज का प्रबंधन करते हैं। उसने उन अधिकारियों से यह भी कहा कि वे अपनी टिप्पणी पच्चीस शब्द के आसपास में लिखें। कोई भी जवाब नहीं दे पाया। उन बड़े–बड़े अधिकारियों में से कोई भी कुछ नहीं लिख पाया।

केवल एक अधिकारी कुछ जवाब दे पाई जो उस कमरे में मौजूद एकमात्र स्त्री थी। सेना में उनका करियर शानदार रहा था, उन्होंने बड़े-बड़े पदों पर काम किया था तथा इराक़ के साथ युद्ध में वह घायल भी हो गई थी। उसने अपने कामकाज के तरीक़े के बारे में यह लिखा : 'सबसे पहले मैं अपनी प्राथमिकताओं की सूची बनाती हूँ : एक, दो, तीन, और इसी तरह से आगे। इसके बाद मैं तीन से नीचे की तमाम विषयों को काट देती हूँ।'

सेना के दूसरे अधिकारियों ने हो सकता है कि उसके इस तौर-तरीक़े को लेकर सवाल उठाया। उनका कहना था कि हर आदमी के एक से अधिक लक्ष्य होते हैं, और कुछ परियोजनाएँ ऐसी होती हैं, जैसे जिस दिन कार्रवाई करनी होती है उस दिन दो से अधिक क़दम उठाने की ज़रूरत होती है। लेकिन इस सेना अधिकारी का कुछ और ही मत था। वह बहुत आम सी बात कर रहा थी, रणनीति में दीर्घ

अवधि के स्थान पर अल्प अवधि, अव्यवस्थित के स्थान पर अस्पष्ट। जैसा कि हमें लगा उसका लक्ष्य था पानी जैसा तरल मस्तिष्क।

ड्रयू कैरे का ड्रीम इन बॉक्स

एक दिन हॉलीवुड में जब ड्रयू ने अपनी मेज़ पर निराशाजनक नजारा देखा तो उनको एक कल्पना सूझी। उन्होंने काग़ज़ों के ढेर को देखा और सोचा : *डेविड एलन क्या करेगा? या और संक्षेप में कहें तो उसने यह कल्पना की कि वह अगर डेविड एलन को यह कहेगा कि वह यहाँ आएँ और इस सारे अंबार से निपटें?*

यहाँ तक तो कैरे एकदम से सूचनाओं के आधिक्य का शिकार था, बशर्ते कि किसी मशहूर हस्ती के बारे में ऐसा कहा जा सकता हो। वे हास्य-व्यंग्य के टीवी धारावाहिक बनाते थे, उनमें अभिनय भी करते थे, उन्होंने एक संस्मरण लिखा जे बेस्टसेलर रही, गेम शो के होस्ट रहे, समाजसेवा और राजनीति से जुड़े मुद्दों के लिए काम किया, उनकी एक अपनी सॉकर टीम भी है, लेकिन इनमें से कोई भी चुनौती उतनी कठिन नहीं थी जितनी कि इन बॉक्स या करने वाले कामों की सूची। जबकि उनके कामकाज में एक सहायक भी सहायता करता था, लेकिन वे आने वाले सभी फ़ोन कॉल्स का जवाब नहीं दे पाते, स्क्रिप्ट पढ़ने के लिए समय नहीं निकाल पाते, मीटिंग में नहीं जा पाते, उद्घोषक के लिए दिए जाने वाले चैरिटी डिनर में नहीं जा पाते, हर दिन उनको ऐसे दर्जनों ईमेल आते जिनके तत्काल जवाब दिए ज़ाने की ज़रूरत होती थी। घर के दफ़्तर में उनकी मेज़ पर रसीदें पड़ी रहती थीं जिनके भुगतान किए जाने होते थे, चिट्ठियाँ जिनके जवाब दिए जाने होते थे, अधूरे पड़े काम, अधूरे वादे।

'कुछ मामले में तो मेरा अपने ऊपर नियंत्रण है, लेकिन सभी मामलों में नहीं', कैरे कहते। 'यह इसके ऊपर निर्भर करता है कि दाँव पर क्या है। अपने दफ़्तर में इस अस्तव्यस्तता से मैं बहुत परेशान हो चुका हूँ। मेरे पास बक्से के बक्से काग़ज़ात भरे हुए हैं जिनके ऊपर काम किए जाने हैं और मेरी मेज़ पर चीज़ों का अंबार है। मेज़ पर दोनों तरफ़ मेरे कंप्यूटरों में पुराने बकवास मेल पड़े हुए हैं। जानते हैं, यह एक ऐसा पहलू है जिसके बारे में मैं सोच नहीं सकता। मुझे हमेशा लगता रहता है कि मैं क़ाबू से बाहर हूँ। मुझे हमेशा यह पता रहता है कि मुझे काम करने हैं। आप ना तो कोई किताब पढ़ सकते हैं ना अपने आपमें आनंदित हो सकते हैं, क्योंकि दिमाग़ में पीछे यही चलता रहता है, *मुझे बहुत सारे ईमेल देखने हैं।* वास्तव में आपके जीवन में कभी आराम के पल नहीं आते।'

कैरे ने डेविड एलन की किताब *गेटिंग थिंग्स डन : द आर्ट ऑफ़ स्ट्रेस फ्री प्रोडक्टिविटी* की एक कॉपी उठाई थी, लेकिन इस किताब के उपशीर्षक में जो

परमानंद है, वह उसके कारण उससे बचने की कोशिश कर रहा था। 'मैं किताब पढ़ रहा था और इसमें बताई गई कुछ चीज़ों को करने की कोशिश कर रहा था, सभी को तो नहीं। मैं बहुत बेताब था। आख़िरकार मैंने कहा, 'अब बहुत हो गया, मुझे पता करना है', और मैंने उससे सीधा संपर्क करने की कोशिश की। मैंने उसके संस्थान से संपर्क किया और पूछा कि अगर डेविड एलन निजी रूप में आकर मेरे साथ व्यायाम करें। उसने जवाब दिया, 'इतनी राशि दे दोगे तो मैं पूरे साल तुम्हारे साथ काम करूँगा।' मैंने कहा, 'ठीक है।' सच बात है कि इस सब में मेरा ख़र्चा बहुत हुआ लेकिन उसके बारे में तो मैंने सोचा भी नहीं।'

चाहे इसमें जितना भी ख़र्च हुआ हो, कैरे का यह फ़ैसला एलन की इस किताब के भक्तों को एकदम सही लगता, क्योंकि वह अपने आप में काम करने और जीने की एक व्यवस्था का नाम हो चुकी है। लेकिन यह कोई उस तरह की भक्तमण्डली नहीं है, जो सेल्फ़ हेल्प किताबें लिखने वाले गुरुओं के इर्द-गिर्द होती है या उनके आसपास जो मोटिवेशनल भाषण देते हैं। एलन जीवन के कोई सात सामान्य नियम नहीं देते या लोगों की भीड़ में सशक्त होने का जज़्बा भी नहीं भरते। वे कोई इस तरह का अबूझ ज्ञान भी नहीं देते कि 'शुरुआत अपने दिमाग़ में सब कुछ के अंत से कीजिए', ना ही इस तरह का उपदेश देते हैं कि 'अपने अंदर के शैतान को जगाइए।' उन्होंने करने वाले कामों की सूची पार बहुत बारीकी से ध्यान बनाए रखा, अपनी डायरी पर और अपने मेल बॉक्स पर।

यह एक ऐसी व्यवस्था है जिसमें यह सोच है कि मनोवैज्ञानिकों ने दशकों पहले आपके अंदरूनी टोको इंसान को पहचान लिया था- जबकि बौमिस्तर की प्रयोगशाला में हाल के कुछ प्रयोगों तक उसको नहीं समझा जा सका था, जो अनार की उस अवाज़ को शांत करने के लिए किए जा रहे थे। प्रयोगकर्ता और एलन अलग-अलग इसी तकनीक पर पहुँचे लेकिन उन्होंने मार्ग बहुत अलग अपनाया। एलन किसी मनोवैज्ञानिक तकनीक का सहारा नहीं ले रहे थे। वह पूरी तरह से परीक्षण त्रुटि विधि का सहारा ले रहे थे, जिसकी शुरुआत उन्होंने अपने ही जीवन से की, जिसमें उन्होंने ख़ूब सारे प्रयोग किए और ग़लतियाँ भी की। 1960 के दशक में उन्होंने जेन तथा सूफ़ी धर्म से जुड़े ग्रंथों को पढ़ा, बर्कले में इतिहास की पढ़ाई के लिए दाख़िला लिया, निकाले गए, मादक द्रव्यों का सेवन शुरू कर दिया(कुछ समय के लिए उनका मानसिक संतुलन भी गड़बड़ा गया), कराटे सिखाया, और एक कंपनी के लिए काम किया जो लोगों के व्यक्तिगत विकास के लिए सेमिनार का आयोजन करता था। इस बीच ख़र्चा चलाने के लिए उन्होंने सामान बेचे, जादू का खेल दिखाया, प्राकृतिक दृश्यों को चित्रित करने का काम किया, ट्रैवल एजेंट रहे, कंचे बनाने का काम किया, कैब चलाई, गाड़ियों को किराए

पर देने के काम किया, वेटर रहे, विटामिन बाँटने का कमा किया, गैस स्टेशन पर मैनेजर के रूप में काम किया, निर्माण मज़दूर रहे, और रसोइए के रूप में भी काम किया।

'अगर आपने 1968 में मुझसे यह कहा होता कि मैं एक दिन निजी उत्पादकता को लेकर परामर्श देने का काम करूँगा तो मैं आपसे कहता कि आपका दिमाग़ ख़राब हो गया है।' वह एक के बाद एक नौकरियाँ बदलते रहे। अपनी पैंतीसवीं सालगिरह तक उन्होंने कुल पैंतीस नौकरियों की गिनती की थी। वह सेमिनार आयोजित करने के काम में बहुत माहिर माने जाते थे और इसी हुनर के कारण उनको लॉकहीड तथा कीच अन्य बड़ी कंपनियों के साथ काम करने का मौक़ा मिला। इस तरह का परिचय पढ़कर अजीब लग रहा होगा, लेकिन एलन ने दर्शन से लेकर, सोच की दिशा बदल देने वाले ड्रग्स लेने तथा कराटे से लेकर निजी विकास प्रशिक्षक तथा कारपोरेट सलाहकार की विकास यात्रा निरंतरता में की। वे इसको मानसिक शांति की तलाश कहते हैं, 'दिमाग़ जैसे पानी की तरह', यह मुहावरा उन्होंने उधार लिया कराटे सीखने के दौरान : ''तालाब के शांत पानी में पत्थर फेंकने की कल्पना कीजिए। पानी की प्रतिक्रिया क्या होती है? इसका उत्तर है कि जितनी तेज़ी से और जितना बड़ा पत्थर फेंका जाता है पानी की प्रतिक्रिया भी उसी अनुपात में होती है, उसके बाद पानी फिर से शांत हो जाता है। इसकी प्रतिक्रिया ना अधिक होती है ना कम होती है।'

आपको उनके इस दर्शन का अनुभव उनके दफ़्तर जाने से हो सकता है, जहाँ आप जब उनकी मेज़ देखेंगे तो आपको ईर्ष्या होने लगेगी। आप कार्यकुशलता के विशेषज्ञ से यह आशा कर सकते हैं कि वह व्यवस्थित रहे, लेकिन जब सैंटा बारबरा के पास दक्षिण कैलिफ़ोर्निया की पहाड़ियों में अवस्थित उनकी कंपनी के मुख्यालय में पहुँचेंगे तो आप हैरान रह जाएँगे, वहाँ आप पाएँगे कि वह पूरी तरह से काग़ज़ से मुक्त है और वहाँ मेज़ पर किसी तरह का ढेर नहीं रहता है। अंग्रेज़ी के एल आकार की मेज़ की दायीं तरफ़ लकड़ी के तीन ट्रे हैं और तीनों के तीनों ख़ाली, जिसमें उनका इनबॉक्स भी है। बायीं तरफ़ दो ट्रे और हैं जिनमें दर्जन भर किताबें और पत्रिकाएँ हैं, जो वे हवाई जहाज़ के सफ़र में पढ़ने के लिए ले जाते हैं। इसके अलावा उनकी मेज़ पूरी तरह से चाक चौबंद है। उनके सिस्टम के चार डिस्क की तरह जिन कामों को नहीं किया गया है उनको दर्शाया गया है, या उनको अकारादि क्रम से बनाए गए फ़ाइल में रखकर उनके कैबिनेट के ड्रॉअर में रखा गया रहता है, जिनके ऊपर कंप्यूटर से लेबल लगाया गया होता है। हो सकता है कि आप इसको यह कहकर ख़ारिज कर दें कि यह सब उबाऊ है और बहुत काग़ज़ी है, लेकिन आपको एलन ना अधिक कठोर लगेगा ना अधिक निश्चिंत।

जब उसने काम के बोझ से दबे हुए अधिकारियों के साथ काम शुरू किया तो उसको यह बात समझ में आई कि परंपरागत रूप से बड़े परिप्रेक्ष्य को ध्यान में रखते हुए जो प्रबंधन चलाया जाता था, उसमें कितनी समस्याएँ थीं, जैसे मिशन स्टेटमेंट लिखना, दीर्घ अवधि के लक्ष्य को निर्धारित करना तथा प्राथमिकताओं को निर्धारित करना। उन्होंने बड़े-बड़े लक्ष्य तय किए जाने की आवश्यकता की प्रशंसा की, लेकिन वे यह भी देख रहे थे कि उनके जो क्लाइंट थे, उनकी एकाग्रता इतनी टूट चुकी थी कि वे साधारण से साधारण काम को भी एकाग्र भाव से नहीं कर पा रहे थे। एलन ने उनकी पीड़ा को बुद्ध के 'बंदर दिमाग़' वाली छवि से किया, जो ऐसे दिमाग़ को इंगित करता है जिसमें विचार लगातार आते-जाते रहते हैं, जिस तरह से कोई बंदर एक डाल से दूसरी डाल पर छलांग लगाता है। कभी कभी एलन एक दूसरी छवि के बारे में सोचते जिसमें बंदर कंधे के ऊपर बैठकर लगातार कुछ न कुछ बोले जा रहा है, आप बार-बार समझने की कोशिश में लगे हैं, और फिर हारकर कहते हैं, 'कोई इस बंदर को चुप करवा दे भाई!'

'अधिकतर लोगों ने कभी इस बात का परीक्षण भी नहीं किया होता है कि दिमाग़ में अपने काम के अलावा किसी और चीज़ के नहीं होने का क्या मतलब होता है', एलन का कहना है। अगर ऐसी असंगति महीने में एक बार हो तो आप सहन भी कर लें, जिस तरह से अतीत में होता था। आजकल तो लोग इतने सुन्न हो गए हैं, बेवकूफ से हो गए हैं, या अपनी चिंता से निपटने में पगला से गए हैं या बहुत व्यस्त हो गए हैं।'

बजाय इसके कि लक्ष्य तय किए जाएँ और यह देखा जाए कि उस लक्ष्य तक पहुँचना किस तरह से है। एलन ने कोशिश यह की कि अपने क्लाइंट्स की इस काम में मदद करें कि फ़िलहाल उनकी मेज़ पर जो अस्तव्यस्तता है, वह ठीक हो सके। परंपरागत रूप से व्यवस्था संबंधी जो सुझाव दिए जाते थे वे उनको अव्यवहारिक लगते थे, जैसे यह पुराना क़ायदा कि किसी कागज़ को एक बार से अधिक बार नहीं छुएँ - यह बात सिद्धांत रूप में तो सही है लेकिन व्यवहार में तो असंभव है। अगले सप्ताह कोई मीटिंग होने वाली है तो उसके मेमो का अभी क्या किया जाए? एलन जिन दिनों ट्रैवेल एजेंट थे, उन दिनों के एक फ़ाइल की याद आई जिसको टिकलर फ़ाइल या नोट फ़ाइल कहा जाता था, जो नोटिस, मेमो आदि रखने के काम आता था। वे उन दिनों उनके टिकट आदि रखने के काम आता था। किसी मीटिंग के लिए जो मेमो होता है, वह हवाई जहाज़ के टिकट की तरह होता है, उसको एक फ़ोल्डर में फ़ाइल करके रखा जा सकता है और बाद में मीटिंग वाले दिन उसको निकाला जाए। इस तरह से मेज़ के अंबार को कम किया जा सकता था। एलन की टिकलर फ़ाइल में महीने के इकतीस दिनों के लिए इकतीस फ़ोल्डर होते थे, और कुल बारह

फ़ोल्डर यानी हर महीने के लिए एक। यह लोगों को इतना पसंद आया कि उनके चाहने वालों ने एक लोकप्रिय वेबसाइट का नाम ही रख दिया – 43folders.com।

टिकलर फ़ाइल ने मेज़ से काग़ज़ों का बोझ कम करने के अलावा चिंता के एक और स्रोत को दूर कर दिया : एक बार जब उसमें किसी कागज़ को फ़ाइल किया जाएगा तो आपको यह याद दिलाया जाएगा कि किस दिन क्या होने वाला है। इसलिए आपको इस बात की चिंता नहीं सताएगी कि आप उसके बारे में भूल जाएँगे या उसमें नहीं जा पाएँगे। एलन ने दिमाग़ की उस चिंता को दूर करने के लिए दिमाग़ के 'खुले सिरों' को भी बंद कर दिया। 'निजी विकास की दुनिया से जो एक बात मैंने सीखी वह यह थी कि आप अपने साथ जो समझौता करते हैं, उसका महत्त्व होता है', उसने याद करते हुए बताया। 'जब आप कोई अनुबंध करते हैं और उसको निभा नहीं पाते हैं तो आप अपने ऊपर अपने विश्वास को ही कमज़ोर करते हैं। आप सबको बुद्धू बना सकते हैं लेकिन आपने आपको नहीं, और इसके कारण आपको भुगतना भी पड़ता है, इसलिए आपको इस बात का ध्यान रहना चाहिए कि आपने क्या अनुबंध किया था। हम लोगों ने इन अनुबंधों को लिख डालने के लिए वर्कशॉप विकसित की ।'

ज़ाहिर सी बात है कि अपनी ज़िम्मेदारियों तथा अपने लक्ष्यों को याद रखने की रणनीति में कोई ऐसी क्रांतिकारी बात नहीं है। नोह आर्क और टेन कमांडमेंट्स के समय से ही सेल्फ़ हेल्प या स्व सहायता से जुड़े किसी भी कार्यक्रम में सूची बनाने की रणनीति ज़रूरी हिस्से की तरह रही है। लेकिन एलन ने प्रबंधन के क्षेत्र के जाने माने परामर्शदाता डीन एकेसन की मदद से इसको और बेहतर बनाया। अपने क्लाइट्स को एकाग्रता टूटने से बचाने में मदद के लिए एलन ने उनसे यह कहना शुरू किया कि जो भी उनके ध्यान में हो वे उसको लिख लिया करें, छोटी-बड़ी कोई बात, पेशेवर और निजी, दूरस्थ-समीपस्थ, अस्पष्ट और अस्तव्यस्त। उनको ना तो विश्लेषण करना होता था ना ही उनको किसी चीज़ को व्यवस्थित रूप देना होता था, लेकिन हर मामले में उनको बस इस बात की पहचान करनी होती थी कि उनका अगला क़दम क्या हो।

'डीन ने मुझे बिठाया और मेरे हाथों को ख़ाली कर दिया', एलन ने कहा। 'मैंने ध्यान का बहुत अभ्यास किया है और अपने आपको मैं बहुत व्यवस्थित मानता हूँ, इसलिए मुझे यह लगता था कि इस मामले में मैं पहले से ही ठीक था। लेकिन नतीजे देखकर मेरे होश फ़ाख्ता हो गए। *मैंने सोचा, इसके कारण क्या हो गया!*' जब एलन इसके बाद अपने क्लाइंट्स से मिलने के लिए जाता तो वह अगले क़दम की समझ के बारे में उनको ज़रूर भाषण पिलाता। करने वाले कामों की सूची में इस तरह की चीज़ें नहीं होनी चाहिए कि माँ के लिए जन्मदिन का तोहफ़ा

ख़रीदना है या टैक्स जमा करना है। इसमें स्पष्ट रूप से अगले क़दम का उल्लेख होना चाहिए, जैसे गाड़ी चलाकर गहने की दुकान जाना या अकाउंटेंट को फ़ोन करना।'

'अगर आपकी सूची में धन्यवाद नोट लिखा है, अगर आपके पास कलम और कागज़ है तो यह अच्छा अगला क़दम है', एलन ने कहा। 'लेकिन अगर आपके पास कार्ड नहीं है, तो आपको अंदर ही अंदर यह पता होगा कि आप नोट नहीं लिख सकते, इसलिए आप सूची से बचेंगे और टालमटोल करेंगे।' देखने में इस भेद को सीख पाना बहुत आसान लगता है, लेकिन लोग हमेशा इसमें ग़लती कर जाते हैं। जब एलन ने यह सुना कि जॉन टियरनी उसकी किताब से ईथने प्रेरित हुए कि वे अपने स्मार्टफ़ोन में जीटीडी ऑर्गनाइज़र इंस्टॉल करने वाले हैं तो एलन ने तत्काल यह कहा कि अगले क़दम के रूप में जिन चीज़ों को दर्ज किया किया गया होगा, उनके ऊपर तत्काल काम नहीं किया जा सकता होगा। निश्चित रूप से जब उसने सूची देखी तो पाया कि उस सूची में ज़्यादातर आदेश थे, जैसे 'मिंट डॉट कॉम के शोधार्थियों से संपर्क करो' या 'आत्म नियंत्रण को लेकर इस्थर डायसन से संपर्क करो- जो जीटीडी के अपने स्तर से बहुत अस्पष्ट बात थी।

'आप उससे किस तरह से संपर्क करने या सलाह लेने जा रहे हैं?' एलन ने पूछा। 'क्या आपके पास उनके फ़ोन नंबर या ईमेल पते हैं? क्या आपने यह तय कर लिया है कि आप उनको ईमेल करेंगे या फ़ोन करेंगे? ये छोटे छोटे अंतर मायने रखते हैं। सूची में दर्ज हर चीज़ या तो आपको आकर्षित करने वाली होती है या आपको विकर्षित करने वाली। अगर आप यह दर्ज करते हैं कि इस्थर से परामर्श लो तो इसका मतलब यह है कि आपने अभी यह नहीं सोचा है कि आप आगे क्या करने वाले हैं, आपके अंदर का एक हिस्सा ऐसा है जो सूची को देखना नहीं चाहता। आप मन ही मन चिंतित हैं। लेकिन अगर आप लिखते हैं कि इस्थर को ईमेल करें तो आप यह सोच रहे होते हैं कि *अच्छा मैं कर सकता हूँ*, और आप इस भावना के साथ आगे बढ़ जाते हैं कि आपने कोई काम पूरा कर लिया है।'

कुछ साल पहले जब तकनीक पर लिखने वाले लेखक डैनी ओ ब्रायन ने सत्तर बहुत ही अधिक कार्यकुशल लोगों को सवालों की सूची भेजी, उनमें से अधिकतर लोगों ने यह कहा कि वे कोई ख़ास सॉफ़्टवेयर इस्तेमाल नहीं करते या कोई ख़ास टूल प्रयोग में नहीं लाते। लेकिन अनेक लोगों ने यह कहा कि वे जीटीडी सिस्टम प्रयोग में लाते हैं, जिसके लिए कागज़, कलाम और फ़ोल्डर के अलावा किसी भी जटिल चीज़ की ज़रूरत नहीं होती। अभी तक नियंत्रित समूह में जीटीडी के मुक़ाबले किसी तरह का पियर रिव्यूड शोध नहीं है। लेकिन मनोवैज्ञानिक साहित्य में उस मानसिक तनाव का प्रमाण है जो एलन ने महसूस किया था। मनोवैज्ञानिक इस बात

का भी अध्ययन करते रहे हैं कि बंदर दिमाग़ को किस तरह से दूर किया जाए। वे इसके लिए एक अलग तरह के शब्द का इस्तेमाल करते हैं।

जिगरनिक प्रभाव

खोज शुरू हुई, मनोवैज्ञानिकों के बीच जो कहानी है, उसके अनुसार 1920 के दशक के मध्य में यूनिवर्सिटी ऑफ़ बर्लिन में लंच के साथ इसकी शुरुआत नहीं हुई। यूनिवर्सिटी से एक बड़ा समूह एक रेस्तराँ में गया और उन लोगों ने एक वेटर को अपने ऑर्डर दिए, जिसने उनके दिए गए ऑर्डर को लिखने की ज़हमत नहीं उठाई। वह बस सिर हिलाता रहा। फिर भी उसने सभी लोगों को सही भोजन दिया, उसकी स्मृति को देखकर सभी लोग बहुत प्रभावित हुए। भोजन समाप्त कर वे रेस्तराँ से बाहर निकल गए, लेकिन उनमें से एक आदमी (उस कहानी में यह स्पष्ट नहीं है कि वह आदमी कौन था) वापस रेस्तराँ में गया, क्योंकि उसका कुछ समान वहाँ छूट गया था और वह उसको वापस लेने के लिए गया। उस आदमी ने उसी वेटर को देखा और उसके पास जाकर उससे मदद की माँग की, उसको यह आशा थी कि वेटर की स्मृति इतनी अच्छी थी कि उसको उसका लाभ हो सकता था।

लेकिन वेटर ने उस आदमी को ऐसे देखा, मानो वह उसको पहचान ही नहीं पा रहा हो। उसको याद ही नहीं था कि वह कौन था, यह तो और याद नहीं था कि वह आदमी बैठा कहाँ था। जब उससे यह पूछा गया कि वह इतनी जल्दी सब कुछ कैसे भूल गया तो वेटर ने जवाब दिया कि वह किसी भी ऑर्डर को तभी तक याद रखता है, जब तक कि वह उसको सर्व नहीं कर देता।

रूस में मनोविज्ञान की एक शोधार्थी ब्लूमा जिगरनिक और प्रभावशाली चिंतक कुर्त लेविन ने इस अनुभव के ऊपर विचार किया और यह सोचने लगे कि क्या यह किसी सिद्धांत का आधार हो सकता था। क्या इंसान की स्मृति समाप्त और असमाप्त काम के बीच ठोस रूप से अंतर कर सकता है? उन्होंने लोगों का अवलोकन करना शुरू किया और जब वे जिग्सॉ पज़ल सुलझा रहे होते थे, तब उनको बीच में टोक दिया जाता। इस शोध, और आने वाले दशकों में अनेक अध्ययनों ने इस बात की पुष्टि की, जिसको जिगरनिक प्रभाव के नाम से जाना जाता है : अधूरे काम और जिन लक्ष्यों को हासिल नहीं किया गया हो, वे इंसान के दिमाग़ में बार बार आते रहते हैं। जब एक बार काम पूरा हो जाता है तो यह बार बार आने वाली स्मृति थम जाती है।

जिगरनिक प्रभाव को समझने का एक अच्छा तरीक़ा यह है कि अचानक से कोई गाना सुनना शुरू कर दीजिए और उसको बीच में ही बंद कर दीजिए। तो हो

सकता है कि वह गाना आपके दिमाग़ में बीच-बीच में अपने आप चलता रहे। कहने का मतलब यह है कि अगर आप उस गाने को अंत तक सुन लें, तो दिमाग़ उसको अपने अंदर से निकला देता है। लेकिन अगर आप उस गीत को बीच में ही सुनना बंद कर देते हैं तो दिमाग़ उस गाने को अधूरे काम की तरह समझ लेता है। इसलिए वह आपको इस बात की याद दिलाता रहता है कि आपको उस काम को पूरा करना है, इसलिए दिमाग़ गीत के टुकड़ों को आपकी विचार प्रक्रिया में डालता रहता है। इसलिए जब बिल मरे ने फ़िल्म *ग्राउण्डहोग* डे में बार बार 'आई गॉट यू बेब' गाने को अपने रेडियो में बंद करता रहता है, लेकिन उस गाने की धुन उसके दिमाग़ में गूंजती रहती है (उसको पागल किए रहती है)। जिस गाने की धुन हमें अक्सर बार बार याद आती रहती है वह अक्सर ख़राब गाने की हो सकती है बजाय किसी अच्छे गाने की। हम लोगों को यह आदत होती है कि हमें जब कोई गीत ख़राब लगता है तो हम उसको बीच में ही बंद कर देते हैं, इसलिए हमें बार-बार उस गीत की याद आती रहती है।

दिमाग़ में 'आई गॉट यू बेब' बार बार क्यों आता रहा? मनोवैज्ञानिकों का आमतौर पर यह मानना है कि इस तरह से किसी धुन का बार बार दिमाग़ में लौटना एक उपयोगी कार्य का सह उत्पाद होता है : काम को पूरा करना। जिगरनिक प्रभाव किस तरह से काम करता है इसको समय-समय पर अलग-अलग मनोवैज्ञानिकों ने समझाने की कोशिश की है, जिसमें दो प्रतिस्पर्धी स्थापनाएँ भी हैं जिनको लेकर प्रमुखता से बहस चलती रही है। एक स्थापना यह है कि हमारा अवचेतन हमारे लक्ष्यों को ध्यान में रखता है और उनके ऊपर काम करता रहता है ताकि वे पूरे हो जाएँ, इसलिए बीच-बीच में आने वाले इस तरह के विचार इस बात को आश्वस्त करने की निशानी है कि आपका अवचेतन तब तक उस विषय को याद करता रहेगा जब तक कि काम पूरा नहीं हो जाता। इसके विपरीत जो स्थापना है, वह यह है कि हमारा अवचेतन हमारे चेतन मस्तिष्क से मदद माँगता रहता है : जैसे कोई छोटा बच्चा घर के किसी बड़े की कमीज़ की बाँह खींचकर उसका ध्यान खींचने की कोशिश करता रहता है, उसी तरह अवचेतन मस्तिष्क चेतन मस्तिष्क से यह कहता रहता है कि काम को पूरा कर लिया जाए।

लेकिन अब जिगरनिक प्रभाव की नई और बेहतर व्याख्या सामने आ गई है, इसका श्रेय जाता है फ़्लोरिडा स्टेट के एक ग्रैजुएट विद्यार्थी ई जे मैसिकंपो द्वारा किए गए प्रयोगों को, जो उसने बॉमाइस्टर के साथ काम करते हुए किए थे। एक शोध के दौरान उसने कुछ छात्रों को यह काम दिया कि वे इस बारे में सोचें कि उनके लिए सबसे महत्त्वपूर्ण मुख्य परीक्षा कौन सी है। कुछ लोगों को नियंत्रित माहौल में यह सोचने को कहा गया कि अनेक सामाजिक जीवन में सबसे ख़ास पार्टी कौन सी

बची हुई है। जिन लोगों ने परीक्षा के बारे में सोचा था, उनमें से आधे लोगों को यह कहा गया कि वे इस बारे में सोचें कि वे कब, कहाँ और कैसे पढ़ाई करेंगे। लेकिन प्रयोग के दौरान असल में किसी ने भी पढ़ाई नहीं की।

इसके बाद सभी लोगों को एक काम दिया गया, जिसमें सूक्ष्म स्तर पर जिगरनिक प्रभाव शामिल था। उनको शब्दों के कुछ टुकड़े दिए गए और कहा गया कि वे उसको पूरा करें। उन टुकड़ों को कलात्मक तरीक़े से बनाया गया था जिससे कि उनको पूरा करके ऐसे शब्द बनाए जाएँ जो पढ़ाई के लिए उपयुक्त हों- लेकिन विकल्प के रूप में कुछ अप्रासंगिक शब्द भी थे। उदाहरण के लिए अंग्रेज़ी के दो अक्षरों आरई-से उसमें एडी जोड़कर रीड बनाया जा सकता था, लेकिन उससे *रियल, रेस्ट, रीप* और *रीक* जैसे शब्द भी बनाए जा सकते थे। इसी तरह अंग्रेज़ी के अक्षरों ईएक्स--- में जोड़कर एक्ज़ाम बनाया जा सकता था, लेकिन एग्ज़िट भी बनाया जा सकता था। अगर किसी आदमी के दिमाग़ में पढ़ाई करने का अधूरा काम रहता तो वह जिगरनिक प्रभाव के कारण एक्ज़ाम यानी परीक्षा से जुड़े और अधिक शब्दों का निर्माण करता। और वास्तव में, मेसिकम्पो ने यह पाया कि कुछ लोगों के दिमाग़ में ये शब्द बार बार आ रहे थे : उन लोगों के दिमाग़ में जिनको परीक्षा की याद तो आ रही थी, लेकिन जिन्होंने उसके लिए पढ़ाई की योजना नहीं बनाई थी। लेकिन ऐसा उन छात्रों के साथ नहीं हुआ जिन्होंने पढ़ाई की योजना बनाकर रखी थी। हालाँकि उन लोगों को भी परीक्षा की याद आई थी, लेकिन उन लोगों ने अपनी योजना को लिख लिया था, इसलिए उनका दिमाग़ उस काम से मुक्त हो गया था।

एक और प्रयोग में, प्रतिभागियों से यह कहा गया कि वे अपने जीवन की महत्त्वपूर्ण परियोजनाओं के बारे में विचार करें। कुछ लोगों से यह कहा गया कि वे ऐसे कामों के बारे में लिखें, जो अधूरे रह गए और यह भी कहा गया उसको पूरा करने को लेकर योजना भी बनाएँ। इसके बाद उन लोगों को जो कहा गया, वह पूरी तरह से उससे अलग तरह का प्रयोग था। उन लोगों को एक उपन्यास के पहले दस पन्नों को पढ़ने के लिए कहा गया। जब वे पढ़ रहे थे, बीच-बीच में उन लोगों का परीक्षण किया जा रहा था कि उनका दिमाग़ उपन्यास पढ़ने से भटक तो नहीं रहा था। इसके बाद, उन लोगों से पूछा गया कि वे कितना एकाग्र कर पा रहे थे, और कहीं उनका दिमाग़ इधर उधर भटका तो किस बात पर और कहाँ भटका। इस बात के लिए भी उनकी परीक्षा ली गई कि उन्होंने जो पढ़ा उसमें से उनको कितना समझ में आया।

एक बार फिर से योजना बनाने से यह फ़र्क़ आया। जिन लोगों ने यह लिखा था कि अधूरे पड़े कामों के कारण उनको उपन्यास पर ध्यान एकाग्र कर पाने में

परेशानी हो रही थी– जब उन्होंने अधूरे काम को पूरा करने की पूरी योजना बना ली तो ऐसे में उनका दिमाग़ इधर–उधर कम भटक रहा था, और किताब पढ़ने की परीक्षा में उन लोगों ने अच्छा प्रदर्शन किया। जब उन्होंने अपना काम पूरा नहीं किया था या काम में कुछ ख़ास प्रगति नहीं की थी तो योजना बनाने के साधारण से काम ने उनके दिमाग़ को खोल दिया और जिगरनिक प्रभाव का असर दूर हो गया। लेकिन जिन छात्रों ने कोई योजना नहीं बनाई थी, उनके लिए जिगरनिक प्रभाव बना रहा। उनका ध्यान उपन्यास से हटकर अपने अधूरे पड़े काम पर चला गया, और किताब पढ़ने की उस परीक्षा में उनका प्रदर्शन बहुत ख़राब रहा।

इसलिए यह बात समझ में आई कि दशकों से जो यह माना जा रहा था कि जिगरनिक प्रभाव के याद दिलाने का काम करता है और वह तब तक याद दिलाता रहता है जब तक कि काम पूरा नहीं हो जाता, लेकिन अब समझ में आया कि ऐसा नहीं था। एकाग्रता भंग करने वाले विचारों की निरंतरता के कारण यह नहीं कहा जा सकता है कि हमारा अवचेतन काम को पूरा करने के बारे में सोच रहा है। ना ही यह ऐसा है कि अवचेतन चेतन मस्तिष्क को बार बार टहोका लगा रहा है कि वह काम को उसी समय पूरा कर ले। बल्कि बात यह है कि अवचेतन मस्तिष्क चेतन मस्तिष्क से यह कह रहा होता है कि *योजना बना लो।* स्पष्ट है कि अवचेतन मस्तिष्क यह काम अपने आप नहीं कर सकता, इसलिए यह चेतन मस्तिष्क को टोकता रहता है कि वह समय, स्थान तथा अवसर को देखते हुए योजना बना ले। एक बार जब योजना बन जाती है तो अवचेतन मस्तिष्क चेतन मस्तिष्क को याद दिलाना बंद कर देता है। इस तरह से एलन की व्यवस्था उस समस्या से निपटने का काम करती है जिसको वह बंदर दिमाग़ कहता है। अगर उसके आम क्लाइंट की तरह आपके काम करने की सूची में 150 चीज़ें हैं तो जिगरनिक प्रभाव आपके ध्यान को एक काम से दूसरे काम पर भटकाता रहेगा, और यह केवल अस्पष्ट अच्छे इरादे से ही शांत नहीं हो जाएगा। अगर आपके पास मेमो है जिसको गुरुवार की सुबह मीटिंग में पढ़ा जाना है, तो आपका अवचेतन मस्तिष्क यह जानना चाहता है कि अगला क़दम क्या हो सकता है, और किस तरह से। लेकिन जब आप योजना बना लेंगे– और एक बार जब आप मीटिंग के लिए मेमो तैयार करके टिकलर फ़ाइल में रख देंगे और जब एक बार आपके सामने यह स्पष्ट हो जाएगा कि आपका अगला क़दम क्या हो सकता है तो आप चैन की साँस ले सकते हैं। आपको तत्काल रूप से काम को समाप्त करने की कोई ज़रूरत नहीं है। आपके कामों की सूची में अभी भी 150 चीज़ें हैं, लेकिन फ़िलहाल बंदर शांत हो गया है, और पानी शांत है।

शून्य उत्साह

ड्राई कैरे के दफ़्तर में पहुँचने के बाद डेविड एलन ने वहीं से शुरुआत की, जहाँ से वह हरदम शुरुआत करते थे : चीज़ों के संग्रह करने से। यह बहुत विस्तृत पद है। *गेटिंग थिंग्स डन* किताब में चीज़ को परिभाषित करते हुए कहा गया है, 'हर वह चीज़ जिसको आपने अपने मनोवैज्ञानिक एवं भौतिक संसार में जगह नहीं दी है, जो जहाँ है, वहाँ की नहीं है, लेकिन जिसके लिए आपने अभी सोचा नहीं है कि क्या करना है और आपका अगला क़दम क्या होगा।' या जैसा कि कैरे ने उसको परिभाषित किया है, दफ़्तर का सारा कबाड़।

इसके बाद आता है जीटीडी व्यवस्था का दूसरा चरण, जिसमें इन चीज़ों को देखा समझा जाता है, तब कैरे यह तय करता है कि उस सामान के साथ करना क्या है, सौंपना है, टालना है या हटाना है। अगर कोई ऐसी चीज़ है जिसका इनमें से कुछ नहीं करना है तो उनको या तो फेंक दिया जाता है या भविष्य के संदर्भ के लिए फ़ाइल में डाल दिया जाता है। जिन चीज़ों के बारे में कुछ किए जाने की ज़रूरत होती है, वह एक बहुस्तरीय योजना का हिस्सा थी, जैसे आर्चबिशप डेसमंड टूटू के सम्मान में एक सहायता भेज का आयोजन करना, ऐसी तमाम चीज़ों को एक साथ एक परियोजना सूची में रखा जाना चाहिए या कंप्यूटर के एक फ़ोल्डर में या फ़ाइल रखने की दराज में। सभी काग़ज़ात को देखने के बाद, ऐसे तमाम इमेल को देखने के बाद जिनके जवाब नहीं दिए गए थे, उसके कंप्यूटर या उसके दिमाग़ के बहुत सारे अधूरे पड़े कामों के बारे में जानने के बाद कैरे ने क़रीब दर्जन भर निजी और व्यावसायिक परियोजनाओं की पहचान की, जो ख़ास थे। जिसमें हर परियोजना के लिए अलग यह तय करने की ज़रूरत थी कि उनके लिए ठीक अगला क़दम क्या होगा। एलएम के क्लाइंट्स के पास आमतौर पर तीस से लेकर सौ परियोजना तक होती हैं, जिनमें से सभी में एक से अधिक काम होते हैं, और वे एक से दो दिन इसी छँटाई के काम में लगाते हैं। जब कैरे परियोजनाओं की पहचान कर ली तो उसको यह तय करना था कि इनमें से प्रत्येक परियोजना के लिए एकदम अगला क़दम क्या होगा। सहायता भोज के आयोजन की दिशा में एकदम अगला क़दम क्या होता? जब कैरे अपनी सभी चीज़ों में छँटाई का काम कर रहा था तो सारे दिन एलन उसके दफ़्तर में बैठा रहा।

'वह ईमानदारी से वहाँ बैठा रहा और मुझे ईमेल करते हुए देखता रहा', कैरे ने बताया। 'जब भी मैं काम करते करते रुक जाता तो वह पूछता कि क्या चल रहा है? तब मैं उसको बताता तो वह कहता, कर लो काम। और मैं कर लेता। इस बात को लेकर वह बहुत साफ़ था। कुछ बार ही उसने यह कहा कि काम ऐसा होना चाहिए या वैसा होना चाहिए। या तुम इससे क्या करने वाले हो?' एलन ने उसको

यह सिखाया कि फ़ोन कॉल तथा ईमेल के लिए अलग फ़ोल्डर होना चाहिए, जिन परियोजनाओं के बारे में अभी कुछ निश्चित नहीं हो तो उनको 'शायद' नाम के एक फ़ोल्डर में रखा जाना चाहिए, तथा दो मिनट के नियम का पालन करना चाहिए : अगर कोई चीज़ दो मिनट से अधिक का समय ले तो उसको सूची में नहीं रखें। उसके बारे में सोचना तत्काल बंद कर दें।

कैरे ने बाद में बताया, 'इसे पहले मैं कागज़ों के उस ढेर को देखता तो मुझे कुछ पता नहीं था कि उसमें क्या था और मैं उस ढेर को देखकर *ईश्वर को याद करने लगता।* जिस दिन मैं शून्य पर आ गया, जिसको जीटीडी की भाषा में कहा जाता है कि आपने इनबॉक्स में कुछ भी नहीं है- ना फ़ोन में कोई मैसेज, ना कोई इमले, कुछ भी नहीं, काग़ज़ का एक टुकड़ा तक नहीं। जब मैं इस मुक़ाम पर पहुँचा तो मुझे ऐसा महसूस हुआ जैसे मेरे कंधे का बोझ उतर गया हो। मुझे ऐसा महसूस हुआ जैसे मैं जंगल में तपस्या करके अभी लौटा था, दुनिया से बेपरवाह। मैं बहुत उत्साहित हो गया।'

उसके बाद से एलन के पास हर महीने जाने की सहायता से कैरे ने बताया कि वह शून्य के आसपास ही बना रहा। कई बार वह लड़खड़ाता था, और अगर वह यात्रा कर रहा होता था तो कई बार अंबार इकट्ठा हो जाता था, लेकिन कम से कम उसको यह तो पता होता था कि वहाँ क्या है तथा उसको यह महसूस होता था कि वह निश्चित रूप से वहाँ पहुँच जाएगा। वह बिना शर्मिंदा हुए किताब पढ़ सकता है या योगा की कक्षा में जा सकता है। इधर-उधर की चीज़ों को परे हटाकर महत्त्वपूर्ण चीज़ों पर ध्यान लगा सकता था, जैसे कॉमेडी लिखना। 'जब आपका फ़ोन चमक-चमक कर इशारे कर रहा हो या आपके पास चिट्ठियों का अंबार पड़ा, और आपके मेल बॉक्स में सैकड़ों मेल पड़े हों तो ऐसे में इससे बुरा क्या हो सकता है कि आप बैठकर लिख रहे हों। 'ऐसे में आप बहुत अच्छा काम नहीं कर सकते। लेकिन अगर आपको इस बात का पता हो कि दूसरी चीज़ों का ध्यान रख लिया जाएगा तो आप लिखने के ऊपर एकाग्र हो सकते हैं। आप अधिक रचनात्मक हो सकते हैं।' यही कारण है कि जीटीडी बड़ी-बड़ी कंपनियों से लेकर दूर-दूर लोगों के बीच बहुत बिकाऊ है। यही कारण है कि चाहे कामेडियन हों या कलाकार या रॉक संगीतकार सब एलन की सूची तथा फ़ोल्डर के क़द्रदान हैं।

'चाहे आप बाग़बानी करने की कोशिश कर रहे हों, या तसवीर लेने की या किताब लिखने की', एलन ने कहा, 'आप रचनात्मक होकर झंझट पसारें, वह आपका सबसे उत्पादक दौर होता है। आपको इतना सक्षम होना चाहिए कि आप हर कहीं अपने आइडिया दे सकें, लेकिन सबसे पहले आपको अपनी मेज़ साफ़ करने की ज़रूरत है। एक समय में एक ही झंझट को संभाला जा सकता है। अगर एक

समय में दो झंझटें हो गई तो आपकी बर्बादी तय है। हो सकता है कि आप ईश्वर की तलाश करना चाहते हों, लेकिन आपके घर में बिल्ली का खाना कम हो तो ऐसे में बेहतर तो यही होगा कि आप उससे निपटने की योजना बना लें। एक समय में दो-दो झंझटें हों तो आप परेशान हो जाएँगे। हो सकता है कि आपका सारा ध्यान बिल्ली के खाने पर चला जाए और आप ईश्वर को खोजने से रह जाएं।'

लेकिन बिल्ली के खाने को सूची में रखना इतना मुश्किल क्यों है? एलन को अपने पास बैठने के लिए 20 हज़ार डॉलर रोज़ाना की फ़ीस देकर भी क्या उसके कारपोरेट क्लाइंट अपनी मेज़ पर पड़े अंबार से बचने के लिए कोई बहाना बनाते हैं, क्यों? उसको कई बार उनको बाथरूम से खींचकर लाना पड़ता है। छोटे-छोटे फ़ैसलों और उसके बाद की कार्रवाई को लेकर इतने सारे क्लाइंट को परेशान देखकर एलन को यह बात समझ में आई कि क्यों अंग्रेज़ी के शब्द डिसाइड अपनी व्युत्पत्ति से अंग्रेज़ी शब्द होमिसाइड से जुड़ा हुआ है : लैटिन शब्द caedere का अर्थ हो है 'काट देना' या 'हत्या'।

एलन कहता है, 'जब आप यह फ़ैसला करने की कोशिश कर रहे होते हैं अपनी चीज़ों का क्या करना है या कौन सी मूवी देखनी है तो हम अपने आप नहीं सोचते हैं, *इतनी सारी हैं, एक से एक पसंदीदा।* इसके अंदर की एक शक्तिशाली चीज़ यह कहती है, अगर मैंने इस फ़िल्म को देखने का फ़ैसला किया तो मैं दूसरी फ़िल्मों की हत्या कर रहा हूँ। आप उस बिंदु तक तो यह जताते रह सकते हैं कि आपको पता होता है कि सही चीज़ क्या करनी है, लेकिन एक बार जब आपके सामने विकल्प आ जाते हैं तो आपके दिमाग़ में यह चलने लगता है : *आप सही हैं, आप ग़लत हैं, आप ग़लत हैं, आप सही हैं।* आप जब भी कोई फ़ैसला लेते हैं तो आप अस्तित्वगत शून्यता में जाते हैं।'

सामान्य तौर पर अस्तित्वगत शून्यता मनोवैज्ञानिकों के लिए प्रयोगशाला में देखने की चीज़ नहीं होती। लेकिन जब लोग बहुत सारा समय इस शून्यता में तो उसके परिणाम इस तरह से दिखाई देने लगते हैं कि उसको मापना आसान होता है, तो वह अमेरिकी राजनेता इलियट स्पिट्ज़र की तरह से व्यवहार करने लगता है।

4

निर्णय की थकान

मनुष्य जो मनुष्य होगा,
उसे स्वयं के साम्राज्य पर शासन करना होगा;
इसमें सर्वोच्च होना चाहिए, अपने सिंहासन को पराजित
इच्छा पर स्थापित करना, आशाओं और भय
की अराजकता को शांत करना, स्वयं अकेला होना।

– शेली के सोनेट 'पॉलिटिकल ग्रेटनेस' से

इससे पहले कि हम निर्णय लेने के विज्ञान के बारे में बात करें, आइए एक राजनीतिक अभ्यास से बात शुरू करते हैं। मान लीजिए कि आप एक विवाहित पुरुष हैं और आप अमेरिका के उत्तर पूर्व के एक बड़े राज्य के गवर्नर हैं। दिन भर आपने ख़ूब काम किया है और देर दोपहर बैठकर इंटरनेट सर्फ़िंग करके थोड़ा आराम कर रहे हैं। अचानक आपकी निगाह एक ऐसी साइट पर पड़ती है जिसने अपने बारे में लिखा है कि 'उन लोगों के सामाजिक मेलजोल की सबसे बड़ी अंतरराष्ट्रीय सेवा जो उत्कृष्टता के आदी हैं।' इसका नाम रखा गया है ऐंपरर्स क्लब वीआईपी।

क्लब ने अपने लक्ष्य को बताते हुए लिखा था, 'हमारा मक़सद है जीवन को शांतिपूर्ण, संतुलित, सुंदर और सार्थक बनाना।' इन मक़सदों को ध्यान में रखते हुए क्लब ने युवतियों की तसवीरें लगाई थीं, जिनमें से अनेक महिलाओं ने पारदर्शी अंतर्वस्त्र पहन रखे थे, जिनमें से सबको निश्चित संख्या में डायमंड से रेट किया गया था। उनमें से हर स्त्री 'परिचय फ़ीस' के एवज़ में आपसे मुलाक़ात के लिए उपलब्ध हो सकती थी। फ़ैसला अवश्य करना चाहिए। इनमें से कौन सा विकल्प आपके जीवन में अधिक 'संतुलन' लेकर आएगा?

क. एक संग्रहालय में सवन्ना के साथ प्रभाववादी पेंटिंग को विचारपूर्वक लगाने का काम करें, वह 'पेशे से कलाकार है और दिल से रचनात्मक सुंदर', फ़ीस है 1000 डॉलर प्रति घंटा, भुगतना नग़द में किया जाना है।

ख. रेनी के साथ डिनर डेट पर जाएँ, वह इटालियन ग्रीक फ़ैशन मॉडल है, जिसको टस्कन वाइन पीने का शौक़ है, ब्लैक एस्प्रेसो कॉफ़ी पीना, और उसको पुरुष के परफ़्यूम की भीनी सुगंध अच्छी लगती है', फ़ीस 1500 डॉलर प्रति घंटे, जिसका भुगतान गुमनाम मनी ऑर्डर से करना है।

ग. क्रिस्टीन के साथ शाम को होटल में कमरा बुक करें, वह तेईस साल की लड़की है जिसका अपने बारे में यह कहना है कि 'उसमें गहराई बहुत है, और बहुत सारी परतें हैं', लैटिन में एक टैटू के अलावा उसकी फ़ीस होगी 1500 डॉलर प्रति घंटे, भुगतान आपके निजी बैंक खाते से किया जाएगा।

घ. माया के साथ पूरा दिन बिताएँ, उसकी रेटिंग सात डायमंड है और वह देखने में अतुल्य है और उसकी उपस्थिति विद्युतीय है, इसके लिए फ़ीस के रूप में आपके गवर्नर पद के मद में 'निजी परामर्शी' के खाते से 31,000 डॉलर का भुगतान किया जाएगा।

च. अपने प्रधान राजनीतिक सलाहकार से पूछिए कि आपके लिए कौन सी स्त्री सबसे उपयुक्त रहेगी।

छ. वेब पेज को बंद कीजिए, सी स्पैन को ऑन कीजिए और ठंडे पानी से स्नान कीजिए।

यह कोई ख़ास मुश्किल नहीं है, नहीं? इसलिए एलियट स्पिट्ज़र जब न्यू यॉर्क के गवर्नर थे, तो उन्हें इस मामले में मुश्किल क्यों हुई? सी(क्रिस्टीन) का चयन करने से वे उन चतुर चालाक उन नेताओं तथा कारपोरेट में बड़े अधिकारियों की क़तार में आ गए, जिन्होंने अजीब तरह के मूर्खतापूर्ण फ़ैसले के कारण अपना करियर तबाह कर लिया। स्पिट्ज़र जिन दिनों वकालत करते थे, उन दिनों उन्होंने वेश्यावृत्ति का विरोध किया था, लेकिन वह ना केवल क्रिस्टीन से होटल में मिले बल्कि उन्होंने ऐंपरर्स क्लब वीआईपी को अपने बैंक खाते से धन भी दे दिया, जिसको कोई भी पकड़ सकता था। वह इस बात को जानते थे कि गवर्नर होने के कारण वह नज़र में थे; उन्होंने अपनी आँखों से देखा था वेश्यावृत्ति के क़ानूनी जोखिम और ख़तरे किस प्रकार के हो सकते थे, उसकी छवि थी कि वह राजनीतिक रूप से बुद्धिमान

थे, अनुशासन के मामले में बहुत सख़्त, और बेहद नैतिक थे। जिस पद पर पहुँचना उनका सपना था, उस पद पर पहुँचते ही वह अपने आचरण को क्यों भूल गए। क्या सत्ता के कारण वह इतना बिगड़ गए कि उनको लगा कि उनका कोई कुछ नहीं बिगाड़ सकता है, या कि वह आत्ममुग्ध आदमी थे? क्या वह अंदर ही अंदर अपने करियर को तबाह करना चाहते थे? क्या कहीं अंदर से उनको ऐसा तो नहीं लगता था कि वह इस के लायक़ ही नहीं थे? या सत्ता से उसको इतनी सारी सुविधाएँ मिली हुई थीं कि उनको ऐसा लगने लगा था कि वह जो चाहे वह कर सकते थे?

इनमें से कोई भी उत्तर सही हो सकता है या सही नहीं भी हो सकता है, लेकिन हम इनको सुलझाने की कोशिश नहीं करेंगे ना ही स्पिट्ज़र का मनोविश्लेषण करेंगे। लेकिन हम एक और पहलू के बारे में सुझा सकते हैं, जो निश्चित रूप से उसके पतन के कारणों में एक थी- और वह ग़लती जिसके कारण बहुत से अनेक आला अधिकारियों का करियर एवं परिवार तबाह हो गए। जब स्पिट्ज़र ने एक वेश्या की सेवाएँ लीं, जब साउथ कैरोलिना का गवर्नर अपनी प्रेमिका से मिलने के लिए ब्यूनस आयर्स चला गया, जब बिल क्लिंटन ने अपनी एक इंटर्न के साथ किया, यह सब पेशे से जुड़े ख़तरे हैं, जैसा कि राष्ट्रपति जॉर्ज डब्ल्यू बुश ने एक बार अपने बारे में कहा था, 'निर्णायक।' निर्णय की थकान की समस्या सीईओ के करियर से लेकर थके हुए जज के सामने पेश होने वाले अपराधियों की जेल की सजा तक सब कुछ प्रभावित करती है। यह सभी लोगों के रोज़मर्रा के व्यवहार को प्रभावित करता है, चाहे कोई बड़ा अधिकारी हो या कर्मचारी। लेकिन बहुत कम लोगों को इसके बारे में जानकारी भी होती है। जब यह पूछा गया कि क्या फ़ैसले लेने से उनकी संकल्प शक्ति कमज़ोर पड़ जाएगी, वे लालच में आ जाएँगे तो अधिकतर लोगों का कहना ना में ही था। वे इस बात को समझ नहीं पाते हैं कि क्यों सामान्य रूप से होशियार लोग अपने सहकर्मी या परिवार के लोगों पर क्रोधित हो जाते हैं, ख़ूब कपड़े ख़रीदने लगते हैं, सुपर स्टोर में जाकर जंक फूड ख़रीदने लगते हैं, और जब उनको कार डीलर उनको नई गाड़ी को ज़ंगरोधी बनवाने के लिए कहता है तो वे उसको ना नहीं कह पाते हैं।

यह ख़तरा पहली बार बौमिस्तर की प्रयोगशाला में जीन ट्वेंज की नज़र में आई, वह पोस्ट डॉक्टोरल की छात्रा थी, जो जिस समय शोध कर रही थी, उसी दौर में वह अपनी शादी की तैयारी भी कर रही थी। जब वह प्रयोगशाला के पहले के प्रयोगों को पढ़ रही थी, जैसे यह कि चाकलेट चिप कुकीज़ खाने से अपने आपको रोकने से आत्म नियंत्रण मंद पड़ गया था, तो उसको हाल का अपना अनुभव याद आया जो काफ़ी थकाने वाला था: शादी के लिए तोहफ़े के लिए पंजीकृत करना, यह एक अजीब परंपरा है जिसमें एक संस्था को सूचीबद्ध किया जाता है जो परिजनों

एवं मित्रों से तोहफ़े लेकर आता है। वैसे तो यह सामान्य तौर पर बड़ा रूखा व्यवहार होता है कि कोई किसी से ख़ास तरह के तोहफ़े की माँग करे, इसलिए यह परंपरा बनाई गई कि जिसकी शादी होने वाली हो, वह नियत संस्था में जाकर वधू के लिए बनाए गए रजिस्टर में अपने पसंद की चीज़ों को दर्ज कर दे, यह एक सामाजिक प्रथा जैसी बन गई है जिससे सभी का बोझ कुछ हल्का हो जाता है। मेहमानों को इसकी चिंता नहीं करनी पड़ती कि क्या ख़रीदें; वर-वधू को इस बात की चिंता नहीं रह जाती कि एक जैसी बहुत सी चीज़ें मिल गई। लेकिन यह ऐसा काम नहीं है जिसमें तनाव ना हो, क्योंकि ट्वेंज जब स्टोर में गई और वहाँ विवाह विशेषज्ञों के साथ बैठकर यह इस बात पर माथापच्ची करनी पड़ी कि रजिस्टर में वास्तव में क्या-क्या लिखना चाहिए, किन चीज़ों की माँग करनी चाहिए। वे क्या चाहते कि उनके चाय के सेट पर कितनी कलाकारी हो? उनको किस ब्रांड के चाकू चाहिए? किस ब्रांड के तौलिए? किस रंग के? उनके चादर प्रत्येक वर्ग इंच में कितने धागे होने चाहिए?

'अंत में', ट्वेंज ने प्रयोगशाला में अपने सहकर्मी से कहा, 'आप मुझसे किसी भी चीज़ के बारे में बात कर सकते थे।' उसको ऐसा लगा कि संकल्प शक्ति के मंद पड़ जाने का जो अनुभव होता है वह उसी तरह से कुछ होता होगा, जैसा उसको उस शाम अनुभव हुआ था। वह तथा अन्य मनोवैज्ञानिक सोच में पड़ गए कि इस विचार का परीक्षण कैसे किया जाए? उनको याद आया कि पास का ही एक डिपार्टमेंट स्टोर बंद होने वाला था और इसलिए उसके यहाँ क्लीयरेंस सेल लगी हुई थी, जिसके कारण बहुत सी चीज़ें प्रयोगशाला के बजट में आराम से आ रही थी। शोधकर्ता दुकान में गए और अपनी कार की डिक्की में बहुत सारा सामान भर लिया- वे कोई महँगी शादी में दिए जाने वाले सामान नहीं थे, बल्कि कॉलेज के छात्रों को पसंद आने वाले थे।

पहले प्रयोग में प्रतिभागियों को एक टेबल दिखाया गया जिसमें इस तरह के सामान भरे पड़े थे। उन लोगों से यह कहा गया कि प्रयोग ख़त्म हो जाने के बाद इसमें से एक-एक सामान उनका हो जाएगा। इसके बाद कुछ छात्रों को अपनी पसंद की चीज़ें चुनने के लिए कहा गया, जिसके आधार पर इस बात को तय किया जाना था कि अंत में उनको क्या सामान मिलेगा। सब लोगों ने बहुत सारी चीज़ों को देखा, हर बार दो चीज़ों में से किसी एक चीज़ को। उनको कलम चाहिए या मोमबत्ती? वनीला की ख़ुशबू वाली मोमबत्ती या बादाम की ख़ुशबू वाली? मोमबत्ती या टी शर्ट? काली टी शर्ट या लाल टी शर्ट? इस बीच कुछ ऐसे लोगों का समूह था, जो इस फ़ैसले में शामिल नहीं था, जिसने बहुत सारा समय इन चीज़ों को देखते हुए बिताया, लेकिन किसी चीज़ को पसंद नहीं किया। उन लोगों से यह कहा गया कि वे इसमें से हर चीज़ के बारे में अपनी राय दें और यह बताएँ कि पिछले छह महीने के

दौरान उन्होंने कितनी बार उस उत्पाद का प्रयोग किया था। इसके बाद, सभी लोगों को आत्म नियंत्रण की एक परीक्षा दी गई : आप जितनी देर के लिए हो सके, अपने हाथ को बर्फ़ जैसे ठंडे पानी के अंदर डालकर रखें। पानी में हाथ रखना आसान नहीं था, और मन करता था कि हाथ को वापस खींच लें, इसलिए पानी के अंदर हाथ को रखे रहने के लिए आत्म अनुशासन की ज़रूरत थी। इससे यह बात साफ़ हुई कि जो प्रतिभागी थे यानी फ़ैसले लेने वाले थे, उन लोगों ने ग़ैर प्रतिभागियों या जो फ़ैसले लेने में शामिल नहीं थे, उन लोगों के मुक़ाबले जल्दी हार मान ली। इन सारे चुनावों को करने के कारण उनकी संकल्प शक्ति कमज़ोर पड़ गई थी, जिसका प्रभाव तब दिखाई दिया, जब वे दूसरे तरह के फ़ैसले लेने के अभ्यास कर रहे थे।

एक प्रयोग ऐसा था जिसमें छात्रों को कॉलेज का कैटलॉग देखकर अपने लिए मनपसंद कोर्स का चुनाव करना था। एक और प्रयोग था जिसको इस तरह से तैयार किया गया था, जो मनोविज्ञान के पाठ्यक्रम में नए आए छात्रों के लिए बहुत कारगर था, क्योंकि उन्हें बहुत सारा चयन इस बात को लेकर करना पड़ता था कि सेमेस्टर के शेष बचे हिस्से में उनको किस तरह से पढ़ाया जाए : वे कौन सी फ़िल्में देखना चाहते थे, कितने क्विज रखना चाहते थे। अपना चुनाव कर लेने के बाद कुछ छात्रों को सुलझाने के लिए पज़ल दी गई। कुछ लोगों से यह कहा गया कि उनको गणित का टेस्ट दिया जाएगा, जो उनकी बुद्धि को परख़ने के एक महत्त्वपूर्ण ज़रिया होगा, और अगर उन लोगों ने पंद्रह मिनट उसके अभ्यास करने में लगाए तो उनको अच्छे अंक आ सकते थे, लेकिन टेस्ट के लिए अभ्यास सामग्री दिए जाने के अलावा कमरे में उनके लिए कुछ पत्रिकाएँ और हाथ में रखकर खेले जाने वाले वीडियो गेम थे, जो उनकी एकाग्रता को भंग करने के लिए थे। बार-बार निर्णय लेने का असर छात्रों के ऊपर पड़ा। उन लोगों की तुलना में जो प्रतियोगिता का हिस्सा नहीं थे, जो बिना कुछ चुने उसी तरह की सूचनाओं का मूल्यांकन कर रहे थे, जो लोग प्रतियोगिता का हिस्सा थे, उन लोगों ने पज़ल का खेल समय से बहुत पहले ही छोड़ दिया। गणित की परीक्षा के लिए पढ़ाई करने की जगह वे पत्रिकाएँ पढ़ने और वीडियो देखने में व्यस्त हो गए।

अपने सिद्धांत के वास्तविक संसार में परीक्षण करने के लिए शोधकर्ता फ़ैसले लेने की सबसे आधुनिक संसार में गए : मॉल में। उपनगर के एक मॉल में जाने वाले उपभोक्ताओं से यह पूछा गया कि उस दिन स्टोर में उनका अनुभव कैसा रहा और उन लोगों से अंकगणित के कुछ सामान्य सवालों को हल करने के लिए कहा गया। शोधकर्ताओं ने बहुत विनम्रता से उन लोगों से यह कहा कि वे जितने चाहे सवाल हल कर सकते थे, लेकिन उन लोगों से यह भी कहा गया कि वे जब चाहे छोड़ सकते थे। निश्चित रूप से जिन उपभोक्ताओं ने स्टोर में सामान ख़रीदने के फ़ैसले ले

लिए थे, उन लोगों ने सबसे पहले गणित के सवाल को हल करना छोड़ा। जब आप लगातार ख़रीदारी करते रहते हैं, तो आपकी संकल्प शक्ति भी कमज़ोर पड़ जाती है। व्यावहारिक स्तर पर सभी प्रयोग की रणनीतियाँ लगातार ख़रीदारी करने वालों की समस्याओं के ऊपर ही केंद्रित थी। सैद्धांतिक स्तर पर इन सभी प्रयोगों के परिणामों ने एक नया सवाल खड़ा कर दिया : किस प्रकार के फ़ैसले संकल्प शक्ति को सबसे अधिक प्रभावित करते हैं? कौन सा विकल्प चुनना सबसे मुश्किल होता है?

सीमा को पार करते हुए

मनोवैज्ञानिक दो प्रमुख प्रकार की मानसिक प्रक्रियाओं की बात करते हैं, स्वचालित तथा नियंत्रित। मान लीजिए आप चार को सात से गुणा करते हैं, तो यह बिना परेशानी के किया जा सकता है। जैसे कि कोई कहता है चार गुणा सात तो आप चाहें ना चाहें आपके दिमाग़ में 28 कौंध जाता है। इसी कारण से इस प्रक्रिया को स्वचालित कहा जाता है। लेकिन इसके विपरीत 26 बार 30 को जोड़ने के लिए दिमाग़ी कसरत की ज़रूरत पड़ेगी और आपको इसको जोड़ना पड़ेगा, तब जाकर उत्तर 780 आएगा। गणित के मुश्किल जोड़ घटाव के लिए संकल्प शक्ति की ज़रूरत होती है, जिसमें आप एक तरह की सूचनाओं का अनुसरण करते हुए कुछ व्यवस्थित क़ायदों को अपनाते हैं जिससे कि कुछ नया जवाब सामने आता है। आप किसी निर्णय पर पहुँचने के लिए इस तरह के चरणों से होकर गुज़रते हैं, एक ऐसी प्रक्रिया से जिसको मनोवैज्ञानिक रुबिकन मॉडल कहते हैं, उस नदी के सम्मान में जिसने इटली को रोम के प्रांत गॉल से अलग किया। जब सीजर यहाँ पहुँचा तो वह इस बात को जानता था कि रोम लौट रहे सेनापति के लिए अपनी सेना को रुबिकन के पार ले जाने की मनाही थी। उसको यह बात समझ में आ गई कि सेना के साथ इस नदी को पार करने से गृह युद्ध की शुरुआत हो जाएगी। नदी के उस तरफ़ इंतज़ार करते हुए जिस तरफ़ गॉल था और वह कुछ फ़ैसला नहीं कर पा रहा था, वह अपने लक्ष्यों और संभावनाओं के बारे में सोचते हुए इसमें लगने वाली लागत और लाभों के बारे में भी सोच रहा था। इसके बाद उसने हिसाब-किताब लगाना छोड़ा और नदी को पार कर लिया और 'निर्णय लेने के बाद की अवस्था' में पहुँच गया, जिसको सीजर ने बहुत प्रसन्नता के साथ परिभाषित किया : 'जो हो गया सो हो गया।'

यह पूरी प्रक्रिया किसी की भी संकल्प शक्ति को मंद करने वाली है, लेकिन सबसे थकाने वाला हिस्सा कौन सा है? क्या इसके मंद पड़ने का कारण यह है कि निर्णय पर पहुँचने के पहले बहुत अधिक सोच-विचार किया गया? इस बिंदु तक आते आते ट्वेंज तथा कुछ अन्य शोधार्थी बहुत समय से चल रही इस परियोजना से

मंद पड़ चुके थे, लेकिन जिन समीक्षकों को यह तय करना था कि इस काम को इस क्षेत्र की सबसे बड़ी पत्रिका में प्रकाशित करवाया जाना चाहिए या नहीं उनको कुछ और जवाब चाहिए थे। कैथलीन वोह्स एक वरिष्ठ विद्वान थीं जिनको इस बात का अच्छे से पता था कि जिस परियोजना के लिए बहुत अधिक संघर्ष किया जाए, उसको सफलता के अंतिम मुक़ाम तक कैसे पहुँचाया जाए, उन्होंने इस परियोजना का कामकाज सँभाला और इसको अंतिम मुक़ाम की ओर लेकर बढ़ी। उन्होंने डेल कंप्यूटर कंपनी स्व सेवा बिक्री साइट का उपयोग करते हुए एक प्रयोग तैयार किया। dell.com पर ख़रीदार कंप्यूटर ख़रीदने के लिए सब कुछ अपने हिसाब से तय कर सकते थे, जैसे हार्ड डिस्क ड्राइव को चुनना, स्क्रीन के प्रकार का चयन, तथा इसी तरह की तमाम सुविधाओं का वे स्वयं चयन कर सकते थे। प्रयोग यह था कि इसमें भाग लेने वाले प्रतिभागियों को भी यही सब करना था(सिवाय इसके कि अंत में जाकर किसी ने कंप्यूटर की ख़रीद नहीं की)।

लेकिन बिना किसी क्रम के हर प्रतिभागी को इस अध्ययन के दौरान तीन में से एक कम करने के लिए कहा गया। कुछ लोगों को यह कहा गया कि वे कंप्यूटर से कुछ फ़ीचर्स को देखें तो लेकिन कोई निर्णय नहीं लें। उन लोगों को ऐसा निर्देश दिया गया कि वे विकल्पों के बारे में तथा क़ीमतों के बारे में सोचें तथा अपनी प्राथमिकता एवं राय को तय करें, लेकिन उनको कोई निश्चित चयन नहीं करना था। इस तरह की शर्त का उद्देश्य था कि निर्णय से पहले की सोच को दोहराया जाए, लेकिन असल में निर्णय नहीं लिया जाए।

एक और समूह को चुनी गई सूची दी गई और यह कहा गया कि वे कंप्यूटर को अपने हिसाब से बनाएं। उनका काम बहुत मेहनत भरा था, बहुत सारे विकल्पों में से पहले कंप्यूटर के विशिष्ट फ़ीचर्स का चुनाव करना था और उसके बाद सही फ़ीचर के ऊपर क्लिक करना था। इसका मक़सद यह था कि निर्णय से पहले की अवस्था में जो भी होता है, उसको दोहराया जाए, जिस अवस्था में अपनी पसंद को लागू किया जाता है। तीसरे समूह को यह चुनना था कि वे अपने कंप्यूटर में कौन कौन से फ़ीचर रखना चाहते थे। उनको ना तो विकल्पों पर विचार करना था, ना ही दूसरे लोगों की पसंद को लागू करना था। उनको जो मन में आए करना था और यह सबसे थकाने वाला कम साबित हुआ। इसके बाद उन लोगों के आत्म नियंत्रण की परीक्षा के लिए उनसे यह कहा गया कि वे दिये गए अक्षरों को जोड़कर जितने चाहे शब्दों का निर्माण कर सकते थे, इसमें जिन लोगों से सही में फ़ैसले लिए थे, उन लोगों ने दूसरे लोगों से पहले इस खेल को छोड़ दिया। रुबिकन नदी को पार करना बहुत मुश्किल मानसिक काम था, चाहे साम्राज्य के भविष्य का निर्धारण करना हो या कंप्यूटर के ड्राइव के आकार का।

लेकिन मान लीजिए कि आसान विकल्पों में से चुनाव करना हो तथा गृह युद्ध की शुरुआत करने से अधिक आकर्षक हो या कंप्यूटर के अंदर के अंगों के बारे में चिंतन करने से अधिक आकर्षक होता। मान लीजिए इसमें कोई ऐसी प्रक्रिया होती जो आपको मनोरंजक प्रतीत होती। क्या इन चुनावों से भी भी संकल्प शक्ति कमज़ोर पड़ती? शोधकर्ताओं ने वर वधू के पंजीकरण वाले प्रयोग के एक अन्य संस्करण के माध्यम से इसकी परख़ की, लेकिन इस बार इस प्रयोग में जिन लोगों को शामिल किया गया था, जिनका उस काम के प्रति मिला-जुला रुख़ था। कुछ युवक-युवतियाँ थे, जो अपने लिए विवाह के लिए तोहफ़े को चुनने की संभावना को लेकर ज़्याँ ट्वेगे से अधिक उत्साहित थे। उनका कहना था कि वे अपने चुनाव करने को लेकर उत्साहित थे, और उसके बाद उन लोगों ने यह बताया कि उनको यह अनुभव अच्छा लगा। लेकिन कुछ दूसरे लोग भी थे जिनको इस प्रयोग में बिलकुल में बिलकुल मज़ा नहीं आया जिसमें उनको अपने लिए घर के बर्तन तथा अन्य सामानों का चयन करना था।

जैसी कि आपको आशा हो सकती थी, यह प्रक्रिया उनके लिए थकाऊ नहीं थी, जिनको इसमें मज़ा आया- लेकिन कुछ हद तक ही। अगर प्रतिभागियों को चुनाव करने के लिए छोटी सूची दी गई होती और कहा गया होता कि चार मिनट में अपनी पसंद की चीज़ों का चुनाव कर लें तो जिन लोगों को सामान का चुनाव करना अच्छा लगा था, तो वे आराम से यह कर लेते और उनकी संकल्प शक्ति भी मंद नहीं पड़ती, जबकि जिन लोगों को रजिस्ट्री में मज़ा नहीं आया था, वे चार मिनट के एक अभ्यास में भी मंद पड़ जाते। लेकिन अगर यह सूची लंबी रही होती और यह काम बारह मिनट तक चलता रहता तो दोनों ही प्रकार के समूह के लोग मंद पड़ जाते(इसका मतलब यह हुआ कि उन लोगों ने अपनी अपनी पसंदों को लेकर कम आत्म नियंत्रण दिखाया बजाय उस नियंत्रित समूह के जिसने विवाह के तोहफ़े के लिए किसी चीज़ का चुनाव नहीं किया था)। कुछ सुखद फ़ैसले थे, जो हतोत्साहित करने वाले बिलकुल नहीं थे, लेकिन दीर्घ अवधि में देखें तो ऐसा लगता है कि ऐसी कोई चीज़ नहीं है जिसको मुफ़्त चुनाव कहा जा सके, कम से कम जब अपने लिए किया जा रहा हो।

वैसे दूसरों के लिए चुनाव करना कोई इतना मुश्किल भी नहीं होता। आप अपने मेहमानखाने के लिए सही फ़र्नीचर के चुनाव को लेकर बहुत उधेड़बुन में पड़ सकते हैं, लेकिन आपको अगर किसी जान-पहचान वाले के मेहमानखाने के सजावट के लिए चुनाव करने के लिए कहा जाए तो आप उसके लिए शायद उतनी ऊर्जा नहीं लगाएँ। जब शोधकर्ताओं ने घर की सजावट के लिए लोगों से बहुत सारे सवाल पूछे और बाद में उन लोगों की संकल्प शक्ति का परीक्षण किया तो पाया गया कि किसी जान-पहचान वाले के लिए फ़ैसला करना कम हतोत्साहित करने

वाला था, बजाय अपने लिए कुछ निर्णय लेने के। हो सकता है किसी जान-पहचान वाले के लिए सोफ़ा का चुनाव कर पाना आपके लिए मुश्किल लग रहा हो, क्योंकि उसकी पसंद के बारे में आपको पता नहीं, इस मुश्किल को दूर किया जा सकता है, लेकिन इससे परिणाम के ऊपर कुछ ख़ास प्रभाव नहीं पड़ने वाला। जब आपको यह पता रहता है कि बहाना कोई और रहने वाला है, तो रुबिकन का दूसरा पहलू आपको कम डरावना लगता है।

जज की दुविधा (और क़ैदी की व्यथा)

इज़रायल की जेल में सजा काट रहे चार लोगों को हाल में पैरोल पर रिहा किए जाने पर विचार किया गया। उनके मामलों को एक बोर्ड ने सुना, जिसमें एक जज, अपराधशास्त्री, और एक समाज सेवक था, वे बीच-बीच में क़ैदियों की याचिका पर सुनवाई करने के लिए मिलते रहते थे। उन चारों मामलों में एक समानता थी। उनमें से सभी क़ैदी ऐसे थे जिन्होंने बार-बार क़ानून तोड़ा था, पहले अलग-अलग मामलों में वे जेल की सज़ा काट चुके थे। उनमें से हर क़ैदी अपनी सज़ा का दो तिहाई हिस्सा काट चुका था और उनमें से सभी छोड़े जाने के बाद इसके योग्य थे कि वे पुनर्वास कार्यक्रम में हिस्सा ले सकें। लेकिन उनमें कुछ फ़र्क़ भी था, और बोर्ड ने उन चार लोगों में से केवल दो लोगों को पैरोल पर छोड़े जाने का आदेश दिया। चार केसों की सूची में से यह अनुमान लगाने की कोशिश कीजिए कि वे दो लोग कौन थे, जिनको पैरोल नहीं दिया गया और उनको जेल में ही रहना पड़ा :

केस 1 (सुनवाई सुबह 8:50 बजे हुई) : एक अरब इज़रायली पुरुष था, जो धोखाधड़ी के मामले में तीस महीने की सज़ा काट रहा था।

केस 2 (सुनवाई दोपहर 1:27 बजे हुई) :एक यहूदी इज़रायली पुरुष, जो हमले में 16 महीने की सज़ा काट रहा था।

केस 3 (सुनवाई शाम 3:10 बजे हुई) : एक यहूदी-इज़रायली पुरुष हमले के आरोप में सोलह महीने की सज़ा काट रहा था।

केस 4. (सुनवाई शाम 4:25 बजे हुई) : एक अरब इज़रायली पुरुष, जो धोखाधड़ी के मामले में तीस महीने की सज़ा काट रहा था।

बोर्ड के फ़ैसले में एक परिपाटी थी, लेकिन इन लोगों की जातीय पृष्ठभूमि या अपराध या सज़ा को देखते हुए आप इसको नहीं समझ पाएँगे। इसको देखते हुए आपके दिमाग़ में क़ानूनी व्यवस्था की प्रकृति को लेकर लंबे समय से चली आ

रही बहस को दिमाग़ में रख सकते हैं। परंपरागत विद्वानों का ऐसा मानना रहा है कि यह नियमों की ऐसी व्यवस्था है, जो बिना किसी भेदभाव के चलती है : उस छवि को याद कीजिए जिसमें न्याय की देवी तराज़ू के पलड़े को उठाए हुए है। एक और मत का मानना है कि फ़ैसले सुनाते हुए इंसान की कमज़ोरी को ध्यान में रखा जाता है ना कि बने बनाए क़ानूनों को। इन क़ानूनी यथार्थवादियों के बारे में अक्सर यह कहा जाता है कि वे क़ानून की व्याख्या इस प्रकार करते हैं, 'जज ने उस दिन नाश्ते में क्या खाया।'

इस परिभाषा को कोलंबिया यूनिवर्सिटी के जोनाथन लिव तथा बेन गुरियोन यूनिवर्सिटी के शाई दांजीगर के नेतृत्व में शोधकर्ताओं ने शोध किया। इन लोगों ने इज़रायल की जेल व्यवस्था के तहत दस महीने के दौरान पैरोल बोर्ड द्वारा दिए गए एक हज़ार फ़ैसलों का अध्ययन किया, जिसमें बारी-बारी से अलग अलग जजों ने उसकी अध्यक्षता की थी। हर जज अपील को सुनने के बाद बोर्ड में शामिल अपराधशास्त्री एवं सामाजिक कार्यकर्ता की सलाह के बाद यह फ़ैसला करते कि उस अपराधी को पैरोल पर छोड़ा जाए या नहीं। पैरोल देकर जज उस क़ैदी तथा उसके परिवार वालों को ख़ुश कर सकता था और करदाताओं के धन को भी बचाता था। लेकिन इस बात का ख़तरा भी रहता था कि बाहर निकलकर वह क़ैदी कोई और अपराध कर सकता था।

औसतन प्रत्येक जज ने तीन में से केवल एक अपराधी को पैरोल दिया, लेकिन शोधकर्ताओं ने यह पाया कि सभी जजों के फ़ैसलों में एक परिपाटी साफ़ दिखाई दे रही थी। जिन क़ैदियों ने सुबह के समय अपील की उनमें से क़रीब 70 प्रतिशत क़ैदियों को पैरोल मिल गया। जो क़ैदी देर दोपहर को अपील के लिए आए उनमें से केवल दस प्रतिशत क़ैदियों को ही पैरोल मिला। इसी वजह से हमारे इस केस में पहला क़ैदी चूँकि 8:50 में आया था, उसको पैरोल मिल गया। उस़ दिन के दूसरे केस में भी क़ैदी को पैरोल मिल गई। जबकि क़ैदी नंबर चार भी उसी तरह के मामले में यानी धोखाधड़ी के मामले में सज़ा काट रहा था, लेकिन वह चूँकि 4:25 बजे(अगले दिन) सुनवाई के लिए आया था, इसलिए उसको पैरोल नहीं मिली। इसी तरह से देर दोपहर को उपस्थित होने वाले क़ैदियों को पैरोल नहीं दी गई।

हालाँकि सुबह से दोपहर तक बदलाव स्थिर दर से नहीं हुआ। उस दिन कुछ और उल्लेखनीय समानताएँ नज़र आ रही थीं। देर सुबह साढ़े दस बजे पैरोल बोर्ड ने थोड़ी देर का ब्रेक लिया, और जजों को सैंडविच तथा फल खाने के लिए दिए गए। इससे उनके खून में ग्लूकोज़ का प्रवाह बढ़ गया। (उस अध्ययन के बारे में याद कीजिए जिसमें जो बच्चे सुबह नाश्ता करके नहीं आए थे, लेकिन जब उनको देर सुबह नाश्ता दिया गया तो उनका व्यवहार और सीखना बेहतर हो गया?) ब्रेक

लेने के पहले सुनवाई के लिए आने वाले क़ैदियों में महज़ 20 प्रतिशत क़ैदियों के लिए पैरोल मिलने की संभावना रहती थी, जिसका मतलब यह हुआ कि सात में से केवल एक क़ैदी को जेल के बाहर जाने का मौक़ा मिलता। इसके विपरीत ब्रेक के ठीक बाद आने सुनवाई के लिए आने वाले क़ैदियों में 65 प्रतिशत को पैरोल मिलने की संभावना रहती थी, यानी तीन में से दो को।

इसी तरह की परिपाटी दोपहर के भोजन के साथ भी दिखाई दी। साढ़े बारह बजे यानी दोपहर के भोजन के ठीक पहले पैरोल मिलने की संभावना केवल बीस प्रतिशत रहती थी, लेकिन जो लोग दोपहर के भोजन के ठीक बाद आते तो उनके लिए संभावना 60 प्रतिशत से अधिक रहती थी। दूसरे केस का जो क़ैदी था भाग्यशाली था, क्योंकि दोपहर के भोजन के बाद सबसे पहले उसी की पेशी हुई और उसको वास्तव में पैरोल मिल गई। तीसरे केस का क़ैदी उसी तरह के अपराध के लिए उसी तरह की सज़ा भुगत रहा था, उसने भी किसी के ऊपर हमला किया था, और उसकी पेशी भी दोपहर के समय ही हुई– लेकिन बाद में यानी 3:10 बजे। दोपहर के भोजन के बाद पेश होने वाले क़ैदियों में उसका नंबर छठा था, और उसके साथ वही हुआ, जो देर दोपहर पेश होने वाले क़ैदियों के साथ होता था : उसको पैरोल नहीं मिली।

न्याय करना बहुत कठिन मानसिक कार्य है। चूँकि जजों ने एक के बाद एक फ़ैसले लिए इसलिए उनके दिमाग़ और शरीर ने ग्लूकोज़ का इस्तेमाल कर लिया, जो संकल्प शक्ति का महत्त्वपूर्ण पहलू होता है जिसके बारे में हम पहले ही चर्चा कर चुके हैं। उनका निजी दर्शन जो भी रहा हो– चाहे उनको इसके लिए जाना जाता रहा हो कि वे अपराधियों के प्रति सख़्ती का रुख़ अपनाते थे या पुनर्वास को लेकर उनका रवैया सहानुभूतिपूर्ण रहता था– लेकिन उनके पास और अधिक फ़ैसले लेने के लिए मानसिक संसाधन कम पड़ जाते थे। इसका असर यह होता था कि वे कम जोख़िम भरे विकल्प का चुनाव करते थे (अपने लिए ही)। यह क़ैदियों के लिए अन्याय की बात है– किसी को जेल में इसलिए क्यों रहना चाहिए कि जज ने देर सुबह कुछ खाया नहीं? इस तरह का भेदभाव कोई अकेली घटना नहीं है। यह हर तरह की परिस्थिति में स्वाभाविक रूप से घटित होता है। संकल्प शक्ति तथा निर्णय लेने के बीच का सूत्र दोनों तरह से काम करता है : निर्णय लेने से आपकी संकल्प शक्ति कमज़ोर पड़ जाती है, और जब आपकी संकल्प शक्ति कमज़ोर पड़ जाती है तो आप निर्णय लेने के उतने क़ाबिल नहीं रह पाते हैं। अगर आपका काम ऐसा है कि आपको दिन भर कड़े फ़ैसले लेने पड़ते हैं तो एक बिंदु ऐसा आता है, जब आप सुस्त पड़ जाते हैं और अपनी ऊर्जा को बचाने के तरीक़े खोजने लगते हैं। आप इसका बहाना खोजने लगते हैं कि या तो आप फ़ैसले लेने से बचें या उसको टाल

सकें। आप आसान और सुरक्षित विकल्प का चयन करते हैं, जो अक्सर यथास्थिति को बनाए रखने को लेकर होता है : क़ैदी को जेल में ही रहने दो।

पैरोल देने से मना कर देना जज़ के लिए आसान फ़ैसला लगता है, क्योंकि इससे अधिक विकल्प खुले रहते हैं : जज के पास यह विकल्प रह जाता है कि वह क़ैदी को भविष्य में पैरोल दे सके जबकि वह फ़िलहाल उस क़ैदी को जेल में सुरक्षित रहने देने के विकल्प को भी नहीं छोड़ता। फ़ैसले लेने से बचने का कुछ कारण तो यह भी होता है कि इससे विकल्प को छोड़ने का भय भी रहता है। आप फ़ैसले लेकर जितना ही छोड़ते हैं, उतना ही आप इस बात से भयभीत हो जाते हैं कि आप इस बात से डर जाते हैं कि आप किसी महत्त्वपूर्ण चीज़ को ख़त्म कर रहे हैं। कुछ विद्यार्थी कॉलेज में दो विषयों का चुनाव करते हैं तो इसका कारण यह नहीं होता है कि वे कुछ साबित करना चाहते हैं या मान लीजिए कि राजनीति शास्त्र और जीव विज्ञान की पढ़ाई एक साथ करके करियर में कुछ बड़ा करने की उनकी योजना होती है। बल्कि, यह होता है कि वे दोनों में से किसी भी विकल्प को ना नहीं कह पाते। एक विषय का चुनाव करना दूसरे विकल्प के लिए बहुत खुला निर्णय होता है, जो उसको ख़त्म कर देने वाला होता है, और बहुत सारे शोधों से यह पता चला है कि लोगों को किसी विकल्प का त्याग करने में परेशानी होती है, चाहे उस विकल्प से उनका कुछ भी अच्छा क्यों ना हो रहा हो। जब किसी की संकल्प शक्ति कमज़ोर होती है तो विकल्पों को छोड़ने में हिचक होती है। फ़ैसले लेने में संकल्प शक्ति का प्रयोग किया जाता है, इसलिए जब जब संकल्प शक्ति मंद रहती है तो लोग या तो फ़ैसले लेने से बचना चाहते हैं या उसको टालना चाहते हैं।

एक प्रयोग में लोगों को बुलाया गया और उनसे यह कहा गया कि वे अगर चाहते हैं तो वे वहाँ रखी बहुत सी चीज़ों में से ख़रीदने के लिए अपनी पसंद की चीज़ों का चुनाव कर सकते हैं। आत्म नियंत्रण की पहले की कोशिशों के कारण जिन लोगों की संकल्प शक्ति मंद थी, उनमें दूसरे लोगों से अधिक इस बात की संभावना थी कि वे कुछ भी नहीं ख़रीदने का फ़ैसला लें। एक और अध्ययन में लोगों से यह कहा गया कि वे इस बात की कल्पना करें कि उनके खाते में दस हज़ार डॉलर हैं जो उनको नहीं चाहिए। इसके बाद उनको निवेश के एक अवसर के बारे में बताया गया जिसमें जोख़िम कम था और रिटर्न औसत से अधिक था। यह निवेश का अच्छा अवसर लग रहा था, क्योंकि आमतौर पर जितना जोख़िम होता है, रिटर्न भी उतना ही मिलता है। जिन लोगों की संकल्प शक्ति कमज़ोर नहीं थी तो उनमें से अधिकतर लोगों ने निवेश करने के बारे में कहा। लेकिन इसके विपरीत, जिन लोगों संकल्प शक्ति मंद थी, उनका कहना था कि पैसा जहाँ है, वहीं पड़े देने रहना चाहिए। वित्तीय रूप से देखने पर उनके इस फ़ैसले का कोई औचित्य नहीं

बनता, क्योंकि बचत खाते में रखे रहने के कारण उनको अधिक रिटर्न नहीं मिल पा रहा था, लेकिन उसको वहीं पड़े रहने देना फ़ैसले लेने से आसान था।

इस तरह के टालमटोल से इस बात की व्याख्या होती है कि क्यों लोग अपने जीवन के बड़े से बड़े फ़ैसलों को टालते रहते हैं : जैसे जीवन साथी का चुनाव। बीसवीं शताब्दी के मध्य में अधिकतर लोगों की शादी बीस साल की उम्र के आसपास हो जाती थी। लेकिन इसके बाद स्त्री पुरुषों दोनों के लिए और रास्ते खुले। अधिकतर स्त्री पुरुष पढ़ाई में अधिक समय लगाने लगे, तथा ऐसे करियर को अपनाने की दिशा में बढ़ने लगे जिसकी तैयारी में अधिक समय लगता था। गर्भाधान रोकने की दवाइयों तथा लोगों के सामाजिक मूल्यों में बदलाव के कारण लोगों के पास इस बात का विकल्प था कि वे बिना शादी के ही शारीरिक संबंध बना सकें। जब महानगरों में अधिक से अधिक लोग आकर रहने लगे तो उनके लिए अपनी पसंद के जीवनसाथी मिलने की संभावना पहले से बढ़ गई, उनके पास बहुत विकल्प हो गए और किसी को खोने का भय नहीं रहा। 1995 में एक स्तंभ में तिरनी ने एक इस बात का पता लगाने के लिए अर्ध वैज्ञानिक सर्वेक्षण किया कि न्यू यॉर्क में जो एक नई तरह की जो परिघटना घटित हो रही थी, उसका कारण क्या था : वहाँ बड़ी तादाद में आकर्षक और बौद्धिक लोग इस बात की शिकायत कर रहे थे कि उनके लिए एक रोमांटिक साथी तलाश कर पाना असंभव हो रहा था। अमेरिका के किसी भी प्रांत के मुक़ाबले मैनहट्टन में सबसे अधिक एकल लोगों की तादाद है, इसका अपवाद हवाई द्वीप है जिसको मूल रूप से कोढ़ियों की बस्ती के रूप में बसाया गया था।

क्या कारण था, जो न्यू यॉर्क वासियों को इतना अलग बना रहा था? तिरनी ने बॉस्टन, बाल्टीमोर, शिकागो, लॉस एंजेल्स, और न्यू यॉर्क से प्रकाशित होने वाली पत्रिकाओं में प्रकाशित होने वाले निजी विज्ञापनों के सैंपल के अध्ययन के बाद पाया कि न्यू यॉर्क शहर में एकल लोगों की तादाद सबसे अधिक थी, लेकिन उनके लिए ना सिर्फ़ विकल्प अधिक थे, बल्कि वे अपने मनचाहे जीवनसाथी का चुनाव करने के मामले में बहुत नकचढ़े थे। न्यू यॉर्क से प्रकाशित होने वाली पत्रिकाओं में जो निजी विज्ञापन प्रकाशित होते थे, उनमें जीवनसाथी के चुनाव का विज्ञापन देने वाले अपने जीवन साथी में औसतन 5.7 गुणों की अपेक्षा रखते थे, दूसरे स्थान पर शिकागो (4.1 गुण) था, जिससे न्यू यॉर्क की संख्या बहुत अधिक थी। बाक़ी तीन शहरों के मुक़ाबले तो यह औसत दोगुने से भी अधिक था। न्यू यॉर्क की एक स्त्री ने अपने लिए विज्ञापन दिया था : 'परिवार बसाना नहीं चाहते? मैं भी नहीं चाहती!' उसका दावा था कि वह ऐसी स्त्री थी 'जो भी न्यू यॉर्क उसको दे सकता था', लेकिन 'सब' की उसकी जो परिभाषा थी, वह न्यू यॉर्क के किसी ऐसे पुरुष के

लिए नहीं था, जो देखने में सुंदर ना हो, सफल ना हो, जिसकी लंबाई पाँच फ़ीट नौ इंच से अधिक हो, जिसकी उम्र 29 से लेकर पैंतीस साल के बीच हो। न्यू यॉर्क के एक और निवासी ने विज्ञापन में यह माँग रखी थी कि उसका होने वाला पति पाँच फ़ीट दस इंच लंबा हो और जो पोलो खेलता हो। एक वकील ने अपने विज्ञापन में अपनी 'राजकुमारी' में इक्कीस आवश्यक गुणों की सूची बनाई थी, और वे इस बात से बहुत हैरान भी थे कि उनको कोई नहीं मिली।

निजी विज्ञापनों का यह सर्वेक्षण अनौपचारिक अध्ययन था, लेकिन हाल में शोधकर्ताओं के बहुत सारे दल ने लोगों के रोमांटिक नकचढ़ेपन का अध्ययन किया था और वे भी इसी तरह के नतीजे पर पहुँचे थे। उन लोगों ने ऐसे हज़ारों लोगों के ऊपर निगाह रखी, जो या तो ऑनलाइन प्रेम की तलाश में थे या डेटिंग सर्विस या स्पीड डेटिंग के आयोजनों के माध्यम से प्रेम की तलाश में थे। ऑनलाइन डेटिंग सर्विस के साइट पर उपभोक्ताओं को अपनी विशेषताओं को लेकर एक लंबी प्रश्नावली भरनी होती है। सिद्धांत रूप में इस विस्तृत रूप में अपने बारे में बताने का मक़सद यह था कि इससे लोग सही जीवनसाथी का चुनाव कर सकें, लेकिन व्यवहार रूप में इससे इतनी अधिक सूचनाएँ आ जाती हैं, इतने सारे विकल्प उसके सामने आ जाते हैं कि लोग चुनाव करने के मामले में बहुत नकचढ़े हो जाते हैं। यूनिवर्सिटी ऑफ़ शिकागो के दो शोधार्थी गुंटर हिश्च तथा अली होर्टाक्सु एवं ड्यूक यूनिवर्सिटी के डैन एरियली ने यह पाया कि ऑनलाइन उपभोक्ता जिन लोगों के प्रोफ़ाइल को देखते हैं, उनमें से एक प्रतिशत से भी कम लोग ऐसे साथी के साथ जाते हैं जिनके प्रोफ़ाइल उन्होंने देख रखे होते थे। स्पीड डेटिंग के आयोजनों में रोमांस की तलाश करने वालों का भाग्य अच्छा होता है, क्योंकि वहाँ आम तौर पर एक या दो दर्जन लोग ही होते हैं। हर व्यक्ति अपने संभावित साथी के साथ कई मिनट बिता सकता है। इसके बाद सभी प्रतिभागी स्कोरकार्ड बनाते हैं जिसमें वे यह संकेत देते हैं वे किससे दुबारा मिलना चाहेंगे, या जिनके साथ उनकी पसंद मेल खा जाए। सामान्य रूप से कोई प्रतिभागी अगर दस लोगों से मिलते हैं तो एक के साथ उनका मेल होता है, वैसे कुछ अध्ययनों में यह भी पाया गया कि यह अनुपात दस में से दो या तीन लोगों का होता है। चूँकि साथी चुनने के विकल्प कम ही होते हैं और और सीमारेखा भी पास ही होती है, इसलिए स्पीड डेट पर जाने वाले जल्दी-जल्दी अपने साथी का चुनाव कर लेते हैं। लेकिन ऑनलाइन तलाश करने वालों के पास इतने विकल्प होते हैं कि इसलिए एरियल का कहना है कि वे खोजते ही रह जाते हैं।

'जब आपके पास विचार करने के लिए इतने सारे मापदंड होते हैं, और आपको बहुत से लोगों में से चुनाव करना होता है, इसलिए आप सर्वश्रेष्ठ की खोज

में लग जाते हैं', उनका कहना था। 'आप किसी ऐसे को जीवन साथी के रूप में नहीं चुनना चाहते हैं जिसकी लंबाई कम हो, उम्र आदर्श नहीं हो, धर्म, तथा पैंतालीस तरह के अन्य पहलू मेल नहीं खाते हों।' एरियली ने विकल्पों को छोड़ देने की हिचक का अध्ययन उन लोगों पर किया जो कंप्यूटर गेम खेलते थे और जिसमें जब वे दरवाज़ा खोल लेते थे तो उनको उसके अंदर इनाम के रूप में वास्तव में नगद राशि मिलती थी। इसके लिए सबसे अच्छी रणनीति यह मानी जाती थी कि खेलने वाला कंप्यूटर स्क्रीन पर दिखाई दे रहे तीनों दरवाज़ों को खोल दे, सबसे आकर्षक इनाम ले और फिर उसी कमरे में बना रहे। लेकिन इस रणनीति को सीखने के बाद भी जब इसमें एक अतिरिक्त सुविधा जोड़ी गई तो खेलने वालों को इसका पालन करने में बहुत मुश्किल होती थी : अगर वे कमरे से थोड़ी देर के लिए भी बाहर निकले तो उसके दरवाज़े सिमटने लगेंगे और फिर ग़ायब हो जाएँगे, जिसका मतलब यह था कि दरवाज़ा हमेशा के लिए बंद हो जाता। इस विशेषता को देखकर खिलाड़ी इतने परेशान हो गए कि वे कूदकर कमरे में वापस आ जाते जिससे कि दरवाज़ा खुला रहे, भले इस क़दम से उनकी कुल कमाई में कमी आ जाती हो।

'किसी विकल्प के दरवाज़े को बंद करने को हानि के रूप में देखा जाता है, और लोग हानि की भावना से बचने के लिए क़ीमत देने के लिए तैयार रहते हैं', एरियली ने कहा। कई बार इस बात का मतलब समझ में आता है, लेकिन अक्सर हम विकल्पों को खोलने को लेकर इतने बेचैन होते हैं कि हम यह नहीं देख पाते हैं कि इसके लिए दीर्घ अवधि में हम क्या क़ीमत चुका रहे हैं- या दूसरे लोग चुका रहे हैं। अगर आप सर्वश्रेष्ठ जीवन साथी से कम पर समझौता नहीं करते तो अंत में आपको कोई जीवन साथी नहीं मिलने वाला। जब माता पिता अपने दफ़्तर में किसी परियोजना को कभी ना नहीं कहते हैं तो घर में उनके बच्चों को भुगतना पड़ता है। जब कोई जज क़ैदी के पैरोल को लेकर सख़्त फ़ैसला नहीं लेता है तो वह एक तरह से वह क़ैदियों के जेल के दरवाज़े बंद कर रहा होता है।

आलस्य भरे चुनाव

समझौता करना मानव का स्वभाव है। जानवरों की दुनिया में शिकारी तथा शिकार के बीच लंबी अवधि का किसी तरह का कोई समझौता नहीं होता है। समझौता करने की योग्यता निर्णय लेने संबंधी विस्तृत और मुश्किल पहलू है- और इसलिए जब हमारी संकल्प शक्ति मंद पड़ी होती है तो हम सबसे पहले नहीं का फ़ैसला लेते हैं, विशेष रूप से तब जब हमारी संकल्प शक्ति उसी मंद अवस्था में निर्णय ले रही होती है।

ख़रीदार गुणवत्ता और क़ीमत के बीच लगातार समझौते को देखते हैं, जो हमेशा एक ही समय में एक ही अनुपात में नहीं बदलता है। आकार गुणवत्ता बेहतर होने से अधिक तेज़ी से क़ीमतें बढ़ जाती हैं। सौ डॉलर प्रति बोतल बिकने वाली वाइन आम तौर पर बीस डॉलर प्रति बोतल बिकने वाली वाइन से अच्छी होती है, लेकिन पाँच गुना अच्छी? होटल में 200 डॉलर प्रति दिन मिलने वाले कमरे से 1000 डॉलर प्रति दिन मिलने वाला कमरा पाँच गुना अच्छा होता है क्या? इसका कोई एक उत्तर नहीं हो सकता– यह सब आपकी पसंद तथा आपके बजट के ऊपर निर्भर करता है– लेकिन 100 डॉलर की वाइन तथा होटल में 1000 डॉलर के कमरे में अपेक्षाकृत कमी से यह समझ में आता है कि अधिकतर लोगों को अतिरिक्त गुणवत्ता कोई ख़ास नहीं लगती। एक बिंदु के बाद क़ीमत बढ़ने के मतलब यह नहीं होता है कि गुणवत्ता भी बेहतर हो जाए। उसका चयन लोगों की अपनी इच्छा पर निर्भर करता है। लेकिन इसके लिए इस मुश्किल को समझना होता है कि आख़िर वह बिंदु है कहाँ।

जब आपकी संकल्प शक्ति कमज़ोर होती है तो आप इस तरह के निर्णय नहीं ले पाते। आप वह बन जाते हैं जिसको शोधार्थी 'संज्ञानात्मक कंजूस' कहते हैं, जिसमें समझौते से बचते बचाते आप अपनी ऊर्जा को संचित करते हैं। आप इसके कारण बस एक ही आयाम को देख पाते हैं, जैसे क़ीमत : *मुझे सबसे सस्ता देना।* या आप गुणवत्ता देखने में लग जाते हैं : *मुझे सबसे अच्छा चाहिए* (जब भुगतान कोई और कर रहा हो तो यह रणनीति सबसे आसान हो जाती है)।

निर्णय की थकान हमें बाज़ार में बेचने वालों के लिए संवेदनशील बना देता है, जैसा कि कोलंबिया के मनोवैज्ञानिक जोनाथन लेवाव ने अपने प्रयोग में दिखाया था, जो उन्होंने सूट और नई कारों के साथ किया था। ज़्याँ ट्वेंज की तरह इन प्रयोगों के पीछे भी शादी की तैयारी का ही विचार था। अपनी मंगेतर के सुझाव पर लेवाव एक टेलर से सूट सिलवाने के लिए गया और वहाँ कपड़े, बटन, सिलाई आदि को पसंद करने में लग गया।

'जब तक कपड़ों के तीसरे गट्ठर तक आया तो मेरा मन हो रहा था कि आत्महत्या कर लूँ', लेवाव ने याद करते हुए कहा। 'मैं अपनी पसंद बताने की हालत में नहीं रह गया था। कुछ समय के बाद मैंने टेलर से कहा : आप क्या सुझाव देते हैं? मुझे तो कुछ भी समझ में नहीं आ रहा।'

लेवाव अपने लिए कोई सूट नहीं ख़रीद पाया (दो हज़ार डॉलर क़ीमत टैग ने बाद में जाकर पसंद को आसान बना दिया), लेकिन उसका यह अनुभव जर्मनी के क्रिश्चियन अलब्रेष्ट यूनिवर्सिटी के मार्क हिटमैन, स्विट्ज़रलैंड की यूनिवर्सिटी ऑफ़ सेंट गैलन के अंद्रेयास हरमन, तथा कोलंबिया की शीना आयंगर के कुछ शोधों में

काम आया। जिसमें एक प्रयोग यह था कि स्विट्ज़रलैंड के एमबीए के विद्यार्थियों को अपने लिए सूट का चुनाव करना था; दूसरा प्रयोग जर्मनी के एक कार डीलर के यहाँ था, जिसमें छुपकर यह देखना था कि ग्राहक अपने लिए गाड़ियों के ऑर्डर किस तरह दे रहे थे। कार के जो ख़रीदार थे, वे अपने पैसों से कार ख़रीदने के लिए नहीं आए थे, उनको गियर के चार तरह के नॉब में से एक का चुनाव करना था, तेरह तरह के टायरों और रिम में से, इंजिन और गियर बॉक्स के पच्चीस प्रकारों में से, तथा छप्पन प्रकार के रंगों में से कार के अंदरूनी रंग का चुनाव करना था।

जब उन लोगों ने कार के लिए अलग-अलग चीज़ों का चुनाव करना शुरू किया तो कुछ देर के बाद उनको निर्णय की थकान महसूस हुई तो अंत में थक हार कर उन्होंने उसी विकल्प का चुनाव किया जो कार का पहले से बना बनाया रूप था। इसमें उनको सबसे मुश्किल कार के लिए छप्पन में से एक अंदरूनी रंग के चुनाव में आई, जो लोग जल्दी में फ़ैसला लेने वाले थे, वे थक गए और उन्होंने उसी का चुनाव किया जो कार में पहले से बना बनाया रंग था। कार ख़रीदने वालों की पसंद को देखते हुए शोधार्थियों ने यह पाया कि ख़रीदारों ने अलग-अलग तरह के विकल्पों का चुनाव किया, और इसके कारण औसतन पंद्रह सौ डॉलर से अधिक का अंतर आया (उस समय के हिसाब से क़रीब दो हज़ार डॉलर)। ख़रीदार ने चमकदार रिम लेने के लिए कुछ अधिक भुगतान किया या अधिक शक्तिशाली इंजिन के लिए, यह इस बात पर निर्भर था कि उनको वह विकल्प कब दिखाया गया और उस समय तक ग्राहकों में कितनी संकल्प शक्ति बाक़ी रह गई थी। इसी तरह के परिणाम सिले-सिलाए सूट के साथ किए गए प्रयोग में भी आए : जब निर्णय की थकान हुई तो लोगों को बताया गया उन्होंने उसी को ख़रीद लिया। इससे पहले उनका सामना सबसे मुश्किल फ़ैसले से हुआ- उससे जिसमें बहुत अधिक विकल्प थे, जैसे सूट के लिए सौ तरह के कपड़ों में से चुनाव करना, इसके कारण वे बहुत जल्दी थक गए और जब आसान चुनावों से वे मुश्किल चुनाव की तरफ़ बढ़े तो उनको ख़रीदारी करने में मज़ा भी नहीं आ रहा था।

कई बार ख़रीदार चुनाव करने से इतने थक गए थे कि वे ख़रीदारी करना ही छोड़ देते थे, लेकिन जो चालाक दुकानदार होते हैं, वे निर्णय की थकान का फ़ायदा उठाने के ज़रिए तलाश करने में लगे रहते हैं, और उनकी इस रणनीति को देखने के लिए आपको अपने सुपर मार्केट से दूर कहीं जाने की ज़रूरत नहीं है। दुकान की क़तारों में घूमते हज़ारों तरह के भोजन तथा कामकाज के सामानों को ख़रीदने के बाद जब आप भुगतान करने के लिए लाइन में खड़े रहते हैं तो आपका सामना किस चीज़ से होता है? चटपटी पत्रिकाएँ और चॉकलेट। आप आवेग में आकर सामान ख़रीदने में लग जाते हैं। यह दुर्घटनावश नहीं होता है कि जिस समय आपका अपने

आवेग के ऊपर नियंत्रण सबसे कमज़ोर रहता है उसी समय आपके सामने चॉकलेट आ जाती है- और जिस समय निर्णय की थकान के कारण आपका दिमाग़ ग्लूकोज़ के लिए व्याकुल होता है।

अपने पुरस्कार का चुनाव

मान लीजिए, इस अध्याय को पूरा करने के पारितोषिक के रूप में हम आपको दो चेक देने की पेशकश करते हैं जो भरे हुए हैं और जिनके ऊपर तारीख़ पड़ी हुई है। एक चेक 100 डॉलर का है जिसका आप कल भुना सकते हैं जबकि दूसरा चेक 150 डॉलर का है लेकिन आप उसको कल के बाद एक महीने तक नहीं भुना सकते हैं। आप किसका चुनाव करेंगे?

किसी अर्थशास्त्री के लिए अभी या बाद में धन का सवाल आत्म नियंत्रण का बहुत बड़ा उदाहरण है। आमतौर पर ऐसा कोई विश्वसनीय निवेश नहीं है, जो एक ही महीने में आपकी कमाई को पचास प्रतिशत बढ़ा दे। जब तक आपके पास एक महीने में अपने धन को दोगुना करने का कोई दुर्लभ अवसर ना हो, या धन की तत्काल कोई ज़रूरत ना हो या कमाई का कोई और साधन ना हो तो आप तत्काल सौ डॉलर पाने के विकल्प का त्याग कर देंगे और डेढ़ सौ डॉलर के लिए एक महीने इंतज़ार करेंगे। इसलिए आमतौर पर भुगतान के सवाल का सही जवाब है बाद में मिलने वाला बड़ा पुरस्कार लेना चाहिए। थोड़ी देर के लालच को रोककर दीर्घ अवधि के भुगतान को जगह देना ना केवल संपत्ति का रहस्य है बल्कि सभ्यता का भी है। यह उस पहले किसान की संकल्प शक्ति ही थी कि उसने अनाज को खाया नहीं बल्कि आगे बढ़कर उसको ज़मीन में रोप दिया।

तो अनेक खाए-पिए वंशज भला क्यों डेढ़ सौ डॉलर के लिए एक महीने रुकने के बजाय तत्काल सौ डॉलर लेंगे, जैसा कि प्रयोग के दौरान बहुत से लोगों ने किया? इसका एक कारण तो यह है कि यह इस बात का एक और उदाहरण है कि किस तरह जब लोगों आत्म नियंत्रण पहले लिए गए बहुत से फ़ैसलों के कारण मंद पड़ चुका होता है तो वह जल्दबाज़ी में ऐसे ही अतार्किक फ़ैसले लेता है। ग्लूकोज़ का तत्काल सेवन इस तरह की अल्प अवधि वाली सोच को निष्प्रभावी बना सकता है, जैसा कि शोधकर्ताओं ने लोगों से यह पूछने के पहले कि वे तत्काल लेकिन कम बनाम बड़ा लेकिन बाद में मिलने वाले इनाम में से किसका चुनाव करेंगे, उनको कोल्ड ड्रिंक पिलाया।

तत्काल नग़दी लेने के विकल्प का चुनाव करने का एक और कारण उभरकर सामने आया मैकमास्टर यूनिवर्सिटी के मार्गो विल्सन एवं मार्टिन डेली के शोध में।

इन विकासवादी मनोवैज्ञानिकों ने लड़के लड़कियों से यह पूछते हुए प्रयोग की शुरुआत की कि वे कल के भुगतान तिथि के चेक या बाद की किसी तिथि को भुगतान किए जाने वाले लेकिन बड़ी राशि के चेक में से किसी एक का चुनाव करें। इसके बाद ज़ाहिर है कि प्राथमिकता को मापने के लिए किए जाने वाले प्रयोग के हिस्से के रूप में लोगों से यह कहा गया कि वे लोगों की और कारों की तसवीरें देखें। आदमियों की तसवीरें hotornot.com से ली गई, इस वेबसाइट पर लोग अपनी तसवीरें जमा करते हैं और फिर उनके आकर्षण को दस बिंदु के स्केल पर देखा जाता है। जिनके ऊपर प्रयोग किया जा रहा था, उनमें से कुछ लड़के-लड़कियों ने विपरीत लिंग के व्यक्ति की ऐसी तसवीरों को देखा जिनकी रेटिंग 9 से ऊपर बेहद हॉट के रूप में की गई थी; कुछ प्रतिभागियों ने 5 के आसपास की रेटिंग वाले लोगों की तसवीरें देखी। कुछ प्रतिभागियों ने कारों की तसवीरों को रेटिंग दी, कुछ ने महँगी कारों को देखा जबकि कुछ पुरानी कारों को देख रहे थे।

इसके बाद एक बार फिर से सभी प्रतिभागियों से पूछा गया कि वे तत्काल इनाम या बाद में बड़ी राशि का इनाम, इनमें से किसी एक का चुनाव करें। इसके बाद शोधकर्ताओं ने उनके द्वारा दिए गए उत्तरों की तुलना की, ताकि इस बात का पता लगाया जा सके कि उन तसवीरों को देखने से इनाम की उनकी प्राथमिकता में किसी तरह का बदलाव तो नहीं आया। कार की तसवीरों का लड़कों के ऊपर किसी तरह का असर नहीं पड़ा, केवल कुछ स्त्रियों के ऊपर इसका हल्का प्रभाव पड़ा : जिन स्त्रियों ने महँगी कारों को देखा था, उनमें तत्काल इनाम लेने की प्रवृत्ति बढ़ गई। कोई चाहे तो यह सोच सकता है कि चमकदार कार को देखकर स्त्रियाँ तत्काल संतोष पाने के लिए कुछ अधिक बेचैन हो गई, लेकिन यह बदलाव इतना छोटा था कि शोधकर्ताओं ने इस आधार पर किसी तरह का निष्कर्ष निकालने से मना कर दिया। जिन स्त्रियों के ऊपर प्रयोग किया गया था, वे पुरुषों की तसवीरें देखने से कम प्रभावित हुई। बहुत आकर्षक पुरुष को देखने या कम आकर्षक पुरुष को देखने से उनके फ़ैसले के ऊपर किसी तरह का प्रभाव नहीं पड़ा। ना ही कम आकर्षक स्त्री की तसवीर को देखकर पुरुषों के फ़ैसले में किसी तरह का कोई बदलाव आया।

लेकिन एक समूह में नाटकीय रूप से बदलाव आया : जिन पुरुषों ने आकर्षक महिलाओं की तसवीरें देखी थीं, वे भविष्य में बड़ी राशि का भुगतान लेने के बजाय तत्काल इनाम लेने की दिशा में तत्पर हो गए। कहने का मतलब यह है कि आकर्षक स्त्री को देखकर पुरुषों को तत्काल नगदी लेने की ख़्वाहिश जाग उठी। उन लोगों ने भविष्य के बजाय वर्तमान पर ध्यान एकाग्र करना ज़रूरी समझा। इस प्रभाव की शायद गहरी जड़ें हमारी मानसिकता तथा विकासवादी अतीत में है। आधुनिक डीएनए से इस बात का पता चला है कि अतीत में अधिकतर पुरुषों ने अपने पीछे

कोई बड़ी अंश परंपरा नहीं छोड़ी– उनके पिता बनने की संभावना आम स्त्री के मुक़ाबले आधी ही होती है। (क्योंकि हर उर्वर कुल पुरुष, जैसे चंगेज़ ख़ान, के कारण बहुत से अनेक पुरुषों की वंश परम्परा समाप्त हो गई)। आज के पुरुष इन थोड़े से पुरुषों के वंशज हैं, जो अपने वंश को आगे बढ़ा पाए, और ऐसा लगता है उनका मस्तिष्क ऐसे किसी भी अवसर के लिए तत्काल उत्तर देने के लिए तैयार रहता था, जिससे वे अपने वंश को बढ़ा सके। कुछ अन्य अध्ययनों से यह पता चला है कि किसी सुंदर स्त्री को देखकर पुरुष के दिमाग़ का वह हिस्सा सक्रिय हो जाता है जो दिमाग़ के उस हिस्से से भी जुड़ा होता है जो नगदी इनाम या मिठाई को देखकर सक्रिय हो जाता है। अतीत में यह हो सकता है किसी सुंदर स्त्री को देखकर अपने संसाधनों का तत्काल प्रदर्शन करने से विकासवादी लाभ हो सकता था, लेकिन आज भी हो सकता है कि यह कुछ मामलों में कारगर हो जाए, ख़ासकर तब जब आपको ऐसा लगता हो कि अगर आपके पास कार हो तो स्त्री का फ़ैसला बदल जा सकता है। साफ़ है कि कार तथा अन्य प्रकार की चीज़ों को बेहतर बनाते रहना भी बाज़ार की रणनीति है। विज्ञापन एजेंसियों ने तो बहुत पहले ही इस बात को समझ लिया था कि अगर किसी आलीशान चीज़ को किसी सुंदर स्त्री के बग़ल में रखकर दिखाया जाए तो बहुत संभावना होती है कि पुरुष उसके झाँसे में आ जाएँ।

लेकिन आमतौर पर इस तरह से अल्प अवधि के लिए सोच को जीवन के लिए कोई बड़ी रणनीति नहीं कही जा सकती है – ना ही संपत्ति से प्रभावित करने वाले जीवन साथी के लिए। गायिका मैडोना का वह गीत याद है 'मैटेरियल गर्ल': 'वही लड़के को अपनी पेनीज को बचाएँगे/आगे चलकर मेरे काम आएँगे।' इसलिए अगर आप पुरुष हैं और कोई महत्त्वपूर्ण वित्तीय निर्णय लेना चाहते हैं संख्या पर ध्यान दीजिए स्त्री पर नहीं। और अगर आप अपनी छवि को सजग रहने वाले अधिकारी हैं जिनकी संकल्प शक्ति दिन भर तरह तरह के फ़ैसले लेने के कारण मंद पड़ चुकी है तो आपको निश्चित रूप से भविष्य को लेकर कोई योजना नहीं बनानी चाहिए – या ऐंपरर्स क्लब वीआईपी पर तसवीरें देखकर लंबी अवधि की कोई योजना नहीं बनानी चाहिए।

5

सारे डॉलर कहाँ गए?

परिमाणित आत्म को पता है

मैं ऐसे किसी आदमी से कभी नहीं मिला जो इतना आलसी हो कि अपने मामले और हिसाब किताब को ना देख पाता हो, जो मुश्किल में नहीं आया हो; या वह जो आदतन आर्थिक संकट में रहता हो, जो शायद ही कभी सत्कार योग्य =होता है और ईश्वर ना करे कि आपका भाग्य कभी ऐसा हो।

– चार्ल्स डार्विन अपने बेटे को लिखे पत्र में, साथ में एक चेक भी था जो उस नौजवान के कर्ज़ को उतारने को लेकर था

लोग अकाउंटेंट नहीं बनना चाहते।

– आरोन पाट्ज़र, Mint.com के संस्थापक

बहुत समय नहीं हुआ, जब एक खर्चीले आदमी ने अपने क्रेडिट कार्ड के बिल को चुकाने के लिए शोधकर्ताओं के एक दल से मदद माँगी थी, जो स्वयं को न्यूरोअर्थशास्त्री कहते थे। वे लोग उन लोगों के दिमाग़ के ऊपर नज़र रख रहे थे जो ख़रीदारी कर रहे थे – वे उतनी नज़दीकी से यह अध्ययन कर रहे थे जितनी नज़दीकी से स्टैनफ़ोर्ड यूनिवर्सिटी की प्रयोगशाला में एमआरआई मशीन अध्ययन करता है। जब लोग इलेक्ट्रॉनिक सामान, किताबों, तथा सजावट के सामानों को ख़रीदने के बारे में सोच रहे थे, तो वे शोधार्थी उनके दिमाग़ के इंसुला क्षेत्र का क़रीबी से अध्ययन कर रहे थे। जब आप कुछ अप्रिय सुनते हैं, तो दिमाग़ के इस हिस्से की बत्ती जल जाती है, ठीक ऐसा ही तब भी होता है जब अध्ययन के दौरान

एक कंजूस आदमी ने सामानों की क़ीमत के बारे में जाना। लेकिन जब कोई खर्चीला आदमी उन्हीं चीज़ों की ख़रीदारी के लिए गया तो उसके दिमाग़ के उस हिस्से में उस तरह की अरुचि दर्ज नहीं हुई- तब भी नहीं, जब उस आदमी के दिमाग़ ने यह तय किया कि मेहनत की कमाई की अच्छी ख़ासी राशि उस 'मूड घड़ी' पर ख़र्च कर दिया जाए जो रंग बदलती थी।

धन के साथ न्याय को लेकर उम्मीद की एक किरण एक अलग तरह के प्रयोग में सामने आई, जो एक विशेष आदमी के आग्रह पर किया गया था जो बेहद खर्चीला था, लेकिन इस बात के लिए उसको पश्चाताप भी रहता था। स्पष्ट रूप से बताऊँ तो वह खर्चीला आदमी था टायरनी, जिसको बाद में बॉमाइस्टर ने आत्म नियंत्रण सिखाना शुरू कर दिया। निश्चित रूप से एमआरआई टेस्ट से उसके ख़र्चीले होने का खुलासा इस बात से हुआ कि जब वह उस इलेक्ट्रॉनिक उपकरण पर धन ख़र्च करने के लिए तैयार रहता था जिसकी उसको ज़रूरत भी नहीं रहती थी, क्योंकि उसके दिमाग़ का इंसुला वाला हिस्सा निर्लिप्त बना रहता था। इसलिए बाद में शोधार्थियों ने इसमें हस्तक्षेप करने की कोशिश की। उन लोगों ने टायरनी के सामने उसके हाल के वीज़ा बिल को लहराया ताकि उसकी प्रतिक्रिया को जाना जा सके! बाद में जाकर, दिमाग़ के उस हिस्से में थोड़ी सी खिन्नता का आभास हुआ। शोधार्थियों ने बताया कि जब वह 2,178.23 डॉलर के उस बिल के बारे में सोच रहा था, तो उसके दिमाग़ के उस हिस्से में थोड़ी सी हरकत हुई थी। मतलब यह कि डॉलर की बात आने पर उसका दिमाग़ पूरी तरह से निर्लिप्त नहीं रहता था।

यह राहत की बात थी, लेकिन इस खोज का उपयोग किस तरह से किया जा सकता था? किस तरह से स्टैनफ़ोर्ड के शोधार्थी उसके साथ मॉल में जाएँ और उसको उसका वह बिल दिखाते रहें जिसका उसने अभी तक भुगतान नहीं किया था, क्या किसी ख़र्चीले इंसान को यह सोचने पर विवश किया जा सकता था कि उसके ख़र्चीलेपन का क्या प्रभाव हो सकता था? उसके लिए इसका बहुत स्पष्ट समाधान यह था कि वह अपना बजट बनाकर रखे तथा अपने ख़र्चे के ऊपर नज़र रखे, उसी तरह जिस तरह चार्ल्स डार्विन ने अपने ख़र्चीले बेटे को सलाह दी थी। लेकिन यह कहना तो आसान था, लेकिन कर पाना नहीं, तब जाकर आरोन पट्ज़र उससे जुड़े।

पट्ज़र अगर चार्ल्स डार्विन का बेटा रहा होता तो उनको अच्छा लगा होता- वह एक एक पाई का हिसाब रखने वाला था और किशोर उम्र से ही अपना हिसाब-किताब रखता था। फिर इतवार के दिन पूरी ज़िम्मेदारी के साथ क्विकेन सॉफ़्टवेयर के साथ ख़रीदारी करता। लेकिन एक बिंदु ऐसा आया, जब वह सिलिकॉन वैली में वह सॉफ़्टवेयर के क्षेत्र में एक स्टार्ट अप के लिए काम कर रहा था तो उसने अपने ख़र्चे का हिसाब रखना छोड़ दिया, और जब वह एक दिन अपने ख़र्चे के

हिसाब करने बैठा तो उसके सामने सैकड़ों तरह के बहाने बनाने पड़ते। तब उसको यह सूझा कि अपना समय बिताने का कोई बेहतर तरीक़ा ढूँढ़ना चाहिए। क्यों ना कंप्यूटर उसके लिए यह काम करे? क्यों ना वह बाहर से यह काम करवा ले? क्या सिलिकॉन चिप इस तरह के कामों के लिए काम में नहीं लाया जा सकता? जिसका नतीजा थी mint.com जैसी कंपनी। कंपनी इतनी सफल रही कि दो साल के अंदर इस कंपनी को इंट्यूट ने ख़रीद लिया, जिसने क्विकेन सॉफ़्टवेयर का निर्माण किया।

मिंट के कंप्यूटर अभी क़रीब साठ लाख लोगों के वित्त का हिसाब-किताब रख रहे थे, जिसके कारण इसको आत्म नियंत्रण की दिशा में इसको आज तक का दूसरा सबसे बड़ा अभ्यास माना जाता है : व्यवहार की निगरानी का। कृत्रिम बुद्धि के इतिहास में यह एक उत्साहवर्धक विकास है। जिस तरह से अनेक कंपनियाँ आपके जीवन से जुड़े बहुत से पहलुओं की इलेक्ट्रॉनिक रूप से निगरानी करते हैं - जैसे आपका वज़न कितना है, आप कैसी नींद सोते हैं, आप कितना व्यायाम करते हैं, लेकिन Mint.com कंप्यूटर की मदद से नितांत मानवीय काम करते हैं। जब से *फ्रैंकेस्टाइन* साइंस फ़िक्शन के लेखकों ने इस बात की कल्पना की है कि कृत्रिम बुद्धि को एक दिन अपनी शक्ति का पता चल जाएगा और वे अपने निर्माताओं के ही ख़िलाफ़ हो जाएँगी। राजनीति के ऊपर लिखने वाले इस बात को लेकर चिंतित हैं कि जिस तरह से चारों तरफ़ कंप्यूटर से निगरानी की जा रही है, उसका नतीजा क्या होगा- कहा जा रहा है कि बिग ब्रदर इज वॉचिंग! लेकिन अब कंप्यूटर स्मार्ट होते जा रहे हैं, अब उनमें से बहुत सारे हमें देखते रहते हैं, लेकिन अभी तक उनको अपना ज्ञान नहीं हुआ है और वे हम से हमारी शक्ति नहीं छीन रहे। बल्कि हमें और आत्म सजग बनाकर वे हमारी ताक़त को बढ़ा रहे हैं।

पशुओं में आत्म सजगता का गुण विशेष होता है। कुत्ते शीशे में अपनी परछाई को देखकर गुस्से में भौंकने लगता है, क्योंकि उसको यह समझ नहीं है कि वह उसी की परछाई है, इसी तरह से अधिकतर पशुओं के साथ होता है, जब वे आईने में अपनी परछाई को देखते हैं, उनको कुछ समझ में नहीं आ रहा होता है। पहले तो गंधहीन डाई से पशु के शरीर पर धब्बे बनाए गए, फिर उसको आईने के सामने रख दिया गया जिससे कि वह अजीब रंग के धब्बे को देखे। परीक्षण में यह देखना था कि क्या वह पशु उस धब्बे को छूकर या किसी और तरह से यह समझ पाता है कि यह धब्बा उसके अपने ही शरीर पर है (जैसे शरीर को मोड़कर उस धब्बे को देखने की कोशिश करना)। चिम्पांज़ी तथा दूसरे बंदर इस परीक्षा में पास कर गए, इसी तरह डॉल्फिन भी पास कर गईं, हाथी, तथा कुछ अन्य पशु भी, लेकिन अधिकतर पशु इस परीक्षा में फ़ेल हो गए। अगर वे अपने धब्बे को छूना भी चाहते थे तो वे अपने शरीर के बजाय आईने के पास पहुँच गए। नवजात शिशु भी इस परीक्षा में पास नहीं

हुए, लेकिन अपने दूसरे जन्मदिन के दिन इनमें से अधिकतर बच्चे पास हो गए। अगर इन बच्चों को यह पता नहीं चला कि उनके माथे पर धब्बा लगाया गया है, लेकिन जैसे ही आईने में उन्होंने परछाई देखी तो उन्होंने हाथ बढ़ाकर अपने माथे को छू लिया, वह भी अक्सर हैरानी के साथ। और यह आत्म सजगता का शुरुआती दौर होता है। कुछ समय बाद किशोरावस्था में आते-आते यह लक्षण अभिशाप में बदल जाएगा। एक तरह से बचपन का जो उन्मुक्त आत्मविश्वास है, वह किशोरावस्था की शर्मिंदगी के सामने घुटने लगेगा, क्योंकि किशोर अपनी कमियों को लेकर बहुत संवेदनशील होते हैं। वे आईने में देखकर वही सवाल पूछते हैं जो मनोवैज्ञानिक दशकों से अध्ययन करते रहे हैं : क्यों? ऐसी आत्म सजगता का क्या मतलब है, जब उसके कारण आप दुखी महसूस करने लगें?

मैं आत्म सजग हूँ इसलिए मैं...?

1970 के दशक में सामाजिक मनोवैज्ञानिक जो आत्म सजगता की अवस्था को लेकर काम कर रहे थे, उनको तब यह बात समझ में आने लगी कि आत्म सजगता का इंसानों में विकास क्यों हुआ। जो शोधकर्ता इसके पुरोधा कहलाए, रॉबर्ट विकलुंड और सेली दुवाल, उनके सहकर्मियों ने शुरू में उनका मज़ाक़ उड़ाया, क्योंकि उनको लगता था कि यह अध्ययन पुराने ढंग का है और वैज्ञानिक नहीं है। लेकिन इसके परिणाम इतने आकर्षक थे कि उनको नज़रअंदाज़ कर पाना मुश्किल था। जब लोगों को आईने के सामने खड़ा कर दिया जाता या उनसे यह कहा जाता कि उनकी गतिविधियों की फ़िल्म बनाई जा रही है तो सुनते ही उनका व्यवहार बदलने लगता। इन आत्म सजग लोगों ने प्रयोगशाला में दिए गए कामों को जमकर किया। उन्होंने सवालों के अधिक वैध जवाब दिए (इसका अर्थ यह है कि उनके जवाब वास्तविक व्यवहार के अधिक क़रीब थे। वे जो कर रहे थे, उसको बहुत सतत रूप से कर रहे थे, और वे जो कर रहे थे, वे उनके मूल्यों के साथ अधिक सतत थे।

इसमें एक परिपाटी ऐसी थी, जो विशेष रूप से अलग से दिखाई दे रही थी। हो सकता है कि कोई आदमी मेज़ को देखे और *उसके बारे में इससे अधिक कुछ न सोचे कि अच्छा यह मेज़ है।* लेकिन आत्म को शायद ही इस तटस्थ तरीक़े से देखा गया। जब भी लोगों ने अपने ऊपर ध्यान केंद्रित किया तो ऐसा लगा जैसे तो वे उसकी तुलना अपने उस विचार से करने लगे कि उनको किस तरह का होना चाहिए। जब कोई आदमी शीशे में अपनी तसवीर देखता है तो यह केवल यही सोचकर नहीं रुक जाता कि अरे यह तो मैं हूँ। बल्कि बहुत संभावना रहती है कि वह आदमी यह सोचने लगे कि अरे मेरे बाल कितने बिखरे हुए हैं, *या मेरे ऊपर*

यह कमीज़ कितनी अच्छी लग रही है, या मुझे सीधा खड़ा होना याद रहना चाहिए, या फिर यह कि मैं मोटा हो गया हूँ? आत्म सजगता ऐसा लगता है कि हमेशा यह बात शामिल होती है कि हम अपनी तुलना अपने इन विचारों से करने लगते हैं कि हमको कैसा होना चाहिए।

दोनों मनोवैज्ञानिक इन विचारों के लिए एक शब्द लेकर आए : मापदंड। आत्म सजगता का मतलब होता है अपने आपकी तुलना अपने मापदंड के साथ करना। शुरुआत में ऐसी मान्यता थी कि मापदंड आमतौर पर आदर्श विचार होते हैं जिनसे सर्वश्रेष्ठ रूप बनता है। इससे यह नतीजा निकला कि आत्म सजगता हमेशा ही अरुचिकर होती है, क्योंकि आत्म कभी सर्वश्रेष्ठ रूप में नहीं होता है। विकलुंड तथा दुवाल कई साल तक यही मानते रहे, कि आत्मसजगता आंतरिक रूप से अरुचिकर होती है। कुछ तरह से यह स्वीकार्य भी लग रहा था - विशेष रूप से अगर आप किशोरों की चिंता को समझने की कोशिश करें तो विकासवादी नज़रिये से यह सही ही लग रहा था। हमारे पूर्वजों ने असंभव मापदंड को क्यों बनाए रखा? बुरा महसूस करने का विकासवादी नज़रिये से क्या फ़ायदा था? सबसे बढ़कर यह विचार की आत्मसजगता आंतरिक रूप से अरुचिकर होती है, इस बात के साथ मेल नहीं खाता है जब बहुत से ऐसे व्यक्ति को किशोर नहीं होते हैं, जब आईने में अपने आपको देखते हैं तो उनको इससे आनंद महसूस होता है। आगे हुए शोध ने यह भी दिखाया कि लोग अपनी तुलना किसी औसत व्यक्ति के साथ करके ख़ुश महसूस करते हैं- औसत व्यक्ति यानी वह इंसान जिसके बारे में हम सभी यह सोचना पसंद करते हैं कि वह हमसे कमतर है। हम लोगों को अक्सर इस बात से भी ख़ुशी महसूस होती है, जब हम अपने वर्तमान रूप की तुलना अपने पूर्व रूप से करते हैं, क्योंकि सामान्य रूप से हमारा ऐसा मानना होता है कि हम उम्र से साथ विकसित होते जाते हैं(चाहे हमारे शरीर में कपड़े फ़िट नहीं हो पा रहे हों)।

फिर भी लोग अधिकतर अपनी तुलना सामान्य मानकों से करते हैं, जिससे उनको अच्छा महसूस होता है, यह मनुष्य की आत्म सजगता के विकास की व्याख्या नहीं करता। प्रकृति इस बात की चिंता नहीं करती है कि आपको अच्छा महसूस हो रहा है। यह ऐसी प्रवृत्तियों का चयन करती है जो उत्तरजीविता एवं प्रजनन को बेहतर बनाता है। इसके लिए आत्म सजगता की क्या आवश्यकता है? इसका सबसे अच्छा जवाब आया मनोवैज्ञानिकों चार्ल्स कार्वर एवं माइकल शीयर जो बहुत महत्त्वपूर्ण सूझ के साथ सामने आए : *आत्म सजगता इसलिए उभर कर आई, क्योंकि इससे आत्म विनियमन में मदद मिलती है।* उन लोगों ने अपने प्रयोग उन लोगों का अवलोकन करते हुए किए जो मेज़ पर बैठे हुए थे, जहाँ एक आईना भी था। वह आईना सजावट की सामग्री की तरह लग रहा था- जिसके बारे में लोगों को बताना भी मायने नहीं रखता था- लेकिन फिर भी उसकी वजह से उनके

व्यवहार में बहुत अंतर आ गया। जब लोग अपने आपको आईने में देखते हैं तो बहुत संभावना इस बात की रहती है कि वे अपने आंतरिक मूल्यों का अनुसरण करते हैं, बजाय किसी और के आदेश का पालन करने के। जब यह निर्देश दिया जाता है कि सामने वाले इंसान को झटका दो तो आईने को देखकर लोग उस नियंत्रित समूह के मुक़ाबले अधिक संयत और कम आक्रामक हो जाते हैं, जो आईने के सामने नहीं होते। आईने को देखकर लोगों को लगता है कि उनको अपना काम अधिक मेहनत से करना चाहिए। जब कोई उनके साथ ज़ोर-ज़बरदस्ती करता है कि वे किसी चीज़ के बारे में अपनी राय बदल लें तो इस बात की संभावना बहुत अधिक होती है कि वे उस ज़ोर– ज़बरदस्ती का विरोध करें एवं अपनी राय पर क़ायम रहें।

एक साल हैलोवीन के अवसर पर एक प्रयोग में भूत बनकर घर घर घूमने वाले बच्चे एक मनोवैज्ञानिक के घर गए जिसने उन बच्चों के नाम पूछे और उनको बग़ल के एक कमरे में जाने का निर्देश दिया और उनसे कहा कि वे केवल एक कैंडी लें। उस कमरे में मेज़ पर कैंडी भरे अनेक कटोरे रखे हुए थे, और बच्चे आसानी से उनकी आज्ञा का उल्लंघन कर सकते थे और इससे कुछ होता भी नहीं– जो उनमें से अनेक लोगों ने किया भी, क्योंकि आईना दीवार की दूसरी तरफ़ लगा हुआ था। लेकिन अगर आईना सामने की तरफ़ होता और वे बच्चे उसमें आपने आपको देख पाते तो बहुत संभावना इस बात की रहती कि वे अपने लोभ के ऊपर क़ाबू कर लेते। जबकि वे हैलोवीन के कपड़ों में थे, यानी वेश बदलकर थे, लेकिन तब भी वे इतने सजग होते कि सही काम करते।

आत्म सजगता एवं आत्म नियंत्रण के बीच के सूत्र को एक और प्रयोग में भी दिखाया गया, जो वयस्कों एवं शराब के साथ किया गया था। शोधार्थियों ने यह पाया कि शराब पीने का एक बड़ा प्रभाव यह था कि इसके कारण लोग जो कर रहे होते हैं, उसके ऊपर उनका वश नहीं रह जाता है। जैसे ही शराबी आदमी की आत्म सजगता में कमी आती है, उनका अपने ऊपर क़ाबू नहीं रह जाता है, इसलिए वे और अधिक लड़ाई करने लगते हैं, अधिक सिगरेट पीने लगते हैं, अधिक खाने लगते हैं, बड़ी-बड़ी भूलें करते हैं और फिर अगले दिन बहुत सारे अफ़सोसों के साथ जागते हैं। हैंगओवर का एक मुश्किल हिस्सा यह है कि इससे आत्म सजगता वापस आ जाती है, और तब हम सामाजिक जीव के महत्त्वपूर्ण काम की शुरुआत करते हैं : अपने व्यवहार की तुलना अपने लिए तथा अपने पड़ोसियों के लिए बनाए मानकों से करते हैं।

नज़र बनाए रखने का मतलब यह जानने से कहीं अधिक होता है कि चीज़ें कहाँ हैं। इसका मतलब यह जानना है कि चीज़ों को जैसा होना चाहिए था, उसके मुक़ाबले वे कैसी हैं। हमारे पूर्वज ऐसे समूह में रहते थे जिसमें ऐसे

लोगों को पारितोषिक दिया जाता था, जो सामान्य मूल्यों, मानकों एवं आदर्शों के अनुरूप जीवन को जीते थे। इसलिए जो लोग अपने कर्मों को उन मानकों के अनुसार संयोजित कर पाए, उन लोगों ने वैसे लोगों से बेहतर प्रदर्शन किया, जो अपने सामाजिक बर्ताव को लेकर बेख़बर थे। अपने मानकों के हिसाब से अपने निजी बर्ताव को बदलने के लिए संकल्प शक्ति की ज़रूरत होती है, लेकिन आत्म सजगता के बग़ैर संकल्प शक्ति वैसे ही बेकार है, जैसे किसी अंधे आदमी द्वारा चलाया जाने वाला तोप। इसी वजह से हमारे पूर्वजों के अंतर्जात गुण के रूप में आत्म सजगता का विकास हुआ और आज के इस छल-कपट भरे माहौल में भी इसका विकास हो रहा है।

परिमाणित आत्म

एंथनी ट्रॉलोप का ऐसा मानना है कि एक दिन में तीन घंटे से अधिक लिखना फ़िज़ूल होता है और वे इसकी सलाह भी नहीं देते। वे साहित्य के इतिहास में सबसे महान और सबसे अधिक लिखने वाले लेखकों में माने जाते हैं, जबकि वे ब्रिटिश पोस्ट ऑफ़िस में पूर्णकालिक नौकरी भी करते रहे। वह सुबह साढ़े पाँच बजे उठते, आधा घंटा समय एक दिन पहले लिखी गई रचना को पढ़ने में लगाते जिससे कि वे लिखने के उसी भाव को पकड़ सकें। उसके बाद वे सामने घड़ी रखकर ढाई घंटे तक लगातार लिखते। वह हर हाल में हर पंद्रह मिनट में 250 शब्द लिखते। इस बात को निश्चित करने के लिए वे शब्दों को गिनते भी थे। 'मैंने यह पाया कि घड़ी की सुई के साथ पंद्रह मिनट में ढाई सौ शब्द अपने आप आ जाते', उन्होंने बताया। इसी दर से लिखते हुए वे नाश्ते के समय तक 2500 शब्द लिख लेते थे। लेकिन वे यह उम्मीद नहीं कर सकते थे कि ऐसा रोज़ाना हो, क्योंकि कई बार काम काज की ज़िम्मेदारी आ जाती तो कई बार कुछ और काम आ जाता- लेकिन वे इस बात को निश्चित करते थे कि हर सप्ताह अपने लक्ष्य को पूरा कर लें। अपने हर उपन्यास के लिए वे एक शेड्यूल बनाते थे, सप्ताह में दस हज़ार शब्द लिखने की योजना बनाते, और इसके लिए डायरी रखते थे।

'डायरी में मैं रोज़ाना यह दर्ज़ करता था कि मैंने कितने पन्ने उस दिन लिखे, जिससे कि अगर लिखने में एक या दो दिन का आलस हो जाए तो वह भी वहाँ दर्ज हो जाए, और मुझे घूर-घूर कर कहता रहे कि मुझे और मेहनत करने की ज़रूरत थी, जिससे कि जो कमी हो उसका पूरा किया जा सके', वे बताते। 'मेरे सामने सब कुछ दर्ज रहता था, और अगर किसी सप्ताह मैं पर्याप्त पन्ने नहीं लिख पाता था तो मेरी आँखों को चुभने लगता था और अगर एक महीने ऐसा हो जाता तो दिल दुखता था।'

मेरी आँखों को चुभने लगना। मनोवैज्ञानिक साहित्य में आपको ऐसा कुछ नहीं मिलेगा जिसमें निगरानी के प्रभाव के सार रूप को इतने जीवंत रूप में रखा गया हो। ट्रॉलोप ऐसे समाज विज्ञानी थे जो अपने समय से आगे थे। अपने काम करने की इस तकनीक के बारे में उनका यह खुलासा उनके मरणोपरांत उनकी आत्मकथा में प्रकाशित हुआ था, इसके प्रकाशन के बाद उनकी साहित्यिक प्रतिष्ठा धूमिल हो गई। आलोचक और दूसरे लेखक-ख़ासकर ऐसे लेखक जो समय पर अपना काम पूरा नहीं कर पाते थे- उनके काम करने के इस तरीक़े से अचंभित हो गए। आख़िर कोई कलाकार इस तरह से घड़ी रखकर किस तरह काम कर सकता है? प्रेरणा को किस प्रकार से दिनचर्या में ढाला जा सकता है और उनकी निगरानी की जा सकती है? लेकिन ट्रॉलोप ने अपनी आत्मकथा में इस बात का अनुमान लगा लिया था कि उनकी आलोचना की जाएगी।

'मुझे यह बताया गया कि इस तरह के उपकरणों का इस्तेमाल करना किसी जीनियस आदमी के दर्जे को नीचा कर देता है', उन्होंने लिखा। 'मैंने तो अपने आपको कभी जीनियस माना ही नहीं, लेकिन अगर मैं अगर ऐसा होता तो भी मुझे लगता है कि मैंने अपने आपको इन बंधनों से बाँधा होता। निश्चित रूप से ऐसा मज़बूत कोई क़ानून नहीं होता है जिसका उल्लंघन नहीं किया जा सके। पानी की बूँदों में इतनी ताक़त होती है कि पत्थर पर निशान पड़ जाते हैं। थोड़ा-थोड़ा सा ही सही लेकिन अगर नियमित रूप से किया जाता है तो वह अनियमित रूप से किए जाने वाले कठिन से कठिन श्रम को भी पछाड़ देता है।' ट्रॉलोप की बातों में विरोधाभास था- कुछ लोग घंटे भर में बहुत सुंदर 1,000 शब्द लिख सकते हैं - और अगर उन्होंने स्वयं कुछ ठहर ठहर कर लिखा होता तो उनको इसका लाभ हुआ होता(और बीच बीच में 250 शब्दों के विषयांतर को कभी कभी जाने दिया होता)। लेकिन फिर भी उन्होंने *बार्चेस्टर टॉवर्स* तथा *द वे वी लिव नाउ* जैसी उल्लेखनीय कृतियों की रचना की। जबकि अनेक लेखक पैसों की चिंता में लगे रहे और समय पर प्रकाशकों को अपनी किताबों के अध्याय देने के लिए संघर्ष करते रहे, जबकि ट्रॉलोप समय सीमा से आगे चलते रहे और समृद्ध होते गए। जब उनका एक उपन्यास धारावाहिक प्रकाशित हो रहा होता था तो आम तौर पर कम से कम उनका एक और उपन्यास तैयार रहता था, अक्सर दो या तीन उपन्यास प्रकाशन की प्रतीक्षा में रहते थे।

'अपने पूरे साहित्यिक जीवन के दौरान मुझे इस बात का ख़तरा कभी महसूस नहीं हुआ कि मुझे अपने काम में देरी हो जाएगी', उसने लिखा। 'मुझे अपने लिखे को लेकर किसी तरह की चिंता नहीं रहती थी। जितने पन्ने ज़रूरी होते थे - उनके अधिक- बहुत अधिक पन्ने मेरे बगल की दराज़ में पड़े रहते थे। और इसमें मेरे काम आई वह छोटी डायरी, जिसमें तारीख़ें लिखी होती थीं, उसमें सब कुछ दर्ज रहता था कि प्रकाशन जगत से दैनिक, साप्ताहिक माँग कितनी थी।'

उन्नीसवीं शताब्दी के लिहाज़ से घड़ी और डायरी बहुत आधुनिक साधन थे, और जो उसके मक़सद के हिसाब से बहुत कारगर थे। लेकिन जरा कल्पना कीजिए कि काग़ज़ पर कलम से लिखने के बजाय अगर उसने कंप्यूटर पर काम किया होता। मान लीजिए कि किसी दिन उसको लिखने के अलावा सोलह और तरह के काम कंप्यूटर पर करना पड़ा होता और क़रीब चालीस वेबसाइट देखनी पड़ी होतीं। हर 5.2 मिनट पर उसको किसी न किसी मैसेज से बाधा आई होती। ऐसे में उनकी घड़ी उनके काम आई होती? उनकी डायरी किस तरह से उनके कामों का हिसाब-किताब रखती?

उनको नए साधन की ज़रूरत पड़ी होती, रेस्क्यू टाइम जैसे किसी प्रोग्राम की, जो किसी उपयोगकर्ता द्वारा कंप्यूटर के उपयोग किए गए एक एक मिनट का हिसाब रखता है। उपयोगकर्ता को बाद में इसकी रपट मिल जाई है कि उन्होंने किस तरह से समय व्यतीत किया- अक्सर यह जानना बहुत निराशाजनक होता है। ऊपर के अनुच्छेद में कंप्यूटर उपयोग संबंधी जो आँकड़े दिए गए हैं, उनका संकलन रेस्क्यू टाइम ने लाखों उपयोगकर्ताओं के कंप्यूटर उपयोग के औसत के आधार पर तैयार किया है। रेस्क्य ूटाइम के संस्थापक टोनी राइट को इस बात से बहुत हैरानी हुई कि उनका क़रीब एक तिहाई दिन समय ऐसी वेबसाइटों को देखने में ही चला जाता था जिसका उसके मूल काम से कुछ लेना-देना ही नहीं था। वेबसाइटों पर वह कुछ मिनटों के लिए ही जाता था, लेकिन कुल मिलाकर रोज़ाना उसका ढाई घंटे का समय इसमें चला जाता था।

इस तरह की ट्रैकिंग या इस तरह से नज़र रखना कुछ लोगों को जॉर्ज ओर्वेल के उपन्यास जैसा लग सकता है, लेकिन यह सिलिकॉन वैली के सबसे तेज़ी से विकसित हो रहे उद्योगों में से एक का हिस्सा है। स्मार्टफ़ोन तथा अन्य तरह के उपकरणों की लोकप्रियता का मतलब यह हुआ कि लोग इंटरनेट से जुड़े रहने में अधिक से अधिक समय बिताने लगे हैं, और इसके कारण वे रोज़ रोज़ के अपने कामकाज पर नज़र रखने में अधिक समय बिताने लगे हैं : वे क्या खाते हैं, वे चलने में कितनी दूरी तय करते हैं, वे कितना दौड़ते हैं, कितनी कैलोरी वे इस सबमें ख़र्च कर लेते हैं, उनके दिल की धड़कन में किस तरह अंतर रहता है, उनको कैसी नींद आती है, उनका दिमाग़ कितनी तेज़ी से काम करता है, उनके मिज़ाज में किस तरह से बदलाव आता है, वे सेक्स कितना करते हैं, उनके ख़र्चों को प्रभावित करने वाले कारक कौन से हैं, वे अपने माता-पिता को कितनी बार फ़ोन करते हैं, काम करने में उनकी कितनी देरी होती है।

2008 में केविन केली और गैरी वुल्फ़ ने Quantifi ed Self नाम से एक वेबसाइट बनाई, जो उपयोगकर्ताओं को आत्म नियंत्रण के लिए तकनीक उपलब्ध

करवाता है। परिमाणीकरण का यह आंदोलन बहुत छोटा तथा बहुत हद तक बेवकूफ़ाना है, लेकिन अभी से इसका विस्तार सिलिकॉन वैली के बाहर तक हो चुका है तथा दुनिया भर में इसके प्रेमी इस तरह के उपकरणों के बारे में बात कर रहे हैं, आँकड़ों को साझा कर रहे हैं तथा एक दूसरे को बढ़ावा दे रहे हैं। इस्थर डायसन, जो इंटरनेट गुरु और इस क्षेत्र की निवेशक हैं, का यह कहना है कि Quantified Self का यह आंदोलन निवेश के लिहाज़ से भी बहुत अच्छा है तथा यह एक उदार सार्वजनिक नीति है : यह नए तरह का एक क्रांतिकारी उद्योग है जो आपको वह बेचेगा कि आपके लिए क्या अच्छा है और इसी तरह से इसका विकास भी होगा। बजाय इसके कि आप डॉक्टर या अस्पतालों को अपने इलाज के लिए पैसे दें, इसके माध्यम से आप अपने शरीर की निगरानी कर उसको अच्छा कर सकते हैं। फ़ास्ट फूड और तात्कालिक सुख को उठाने संबंधी बाज़ार के लुभावने आकर्षण के झाँसे में आने के बजाय आप अपने जीवन को इस तरह से कर सकते हैं कि आपको स्वास्थ्य तथा धर्मशीलता से जुड़े संदेशे आने लगें। 'अभी तक तो बाज़ार कारगर रूप से ऐसे सामानों की बिक्री कर पा रहा है जो आपकी संकल्प शक्ति को कमज़ोर कर पाने की दिशा में बहुत कारगर साबित हुआ है', डायसन का ऐसा कहना है। 'हमें इन तकनीकों के प्रयोगों के माध्यम से अपनी संकल्प शक्ति को मज़बूत बनाना है।'

डायसन हमेशा बहुत अनुशासन में रहती है– वह दशकों से रोज़ाना एक घंटे तैराकी करती है– लेकिन नए तरह के इलेक्ट्रॉनिक सेंसर्स जैसे, जैसे फ़िटबिट क्लिप, बॉडीमीडिया आर्मबैंड, जीयो स्लीप काउच हेडबैंड आदि के माध्यम से उसके लिए अपनी निगरानी आसान हो गई है, अपनी गतिविधियों, अपने शरीर के तापमान, और नमी, तथा मस्तिष्क की गति को माप लेने के कारण उसको ये सेंसर्स उसको यह बता देते हैं कि दिन भर के दौरान उसने कितनी ऊर्जा ख़र्च की और रात में उसको कितने घंटे अच्छी नींद आई।

'स्व परिमाणीकरण ने मेरे बर्ताव को बहुत हद तक बदल कर रख दिया है', उसका कहना है। 'मैं पहले से अधिक सीढ़ियाँ चढ़ने लगी हूँ और लिफ़्ट का इस्तेमाल कम कर दिया है, क्योंकि मुझे यह पता है कि अधिक सीढ़ियाँ चढ़ने के मुझे अधिक अंक मिलेंगे। शाम को अगर मैं किसी पार्टी में जाती हूँ तो अपने आप से कहती हूँ कि अगर मैं अभी निकल गई तो मैं साढ़े दस के बजाय साढ़े नौ बजे ही सोने जा सकती हूँ, और इस तरह मैं अधिक सो पाऊँगी, और सुबह के समय मेरे सोने के घंटे बेहतर दिखाई देंगे। कई तरह से यह मुझे सही काम करने के लिए मुक्त कर देता हैं, क्योंकि आँकड़ों को देखने के बाद मैं अपनी आदतों को दोष दे सकती हूँ।'

Mint.com जैसी कंपनियों के कारण लोगों के लिए चार्ल्स डारविन की इस सलाह का पालन करना आसान हो गया है कि अपने धन पर निगाह बनाए रखनी चाहिए, ये नए तरह के जो ऐप हैं या साधन हैं वे केवल अपने बर्ताव के ऊपर निगाह बनाए रखने से कहीं अधिक काम कर रहा है। निगाह बनाए रखना इस दिशा में पहला क़दम है, लेकिन यही बहुत नहीं होता है। थॉमस की एक आदत हैरान करने वाली थी कि वे कमाई और ख़र्च की गई एक एक पाई का हिसाब रखते थे- यहाँ तक कि 4 जुलाई 1776 के दिन जब मानवाधिकार संबंधी उनके क्रांतिकारी घोषणापत्र को अंतिम रूप दिया गया तथा उसको अपनाया गया, उस दिन भी वे अपने स्मरण पत्र में यह दर्ज करना नहीं भूले कि एक थर्मामीटर तथा कुछ दस्ताने ख़रीदने में उनका कितना ख़र्च हुआ। राष्ट्रपति रहते हुए वे एक तरफ़ वाइट हाउस में मक्खन और अंडे पर ख़र्च की गई राशि का हिसाब रखते तो दूसरी तरह उत्तरी अमेरिका में फ्रांस से लुसियाना द्वीप की ख़रीदारी कर रहे थे। इसके बावजूद वे अपने द्वारा दर्ज आँकड़ों पर तब तक नज़र नहीं डाल पाए जब तक कि बहुत देर हो चुकी थी। आख़िरकार जब वे अपनी आमद ख़र्चे का हिसाब करने बैठे तो यह जानकर वे हैरान रह गए कि वे बुरी तरह से क़र्ज़ में डूबे थे। आमद-ख़र्चे के हिसाब-किताब रखने से उनको इस बात का भ्रम हो गया था कि अपने धन के ऊपर उनका नियंत्रण है, लेकिन इतना ही काफ़ी नहीं था। उनको मिंट कंपनी के कंप्यूटर के आकलन की आवश्यकता थी।

एक बार जब मिंट आपकी बैंक और क्रेडिट कार्ड के लेन-देन के ऊपर ध्यान देती है तो वह यह दिखाने के लिए कि आपका पैसा कहाँ जा रहा है, उसको अलग अलग वर्गों में बाँट देती है- और यह कि आप कमाई से अधिक ख़र्च तो नहीं कर रहे। मिंट आपको अपनी आदतें छोड़ने के लिए मजबूर नहीं कर सकता (कंप्यूटर केवल आपके जमा ख़र्च को पढ़ सकता है आपके पैसों को छू नहीं सकता), लेकिन यह आपको ठहरकर सोचने को मजबूर कर सकता है। यह साप्ताहिक रूप से आपके जमा ख़र्च का सार-संक्षेप भेज सकता है और आपके खाते में जमा राशि के कम हो जाने पर यह यह आपको मैसेज कर सकती है। यह आपको इस तरह का ईमेल करके आपको टोक सकता है कि रेस्तराँ में खाने में कुछ अधिक ही ख़र्च हो गया। और जब कपड़े या घर के सामान की ख़रीद में बजट की सीमा पार कर जाएँगे तो यह आपको सावधान कर सकती है। मिंट किसी ख़र्चीले आदमी के दिमाग़ में ग्लानि का भाव पैदा कर सकती है तो अच्छी आदतों को अपनाने के लिए यह इनाम भी देती है। आप कम अवधि तथा दीर्घ अवधि के बहुत सारे लक्ष्य निर्धारित कर सकते हैं- छुट्टी पर जाना, घर ख़रीदना, रिटायरमेंट के लिए धन बचाना- और इसके बाद प्रगति रिपोर्ट प्राप्त करना।

'मिंट आपको लक्ष्य के निर्धारण में तथा समय सारिणी बनाने और उसके बाद अपने खर्चे पर नज़र रखने में आपकी मदद करेगी', पट्ज़र का कहना है। 'इसके अनुसार, अगर आप रेस्तराँ में खाने पर महीने के सौ डॉलर भी बचा लेते हैं तो आप 1.3 साल पहले रिटायर हो सकते हैं या आपने बीएमडब्ल्यू कार क़रीदने के लिए जो लक्ष्य बनाया होगा, उससे बारह दिन पहले आप कार ख़रीद सकते हैं। आप इन लक्ष्यों के बारे में रोज़मर्रा के आधार पर कुछ तय नहीं करते। आपको आईपैड चाहिए। आपको वह कॉफ़ी चाहिए। आप अपने दोस्तों के साथ बाहर जाना चाहते हैं। इससे यह समझ में आता है कि किस तरह से कम अवधि के दौरान किया गया आपका बर्ताव आपके दीर्घकालीन लक्ष्य को प्रभावित करता है, जिससे आपके पास इस तरह से हिसाब-किताब का मौक़ा रहता है जिससे बदलाव आ जाता है।'

कोई भी इस बात को ठीक से नहीं जानता यह कितनी अच्छी तरह से काम करती है, कारण यह है कि मिंट एक व्यावसायिक संस्था है, यह कोई नियंत्रित प्रयोग नहीं है। लेकिन कुछ उत्साहवर्धक लक्षण भी मिले हैं, जो हमें मिंट के शोध करने वाले लोगों से इस निर्देश के बाद मिले, जब हमने उनसे यह कहा कि वे लोगों की खर्च की आदतों के बारे में यह बताएँ कि मिंट से जुड़ने के पहले वे किस तरह से ख़र्च करते थे और उसके बाद वे किस तरह से ख़र्च करने लगे। 2008 से 2010 के दौरान की व्यापक पृष्ठभूमि की प्रवृत्तियों के आधार पर मिंट के प्रभावों को अलगाकर देख पाना आसान नहीं था : 2008 में अर्थव्यवस्था में घबराहट के बाद के कला में जब अर्थव्यवस्था की स्थिति बेहतर हुई तो सामान्य रूप से सभी के ख़र्चों में कुछ न कुछ बढ़ोतरी हुई। तीन मिलियन अनाम उपयोगकर्ताओं के दो बिलियन के लेन-देन के आँकड़ों में कुछ स्पष्ट रूप से लाभकर बिंदु उभरकर आए। मिंट से जुड़ने के बाद बड़ी तादाद में(80 प्रतिशत) लोगों के आमद-ख़र्चे में अंतर आया और उन्होंने अपने आय-व्यय के ऊपर नज़र बनाए रखनी शुरू कर दी। इसके बाद अधिकतर लोगों का ख़र्च प्रभावित हुआ होता, अगर उन लोगों ने इन सूचनाओं का उपयोग करते हुए मिंट पर बजट बनाया होता तथा लक्ष्य निर्धारित किया होता। इसका सबसे बड़ा प्रभाव घर के सामानों, रेस्तराँ तथा क्रेडिट कार्ड के ख़र्चे पर पड़ा- ख़र्चे में कमी करने के ये कुछ बेहद सूझ-बुझ भरे क्षेत्र थे।

कुछ लोग तो अपने कुल ख़र्चे के आँकड़े को देखकर इतना डर गए कि उन लोगों ने यह शपथ ली कि वे उसी समय कड़ा क़दम उठाएँगे, लेकिन मिंट के संस्थापक ने क्रमिक सुधार की सलाह दी। 'अगर आप बहुत जल्दी और बहुत अधिक कटौती करेंगे तो आप अपने इस फ़ैसले पर क़ायम नहीं रह पाएँगे और आप अपने आप से नफ़रत करने लगेंगे', पट्ज़र का कहना है। 'अगर आप 500 डॉलर महीने का रेस्तराँ में खाने पर ख़र्चा कर रहे हैं और आप चाहते हैं कि यह ख़र्च कम

होकर 200 डॉलर महीने पर आ जाए तो आप थक-हार कर कह उठेंगे कि यह बहुत मुश्किल काम है। लेकिन अगर आप उस ख़र्चे को कम करके 450 डॉलर या 400 डॉलर तक लाना चाहेंगे आप अपनी जीवन शैली में बहुत अधिक बदलाव किए बग़ैर इस लक्ष्य को हासिल कर सकते हैं। इसके बाद अगले महीने आप 50 या 100 डॉलर और कमी कर सकते हैं। जब तक सब कुछ पूरी तरह से आपके क़ाबू में ना आ जाए, तब तक मासिक बदलाव को आप बीस प्रतिशत तक ही रखिए।'

ईर्ष्याजनक तुलना नहीं

एक बार जब आपने अपने ऊपर नियंत्रण स्थापित करने की दिशा में पहले दो क़दम उठा लिए- लक्ष्य का निर्धारण तथा अपने बर्ताव की निगरानी कर ली तो आपके सामने यह चिरस्थायी सवाल उठ खड़ा होगा : क्या आपको इस बात के ऊपर ध्यान रखना चाहिए कि आप कितनी दूर तक आ चुके हैं और कितना करने को बाक़ी है? इसका कोई आसान, सार्वभौम जवाब नहीं है, लेकिन इससे अंतर पड़ता है, जिस तरह से यूनिवर्सिटी ऑफ़ शिकागो के आयलेट फ़िशबाक ने अपने प्रयोगों में दिखाया। वह और उसकी एक कोरियाई सहकर्मी मींजूँग को ने एक कोरियाई विज्ञापन एजेंसी के कर्मियों से कहा वे एजेंसी में अपनी वर्तमान भूमिका तथा वर्तमान की अपनी परियोजनाओं के बारे में बताएँ। इसके बाद औचक रूप से उनमें से आधे लोगों से यह कहा गया कि वे इस बारे में सोचें कि अपनी वर्तमान भूमिका में अभी तक उन्होंने क्या हासिल किया है, इसके बारे में उनको उस दिन से बताना था जिस दिन उन्होंने एजेंसी में कामकाज की शुरुआत की थी। बाक़ी लोगों को यह निर्देश दिया गया कि वे इस बारे में सोचें कि उन्होंने जो हासिल करने के बारे में सोचा था और जो वे अभी तक हासिल नहीं कर पाए थे। लेकिन वे लोग अपने अपने लक्ष्यों तक पहुँचने को लेकर अधिक प्रेरित थे और उसके बाद नई चुनौतीपूर्ण परियोजना की दिशा में बढ़ने वाले थे। वे इस समय जहाँ थे और उस समय वे जो भी कर रहे थे, उसको लेकर वे बहुत सुखी थे। संतोष के लिए यह कारगर होता है कि आप इस बारे में सोचें कि आप कहाँ तक आ गए हैं। प्रेरणा और महत्त्वाकांक्षा को बढ़ावा देने के लिए आगे के मार्ग पर नज़र बनाए रखें।

जो भी हो, दूसरे लोगों के साथ अपनी तुलना करने से आपको अतिरिक्त लाभ होगा, और ऐसा कर पाना आसान नहीं होता है, यह संभव हुआ है इंटरनेट की वजह से। मिंट आपको यह बता देगा कि आपने किराए में और रेस्तराँ में खाने में, कपड़े ख़रीदने में कितना ख़र्च किया और उसकी तुलना आपके पड़ोसी के ख़र्चे से या राष्ट्रीय औसत से करेगा। रेस्क्यूटाइम आपकी उत्पादकता को या बिला वजह इंटरनेट के उपयोग को औसत उपयोगकर्ताओं की तुलना में प्रतिशत के आधार पर

सोपान क्रम में रखेगा। फ़्लोट्रैक तथा नाइकप्लस कुछ ऐसे साइट हैं, जो धावकों को अपने द्वारा तय की गई दूरी तथा उसमें लगे समय को दोस्तों तथा टीम के बाक़ी सदस्यों के साथ साझा करने की सुविधा देता है। आप अपने फ़ोन के ऐप के माध्यम से अपने ऊर्जा उपयोग को अपने पड़ोसी के साथ साझा कर सकते हैं– और इसकी तुलना से अंतर पैदा हो जाता है, कैलिफ़ोर्निया में उपयोगी सामानों के उपभोक्ताओं पर किए गए अध्ययन में यही बात निकल कर आई। जब लोग अपने मासिक बिजली बिल की तुलना अपने पड़ोसी के बिजली बिल से करने लगते हैं तो जिनके घर का बिजली बिल अधिक होता है, वे अपने बिजली के उपयोग को कम करने में लग जाते हैं।

इस तरह की तुलना और अधिक शक्तिशाली तब हो जाती है, जब आप अपने आँकड़ों को दूसरों के सतह खुलकर साझा करने लगते हैं। जब हम इस किताब के लिए शोध कर रहे थे, तो हम लोगों ने ऐसे लोगों के बारे में बहुत सारी कहानियाँ सुनी, जिनको अपने ऊपर नज़र बनाए रखने से लाभ हुआ, जैसे पेडोमीटर के उपयोग के माध्यम से रोज़ाना चले गए क़दमों की माप करना। लेकिन सबसे उत्साही पैदल चलने वाले वे थे, जो अपने रोज़ाना के आँकड़ों को अपने कुछ दोस्तों के साथ साझा करते हैं। वे एक ठोस मनोवैज्ञानिक सिद्धांत को लागू कर रहे थे, जो बॉमाइस्टर के कुछ शुरुआती प्रयोगों में दिखाया गया था, यह उससे काफ़ी पहले की बात है, जब वह आत्म नियंत्रण के अध्ययन में जुट गए थे : *सार्वजनिक सूचना का प्रभाव निजी सूचना से कहीं अधिक होता है।* लोगों को इसकी चिंता अधिक होती है कि दूसरे लोग उनके बारे में क्या जानते हैं बजाय इसके कि वे अपने बारे में क्या जानते हैं। अगर इसके बारे में केवल आपको ही पता हो तो किसी तरह की असफलता, किसी चूक को आसानी से छिपाया जा सकता है। आप उससे सीख ले सकते हैं या सीधे सीधे नज़रअंदाज़ कर सकते हैं। लेकिन अगर उस बारे में दूसरे लोगों को भी पता हो तो उस बात को ख़ारिज कर पाना मुश्किल हो जाता है। इससे दूसरा व्यक्ति हो सकता है कि आपके द्वारा बनाए गए बहाने को ना माने, भले ही आपको वह बहाना बहुत संतोषजनक लग रहा हो। और अगर उस बात को आपने एक आदमी से विस्तार देकर पूरे सामाजिक दायरे में फैला दिया तो आपके लिए बहाने बनाना और भी मुश्किल हो जाएगा।

अपनी किसी सूचना को सार्वजनिक करने से आप ना केवल अपने आपको बाद में होने वाले शर्म के लिए खुला कर देते हैं बल्कि इसके कारण दूसरे लोग भी आपके ऊपर नज़र बनाने लगते हैं, जिससे आपके ऊपर का बोझ कम हो जाता है। कोई बाहरी आदमी आपकी प्रगति के बारे में इशारा करके आपका मनोबल बढ़ा सकता है। और कई बार जब सब कुछ ठीक नहीं चल रहा हो तो कई बार सबसे

अच्छा यह होता है कि आप मदद के लिए किसी और को देखें। क्यूएस से जुड़ा एक महत्त्वपूर्ण ऐप है मूडस्कोप जिसको एक ऐसे उद्यमी ने विकसित किया जो अवसाद से संघर्ष कर रहा था और यह चाहता था कि उसकी निगरानी में मदद मिल सके। उसने एक ऐप बनाया जिससे कि वह रोज़ाना अपने मिज़ाज का परीक्षण कर सके। साथ ही इसके उपयोग के माध्यम से अपने भावनात्मक उतार-चढ़ाव को भी दर्ज कर सके, जिससे उसको कारण का पता चल सके, उसने उसमें एक ऐसा विकल्प बनाया जिससे उसकी निगरानी के परिणाम अपने आप उसके दोस्तों के पास भी मेल से चले जाएँ। इस तरह से जब उसका मिज़ाज अवसादग्रस्त होता था, तो परिणाम को देखकर उसके दोस्त उसके संपर्क में आ जाते।

'डिजिटल साधन तथा आँकड़े लोगों को अपने आपको तथा एक दूसरे को प्रेरित करने में काम आते हैं', डायसन का कहना है। 'आप उस मॉडल को अपनाइए जो आपके लिए सबसे अधिक कारगर हो। हो सकता है आप अपने आँकड़ों की तुलना अपने दोस्तों के आँकड़ों के सतह करना चाहें, क्योंकि आप उनके सामने शर्मिंदा होना न चाहते हों। या आप अपनी टीम को निराश करना ना चाहते हों। अलग-अलग तरह के लोग अलग-अलग तरह से प्रेरित होते हैं।'

अगर आप शाहख़र्च हैं तो आप अपने आपको क़ाबू में रखने के लिए आप चाहते हैं कि जब आप बेतहाशा ख़र्च करने लगें तो अपने दोस्त को सावधान कर सकें। और अगर आप दोनों मिलकर अपने ख़र्चे के पैटर्न का अध्ययन कर इस बात को समझ सकते हैं कि आप इस तरह से अंधाधुंध ख़र्चे क्यों करते हैं। क्या आप इसलिए बिना सोचे-समझे ख़र्च करते हैं, क्योंकि आपका मिज़ाज अच्छा होता है या आपकी संकल्प शक्ति कमज़ोर होती है? या आप ऐसे आदतन ख़रीदार हैं जो तब ख़रीदारी करते हैं जब आप अवसाद में होते हैं या असुरक्षित महसूस कर रहे होते हैं। अगर ऐसा है तो आप आप उस बीमारी से पीड़ित हैं, जिसको मनोवैज्ञानिक ग़लत नियमन या भ्रम की अवस्था कहते हैं जिसमें आपको ऐसा लगता है कि किसी चीज़ को ख़रीदने से आपका मिज़ाज अच्छा हो जाएगा, जबकि असल में इसके बाद आपको और ख़राब लगने लगता है।

अगर आप खर्चीले स्वभाव के ना भी हों, तो भी अपने ख़र्चे पर निगाह रखने एवं अपने पड़ोसियों के साथ उसकी तुलना करने से आपको लाभ ही होगा। हो सकता है कि आपको इस बात का पता चले कि आप बहुत बड़े कंजूस हैं- जो कोई बहुत बड़ी समस्या तो नहीं है लेकिन फिर भी समस्या तो है ही, और यह एक ऐसी समस्या है जो आश्चर्यजनक रूप से बहुत लोगों में होती है। व्यवहार का अध्ययन करने वाले अर्थशास्त्रियों ने यह पाया है कि कंजूसी की मनोरुग्णता अधिक ख़र्च करने की मनोरुग्णता से अधिक व्यापक है, हर पाँच में से एक में यह रुग्णता

पाई जाती है। दिमाग़ के स्कैन ने भी इसी तरह से उसी अपराधी की तरफ़ इशारा किया : दिमाग़ का इंस्युला जो अपने पास से नगदी के जाने के भय से बेचैन होकर प्रतिक्रिया जताता है।

इसके कारण वह अवस्था आ जाती है जिसको शोध करने वाले हाइपरोपिया कहते हैं (यह मायोपिया यानी निकटदृष्टि के विपरीत), जिसमें आप अपने वर्तमान की क़ीमत पर अपने भविष्य के बारे में बहुत अधिक सोचने लगते हैं। इस तरह के कंजूस समय बर्बाद कर सकते हैं, अपने दोस्तों से दूर जा सकते हैं, अपने परिवार को परेशान कर सकते हैं, और आपका जीना हराम कर दे सकते हैं। अध्ययनों से यह पता चला है कि कंजूस लोग ख़र्चीले लोगों से अधिक ख़ुश नहीं होते, और बाद में जब वे पीछे मुड़कर यह देखते हैं किस किस तरह के अवसरों को उन्होंने गँवाया तो उनको बहुत पछतावा होता है। जब अंतिम निगरानी का मौक़ा आता है, जब आप महज़ साधन नहीं जुटा रहे होते बल्कि अपने जीवन को जोड़ रहे होते हैं तो आप नहीं चाहते कि आप उसी पुराने मुहावरे को दोहराएँ- चोग़े में जेब नहीं होती। परिमाणित आत्म केवल डॉलर भर नहीं होते हैं।

6

क्या संकल्प शक्ति को मज़बूत बनाया जा सकता है?

(संभवतया डेविड ब्लेन के दर्द को महसूस किए बिना)

शरीर जितना कष्ट सहता है, आत्मा उतनी निखरती है।

–डेविड ब्लेन ने इस दर्शन को सेंट सीमियन स्टाइलाइट्स से लिया है, जो पाँचवीं शताब्दी के संत थे, जो सीरिया के मरुस्थल में दशकों तक एक खंबे के ऊपर रहे।

हम डेविड ब्लेन के लिए वैज्ञानिक व्याख्या देना चाहते हैं। हम इसके बारे में कोई व्याख्या नहीं चाहते कि ब्लेन ने जो भी किया, क्यों किया। यह बात असंभव है, कम से कम मनोवैज्ञानिकों के लिए, और शायद मनोविश्लेषकों के लिए भी। जब वे अपने प्रसिद्ध जादू का प्रदर्शन नहीं कर रहे होते हैं, वे ब्लेन स्वघोषित तौर पर सहनशक्ति कलाकार के रूप में काम करते हैं, इस दौरान वे जो भी प्रदर्शन करते हैं, उसमें भ्रम के बजाय संकल्प शक्ति को शामिल करते हैं। न्यू यॉर्क के ब्रायंट पार्क के अस्सी फ़ीट से भी अधिक ऊँचाई पर पैंतीस घंटे तक खड़े रहे, सुरक्षा के लिए बिना किसी सहारे के, इस करतब के दौरान वे महज़ बाइस इंच चौड़े गोलाकार खंबे के ऊपर खड़े रहे। उन्होंने बर्फ़ के एक विशाल बक्से में बंद होकर टाइम्स स्क्वायर में बिना सोये तिरेसठ घंटे बिताए। एक ताबूत में सिर के लिए छह इंच की जगह बनाकर एक सप्ताह तक रहे, इस दौरान उन्होंने पानी के अलावा कुछ भी नहीं ग्रहण किया। इसके बाद एक बार उन्होंने केवल जलाहार के सहारे

उपवास किया, जिसके परिणामों को *न्यू इंग्लैंड जर्नल ऑफ़ मेडिसिन* में प्रकाशित किया गया : चवालीस दिन में चौवन पाउंड वज़न को कम करना। टेम्स नदी के ऊपर एक पारदर्शी बक्से में बंद होकर वे चवालीस दिन बिताए, जिस बक्से के अंदर का तापमान 114 डिग्री फ़ॉरेनहाइट था, जो लगभग पानी जमने के बिंदु का तापमान था।

'अपने सुविधा क्षेत्र बाहर निकलकर ऐसा लगता है कि मैं हमेशा अपना विकास करता हूँ', ब्लेन का कहना है, जिसमें सेंट सीमियन के इस विचार की अनुगूँज सुनाई देती है कि पीड़ा से आत्मा निखर उठती है। हम इसकी तार्किकता का विश्लेषण नहीं करेंगे। यह *क्यों* हमारी ज्ञान सीमा से बाहर है।

हमारी दिलचस्पी इस बात में है कि ब्लेन *किस तरह से* इस कमाल करते हैं। वह किस तरह से इस तरह से सहन कर पाते हैं, ऐसे लोगों के लिए ऐसा रहस्य है, जो सहनशीलता के कलाकार नहीं हैं। कोई अपनी कठिन परीक्षा के बारे में जो सोचता है (या अपने मानस के बारे में), तो इस बात को समझ पाना आसान होता है कि उसको कौन सी शक्ति चलाए रखती है। अगर हम चवालीस दिन के लिए उसके उपवास रखने के रहस्य के बारे में तटस्थ होकर सोचें तो हो सकता है कि हम लोग उसके उपयोग से कम से कम रात के भोजन तक तो उपवास कर ही सकते हैं। अगर हम यह जान जाएँ कि ताबूत में बंद होकर उसने किस तरह से बिताया तो हो सकता है कि दो घंटे की बजट मीटिंग में बैठना सीख जाएँ। आख़िरकार वह अपनी संकल्पशक्ति को बनाने तथा उसको बरकरार रखने के लिए क्या करता है? उदाहरण के लिए जब ब्लेन ने साँस रोकने के विश्व रिकॉर्ड को तोड़ने के लिए कोशिश की और उसमें वह बुरी तरह असफल रहा तो किस तरह ब्लेन तत्काल रूप से हार नहीं मानी? उसने एक साल से अधिक समय तक इस कमाल को करने की तैयारी में लगाते हुए अपने फेफड़े में शुद्ध आक्सीजन भरकर पानी के नीचे बिना हिले डुले बिताए, कम से कम ऊर्जा ख़र्च करके ऑक्सीजन को बचाने के हुनर सीखा। ब्लेन मानसिक और शारीरिक रूप से पूरी तरह इतना सहज हो जाता था कि उसके दिल की धड़कन एक मिनट में पचास बार से भी कम धड़कने लगता था, कई बार तो वह बीस के नीचे भी चला जाता था। ग्रैंड केमाइन द्वीप में एक स्विमिंग पूल में अभ्यास के दौरान उसने जैसे ही साँस रोकना शुरू किया, उसके दिल की धड़कन पचास प्रतिशत से भी कम हो गई, और उसने अपने सिर को बिना किसी दबाव के सोलह मिनट तक पानी के अंदर बनाए रखा। वह विश्व रिकॉर्ड 16:32 के क़रीब पहुँच गया, वह शांत दिखाई दे रहा था और उसने बताया कि उसको किसी तरह का दर्द महसूस नहीं हो रहा था, तथा अपने शरीर और आसपास का उनको ज़रा भी आभास नहीं रह गया था।

लेकिन अनेक सप्ताह के बाद जब वह ओपरा के शो में गए ताकि गिनीज़ बुक के जजों के सामने विश्व रिकॉर्ड को तोड़ सकें तो टेलीविज़न के दर्शकों के सामने प्रदर्शन करने के दबाव के अलावा कुछ तरह की जटिलताएँ भी हुईं। स्विमिंग पूल में सिर नीचे करके बहने के बजाय उनको शीशे के एक बड़े से घेरे में स्टूडियो के दर्शकों के सामने रहना था, शीशे के उस क्षेत्र के नीचे के हिस्से में बने बंधनों में अपने पैरों को फँसा कर रखना था। जब उन्होंने अपने फेफड़ों में आक्सीजन भर ली तो उनको इस बात की चिंता सताने लगी कि नीचे पैर जमाए रखने में मांसपेशियों को जमाने के कारण उसको बहुत सारी आक्सीजन ख़र्च करनी पड़ेगी। उनकी नाड़ी की गति सामान्य से अधिक तेज़ थी, और जब उन्होंने अपनी साँस को रोकना शुरू किया तो बजाय गिरने के वह 100 से अधिक बनी रही। सबसे बुरा यह हुआ कि दिल की गति को मापने वाला यंत्र ग़लती से शीशे के उस घेरे के इतने पास रखा हुआ था कि उसको अपने दिल की धड़कन सुनाई दे रही थी, उसकी *बीप बीप* की आवाज़ के कारण लगातार उनका ध्यान भंग हो रहा था और उसके कारण उनको तकलीफ़ हो रही थी। दूसरे मिनट के आते आते उनके दिल की धड़कन 130 प्रति मिनट हो गई थी और उनको यह बात समझ में आ गई थी कि वे उसको क़ाबू में रहीं कर सकते थे। हर गुज़रते मिनट के साथ वह 100 के ऊपर बनी रही और उनके शरीर ने सारी ऑक्सीजन का उपयोग कर लिया। बजाय ध्यान के आनंद में जाने के उनको अच्छे से इस बात का पता था कि उनके दिल की धड़कन तेज़ थी तथा उनके शरीर में कार्बन डाइ ऑक्साइड की मात्रा बहुत अधिक हो गई थी।

आठवें मिनट तक जब वे रिकॉर्ड के आधे रास्ते में ही थे तो उनको यह बात अच्छे से समझ में आ गई थी कि वह रिकॉर्ड नहीं बना पाएँगे। दसवें मिनट तक उनकी उँगलियाँ काँपने लगीं, क्योंकि शरीर के महत्त्वपूर्ण अंगों को बचाने के लिए उनका शरीर हाथ पाँवों से ख़ून खींच रहा था। बारहवें मिनट तक उनके पैर काँपने लगे और आँखों के सामने तारे चमकने लगे। तेरहवें मिनट के आते-आते उनको इस बात का डर सताने लगा कि उनकी बाँह सुन्न होती जा रही थी और उनकी छाती में जो दर्द हो रहा था, उससे ऐसा महसूस हो रहा था कि उनको दिल का दौरा पड़ने वाला था। एक मिनट के बाद उनको अपनी छाती में संकुचन महसूस हुआ और साँस लेने के लिए वे बेचैन से होने लगे। पंद्रहवें मिनट के आते आते उनके दिल की धड़कन अनियमित होने लगी, कभी 150 हो जाती तो फिर अचानक 40 पर पहुँच जाती, फिर 100 हो जाती। जब उनको इस बात का पक्का यक़ीन हो गया कि उनको दिल का दौरा पड़ने वाला था तो उन्होंने बंधन से अपने पैर को बाहर निकाला जिससे कि वहाँ मौजूद इमरजेंसी टीम उनको उस जगह से निकाल ले। वह ऊपर की तरफ़ आने लगे, लेकिन अपने आपको उन्होंने ज़बरदस्ती सतह के नीचे बनाए रखा, उनको लग रहा था कि किसी भी समय उनकी चेतना जा सकती थी,

कि तभी उनको दर्शकों की तालियों की आवाज़ सुनाई दी, तब उनको यह समझ आया कि उन्होंने 16:32 मिनट का पुराना रिकॉर्ड तोड़ दिया था। उन्होंने घड़ी देखी और एक मिनट और उसी तरह पड़े रहे, वे पानी से जब बाहर आए तो 17:04 मिनट का नया रिकॉर्ड बना चुके थे।

'यह पूरी तरह से अलग ही स्तर का दर्द था', उसके ठीक बाद उसने कहा। 'मुझे अभी भी ऐसा लगता है जैसे किसी ने मेरे पेट में बड़ी ज़ोर का मुक्का मारा हो।'

तो किस तरह से अपनी इच्छा शक्ति से उसने ऐसा क्या?

'यहीं पर प्रशिक्षण का महत्त्व होता है', उन्होंने बताया। 'इससे आपके अंदर वह आत्मविश्वास आता है जिससे आप ऐसी परिस्थिति से भी निकल जाते हैं जो आसान नहीं होती हैं।'

प्रशिक्षण से उनका मतलब साँस रोकने संबंधी उनके हाल के व्यायामों से नहीं था, हालाँकि पिछले साल के दौरान उन्होंने काफ़ी किया था। हर सुबह वे साँस रोकने संबंधी अनेक तरह के व्यायाम करते (शुरुआत शुद्ध ऑक्सीजन के बजाय सामान्य हवा से करते), बीच-बीच में विराम लेते हुए, इसके बाद धीरे-धीरे साँस लेने की अवधि और दर्द को बढ़ाते जाते। एक घंटे के दौरान वे क़रीब अड़तालीस मिनट तक अपनी साँसों को रोके रखते, और उसके बाद उनको दिन भर सिर में दर्द की शिकायत रहती। साँसों की इस रोज़ाना के व्यायाम से उनका शरीर कार्बन डाइ आक्साइड जमा होने के कारण होने वाले दर्द का आदी हो गया। लेकिन इसी तरह दूसरे तरह के व्यायाम भी वे करते रहे जो पाँच साल की उम्र से ही वे कर रहे थे, और जिनको करते हुए उसको तीन दशक हो गए थे। उनका बहुत समय से ऐसा मानना था कि संकल्प शक्ति मांसपेशी की तरह है जिसको मज़बूत बनाया जा सकता है। यह विचार कुछ तो उनको प्रसिद्ध जादूगर हैरी हुडनी के प्रशिक्षण के बारे में पढ़ने से और कुछ स्वयं करके देखने से आया।

बचपन में जब ब्लेन ब्रूकलिन में रहते थे, तो उन्हें घंटों ताश के पत्तों के जादू का खेल खेलने के लिए मजबूर होना पड़ता, रोज़ाना। उन्होंने अभ्यास से स्विमिंग पूल की पूरी दूरी बिना सिर बाहर निकाले तय करना सीख लिया, और फिर बाद में उन्होंने इस दूरी को पानी के अंदर रहकर पाँच बार पूरा किया और पाँच सौ डॉलर का इनाम भी जीता। सर्दियों में वे कोट नहीं पहनते थे और बेहद ठंडे दिनों में भी टी शर्ट पहनकर चलते। वह नियमित रूप से ठंडे पानी से नहाते और बीच-बीच में नंगे पैरों बर्फ़ पर चलते। वह अपने कमरे में लकड़ी के फ़र्श पर सोते, और एक बार उन्होंने दो दिन लगातार अलमारी में रहते हुए बिताए (उनकी सहनशील माँ उनके लिए भोजन लेकर आती)। उनको यह आदत हो गई कि वे अपने लिए नियमित रूप से ऐसे लक्ष्य तय करते जिनको पूरा करते, जैसे रोज़ाना इतनी दूरी तक दौड़ना

है, या किसी ख़ास पेड़ के नीचे से वे जब भी गुज़रते तो कूदकर उसका एक पत्ता तोड़ लेते। ग्यारह साल की उम्र में उन्होंने हरमन हेस के उपन्यास सिद्धार्थ में उपवास के बारे में पढ़ा और जल्दी ही चार दिन तक सिर्फ़ पानी के सहारे रह गए। अठारह साल की उम्र तक आते-आते उन्होंने केवल पानी तथा वाइन के सहारे दस दिन का उपवास किया। जब वे पेशेवर रूप से सहनशील कलाकार बन गए तो वे किसी तरह के स्टंट को दिखाने के पहले उसी तकनीक को दोहराते, जिनमें कुछ ऐसी चीज़ें भी होती थीं, जिनका सीधे तौर पर उस स्टंट से कुछ लेना-देना नहीं होता था।

'जब भी मैं लंबी अवधि की किसी चुनौती की शुरुआत करने वाला होता तो एक तरह का मनोग्रसित-बाध्यता विकार (ओसीडी) मेरे अंदर पैदा हो जाता', उन्होंने हमें बताया। 'मैं अपने लिए अजीब अजीब तरह के लक्ष्य निर्धारित करता रहता हूँ। जैसे जब मैं पार्क में बाइक लेन में दौड़ता हूँ तो जब भी मैं बाइक के चित्र के पास से गुजरता तो मैं यह निश्चित कर लेता कि उसके ऊपर पाँव रखना है। महज़ पैर ही नहीं रखना है- मुझे एकदम सही तरीक़े से बाइकर के ऊपर पैर रखना है, इस तरह से कि वह मेरे जूते के ठीक नीचे आ जाए। इस तरह की छोटी-छोटी चीज़ें जो मेरे तरह दौड़ने वालों को चिढ़ा भी सकती है, लेकिन मुझे ऐसा लगता रहता है कि अगर मैंने ऐसा नहीं किया तो मैं सफल नहीं हो पाऊँगा।'

लेकिन इस तरह का विश्वास क्यों? किसी बाइकर के चित्र के ऊपर पैर रखने से साँस को लंबे समय तक रोके रखने में मदद किस तरह मिल सकती है?

'छोटे-छोटे लक्ष्यों में उलझाकर उन लक्ष्यों को हासिल करने से आपको बड़े बड़े लक्ष्यों को हासिल करने में मदद मिलती है, ऐसी बड़ी चीज़ों को जो आप कर नहीं सकते', उन्होंने कहा। 'यह महज़ किसी चीज़ का अभ्यास नहीं है, इससे वह चीज़ उससे कहीं अधिक कठिन हो जाती है जितनी कि उसको होनी चाहिए, और इसमें कभी हार नहीं माननी चाहिए, इससे आपके पास अतिरिक्त क्षमता हो जाती है जिससे आपको यह पता रहता है कि आप हमेशा अपने लक्ष्य से आगे जा सकते हैं। मेरे लिए यही अनुशासन है। बार-बार इसका अभ्यास।'

इस तरह के व्यायामों का ब्लेन को फ़ायदा हुआ, लेकिन सहनशक्ति से जुड़े जो करतब उसने दिखाए, उनका शायद ही किसी तरह का वैज्ञानिक प्रमाण था- या कोई ऐसा ढाँचा जिसको कोई और अपना सके। डेविड ब्लेन एक अलग तरह के नमूने की तरह है। कोई बच्चा जो अपनी मर्ज़ी से ठंडे पानी से नहाता है और जो चार दिन तक उपवास करता है, यह किसी जानी-पहचानी आबादी का प्रतिनिधि तो नहीं हो सकता। हो सकता है कि ब्लेन ने जितने कारनामे किए वह अपने प्रशिक्षण के कारण नहीं बल्कि उस आत्म संकल्प के कारण किए जो उनके अंदर जन्मजात थे। उसने जितने भी प्रशिक्षण हासिल किए, वे इसी बात के प्रमाण हैं कि वह कितने

अस्वाभाविक रूप से अनुशासित आदमी था। वह विक्टोरियाई लोगों की तरह यह सोचता था कि प्रशिक्षण ने किसी मांसपेशी की तरह से उसकी संकल्प शक्ति को मज़बूत बनाया था, लेकिन संभव है कि उसने शुरुआत ही बहुत मज़बूत मांसपेशी के साथ की हो। यह देखने के लिए कि क्या इस तरह के प्रशिक्षण सच में कारगर होते थे, या इनके कारण किसी और आदमी के जीवन में कोई फ़र्क़ आया हो आपको इनका परीक्षण किसी ऐसे व्यक्ति के साथ करना चाहिए जो सहनशीलता का कलाकार नहीं हो- किसी ऐसे आदमी के ऊपर जिसको किसी खंबे पर रहने वाले संत के रूप में नहीं जाना जाता हो।

संकल्प शक्ति से जुड़े व्यायाम

समाज वैज्ञानिकों को संकल्प शक्ति को मज़बूत बनाने वाली बात कुछ ख़ास नहीं लगती। क्योंकि बॉमाइस्टर की प्रयोगशाला में अहं को मंद करने संबंधी प्रयोगों से यह पता चला कि संकल्प शक्ति की थकान के कारण यह देखा गया कि लोगों का अपने ऊपर कम नियंत्रण रह जाता था। चॉकलेट बिस्कुट के ऊपर गाजर का चुनाव करने के कारण तत्काल रूप से संकल्प शक्ति में कमी देखी गई, और ऐसा मानने का कोई कारण नहीं है कि इसी तरह के अभ्यास करते रहने से आगे चलकर आपके अंदर अधिक शक्ति पैदा हो सकती है।

फिर भी अगर जरा भी संभावना इस बात की होती है कि आप अपनी संकल्प शक्ति को मज़बूत बना सकते हों तो इसकी क़ीमत बहुत बड़ी होती है। अहम को मंद करने को लेकर हुए शोध की जब पहली रपट प्रकाशित हुई तो शोध समूह में इस बात को लेकर चर्चा होने लगी कि संकल्प शक्ति को किस प्रकार बढ़ाया जाए। अहम को मंद करने को लेकर ग्रेजुएट छात्र मार्क मुरुवेन ने पहला प्रयोग तैयार किया था और उसको संभव किया था, उसने अपने सलाहकारों बॉमाइस्टर और दियान ताइस के साथ शक्ति बढ़ाने से जुड़े व्यायाम को लेकर चर्चा की थी। चूँकि किसी को भी इस बात के बारे में पता नहीं था कि इसमें क्या चीज़ कारगर हो सकती थी, इसलिए उसने तरह-तरह के व्यायामों को आज़माने के बारे में सोचा। उन्होंने अलग-अलग प्रतिभागियों को अलग-अलग तरह के व्यायाम सुझाए, और यह देखा कि क्या किसी तरह की शक्ति का विकास हुआ। इसमें प्रकट तौर पर जो समस्या आई, वह यह आई कि कुछ लोगों ने दूसरे लोगों से अधिक आत्म नियंत्रण के साथ शुरुआत की, उसी तरह से जिस तरह से शुरू में कुछ एथलीट की मांसपेशियाँ अधिक मज़बूत होती हैं और उनमें स्टेमिना भी अधिक होता है। इसको क़ाबू में करने के लिए शोधकर्ताओं को अलग-अलग लोगों की मांसपेशियों तथा स्टेमिना में हुए बदलावों समान तरह से मापने की कोशिश की गई। सबसे पहले

उन लोगों ने कॉलेज के छात्रों को प्रयोगशाला में बुलाया और उनके ऊपर आत्म नियंत्रण संबंधी परीक्षण किया, उसके बाद जल्दी से उसको मंद करने संबंधी अभ्यास दिया गया, ताकि यह देखा जा सके कि उसमें कमी कितनी आई। इसके बाद सभी छात्रों को उनके घर भेज दिया गया। उनसे कहा गया कि वे कुछ सप्ताह तक अपने आप कुछ व्यायाम करें, उसके बाद प्रयोगशाला में परीक्षण का एक और दौर चला। 'चरित्र निर्माण' में क्या शामिल होता है या अगर संक्षेप में कहें कि किन मानसिक संसाधनों को मज़बूत बनाए जाने की ज़रूरत है, इसको लेकर जो अलग अलग विचार थे, उनके परीक्षण के लिए अलग-अलग तरह के व्यायामों का चुनाव किया गया। क्या आत्म नियंत्रण से संबंधी जो गतिविधियाँ थीं, जिसमें एक प्रतिक्रिया को दूसरे के एवज़ में करने के लिए जिस ऊर्जा की ज़रूरत पड़ी, उसके कारण आप मंद तो नहीं पड़े? या अपने व्यवहार की निगरानी के लिए जो ऊर्जा चाहिए थी? या अपनी मानसिकता को बदलने के लिए जिस ऊर्जा की ज़रूरत पड़ी?

छात्रों के एक समूह को इस निर्देश के साथ हॉस्टल भेज दिया गया, वे अगले दो सप्ताह तक अपनी मुद्राओं के ऊपर काम करें। वे इसके बारे में जब भी सोचते तो उनको सीधे खड़े होने की या तनकर बैठने की कोशिश करनी पड़ती थी। चूँकि उनमें से अधिकतर (या कोई भी) कॉलेज छात्र झुककर या टेढ़े-मेढ़े ढंग से चलने के आदी थे, इस व्यायाम के कारण उनको मजबूर होकर अपनी आदत से मुक्ति पाने के लिए अपनी ऊर्जा को ख़र्च करना पड़ा। दूसरा समूह इस विचार का परीक्षण कर रहा था कि आत्म निरीक्षण में जो ऊर्जा ख़र्च हो रही थी, उसके कारण संकल्प शक्ति कमज़ोर पड़ रही थी। उन छात्रों को यह कहा गया कि वे अगले दो सप्ताह तक जो भी खाएँ, उसको दर्ज करें। उनको अपने खानपान में किसी तरह का बदलाव नहीं करना था, हालाँकि इस बात की संभावना थी कि उनमें से कुछ लोग अपने खानपान में कुछ बदलाव करें। *(जैसे सोमवार को पिज़्ज़ा और बियर। मंगलवार को पिज़्ज़ा और वाइन। बुधवार को हॉट डॉग और केक। यह अच्छा होता कि मैं बीच बीच में सलाद और फल आदि खा लिया करूँ)* तीसरे समूह का उपयोग इसको परख़ने के लिए किया गया कि किसी की मानसिक अवस्था के बादल जाने का क्या प्रभाव पड़ता है। उनको यह निर्देश दिया गया कि वे दो सप्ताह तक सकारात्मक मूड बनाए रखने की कोशिश करें। जब भी उनको ऐसा लगे कि उनको अच्छा महसूस नहीं हो रहा है तो वे कोशिश करके अपने आपको प्रसन्न बनाए रखें। शोधकर्ताओं को ऐसा लगा कि इस में तो वे जीत सकते थे, इसलिए बाक़ी समूहों से दो गुनी अधिक संख्या में लोग इस समूह से जुड़े, ताकि आँकड़ों के हिसाब से अधिक से अधिक विश्वसनीय परिणाम हासिल किए जा सकें।

लेकिन शोधार्थियों का अनुमान ग़लत निकला। जो पसंदीदा रणनीति थी, वह वैसी ख़ास साबित नहीं हुई। जिस बड़े समूह ने दो सप्ताह तक अपनी भावनाओं के

ऊपर नियंत्रण करने का अभ्यास किया और जब वे वापस प्रयोगशाला में लौटकर आए और उन्होंने आत्म नियंत्रण परीक्षण को दोहराया तो पाया गया कि उनमें किसी तरह का सुधार नहीं हुआ था। पीछे मुड़कर देखने पर लगता है उनकी असफलता उतनी आश्चर्यजनक नहीं थी, जितनी कि उस समय उनको लगी थी। भावनाओं को क़ाबू में रखना संकल्प शक्ति के ऊपर निर्भर नहीं करता है। ऐसा नहीं है कि कोई व्यक्ति संकल्प लेकर प्रेम में पड़ जाता है, ना ही संकल्प लेकर वह बहुत ख़ुश हो जाता है, या उसको संकल्प लेने के कारण ग्लानि कम महसूस होने लगती है। भावनाओं को वश में रखना बहुत छोटी-छोटी चीज़ों पर निर्भर करता है, जैसे कोई उस समय किसी समस्या के बारे में जिस तरह से सोच रहा है, उस सोच में बदलाव, या अपने ध्यान को बँटाना। इसलिए अपनी भावनाओं को क़ाबू में करने के अभ्यास से आपकी संकल्प शक्ति में किसी तरह की वृद्धि नहीं होती है।

लेकिन दूसरी तरह के व्यायाम इसमें मददगार साबित होते हैं, जैसा कि उस समूह के प्रयोग में सामने आया, जो अपनी मुद्राओं को लेकर काम कर रहा था और जो हर उस चीज़ को लिखते जा रहे थे, जो वे खाते थे। दो सप्ताह के बाद जब वे प्रयोगशाला में वापस आए तो आत्म नियंत्रण संबंधी परीक्षा में उनके अंक बेहतर हो गए, और दूसरे नियंत्रण समूह (जिसने दो सप्ताह के दौरान किसी तरह का व्यायाम नहीं किया) से बेहतर हो गया। यह बहुत उल्लेखनीय परिणाम था, और आँकड़ों का ध्यान से विश्लेषण करने पर यह निष्कर्ष और स्पष्ट और मज़बूत हो गया। अयाचित रूप से, सबसे अच्छे परिणाम उस समूह के आए जो मुद्राओं को लेकर काम कर रहा था। यह थकाने वाली पुरानी उक्ति- तनकर बैठो इतनी उपयोगी साबित हुई जितनी कि किसी ने कल्पना भी नहीं की थी। टेढ़ी-मेढ़ी चाल के ऊपर विजय प्राप्त करते हुए उन छात्रों ने अपनी संकल्प शक्ति को मज़बूत बनाया और उन कामों को अच्छे से किया जिनका मुद्राओं से कुछ लेना-देना नहीं था। यह सुधार सबसे अधिक उन छात्रों में दिखाई दिया, जिन्होंने इन सलाहों का पालन पूरी निष्ठा से किया (जिसको छात्रों द्वारा रोज़ाना भरी गई डायरी के आधार पर मापा गया जिसमें वे छात्र यह दर्ज करते थे कि कितनी बार उन्होंने अपने आपको तनकर खड़े होने या तनकर बैठ जाने के लिए मजबूर किया)।

इस प्रयोग से यह भी पता चला कि आत्म नियंत्रण में ताक़त और स्टेमिना के बीच किस प्रकार का अंतर होता है। प्रयोगशाला के पहले सत्र में प्रतिभागी स्प्रिंग वाली एक चीज़ को हथेली में तब तक दबाते रहते थे, जब तक वे दबा सकते थे (जिसको दूसरे तरह के प्रयोगों में यह बात समझ में आई कि इसके लिए बहुत संकल्प शक्ति की ज़रूरत होती है ना कि केवल शारीरिक शक्ति की।)। इसके बाद मानसिक ऊर्जा के विस्तार के लिए कोशिश करें कि सफ़ेद भालू के बारे में नहीं

सोचें। अभ्यास को आज़माने के बाद उन लोगों ने हथेली में स्प्रिंगदार वस्तु को दबाने का दुबारा अभ्यास किया कि जब उनकी संकल्प शक्ति मंद थी, तब उनका प्रदर्शन किस तरह का रहा। दो सप्ताह के बाद जब वे अपनी मुद्राओं के ऊपर काम करने के बाद वे प्रयोगशाला में वापस आए तो स्प्रिंगदार वस्तु को हथेली से दबाने के अभ्यास में कुछ अधिक सुधार दिखाई नहीं दिया, कहने का मतलब यह कि संकल्प शक्ति वाली मांसपेशियाँ मज़बूत नहीं हुई थीं। लेकिन उनके अंदर स्टेमिना भरपूर था, जो हथेली से दबाने वाली स्प्रिंगदार वस्तु के प्रयोग में दिखाई दिया। छात्रों द्वारा किए गए मुद्रा संबंधी अभ्यास के कारण संकल्प शक्ति पहले की तरह से मंद नहीं पड़ी, इसलिए दूसरे कामों के लिए उनके पास बहुत स्टेमिना बाक़ी रहा।

आप दो सप्ताह के मुद्रा संबंधी प्रयोग को आज़माकर अपनी संकल्प शक्ति में वृद्धि कर सकते हैं, या आप किसी अन्य प्रकार के अभ्यास कर सकते हैं। तनकर बैठने में कुछ भी जादुई नहीं है, जैसा कि शोधकर्ताओं ने बाद में अन्य प्रकार के विधानों के अभ्यास के बाद पाया और उनको उसी प्रकार के लाभ हासिल हुए। जिन तकनीकों का उन्होंने अध्ययन किया, आप उनमें से किसी का चुनाव कर सकते हैं या अपनी ही नई तरह की व्यवस्था का निर्माण कर सकते हैं। सबसे मुख्य बात यह है कि अपनी आदतजनित व्यवहार में बदलाव के ऊपर एकाग्र करना।

इसकी शुरुआत करने का सबसे आसान तरीक़ा यह है कि रोज़मर्रा के कामकाज के लिए आप पहले से जिस हाथ का उपयोग करते हों, उसमें बदलाव कर देना। बहुत सारी आदतें आपके प्रमुख हाथ से जुड़ी रहती हैं। जो लोग दायें हाथ से काम करते हैं, वे बिना कुछ सोचे हर काम अपने दायें हाथ से करते हैं। आप दायें हाथ के स्थान पर बायें हाथ से काम करने लगें, तो यह आत्म नियंत्रण का अच्छा अभ्यास हो सकता है। दांत माँजने के लिए, कंप्यूटर के माउस को पकड़ने के लिए, दरवाज़ा खोलने के लिए, या चाय का प्याला उठाकर मुँह से लगाने के लिए दायें के स्थान पर बायें हाथ का प्रयोग कर सकते हैं। अगर दिन भर ऐसा करना बहुत मुश्किल लगता हो तो इसको कुछ समय के लिए ही करें। कुछ शोध अध्ययनों में सुबह आठ से शाम के आठ बजे तक का समय नियमित हाथ के स्थान पर दूसरे हाथ से काम करने को सौंप दिया। जिससे आठ बजे के बाद लोग अपनी पुरानी आदतों के अनुसार अपने हाथ का इस्तेमाल करने लगते हैं। तब तक वे दिन भर के कामकाज से शारीरिक और मानसिक रूप से मंद पड़ चुके होंगे। (बायें हाथ वालों के लिए नोट : यह अभ्यास हो सकता है आप लोगों के लिए उतना कारगर ना हो पाए, क्योंकि बायें हाथ से काम करने वाले बहुत हद तक दोनों हाथों से काम करने वाले होते हैं और वे दायें हाथ से भी काफ़ी काम करते हैं। इसलिए अपने दायें हाथ का इस्तेमाल करने से आपकी संकल्प शक्ति के ऊपर किसी तरह

का लाभ नहीं हो सकता है: कोई अतिरिक्त दबाव नहीं, इसलिए कोई अतिरिक्त लाभ नहीं)

प्रशिक्षण की एक और रणनीति अपने बोलने की आदत में बदलाव संबंधी हो सकती है, जो बहुत गहरे अर्थ में अंतर्निहित होता है और इसलिए उसको बदलने के लिए प्रयास करने की ज़रूरत होती है। उदाहरण के लिए, बचपन की आदत के कारण कहने का मतलब है, 'माने' जैसे शब्दों के लगातार प्रयोग के स्थान पर 'पूरे-पूरे' वाक्यों का प्रयोग करना शुरू कर दें। संक्षिप्त रूपों का प्रयोग बंद करें और हर चीज़ को उनके पूरे नामों से बुलाना शुरू कर दें। 'हाँ' और 'ना' का प्रयोग करें। आप कोसना बंद करें। आज के समय में किसी को किसी चीज़ के लिए कोसना पुरानापन लग सकता है, या बेवकूफ़ी भी : समाज ऐसे शब्दों को जगह ही क्यों दे जिसके बारे में जानते तो सब हैं लेकिन किसी को उन शब्दों को ज़ोरदार ढंग से कहने की अनुमति नहीं हो? लेकिन इस तरह के निषिद्ध शब्दों का महत्त्व इस बात में है कि आप उनको कहने से अपने आपको रोकें।

इनमें से किसी भी तकनीक को आपकी संकल्प शक्ति को बढ़ाना चाहिए, या किसी बड़ी चुनौती का सामना करने के पहले यह अच्छी शुरुआत की तरह हो सकती है, जैसे सिगरेट पीना छोड़ना या ख़र्चे को कम करना। लेकिन इन आदतों को लंबे समय तक बनाए रखने में हो सकता है कि आपको परेशानी हो जाए। ऐसे अभ्यासों को बनाए रखना जिनसे प्रकट तौर पर किसी तरह का पारितोषिक नहीं मिलता हो, बहुत बड़ी चुनौती होती है, जैसा कि शोधकर्ताओं ने तब महसूस किया, जब उन्होंने संकल्प शक्ति को मज़बूत बनाने वाले पहले प्रयोग के ऊपर काम किया। इसके शुरुआती परिणामों से मनोवैज्ञानिकों के बीच बहुत उत्साह पैदा हो गया, क्योंकि आत्म नियंत्रण को केवल उन दो गुणों में से एक माना जाता था, जिनसे बहुत तरह के लाभ होते थे, दूसरी विशेषता थी बुद्धि, जिसको बेहतर बना पाना बहुत मुश्किल साबित हुआ। जब छात्रों का दाख़िला हुआ तो शुरुआती कार्यक्रमों में उनका बौद्धिक प्रदर्शन बहुत बढ़ गया, लेकिन जब उन्होंने उसको छोड़ दिया तो जो लाभ महसूस हो रहा था, वह सब विस्मृत हो गया। कुल मिलाकर यही कहा जा सकता है कि आप जिस बुद्धि के साथ पैदा होते हैं, उसको बढ़ाने की दिशा में आप कुछ ख़ास नहीं कर सकते हैं। इसके कारण ऐसा लगता है कि आत्म नियंत्रण बहुत मूल्यवान हो गया, तथा समाजविज्ञानी इसको बेहतर बनाने के लिए व्यवस्थित रूप से कार्यक्रम बनाने लगे। नतीजा यह हुआ कि कई दशकों के दौरान शोधकर्ताओं को मिली-जुली सफलता मिली, क्योंकि शोधकर्ताओं के द्वारा जो अभ्यास लोगों को करने के लिए दिया जाता था, उसको करवा पाने में उनको मुश्किल होती थी। यही काफ़ी नहीं था कि ऐसा कोई व्यायाम तलाश किया जाए जो संकल्प शक्ति को बनाए। किसी ऐसे व्यायाम की ज़रूरत थी, जो कारगर हो।

शक्ति से और अधिक शक्ति की तरफ़

सबसे सफल रणनीतियों में से कुछ रणनीतियों का विकास आस्ट्रेलिया के दो मनोवैज्ञानिकों मेग ओटन तथा केन चांग के द्वारा किया गया। वे ऐसे लोगों को बहाल करते थे, जो जीवन से जुड़े किसी एक विशिष्ट पहलू को बेहतर बनाना चाहते थे, ताकि उस क्षेत्र में सीधे मदद की जा सके। आधे लोगों को तो तत्काल रूप से मदद दे दी गई, समूह के बाक़ी लोग नियंत्रण समूह के रूप में थे जिनकी मदद बाद में की जानी थी। इस प्रक्रिया को वेटिंग लिस्ट नियंत्रण समूह कहा गया, और यह इस बात को सुनिश्चित करने का अच्छा तरीक़ा था कि परीक्षण समूह एवं नियंत्रण समूह के एक जैसे लक्ष्य थे और एक जैसी आकांक्षाएँ थीं। सभी को एक समान सेवाएँ दी गई, लेकिन कुछ उसके लिए इंतज़ार में रहे, और इस दौरान उन्होंने उन्हीं परीक्षाओं और उपायों को आज़माया, जो उनको दिए गए थे जो अपनी संकल्प शक्ति को आज़माना चाहते थे। चूँकि उन अभ्यासों का सीधा संबंध लोगों के लक्ष्यों से था, ताकि वे अनुपालन करने के लाभों को देखकर उससे प्रेरित हो सकें।

एक प्रयोग में उन लोगों को शामिल किया गया था, जो अपने शरीर की फ़िटनेस को बढ़ाना तो चाहते थे, लेकिन नियमित रूप से व्यायाम नहीं कर रहे थे। कुछ लोगों को तत्काल जिम की सदस्यता दिलाई गई और उनके साथ एक प्रयोग किया गया जिससे कि वे नियमित व्यायाम की योजना बना सकें। उन्होंने एक डायरी रखनी शुरू की जिसमें अपने सभी व्यायाम सत्रों को दर्ज किया। एक और प्रयोग में छात्रों को रखा गया, जो अपने पढ़ने लिखने की आदत को बेहतर बनाना चाहते थे। जिन लोगों को तत्काल मदद मिली उन्होंने दीर्घ अवधि के लक्ष्य और कामकाज निर्धारित किए और उन कामों को छोटे छोटे चरणों में विभाजित कर लिया। उनके अध्ययन की योजना का समन्वय अन्य तरह की ज़िम्मेदारियों के साथ किया गया (जैसे साथ में किए जाने वाले काम), तथा छात्रों ने काम में होने वाली प्रगति को डायरी में दर्ज करना शुरू कर दिया। एक और तरह के प्रयोग ने लोगों को इसका अवसर दिया कि वे अपना बजट तैयार करके ऐसी योजना बनाएँ जिससे कि अधिक से अधिक धन की बचत कर सकें। उन्होंने कितना कमाया और कितना ख़र्च किया, इसका हिसाब-किताब रखने के अलावा एक डायरी में उन्होंने इस बात को भी दर्ज करना शुरू किया कि पैसे ना ख़र्च करने के लिए उनको कितना संघर्ष करना पड़ा- बाज़ार में दुकान के शो विंडो में सामानों को देखकर ख़रीदने के लालच से बचने के लिए अपने आपको घर से बाहर निकलने ही नहीं दिया, और पैसे बचाने के लिए छुट्टी पर जाने को मुल्तवी किया, या ऐसी ख़रीदारियों को टाल दिया जो वे सामान्य तौर पर किया करते।

सभी प्रकार के प्रयोगों में प्रतिभागी समय समय पर ऐसे प्रयोगशाला में ऐसे अभ्यासों के लिए आए जो उनको अपने विकास के लिए फ़ालतू लग सकते थे। जैसे जिनके ऊपर प्रयोग किया जाने वाला होता था, उनको कंप्यूटर के स्क्रीन पर छह काले चौकोर खानों को देखते रहना होता था। जिनमें से तीन चौकोर घेरे थोड़ी देर के लिए चमकते थे, उसके बाद सभी चौकोर घेरे कंप्यूटर स्क्रीन पर आड़े-तिरछे घूमने लगते। पाँच सेकेंड के बाद हर प्रतिभागी को यह बताना होता कि शुरू में कौन से चौकोर घेरे चमकते हुए दिखाई दिए थे। इसलिए इस अभ्यास में अच्छा करने के लिए आपको अपने दिमाग़ में यह दर्ज कर लेना होगा कि आपको किस चौकोर घेरे को देखना होगा तथा जैसे-जैसे वे हरकत करते रहेंगे, आपको उनको देखते रहना होगा। जिस बात ने इसको और मुश्किल बनाया वह यह था कि इस अभ्यास के दौरान पास में एक टेलीविज़न सेट पर एडी मर्फ़ी की स्टैंड आप कॉमेडी शो दिखाई जा रही थी, जो शो दर्शकों के सामने दिखाया जा रही थी और देखने वाले देखकर ज़ोर-ज़ोर से शोर मचा रहे थे। अगर आप उसके स्टैंड आप कॉमेडी को देखने की तरफ़ ध्यान लगाते या उसके चुटकुलों पर अधिक ध्यान देने लगते तो आपका ध्यान उन चौकोर घेरों से हट जाता। अच्छे प्रदर्शन के लिए आपको चुटकुलों पर ध्यान नहीं देना था, और अपने ध्यान को उबाऊ चौकोर घरों पर लगाए रखना था, यह ऐसा काम था, जिसके लिए निश्चित रूप से अपने ऊपर नियंत्रण रखने की ज़रूरत थी। शोध में भाग लेने वाले प्रतिभागियों ने हर सत्र में दो बार इस परीक्षा को दिया। पहली बार जब वे प्रयोगशाला में नए नए आए थे। दूसरी बार कुछ समय के बाद जब उनकी संकल्प शक्ति कुछ मंद पड़ चुकी थी।

इन सभी प्रयोगों में नतीजे कुल मिलाकर एक जैसे ही रहे। जैसे-जैसे सप्ताह गुज़रते गए तो जो लोग व्यायाम करने, पढ़ाई करने, या पैसों का हिसाब-किताब करने में आत्म नियंत्रण का अभ्यास करते थे, उन लोगों ने एडी मर्फ़ी के चुटकुलों से ध्यान हटाकर चौकोर घरों पर ध्यान लगाने की दिशा में बेहतर काम किया। विशेष रूप से सबसे बेहतर प्रदर्शन संकल्प शक्ति के मंद पड़ने के प्रभावों में पड़ा (जो कि प्रयोगशाला में हर सत्र के बाद किए जाने वाले आत्म नियंत्रण संबंधी परीक्षा में दिखाई दिया)। कहने का मतलब यह है कि व्यायाम करने के कारण लोगों के स्टेमिना में बढ़ोतरी हुई, जिसके कारण उन लोगों ने उस समय भी अपने लालच के ऊपर क़ाबू किया, जब वे मानसिक रूप से मंद अवस्था में थे।

इसलिए यह कोई हैरानी की बात नहीं कि वे अपने-अपने लक्ष्यों की दिशा में भी बढ़ते गए। जो अपने फ़िटनेस के कार्यक्रम में लगे हुए थे, वे और फ़िट हो गए; जो प्रशिक्षार्थी अपने पढ़ाई के अनुशासन के ऊपर ध्यान रख पा रहे थे, उन्होंने पढ़ाई से जुड़े और भी काम किए; जो लोग धन के प्रबंधन से जुड़े हुए थे, उन लोगों ने

अधिक बचत की। लेकिन जो बात सबसे हैरान करने वाली थी, वह यह थी कि वे दूसरे कामों में भी पहले से बेहतर हो गए थे। जिन छात्रों ने अध्ययन-अनुशासन का कार्यक्रम किया था, उनके बारे में पता चला कि वे पहले से अधिक व्यायाम करने लगे थे और फ़ालतू के ख़र्चे पर उन्होंने विराम लगा दिया था। जिन लोगों ने फ़िटनेस तथा पैसों के हिसाब-किताब के कार्यक्रम में भाग लिया था, उनका कहना था कि वे अधिक मेहनत से पढ़ाई करने लगे थे।

किसी एक क्षेत्र में आत्म नियंत्रण का अभ्यास करने से ऐसा लगता है कि जीवन का सभी क्षेत्रों में विकास हो जाता है। वे पहले से कम सिगरेट पीने लगे और पहले से कम शराब भी पीने लगे। वे अपने घर पहले से अधिक साफ़ रखने लगे। वे बर्तनों को सिंक में रखने के बजाय उनको धोने लगे, और वे अपने कपड़े पहले से अधिक धोने लगे। वे टालमटोल कम करने लगे। वे टीवी देखने और दोस्तों के साथ घूमने-फिरने जाने के बजाय अपने काम पर अधिक ध्यान देने लगे। वे जंक फूड पहले से कम खाने लगे, खाने-पीने की बुरी आदतों के स्थान पर स्वास्थ्यवर्धक खाना खाने लगे। आपको ऐसा लग सकता है कि जिन लोगों ने वर्जिश करना शुरू कर दिया, उन लोगों ने अपने खानपान पर अधिक ध्यान देना शुरू कर दिया होगा, लेकिन हमारे अध्ययन में यह पाया गया कि हुआ इससे ठीक उलट : एक बार जब आप वर्जिश करना शुरू करते हैं तो आपको लगने लगता है कि आप बहुत बड़ा काम कर रहे हैं और आप और अधिक कैलोरी वाला भोजन करने लगते हैं। (यह 'लाइसेंसिंग इफ़ेक्ट' का उदाहरण है, यानी जब आप कोई एक अच्छा काम करने लगते हैं तो आपको लगने लगता है कि आपको पाप करने का लाइसेंस मिल गया है)। लेकिन इस प्रयोग में व्यायाम करने वाले इस लोभ में नहीं पड़े। ना ही हिसाब किताब से ख़र्च करने वाले लोग सस्ते भोजन के बजाय महँगे और ताज़े भोजन के चक्कर में पड़े। अगर ऐसा था तो उन लोगों ने स्वास्थ्यवर्धक भोजन के ऊपर *अधिक* ख़र्चा करना शुरू कर दिया, जिसका कारण यह था कि अपने ऊपर उनका नियंत्रण पहले से बढ़ गया था।

कुछ लोगों के बारे में तो यह भी पाया गया कि अपने गुस्से के ऊपर उनका नियंत्रण पहले से बढ़ गया था, इस बारे में और गहराई से पता चला घरेलू हिंसा पर ओटेन द्वारा नार्थवेस्टर्न यूनिवर्सिटी के एली फ़िंकेल तथा अन्य मनोवैज्ञानिकों द्वारा घरेलू हिंसा को लेकर किए गए अध्ययन से। शोधकर्ताओं ने लोगों से यह पूछा कि अपने जीवन साथी के प्रति शारीरिक रूप से आक्रामक होने की उनकी कितनी संभावना थी, जैसे अलग-अलग तरह के हालात में, जैसे जीवनसाथी के द्वारा इज़्ज़त नहीं देने से, या किसी और के साथ संबंध बनाने के बारे में जानने के बाद उनको थप्पड़ या मुक्के से मारना या उनके ऊपर किसी हथियार से हमला

करना। इसके बाद शोधकर्ताओं ने प्रतिभागियों से दो सप्ताह के लिए संकल्प शक्ति का अभ्यास करने के लिए कहा, सिवाय एक नियंत्रण समूह के। दो सप्ताह के अभ्यास के बाद जिन लोगों ने अभ्यास किया था, उन लोगों ने बताया कि अपने प्रियजनों के द्वारा उकसाने के बावजूद वे उस तरह से हिंसक नहीं हुए, ऐसा उन्होंने अभ्यास करने के पहले की अपनी अवस्था से तुलना करने के बाद तथा जिन लोगों ने अभ्यास नहीं किया था, उनके साथ तुलना के आधार पर बताया। (नैतिक तथा व्यावहारिक कारणों से शोधकर्ताओं ने बजाय इसके परीक्षण करने के कि वे लोग वास्तव में कितनी बार मारपीट करते हैं, या अपने जीवन साथी को और किस-किस तरह से परेशान करते हैं, अपने हिंसक स्वभाव के बारे में लोगों ने जो बताया उसी से संतोष कर लिया।) बेहतर आत्म-नियंत्रण का मतलब यह हुआ कि घरेलू हिंसा में कमी आ गई।

कुल मिलाकर इस तरह की खोजों से यह पता चलता है कि संकल्प शक्ति के प्रयोग से कितने असाधारण तरह के लाभ होते हैं। इस बात को समझे बिना लोगों को अपने जीवन के अलग-अलग क्षेत्रों में लाभ महसूस होते हैं, जिनका उन व्यायामों से कोई संबंध नहीं होता, जो वे कर रहे थे। प्रयोगशाला में परीक्षण से इसका मतलब समझ में आया : उनकी संकल्प शक्ति धीरे-धीरे मजबूत हुई थी, इसलिए वह पहले की तरह मंद नहीं पड़ती थी। आत्म नियंत्रण के एक विशेष रूप पर एकाग्र करने के लाभ बहुत्य अधिक होते हैं, डेविड ब्लेन तथा बेन फ्रेंकलिन के प्रयोगों से यही बात सामने आई। जिनके ऊपर प्रयोग किए गए उनसे यह पता चला कि उनको ब्लेन या फ्रेंकलिन के लाभ के लिए असाधारण रूप से किसी तरह की संकल्प शक्ति का प्रदर्शन नहीं करना था : जब तक आप किसी तरह के व्यायाम को करने के लिए प्रेरित रहते हैं, तो आपकी संकल्प शक्ति में सर्वांगीण विकास होता है, कम से कम प्रयोग किए जाने के दौरान।

लेकिन उसके बाद क्या? चाहे इसके परिणाम कितने ही असाधारण क्यों ना रहे हों, लेकिन ये प्रयोग कुछ सप्ताह या महीने तक ही चलता रहा। अनंत काल तक अपने आपको अनुशासित रखना कितना मुश्किल रहा होगा?

यहाँ एक बार फिर से डेविड ब्लेन के प्रसंग से यह बात समझ में आती है।

अब तक की सबसे मुश्किल कलाबाज़ी

संकल्प शक्ति के बारे में वैज्ञानिक शोध के बारे में डेविड ब्लेन को बताने के पहले हम लोगों ने उनसे पूछा कि वे ऐसा कौन सा काम करते हैं, जो उनको बहुत कठिन लगा था। यह समझने वाली बात थी कि किसी एक का चुनाव करना उनके लिए

आसान नहीं था। इतने सारे कठिन अनुभव, इतनी तरह की चिंताएँ। *ओप्रा* के टीवी शो में सत्रह मिनट के साँसें रोक लेना बहुत तकलीफ़देह था, लेकिन संक्षिप्त था। लगातार आतंक में जीने के क्रम में उनका आख़िरी करतब था, पैंतीस घंटे खंभे पर खड़े होना, जिस दौरान वे तरह तरह के मतिभ्रमों और नींद से लड़ने का प्रयास कर रहे थे(और आठवीं मंज़िल से गिरकर मर गए)। तकलीफ़ों की बात करें तो टेम्स नदी में बिना खाए-पिए शीशे के बक्से में चवालीस दिन तक रहना बहुत तकलीफ़देह था। वह ना केवल यह देख रहा था कि नीचे लोग मौजमस्ती करते हुए खा-पी रहे थे, बल्कि उसको नीचे विशाल विज्ञापन भी दिखाई दे रहा था, 'जब संकल्प शक्ति भी काफ़ी नहीं होती।' उसने उस विज्ञापन की प्रशंसा करने की कोशिश की, लेकिन यह काम धीरे-धीरे कठिन होता गया। 'अड़तीसवें दिन तक मेरे मुँह से सल्फ़र की गंध आने लगी, क्योंकि मेरा शरीर अपने ही अंगों को खाए जा रहा था', उसने याद करते हुए कहा। 'मेरे सारे शरीर में दर्द हो रहा था। जब मेरे शरीर ने अपनी मांसपेशियों को खाना शुरू कर दिया तो ऐसा लग रहा था मानो कोई मेरी बाँह में चाकू घोंप रहा हो।'

लेकिन ब्लेन ने हमें यह बताया कि उसका सबसे मुश्किल करतब था, बर्फ़ में तिरेसठ घंटे तब बंद रहना। जब उन लोगों ने उसको टाइम्स स्क्वायर में साठ टन के बर्फ़ की सिल्लियों में बंद कर दिया, तो बर्फ़ उसके चेहरे से बमुश्किल आधे इंच की दूरी पर थी। उसको बहुत अजीब तरह से घुटन महसूस होने लगी, और वह ठंड से काँपने लगा। बाहर का मौसम तो बहुत गर्म था, लेकिन अगले तीन दिन तक बर्फ़ के बीच उसको बहुत ठंड लगती रही, इसके कारण और एक नई तरह की समस्या उठ खड़ी हुई : बर्फ पिघलने के कारण उसके गर्दन और पीठ के खुले हिस्से पर ठंडे पानी की बूँदें गिरती रहीं, जो एक तरह की यंत्रणा थी उसके लिए। इस बीच, वह सो नहीं पाया, क्योंकि बर्फ़ पर लेटने से उसके शरीर के अंग पिघल सकते थे, और अंतिम दिन नींद की कमी उसके लिए सबसे बड़ी समस्या हो गई, जिस दिन उसको टेलीविज़न के प्राइम टाइम शो में मुक्त किया जाना था।

'मुझे ऐसा महसूस होने लगा जैसे मैं सही नहीं था', ब्लेन ने कहा। 'ऐसा लग रहा था जैसे मेरे अंगों ने काम करना बंद कर दिया हो, लेकिन दिमाग़ी स्वास्थ्य की ख़राबी से बुरा कुछ भी नहीं था। मैंने बर्फ़ की दूसरी तरफ़ खड़े एक आदमी से पूछा कि कितना समय हो रहा था। उसने जवाब दिया, 'दो बजे हैं।' *मैंने मन ही मन कहा, हे ईश्वर, दस बजे से पहले मेरा छुटकारा नहीं होने वाला। अभी आठ घंटे और हैं।* मैंने अपने आपसे कहा कि जब केवल छह घंटे रह जाएँगे तो उतना बुरा नहीं लगेगा, इसलिए मुझे दो घंटे और बिताने हैं। जब मैं इस तरह के करतब दिखाते था, तो इसी समय काटने की इसी तकनीक का इस्तेमाल करता था, धीरज के साथ

इंतज़ार करता, और यह मुश्किल काम था।' मुझे आवाज़ें सुनाई दे रही थीं। मुझे बर्फ़ में लोगों की आकृतियाँ दिखाई दे रही थीं। और मुझे यह बात समझ में नहीं आ रही थी कि नींद ना आने के कारण मुझे सब कुछ इस तरह से दिखाई दे रहा था। जो चल रहा होता है उसके बारे में आपको कुछ समझ नहीं आता- आपको वह सब वास्तविक लगने लगता है, क्योंकि आप जागे हुए होते हैं। इसलिए दो घंटे तक मैं इंतज़ार करता रहा। उसके बाद मैंने बर्फ़ के पार एक आदमी को देखकर पूछा, 'अभी क्या समय हुआ है?'

बर्फ़ के पार देखते हुए भी ब्लेन के दिमाग़ में इतनी शक्ति थी कि उसको यह बात समझ में आ रही थी कि यह उसी आदमी की तरह दिखाई दे रहा था जो दो बजे था। उसके बाद उसको यह समझ में आया कि यह वही आदमी था।

उसने कहा, 'दो बजकर पाँच मिनट', ब्लेन ने याद करते हुए बताया। 'इसके बाद से सब कुछ बहुत बिगड़ने लगा।'

प्राइम टाइम के समय तक निकाले जाने तक वह किसी तरह बर्फ़ में बना रहा, लेकिन उसको इतनी नींद आ रही थी, वह इतना असंगत लग रहा था, और इतना कमज़ोर कि उसको तत्काल एंबुलेंस तक लेकर भागना पड़ा। 'बाद में तो मुझे ऐसा लगने लगा था मानो मैं किसी यातनागृह में हूँ। मुझे सच में ऐसा लगने लगा था, मानो मुझे परख़ा जा रहा हो, और यह वह स्थान था, जहाँ से मैं स्वर्ग या नर्क जाने की राह देख रहा था। उन अंतिम आठ घंटों में मेरी दशा जैसी ख़राब थी, वैसी कभी नहीं हुई थी। जो भी था, वह बहुत भयानक था और कुछ ऐसा नहीं था जो मुझसे परे रहा हो।'

सुनकर ऐसा लग रहा हो कि यह उन कामों में सबसे मुश्किल काम था। लेकिन जब ब्लेन ने बॉमाइस्टर तथा अन्य वैज्ञानिकों के प्रयोगों के बारे में सुना तो उसके दिमाग़ में कोई और बात आई। जब ब्लेन ने यह सुना कि संकल्प शक्ति को मजबूत बनाने वाले तरह-तरह के व्यायामों के अनेक लाभ होते हैं तो उसने सिर हिलाते हुए कहा, 'इस बात का पूरी तरह से मतलब समझ में आता है। आप अनुशासन बना रहे हैं। अब जब मैं इसके बारे में सोचता हूँ कि जब मैं किसी करतब की तैयारी कर रहा होता हूँ तो मेरा एक लक्ष्य होता है और उसी के आधार पर मैं सब कुछ बदल देता हूँ। मैं अपने जीवन से जुड़े हर पहलू में आत्म नियंत्रण का प्रयोग करता हूँ। मैं हर समय पढ़ता रहता हूँ। मैं सही तरह से भोजन करता हूँ। मैं नेक काम करता हूँ- मैं अस्पतालों में बच्चों से मिलने जाता हूँ और जितना हो सके करता हूँ। मेरे अंदर तरह तरह की ऊर्जा आ जाती है। अपने ऊपर पूरी तरह से नियंत्रण रहता है। मैं पोषण के आधार पर खाता हूँ। मैं किसी भी चीज़ का सेवन बहुत अधिक नहीं करता। शराब नहीं पीता। कहने का मतलब यह है कि मैं समय नष्ट नहीं करता।

लेकिन जैसे ही मेरा वह करतब पूरा हो जाता है मैं इस सबके उलट करने लगता हूँ, जिसमें अपने ऊपर मेरा किसी तरह का नियंत्रण नहीं रहता, और यह ऐसा लगता है जैसे यह हर चीज़ में फैली हुई होती है। ऐसा लगता है कि जब मैं सही खानपान बंद कर देता हूँ तो मैं उतनी ही देर बैठकर पढ़ नहीं पाता। उसी तरह से मैं ध्यान नहीं एकाग्र कर पाता। मैं उसी तरह से अपने समय का सदुपयोग नहीं कर पाता। मैं बहुत सारा समय बर्बाद करने लगता हूँ। पीने लगता हूँ। अजीब-अजीब तरह के काम करता हूँ। एक करतब दिखाने के बाद तीन महीने में मेरा वज़न 180 पाउंड से 230 पाउंड हो जाता है।'

उस समय जब वह ग्रीनविच विलेज के अपने अपार्टमेंट में बातचीत कर रहा था, ब्लेन उस समय दो करतबों के बीच के दौर में था। उसने एक छोटा-सा करतब पूरा किया था, जिसमें उसको खुले समुद्र में बिना किसी तरह की सुरक्षा के शार्क मछलियों के बीच रहना था, रोज़ाना दिन में चार घंटे, और अब वह एक नई योजना के ऊपर काम कर रहा था, जिसमें शीशे की बोतल के अंदर बंद होकर वह प्रशांत महासागर को पार करने की योजना बना रहा था, लेकिन उसकी वह परियोजना अभी भी अधूरी थी। इसलिए वह आराम कर रहा था और वज़न बढ़ा रहा था। 'आप लोग ऐसे समय में मुझसे मिलने के लिए आए हैं, जब मैं बिलकुल अनुशासित नहीं हूँ', वह बोला। 'मैं पाँच दिन तो अच्छे से खाऊँगा और फिर अगले बीस दिन तक पागलों की तरह खाऊँगा। और फिर जब मैं फिर से प्रशिक्षण के लिए तैयार हो जाऊँगा, तो मैं पूरी तरह से गंभीर हो जाऊँगा, फिर मैं एक सप्ताह में अपना वज़न तीन पाउंड कम करूँगा, और इसी रफ़्तार से महीने भर में मैं अपना वजन बारह पाउंड कम कर लूँगा। इस तरह से पाँच महीने में मैं पूरी तरह से रूपांतरित हो जाऊँगा और मेरे अनुशासन का स्तर बहुत बढ़ जाएगा। काम करते समय तो मैं अपने आपको पूरी तरह से अनुशासित रखता हूँ, लेकिन कई बार ज़िंदगी में किसी तरह का अनुशासन नहीं रहता।'

शार्क मछलियों के बीच रहना, सत्रह मिनट तक अपनी साँसों को रोके रखना, तिरेसठ घंटे तक के लिए बर्फ़ में रहना और भयानक यातना में जीना- यह सब तो वह सँभाल लेता था लेकिन रोज़मर्रा के जीवन से वह परेशान हो जाता था। बर्फ में इतनी देर तक रहकर उसने सहनशीलता का विश्व रिकॉर्ड बनाया, लेकिन इस उपलब्धि को गिनीज़ बुक ऑफ़ वर्ल्ड रिकार्ड्स में दर्ज नहीं किया गया, क्योंकि उसने इससे जुड़ी काग़ज़ी कार्रवाइयाँ नहीं की थीं। उसके पास काग़ज़ात थे, लेकिन वह टालमटोल करता रहा। उसने लंदन में 44 दिनों का उपवास किया था, लेकिन आजकल वह फ्रिज में रखे भोजन को लेने से अपने आपको रोक नहीं पाता। ज़ाहिर है कि इसका एक कारण यह है कि सब चीज़ें उसको आसानी से उपलब्ध हैं। 'मुझे

नहीं लगता है कि मैं अगर किसी अपार्टमेंट में रहा होता तो मैं 44 दिनों तक उपवास कर पाया होता', वह बोला। 'लंदन में जब मैं बक्से में बंद था तो मेरे पास लालच करने का कोई ज़रिया नहीं था, क्योंकि मैं खुले में था। जो मेरी तरफ़ से इसको सार्वजनिक करने का कारण था, क्योंकि मुझे यह पता था कि मुझे यह काम करना ही था।' लेकिन अगर वह घर में सात सप्ताह का उपवास नहीं कर सकता तो वह रोज़ाना के अपने खानपान में कटौती क्यों नहीं कर सकता? खाने, पढ़ने और कारगर ढंग से काम करने में वह अनुशासन का पालन क्यों नहीं कर सकता या उसको ऐसा करना कठिन क्यों लग रहा था?

कारण यह था उसके अंदर प्रेरणा का अभाव था। उसको ना तो किसी और को कुछ साबित करना था ना ही अपने आप को। वह और दूसरे लोग भी इस बात को जानते थे कि वह जब चाहे अपने ऊपर नियंत्रण रख सकता था, और तो करतबों के बीच अंतराल लेने के कारण कोई यह नहीं कह सकता था कि आराम ग़लत था। अपनी असाधारण संकल्प शक्ति के बावजूद जब आत्म नियंत्रण की सबसे बड़ी चुनौती सामने आई तो उसको भी हम लोगों जैसी समस्या का ही सामना करना पड़ा : कुछ दिनों के लिए नहीं बल्कि साल दर साल अनुशासन को बनाए रखना। इसके लिए आपको अलग तरह के सहनशक्ति का प्रदर्शन करने वाले कलाकारों की तकनीक चाहिए।

7

अपने आपको चालाकी से अंधेरे से निकालना

आत्म नियंत्रण बारूद से अधिक अविभाज्य है।

– हेनरी मॉर्टन स्टैनली

1887 में हेनरी मोर्टन स्टैनली कांगो नदी तक गए और अनजाने में एक विनाशकारी प्रयोग की शुरुआत की। यह अफ्रीका के अंदरूनी हिस्से तक की उसकी पहली लंबी यात्रा के बहुत बाद की बात है, जब 1871 में एक पत्रकार के रूप में उन्होंने की थी, जब उनकी प्रसिद्धि हुई थी, वहाँ एक स्कॉटिश मिशनरी से उनकी भेंट हुई थी, जो उनके साथ अपनी पहली भेंट की रिपोर्टिंग की थी : 'डॉ लिविंगस्टोन, मेरे ख़याल से।' अब छियालीस साल की उम्र में स्टैनली अनुभवी खोजी हो चुके थे और तीसरी बार अफ्रीका की यात्रा पर जा रहे थे। जब वे वर्षा वन के अनजाने इलाक़ों में जा रहे थे तो अन्वेषण की अपनी यात्रा को नदी किनारे ख़ेमा डालकर विराम दिया और आने वाली आपूर्ति का इंतज़ार करने लगे। पीछे की टुकड़ी के जो अगुआ थे सब ब्रिटेन के प्रतिष्ठित परिवारों के लोग थे, वे अंतरराष्ट्रीय शर्मिंदगी की दिशा में बढ़ रहे थे।

एक ब्रिटिश सैनिक तथा डॉक्टर के साथ उन लोगों के ज़िम्मे रास्ते में पड़ने वाले किले की ज़िम्मेदारी आ गई, जब उनका नेतृत्व करने के लिए स्टैनली नहीं रहा तो वे नियंत्रण खो बैठे। उन लोगों ने वहाँ के बीमार नागरिकों का इलाज करने से इनकार कर दिया और तथा उनके मातहत अफ्रीका के जो नागरिक थे, उनको बिला वजह बीमारी और विषाक्त भोजन से मरने के लिए छोड़ दिया। वे लोग

अफ़्रीका की युवतियों का अपहरण करने लगे, उनको ख़रीदने लगे और उनको सेक्स गुलाम बना लिया। जब उनकी हरम की एक लड़की अपने माता पिता के पास जाने के लिए रोने-चीख़ने लगी तो उसको नज़रअंदाज़ कर दिया गया; जब एक युवती उनके चंगुल से भाग खड़ी हुई तो उसको पकड़ कर लाया गया और बाँध कर रखा गया ताकि वह फिर से नहीं भाग सके। किले का जो ब्रिटिश सेनापति था, वह अफ़्रीका के नागरिकों को बहुत बुरी तरह से मारता-पीटता था, कई बार उनको लोहे की पतली छड़ी भोंक देता था, कई बार उन अफ़्रीकी नागरिकों को छोटी-छोटी ग़लतियों के लिए गोली मार देता था या कोड़े से ऐसी पिटाई करता था कि वे अधमरे हो जाते थे। उसके अधिकतर अफ़सर किसी तरह की आपत्ति नहीं करते थे। ब्रिटिश फ़ोर्ट के आसपास एक बौनी स्त्री अपने अनेक बच्चों के साथ रहती थी, जब वे खाना चुराते हुए पकड़े गए तो उनके कान के कुछ हिस्से काट दिए गए। पीछे की टुकड़ी का एक अफ़सर, जो प्रकृतिवादी था और जैमसन व्हिस्की बनाने वाली कंपनी का वारिस था, ने ग्यारह साल की एक लड़की को मारकर नरभक्षियों को खाने के लिए दे दिया- जबकि वह बैठकर इस सबका चित्र बनाता रहा।

इसी सब के बीच जोसेफ़ कोनराड कांगो की अपनी यात्रा की शुरुआत करने वाला था, और इसके एक दशक के बाद उसने *हार्ट ऑफ़ डार्कनेस* में कुर्त्ज़ नामक एक बर्बर साम्राज्यवादी किरदार बनाया, 'जिसके अंदर कमी यह थी कि अपनी तरह तरह की वासनाओं का आनंद उठाने से अपने आपको रोक नहीं पाता था', कारण यह था कि 'वह अंदर से ख़ाली था', तथा 'जंगली इलाक़ों में वह खुलकर रहता था।' लेकिन अफ़्रीका के जंगलों की ख़तरनाक स्थिति के बारे में यूरोपीय लोगों को तब पता लग गया, जब उन लोगों ने स्टैनली की पिछली टुकड़ी के बारे में पढ़ना शुरू किया। आलोचकों ने इस तरह के अभियानों के अंत की बात की, और स्टैनली के लिए दुखद बात यह रही कि यह अपनी तरह का अंतिम अभियान साबित हुआ। वह भी अपने साथ के सैनिकों की आलोचना में शामिल हो गया, और उसने निश्चित रूप से निर्जनता के ख़तरों के बारे में बात की, लेकिन उसने उनको दुर्गम के रूप में नहीं देखा। क्योंकि जब पीछे की टुकड़ी उन्मत्त हो रही थी तो उस जंगल के माहौल में स्टैनली अनुशासन बनाए हुए था। वह और अभियान दल की अग्रिम पंक्ति ने वर्षा वन के बीच से रास्ता बनाने में महीनों लगाए थे। बारिश लगातार हो रही थी, और कमर तक गहरे कीचड़ था, जिसमें से चलते हुए उनको कीड़े तो काट ही रहे थे, चींटियाँ भी काट रही थीं। लगातार भूख के कारण वे कमज़ोर हो गए थे, घावों और छालों के कारण उनसे चला नहीं जा रहा था, ऊपर से मलेरिया और दस्त के कारण वे अशक्त हो रहे थे। वे अपंग हो गए और मर गए, कई बार उनको वहाँ के मूल निवासियों ने ज़हरीले तीरों तथा बरछियों से उनके ऊपर हमला करके उनका काम तमाम कर दिया। एक समय तो ऐसा आया कि बीमारियों तथा

भूख के कारण रोज़ाना अनेक लोग मर रहे थे। अफ्रीका के घने अंधेरे जंगल में स्टैनली के साथ जो लोग अभियान पर निकले थे, उनमें से प्रत्येक तीन में से एक आदमी ही बच पाया। आपको इतिहास में ऐसे किसी अभियानकर्ता का नाम याद करने में मुश्किल होगी, जिसने जंगल के बहुत अंदर जाने के लिए इतनी परेशानी उठाई और आतंक उठाया हो। इस अभियान की तुलना शायद स्टेनली की पिछली अंतरमहाद्वीपीय यात्रा से की जा सकती थी, जिसने कांगो तथा नील नदी के स्रोत को स्थापित किया। लेकिन स्टैनली साल दर साल, अभियान दर अभियान अपनी धुन में लगा मेहनत करता रहा। उसके यूरोपीय साथी उसके आत्मबल की शक्ति पर रश्क करते थे। अफ्रीकी उसको बुला मातारी कहते थे : चट्टान तोड़ने वाला। अफ्रीका में जिन लोगों ने अभियान में उनके सफलतापूर्वक हिस्सा लिया था, वे उनके साथ बार-बार अभियान पर जाना चाहते थे, वे उसकी कड़ी मेहनत और संकल्प के लिए ही उसकी प्रशंसा नहीं करते थे, बल्कि बुरी से बुरी परिस्थिति में भी उसकी करुणा और धैर्य बनाए रखने की क्षमता की तारीफ़ भी करते थे। दूसरे लोगों का यह आरोप था कि जंगल में भटकने से पुरुष जंगली के रूप में बदल जा रहे थे, लेकिन स्टैनली का यह कहना था कि उसको इससे लाभ हुआ : 'जहाँ तक मेरी बात है तो मेरा ऐसा कोई दावा नहीं है कि प्रकृति की असाधारण सुंदरता का अनुभव मुझे हुआ; लेकिन मैं यह ज़रूर कहना चाहूँगा कि मैंने अपनी ज़िंदगी की शुरुआत एक रूखे, अशिक्षित, अधीर आदमी के रूप में की थी, लेकिन मेरी असली शिक्षा तो अफ्रीका के इन अनुभवों से हुई जिनके बारे में अब कुछ लोगों का ऐसा कहना है कि वे अपने आप में यूरोपीय विशेषताओं के लिए लिए हानिकार थीं।'

इस अनुभव ने उसको क्या सिखाया? जंगल में भटकने का यह अनुभव उसको उबाऊ क्यों नहीं लगा? अपने जमाने में स्टैनली के इन प्रयासों से जनता बहुत ख़ुश रहती थी तथा कलाकार एवं बुद्धिजीवी उनसे ईर्ष्या करते थे। मार्क ट्वेन ने यह भविष्यवाणी की थी कि अपने समकालीनों में स्टैनली एक तरह से अकेला इंसान होगा, जो एक शताब्दी के बाद भी लोकप्रिय रहेगा। 'जब मैं यह देखता हूँ कि अपेक्षाकृत अपने छोटे से जीवन में मैंने क्या हासिल किया और संभवतः इससे भी छोटे जीवन काल में स्टैनली ने जो हासिल किया', ट्वेन ने कहा, 'उसका प्रभाव यह रहा कि उसने मेरी आत्म प्रशंसा की दस मंज़िला इमारत को उसने मिटाकर शांत कर दिया और तहख़ाने के सिवा पीछे कुछ नहीं छोड़ा।' एंटोन चेख़व ने यह घोषणा की थी कि अकेला स्टैनली दर्जन भर स्कूलों तथा सैकड़ों किताबों के बराबर है। रूसी लेखक ने इस बात को लक्षित किया कि स्टैनली में अपने किसी लक्ष्य के लिए ज़िद भरा जुनून है, चाहे निजी ख़ुशी को लेकर जितने ख़तरे हों, लोभ हों, सब उनके उच्च नैतिक बल का कारक है।' लेकिन ब्रिटेन तथा अधिकतर यूरोप अमेरिका के इस ढीठ संवाददाता को लेकर आशंकित रहता था, और ऐसे ईर्ष्यालु

प्रतिद्वंद्वी थे, जो इसको लेकर बहुत बेचैन रहते थे कि उसके अभियान कौशल में कमी निकाली जाए, ख़ासकर पश्च स्तंभ की सनसनीख़ेज़ घटना के बाद। आगामी शताब्दी में उसकी ख्याति में कमी आई, जब जीवनीकारों एवं इतिहासकारों ने उसके अभियानों तथा 1880 के दशक में बेल्जियम के सम्राट लियोपोल्ड के साथ उसके जुड़ाव के कारण उसकी आलोचना की, जिनके हाथी दाँत के व्यापारियों ने *हार्ट ऑफ़ डार्कनेस* को सीधे तौर पर प्रेरित किया। जब औपनिवेशिक शासन का अंत होने लगा तथा विक्टोरियाई किरदारों को लेकर उत्साह कम होने लगा तो स्टैनली को आत्म संयम की मिसाल के रूप में कम तथा स्वार्थी नियंत्रक के रूप में अधिक देखा जाने लगा। उनके बारे में यह कहा जाने लगा कि वह एक क्रूर इंसान था, जो लोगों का शोषण करता था, वह एक निर्मम उपनिवेशवादी था जिसने बड़ी बेरहमी से अफ़्रीका में अपना मार्ग बनाया। इस क्रूर विजेता को अक्सर संत जैसे डॉ लिविंगस्टन के विपरीत रखकर देखा गया, उस एकल यात्री के जिसने उस महाद्वीप को निःस्वार्थ भाव से पार किया और यह देखते हुए कि किसी को मदद की ज़रूरत तो नहीं है।

लेकिन हाल में एक और स्टैनली उभर कर आया है, जो आधुनिक पाठकों को उस निर्भीक नायक के मुक़ाबले अधिक लुभावना लगने लगा है, जो निर्मम तरीक़े से नियंत्रण स्थापित करने के लिए निकला था। वह अभियानकर्ता जंगल में निस्वार्थता के कारण नहीं बना रहा, ना इसलिए कि उसकी संकल्प शक्ति मज़बूत थी, बल्कि इसलिए क्योंकि वह वह इसकी सीमाओं को समझता था तथा उसने दीर्घ अवधि की रणनीति को आज़माया, जिसको अब मनोवैज्ञानिक समझने लगे हैं।

स्टैनली के इस नए रूप को उचित ही डॉ. लिविंगस्टोन के जीवनीकार टिम जिल ने खोज निकाला, जो ब्रिटिश उपन्यासकार तथा विक्टोरियाई आसक्ति के विशेषज्ञ थे। जब वे डेविड लिंगस्टोन के जीवन पर शोध कर रहे थे, तो जिल को परंपरा से चले आ रहे लिविंगस्टोन–स्टैनली के द्वैध पर संदेह था। जब पिछले दशक में स्टैनली के हज़ारों पत्रों एवं दस्तावेज़ को खोला गया तो उनको आधार बनाकर जिल ने नए सिरे से उसके अभियानों और कार्यों को प्रस्तुत किया, '*स्टैनली : द इम्पॉसिबल लाइफ़ ऑफ़ अफ़्रीकाज ग्रेटेस्ट एक्सप्लोरर*' पुस्तक में। इस प्रसिद्ध जीवनीकार ने उसके दोषपूर्ण किरदार को सामने रखा जो अपनी महत्त्वाकांक्षा तथा असुरक्षा, सद्गुणों और छल के मिले–जुले रूप में बहुत साहसी तथा मानवीय लगता है। यह देखते हुए कि अपने अंदर वह किस तरह के रहस्यों को छिपाए हुए थे। जंगल के सफ़र के दौरान उनका आत्म नियंत्रण और भी अधिक असाधारण लगता है।

संवेदनात्मक दूरी

अगर आत्म-नियंत्रण कुछ हद तक आनुवंशिक गुण है- जो सही भी लगता है- तो स्टैनली ने अपने जीवन की शुरुआत आनुवंशिक दोषों के साथ की। उसका जन्म वेल्स में अठारह साल की एक कुँवारी स्त्री से हुआ था, जिसकी कम से कम दो अन्य पुरुषों से चार अवैध संतानें हुईं। उसको अपने पिता के बारे में कभी पता नहीं चल पाया। उसकी माँ ने उसको अपने पिता के पास छोड़ दिया, जो अपने निधन तक उसकी देखभाल करते रहे, निधन के समय उसकी उम्र महज़ छह साल थी। जल्दी ही उसको एक और परिवार ने गोद ले लिया, लेकिन फिर उसके नए अभिभावक उसको यात्रा पर लेकर गए। उन्होंने उसको बताया कि वे उसको आंटी के घर लेकर जा रहे, बच्चे को कुछ भी समझ नहीं आया और उसने पाया कि वह पत्थर की एक विशाल हवेली के अंदर था। वह कारख़ाने जैसा था। बड़े होने पर भी स्टैनली इस बात को कभी नहीं भूला कि जब उसके झूठे अभिभावक वहाँ से निकल गए और दरवाज़ा बंद हुआ तो पहली बार उसको इस बात का एहसास हुआ कि वह बहुत अकेला था।

लड़के का नाम तब रखा गया जॉन रोलैंड्स, जीवन में कारख़ाने में काम करने की शर्म तथा अवैध संतान होने के कलंक को छिपाने में लगा रहा। पंद्रह साल की उम्र में कारख़ाने से निकलने के बाद वह यात्रा करते हुए न्यू ऑरलायंस गया, उसके बाद वह इस बात को छिपाने लगा कि उसका जन्म वेल्स में हुआ था और ऐसे जताता मानो वह अमेरिकी नागरिक हो, वह अंग्रेज़ी भी अमेरिकी लहजे में बोलने लगा। उसने अपना नाम रखा हेनरी मोर्टन स्टैनली और यह कहा कि उसने यह नाम अपने दत्तक पिता से लिया था, जो बहुत दयालु थे और न्यू ऑरलायंस में कपास के बहुत मेहनती व्यापारी के रूप में जाने जाते थे। उसने अपने दत्तक परिवार के बारे में तरह-तरह की बातें बतानी शुरू की, स्टैनली का यह दावा था कि उसको जिस माता-पिता ने पाला-पोसा उस परिवार ने उसको अपने ऊपर नियंत्रण रखना सिखाया। अपनी कल्पनिक माँ के बारे में उसने यह कहा कि मारते समय उनके होंठों पर ये शब्द थे, 'अच्छा लड़का बनना।'

'नैतिक प्रतिरोध उनका प्रिय विषय था', स्टैनली ने अपने काल्पनिक पिता के बारे में बताया। 'उनका यह कहना था कि इसका अभ्यास करने से संकल्प शक्ति मज़बूत होती है, जिनके लिए मांसपेशियों की तरह यह भी ज़रूरी था। संकल्प शक्ति की ज़रूरत इसलिए थी, ताकि अवांछित कामनाओं एवं उत्साह में कमी को मज़बूत बनाया जा सके, और अंतरात्मा के यह सबसे अच्छे साथियों में थी।' यह कोई आश्चर्य की बात नहीं थी कि अपने काल्पनिक माता-पिता से मिली यह सलाह अपने वास्तविक माता-पिता की बुराइयों से बचने का अच्छा साधन बन गया।

ग्यारह साल की आयु में, जब वह वेल्स के कारख़ाने में काम कर रहा था, और किसी भी तरह से यह नहीं कहा जा सकता है कि वह ऐशो आराम से रह रहा था, लेकिन वह और अधिक मेहनत की अवस्था में अपने आपको डालकर 'अपनी संकल्प शक्ति के साथ प्रयोग' भी कर रहा था।

> मैं आधी रात को जाग जाता था और एकांत में अपनी दुष्ट आत्मा से लड़ता था, और जबकि स्कूल में पढ़ने वाले मेरे सहपाठी तसल्ली से थे, मैं असहाय अवस्था में था, ऐसे लोगों के सामने अपना दिल खोलकर रख देता था, जो सब कुछ जानते थे। मैं यह वादा करता कि मैं और अधिक खाने की इच्छा को वश में रखूँगा, और उनको यह दिखाने के लिए कि मैं पेट और उसकी तकलीफ़ को लेकर कितना बेपरवाह था कि तीन समय के भोजन में से एक समय का भोजन मैं अपने पड़ोसियों को बाँट दिया करता था; मेरे ख़ाने के लिए दी गई आधी मिठाई उसको दे दी जानी चाहिए, जो उसकी लालसा से भरा हुआ हो, और अगर मेरे पास ऐसी कोई भी चीज़ हो जिससे सामने वाले को ईर्ष्या होती हो तो मुझे तत्काल उसका त्याग कर देना चाहिए।

उसने पाया कि अच्छे गुणों में समय लगता है। 'अक्सर ऐसा लगता था कि बुराई से लड़ने का कोई मतलब नहीं था लेकिन हर चरण पर कुछ न कुछ सुधार तो हुआ ही। किरदार और अधिक विकसित होता गया।' जीवन की बीसवीं दहाई में वह एक सफल युद्ध संवाददाता हो चुका था और अपने दोस्तों को आत्म संयम के बारे में उपदेश देता रहता था। जब उनमें से किसी ने उसको यह सुझाव दिया कि उसको छुट्टी लेनी चाहिए तो उसने लच्छेदार बातें करते हुए इस बात को ख़ारिज कर दिया : 'मैं रेल की रफ़्तार की तरह ही जी सकता हूँ।' उसने अपने दोस्त को लिखा कि वह कभी छुट्टी का आनंद नहीं उठा सकता, क्योंकि समय बर्बाद करने के लिए उसकी अंतरात्मा उसको मार डालेगी। उसको अपने लक्ष्य को हासिल करने से कुछ भी नहीं रोक सकता : 'मेरे कहने का मतलब यह है कि अपने काम के प्रति एकाग्र होकर, अपने आपको भूलकर, पूरी ऊर्जा लगाकर ही मैं अपने काम में पारंगत हो सकता हूँ।'

लेकिन वह जब अफ्रीका पहुँचा तो उसको यह बात समझ में आई कि संकल्प शक्ति की भी अपनी सीमा होती है। हालाँकि उसका यह कहना था कि अफ्रीका के अनुभवों ने उसको बहुत मज़बूत बनाया, लेकिन उसने यह भी पाया कि अफ्रीका ने लोगों के ऊपर बहुत अधिक असर डाला, जो उसके लिए की गई मेहनत और उसके लोभ से बहुत अधिक था। 'जिसको हमारी तरह का अनुभव नहीं हुआ उसके लिए

इस बात को समझ पाना बहुत मुश्किल है कि हम लोगों को अपने ऊपर कितना नियंत्रण रखना पड़ता था, वैसे माहौल में रोज़ाना लगभग पंद्रह घंटे तक', उसने घने अंधेरे इतुरी जंगल से गुज़रने के अपने अनुभव के बारे में लिखते हुए लिखा। जब स्टैनली को पहली बार पिछली टुकड़ी के द्वारा की गई कुछ क्रूरताओं तथा लूटपाट के बारे में पता चला तो उसने अपनी डायरी में इसको दर्ज किया जिसके कारण अधिकतर लोगों ने यही समझा कि ये लोग मूल रूप से बदमाश थे। स्टैनली को यह बात समझ में आ गई कि शहरी लोग इस बात की कल्पना भी नहीं कर सकते थे कि इंग्लैंड छोड़ने के बाद से उन लोगों में किस तरह के बदलाव आए :

> जब वे अपने देश में थे तो उनको अपनी स्वाभाविक बेरहमी दिखाने का कोई कारण नहीं था। अचानक उन लोगों को अफ़्रीका भेज दिया गया और जहाँ वे परेशानियों से घिरे गए। उनके पास कसाई के यहाँ तैयार किया गया मांस नहीं था, ब्रेड और वाइन नहीं थी, किताबें नहीं थीं, पढ़ने के लिए अख़बार नहीं थे, समाज नहीं था और अपने दोस्तों का प्रभाव नहीं था। बुख़ार ने उनको दबोच लिया, उनके शरीर और मन को तबाह कर दिया था। चिंता के कारण उनका अच्छा स्वभाव जाता रहा। उनक चेहरे पर ख़ुशी के भाव के स्थान पर श्रम के थकान का भाव था। अंदरूनी चिंता के कारण उनकी हँसी-ख़ुशी जाती रही, और देखते-देखते वे नैतिक तथा शारीरिक रूप से इंग्लैंड के समाज में जो थे,उसकी छाया बन गए।

स्टैनली उसी के बारे में बात कर रहे, जिसको अर्थशास्त्री जॉर्ज लोवेंस्टीन ने 'सर्द-गर्म संवेदनात्मक दूरी' कहा है : सहज, तार्किक, शांत दिनों में इस बात की कल्पना कर पाने में अक्षम होना कि हम संवेदनात्मक रूप से उस समय किस तरह का बर्ताव करेंगे, जब हम बहुत संवेदनशील होंगे तथा हमारे सामने प्रलोभन होगा। इंग्लैंड में लोग बहुत अच्छे से बर्ताव के लिए जाने जाते हैं, लेकिन वे इस बात की कल्पना नहीं कर पाते हैं कि जंगल में उनका व्यवहार किस तरह का होगा। सर्द-गर्म संवेदनात्मक दूरी अभी भी आत्म नियंत्रण के सामने सबसे बड़ी चुनौतियों में एक है, हालाँकि कम चरम अवस्थाओं में। हम इस दूरी से ऐसे निपटते हैं जिस तरह से हमारे एक दोस्त ने महसूस किया था, जो कैनेडा के एक कम्यून में पला-बढ़ा था। वह कम्यून में अकेली बच्ची थी, उस कम्यून में अधिकतर आदर्शवादी हिप्पी ही थे। उनके आदर्शों में यह भी था कि केवल स्वास्थ्यवर्धक तथा अधिकतर प्राकृतिक भोजन ही करना है। लेकिन उस बच्ची की माँ को ऐसा लगता था कि बच्ची को बीच बीच में सुपरमार्केट से लेकर कुकीज़ भी खाना चाहिए। कुकीज़ ख़रीदने के लिए माँ को चीनी खाने की बुराई, जंक फूड खाने की बुराइयों को लेकर, अंतरराष्ट्रीय खाद्य निगमों की मदद करने की अनैतिकता को लेकर बहुत सारे चुटकुले और भाषण

सुनने पड़ते थे। माँ फिर भी यह सब ख़रीदती रहती थी, लेकिन उसके सामने अब दूसरी समस्या आ गई। कुकीज़ ग़ायब होने लगीं। शाम होने के बाद शराब और मादक द्रव्य जैसे प्राकृतिक तत्व ले लेने के बाद कम्यून में रहने वालों की संकल्प शक्ति कमज़ोर पड़ने लगती थी, और वे इस बात को भूल जाते थे कि सार्वजनिक निगमों के जनक फूड का वे विरोध करते थे और वे ओरियो खाने में लग जाते थे। कुछ अभिभावकों को अपने बच्चों से कुकीज़ को छिपाकर रखना पड़ता था; उस बच्चे की माँ ने पाया कि उसका बच्चा *इकलौता* ऐसा बच्चा था जिसको कुकीज़ छिपाने की जगह के बारे में बताया जा सकता था। कुकीज़ को छिपाकर इसलिए रखना पड़ता था क्योंकि बड़े लोग सर्द गर्म संवेदनात्मक दूरी से पीड़ित थे। वे दिन में जंक फूड का विरोध करते थे और वह भी बिना इस बात को समझे कि थके होने के बाद उन कुकीज़ की ज़रूरत उनको कितनी पड़ने वाली थी।

जब आप इस संबंध में क़ायदा बनाते हैं कि भविष्य में हमें किस तरह से बर्ताव करना चाहिए तो आप अक्सर शांत अवस्था में होते हैं, जिसके कारण आप अव्यवहारिक फ़ैसले लेते हैं। 'जब आपको भूख नहीं लगी होती है तो उपवास के लिए तैयार हो जाना आसान होता है', लोवेंस्टीन ने कहा था, जो कार्नेगी मेलन यूनिवर्सिटी में प्रोफ़ेसर हैं। जब आपके अंदर काम भावना जाग्रत ना हो, सेक्स ना करने की बात करना आसान होता है, जैसा कि लोवेंस्टीन और डैन एरियली ने कुछ युवाओं से निजी सवाल पूछने पर पाया था। मान लीजिए कि वे किसी स्त्री से आकर्षित हों, और वह यह कहे कि किसी और पुरुष के साथ मिलकर थ्रीसम किया जाए तो क्या वे करना चाहेंगे? क्या वे चालीस साल की स्त्री के साथ सेक्स करने की कल्पना कर सकते थे? क्या वे कभी बीस साल की स्त्री के प्रति आकर्षित हो सकते थे? किसी स्त्री से सेक्स करने के लिए क्या उन्होंने उससे झूठ-मूठ में यह कहा कि वे उसको प्यार करते हैं? उसके ना कहने के बाद भी क्या वे कोशिश करते रहे? क्या उसके प्रतिरोध को कम करने के लिए उन्होंने उसको शराब पिलाने की कोशिश की, या कोई ड्रग देने की कोशिश की?

जब प्रयोगशाला में कंप्यूटर के सामने बैठकर बिलकुल ठंडेपन से वे लोग इन सवालों के जवाब दे रहे थे- तो वे ईमानदारी से सोच रहे थे कि वे इनमें से शायद ही कुछ कर पाएँ। एक और प्रयोग में, उन लोगों से यह कहा गया कि वे जब हस्तमैथुन कर रहे हों, अपनी काम भावना के चरम पर हों, तब इस सवाल का जवाब दें। उस अवस्था में उन लोगों ने उन सभी संभावनाओं को उच्च अंक दिए। पहले जिस बात की कोई संभावना नहीं लग रही थी, वह संभव लगने लगी। यह महज़ एक प्रयोग था, लेकिन इसने यह दिखाया कि किस तरह से जंगल में भटकने से वह मिल सकता था। हालात बदलते ही अकल्पनीय भी आश्चर्यजनक रूप से सत्य लगने लगता है।

हमें यह बताया गया है कि संकल्प शक्ति इंसान की सबसे बड़ी शक्ति है, लेकिन सबसे अच्छी रणनीति यही है कि हर हालात में उसके ऊपर यक़ीन नहीं करना चाहिए। इसको आपातकाल के लिए बचाकर रखना चाहिए। जैसा कि स्टैनली ने पाया, ऐसे दिमाग़ी तरीक़े हैं जिससे आप संकल्प शक्ति को उस समय के लिए बचाकर रखते हैं, जब उसका उपयोग बहुत ज़रूरी हो जाता है। अजीब विडंबना की बात यह है कि इन तकनीकों को आज़माने के लिए भी आपको संकल्प शक्ति को आज़माने की ज़रूरत होती है, लेकिन दीर्घ अवधि में वे वैसे पलों में आपको कम जर्जर बनाते हैं, जब अपने आपको बनाए रखना बहुत मुश्किल लग रहा होता है।

बाँधने वाले जोड़

अफ़्रीका के अंदरूनी हिस्सों की परेशानियों से स्टैनली का पहला सामना तब हुआ, जब वह तीस साल का हो चुका था, जब *न्यूयॉर्क हेराल्ड* ने उसको लिविंगस्टोन की तलाश में अफ़्रीका के रहस्यमय महाद्वीप में भेजा। अपनी यात्रा का पहला हिस्सा उसने दलदली इलाक़ों को पार करने और मलेरिया बुख़ार से लड़ने में बिताया, जिसके कारण वे एक सप्ताह तक बेसुधी की अवस्था में रहे, जिसके बारे में उन्होंने कहा कि वे शारीरिक और मानसिक रूप से बहुत बीमार रहे। उस अभियान के दौरान एक स्थानीय गृह युद्ध में फँस जाने के कारण वे क़त्लेआम होने से भी बच गए। छह महीने की यात्रा के दौरान अभियान दल के बहुत से लोग मारे गए या उन्होंने अभियान छोड़ दिया, छोड़कर जाने वाले लोगों के स्थान पर उनको नए लोग तो दिए गए, लेकिन स्टैनली के पास बमुश्किल चौंतीस लोग ही रह गए, जो अभियान पर निकले मूल दल के सदस्यों के एक चौथाई के बराबर ही रह गए थे, जो आगे की विपरीत परिस्थितियों वाले क्षेत्र की यात्रा को देखते हुए बहुत ख़तरनाक रूप से छोटी संख्या थी। स्टैनली नए सिरे से चढ़ रहे बुख़ार के चक्र से बहुत परेशान था और बड़े-बड़े अरब यात्रियों की इस चेतावनी से भी कि वह अगर आगे बढ़ता रहा तो मर जाएगा। लेकिन एक शाम बार बार पड़ने वालों बुख़ारों के बीच के दौर में उसने मोमबत्ती की रोशनी में अपने लिए एक नोट लिखा :

> मैंने पक्का संकल्प लिया है, ऐसा संकल्प जिसका पालन मैं तब तक करता रहूँगा, जब तक कि मेरे जीवन में कम से कम उम्मीद बनी रहेगी, मैंने जो संकल्प लिया है किसी भी तरह के प्रलोभन में मैं इसको नहीं तोड़ूँगा, तब तक मैं अपना खोज अभियान नहीं छोड़ूँगा, जब तक कि मुझे लिविंगस्टोन जीवित नहीं मिल जाता, या जब तक कि मुझे उसका मृत शरीर नहीं मिल जाता कोई जीवित व्यक्ति, या जीवित व्यक्तियों का समूह मुझे रोक

पाएगा, केवल मृत्यु ही मुझे इससे रोक पाएगी। बल्कि मृत्यु भी नहीं; मैं नहीं मरूँगा, मैं मर नहीं सकता!

बुख़ार और तरह तरह दृश्यों का दिखाई देने के बीच इस बात पर यक़ीन करना बहुत मुश्किल है कि स्टैनली को सच में ऐसा लगता था कि उसका या उसके लिखे नोट का मृत्यु के ऊपर कोई असर पड़ने वाला था। लेकिन लिखने की यह क्रिया उसके लिए संकल्पशक्ति को जुटाने की रणनीति का हिस्सा थी, जिसका उसने सफलतापूर्वक बार-बार उपयोग किया था : पूर्व प्रतिबद्धता। इस रणनीति का सार यह है कि अपने आपको हर हाल में सच्चे मार्ग पर बनाए रखना। आप इस बात को समझते हैं कि आपको इस मार्ग से डिगाने के लिए बहुत कोशिशें की जाएँगी, और यह भी कि इसमें हो सकता है कि आपकी संकल्प शक्ति कमज़ोर पड़ने लगे। इसलिए आप इस बात को असंभव बना लेते हैं किसी भी हालत में इस मार्ग से डिगना नहीं है। पूर्व प्रतिबद्धता वह है जिसकी बदौलत ओडेसी का नायक ओडीसियस और उसके आदमी ख़तरनाक आवाज़ों को अनसुनी करते हुए आगे बढ़ रहे थे। उसने अपने आपको मस्तूल से बाँध लिया था और अपने लोगों को यह आदेश दिया था कि उन डरावनी आवाज़ों को सुनकर वह खोलने के लिए कितना भी कहे उसके बंधनों को नहीं खोला जाए। उसके साथ जो लोग थे उन लोगों ने अलग तरह की पूर्व प्रतिबद्धता का उपयोग किया, उन लोगों ने अपने अपने कानों में कपड़े ठूँस लिए ताकि उनको वे डरावनी आवाज़ें सुनाई ही नहीं पड़ें। किसी भी तरह के लालच में पड़ने से उन्होंने स्वयं को रोका, जो दोनों तरह के उपायों में सबसे सुरक्षित था। अगर आप यह चाहते हैं कि आप कैसिनो में जाकर जुआ नहीं खेलें तो आपके लिए सबसे अच्छा तो यही होगा कि आप वहाँ जाएँ ही नहीं, बजाय इसके कि आप अलग-अलग मेज़ों पर ताकाझांकी करने जाएँ और यह उम्मीद रखें कि आपके दोस्त आपको दाँव लगाने से रोकें। आपके लिए बेहतर यही होगा कि आप अपना नाम ऐसे लोगों की सूची में डलवा लें (कुछ राज्यों में कैसिनो में ऐसी सूची बनाई जाती है) जिन्होंने अगर जुए पर दाँव लगाया और जीत गए तो उनको धन लेने से रोक दिया जाए।

ज़ाहिर है, कोई भी सभी तरह के लालचों का अनुमान पहले से नहीं लगा सकता है, ख़ासकर आज के समय में। चाहे आप कैसिनो में भौतिक रूप से जाने से अपने आपको रोक भी लें लेकिन नेट पर इस तरह के अनेक लुभावने अड्डे मौजूद हैं, जिनके प्रलोभन से रोक पाना मुश्किल होता है। लेकिन जो तकनीकी नए तरह के पापों को बनाती है, वही हमें नई तरह की पूर्व प्रतिबद्धताओं में भी हमें समर्थ बनाती है। आज के दौर का नायक ओडीसियस यह कोशिश कर सकता है कि वह ऐसे सॉफ़्टवेयर से अपने आपको बाँध ले जो उसको कुछ ख़ास तरह की वेब साइट

देखने से रोक सके। आधुनिक स्टैनली वेब का इस्तेमाल उसी तरह से कर सकता है जिस तरह से इस्तेमाल करने वाले आजकल सोशल मीडिया का इस्तेमाल कर रहे हैं। स्टैनली की निजी चिट्ठियों में, अख़बारों को भेजी गई ख़बरों में, तथा सार्वजनिक उद्घोषणाओं में उसने बार-बार। इस बात का वादा किया कि वह अपने लक्ष्य तक ज़रूर पहुँचेगा, और वह बहुत सम्मानित ढंग से बर्ताव करता था, क्योंकि वह इस बात को अच्छे से समझता था कि जब वह प्रसिद्ध हो जाएगा तो उसकी हर तरह की असफलताएँ सुर्ख़ियाँ बनाएँगी। उसने बहुत ईमानदारी से अपने साथ के लोगों को यह भाषण दिया था कि शराब पीने के नुक़सान किस तरह के हैं, और यह कि अफ़्रीका ने अपनी काम भावनाओं को क़ाबू में रखने की ज़रूरत है। वह इस बात को समझता था कि उसकी अपनी चूकों का असर कितना गहरा हो सकता था। बुला मतारी के रूप में अपना सार्वजनिक व्यक्तित्व बना लेने के बाद उसने अपने आपको उस तरह का जीवन जीने के लिए मजबूर कर दिया। अपने संकल्प तथा अपनी छवि को देखते हुए जिल ने कहा, 'स्टैनली ने संकल्प शक्ति के कमज़ोर होने की अवस्था में आगे बढ़ने में असफल होने को असंभव बना दिया।'

आज आपको अपने संकल्प शक्ति में कमी के कारण अपनी छवि ख़राब करके प्रसिद्ध होने को लेकर चिंता की कोई बात नहीं है। आप सामाजिक संपर्कों के साधन का इस्तेमाल करते हुए, जो आपको आपके पापों से सामना करवाए। आप सोशल नेटवर्किंग साधनों का इस्तेमाल करके अपने अच्छे गुणों का सामना कर सकते हैं जो आपका सामना आपके अपने पापों से करवा देगा, 'पब्लिक ह्यूमिलियेशन डायट' की तरह, जो ड्रियू मगरी नामक एक लेखक का दिया हुआ नाम है। उस लेखक ने यह संकल्प किया कि वह रोज़ाना अपना वजन नापेंगे और उसके परिणामों का ट्विटर पर तत्काल खुलासा कर देंगे- उन्होंने ऐसा किया भी और पाँच महीनों में उन्होंने अपना वज़न साठ पाउंड कम कर लिया। अगर आप अपने निरादर का प्रभारी किसी और को बनाना चाहते हैं तो आप ऐसा सॉफ़्टवेयर इनस्टॉल कर सकते हैं तो वह इस बात पर नजर रखेगा कि आप इंटरनेट पर क्या ब्राउज़ करते हैं और उन साइट्स की सूची उस व्यक्ति को ईमेल कर देगा, जिसको आपने चुना हो, हो सकता है कि वह आपका बॉस हो या आपका जीवनसाथी। या आप stickK.com पर 'प्रतिबद्धता अनुबंध' पर हस्ताक्षर कर सकते हैं, इस कंपनी को येल यूनिवर्सिटी के दो अर्थशास्त्रियों इयान आयरस तथा डीन कार्लान तथा एक ग्रैजुएट छात्र जॉर्डन गोल्डबर्ग ने मिलकर स्थापित किया। यह आपको अपना लक्ष्य चुनने की अनुमति देता है, लक्ष्य कुछ भी हो सकता है- वज़न कम करना, नाख़ून चबाने की आदत से मुक्ति, कम ईंधन इस्तेमाल करना, अपने पूर्व प्रेमी से बात नहीं करना। अगर आप अपने लक्ष्य को पूरा नहीं करते हैं तो वह अपने आप आपके ऊपर जुर्माना लगा देता है। आप अपनी निगरानी स्वयं कर सकते हैं या किसी को

इसका ज़िम्मा दे सकते हैं कि वह निगरानी करे और आपकी सफलता-असफलता पर अपनी रपट दे। जुर्माना यह भी हो सकता है कि stickK.com से आपके द्वारा बताए गए समर्थकों को ईमेल भेज दिया जाए- आम तौर पर यह सूची दोस्तों तथा रिश्तेदारों की हो सकती है, वैसे अगर आप चाहें तो किसी शत्रु का चुनाव भी कर सकते हैं।

आप अपने ऊपर नज़र रख सकते हैं या किसी ऐसे रेफ़री का चुनाव कर सकते हैं, जो आपकी सफलता या असफलता पर रिपोर्ट करे। यह जुर्माना आपके समर्थकों-दोस्तों और रिश्तेदारों की नामित सूची में आम तौर पर stickK.com से आने वाले ई-मेल का एक दौर हो सकता है, हालाँकि आप कुछ दुश्मनों को भी चुन सकते हैं। लेकिन आप अपने क्रेडिट कार्ड से चैरिटी के लिए स्वचालित भुगतान सेट करके इसे वित्तीय रूप से महँगा भी बना सकते हैं। अतिरिक्त प्रोत्साहन के लिए, आप भुगतान को ''एंटीचैरिटी'' को सौंप सकते हैं, जो एक ऐसा समूह है जिसका समर्थन करने से आप नफ़रत करेंगे - जैसे, बिल क्लिंटन या जॉर्ज डब्लू. बुश की प्रेसिडेंशियल लाइब्रेरी। इसमें आश्चर्य की बात नहीं है कि stickK.com के उपयोगकर्ता वित्तीय स्टेक (बिलकुल स्टैनली की तरह- वे जानते थे कि अख़बार और किताबों को बेचने के लिए उन्हें कहानियों की ज़रूरत थी) और रेफ़री की मौजूदगी से प्रेरित लगते हैं। जो लोग वित्तीय दंड या रेफ़री के बिना अनुबंध तैयार करते हैं वे केवल 35 प्रतिशत सफल होते हैं, जबकि जुर्माना और रेफ़री वाले लोग लगभग 80 प्रतिशत सफल होते हैं, और एक सौ डॉलर से अधिक का जोख़िम उठाने वाले लोग उन लोगों से बेहतर करते हैं जो बीस डॉलर से कम का जोख़िम उठाते हैं - कम से कम जैसा कि stickK .com को बताया गया है, जो स्वतंत्र रूप से परिणामों की पुष्टि नहीं करता है। वास्तविक सफलता दर संभवतः कम है, क्योंकि कुछ रेफ़री विफलताओं की रिपोर्ट करने में अनिच्छुक हैं जो उनके दोस्तों को आर्थिक रूप से नुक़सान पहुँचाएँगे। और सफलता दर जो भी हो, यह स्पष्ट रूप से उन लोगों का स्व-चयनित नमूना है जो पहले से ही बदलाव के लिए प्रेरित हैं, इसलिए यह जानना कठिन है कि stickK .com अनुबंधों में कितना अंतर है। लेकिन फ़िलीपींस में धूम्रपान छोड़ने की इच्छा रखने वाले दो हज़ार से अधिक लोग के बीच कार्लन और अन्य अर्थशास्त्रियों द्वारा किए गए एक अधिक कठोर ऑफ़लाइन प्रयोग में मॉनिटर और दंड के साथ अनुबंध की प्रभावशीलता को स्वतंत्र रूप से प्रदर्शित किया गया है।

अर्थशास्त्रियों ने फ़िलीपीनी धूम्रपान करने वालों में से कुछ को बेतरतीब ढंग से एक बैंक के साथ एक प्रतिबद्धता अनुबंध की पेशकश की, जो उन्हें बिना किसी ब्याज के खाते में पैसा जमा करने का साप्ताहिक अवसर देगा। यह सुझाव

दिया गया था कि धूम्रपान करने वालों को आमतौर पर सिगरेट पर ख़र्च की जाने वाली धनराशि जमा करनी होती है, लेकिन यह स्तर पूरी तरह से स्वैच्छिक था - प्रत्येक सप्ताह वे जितना चाहें उतना जमा कर सकते थे, या कुछ भी नहीं (और कई धूम्रपान करने वालों ने एक भी पैसा जमा नहीं किया)। छह महीने के अंत में, लोगों को अपनी पेशाब की जाँच करवानी थी। अगर जाँच में उनके शरीर में निकोटीन मिलता है, तो उनके खाते में मौजूद सारा पैसा जब्त कर लिया जाएगा (जिसे बैंक दान में देगा)। सख़्त वित्तीय दृष्टिकोण के अनुसार, धूम्रपान करने वाले ऐसे लोग जिन्होंने अनुबंध स्वीकार किया, उन के लिए यह शायद ही एक आदर्श निवेश रणनीति थी। वे नियमित ब्याज देने वाले बचत खाते में पैसा डालकर ख़ुद को बेहतर रिटर्न की गारंटी दे सकते थे। उन्होंने ना केवल ब्याज की राशि को पाने का अवसर गँवा दिया, बल्कि ख़ुद को कुछ खोने के जोख़िम में भी डाल दिया - और वास्तव में, छह महीने के बाद, उनमें से आधे से अधिक लोग जाँच में असफल हो गए। धूम्रपान करने की इच्छा इतनी प्रबल थी कि बावजूद इस बात को जानने के कि वे अपना पैसा खो देंगे, उनमें से अधिकांश लोगों ने अपने घुटने टेक दिए।

हालाँकि, अच्छी ख़बर यह थी कि इस प्रोत्साहन से कुछ धूम्रपान करने वालों को धूम्रपान छोड़ने में मदद मिली, और छह महीने की जाँच पास करने और अपने खाते में पैसा जमा करने के बाद भी उन्होंने सिगरेट से दूरी बनाए रखी। उस समय, कार्यक्रम आधिकारिक तौर पर समाप्त हो गया, और इस जाँच में भाग लेने वालों को आगे निगरानी की उम्मीद नहीं थी। लेकिन शोधकर्ता यह देखना चाहते थे कि यह प्रभाव कितनी देर तक बना रहता है, इसलिए उन्होंने आगे के छह महीने भी इंतज़ार किए, जब तक कि एक-वर्ष की अवधि पूरी नहीं हो गई और उसके बाद उन्होंने जाँच में हिस्सा लेने वाले सभी प्रतिभागियों को पेशाब की जाँच का कहकर आश्चर्य में डाल दिया। हालाँकि लोगों के लिए अब निकोटीन से दूरी बनाए रखने के बदले किसी भी तरह का वित्तीय लाभ का अवसर नहीं था लेकिन बावजूद इसके कार्यक्रम का प्रभाव अब भी स्पष्ट बना हुआ था। धूम्रपान बंद करने एक दूसरे कार्यक्रम में हिस्सा लेने वाले नियंत्रक समूह की तुलना में, प्रतिबद्धता अनुबंध का विकल्प चुनने वाले धूम्रपान करने वालों में एक वर्ष के बाद निकोटीन-मुक्त होने की संभावना लगभग 40 प्रतिशत अधिक थी। अपने धूम्रपान पर अस्थायी रूप से रोक लगाने के लिए प्रोत्साहन दिए जाने पर, उनके जीवन में स्थायी बदलाव आने की अधिक संभावना थी। जो चीज़ एक पूर्व प्रतिबद्धता के रूप में शुरू हुई वह कुछ स्थायी और अधिक मूल्यवान चीज़ में बदल गई : एक आदत।

ऑटोपायलट पर मस्तिष्क

एक पल के लिए कल्पना करें कि आप हेनरी स्टैनली हैं जिसकी एक सुबह विशेष रूप से जागते ही अशुभ है। आप इतुरी वर्षा वन में अपने तंबू से निकलते हैं। निःसंदेह बहुत अंधेरा है। चार महीने से अंधेरा है। आपका पेट, पिछले अफ्रीकी अभियानों में परजीवियों, बार-बार होने वाली बीमारियों और कुनैन और अन्य दवाओं की भारी खुराक के कारण लंबे समय से बुरी स्थिति में है, और अब तो उसकी स्थिति और भी बदतर हो गई है। आप और आपके साथ के लोगों ने जामुन, जड़ें, कवक, ग्रब, कैटरपिलर, चींटियाँ और स्लग खाना शुरू कर दिया है – बशर्ते कि आप इतने सौभाग्यशाली हों कि आपको पर्याप्त मात्रा में ये सब मिल सकें। हाल ही में एक अच्छे भोजन के रूप में सबसे क़रीबी चीज़ आपका गधा था, जिसे आपने समूह के लोगों को खिलाने के लिए मार डाला था। हिंसक लोगों ने उसका हर हिस्सा खा लिया, यहाँ तक कि खुरों के लिए लड़ने लगे और ख़ून के ज़मीन पर गिर कर मिट्टी में विलीन हो जाने से पहले ही बेतहाशा चाटने लगे। दर्जनों लोग भूख, बीमारी, कई प्रकार की चोटों और बढ़ते घावों से इतने अपंग हो गए थे कि उन्हें जंगल में एक ऐसे स्थान पर छोड़ना पड़ा जिसे गंभीर रूप से भुखमरी शिविर के रूप में जाना जाता है। आप भोजन की तलाश में स्वस्थ लोगों को आगे ले गए हैं, लेकिन वे रास्ते में ही मृत होते जा रहे हैं, और अब तक किसी तरह का कोई भोजन नहीं मिल रहा है। आपको डर है कि आप बस एक भुखमरी शिविर से दूसरे में चले गए हैं, और आपने कल्पना करना शुरू कर दिया है, रुग्ण विस्तार से, आप और अन्य लोग जंगल की ज़मीन पर कैसे गिरेंगे और मर जाएँगे। आप प्रत्येक व्यक्ति की मृत्यु पर जंगल के कीड़ों की प्रतिक्रिया की कल्पना करते हैं : ''उसके ठंडा होने से पहले, एक 'स्काउट' आएगा, फिर दो, फिर असंख्य, और अंत में, भयंकर पीले शरीर वाले असंख्य मैला ढोने वाले, उनके सिर चमकते हुए हार्न-मेल की तरह; और, कुछ ही दिनों में, केवल चिथड़ों की एक सपाट परत रह जाएगी, जिसके एक सिरे पर एक चमकदार, सफ़ेद खोपड़ी होगी।''

लेकिन आज की सुबह आप अभी तक मरे नहीं हैं। तंबू में जरा सा भी भोजन नहीं है, लेकिन कम से कम आप जीवित हैं। अब जब आप सोकर जाग चुके हैं और नित्य क्रिया से निवृत हो चुके हैं, आगे क्या करना है?

स्टैनली के लिए, यह एक आसान निर्णय था : शेव करना। यहाँ तक कि जंगल में भी, वह अपने उस्तरे तक पहुंच गया, जैसा कि उसकी पत्नी को बाद में याद आया : ''वह अक्सर मुझसे कहता था कि, अपने विभिन्न अभियानों पर, उसने हमेशा सावधानी से दाढ़ी बनाने का नियम बना लिया था। घने जंगल में, युद्ध की सुबह ''भुखमरी कैंप'' में, उसने कभी भी इस काम को नज़रअंदाज़ नहीं किया,

भले ही इसमें बहुत अधिक कठिनाई थी; उसने मुझे बताया था कि वह अक्सर ठंडे पानी से या फिर भोथरे उस्तरे से भी दाढ़ी बना लिया करता था।'' भूख से मर रहा कोई आदमी दाढ़ी बनाने पर इतना ज़ोर कैसे दे सकता है? जब हमने स्टैनली की जीवनी लिखने वाले लेखक से जंगल में समय को लेकर इतना अधिक निष्ठावान होने के बारे में पूछा, तो जील ने बताया कि यह उस व्यक्ति की व्यवस्थित होकर जीने की एक विशिष्ट अभिव्यक्ति थी।

जील ने कहा कि, ''स्टैनली हमेशा साफ-सुथरा दिखने की कोशिश करते थे - कपड़े पहनने के मामले में भी - और अपनी लिखावट की स्पष्टता, अपनी पत्रिकाओं और किताबों की स्थिति और अपने बक्सों के रखरखाव की व्यवस्था के कारण उनका प्रदर्शन बहुत अच्छा हुआ करता था। उन्होंने लिविंगस्टोन की व्यवस्थाओं की इसी तरह की साफ़-सफ़ाई की प्रशंसा की। व्यवस्था का निर्माण केवल उनके चारों ओर प्रकृति की विनाशकारी क्षमताओं का प्रतिकार हुआ करता था।'' स्टैनली ने स्वयं भी जंगल में दाढ़ी बनाने की आवश्यकता के लिए इसी तरह का स्पष्टीकरण दिया : ''आत्म-अनुशासन और आत्म-सम्मान दोनों के लिए मैंने हमेशा यथासंभव सभ्य दिखाई देने की कोशिश की।''

अब शायद आप ऐसा सोच सकते हैं कि जंगल में दाढ़ी बनाने में लगने वाली ऊर्जा को भोजन की खोज के लिए बचाया जा सकता था। क्या आत्म-नियंत्रण का वह अभ्यास आपको अधिक कमज़ोर नहीं कर देगा और किसी महत्त्वपूर्ण चीज़ के लिए इच्छा-शक्ति का प्रयोग करने में आप कम सक्षम नहीं हो जाएँगे? लेकिन इस तरह व्यवस्थित आदतें वास्तव में स्वचालित मानसिक प्रक्रियाओं को ट्रिगर करके लंबे समय में आत्म-नियंत्रण में सुधार कर सकती हैं जिनके लिए अधिक ऊर्जा की आवश्यकता नहीं होती है। बाहरी व्यवस्था और आंतरिक आत्म-अनुशासन के बीच संबंध में स्टैनली के विश्वास की हाल ही में कुछ उल्लेखनीय अध्ययनों में पुष्टि की गई है। एक प्रयोग में, प्रतिभागियों के एक समूह ने एक अच्छे साफ़-सुथरे प्रयोगशाला कक्ष में बैठकर प्रश्नों के उत्तर दिए, जबकि अन्य ऐसे स्थान पर बैठे जिससे आपके माता-पिता को चिल्लाकर यह कहने कि प्रेरणा मिलती है कि ''अपना कमरा साफ़ करो!'' गंदे कमरे में रहने वाले लोगों ने कई पैमानों पर आत्म-नियंत्रण में कम अंक प्राप्त किए जैसे कि कुछ सप्ताह का इंतज़ार करके एक बड़ी राशि हासिल करने के बजाय तुरंत ही छोटी सी राशि स्वीकार कर लेना। खाने और पीने की चीज़ें मिलने साफ़-सुथरे कमरे में रहने वाले लोगों ने गंदे कमरे में रहने वाले साथियों के विपरीत टॉफ़ी और मीठे कोला की जगह सेब और दूध को वरीयता दी।

इसी तरह के आयोजित एक ऑनलाइन प्रयोग में, कुछ प्रतिभागियों ने साफ़-सुथरी, अच्छे से डिज़ाइन की गई ऐसी वेबसाइट जिसमें सब कुछ सटीक जगह पर

और शुद्ध वर्तनी के साथ लिखी गई थी, से जुड़े प्रश्नों का उत्तर दिया। दूसरों से ऐसी वेबसाइट से जुड़े प्रश्न किए गए जो देखने में भी अच्छी नहीं थी और उनमें वर्तनी की अशुद्धियों के साथ अन्य कई समस्याएँ भी थीं। गंदगी वाली साइट पर लोगों के यह कहने कि संभावना अधिक थी कि वे निश्चित कुछ लेने के बदले दाँव लगाएँगे, और वे शाप और क़सम खाने वाला रास्ता अपनाएँगे, और यह भी कि लंबे समय बाद देरी से मिलने वाले किसी बड़े इनाम का इंतज़ार करने के बदले वे छोटा इनाम प्राप्त कर लेंगे। अव्यवस्थित वेबसाइट को दान के लिए भी कम दान प्राप्त हुआ। दान और उदारता को आत्म-नियंत्रण से जोड़ा गया है, इसे आंशिक रूप से जोड़ा गया है, क्योंकि हमारी प्राकृतिक पाशविक स्वार्थ से निकलने के लिए आत्म-नियंत्रण की आवश्यकता होती है, और आंशिक रूप से इसलिए भी क्योंकि जैसा कि हम सब आगे देखेंगे, दूसरों के बारे में सोचने से हमारा अपना आत्म-अनुशासन बढ़ सकता है। व्यवस्थित वेबसाइट्स ने, किसी प्रयोगशाला के स्वच्छ कमरे की तरह, लोगों को अनजाने में स्व-अनुशासित निर्णयों और दूसरों की मदद करने वाले कार्यों के लिए मार्गदर्शन करने वाले सूक्ष्म संकेत प्रदान किए।

प्रतिदिन शेविंग करके, स्टैनली अधिक मानसिक ऊर्जा ख़र्च किए बिना इसी प्रकार के व्यवस्थित संकेत से लाभ उठा सकता है। उसे हर सुबह दाढ़ी बनाने का कोई सचेत निर्णय नहीं लेना पड़ता था। एक बार जब उन्होंने इसे अपनी आदत बनाने के लिए अपनी संकल्पशक्ति का कुछ हिस्सा उस पर ख़र्च कर दी, तो यह एक अपेक्षाकृत स्वचालित मानसिक प्रक्रिया बन गई जिसके लिए बहुत कम या कोई अतिरिक्त संकल्प शक्ति की आवश्यकता नहीं थी। भुखमरी शिविर में उनका कर्तव्यपरायण व्यवहार चरम पर था, लेकिन यह हाल ही में बॉमाइस्टर द्वारा दो डच शोधकर्ताओं डेनिस डी रिडर और कैटरिन फ़िनकेनॉयर के साथ मिलकर काम करने के बाद प्राप्त हुए एक पैटर्न पर फ़िट बैठता है, जिन्होंने उच्च अंक प्राप्त करने वाले ऐसे लोगों पर प्रकाशित और अप्रकाशित अध्ययनों के एक बड़े समूह के विश्लेषण का नेतृत्व किया था जिनका व्यक्तित्व परीक्षण में मापा गया आत्म-नियंत्रण का स्तर उच्च था। इन अध्ययनों में विभिन्न प्रकार के व्यवहारों से जुड़े प्रयोगों की सूचना दी गई, जिन्हें शोधकर्ताओं ने कुछ व्यापक श्रेणियों में विभाजित किया : मुख्य रूप से स्वचालित या मुख्य रूप से नियंत्रित। तार्किक रूप से, शोधकर्ताओं ने यह मान लिया है कि उच्च आत्म-नियंत्रण वाले लोग उस व्यवहार में इसका सबसे अधिक ध्यान देने की प्रवृत्ति रखते हैं जिस पर वे सबसे अधिक नियंत्रण रखते हैं।

इन अध्ययनों में विभिन्न प्रकार के व्यवहारों से जुड़े प्रयोगों की सूचना दी गई, जिन्हें शोधकर्ताओं ने कुछ व्यापक श्रेणियों में विभाजित किया : मुख्य रूप से स्वचालित या मुख्य रूप से नियंत्रित। तार्किक रूप से, शोधकर्ताओं ने यह मान लिया है कि उच्च आत्म-नियंत्रण वाले लोग उस व्यवहार में इसका सबसे अधिक

ध्यान देने की प्रवृत्ति रखते हैं जिस पर वे सबसे अधिक नियंत्रण रखते हैं। फिर भी जब मेटा-विश्लेषण में परिणामों का योग किया गया, तो बिलकुल विपरीत पैटर्न दिखाई पड़े। उच्च आत्म-नियंत्रण वाले लोग अपने उन व्यवहारों के कारण विशिष्ट या अलग होते थे जो कमोबेश स्वचालित रूप से होता था।

शुरुआत में शोधकर्ता चकित रह गए। उनके परिणाम यह बता रहे थे कि हम ऐसे व्यवहारों पर आत्म-नियंत्रण का उपयोग नहीं करते हैं, जो नियंत्रित होने लायक़ होते हैं। ऐसा कैसे हो सकता था? उन्होंने अपनी कोडिंग और गणनाओं की जाँच और पुनर्जांच की, लेकिन अंतिम परिणाम वही था। जब वे मूल अध्ययन पर वापस गए, तभी उन्हें समझ में आना शुरू हुआ कि इस परिणाम का क्या मतलब है। और इसका मतलब आत्म-नियंत्रण के बारे में सोचने के तरीके में एक गंभीर बदलाव था।

जिन व्यवहारों की कोडिंग उन्होंने स्वचालित रूप की, वे आदतों से जुड़े हुए थे, जबकि अधिक नियंत्रित प्रकार के व्यवहार असामान्य या केवल-एक-बार होने वाली क्रियाएँ थीं। आत्म-नियंत्रण सबसे प्रभावी साबित हुआ, जब लोगों ने इसका उपयोग अच्छी आदतें स्थापित करने और बुरी आदतों को तोड़ने के लिए किया। आत्म-नियंत्रण वाले लोग नियमित रूप से कंडोम का इस्तेमाल करते थे, और धूम्रपान, थोड़ी-थोड़ी देर पर कुछ खाने, और बहुत अधिक शराब, वाइन जैसी आदतों से बचते थे। स्वस्थ व्यवहार के पैटर्न को स्थापित करने के लिए बहुत अधिक संकल्प शक्ति ख़र्च हुई - यही कारण था कि उच्च संकल्पशक्ति वाले लोगों को बेहतर करना सक्षम था - लेकिन एक बार आदतों के बन और विकसित हो जाने के बाद, जीवन को सहजता से, विशेष रूप से जीवन के कुछ पहलुओं को बिताया जा सकता है।

मेटा-विश्लेषण से मिलने वाला दूसरा अप्रत्याशित परिणाम विशेष रूप से काम और स्कूल में अपने प्रदर्शन के लिए मददगार था, जहाँ सबसे कमज़ोर प्रभावों में खाना और डायटिंग शामिल थे। हालाँकि उच्च आत्म-नियंत्रण वाले लोगों ने अपने वज़न को नियंत्रित करने की प्रक्रिया के दौरान अपेक्षाकृत बेहतर प्रदर्शन किया, लेकिन जीवन के अन्य पहलुओं की तुलना में इसका प्रभाव बहुत अधिक कमज़ोर था। (हम बाद के अध्याय में उस अलगाव के कारण और डाइटिंग के ख़िलाफ़ मामले पर चर्चा करेंगे।) उनके आत्म-नियंत्रण से उन्हें भावनात्मक रूप से अच्छी तरह से समायोजित होने (खुश रहने, स्वस्थ आत्मसम्मान रखने, अवसाद से बचने) और अपने क़रीबी दोस्तों, प्रेमियों और रिश्तेदारों के साथ घुलने-मिलने में मदद मिली। लेकिन उनके आत्म-नियंत्रण का सबसे बड़ा लाभ स्कूल और कार्यस्थल में दिखाई दिया, जिससे अन्य सबूतों की पुष्टि हुई कि सफल छात्र और कार्यकर्ता अच्छी आदतों पर भरोसा करते हैं। वेलेडिक्टोरियन आम तौर पर ऐसे नहीं

होते हैं, जो बड़ी परीक्षा से ठीक पहले पूरी रात पढ़ते रहते हैं – इसके बजाय, वे पूरे सेमेस्टर भर काम करते रहते हैं। जो श्रमिक लंबे समय तक लगातार उत्पादन करते हैं, वे लंबे समय में सबसे अधिक सफल होते हैं। उदाहरण के लिए, विश्वविद्यालयों के प्रोफ़ेसरों के बीच, अपनी बारी प्राप्त करना बहुत बड़ी उपलब्धि और मुख्य बाधा है, और ज़्यादातर विश्वविद्यालयों में पारी मुख्य रूप से उच्च गुणवत्ता वाले प्रकाशित मूल काम पर निर्भर करता है। बॉब बॉयस नामक एक शोधकर्ता ने ऐसे युवा प्रोफ़ेसरों के लेखन की आदतों पर निगरानी रखनी शुरू की, जिन्होंने अभी-अभी लिखना शुरू किया था ताकि यह दिखा सके कि वे कैसा प्रदर्शन करते हैं। इसमें आश्चर्य की बात नहीं थी कि, एक ऐसा काम जिसमें वास्तव में कोई बॉस नहीं होता है और ना ही कोई आपकी समय-सारिणी तय और सुनिश्चित कार्य है या आपको आपके काम के बारे में बताता है, इन युवा प्रोफ़ेसरों ने विभिन्न प्रकार के दृष्टिकोण अपनाए। कुछ ने तब तक सूचनाएँ एकत्रित कीं, जब तक कि वे तैयार नहीं थे और उसके बाद पूरी ऊर्जा के साथ संभवतः कुछ लंबे दिनों और लंबी रातों के साथ एक या दो सप्ताह लगाकर पांडुलिपि तैयार कर ली। वहीं दूसरे लोग स्थिर गति से आगे बढ़ते रहे और प्रतिदिन एक या दो पन्ने लिखने का प्रयास करते रहे। वहीं, कुछ दूसरे लोगों की स्थिति इन दोनों के बीच वाली थी। जब बॉयस ने कुछ सालों बाद उसी समूह का परीक्षण किया, तब उन्होंने पाया कि उनके रास्ते बहुत तेज़ी से अलग हो गए थे। प्रतिदिन एक पन्ना लिखने वाले प्रोफ़ेसरों ने अच्छा किया था और आमतौर पर उन्हें उनकी पारी मिल गई थी। तथाकथित ''लगातार लिखने वाले लेखक'' बहुत पीछे छूट गए गए थे और उनमें से कइयों ने अपना करियर छोटा कर लिया था। स्पष्ट निहितार्थ यह था कि युवा लेखकों और महत्त्वाकांक्षी प्रोफ़ेसरों के लिए सबसे अच्छी सलाह है : हर दिन लिखें। दैनिक आदत बनाने के लिए अपने आत्म-नियंत्रण का उपयोग करें, और आप लंबे समय में कम प्रयास के साथ अधिक उत्पादन कर पाने में सक्षम होंगे।

हम अक्सर संकल्पशक्ति को एक हेरोइक शब्दावली के रूप में देखते हैं, जीवन में किसी महत्त्वपूर्ण क्षण में किया गया एक काम – मैराथन के अंत में दौड़ना, प्रसव पीड़ा से गुज़रना, चोट सहना, संकट से निपटना, अनूठे प्रतीत होने वाले प्रलोभन का विरोध करना, असंभव समय सीमा को पार करना। ये वे कारनामे हैं जो स्मृति में बने रहते हैं और सर्वोत्तम कहानियाँ बनाते हैं। यहाँ तक कि स्टैनली के सबसे आलोचनात्मक जीवनीकारों ने भी समय सीमा पर उनकी साहित्यिक उत्पादकता के विस्फोट की सराहना की। इतुरी वन के माध्यम से उस भयानक यात्रा को समाप्त करने और सभ्यता में लौटने के बाद, उन्होंने तुरंत एक अंतरराष्ट्रीय बेस्टसेलर, *इन डार्केस्ट अफ्रीका* लिखा। सुबह छह बजे से रात ग्यारह बजे तक काम करके, उन्होंने केवल पचास दिनों में दो-खंड, नौ सौ पेज का काम लिखा –

लगातार लिखने का उनका काम उन दिनों चरम पर था।। लेकिन रास्ते में नियमित रूप से लिखकर रखे गए पर्याप्त नोट्स और व्यवस्थित रिकॉर्ड के बिना वह कभी भी अभियान को इतनी जल्दी लिख का पूरा नहीं कर सकते थे। अपनी डायरी को अपनी शेविंग की तरह एक आदत बनाकर, वह जंगल में अगले भयानक आश्चर्य के लिए अपनी संकल्पशक्ति को बचाते हुए दिन-ब-दिन लिखते रहे।

लेकिन मेरे बारे में पर्याप्त

तैंतीस साल की उम्र में, लिविंगस्टोन को पाने के कुछ ही समय बाद, स्टैनली को जीवन में प्यार मिल गया। उन्होंने औरतों के मामले में ख़ुद को हमेशा ही बेउम्मीद ही माना था, लेकिन उनकी नई शोहरत ने उनके वापस लंदन लौटने के बाद उनके लिए सामाजिक अवसरों में वृद्धि कर दी थी, और वहाँ उनकी मुलाक़ात अमेरिका से दौरे पर *आए* ऐलिस पाइक से हुई। वह उम्र में उनसे आधी मतलब कि केवल सत्रह साल की थी, और उन्होंने अपनी डायरी में उनके लिए लिखा कि वह "अफ़्रीकी भूगोल को लेकर बहुत ही बेपरवाह थी, और मुझे बाक़ी सभी चीज़ों से डर लगता है।" लेकिन वे मोहित हो गए और एक ही महीने के भीतर उनकी सगाई हो चुकी थी। स्टैनली के अगले अफ़्रीकी अभियान से लौटने पर वह शादी करने के लिए सहमत हो गए। वे तेल की परत में लिपटी उसकी तसवीर को सीने से लगाकर अफ़्रीका के पूर्वी तट से रवाना हुए, जबकि उनके साथ जाने वाले लोगों ने *लेडी ऐलिस* नाम की एक चौबीस फ़ीट नाव के साथ अपनी यात्रा शुरू की, जिसका उपयोग स्टैनली ने अफ़्रीका के मध्य में स्थित महान झीलों की पहली दर्ज जलयात्रा के लिए किया था। उसके बाद, पैंतीस सौ मील की यात्रा के बाद स्टैनली लगातार अपनी यात्रा के सबसे ख़तरनाक हिस्से की तरफ़ पश्चिम दिशा में बढ़ते जा रहे थे। उनकी योजना *लेडी ऐलिस* को लुआलाबा नदी में नीचे वहाँ तक लेकर जाने की थी, जहाँ तक उसका बहाव था - शायद नील नदी (लिविंगस्टोन का सिद्धांत), या शायद नाइज़र, या कांगो (स्टैनली का अनुमान, जो सही साबित होगा)। कोई नहीं जानता था, क्योंकि सबसे ख़तरनाक अरब दास व्यापारी भी नीचे की तरफ़ बसने वाले जुझारू नरभक्षियों की कहानियों से भयभीत हो गए थे।

उस नदी में जाने से पहले, स्टैनली ने अपनी मंगेतर को पत्र लिखकर बताया कि उसका वज़न केवल 118 पाउंड था, उसे देखने के बाद से उसका वज़न 60 पाउंड कम हो गया है। उनकी कई बीमारियों में मलेरिया की एक और बीमारी भी शामिल थी, जिसके कारण उन्हें उस दिन कँपकँपी होने लगी थी, जब सूरज का तापमान 138 डिग्री फ़ारेनहाइट तक पहुँच गया था। उन्हें आगे और भी बदतर कठिनाइयों की उम्मीद थी, लेकिन उन्होंने अफ़्रीका के दूसरी तरफ़ पहुँचने तक

आख़िरी पत्र भेजने में उन पर ध्यान केंद्रित नहीं किया। उन्होंने उसे लिखा, "तुम्हारे प्रति मेरा प्यार कभी नहीं बदल सकता है, तुम मेरा सपना, मेरा जान, मेरी आशा और मेरी किरण हो।" उन्होंने आगे लिखा, "मैं तुम्हें इस रोशनी में तब तक सँजोकर रखूँगा, जब तक मैं तुमसे नहीं मिल जाता, या मौत मुझसे नहीं मिल जाती।'

स्टैनली पैंतीस सौ मील तक उस आशा से चिपके रहे, *लेडी ऐलिस* को कांगो नदी के नीचे ले गए, और "नियामा" का युद्ध घोष करते हुए नरभक्षियों के हमलों से बचे रहे! नियामा!–मांस! मांस! उनके केवल आधे साथियों ने अटलांटिक तट तक की यात्रा पूरी की, जिसमें लगभग तीन साल लगे और स्टैनली को छोड़कर हर यूरोपीय की जान चली गई। सभ्यता में वापस पहुँचने पर, स्टैनली को व्यग्रता से अपनी मंगेतर के प्रेम पत्रों का इंतज़ार था, लेकिन उसके बदले उन्हें अपने प्रकाशक से कुछ अजीब समाचार मिला (और विस्मयादिबोधक चिह्न के संदिग्ध उपयोग) : "अब मैं एक ऐसे नाज़ुक बिंदु पर पहुँच गई हूँ जिसके बारे में मैं लंबे समय से ख़ुद से जूझ रहा था। वह यह कि मुझे इसके बारे में लिखना चाहिए या तुम्हारे पहुँचने का इंतज़ार करना चाहिए। हालाँकि मैं सोचता हूँ कि शायद मुझे तुम्हें एक ही बार में यह बता देना चाहिए कि तुम्हारी मित्र ऐलिस पाइक विवाहित है!" स्टैनली यह सुनकर व्याकुल हो गया कि उसकी सपनों की महिला ने उसे छोड़ दिया है (ओहियो में एक रेल–कार निर्माता के बेटे के लिए), और उसे अभियान के लिए बधाई देने वाले एक नोट से शायद ही किसी तरह की राहत मिली हो, जबकि उसने अपनी शादी का सहजता से उल्लेख किया हो और यह स्वीकार किया हो कि *लेडी ऐलिस* "जिस ऐलिस के नाम पर उसका नाम रखा गया था, उससे कहीं अधिक सच्ची दोस्त साबित हुई।" स्टैनली के लिए, सगाई उसकी रोमांटिक अयोग्यता का एक और सबूत थी। वह स्पष्ट रूप से एक ग़लत महिला की तसवीर को अपने सीने से लगाए अफ्रीका पार कर गए थे।

लेकिन चाहे यह कितना भी बुरा क्यों ना हुआ हो, स्टैनली को रिश्ते और उस तसवीर से कुछ न कुछ मिला : उसकी अपनी मनहूसियत से ध्यान भटकाने के लिए। हो सकता है कि अपनी वफ़ादारी को लेकर उन्होंने स्वयं को ही मूर्ख बनाया हो, लेकिन अपनी यात्रा के दौरान अपने कठिन परिवेश से बहुत दूर "ठहरने" और एक "बीकन" पर ध्यान केंद्रित लायक़ पर्याप्त रूप से चालाक थे। यह क्लासिक मार्शमैलो प्रयोग में बच्चों द्वारा उपयोग की गई सफल रणनीति का अधिक विस्तृत संस्करण था। जो लोग मार्शमैलो को देखते रहे, उनकी संकल्पशक्ति जल्द ही ख़त्म हो गई और वे तुरंत इसे खाने के प्रलोभन में पड़ गए; जो लोग कमरे के चारों ओर देखकर अपना ध्यान भटकाते थे (या कभी–कभी सिर्फ अपनी आँखें ढँक लेते थे) वे बच निकलने में कामयाब रहे। उसी प्रकार, पैरामेडिक्स मरीज़ों से उनकी स्थिति

के अलावा किसी भी चीज़ के बारे में बात करके उनके दर्द से ध्यान भटकाते हैं, और दाइयाँ प्रसव के दौरान महिलाओं को अपनी आँखें बंद करने से रोकने की कोशिश करती हैं (जिससे वे दर्द पर ध्यान केंद्रित कर सकेंगी)। वे स्टैनली द्वारा ''आत्म-विस्मरण'' कहे जाने वाले लाभों को पहचानते हैं। उन्होंने रियर कॉलम के टूटने के लिए अपने नेता के फ़ैसले को ज़िम्मेदार ठहराया कि वे अपनी यात्रा के दौरान जल्दी जंगल में आगे निकलने के बजाय, इतने लंबे समय तक अतिरिक्त कुलियों की प्रतीक्षा करते हुए शिविर में रुके रहे। उन्होंने लिखा, ''घातक एकरसता को सहन करने के बजाय, उनकी आशंकाओं और शंकाओं का इलाज कार्रवाई में पाया गया होता।'' स्टैनली के लिए बीमार, भूखे और मरणासन्न लोगों के साथ जंगल से गुजरना जितना भयानक था, उनकी यात्रा के ''अंतहीन व्यवसाय इतने मनोरंजक और दिलचस्प थे कि आधारहीन विचारों के लिए जगह नहीं मिल सकी।'' स्टैनली ने काम को मानसिक पलायन के रूप में देखा :

> निराशा और पागलपन से अपनी सुरक्षा के लिए मुझे आत्म-विस्मरण का सहारा लेना पड़ा; रुचि जो मेरे काम के साथ आई... मेरा इनाम यह जानने में ही था कि मेरे साथी हर समय इस बात के प्रति सचेत रहते थे कि मैंने अपना सर्वश्रेष्ठ प्रदर्शन किया, और मैं उनके प्रति एक समान सहानुभूति और लक्ष्य से बँधा हुआ था। इसने मुझे ख़ुद को सभी पड़ोसी कार्यालयों के प्रति समर्पित रहने के लिए प्रोत्साहित किया, और नैतिक रूप से मजबूत बनाया।

आम सहानुभूति'' और ''पड़ोसी कार्यालयों'' की यह बात स्टैनली की अलगाव और गंभीरता की प्रतिष्ठा वाले किसी व्यक्ति से संदिग्ध रूप से आत्म-सेवा करने वाली लग सकती है। आख़िरकार, यह वह व्यक्ति था जो इतिहास में सबसे ठंडे अभिवादन के लिए प्रसिद्ध था : ''डॉ. लिविंगस्टोन, मुझे लगता है?'' यहाँ तक कि विक्टोरियन लोगों को भी अफ़्रीका के मध्य में दो अंग्रेज़ों की मुलाक़ात हास्यास्पद रूप से नीरस लगी। लेकिन जील के अनुसार, इस प्रसिद्ध पंक्ति के बारे में सबसे अधिक चौंकाने वाली बात यह है कि स्टैनली ने इसे कभी नहीं कहा। इसका पहला रिकॉर्ड *न्यू यॉर्क हेराल्ड* को स्टैनली के प्रेषण में मिलता है, जो बैठक के काफ़ी बाद लिखा गया था। यह किसी भी आदमी की डायरियों में नहीं है। जैसे ही वे एक-दूसरे को बधाई देने वाले थे, स्टैनली ने अपनी डायरी का महत्त्वपूर्ण पन्ना फाड़ दिया और उस मुलाक़ात का विवरण काट दिया। अपने कार्यस्थल की जड़ों के बारे में लंबे समय से असुरक्षित स्टैनली ने स्पष्ट रूप से बाद में ख़ुद को प्रतिष्ठित दिखाने के लिए इस पंक्ति का आविष्कार किया। वह हमेशा ब्रिटिश सज्जन खोजकर्ताओं के कठोर-ऊपरी-होंठ वाले श्रेय की प्रशंसा करते थे, और वह कभी-कभी अपने

साहसिक कार्यों के प्रति एक निष्पक्ष भाव को प्रभावित करके उनके सनक्फ्रोइड की नक़ल करने की कोशिश भी करते थे। लेकिन उनमें उनकी प्रतिभा और उनके विवेक का अभाव था। जबकि उन्होंने अपने अफ्रीकी अभियानों में हिंसक मुठभेड़ों और अनुशासनात्मक रणनीति को छोड़ दिया या कम महत्त्व दिया, स्टैनली ने उन पहलुओं को काफी हद तक बढ़ा-चढ़ाकर पेश किया, जिसका आंशिक कारण उसे कठिन दिखाना।, आंशिक कारण समाचार पत्र और किताबें बेचना था।

परिणामस्वरूप, स्टैनली ने अपने युग के सबसे कठोर और सबसे हिंसक खोजकर्ता के रूप में ख्याति प्राप्त की, जबकि वास्तव में वह अज्फ्रीकियों के प्रति असामान्य रूप से मानवीय था, यहाँ तक कि सौम्य लिविंगस्टोन के साथ तुलना करने पर भी, जैसा कि जील बताते हैं। अपने समय में, स्टैनली उल्लेखनीय रूप से नस्लीय पूर्वाग्रह से मुक्त थे। वह धाराप्रवाह स्वाहिली बोलते थे और अपने अफ्रीकी साथियों के साथ जीवन भर का संबंध स्थापित करते थे। अपने अंदर काम करने वाले अश्वेतों के साथ बुरा व्यवहार करने वाले श्वेत अफ़सरों को उन्होंने गंभीरता के साथ अनुशासित किया, और उन्होंने लगातार अपने लोगों को हिंसा और स्थानीय ग्रामीणों के साथ किसी भी तरह का अपराध करने से रोका। जबकि बातचीत और उपहार विफल होने पर वह कभी-कभी झगड़ों में पड़ जाते थे, लेकिन पूरे अफ्रीका में स्टैनली की बंदूक़ लेकर खड़े होने वाली छवि एक मिथक थी। उनकी सफलता का रहस्य उन लड़ाइयों में नहीं है जिनका उन्होंने इतने स्पष्ट रूप से वर्णन किया है, बल्कि दो सिद्धांतों में निहित है जिन्हें स्टैनली ने अपने अंतिम अभियान के बाद संक्षेप में प्रस्तुत किया था :

> आसन्न ख़तरे के वास्तविक तनाव से मैंने सबसे पहले यह सीखा है कि बारूद की तुलना में आत्म-नियंत्रण अधिक अपरिहार्य है, और दूसरे स्थान पर यह जाना है कि, अफ्रीकी यात्रा के उकसावे के तहत उन स्थानीय लोगों के प्रति वास्तविक हार्दिक सहानुभूति के बिना लगातार बने रहने वाला आत्म-नियंत्रण असंभव है, जिनका आपको सामना करना है।

जैसा कि स्टैनली को भी एहसास हुआ था, आत्म-नियंत्रण स्वार्थ नहीं है। संकल्पशक्ति हमें दूसरों के साथ घुलने-मिलने और व्यक्तिगत अल्पकालिक हितों पर आधारित आवेगों पर क़ाबू पाने में सक्षम बनाती है। यह वही सबक़ है जो नेवी सील कमांडो स्टैनली की कठिन परीक्षाओं के आधुनिक संस्करण के दौरान सीखते हैं : लगातार दौड़ने, तैरने, रेंगने और कांपने का प्रसिद्ध हेल वीक टेस्ट जिसे उन्हें पाँच घंटे से कम की नींद लेकर सहना और करना पड़ता है। सील अधिकारी एरिक ग्रीटेंस के अनुसार, प्रत्येक सील वर्ग में कम से कम तीन-चौथाई पुरुष आमतौर

पर प्रशिक्षण पूरा करने में विफल रहते हैं, और जरूरी नहीं कि बचे हुए लोग सबसे अधिक मांसपेशियों वाले हों। अपने हेल वीक से बचे साथी लोगों को याद करते हुए, वह उनके एक सामान्य गुण की ओर इशारा करते हैं :

> उनमें अपने दर्द से बाहर निकलने की, अपने भय को परे रखने की योग्यता थी: अपने बग़ल वाले साथी की मदद मैं कैसे कर सकता हूँ? उनके पास ''मुट्ठी'' भर से ज़्यादा साहस और शारीरिक क्षमता थी। उनका दिल इतना बड़ा था कि वे दूसरों के बारे में भी सोच सकते थे।

पूरे इतिहास में, लोगों को स्वार्थी व्यवहार से दूर करने का सबसे आम तरीक़ा धार्मिक शिक्षाओं और आज्ञाओं का उपयोग करना रहा है, और ये तरीक़े आत्म-नियंत्रण के लिए एक प्रभावी रणनीति बने हुए हैं, जैसा कि शोध से सामने आया है जिस पर हम बाद में चर्चा करेंगे। लेकिन क्या होगा अगर, स्टैनली की तरह, आप आस्तिक नहीं हैं? कम उम्र में ईश्वर और धर्म में अपना विश्वास खोने के बाद (इस नुक़सान के लिए उन्होंने अमेरिकी गृहयुद्ध में हुए नरसंहार को ज़िम्मेदार ठहराया), उन्हें एक सवाल का सामना करना पड़ा जिसने अन्य विक्टोरियन लोगों को परेशान कर दिया : लोग धर्म के पारंपरिक प्रतिबंधों के बिना नैतिक कैसे रह सकते हैं? स्टैनली जैसे कई प्रमुख अविश्वासियों ने सार्वजनिक रूप से धर्म के प्रति दिखावा करके जवाब दिया, साथ ही ''कर्तव्य'' की भावना पैदा करने के लिए धर्मनिरपेक्ष तरीक़ों की तलाश की। इतुरी जंगल के माध्यम से आगे बढ़ती हुई भयानक यात्रा के दौरान, उन्होंने टेनीसन के ''ओड ऑन द डेथ ऑफ़ द ड्यूक ऑफ़ वेलिंगटन'' से अपने पसंदीदा दोहे में से एक को उद्धृत करके लोगों को प्रोत्साहित किया :

> हमारी निष्पक्ष द्वीप-कथा में एक या दो बार नहीं, कर्तव्य का मार्ग हमेशा गौरव का मार्ग था।

स्टैनली के लोगों ने हमेशा उनके प्रयासों की सराहना नहीं की - उनमें से कुछ के लिए टेनीसन की पंक्तियाँ बहुत पुरानी हो गईं - लेकिन उनके दृष्टिकोण ने आत्म-नियंत्रण के एक सही सिद्धांत को अपनाया : उच्च विचारों पर ध्यान केंद्रित करना। इस रणनीति के प्रभावों का परीक्षण हाल ही में न्यू यॉर्क विश्वविद्यालय के केंटारो फुजिता और उनके थीसिस सलाहकार, याकोव ट्रोप के नेतृत्व में शोधकर्ताओं की एक टीम द्वारा किया गया था। उन्होंने लोगों की मानसिक प्रक्रियाओं को उच्च या निम्न स्तर पर ले जाने के लिए कई तरीक़ों का इस्तेमाल किया। उच्च स्तरों को अमूर्तता और दीर्घकालिक लक्ष्यों द्वारा परिभाषित किया गया था। निम्न स्तर इसके विपरीत थे। उदाहरण के लिए, लोगों से यह सोचने के लिए कहा गया कि उन्होंने

कुछ क्यों किया या उन्होंने कुछ कैसे किया। ''क्यों'' वाले प्रश्न मन को उच्च स्तर की सोच और भविष्य पर ध्यान केंद्रित करने के लिए प्रेरित करते हैं। ''कैसे'' वाले प्रश्न मन को निम्न स्तर की सोच और वर्तमान पर केंद्रित कर देते हैं। एक अन्य प्रक्रिया जो समान परिणाम उत्पन्न करती थी, वह थी लोगों को किसी दी गई अवधारणा से ऊपर या नीचे ले जाना, जैसे गायक शब्द। उच्च-स्तरीय मानसिकता को प्रेरित करने के लिए, लोगों से पूछा गया, ''एक गायक किसका उदाहरण है?'' इसके विपरीत, निम्न-स्तरीय मानसिकता को प्रेरित करने के लिए, उनसे पूछा गया, ''एक गायक का उदाहरण क्या है?'' इस प्रकार उत्तर ने उन्हें या तो वैश्विक स्तर पर या अधिक विशिष्ट स्तर रुक कर सोचने के लिए प्रेरित किया।

मानसिक स्थिति के इन हेरफेरों का आत्म-नियंत्रण से कोई अंतर्निहित संबंध नहीं था। फिर भी उन लोगों में आत्म-नियंत्रण में सुधार हुआ जिन्हें उच्च-स्तरीय शब्दों में सोचने के लिए प्रोत्साहित किया गया था, और उन लोगों में यह बदतर हो गया, जो निम्न-स्तरीय शब्दों में सोचते थे। क्रमबद्ध प्रयोगों में विभिन्न उपायों का उपयोग किया गया, लेकिन परिणाम सुसंगत थे। उच्च-स्तरीय सोच में संलग्न होने के बाद, लोगों को भविष्य में कुछ बेहतर करने के लिए त्वरित पुरस्कार देने की अधिक संभावना थी। जब उन्हें हाथ को पकड़कर दबाने के लिए कहा गया, तो वे अधिक देर तक पकड़ बनाए रख सकने में सक्षम थे। परिणामों से पता चला कि एक संकीर्ण, ठोस, यहाँ और अभी क़ा फोकस आत्म-नियंत्रण के ख़िलाफ़ काम करता है, जबकि एक व्यापक, अमूर्त, दीर्घकालिक फोकस इसका समर्थन करता है। यही कारण है कि धार्मिक लोग आत्म-नियंत्रण के उपायों में अपेक्षाकृत उच्च अंक प्राप्त करते हैं, और स्टैनली जैसे गैर-धार्मिक लोग अन्य प्रकार के उत्कृष्ट विचारों और स्थायी आदर्शों से लाभ उठा सकते हैं। स्टैनली ने हमेशा व्यक्तिगत गौरव की अपनी महत्त्वाकांक्षाओं को ''अच्छा'' बनने की इच्छा के साथ जोड़ा, जैसा कि उसने कल्पना की थी कि उसकी मरती हुई माँ उसे बता रही थी। उन्हें लिविंगस्टोन के साथ-साथ अपनी पहचान तब मिली जब उन्होंने अरब और पूर्वी-अफ्रीकी दास व्यापारियों के बढ़ते नेटवर्क द्वारा की जा रही तबाही को प्रत्यक्ष रूप से देखा। तब से, उन्होंने दास व्यापार को समाप्त करना अपने जीवन का मिशन माना।

आख़िरकार, स्टैनली को जंगल में और उसके परिवार और उसकी मंगेतर तथा ब्रिटिश प्रतिष्ठान की अस्वीकृतियों के माध्यम से जो सहारा मिला, वह उसका घोषित विश्वास था कि वह एक ''पवित्र कार्य'' में लगा हुआ था। आधुनिक मानकों के अनुसार, वह अत्यंत पवित्र लग सकता है, लेकिन वह ईमानदार था। उन्होंने लिखा, ''मुझे दुनिया में ख़ुश रहने के लिए नहीं भेजा गया है।'' ''मुझे विशेष कार्य के लिए भेजा गया था।'' कांगो में अपने अवतरण के दौरान, वह ईमानदारी से अपने लिए

उपदेश लिखते थे, जैसे, ''मैं बुराई से नफ़रत करता हूँ और अच्छाई से प्यार करता हूँ।'' नदी के किनारे सबसे बुरे मोड़ पर, जब वह अपने दो सबसे क़रीबी साथियों के डूबने से निराश थे, जब वह ख़ुद भूख से मरने के क़रीब थे और भोजन के तलाश की कोई संभावना नहीं दिखाई पड़ रही थी, उन्होंने सबसे उच्च विचार के माध्यम से ख़ुद को सांत्वना देते हुए सोचा :

> मेरा यह बेचारा शरीर बहुत कुछ झेल चुका है.. यह अपमानित, पीड़ित, थका हुआ और बीमार हो गया है, और अपने ऊपर थोपे गए कार्य के बोझ तले दब गया है; लेकिन यह मेरा ही एक छोटा सा हिस्सा था। क्योंकि मेरा वास्तविक स्वत्व अँधेरे में घिरा हुआ था, और ऐसे दयनीय वातावरण के लिए ढीठ और उड़ान भरने लायक़ था, क्योंकि शरीर ने हर दिन इसका भार अपने ऊपर लेकर इसे ढोया था।

क्या स्टैनली, निराशा के क्षण में, धर्म के आगे झुक रहे थे और ख़ुद की कल्पना एक आत्मा के रूप में कर रहे थे? शायद। लेकिन उनके आजीवन संघर्षों को देखते हुए, जंगल में अपनी शक्तियों को संरक्षित करने की उनकी सभी युक्तियों को देखते हुए, ऐसा लगता है कि उनके मन में जो कुछ भी था, वह अपेक्षाकृत अधिक धर्मनिरपेक्ष था। जैसा कि बुला मतारी ने देखा, उनका ''वास्तविक स्व'' उनकी इच्छा थी।

8

क्या किसी उच्च शक्ति ने एरिक क्लैप्टन और मैरी कार को शराब पीना बंद करने में मदद की थी?

पवित्र माँ, मेरी पुकार सुनो,
मैंने आपके नाम को हज़ारों बार शाप दिया है।
मैंने अपनी आत्मा में क्रोध को दौड़ते हुए महसूस किया है;
पवित्र माँ, नियंत्रण नहीं रख सकती।

– एरिक क्लैप्टन, अपने गीत ''होली मदर'' में

अगर आपने मुझे एक साल पहले भी बताया होता कि मैं अपने पापों को स्वीकारोक्ति में या घुटनों पर बैठकर माला जपते हुए आपको फुसफुसाकर बताता, अपनी आँखें निकालकर मैं ख़ुद ही हँस सकता था। संभवतः ख़ाली समय की तरह? पोल डांसर। अंतर्राष्ट्रीय जासूस। अवैध वस्तुओं और औषधियों को गैर कानूनी तरीके से लाने - ले जाने वाला। हत्यारा।

– अपने वृतांत *लिट* में मेरी कार्र

एरिक क्लैप्टन के कई आत्मघाती क्षणों के दौरान, जब धन, प्रसिद्धि और उसका संगीत पर्याप्त नहीं रह गया था, उसके मन में एक ही विचार था : यदि उन्होंने खुद को मार डाला, तो वह अब शराब नहीं पी पाएँगे। शराब उनका महान स्थायी प्रेम था, इसके अलावा कोकीन, हेरोइन और लगभग किसी भी प्रकार की नशीली

दवा जो उनके हाथ लग सकती थी, के साथ गंभीर मामले भी जुड़े हुए थे। जब उन्होंने पहली बार अपने जीवन के तीसरे दशक के अंत में हेज़ेल्डन क्लिनिक में जाँच करवाई, तो उन्हें डिटॉक्स के दौरान दौरे का सामना करना पड़ा, क्योंकि उन्होंने मेडिकल टीम को चेतावनी नहीं दी थी कि वह वैलियम ले रहे थे – जिसे वह ''महिलाओं की दवा'' मानते थे, यह इतना मामूली था कि दर्ज करने के क़ाबिल भी नहीं समझा गया।

पुनर्वास के उस अवधि के बाद क्लैप्टन कई वर्षों तक शांत रहे, लेकिन फिर गर्मियों की एक शाम, इंग्लैंड में अपने घर के पास, वह एक भीड़ भरे पब के पास से गुज़रे और उनके मन में एक विचार आया। ''मेरी चयनात्मक स्मृति ने,'' जैसा कि वह कहते हैं, ''मुझे बताया कि गर्मियों की शाम को एक पब में शराब और नींबू के लंबे गिलास के साथ बार में खड़ा होना स्वर्ग में खड़े होने जैसा था, और मैंने उन रातों को याद नहीं करने का फ़ैसला किया, जब मैं वोदका की एक बोतल, एक ग्राम कोक और एक बंदूक लेकर बैठ गया था और आत्महत्या के बारे में सोच रहा था।''

उन्होंने बियर ऑर्डर की, और जल्द ही वह फिर से शराब पीने और आत्महत्या की भावना से ग्रस्त हो गए। एक बहुत ही सुस्त रात को, उन्होंने ''होली मदर' पर काम करना शुरू कर दिया, यह दैवीय मदद की गुहार लगाने वाला एक गीत था। उन्होंने अपने करियर को नुक़सान पहुंचाया और अपनी शादी को बर्बाद कर लिया, लेकिन नशे में गाड़ी चलाने से हुई दुर्घटना में गंभीर रूप से घायल होने के बाद भी वह शराब पीना बंद नहीं कर सके। उनके बेटे के जन्म ने उन्हें हेज़ेल्डेन लौटने के लिए प्रेरित किया, लेकिन अपने पुनर्वास के अंत में उन्हें बोतल का विरोध करने में अभी भी शक्तिहीनता महसूस हो रही थी।

मेरे मन में हर समय शराब पीने का खयाल रहता था'', वह अपनी आत्मकथा, *क्लैप्टन* में लिखते हैं। ''मैं पूरी तरह से डर गया था, पूरी तरह से निराशा में था।'' जब वह एक रात क्लिनिक में अपने कमरे में अकेले घबरा रहे थे, तो उन्होंने पाया कि वह घुटनों के बल डूब रहे हैं और मदद की गुहार लगा रहा हैं।

वह याद करते हुए बताते हैं कि ''मुझे इसका अंदाज़ा नहीं था कि मैं किससे बात कर रहा हूँ, मुझे बस इतना पता था कि मैं अपने बंधन के अंत पर आ गया था। ''मेरे पास लड़ने के लिए कुछ बच नहीं गया था। तभी मुझे वह बात याद आई, जो मैंने समर्पण के बारे में सुनी थी, कुछ ऐसा जिसके बारे में मैंने सोचा था कि मैं कभी नहीं कर सकता, मेरा अभिमान मुझे ऐसा करने की अनुमति ही नहीं देगा, लेकिन मैं जानता था कि मैं अपने बूते अब कुछ नहीं कर सकने वाला था, इसलिए मैंने मदद माँगी, और अपने घुटनों के बल गिरकर, मैंने समर्पण किया।'' वह कहते हैं, उस पल के बाद से उन्होंने कभी भी शराब का सेवन करने के बारे में गंभीरता

से नहीं सोचा, यहाँ तक कि न्यू यॉर्क के उस भयावह दिन भी नहीं, जब उन्हें अपने बेटे कोनोर के शव की पहचान करनी थी, जो तिरपन मंज़िल से गिरकर मर गया था।

हेज़ेल्डन में उस रात, क्लैप्टन को अचानक आत्म-नियंत्रण का आशीर्वाद मिला, लेकिन उन्होंने इसे कैसे पाया, यह समझाना अधिक कठिन है बजाय इसके कि उन्होंने इसे कैसे खोया। शराब से उनकी समस्याओं को सटीक शारीरिक शब्दों में वर्णित किया जा सकता है। लोकप्रिय रूढ़िवादिता के विपरीत, शराब मूर्खतापूर्ण या विनाशकारी कार्य करने के आपके आवेग को नहीं बढ़ाती है; इसके बजाय, यह बस प्रतिबंधों को हटा देती है। यह आत्म-नियंत्रण को दो तरीक़ों से कम करती है : आपके शरीर में रक्त-शर्करा को कम करके, और आत्म-जागरूकता को कम करके। इसलिए, यह मुख्य रूप से आंतरिक संघर्ष द्वारा चिह्नित व्यवहारों को प्रभावित करता है, जैसे कि जब आपका एक हिस्सा कुछ करना चाहता है और आपका एक हिस्सा नहीं करना चाहता है, जैसे कि ग़लत व्यक्ति के साथ यौन संबंध बनाना, बहुत अधिक पैसा ख़र्च करना, लड़ाई में शामिल होना – या नशीले पेय पदार्थ का ऑर्डर करना, और फिर इस काम को दोहराना।

यह एक प्रकार का ऐसा आंतरिक संघर्ष है जिसे कार्टूनिस्ट एक कंधे पर अच्छे देवदूत और दूसरे कंधे पर बुरे देवदूत के साथ चित्रित करते हैं, लेकिन कुछेक ग्लास शराब पीने के बाद इसमें किसी तरह की प्रतियोगिता नहीं रह जाती है। अच्छा देवदूत अपने कर्तव्य से मुक्त हो चुका होता है। आपको इसमें पहले ही हस्तक्षेप करने की ज़रूरत होती है, लगातार पीने की प्रक्रिया को शुरू होने से पहले ही रोकने के लिए, जो कि तब एक समस्या का रूप नहीं लेती है, जब आपके पास हेज़ेल्डन की तरह काम करने के लिए एक कर्मचारी हो। लेकिन ऐसी कौन सी चीज़ है, जो अचानक आपको अपने तरीक़े से कुछ करने की शक्ति देती है? क्लैप्टन के ''आत्मसमर्पण'' के फ़ैसले ने उन्हें और *अधिक* आत्म-नियंत्रण क्यों कर दिया?

वे कहते हैं कि, ''एक नास्तिक कह सकता है कि यह केवल व्यवहार में परिवर्तन भर है, ''और एक हद तक यह सच है, लेकिन इसमें इससे बहुत अधिक कुछ था।'' उसके बाद से, उन्होंने प्रति दिन सुबह और रात में मदद के लिए प्रार्थना की, घुटने पर बैठकर क्योंकि उन्हें स्वयं को विनम्र करने की ज़रूरत महसूस होती है। घुटने पर बैठकर क्यों प्रार्थना करना? ''क्योंकि यह काम करता है, यह इतनी ही सरल बात है, क्लैप्टन कहते हैं, उस खोज को दोहराते हुए जिसके बारे में सुधारवादी सुखवादी हज़ारों वर्षों से बात करते आ रहे हैं। कभी-कभी यह तुरंत हो जाता है, जैसा कि क्लैप्टन या सेंट अगस्टाइन के साथ हुआ, जिन्होंने बताया कि उन्हें सीधे ईश्वर से शराब पीना बंद करने का आदेश आया था, जिसके बाद 'संदेह का सारा अंधकार दूर हो गया।'''

और कभी-कभी इसमें थोड़ा समय लगता है, जैसा कि जैसा कि पूर्वी टेक्सास के एक तेल-रिफ़ाइनरी शहर में पले-बढ़ने का उनका सबसे अधिक बिकने वाला संस्मरण द *लियर्स क्लब* की लेखिका मैरी कर्र जैसी अत्यधिक निंदक अनीश्वरवादी के साथ हुआ था। संस्मरण के अनुसार, उनकी माँ, जिसने सात बार शादी की थी, और एक शराबी थी, जिसने एक बार अपनी बेटी के खिलौनों में आग लगा दी थी और उसे चाकू मारकर हत्या करने की कोशिश की थी। कर्र बड़ी होकर एक सफल कवि बनीं और उन्होंने शराब की अपनी लत से संघर्ष किया। एक बार लगातार शराब पीने के बाद गाड़ी चलाते हुए हाईवे पर उनकी कार नियंत्रण से बाहर हो गई, उच्च शक्ति प्राप्त करने के लिए अल्कोहलिक्स एनोनिमस की सलाह का कर्तव्यनिष्ठा से पालन किया। उन्होंने फ़र्श पर एक तकिया रखा और जीवन में पहली बार प्रार्थना करने के लिए घुटनों के बल बैठी- या कम से कम प्रार्थना करने का यह उनका अपना स्वरूप था। वह जो अपना सर्वश्रेष्ठ दे सकती थी वह था : *उच्चतम शक्ति, तुम आज तक कहाँ थी?* वह अभी किसी भी प्रकार के देवता में भरोसा नहीं कर पा रही थी, लेकिन उन्होंने कम से कम इस बात का फ़ैसला कर लिया कि प्रतिदिन शाम में वह सौम्य रहते हुए धन्यवाद कहेगी। लगभग एक सप्ताह बाद, जैसा कि वह अपने संस्मरण लिट में लिखती हैं, उन्होंने शाम की अपनी प्रार्थना को विस्तार देते हुए धन्यवाद की सूची में उन सभी चीज़ों को शामिल किया, जिनके लिए वह स्वयं को कृतज्ञ महसूस करती थीं, और उसके बाद उन चीज़ों का नाम लेती थी, जो उन्हें चाहिए था, जैसे कि पैसे।

वह याद करते हुए बताती हैं कि, ''भीख माँगने की प्रक्रिया पूरी करने में कुल पाँच मिनट लगते हैं, ''और ऐसा कहना पागलपन लगता है लेकिन लगभग एक सप्ताह बाद पहली बार मुझे बिलकुल भी शराब पीने की इच्छा नहीं थी।'' वह एक उच्च शक्ति एक प्रति संदेह व्यक्त करती हैं, और जब उनके एए समूह के एक सदस्य ने उनसे ''समर्पण'' करने का आग्रह किया, तब उन्होंने विरोध जताते हुए कहा, ''लेकिन अगर मैं ईश्वर में भरोसा ना करूँ तो? यह बिलकुल ऐसा है कि वे मेरे सामने एक मैनेक्विन की तरह बैठ गए और कहा, उनके साथ प्रेम करो। ऐसा नहीं हो सकता कि तुम्हें महसूस नहीं होगा।'' धर्म बहुत ही अतार्किक था, और फिर भी, जब मॉर्गन लाइब्रेरी में न्यू यॉर्क के साहित्यकारों के लिए आयोजित एक कॉकटेल पार्टी में उन्होंने स्वयं को शराब के लिए बेताब पाया, तो वह महिलाओं वाले शौचालय में, एक स्टाल में चली गई, और अतार्किक रूप से अपने घुटनों के बल बैठ गई। प्रार्थना करने लगीं : *कृपया मुझे शराब पीने से दूर रखें। मैं जानती हूँ कि मैं वास्तव में नहीं माँग रही हूँ, लेकिन मुझे सचमुच इसकी आवश्यकता है। कृपया कृपया कृपया।* क्लैप्टन की तरह ही यह तरीक़ा उनके लिए भी कारगर

हुआ : ''मेरी खोपड़ी में चलने वाली प्रारंभिक बकबक ऐसे ख़त्म हो गई है मानो किसी जादूगर ने इसे दूर कर दिया हो।''

अज्ञेयवादियों के लिए उस जादू को समझना विशेष रूप से कठिन हो सकता है, एक ऐसा समूह जिसमें हम भी शामिल हैं। (हम दोनों धर्मच्युत ईसाई हैं जो घर पर या चर्च में, किसी उच्च शक्ति के सामने प्रार्थना करने में ज़्यादा देर के लिए अपने घुटनों पर नहीं बैठते।) लेकिन आँकड़ों को देखने के बाद, हमें इस बात पर विश्वास करने में किसी तरह की कोई परेशानी नहीं है कि किसी प्रकार की शक्ति है जो 12-चरणीय बैठकों और धार्मिक सेवाओं पर काम कर रही है। हालाँकि, कई वैज्ञानिक आध्यात्मिकता को बढ़ावा देने वाले संस्थानों पर संदेह करते हैं - और मनोवैज्ञानिक, किसी कारण से, विशेष रूप से धर्म पर संदेह करते हैं - आत्म-नियंत्रण शोधकर्ताओं ने व्यावहारिक परिणामों के प्रति एक अनिच्छा वाला सम्मान विकसित किया है। यहाँ तक कि जब सामाजिक वैज्ञानिक अलौकिक मान्यताओं को स्वीकार नहीं कर सकते हैं, तब भी वे मानते हैं कि धर्म एक अत्यंत प्रभावशाली मानवीय घटना है जो हज़ारों वर्षों से प्रभावी आत्म-नियंत्रण तंत्र विकसित कर रहा है। अल्कोहलिक्स एनोनिमस कुछ सही किए बिना एरिक क्लैप्टन और मैरी कर्र जैसे लाखों लोगों को आकर्षित नहीं कर सकता था। क्या किसी उच्च शक्ति में विश्वास वास्तव में आपको ख़ुद पर अधिक नियंत्रण देता है? या क्या कुछ और चल रहा है-कुछ ऐसा जिस पर अविश्वासी भी विश्वास कर सकते हैं?

एए का रहस्य

संगठित धर्म के अपवाद के साथ, अल्कोहलिक्स एनोनिमस संभवतः आत्म-नियंत्रण में सुधार के लिए संचालित अब तक के सबसे बड़े कार्यक्रम का प्रतिनिधित्व करता है। यह संयुक्त रूप से सभी पेशेवर और क्लिनिकल कार्यक्रमों की तुलना में समस्याग्रस्त शराब पीने वालों को अधिक आकर्षित करता है, और कई पेशेवर चिकित्सक नियमित रूप से अपने ग्राहकों को एए बैठकों में भेजते हैं। फिर भी समाज वैज्ञानिक अभी भी यह तय नहीं कर पाए हैं कि एए की उपलब्धि क्या है। व्यवस्थित रिकॉर्ड के बिना विकेंद्रीकृत संगठन का अध्ययन करना कठिन है : एए के अध्याय स्वायत्त रूप से संचालित होते हैं और निश्चित रूप से, सदस्यों को गुमनाम रहने पर ज़ोर देते हैं। स्थानीय अध्याय उसी सामान्य 12-चरणीय कार्यक्रम का पालन करते हैं, लेकिन ये चरण व्यवस्थित रूप से तैयार नहीं किए गए थे - चरणों की संख्या शुरू में क्राइस्ट के प्रेरितों की संख्या से मेल खाने के लिए चुनी गई थी। एक शोधकर्ता कम से कम बारह चरणों का एक-एक करके परीक्षण करना चाहेगा, यह देखने के लिए कि कौन से (यदि कोई हो) प्रभाव डालते हैं।

एए सदस्य शराब की तुलना मधुमेह, उच्च रक्तचाप, अवसाद या अल्ज़ाइमर जैसी बीमारियों से करने के शौकीन हैं, लेकिन एनालॉजी समस्याग्रस्त है। निश्चित रूप से, शराब की लत के शारीरिक पहलू हैं – कुछ लोग आनुवंशिक रूप से इसके प्रति संवेदनशील लगते हैं – लेकिन एए के पास जाना अस्पताल जाने जैसा नहीं है। मधुमेह और उच्च रक्तचाप के रोगी आसपास बैठकर एक-दूसरे को प्रोत्साहन देकर अपनी स्थिति में सुधार नहीं लाते हैं। जैसा कि विभिन्न संशयवादियों ने देखा है, चिकित्सक यह नहीं सोचते हैं कि अवसादग्रस्त लोगों को अन्य अवसादग्रस्त लोगों के साथ बैठकों में समय बिताने से कोई लाभ होगा। अधिकांश बीमारियों की प्रगति सीधे तौर पर लोगों द्वारा बार-बार स्वैच्छिक आत्म-विनाशकारी कार्रवाई करने पर निर्भर नहीं होती है : कोई भी अचानक हृदय रोग या अल्जाइमर से दूर रहने का दृढ़ निर्णय नहीं ले सकता है। शराबबंदी अधिक जटिल है, और इन जटिलताओं ने शोधकर्ताओं को एए के अध्ययन के विरोधाभासी परिणामों को लेकर उलझन में डाल दिया है। कुछ लोग कहते हैं कि लगातार सबूतों की कमी एए की प्रभावकारिता पर संदेह पैदा करती है; दूसरों का कहना है कि शोधकर्ताओं को अभी तक यह पता नहीं चला है कि सभी भ्रमित करने वाले चरों को कैसे निकाला जाए।

एए के रक्षकों का कहना है कि जो शराबी अक्सर एए की बैठकों में भाग लेते हैं, वे उन लोगों की तुलना में कम पीते हैं जो कभी-कभार भाग लेते हैं, लेकिन आलोचक कारण और प्रभाव को लेकर आश्चर्य में रहते हैं। क्या बार-बार उपस्थिति से लोगों के दूर रहने की संभावना अधिक हो जाती है, या क्या परहेज से लोगों के उपस्थित रहने की संभावना अधिक हो जाती है? शायद जो लोग इस यात्रा से बाहर हो जाते हैं उन्हें बार-बार सामने आने में शर्म आती है। या शायद उन्होंने इसकी शुरुआत अपर्याप्त प्रेरणा और अधिक मनोवैज्ञानिक समस्याओं के साथ की थी ।

इन अनिश्चितताओं के बावजूद, शोधकर्ताओं को एए के काम करने की पुष्टि करने वाले कुछ प्रमाण मिले। जब दो चीज़ें एक साथ चलती हैं और शोधकर्ता यह जानना चाहते हैं कि उनमें से कौन दूसरे का कारण बनता है, तो वे कभी-कभी उन्हें समय के साथ ट्रैक करने की कोशिश करते हैं और देखते हैं कि कौन-सा पहले आता है – यह मानते हुए कि कारण समय के साथ आगे बढ़ता है, इसलिए कारण प्रभाव से पहले आता है। दो वर्षों तक शराब पीने की समस्या से ग्रस्त दो हज़ार से अधिक पुरुषों पर नज़र रखने के बाद, स्टैनफ़ोर्ड विश्वविद्यालय के जॉन मैककेलर के नेतृत्व में काम करने वाले एक टीम ने यह निष्कर्ष निकाला कि एए बैठकों में उपस्थिति से भविष्य में पीने की समस्याएँ कम हुईं (और इसका उलटा नहीं हुआ – उन्हें इस बात का कोई सबूत नहीं मिला कि पीने की समस्याओं की उपस्थिति या अनुपस्थिति ने बाद में बैठकों में उपस्थिति को प्रभावित किया)। इसके

अलावा, पुरुषों की प्रेरणा के प्रारंभिक स्तर और मनोवैज्ञानिक समस्याओं को ध्यान में रखने के बाद भी एए के लाभ बने रहे। अन्य शोधकर्ताओं का भी यही निष्कर्ष है कि एए कम से कम कुछ नहीं से अधिक प्रभावी है। सदस्यों के बीच असफलता की दर अधिक है – उनके लिए समय-समय पर पुनरावृत्ति होना सामान्य है – लेकिन वे आम तौर पर फिर से संयम बरतना शुरू कर देते हैं। वास्तव में, एए शराब के लिए पेशेवर उपचार जितना ही प्रभावी प्रतीत होता है।

1990 के दशक में बड़े पैमाने पर आयोजित परियोजना मैच (एमएटीसीएच) ने इस सिद्धांत की जाँच की कि सभी तरह के उपचार काम करते है, लेकिन ये सभी के लिए एक समान कारगर और प्रभावी नहीं होते हैं। संभवतः, कुछ लोग एए के साथ बेहतर प्रदर्शन कर सकते हैं, वहीं दूसरे लोगों को इलाज या उपचार के पेशेवर तरीक़ों से लाभ उठाना चाहिए। परियोजना में शराब की लत से ग्रसित कुछ लोगों को एए में शामिल होने का काम किया दिया गया, वहीं दूसरे लोगों को विशेषज्ञों द्वारा चलाए गए दो क्लिनिकल कार्यक्रमों : संज्ञानात्मक-व्यवहार चिकित्सा या प्रेरक-वृद्धि चिकित्सा, में से एक के तहत उपचार लेने के लिए कहा गया। शराब की लत से ग्रस्त कुछ लोगों को बिना किसी व्यवस्था के उपचार के लिए नियुक्त किया गया, वहीं दूसरों को उन उपचारों के लिए भेजा गया, जो उनके लिए सर्वश्रेष्ठ था। कई सालों और कई लाख डॉलर के निवेश के बाद, यह परिणाम आया कि सभी प्रकार के उपचार एक समान प्रभावी थे, और यह भी कि लोगों को सर्वोत्तम उपचार से जोड़ने का प्रयास करने से बहुत कम लाभ हुआ। (दरअसल, यह भी स्पष्ट नहीं था कि इनमें से कोई भी उपचार कुछ भी ना होने से बेहतर था, क्योंकि परियोजना में किसी भी तरह का कोई नियंत्रण समूह शामिल नहीं था, जो किस भी प्रकार के उपचार से नहीं गुज़र रहा था, इसलिए यह बताने का कोई तरीक़ा नहीं था कि क्या लोगों ने अपने आप ही उतना अच्छा किया होगा।)

कुल मिलाकर, यदि एए किसी ख़र्चीले पेशेवर इलाज के तरीक़े से बेहतर नहीं भी था, तो कम से कम उसके बराबर अच्छा तो था ही। भले ही शोधकर्ताओं ने इसका पता नहीं लगाया है कि यह वास्तव में क्या करता है, लेकिन हम कुछ परिचित तरीक़ों की ओर इशारा कर सकते हैं जिनमें एए मदद करता प्रतीत होता है। हम जानते हैं कि आत्म-नियंत्रण मानकों या लक्ष्यों को निर्धारित करने से शुरू होता है, और हम देख सकते हैं कि एए लोगों को एक स्पष्ट और प्राप्य लक्ष्य निर्धारित करने में मदद करता है : आज शराब नहीं पिएँ। (एए का मंत्र है ''एक समय में एक दिन।'') आत्म-नियंत्रण निगरानी पर निर्भर करता है, और एए वहाँ भी सहायता प्रदान करता है। सदस्यों को लगातार कुछ दिनों तक शांत रहने के लिए चिप्स मिलते हैं, और जब वे बोलने के लिए तैयार होते हैं, तो वे अक्सर अपनी बात यह कहकर

शुरू करते हैं कि वे कितने दिनों तक शांत रहे हैं। सदस्य एक प्रायोजक भी चुनते हैं, जिसके साथ उन्हें नियमित, यहाँ तक कि दैनिक संपर्क में रहना होता है – और यह भी, निगरानी के लिए एक शक्तिशाली बढ़ावा है।

एए बैठकों में भाग लेने और कम पीने के बीच संबंध के लिए कुछ अन्य स्पष्टीकरण भी हैं। कम-प्रेरणादायक व्याख्या "वेयरहाउसिंग" है, जिसे कुछ संशयवादी समाजशास्त्री इस शब्द को उधार लेकर यह समझाने का प्रयास करते हैं कि हाई स्कूल क्या करता है। वे स्कूल को एक प्रकार के गोदाम के रूप में देखते हैं, जो दिन के समय बच्चों को संग्रहीत करता है, उन्हें परेशानी से बचाता है, ताकि इसका लाभ कक्षा में जो कुछ होता है उससे कम हो, जो कहीं और नहीं होता है। इसी तर्क से, एए बैठकों में भाग लेने में बिताई गई शामें बिना शराब पिए बिताई जाती हैं। हमें लगता है कि यह असंभव है कि वेयरहाउसिंग एए के संपूर्ण लाभ, या यहाँ तक कि बहुमत के लिए ज़िम्मेदार है, लेकिन यह निस्संदेह थोड़ा-बहुत योगदान तो देता ही है।

दूसरी, अधिक उत्साहजनक व्याख्या यह है कि बैठकें सामाजिक समर्थन प्रदान करती हैं। हर किसी की तरह, शराबी और नशीली दवाओं के आदी लोग सामाजिक स्वीकृति प्राप्त करने के लिए आत्म-नियंत्रण के उल्लेखनीय कारनामे करने में सक्षम हैं। वास्तव में, सहकर्मी अनुमोदन की इच्छा ही अक्सर शुरुआत में उन्हें परेशानी में डालती है। अधिकांश लोग शराब या तंबाकू के अपने पहले स्वाद का आनंद नहीं लेते हैं। अधिकांश लोग अपरिचित दवाओं को अपने शरीर में डालने से डरते हैं। पहली बार खुद को हेरोइन का इंजेक्शन लगाने के लिए वास्तविक आत्म-अनुशासन की आवश्यकता होती है। किशोर हर चीज़ को नज़रअंदाज़ कर देंगे – अपने स्वयं के डर, अपने माता-पिता की चेतावनियाँ, शारीरिक दर्द, जेल जाने या मरने की संभावना – क्योंकि वे आश्वस्त हैं कि सामाजिक स्वीकृति के लिए उन्हें ना केवल जोखिम लेने की आवश्यकता है, बल्कि शांतचित्त होकर, बेफ़िक्र ढंग से ऐसा करने की ज़रूरत है। वे अपनी हिचकिचाहट पर क़ाबू पाने के लिए आत्म-नियंत्रण का प्रयोग करते हैं और अपनी नकारात्मक भावनाओं को छिपाने के लिए अधिक आत्म-नियंत्रण का प्रयोग करते हैं। जब युवा एरिक क्लैप्टन दोस्तों के साथ इंग्लैंड के ग्रामीण इलाक़े में एक जैज़ उत्सव में गए, तो उन्होंने एक पब में इतनी शराब पी ली कि टेबल पर नाचना शुरू कर दिया – और अगली सुबह अकेले जागने तक यह उनकी आख़िरी याद थी।

वह याद करते हुए कहते हैं, "मेरे पास पैसे नहीं थे, मैंने ख़ुद को गंदा कर लिया था, मैंने कपड़े में ही पेशाब भी कर दी थी, ख़ुद पर ही उल्टी कर दी थी, और मुझे इस बात का ज़रा-सा भी अंदाज़ नहीं था कि मैं कहाँ था। लेकिन वास्तव

में पागलपन वाली जो बात थी, वह यह थी कि मैं बिना किसी देरी के यह सब दोबारा करना चाहता था। मुझे लगा कि शराब पीने की पूरी संस्कृति में कुछ अलग बात है, नशे में रहने से मैं किसी अजीब, रहस्यमय क्लब का सदस्य बन जाता हूँ।''

यह साथियों के दबाव का नकारात्मक पक्ष है। सकारात्मक पक्ष विभिन्न इच्छाओं वाले लोगों से स्वीकृति और समर्थन की लालसा से आता है, जैसे एए समूहों के सदस्य जिन्होंने क्लैप्टन और कर्र को शांत रहने में मदद की। उन बैठकों में मौजूद लोग अंततः बारह चरणों या उच्च शक्ति में विश्वास से कहीं अधिक मायने रख सकते हैं। वे उच्च शक्ति भी हो सकते हैं।

स्वर्ग (नर्क की तरह) अन्य लोग हैं

नवीनतम और सबसे महत्त्वाकांक्षी शराबबंदी अध्ययनों में से एक में बाल्टीमोर क्षेत्र के पुरुषों का एक समूह शामिल है, जो शराब की गंभीर आदत से निकलने के लिए उपचार करवा रहे थे। कई लोगों को अदालत ने पेशेवर उपचार लेने या जेल जाने के बीच चयन करने का आदेश दिया था, इसलिए वे शायद ही छोड़ने की कोशिश करने वाले लोगों की आदर्श आबादी थे। हो सकता है कि वे जेल जाने के विकल्प के लिए आंदोलन कर रहे हों। मैरीलैंड विश्वविद्यालय के कार्लो डिक्लेमेंटे के नेतृत्व में शोधकर्ताओं ने मनोवैज्ञानिक कारकों की माप की और उसके बाद कई महीनों तक उन सभी पुरुषों पर गंभीर रूप से नज़र टिकाए रखी ताकि विभिन्न प्रकार की परिकल्पनाओं का परीक्षण किया जा सके, जिसमें से ज़्यादातर सफल नहीं हो सके। लेकिन शोधकर्ताओं ने एक महत्त्वपूर्ण बाहरी कारक को अलग कर दिया है, जो इस बात की भविष्यवाणी करता है कि क्या पुरुष शांत बने रहेंगे और उनकी चूक कितनी गंभीर होगी – या फिर वे शराब पिएँगे, या एक या दो ड्रिंक के बाद छोड़ देंगे और फिर अपनी यात्रा पर वापस लौट आएँगे। शराब पीने वालों से पूछा गया कि क्या उन्होंने शराब पीने से बचने के प्रयासों के लिए मदद और सामाजिक समर्थन के लिए अन्य लोगों से संपर्क किया है। जो लोग अन्य लोगों से समर्थन प्राप्त करने में बेहतर थे, उन्होंने अधिक और लंबी अवधि के लिए परहेज करना शुरू कर दिया और कम मात्रा में शराब पीने लगे।

सामाजिक समर्थन एक अनोखी शक्ति है और यह दो अलग-अलग तरीक़ों से काम कर सकता है। बहुत सारे शोध बताते हैं कि दुनिया में अकेले रहना तनावपूर्ण है। एक समृद्ध सामाजिक नेटवर्क में रहने वाले लोगों की तुलना में अकेले और एकाकी लोगों में हर तरह की मानसिक और शारीरिक बीमारी अधिक होती है। इनमें से कुछ तो केवल इसलिए होती हैं, क्योंकि मानसिक और समाजिक

समस्याओं से ग्रस्त लोग कम दोस्त बनाते हैं, और वास्तव में, कुछ संभावित मित्र किसी ऐसे व्यक्ति से दूर भाग सकते हैं जिनमें लोगों के साथ घुलने-मिलने की प्रवृति कम दिखाई पड़ती है। लेकिन केवल अकेले होना या एकाकी जीवन जीना भी कई तरह की समस्यायों को जन्म देता है। दोस्तों की कमी आपको शराब और अन्य नशीली पदार्थों के सेवन के रास्ते पर लेकर जाता है।

फिर भी, सभी प्रकार के सामाजिक समर्थन एक जैसे नहीं होते हैं। दोस्तों का होना आपके मानसिक और शारीरिक स्वास्थ्य के लिए बहुत अच्छा हो सकता है। लेकिन यदि आपके सभी दोस्त शराब और अन्य नशीले पदार्थों का सेवन करने वाले हैं तो हो सकता है कि वे आपके अपने आवेगों को नियंत्रित करने में अधिक सहायक नहीं हों। वे सामाजिक मेलजोल के अभिन्न अंग के रूप में शराब पीने के लिए आप पर प्रत्यक्ष या अप्रत्यक्ष रूप से दबाव डाल सकते हैं। उदाहरण के लिए, उन्नीसवीं सदी के अमेरिका में, ''बारबेक्यू लॉ'' नामक एक सामाजिक सम्मेलन था, जिसका अर्थ था कि बारबेक्यू के लिए इकट्ठा होने वाले सभी पुरुषों से अपेक्षा की जाती थी कि वे तब तक शराब पीते रहें, जब तक कि वे नशे में धुत्त ना हो जाएँ। शराब पीने से इनकार करने पर मेज़बान और पार्टी में उपस्थित अन्य लोगों का गंभीर अपमान होता था। हाल ही में, कई अध्ययनों से पता चला है कि जब लोग अपने दोस्तों द्वारा प्रोत्साहित किए जाते हैं तो वे अधिक शराब पीते हैं। शराब या नशीली दवाओं की समस्या से जूझ रहे लोगों को शराब *ना* पीने के लिए सामाजिक समर्थन की आवश्यकता होती है, और यहीं पर एए जैसा समूह बेहद मददगार हो सकता है। शराबी लोग अपना अधिकांश जीवन शराब पीने वाले लोगों के इर्दगिर्द बिताते हैं, इसलिए वे एक अलग प्रकार के सहकर्मी दबाव से मिलने वाले लाभों की कल्पना भी नहीं कर सकते हैं। ऐसा तब तक नहीं था जब तक कि क्लैप्टन हेज़ल्डेन में फँस नहीं गए थे और उन्होंने ख़ुद को शराब पीने से रोकने के लिए अन्य लोगों से मदद माँगने की कोशिश शुरू नहीं कर दी थी। कर्र, भद्र बनने के अपने पहले प्रयास के अंर्तगत एक चर्च में होने वाली एए बैठक में पूरी कर्तव्यनिष्ठा के साथ शामिल हुईं, लेकिन शुरुआत में उन्हें प्रेरक भीड़ और गंभीर कहानियों से हतोत्साहित किया गया।

उन्होंने अपने आप को तब तक दूर रखा, जब तक कि एक बार बहुत लंबे समय तक लगातार शराब का सेवन करने के बाद वे एए की सलाह का पालन किया और समूह के एक सदस्य जो बॉस्टन में काम करने वाले एक अकादमिक शोधकर्ता थे, को अपना स्पॉन्सर बनाने के लिए चुना – अपना निजी सलाहकार। उच्च शक्ति के बारे में स्पॉन्सर की बात सुनने के लिए उनके पास थोड़ा भी धैर्य नहीं था, लेकिन रोज़ होने वाली बातचीत फिर भी अंतर पैदा कर रही थी : ''उसकी सलाह को मानते हुए, मैंने दो महीने तक शराब नहीं पी: एक सफ़ेद-नुकीली, दाँत पीसने वाली

कोशिश जो चर्च के तहख़ाने के बाहर किसी को भी प्रभावित नहीं करती है, जिसे मैंने प्रति सप्ताह कई बार किया।'' जब दोनों महिलाएँ दो महीने लंबी भद्रता का जश्न मनाने के लिए मिलीं, तब कर्र ने एए समूह के असफल और मूर्ख लोगों और उनकी 'आध्यात्मिक बकवास' को लेकर शिकायत की। उसके बाद, जैसा कि कर्र याद करते हुए बताती हैं, उनकी स्पॉन्सर ने उच्च शक्ति, और चर्च की बेसमेंट के उस समूह के बारे में सोचने के लिए दूसरे तरीक़े का सुझाव दिया : ''वह कहती हैं, ये कुछ लोग हैं। वे आपसे संख्या में अधिक हैं, आपसे अधिक कमाते हैं, आपसे अधिक वज़नदार हैं। वे, यानी, कुछ सरल गणना में कहें तो, आपसे बड़ी शक्ति हैं। निश्चित रूप से वे भद्र बने रहने के बारे में आपसे ज़्यादा जानते हैं, यदि आपको समस्या है तो उसे समूह में लेकर आएँ।''

समूह की शक्ति का एक हिस्सा वहाँ बैठने और सुनने के निष्क्रिय कार्य से आता है। नौसिखियों को एए बैठकें निरर्थक लग सकती हैं, क्योंकि अधिकांश वक्ता एक-दूसरे को जवाब देने और सलाह देने के बजाय बारी-बारी से अपनी कहानियाँ सुनाते हैं। लेकिन कहानी कहने का कार्य आपको अपने विचारों को व्यवस्थित करने, अपने व्यवहार की निगरानी करने और भविष्य के लक्ष्यों पर चर्चा करने के लिए मजबूर करता है। एक बार जब आप इसे ज़ोर से बोलते हैं तो आपको एक व्यक्तिगत लक्ष्य अधिक वास्तविक लग सकता है, विशेष रूप से यदि आपको यह मालूम हो कि दर्शक आपकी निगरानी कर रहे होंगे। संज्ञानात्मक चिकित्सा से गुज़रने वाले लोगों के एक हालिया अध्ययन में पाया गया कि यदि अन्य लोगों, विशेष रूप से एक रोमांटिक साथी की उपस्थिति में लिए गए संकल्प के निभाए जाने की संभावना बहुत अधिक होती है। स्पष्ट रूप से अपने थेरापिस्ट से यह वादा करना कि आप शराब के सेवन में कमी लाएँगे आत्म-नियंत्रण को प्रोत्साहित करने के लिए एक शक्तिशाली कारक नहीं होता है, लेकिन अपने जीवनसाथी से किया गया वादा एक बड़ा अंतर लाता है। अख़िरकार, आपका जीवनसाथी ही है जिसे आपके साँसों की गंध महसूस होगी।

सहकर्मी-समूह के दबाव की शक्ति को मापने के लिए, अर्थशास्त्रियों ने चिली के सड़क विक्रेताओं, दर्जी और अन्य कम आय वाले ''सूक्ष्मउद्यमियों'' के एक समूह का अध्ययन किया, जिन्होंने एक समाजसेवी समूह से ऋण लिया था। ये लोग, ज़्यादातर महिलाएँ, प्रत्येक एक या दो सप्ताह के अंतराल पर अपने ऋण को चुकाने के प्रशिक्षण और निगरानी के लिए मिला करती थीं। अर्थशास्त्री फ़ेलिप कास्ट, स्टीफ़न मायर और दीना पोमेरेनज़ ने बिना किसी तय नियम के इन लोगों को अलग-अलग बचत कार्यक्रमों में नियुक्त किया। कुछ को तो बिना शुल्क वाला बचत खाता ही दे दिया गया; दूसरों को खाते के साथ-साथ अपनी नियमित बैठकों

में अपने बचत लक्ष्यों की घोषणा करने और फिर उनकी प्रगति पर चर्चा करने का अवसर भी मिला। सहकर्मी जाँच के अधीन महिलाओं ने अन्य की तुलना में लगभग दोगुना पैसा बचाया। ऐसा दिखने लगा कि यह परिणाम समूह की शक्ति की पुष्टि करता है, लेकिन शक्ति कहाँ से आई? क्या ये प्रभाव ''आभासी सहकर्मी समूह'' के साथ प्राप्त किए जा सकते हैं? एक अनुवर्ती प्रयोग में, एक बैठक में अपनी बचत पर बोलकर चर्चा करने के बजाय, चिली की महिलाओं को नियमित रूप से लिखित संदेश प्राप्त हुए जिसमें उनकी साप्ताहिक प्रगति (या उसकी कमी) के साथ-साथ इस बात की भी जानकारी दी गई थी कि उनके समूह के बाकी बचतकर्ता कैसा प्रदर्शन कर रहे थे। आश्चर्यजनक रूप से, ये लिखित संदेश बैठकों जितने ही प्रभावी प्रतीत हुए, ज़ाहिर तौर पर क्योंकि संदेशों ने महिलाओं को समान प्रमुख लाभों का एक आभासी संस्करण प्रदान करने के साथ ही नियमित निगरानी और अपने साथियों के साथ खुद की तुलना करने का मौक़ा भी प्रदान किया।

धूम्रपान करने वाले के मस्तिष्क और शरीर में अत्यधिक आवेगों के कारण लंबे समय सिगरेट पीने को एक व्यक्तिगत शारीरिक मजबूरी माना जाता रहा है। इसलिए उस समय लोगों को बहुत हैरानी हुई, जब साल 2008 *न्यू इंग्लैंड जर्नल ऑफ़ मेडिसिन* ने अपने द्वारा प्रकाशित एक अध्ययन बताया कि लोग सामाजिक नेटवर्क के माध्यम से धूम्रपान करना छोड़ रहे हैं और इसका व्यापक विस्तार भी हो रहा है। शोधकर्ता, निकोलस क्रिस्टाकिस और जेम्स फ़ाउलर ने पाया कि आदतों को छोड़ने की प्रक्रिया संक्रामक प्रतीत होती है। यदि विवाहित जोड़े का एक सदस्य धूम्रपान करना छोड़ देता है तो उस जोड़े के दूसरे सदस्य के धूम्रपान छोड़ने की संभावना में नाटकीय रूप से तेज़ी आती है। यह संभावना और अधिक बेहतर हो जाती है, जब एक भाई, बहन या दोस्त छोड़ देता है। यहाँ तक कि सहकर्मियों का प्रभाव भी उल्लेखनीय होता है, जब तक कि लोग एक-दूसरे के साथ किसी छोटी संस्था या फ़र्म में काम करते हैं।

धूम्रपान शोधकर्ता विशेष रूप से उन स्थानों से आकर्षित हुए हैं, जहाँ बहुत कम लोग धूम्रपान करते हैं, क्योंकि धारणा यह थी कि ये बचे हुए कुछ लोग गंभीर रूप से आदी होंगे। वास्तव में, एक लोकप्रिय सिद्धांत यह था कि आसानी से धूम्रपान छोड़ सकने वाले कमोबेश सभी लोगों ने धूम्रपान छोड़ दिया है, इसलिए अब बाक़ी बचे लोग या तो धूम्रपान के गंभीर व्यसन के शिकार हैं या फिर वे प्यार या पैसे के लिए भी इस आदत को नहीं छोड़ सकते हैं। लेकिन एक के बाद एक सबूतों की भरमार इस सिद्धांत को ख़ारिज करती है। जहाँ कुछ लोग अकेले ही कश के बाद कश लगाते रहते हैं, वहीं धूम्रपान ना करने वाले लोगों के बीच रहने वाले धूम्रपान की आदत वाले लोगों में इसे छोड़ने की दर उच्च होती है, जो एक बार

फिर से धूम्रपान छोड़ने के लिए सामाजिक प्रभाव और सामाजिक समर्थन की शक्ति की ओर संकेत करता है। मोटापे से जुड़े अध्ययन में भी सामाजिक प्रभाव के समान पैटर्न का पता चलता है जिसके बारे में हम बाद में चर्चा करेंगे।

पवित्र आत्म–नियंत्रण

यदि आप किसी धार्मिक मंडली में हैं और ईश्वर से लंबी आयु की कामना करते हैं, तो आपको वह प्राप्त होने की संभावना है। इससे कोई फ़र्क़ नहीं पड़ता कि आप किस भगवान से पूछते हैं। मनोवैज्ञानिक माइकल मैकुलॉ (ज़ो स्वयं धार्मिक रूप से समर्पित नहीं हैं) के अनुसार, किसी भी प्रकार की धार्मिक गतिविधि आपकी आयु बढ़ाती है। उन्होंने ऐसे तीन दर्जन से अधिक अध्ययनों के परिणाम देखें जिसमें लोगों से उनकी धार्मिक भक्ति के बारे में पूछा गया और फिर समय के साथ उन पर नज़र रखी गई। यह पता चला कि गैर–धार्मिक लोगों की मृत्यु जल्दी हो गई, और जीवन के किसी भी मोड़ पर धार्मिक रूप से सक्रिय एक व्यक्ति के जीवित रहने की संभावना एक गैर–धार्मिक व्यक्ति की तुलना में 25 प्रतिशत अधिक थी। यह एक बहुत बड़ा अंतर है, ख़ासकर तब जब माप का पैमाना जीवित बनाम मृत हो, और उस परिणाम (2000 में प्रकाशित) की पुष्टि अन्य शोधकर्ताओं द्वारा की गई है। उनमें से कुछ दीर्घजीवी लोगों को निःसंदेह यह सोचना अच्छा लग रहा था कि ईश्वर सीधे उनकी प्रार्थनाओं का उत्तर दे रहा है। लेकिन दैवीय हस्तक्षेप उस तरह की परिकल्पना नहीं थी, जो सामाजिक वैज्ञानिकों को आकर्षित करती थी, केवल इसलिए कि प्रयोगशाला में इसका परीक्षण करना बहुत कठिन था। उन्होंने अधिक सांसारिक कारण खोज लिए हैं।

धार्मिक लोगों में दूसरों की तुलना में अस्वास्थ्यकर आदतें विकसित होने की संभावना कम होती है, जैसे शराब पीना, जोख़िम भरे यौन संबंध बनाना, अवैध दवाएँ लेना और सिगरेट पीना। उनमें सीट बेल्ट पहनने, दंत चिकित्सक के पास जाने और विटामिन लेने की अधिक संभावना होती है। उनके पास बेहतर सामाजिक समर्थन होता है, और उनका विश्वास उन्हें उनके दुर्भाग्य से मनोवैज्ञानिक रूप से निपटने में मदद करता है। और जैसा कि मैकुलॉ और मियामी विश्वविद्यालय में उनके सहयोगी, ब्रायन विलोबी ने हाल ही में आठ दशकों में धर्म और आत्म–नियंत्रण के सैकड़ों अध्ययनों का विश्लेषण करने के बाद निष्कर्ष निकाला है, उनका आत्म–नियंत्रण का स्तर बेहतर होता है। उनका विश्लेषण साल 2009 में *साइकोलॉजिकल बुलेटिन* में प्रकाशित हुआ था, जो कि इस क्षेत्र का सबसे प्रतिष्ठित और गंभीर पत्रिका है। धर्म के कुछ प्रभाव आश्चर्यजनक नहीं थे : धर्म आंशिक

रूप से पारिवारिक मूल्यों और सामाजिक सद्भाव को बढ़ावा देता है, क्योंकि कुछ मूल्य भगवान की इच्छा या अन्य धार्मिक मूल्यों से जुड़े होने के कारण महत्त्व प्राप्त करते हैं।

कम स्पष्ट लाभों में यह निष्कर्ष शामिल है कि धर्म विभिन्न लक्ष्यों और मूल्यों के बीच लोगों के आंतरिक संघर्षों को कम करता है। जैसा कि हमने पहले देखा, परस्पर विरोधी लक्ष्य आत्म-नियमन में बाधा डालते हैं, इसलिए ऐसा प्रतीत होता है कि धर्म विश्वासियों को स्पष्ट प्राथमिकताएँ प्रदान करके ऐसी समस्याओं को कम करता है।

सबसे महत्त्वपूर्ण बात यह है कि धर्म आत्म-नियंत्रण के लिए दो केंद्रीय तंत्रों को प्रभावित करता है : संकल्पशक्ति का निर्माण और निगरानी में सुधार। 1920 के दशक की शुरुआत में, शोधकर्ताओं ने बताया कि जो छात्र संडे स्कूल में अधिक समय बिताते थे, उन्होंने आत्म-अनुशासन के प्रयोगशाला परीक्षणों में उच्च अंक प्राप्त किए। धार्मिक रूप से समर्पित बच्चों को माता-पिता और शिक्षकों दोनों द्वारा आवेग में अपेक्षाकृत कम आंका गया था। हम ऐसे किसी भी शोधकर्ता के बारे में नहीं जानते हैं, जिसने विशेष रूप से नियमित प्रार्थनाओं या अन्य धार्मिक प्रथाओं के आत्म-नियंत्रण परिणामों का परीक्षण किया हो, लेकिन ये अनुष्ठान संभवतः उसी तरह से संकल्पशक्ति का निर्माण करते हैं, जैसे कि अन्य अभ्यासों का अध्ययन किया गया है, जैसे सीधे बैठने या अधिक स्पष्टता से बोलने के लिए ख़ुद को मजबूर करना।

धार्मिक ध्यान में अक्सर ध्यान का स्पष्ट और प्रयासपूर्ण विनियमन शामिल होता है। ज़ेन ध्यान में शुरुआती लोगों के लिए अपनी साँसों को दस तक गिनना और फिर इसे बार-बार करना है। मन काफ़ी स्वाभाविक रूप से भटकता रहता है, इसलिए इसे वापस अपनी सांसों पर केंद्रित करने से मानसिक अनुशासन बनता है। माला जपना, हिब्रू भजनों का जाप करना, हिंदू मंत्रों को दोहराना भी ऐसा ही है। जब तंत्रिका विज्ञानी लोगों को प्रार्थना करते या ध्यान करते हुए देखते हैं, तो उन्हें मस्तिष्क के दो हिस्सों में मजबूत गतिविधि दिखाई देती है, जो आत्म-नियमन और ध्यान के नियंत्रण के लिए भी महत्त्वपूर्ण हैं। मनोवैज्ञानिक जब लोगों को अचेतन रूप से धार्मिक शब्दों से परिचित कराते हैं, जिसका अर्थ है कि शब्द इतनी तेज़ी से स्क्रीन पर चमकते हैं कि लोगों को सचेत रूप से पता ही नहीं चलता कि उन्होंने क्या देखा है, तो उन्हें एक प्रभाव दिखाई पड़ता है। जो लोग ईश्वर या बाइबल जैसे धार्मिक शब्दों के अचेतन संपर्क में होते हैं, वे *नशीली दवाओं* या *विवाह पूर्व यौन संबंध* जैसे प्रलोभनों से जुड़े शब्दों को पहचानने में धीमे हो जाते हैं। मैकुलॉ कहते हैं, "ऐसा लगता है जैसे लोग धर्म को इन प्रलोभनों पर क़ाबू पाने के साथ जोड़

रहे हैं, ''जो सुझाव देते हैं कि प्रार्थना और ध्यान अनुष्ठान आत्म-नियंत्रण के लिए एक प्रकार का अवायवीय कसरत है।''

धर्म के अनुयायी नियमित रूप से प्रार्थना करने के उद्देश्य से अपनी दैनिक दिनचर्या को बाधित करने के लिए खुद को मजबूर करके आत्म-नियंत्रण का निर्माण करते हैं। इस्लाम जैसे कुछ धर्मों में प्रतिदिन निश्चित समय पर प्रार्थना की आवश्यकता होती है। कई धर्म उपवास की अवधि निर्धारित करते हैं, जैसे योम किप्पुर का दिन, रमज़ान का महीना और लेंट के चालीस दिन। धर्म भोजन के विशिष्ट पैटर्न को निर्धारित करते हैं, जैसे कोषेर भोजन या शाकाहार। कुछ सेवाओं और ध्यानों में आस्तिक को विशिष्ट मुद्राएं अपनाने और धारण करने की आवश्यकता होती है (जैसे घुटने टेकना, या अपने पैरों को कमल के फूल का स्वरूप देते हुए एक दूसरे पर रखकर बैठना) ताकि वे असहज हो जाएँ और जिस स्थिति को बनाए रखने के लिए अनुशासन की आवश्यकता होती है।

धर्म व्यवहार की निगरानी को भी बेहतर बनाता है, जो आत्म-नियंत्रण के केंद्र में रहने वाला एक दूसरा कारक है। धार्मिक लोगों में यह महसूस करने की प्रवृति होती है कि कोई बहुत महत्त्वपूर्ण उन्हें देख रहा है। निगरानी करने वाला संभवतः ईश्वर हो सकता है, एक अलौकिक प्राणी जो आप जो करते हैं और सोचते हैं उस पर ध्यान देता है, अक्सर आपके अंतरतम विचारों और कारणों को भी जानता है, और यदि आप ग़लत कारण के लिए स्पष्ट रूप से कुछ अच्छा करते हैं तो उसे आसानी से मूर्ख नहीं बनाया जा सकता है। मार्क बाल्डविन और उनके सहयोगियों द्वारा किए गए एक उल्लेखनीय अध्ययन में, महिला स्नातक कंप्यूटर स्क्रीन पर एक स्पष्ट यौन अंश पढ़ती हैं। फिर कुछ महिलाओं को अचेतन रूप से पोप की एक तसवीर दिखाई गई। इसके बाद, जब खुद को रेटिंग देने के लिए कहा गया, तो कैथोलिक महिलाओं (अर्थात, जिन्होंने पोप के धार्मिक अधिकार को स्वीकार किया और उन्हें भगवान की आज्ञाओं के साथ जोड़ा) ने खुद को अधिक नकारात्मक रेटिंग दी, शायद इसलिए क्योंकि उनके अवचेतन मन में पोप की एक अलग छवि थी जिसने उन्हें इस तरह का कामुक साहित्य पढ़ने को लेकर अस्वीकृति वाली भावना में ला छोड़ा था।

भले ही धार्मिक लोग सर्वव्यापी ईश्वर में विश्वास करते हों या नहीं, वे लोगों की निगरानी में आने को लेकर काफ़ी सजग होते हैं, ऐसे लोग जो उनके ही धार्मिक समुदाय से आते हैं। अगर वे नियमित रूप से अपनी प्रार्थना वाली जगह पर जाते हैं, तो उन्हें अपने समुदाय के नियम और क़ानूनों के हिसाब से अपने व्यवहार को नियंत्रित करने का दबाव महसूस होता है। यहाँ तक कि चर्च के बाहर भी, धार्मिक

लोग अक्सर एक दूसरे के साथ समय बिताते हैं और उन्हें ऐसा महसूस होता है कि उनके व्यवहार को अस्वीकृति के साथ दर्ज किया जा रहा है या उस पर नज़र रखी जा रही है। विभिन्न प्रकार के धर्म अनुष्ठानों, जैसे कि स्वीकारोक्ति का कैथोलिक संस्कार और योम किप्पुर का यहूदी अवकाश, जिसके लिए लोगों को अपनी नैतिक विफलताओं और अन्य कमियों पर विचार करने की आवश्यकता होती है, के माध्यम से भी निगरानी को प्रोत्साहन देते हैं।

बेशक, किसी धर्म का अभ्यास शुरू करने के लिए भी कुछ अनुशासन की आवश्यकता होती है, क्योंकि आपको सेवाओं में भाग लेना होता है, प्रार्थनाएँ याद रखनी होती हैं और नियमों का पालन करना होता है। धार्मिक लोगों में आत्म-नियंत्रण के उच्च स्तर पाए जाने का एक कारण यह है कि सभाएँ उन लोगों के पक्षपाती नमूने या उदाहरण हैं जिन्होंने औसत से अधिक आत्म-नियंत्रण के साथ शुरुआत की थी। लेकिन उस कारक को ध्यान में रखने के बाद भी, शोधकर्ताओं को अभी भी सबूत मिलते हैं कि धर्म के साथ आत्म-नियंत्रण में सुधार होता है, और कई लोग सहज रूप से उसी निष्कर्ष पर पहुँचते हैं - यही कारण है कि जब वे अधिक नियंत्रण चाहते हैं तो वे धर्म अपनाते हैं। व्यक्तिगत परेशानियों के समय में अन्य लोग उस विश्वास को फिर से खोज लेते हैं जो उन्होंने बचपन में सीखा था लेकिन फिर उसे छोड़ दिया था। उनके धार्मिक पुनर्जागरण में इस बात को लेकर एक अस्पष्ट पछतावा शामिल हो सकता है कि यदि उन्होंने अपना जीवन उचित तरीक़े से जिया होता तो उन्हें वर्तमान में उनके जीवन कि समस्याओं (शराब या नशीले पदार्थ या ऋण) से नहीं गुज़रना पड़ता, लेकिन इस बात की संभावना बहुत अधिक है कि उस पछतावे के मूल में यह मान्यता होती है कि धर्म का अनुशासन उन्हें वापस सही पटरी पर लाने में मदद पहुँचाएगा।

आजीवन अनीश्वरवादी रहीं मैरी कर्र ने इतनी पूर्णता से आत्मसमर्पण कर दिया कि उन्हें कैथोलिक बपतिस्मा दिया गया और यहाँ तक कि वे सेंट इग्नाटियस के आश्चयात्मिक अभ्यासों से भी गुज़रीं, जो कठोर, समय लेने वाली प्रार्थनाओं और ध्यान की एक उन्नत श्रंखला थी। यह स्पष्ट है उनका यह मार्ग सभी के लिए नहीं है। भले ही आपके मन में अपने आत्म-नियंत्रण को बेहतर बनाने के लिए कैथोलिक धर्म या किसी अन्य धर्म को अपनाने की इच्छा क्यों ना हो, बिना वास्तविक आस्था के आप उसका अधिकतम लाभ नहीं उठा पाएँगे। मनोवैज्ञानिकों ने पाया है कि जो लोग दूसरों को प्रभावित करने या सामाजिक संबंध स्थापित करने की इच्छा जैसे बाहरी कारणों को ध्यान में रखकर धार्मिक सेवाओं में भाग लेते हैं, उनमें सच्चे विश्वासियों के समान उच्च स्तर का आत्म-नियंत्रण नहीं होता है। मैकुलॉ ने निष्कर्ष निकाला कि विश्वासियों का आत्म-नियंत्रण केवल भगवान के क्रोध के डर से नहीं

आता है, बल्कि उन मूल्यों की प्रणाली से आता है जिन्हें उन्होंने अवशोषित किया है, जो उनके व्यक्तिगत लक्ष्यों को पवित्रता की आभा देता है।

वह अनीश्वरवादियों को पवित्र मूल्यों के अपने स्वयं के सेट की तलाश करने की सलाह देते हैं। यह दूसरों की मदद करने के प्रति एक समर्पित प्रतिबद्धता हो सकती है, जिस तरह से हेनरी स्टेनली ने दास व्यापार को समाप्त करने के लिए अफ़्रीका में इसे अपना "पवित्र कार्य" बनाया था। यह दूसरों के स्वास्थ्य में सुधार, या मानवीय मूल्यों का प्रसार, या भावी पीढ़ियों के लिए पर्यावरण को संरक्षित करने की प्रतिबद्धता हो सकती है। यह शायद कोई संयोग नहीं है कि पर्यावरणवाद उन अमीर देशों में विशेष रूप से मजबूत हुआ है, जहाँ पारंपरिक धर्म की भागीदारी कम हुई है। ईश्वर के प्रति समर्पण प्रकृति की सुंदरता और उत्कृष्टता के प्रति श्रद्धा का मार्ग प्रशस्त करता प्रतीत होता है। खपत और बर्बादी को कम करने के लिए पर्यावरणविदों द्वारा दिए गए उपदेश बच्चों को धार्मिक उपदेशों और विक्टोरियन प्राइमरों में दिए गए आत्म-नियंत्रण के कुछ सबक़ सिखा रहे हैं। ऐसा प्रतीत होता है कि धर्मनिरपेक्ष हरियाली सहज रूप से आत्म-अनुशासन के एक रूप को दूसरे के साथ और एक प्रकार के नियमों को दूसरे के साथ प्रतिस्थापित कर रही है : कोषेर के बजाय जैविक, मोक्ष के बजाय स्थिरता।

ना ही यह महज एक संयोग है कि जिन लोगों ने बाइबल को दरकिनार कर दिया है, वे जीवन जीने के नए नियमों वाली बहुत सारी किताबें ख़रीद लेते हैं। वे टेन कमांडमेंट्स को 12 चरणों या आठ गुना पथ या 7 आदतों से प्रतिस्थापित करते हैं। भले ही वे मूसा के ईश्वर में विश्वास नहीं करते हों, फिर भी उन्हें पवित्र पट्टियों पर लिखे कोड के विचार पसंद हैं। इस प्रकार के नियम और हठधर्मिता आपको निराशा और परेशान कर सकते हैं - लेकिन उन सभी को अनुपयोगी अंधविश्वास समझ कर ख़ारिज ना करें। इन नियमों के सम्मान और उन पर विचार करने का एक दूसरा तरीक़ा है, और यह सबसे धर्मनिरपेक्ष वैज्ञानिकों को ख़ुश करने के लिए पर्याप्त सांख्यिकीय चार्ट, गणितीय गेम सिद्धांत और आर्थिक शब्दजाल के साथ आता है।

चमकीली रेखाएँ

जब एरिक क्लैप्टन उस गर्मी की शाम को दोबारा लौटे, जब वह पब के पास से गुज़रे और ड्रिंक के लिए रुकने से खुद को नहीं रोक सके, तो उनकी यह मानसिकता 'हाइपरबोलिक डिस्काउंटिंग' के तहत आती है। इस अवधारणा को समझाने का सबसे सटीक तरीक़ा ग्राफ़ और हाइपरबोलस है, लेकिन हम एक दृश्य रूपक (एक पुराने रूपक के साथ मिश्रित) से इसे समझाने का प्रयास करेंगे।

उस शनिवार शाम को एरिक क्लैप्टन की कल्पना पश्चाताप करने वाले एक पापी के रूप में करें, जो सचमुच मोक्ष की राह पर है, सत्रहवीं शताब्दी के रूपक, *पिल-ग्रिम्स प्रोग्रेस* के नायक की तरह। मान लीजिए कि वह भी एक दिव्य शहर की यात्रा पर है। अपनी यात्रा के दौरान खुले ग्रामीण इलाक़ों से गुज़रते समय, वह शहर के दूर-दूर के सुनहरे शिखरों को देख सकता है और उस दिशा में बढ़ता रहता है। एक शाम वह आगे बढ़ता है और उसकी नज़र एक पब यानी कि शराबख़ाने पर पड़ती है, जिसे रणनीतिक रूप से सड़क के मोड़ पर बनाया गया था ताकि यात्रियों और पर्यटकों को सीधे दिखाई पड़ सके। उस दूरी से वह एक छोटी इमारत की तरह प्रतीत होता है, और वह अभी भी पृष्ठभूमि में दिव्य शहर के भव्य शिखरों पर अपनी नज़रें गड़ाए हुए है। लेकिन जैसे ही एरिक पिलग्रिम पब के पास पहुँचते हैं, इमारत का आकार बड़ा हो जाता है, और जब वह और क़रीब पहुंचते हैं, तो इमारत पूरी तरह से उनके दृश्य को अवरुद्ध कर देती है। वह अब दूर से सुनहरे शिखर नहीं देख सकते। अचानक दिव्य शहर इस छोटी सी इमारत की तुलना में बहुत कम महत्त्वपूर्ण लगने लगता है। और इस प्रकार, वास्तव में, तीर्थयात्री की प्रगति पब के फ़र्श पर नशे में धुत्त होकर गिरे एरिक के साथ समाप्त हो जाती है।

हाइपरबोलिक डिस्काउंटिंग का परिणाम यही है : हम लालचों को तब तक नज़रअंदाज़ कर सकते हैं, जब तक वह तुरंत उपलब्ध नहीं है, लेकिन एक बार जब वे हमारे सामने होते हैं तब हम अपना परिप्रेक्ष्य खो बैठते हैं और अपने दूरगामी लक्ष्यों को भूल जाते हैं। दिग्गज मामलों के विभाग के एक प्रसिद्ध मनोचिकित्सक और व्यवहारवादी अर्थशास्त्री जॉर्ज आइंस्ली ने दीर्घकालिक और अल्पकालिक पुरस्कारों का परीक्षण करने वाले परिचित प्रयोगों के कुछ चालाकीपूर्ण बदलावों का उपयोग करके इस विफलता के गणित पर काम किया। उदाहरण के लिए, यदि आपने कोई ऐसी लॉटरी जीती है, जिसमें आपके यह चुनने का विकल्प हो कि आपको आज से छह साल बाद 100 डॉलर का भुगतान किया जाए, या आज से नौ साल बाद 200 डॉलर का भुगतान लेना पसंद करेंगे? तो ऐसे अधिकांश लोग 200 डॉलर वाले विकल्प को चुनेंगे। लेकिन क्या होगा अगर चुनाव आज 100 डॉलर और आज से तीन साल बाद 200 डॉलर के बीच करना हो? एक तर्कसंगत आदमी समान तर्क को लगाएगा और एक बार फिर से यही निष्कर्ष निकालेगा कि उस अतिरिक्त पैसे के लिए इंतज़ार किया जा सकता है, लेकिन ज़्यादातर लोग तुरंत ही 100 डॉलर के भुगतान की माँग करेंगे। तात्कालिक नक़दी के प्रलोभन से हमारा निर्णय इतना विकृत हो जाता है कि हम भविष्य के पुरस्कार का अतार्किक रूप से अवमूल्यन कर देते हैं। आइंस्ली ने पाया कि जैसे-जैसे हम अल्पकालिक प्रलोभन के क़रीब पहुंचते हैं, भविष्य में छूट देने की हमारी प्रवृत्ति हाइपरबोल के तीव्र वक्र का अनुसरण करती है, यही कारण है कि इस प्रवृत्ति को हाइपरबोलिक

डिस्काउंटिंग कहा जाता है। जैसे-जैसे आप भविष्य का अवमूल्यन करते हैं (वर्मोंट के उन हेरोइन के आदी लोगों की तरह जो अगले घंटे से आगे नहीं सोच पाते), आपको कल के हैंगओवर की चिंता नहीं रह जाती है, और अपने बाक़ी के जीवन में भर बने रहने के अपनी प्रतिज्ञा पर केंद्रित नहीं रह जाते हैं। पब में मिलने वाले त्वरित आंनद की तुलना में भविष्य के वे लाभ तुच्छ प्रतीत होते हैं। रुक कर कुछेक घूँट शराब पी लेने में क्या हानि है?

बेशक, बहुत सारे लोगों के लिए रुक कर थोड़ी सी शराब पी लेने में किसी तरह की हानि नहीं है, बिलकुल उसी तरह जैसे कुछ लोग (बहुत सारे लोग नहीं) पार्टी के दौरान एक सिगरेट का कश लगा लेते हैं और फिर महीनों धूम्रपान नहीं करते। लेकिन यदि आप उन लोगों में शामिल हैं, जो अपनी शराब और धूम्रपान की आदत पर नियंत्रण नहीं पा सकते हैं तो आप उस एक घूँट शराब या सिगरेट की एक कश को एक अलग घटना नहीं मान सकते। आप एक ग्लास शैम्पेन केवल इसलिए नहीं पी सकते, क्योंकि आप अपने सबसे क़रीबी दोस्त की शादी का जश्न मना रहे हैं। आपको एक चूक को एक मिसाल के रूप में देखने की ज़रूरत है, जो एक दीर्घकालिक पैटर्न स्थापित करेगी। आपकी तीर्थयात्रा के लिए, उसका अर्थ यह पहचानना है कि यदि वह एक घूँट शराब पीने के लिए गाँव के उस पब में जाते हैं तो वह एक के बाद दूसरी और फिर तीसरा घूँट भी ज़रूर पिएँगे, और उस दिव्य शहर कभी नहीं पहुँच सकते हैं। इसलिए, इससे पहले कि सड़क उसे पब के बहुत क़रीब ले जाए और उसके फ़ैसले को विकृत कर दे, उसे खुद को तैयार करने की ज़रूरत है।

सबसे सरल नीति यह हो सकती है कि पब से बचें। उसके क़रीब पहुँचने से पहले, वह मुख्य सड़क छोड़ सकते थे और उसके चारों ओर एक चक्कर लगा सकते थे। लेकिन वह यह कैसे सुनिश्चित कर सकते हैं कि वह उस नीति का लगातार पालन करेंगे? मान लीजिए, जैसे ही वह पब के चारों ओर चक्कर लगाने की तैयारी करते हैं, उन्हें याद आता है कि सड़क के नीचे, अगले शहर में, एक शराबख़ाना है जो रास्ते में पड़ेगा ही और जिससे बच पाना अपरिहार्य है। यह नदी पर बने उस पुल के बग़ल में जिसे उन्हें पार करना ही है। उन्हें इस बात का डर है कि जब वे उस शरण में कल शाम में पहुँचेंगे, उस समय प्रलोभन के आगे झुक जाएँगे। इस बात का संदेह मन में लिए कि दिव्य शहर तक पहुँचने की उनकी लंबी और भद्र यात्रा में बाधित हो जाएगी, तीर्थयात्री एरिक ने स्वयं से मोलभाव करना शुरू कर दिया : *अगर कल शाम मैं नशे में धुत्त होने ही वाला हूँ, तो आज और अभी कुछेक घूँट शराब पीने के लिए रुकने से क्या अंतर आ जाएगा? मौक़े का भरपूर फ़ायदा उठाना चाहिए, कॉर्पे डाईम! बॉटम्स अप!* आज रात ख़ुद को शराब से बचाने के लिए उन्हें इस बात को लेकर आश्वस्त होना होगा कि वह कल प्रलोभन में नहीं आएँगे।

उन्हें ''चमकीली रेखाओं'' की मदद की ज़रूरत है, एक ऐसी शब्दावली जिसे आइंस्ली ने वकीलों से उधार लिया है। ये स्पष्ट, सरल नियम हैं। जब आप किसी उज्ज्वल रेखा को पार करते हैं तो आप ध्यान दिए बिना नहीं रह पाते। यदि आप अपने आप से ''मध्यम मात्रा में'' शराब पीने या धूम्रपान करने का वादा करते हैं, तो यह कोई अच्छी बात नहीं है। यह एक अस्पष्ट सीमा है जिसका कोई स्पष्ट बिंदु नहीं है जिस पर आप संयम से अति की ओर जाते हैं। चूँकि परिवर्तन बहुत धीरे-धीरे होता है और आपका दिमाग़ आपके अपने पेकैडिलोज़ को नज़रअंदाज़ करने में इतना माहिर होता है, आप कब बहुत दूर चले गए होते हैं, आपका ध्यान भी इस पर नहीं रह सकता है। इसलिए आप इस बात को लेकर निश्चिंत नहीं हो सकते कि आप हमेशा कम मात्रा में पीने के नियम का पालन करेंगे। इसके विपरीत, शून्य सहनशीलता या जीरो टॉलरेंस एक उज्ज्वल रेखा है: कभी भी बिना किसी अपवाद के पूर्ण संयम। यह आत्म-नियंत्रण से जुड़ी सभी समस्याओं के लिए व्यावहारिक नहीं है - डाइट पर रहने वाला एक आदमी सभी प्रकार के भोजन का सेवन बंद नहीं कर सकता- लेकिन यह कई मामलों में कारगर होता है। एक बार जब आप चमकीली-रेखा के पालन को लेकर प्रतिबद्ध हो जाते हैं, तब आपका वर्तमान स्व इस बात को लेकर आश्वस्त महसूस कर सकता है कि अपना भावी स्व भी इस पर नज़र बनाए रखेगा। और अगर आप मानते हैं कि नियम पवित्र है - ईश्वर का आदेश है, उच्च शक्ति का नियम जिस पर प्रश्न नहीं किया जा सकता है - तब यह विशेष रूप से एक उज्ज्वल रेखा बन जाती है। आपके पास अपने भविष्य के स्व से इसका सम्मान करने की अपेक्षा करने के अब कई कारण हैं, और इसलिए आपका विश्वास आत्म-नियंत्रण का एक रूप बन जाता है: एक स्व-संतुष्टि वाला जनादेश। मुझे लगता है मैं नहीं करूँगा, इसलिए मैं नहीं करता।

एरिक क्लैप्टन ने हेज़ेल्डन में एक पल में उस उज्ज्वल रेखा की खोज की, और उन्होंने एक बार फिर अपने बेटे की मृत्यु के कुछ समय बाद एए बैठक की अध्यक्षता करते समय इसकी शक्ति की सराहना की थी। उन्होंने बारह चरणों में से तीसरे चरण के बारे में बात की - अपनी इच्छा को एक उच्च शक्ति की देखभाल में सौंप देना - और समूह को बताया कि कैसे पीने की उनकी मजबूरी उसी क्षण ग़ायब हो गई थी, जब वह हेज़ेल्डेन में अपने घुटनों पर बैठे और ईश्वर से मदद माँगी। उसके बाद से, उन्होंने उन्हें बताया कि, उन्हें इस बात पर कभी शक नहीं हुआ कि उनमें भद्र बने रहने की संकल्पशक्ति हमेशा बनी रहेगी, और वे कभी शराब का सेवन नहीं करेंगे, अपने बेटे की मृत्यु वाले दिन भी नहीं। उस बैठक की समाप्ति के बाद एक महिला उनके पास आई।

उसने उनसे कहा, ''आपने मुझसे शराब पीने का अंतिम बहाना भी छीन लिया। मेरे दिमाग़ के एक छोटे से कोने में हमेशा बहाने के रूप यह बात रहती थी कि अगर मेरे बच्चों को कुछ हो गया तो मैं फिर से शराब पीने लगूँगी और यह न्यायसंगत भी होगा। आपने मुझे बताया कि यह सच नहीं है।'' उसकी बात सुनने के बाद, क्लैप्टन को एहसास हुआ कि उन्हें अपने बेटे की स्मृति का सम्मान करने का सबसे अच्छा तरीक़ा मिल गया है। आप उस महिला को दिए गए उनके उपहार को चाहे जो भी नाम दें – सामाजिक समर्थन, ईश्वर में आस्था, उच्च शक्ति में विश्वास, एक उज्ज्वल रेखा – इससे उस महिला को अपने को बचाने की संकल्पशक्ति मिली।

9

मजबूत बच्चों का पालन-पोषण : आत्म-सम्मान बनाम आत्म-नियंत्रण

आप एक सुपरस्टार हैं, चाहे आप कोई भी हों या कहीं से भी आए हों–और आपका जन्म भी इसी तरह हुआ है!

– लेडी गागा

बिगड़ैल पैदा नहीं होते, बनाए जाते हैं!

– डेबोरा कैरोल, उर्फ़ नैनी डेब

रियलिटी टीवी के चमत्कारों की बदौलत, पूरे अमेरिका के मध्यम वर्गीय माता-पिता को एक ऐसे विशेषाधिकार का अनुभव हुआ है जो कभी सिर्फ़ अमीरों तक सीमित था : अपनी नौकरियों को एक ब्रिटिश नैनी को आउटसोर्स करना। जैसा कि आप दुखी परिवारों से उम्मीद करेंगे, उनकी कहानी विविध थीं, लेकिन मूल कथा का आर्क इस शैली के प्रत्येक एपिसोड के लिए समान है, चाहे वह *नैनी 911* हो *या सुपरनैनी*। इसकी शुरुआत एक ऐसे घर से होती है, जहाँ बच्चे बेतहाशा भागते हैं और ऐसे ही ढेर सारे काम करते हैं जैसे- रोना, चिल्लाना, थूकना, बाल खींचना, सिप्पी कप उछालना, चादरों पर क्रेयॉन भित्तिचित्र बनाना, खिलौनों को तोड़ना, माता-पिता को मुक्का मारना, भाई-बहनों का गला दबाना। वे सचमुच ''द लिटिल हाउस ऑफ़ हॉरर्स'' नामक क्लासिक नैनी 911 एपिसोड की शुरुआत में उपनगरीय सेंट लुइस में एक खेत में बने कच्चे के घर की दीवारों पर चढ़ रहे हैं। उसके कुछ ही देर बाद, एक ब्रिटिश नैनी पूरे विक्टोरियन वेशभूषा में – काली स्कर्ट, पिन-धारीदार

काली बनियान, काले मोज़े, बरगंडी क्लोच और सोने के बटन और चेन के साथ मैचिंग केप पहने हुए घर पर आती है – जैसा कि कहानीकार एक गंभीर घोषणा करता है : ''अमेरिका के माता-पिता, आपको एक बड़ी मदद मिलने वाली है!''

यह कैसे हुआ?

आप सोच सकते हैं कि यह कार्यक्रम बच्चों के दुर्व्यवहार को बढ़ा-चढ़ा रहा है, लेकिन निर्माणकर्ता आपको बताएँगे कि प्राइम टाइम टेलीविज़न के कुछ प्रतिबंधों ने उन्हें सबसे ख़राब क्षण दिखाने से रोका है, जैसे कि लाँग द्वीप पर एक चार साल के बच्चे ने अपनी माँ की तरफ़ देखा और कहा, ''फक ऑफ़, मॉम!'' ऐसी कौन सी गलती हुई? तात्कालिक आवेग माता-पिता को दोष देने का है, और हम शीघ्र ही उस सेंट लुइस घर में मौजूद लोगों से मिलेंगे। लेकिन सारा दोष उन पर या बाहरी सहायता चाहने वाले किसी अन्य माता-पिता पर डालना उचित नहीं है। अमेरिका के माता-पिता इन बच्चों को अकेले पैदा नहीं कर सकते थे। उन्हें देश के प्रमुख शिक्षकों, पत्रकारों और सबसे बढ़कर, मनोवैज्ञानिकों से बहुत मदद मिली।

आत्म-सम्मान का सिद्धांत जनता की भलाई के लिए मनोविज्ञान का उपयोग करने का एक नेक इरादे वाला प्रयास था, और यह वास्तव में पहली बार में आशाजनक लग रहा था। बॉमाइस्टर ने अपने शुरुआती करियर का अधिकांश समय आत्म-सम्मान बैंडवैगन पर काम करते बिताया। वह उस शोध से प्रभावित हुए जिसमें दिखाया गया था कि उच्च आत्मसम्मान वाले छात्रों के ग्रेड उच्च थे, जबकि कम आत्मसम्मान वाले छात्रों को स्कूल में संघर्ष करना पड़ता था। अन्य अध्ययनों से पता चला है कि अविवाहित माताओं, नशा करने वालों और अपराधियों में आत्म-सम्मान कम था। सह-संबंध का स्तर व्यापक नहीं था, लेकिन वे सांख्यिकीय रूप से महत्त्वपूर्ण थे, और परिणामों ने नाथनियल ब्रैंडेन जैसे मनोचिकित्सकों के नेतृत्व में एक आंदोलन को प्रेरित किया। ब्रैंडेन ने लिखा , ''मैं एक भी मनोवैज्ञानिक समस्या के बारे में नहीं सोच सकता – चिंता और अवसाद से लेकर, अतरंगता के डर से, पति या पत्नी द्वारा की जाने वाली मारपीट या बच्चे से छेड़छाड़ तक – जिसका संबंध आत्मसम्मान की कमी की समस्या से ना हो।'' आत्म-सम्मान पर कैलिफ़ोर्निया कार्य बल के अध्यक्ष भी बनने वाले ड्रग-ट्रीटमेंट विशेषज्ञ एंड्रयू मैका ने विस्तार से बताया है, ''लगभग हर सामाजिक समस्या का कारण लोगों में आत्म-प्रेम की कमी हो सकती है।'' इस सारे उत्साह ने मनोवैज्ञानिकों, शिक्षकों, पत्रकारों और व्हिटनी ह्यूस्टन जैसे कलाकारों द्वारा बच्चों के पालन-पोषण के प्रति एक नए दृष्टिकोण को जन्म दिया। उन्होंने इस दर्शन को अपने 1980 के दशक के हिट गीत ''द ग्रेटेस्ट लव ऑफ़ ऑल'' में व्यक्त किया, जिसका संबंध किसी और से नहीं था... बल्कि स्वयं से था। सफलता की कुंजी आत्म-सम्मन में

थी। उन्होंने बताया कि बच्चों को सफल होने के लिए केवल उन्हें यह दिखाने की आवश्यकता होती है कि "उनकी सारी ख़ूबसूरती उनके अंदर मौजूद है।"

यह उन लाखों लोगों के लिए एक अनोखा लेकिन अनूठा विचार था, जिन्होंने बच्चों को यह सोचने के लिए प्रोत्साहित करके उनके शैक्षणिक कौशल में सुधार करने की कोशिश की, कि *मैं वास्तव में चीज़ों में अच्छा हूँ।* घर पर अभिभावकों ने बच्चों की थोड़ी अधिक सराहना करने का अभ्यास शुरू कर दिया। विभिन्न खेल के कोच ने यह सुनिश्चित किया कि केवल विजेताओं को ही नहीं बल्कि सभी को ट्रॉफ़ी मिले। दी गर्ल स्काउट्स ने 'यूनिकली मी!" नामक एक कार्यक्रम अपनाया। स्कूल में, बच्चों ने अपने पसंदीदा गुणों का कोलाज बनाया और इस पर चर्चा की कि उन्हें एक-दूसरे में सबसे अच्छा क्या लगता है। "आपसी प्रशंसा समाज (म्युच्युअल एडमिरेशन सोसायटी)" एक अपमानजनक वाक्यांश हुआ करता था, लेकिन आज के युवा इसे सामाजिक आदर्श के रूप में लेकर बड़े हुए हैं। व्हिटनी ह्यूस्टन का संदेश लेडी गागा द्वारा अगली पीढ़ी तक पहुँचाया गया, जिन्होंने एक संगीत कार्यक्रम में अपने प्रशंसकों को आश्वस्त किया, "आप एक सुपरस्टार हैं, इससे कोई फ़र्क़ नहीं पड़ता कि आप कौन हैं या आप कहाँ से आते हैं - और आप इसी तरह पैदा हुए थे!" उनके प्रशंकों ने स्वभाविक रूप से उनकी जय-जयकार की, और फिर लेडी गागा ने एक चमकदार मशाल उठाकर और दर्शकों पर उसकी रोशनी फैलाकर प्रतिक्रिया व्यक्त की। "नमस्ते बच्चों!" उन्होंने चिल्लाते हुए कहा। "जब आज रात तुम यहाँ से जाओ, तुम मुझे और अधिक प्यार करते हुए नहीं जाओगे। तुम ख़ुद के प्रति प्रेम को बढ़ाते हुए यहाँ से जाओगे!"

पारस्परिक स्वीकृति से जुड़े ये सभी अभ्यास पर्याप्त रूप से आनंदायक थे, और उन्हें पारंपरिक अभ्यास की तुलना में लंबे समय तक अच्छा करना था। जब कैलिफ़ोर्निया की सरकार ने शोधकर्ताओं को आत्म-सम्मान से जुड़े प्रमाणों का मूल्यांकन करने के लिए कहा, तब यह ख़बर आशाजनक लग रही थी। रिपोर्ट को संपादित करने वाले बर्कले के प्रतिष्ठित समाजशास्त्री नील स्मेलसर ने पहले पृष्ठ पर घोषणा की, "समाज को परेशान करने वाली प्रमुख समस्याओं में से अधिकांश नहीं भी तो कई समस्याओं की जड़ें समाज बनाने वाले कई लोगों में आत्मसम्मान की कमी जैसे कारकों में निहित हैं।"

बाद के एक अंश में, जो उल्लेखनीय नहीं था, उन्होंने यह भी कहा कि "आज तक" वास्तव में ठोस वैज्ञानिक प्रमाणों की कमी को देखना "निराशाजनक" था। लेकिन अधिक काम करने के बाद अच्छे परिणाम प्रत्याशित थे, और आत्म-सम्मान शोध के लिए पर्याप्त धन उपलब्ध था। अध्ययन जारी रहा, और अंततः एक दूसरा संस्थान एक दूसरी रिपोर्ट लेकर सामने आया। इस बार स्टेट ऑफ़ कैलिफ़ोर्निया की

तरह यह कोई राजनीतिक इकाई नहीं थी, बल्कि एसोसिएशन फ़ॉर साइकोलॉजिकल साइंस नाम की एक वैज्ञानिक इकाई थी। निष्कर्षों ने व्हिटनी ह्यूस्टन या लेडी गागा के किसी भी प्रदर्शन को प्रेरित नहीं किया।

आत्मसम्मान से आत्ममुग्धता तक

समीक्षा पैनल के मनोवैज्ञानिकों, जिनमें बौमिस्तर भी शामिल थे, ने हज़ारों अध्ययनों में से उन अध्ययनों की खोज की, जो अनुसंधान गुणवत्ता के उच्च मानकों को पूरा करते थे। पैनल ने सैकड़ों अध्ययन एवं अभ्यास किए, जैसे कि आत्म-सम्मान और अच्छे ग्रेड के बीच संबंध को समझने के लिए कई वर्षों तक हाई स्कूल के छात्रों पर नज़र रखी गई। हाँ, उच्च आत्मसम्मान वाले छात्रों के अंक उच्च थे। लेकिन पहले क्या आया? क्या छात्रों के आत्म-सम्मान ने उन्हें अच्छे अंक पाने में मदद की, या अच्छे अंक पाने से उनका आत्म-सम्मान बढ़ा? परिणाम यह निकला कि दसवीं कक्षा में मिलने वाले अंक ने बारहवीं कक्षा के समय के आत्म-सम्मान का अनुमान लगाया, लेकिन दसवीं कक्षा के समय वाला आत्म-सम्मान बारहवीं कक्षा में मिलने वाले अंक का अनुमान लगाने में असफल रहा। इसलिए, ऐसा प्रतीत हुआ कि, अंक पहले आया और आत्म-सम्मान उसके पीछे से बाद में।

सावधानीपूर्वक किए गए एक अन्य नियंत्रित अध्ययन में, डॉनल्ड फ़ोर्सिथ ने वर्ज़ीनिया कॉमनवेल्थ यूनिवर्सिटी में अपने मनोविज्ञान की कक्षा में कुछ छात्रों के आत्म-सम्मान को बढ़ाने का प्रयास किया। उन्होंने मध्य सत्र में सी ग्रेड या इससे भी ख़राब ग्रेड पाने वाले कुछ छात्रों को बेतरतीब ढंग से उनका आत्म-सम्मान बढ़ाने वाला एक साप्ताहिक संदेश प्राप्त करने का काम सौंपा, और समान ग्रेड वाले ही कुछ छात्रों को एक तटस्थ साप्ताहिक संदेश प्राप्त करना था। साप्ताहिक प्रोत्साहन वार्ताओं ने संभवतः छात्रों को अपने बारे में बेहतर महसूस करने में मदद की, लेकिन इससे उनके ग्रेड में कोई मदद नहीं मिली - जो कि बिलकुल विपरीत था। जब उन्होंने अंतिम परीक्षा दी, तो ना केवल उनका प्रदर्शन नियंत्रण समूह से बदतर था, बल्कि उनके अंक भी मध्यावधि परीक्षा में प्राप्त अंकों से कम थे। उनका औसत स्कोर 59 से गिरकर 39 हो गया - सीमा रेखा से नीचे जाने से भी अधिक निराशाजनक स्तर तक।

दूसरे प्रमाणों से यह दिखाई पड़ता है कि, पूरे देश में, जहाँ छात्रों के प्रदर्शन स्तर में गिरावट आई थी, वहीं उनके आत्म-सम्मान का स्तर ऊपर उठा था। उन्हें अपने बदतर करने को लेकर बेहतर महसूस हो रहा था। अपने स्वयं के शोध में, बॉमाइस्टर ने इस अवलोकन पर आश्चर्य जताया कि कुछ लोग जो वास्तव में

भयानक चीज़ें कर रहे हैं – जैसे पेशेवर हत्यारे और बलात्कारी – उनका आत्म-सम्मान उल्लेखनीय रूप से उच्च स्तर पर था।

वैज्ञानिक दस्तावेज़ की समीक्षा के बाद, मनोवैज्ञानिकों के पैनल के सदस्य इस निष्कर्ष पर पहुँचे कि आत्म-सम्मान की कमी कोई आधुनिक महामारी नहीं है, कम से कम अमेरिका, कैनेडा या पश्चिमी यूरोप में। (म्यांमार जैसे देशों में लोग खुद को कैसे देखते हैं, इसके रुझानों के बारे में बहुत कुछ ज्ञात नहीं है।) ज़्यादातर लोग अपने बारे में पहले से ही अच्छा महसूस कर रहे होते हैं। विशेष रूप से बच्चों में अपने बारे में सकारात्मक दृष्टिकोण लेकर आगे बढ़ने की प्रवृति होती है। वैज्ञानिक दस्तावेज की सर्वसम्मति बॉमाइस्टर घराने के वास्तविक साक्ष्यों पर आधारित है, जहाँ इस तरह की बातचीत हुई है :

बेटी (उम्र 4 वर्ष) : मैं सब कुछ जानती हूँ।

माँ : नहीं, बेटे, तुम सब कुछ नहीं जानती हो।

बेटी : हाँ, मैं जानती हूँ। मैं सब कुछ जानती हूँ।

माँ : तुम छत्तीस का वर्गमूल नहीं जानती।

बेटी (बिना पलकों को झपकाए) : मैं सभी बड़ी संख्याओं को रहस्यमयी बनाकर रख रही हूँ।

माँ : यह वास्तव में कोई बड़ी संख्या नहीं है। इसका उत्तर छह है।

बेटी : मुझे पता था।

और यह एक ऐसी बच्ची थी जिसके माता-पिता ने उसके आत्म-सम्मान को प्रोत्साहित करने का प्रयास नहीं किया था।

समीक्षा पैनल ने यह भी निष्कर्ष निकाला कि उच्च आत्म-सम्मान आमतौर पर लोगों को अधिक प्रभावशाली या आसानी से लोगों के साथ मिलने-जुलने वाला नहीं बनाता है। उच्च आत्म-सम्मान वाले लोग सोचते हैं कि वे दूसरों की तुलना में अधिक लोकप्रिय, आकर्षक और सामाजिक रूप से कुशल हैं, लेकिन वस्तुनिष्ठ अध्ययनों के परिणामों में कोई अंतर नहीं पाया गया। आमतौर पर उनका आत्म-सम्मान उन्हें स्कूल या काम पर बेहतर प्रदर्शन की ओर अग्रसर नहीं करता है, और यह धूम्रपान, शराब और नशीली पदार्थों के उपयोग या कम उम्र में यौन व्यवहारों के प्रति आकर्षित होने से रोकने में मददगार साबित नहीं होता है। हालाँकि कम आत्मसम्मान और नशीली दवाओं की लत और किशोर गर्भावस्था जैसी समस्याओं के बीच एक संबंध हो सकता है, लेकिन इसका मतलब यह नहीं है कि कम आत्मसम्मान इन समस्याओं का कारण बनता है। सोलह वर्ष की उम्र में हेरोइन जैसे

मादक पदार्थ की लत से ग्रसित और गर्भवती होने की स्थिति में आप अपने लिए बेहतर महसूस नहीं कर सकते हैं।

रिव्यू पैनल के अनुसार उच्च आत्म-सम्मान के ये दो स्पष्ट प्रदर्शित लाभ हैं। पहला, यह पहल को बढ़ाता है, संभवतः इसलिए, क्योंकि यह आत्मविश्वास देता है। उच्च आत्मसम्मान वाले लोगों में अपने विश्वास और आस्थाओं पर काम करने की इच्छा अधिक होती है, अपने विश्वास और सोच के लिए दृढ़ता से खड़े रहते हैं, दूसरों से संपर्क करने के इच्छुक होते हैं और नई चीज़ों को करने के देखने का जोख़िम उठाने की इच्छा भी रखते हैं। (दुर्भाग्य से इसमें दूसरों द्वारा दी गई सलाह और सुझाव के बावजूद भी मूर्खतापूर्ण या विनाशकारी काम करने के प्रति अतिरिक्त रूप से इच्छुक होना भी शामिल है।) दूसरे, इससे अच्छा महसूस होता है। उच्च आत्म-सम्मान सकारात्मक भावनाओं के बैंक की तरह प्रतीत होता है, जो कल्याण की एक सामान्य भावना प्रस्तुत करते हैं और दुर्भाग्य से निपटने, अवसाद से बचने या विफलता से उबरने के लिए आत्मविश्वास की अतिरिक्त खुराक की आवश्यकता की स्थिति में उपयोगी हो सकते हैं। ये लाभ बिक्री जैसी कुछ नौकरियों में लोगों के लिए उपयोगी हो सकते हैं, जिससे उन्हें बार-बार अस्वीकृतियों से उबरने में मदद मिलती है, लेकिन इस प्रकार की दृढ़ता एक मिश्रित आशीर्वाद है। यह लोगों को समझदारीपूर्ण सलाह को नज़रअंदाज़ करने के लिए भी प्रेरित कर सकता है, क्योंकि वे हठपूर्वक निराशाजनक कारणों पर समय और पैसा बर्बाद करते रहते हैं।

कुल मिलाकर, उच्च आत्म-सम्मान का लाभ स्वयं को मिलता है जबकि इसकी लागत दूसरों को वहन करनी पड़ती है, जिन्हें अहंकार और दंभ जैसे दुष्प्रभावों से निपटना पड़ता है। सबसे बुरी स्थिति में, आत्म-सम्मान आत्ममुग्धता बन जाता है, व्यक्तिगत श्रेष्ठता का आत्म-अवशोषित दृढ़ विश्वास। आत्ममुग्ध लोग अपने मन में ही मूर्ख होते हैं और अपनी भव्य छवियों के आदी होते हैं। उनमें अन्य लोगों द्वारा प्रशंसा पाने की गहरी लालसा होती है (लेकिन उन्हें पसंद किए जाने की कोई विशेष आवश्यकता महसूस नहीं होती - यह वह प्रशंसा है जिसकी उन्हें आवश्यकता होती है)। उन्हें इसकी उम्मीद होती है कि उनके साथ विशेष व्यवहार किया जाएगा और आलोचना करने पर उनका व्यवहार बदतर हो जाता है। पहली बार में वे बहुत अच्छे प्रतीत होते हैं, लेकिन आगे चलकर अच्छा प्रदर्शन नहीं कर पाते हैं। जब मनोवैज्ञानिक डेलरॉय पॉलहस ने समूहों में लोगों से एक-दूसरे को रेटिंग देने के लिए कहा, तो आत्ममुग्ध लोग सभी के पसंदीदा व्यक्ति के रूप में सामने आए, लेकिन ऐसा केवल कुछ ही मुलाक़ातों या बैठकों तक ही हो पाया। कुछ महीनों बाद, आमतौर पर वे रैंकिंग के निचले पायदान पर लुढ़क गए थे। दुनिया में ईश्वर से मिले उपहारों के साथ जीना कठिन भी हो सकता है।

मनोवैज्ञानिक अध्ययनों में अधिकांश उपायों के अनुसार, हाल के दशकों में आत्ममुग्धता तेज़ी से बढ़ी है, ख़ासकर अमेरिकी युवाओं के बीच। कॉलेज के प्रोफ़ेसर अक्सर इस बात की शिकायत करते हैं कि छात्र अब ख़ुद को पढ़ाई के बिना ही उच्च ग्रेड पाने के हक़दार मानते हैं; नियोक्ता उन युवा श्रमिकों के साथ होने वाली समस्याओं के बारे में बताते हैं जिन्हें अपने हिस्से की ज़िम्मेदारियों निभाए बिना ही शीघ्र शीर्ष पर पहुँचने की उम्मीद होती है। पिछले तीन दशकों में आत्ममुगाधता का यह ट्रेंड गानों के बोल में और अधिक स्पष्ट रूप से दिखाई पड़ने लगा है, जैसा कि नाथने डेवॉल के नेतृत्व में शोधकर्ताओं की एक टीम ने एक अध्ययन में दिखाया है कि हिट गानों में ''मैं'' और ''मेरा'' जैसे शब्द तेज़ी से आम हो गए हैं। व्हिटनी ह्यूस्टन के ''ग्रेटेस्ट लव ऑफ़ ऑल'' को वेइज़र के प्रमुख गायक रिवर कुओमो जैसे संगीतकारों द्वारा दूसरे स्तर पर ले जाया गया है, जिन्होंने 2008 में ''द ग्रेटेस्ट मैन दैट एवर लिव्ड'' नामक एक लोकप्रिय गीत लिखा और प्रस्तुत किया था। यह एक आत्मकथात्मक था।

आत्ममुग्धता में यह व्यापक तेज़ी आत्म-सम्मान आंदोलन की समस्या है, और इसमें जल्द ही किसी तरह के बदलाव की संभावना भी नहीं है, क्योंकि सबूतों के बावजूद भी यह आंदोलन इस बात पर ज़ोर देता है कि यह बच्चों को और अधिक सफल, ईमानदार या अन्य अर्थों में भी एक बेहतर नागरिक नहीं बना रहा है। बहुत सारे छात्र, अभिभावक, और शिक्षक आज भी आत्म-सम्मान के आसान वादों के छलावों में आ जा रहे हैं। वर्जीनिया में फ़ोर्सिथ की कक्षा में छात्रों की तरह ही, जब हालात कठिन हो जाते हैं, तो उच्च आत्मसम्मान वाले लोग अक्सर ऐसा निर्णय लेते हैं कि उन्हें परेशान नहीं होना चाहिए। यदि दूसरे लोग उनके इतने शानदार होने की सराहना नहीं कर सकते तो यह उन लोगों की समस्या है।

असाधारण एशियाई

युवा अमेरिकियों के मनोवैज्ञानिक अध्ययनों में आत्ममुग्धता की प्रवृत्ति का एक उल्लेखनीय अपवाद देखा गया है। यह युवा एशियाई-अमेरिकियों के बीच दिखाई नहीं देता है, शायद इसलिए क्योंकि उनके माता-पिता अनुशासन स्थापित करने की सांस्कृतिक परंपरा की तुलना में आत्म-सम्मान आंदोलन से कम प्रभावित हुए हैं। कुछ एशियाई संस्कृतियाँ अमेरिका और अन्य पश्चिमी समाजों की तुलना में बहुत पहले से आत्म-नियंत्रण को बढ़ावा देने पर ज़ोर देती आ रही हैं। चीनी माता-पिता और प्री-स्कूल बच्चों के जीवन के शुरुआती दौर से ही उन पर शौचालय प्रशिक्षित होने और आत्म-नियंत्रण के अन्य मूलभूत तरीक़ों को सीखने का दबाव डालती हैं।

एक अनुमान के अनुसार, दो साल के चीनी बच्चों में नियंत्रण का स्तर मोटे तौर पर तीन या चार साल के अमेरिकी बच्चों के बराबर होने की उम्मीद है।

चीनी और अमेरिकी बच्चों के बीच एक स्पष्ट अंतर तब उभर कर सामने आता है, जब उनसे उनके प्राकृतिक आवेगों पर क़ाबू पाने के लिए कहा जाता है। उदाहरण के लिए, एक परीक्षण में, बच्चों को चित्रों की एक श्रृंखला दिखाई गई और निर्देश दिया गया कि जब भी वे चंद्रमा को देखें तो ''दिन'' कहें, और जब भी वे सूर्य को देखें तो ''रात'' कहें। अन्य परीक्षणों में, बच्चे उत्तेजित होने पर फुसफुसाहट तक खुद को रोकने की कोशिश करते हैं, और साइमन सेज़ का एक संस्करण बजाते हैं जिसमें उन्हें एक प्रकार की आज्ञा का पालन करना होता है, लेकिन दूसरे प्रकार की उपेक्षा करनी होती है। चीन के चार-वर्षीय बच्चे आम तौर पर उसी उम्र के अमेरिकी बच्चों की तुलना में इन परीक्षणों में बेहतर प्रदर्शन करते हैं। चीनी बच्चों का बेहतर आत्म-नियंत्रण कुछ हद तक जीन के कारण हो सकता है: इस बात के प्रमाण हैं कि एडीएचडी (अटेंशन डेफ़िसिट हाइपरएक्टिविटी डिसऑर्डर) से जुड़े आनुवंशिक कारक अमेरिकी बच्चों की तुलना में चीनी बच्चों में बहुत दुर्लभ हैं। लेकिन चीन और अन्य एशियाई देशों में सांस्कृतिक परंपराएँ निस्संदेह आत्म-अनुशासन स्थापित करने में महत्त्वपूर्ण भूमिका निभाती हैं, और एशियाई-अमेरिकी घरों में उन परंपराओं ने बच्चों में आत्ममुग्धता के निम्न स्तर के साथ-साथ उनकी बाद की सफलताओं में भी योगदान दिया है। एशियाई-अमेरिकी अमेरिका की कुल आबादी का केवल 4 प्रतिशत हैं, लेकिन स्टैनफ़ोर्ड, कोलंबिया और कॉर्नेल जैसे विशिष्ट विश्वविद्यालयों में छात्र समूह का एक चौथाई हिस्सा हैं। किसी भी अन्य जातीय समूह की तुलना में उनके कॉलेज की डिग्री प्राप्त करने की संभावना अधिक होती है, और वे अमेरिकी मानक से 25 प्रतिशत अधिक वेतन अर्जित करते हैं।

उनकी सफलता ने इस लोकप्रिय धारणा को जन्म दिया है कि एशियाई लोग अमेरिकियों और यूरोपीय लोगों की तुलना में अधिक बुद्धिमान हैं, लेकिन जेम्स फ़्लिन उनकी उपलब्धियों की व्याख्या इस तरह नहीं करते हैं। आईक्यू अध्ययनों की सावधानीपूर्वक समीक्षा करने के बाद, फ्लिन ने निष्कर्ष निकाला कि चीनी-अमेरिकी और जापानी-अमेरिकी लोगों का स्कोर यूरोपीय मूल के गोरों के समान है। अगर कुछ है भी तो, एशियाई-अमेरिकियों का आईक्यू औसतन थोड़ा कम है, हालाँकि ऊपरी और निचले दोनों चरम पर उनकी संख्या अधिक दिखाई पड़ती हैं। बड़ा अंतर यह है कि वे अपनी बुद्धि का बेहतर उपयोग करते हैं। फ़्लिन जिसे विशिष्ट पेशे कहते हैं, जैसे चिकित्सक, वैज्ञानिक और अकाउंटेंट, वहाँ काम करने वाले लोगों का आईक्यू आमतौर पर एक निश्चित सीमा से ऊपर होता है। श्वेत अमेरिकियों के लिए, वह सीमा 110 का आईक्यू है, लेकिन चीनी-अमेरिकी केवल

103 के आईक्यू के साथ समान विशिष्ट नौकरियाँ प्राप्त कर लेते हैं। इसके अलावा, प्रत्येक सीमा से ऊपर के लोगों में, चीनी-अमेरिकियों में वास्तव में उन नौकरियों में शामिल होने की दर अधिक है, जिसका अर्थ है कि 103 से ऊपर आईक्यू वाले एक चीनी-अमेरिकी को 110 से ऊपर आईक्यू वाले अमेरिकी की तुलना में एक विशिष्ट नौकरी मिलने की संभावना अधिक होती है। जापानी-अमरीकियों के लिए यह पैटर्न समान है। आत्म-नियंत्रण कड़ी मेहनत, परिश्रम, स्थिरता, विश्वसनीयता के आधार पर पूर्वी एशिया से आए अप्रवासियों के बच्चे उच्च बुद्धि वाले अमेरिकियों के समान ही अच्छा कर सकते हैं।

जे और दे किम जैसे अप्रवासियों के घरों में विलंबित संतुष्टि एक परिचित विषय बनी रहीं। ये दोनों दक्षिण कोरियाईं में पैदा हुए थे और अपनी दो बेटियों का पालन-पोषण उत्तरी कैरोलिना में किया। दोनों बहनों, सू और जेन, क्रमशः सर्जन और वकील बनीं, और साथ ही *टॉप ऑफ़ दि क्लास* नामक किताब की सह-लेखिका भी रहीं, जो उपलब्धि को बढ़ावा देने के लिए एशियाई माता-पिता की तकनीकों के बारे में एक किताब है। वे बताते हैं कि कैसे उनके माता-पिता ने उनके दूसरे जन्मदिन से पहले उन्हें वर्णमाला सिखाना शुरू कर दिया था, और कैसे उनकी माँ एक ऐसी महिला नहीं थी, जो सुपरमार्केट में कैंडी के लिए रोने वाले बच्चे को इनाम दें। जब वे चेकआउट काउंटर पर पहुँची, तो लड़कियों द्वारा कैंडी के लिए गुहार लगाने का मौक़ा आने से पहले, श्रीमती किम ने इस बात की घोषणा करते हुए उन्हें रोक दिया कि यदि वे अगले सप्ताह एक किताब पढ़ेंगी, तो अगली खरीदारी के समय उनके लिए एक कैंडी ख़रीदी जाएगी। बाद में सू जब कॉलेज पहुँच गई और अपने माता-पिता से एक पुरानी इस्तेमाल की गई कार ख़रीदने के लिए कहा तो, उन्होंने यह कहते हुए उनकी माँग अस्वीकृत कर दी कि अगर उनका नामांकन मेडिकल स्कूल में हो जाता है तो उन्हें एक ब्रांड-नई कार मिलेगी। इस प्रकार, इन माता-पिता ने अपने बेटियों को अच्छी चीज़ें मुहैया करवाईं- लेकिन हर इनाम किसी ना किसी मूल्यवान उपलब्धि के बदले दिया गया था।

कई एशियाई-अमेरिकी सफलता की कहानियों ने विकासात्मक मनोवैज्ञानिकों को उचित पालन-पोषण के बारे में अपने सिद्धांतों को संशोधित करने के लिए मजबूर किया है। वे ''अधिनायकवादी'' शैली के ख़िलाफ़ चेतावनी देते थे, जिसमें माता-पिता कठोर लक्ष्य निर्धारित करते हैं और बच्चे की भावनाओं की अधिक चिंता किए बिना सख़्त नियम लागू करते हैं। माता-पिता को एक अलग शैली अपनाने की सलाह दी गई, जिसे ''आधिकारिक'' कहा जाता है, जिसमें वे अभी भी सीमाएँ निर्धारित करते हैं लेकिन बच्चों को अधिक स्वायत्तता देते हैं और बच्चे की इच्छाओं का अधिक ध्यान रखते हैं। इस गर्मजोशीपूर्ण, अधिक पालन-पोषण

वाली शैली से अच्छी तरह से समायोजित, आत्मविश्वासी बच्चे पैदा होने की उम्मीद थी, जो सत्तावादी घरों के बच्चों की तुलना में शैक्षणिक और सामाजिक रूप से बेहतर प्रदर्शन करने में सक्षम होंगे। लेकिन फिर, जब *रूथ चाओ* और अन्य मनोवैज्ञानिकों ने एशियाई-अमेरिकी परिवारों का अध्ययन किया, तो उन्होंने पाया कि कई माता-पिता काफ़ी सख़्त नियम और लक्ष्य निर्धारित करते हैं। ये अप्रवासी, और अक्सर उनके बच्चे भी, पालन-पोषण की उनकी शैली को उत्पीड़न का नहीं, बल्कि भक्ति का एक रूप मानते थे। चीनी-अमेरिकी माता-पिता *चियाओ शुन* की कन्फ़्यूशियस अवधारणाओं का पालन करके आत्म-नियंत्रण पैदा करने के लिए दृढ़ थे, जिसका अर्थ है ''प्रशिक्षित करना,'' और *गुआन,* जिसका अर्थ है ''शासन करना'' और ''प्यार करना।'' ये माता-पिता अमेरिकी मानकों के हिसाब से ठंडे और कठोर लग सकते थे, लेकिन उनके बच्चे स्कूल के अंदर और बाहर दोनों जगह फल-फूल रहे थे।

अमेरिकी धारणाओं के साथ विरोधाभास लॉस एंजिल्स क्षेत्र में उन महिलाओं के अध्ययन में दिखाई दिया, जो बच्चों की माँ थीं। जब पूछा गया कि माता-पिता बच्चों की शैक्षणिक सफलता में कैसे योगदान दे सकते हैं, तो चीन से आई माताओं ने अक्सर उच्च लक्ष्य निर्धारित करने, कठिन मानकों को लागू करने और बच्चों को अतिरिक्त गृहकार्य करने की आवश्यकता का उल्लेख किया। इस बीच, यूरोपीय वंश की मूल-निवासी माताओं ने बच्चों पर बहुत अधिक दबाव नहीं डालने का दृढ़ संकल्प किया। उन्होंने अक्सर शैक्षणिक सफलता पर अधिक ज़ोर नहीं देने, बच्चे के सामाजिक विकास पर ज़ोर देने और इस विचार को बढ़ावा देने के महत्त्व का उल्लेख किया कि ''सीखना मज़ेदार है'' और ''ऐसा कुछ नहीं जिस पर आप काम करते हैं।'' उनकी एक दूसरी मुख्य चिंता बच्चे के आत्म-सम्मान को बढ़ावा देना था - एक ऐसी अवधारणा जिसके बारे में चीनी माताओं को अध्ययन में कोई दिलचस्पी नहीं है, या एमी चुआ के काम में, जो उस अवधारणा की सबसे मुखर (और मनोरंजक) पैरोकार बन गईं जिसे उन्होंने अपनी बेस्टसेलिंग किताब *दि बैटल हाइम्न ऑफ़ दी टाइगर मदर में* ''चीनी पालन-पोषण कहा है।

पालन-पोषण के चुआ के संस्करण- दोस्तों के घर रात में नहीं सोना, खेलने के लिए समय नहीं होना - हमारे स्वाद के लिए चरम की चीज़ें है, विशेष रूप से वायलिन की तीन घंटे की क्लास। लेकिन आत्म-सम्मान आंदोलन की समस्याओं के साथ हम उनकी दृष्टिकोण की सराहना करते है : ''जब मैंने अमेरिकी माता-पिता को अपने बच्चों द्वारा किए गए छोटे-छोटे कामों पर उनकी प्रशंसा करते हुए देखा - जैसे कि टेढ़ा-मेढ़ा चित्र बनाना या छड़ी लहराना- तो मैंने पाया कि अमेरिकी अभिभावकों की तुलना में चीनी अभिभावकों के पास अपने बच्चों के लिए

दो चीज़ें है : (1) अपने बच्चों के लिए ऊँचे सपने और (2) अपने बच्चों की क्षमता के संदर्भ में उनके प्रति उच्च सम्मान।'' चुआ की बुनियादी रणनीतियाँ - स्पष्ट लक्ष्य निर्धारित करें, नियम लागू करें, विफलता को दंडित करें, उत्कृष्टता को पुरस्कृत करें - ये सभी ''नैनी के विश्व स्तरीय टीम'' के सदस्य डेबोरा कैरोल द्वारा *नैनी 911* पर अमेरिकी घरों को दी जा रही रणनीतियों से बिलकुल अलग नहीं हैं। नैनी, जिन्हें वास्तव में कठिन मामलों को सौंपा जाता है, जैसे पॉल परिवार को ''लिटिल हाउस ऑफ़ हॉरर्स'' एपिसोड में चित्रित किया गया था। कैरोल का कहना है कि अमेरिकी बच्चों के साथ अपने व्यवहार में, वह केवल युवावस्था में वेल्स में सीखे अपने सबक़ को लागू कर रही हैं।

कैरोल याद करते हुए कहती हैं कि, ''जब मैं स्कूल में थी, तब गोल्ड या सिल्वर स्तर पाना बहुत बड़ी बात थी। इस बात की समझ होना बहुत महत्त्वपूर्ण बात थी कि कुछ पाने के लिए मैंने वास्तव में बहुत कड़ी मेहनत की है। जब मैंने अपने दादा जी की शर्ट में इस्तरी की, तब वे मुझे पैसा देने की ज़िद करने लगे, क्योंकि मैंने बहुत अच्छा काम किया था- उन्होंने मुझसे कहा कि मैंने अपनी दादी से भी अच्छी इस्तरी की थी, और मुझे उपलब्धि की वह भावना बहुत अच्छी लगी थी। आपका आत्म-सम्मान यहीं से आता है, ना कि इससे कि आपसे कहा गया हो कि आप महानतम हैं।'' उत्तरी कैरोलिना में एमी चुआ और किम दंपत्ति तथा अन्य एशियाई अप्रवासियों की तरह, नैनी डेब स्वतंत्र रूप से उस समान शैक्षणिक निष्कर्षों पर पहुँची, जहाँ एसोसिएशन फ़ॉर साइकोलॉजिकल साइंस के समीक्षा पैनल के सदस्य पहुँचे थे : आत्म-सम्मान के बारे में भूल जाएँ। आत्म-नियंत्रण पर काम करें।

नैनी देब और ट्रिपलेट्स

जब कैरोल सेंट लुइस के पास पॉल्स के घर पहुँची, तो वह उन शरारती बच्चों को लेकर विशेष रूप से चिंतित नहीं थी जिन्हें उन्होंने वीडियो में दीवारों पर चढ़ते, फर्श पर थूकते और लाइट से झूलते हुए देखे थे। वह जानती थीं कि चार साल के बच्चे भले ही मुट्ठी भर हो सकते हैं, विशेष रूप से जब उनमें से तीन पागलों की तरह दौड़ रहे हों। लेकिन उनके पास अन्य अमेरिकी घरों का भयावह अनुभव था जिससे उन्हें इस बात का एहसास था कि इससे कहीं बड़ी समस्याएँ थीं, जिनसे निपटा जाना था।

कैरोल कहती हैं, ''इस तरह के घरों में बच्चे बहुत, बहुत आसान होते हैं।'' ''वे ढाँचों की तलाश में हैं। वे किसी ऐसे व्यक्ति की तलाश में हैं जिन्हें वे सुरक्षित रूप से सब कुछ बता सकें : 'मैं प्रभारी हूँ। जल्द ही सब कुछ ठीक होने वाला है।'

माता-पिता को सही रास्ते पर बनाए रखना बहुत कठिन है। बच्चों को नियंत्रित करने के लिए उन्हें खुद पर नियंत्रण पाना सीखना होगा।''

अठारह साल की उम्र में पूर्णकालिक नैनी बनने के बाद से कैरोल बच्चों के माता-पिता के साथ इसी तरह निपट रही थीं। लंदन में उनकी पहली नौकरी एक अमेरिकी माँ के साथ थी, जिसकी शादी एक ब्रिटिश व्यक्ति से हुई थी, जो असहाय होकर अपनी बच्ची को पागल होते देखती रहती थी। कैरोल याद करते हुए बताती हैं कि, ''वह छोटी बच्ची वास्तव में कॉफ़ी टेबल पर नख़रे करती हुई गोल-गोल घूम रही थी। और उसकी माँ ने उससे केवल इतना कहा, 'तुम सचमुच में ख़राब स्थिति में हो, प्रिय।' बच्चों के नख़रे करने में कुछ भी ग़लत नहीं है। यह स्वाभाविक है। उन्हें इससे निपटने के अन्य तरीक़े सिखाना हमारा काम है।''

पॉल दम्पति उस माँ की तरह प्यारी नहीं थे, लेकिन जब अनुशासन की बात आती थी तो वे उतने ही असहाय लगते थे। जब पिता, टिम, कार्यालय से घर आए और लिविंग रूम को खिलौनों से ढँका हुआ पाया, तो उन्होंने एक हॉकी स्टिक उठाई और उन सभी को अलमारी में रख दिया। माँ, सिंडी, एक पूर्व फ़्लाइट अटेंडेंट, जो वयस्कों के बुरे व्यवहार की आदी थी, तीनों बच्चों से परेशान हो गई थी और उसने उन्हें अपने खिलौने साफ़ कराने या कपड़े पहनाने की कोशिश करना छोड़ दिया था। जब नैनी डेब ने उन्हें अपने मोज़े पहनने के लिए कहा – किंडरगार्डन जाने वाले बच्चों के लिए यह शायद ही एक असंभव काम था– उनमें से एक लॉरेन, ने ऐसा करने से मना कर दिया और मोज़ा लेकर रसोई में माँ के पास भागकर गई। बुरी तरह से सुबकते हुए उसने अपनी माँ को जकड़ लिया और मदद के लिए बार-बार उससे भीख माँगने लगी।

श्रीमती पॉल ने कहा, ''यह बहुत ही दुखदाई है। वह आधे घंटे तक ऐसा करती रहेगी। कुछ देर में यहाँ रहना मुश्किल हो जाएगा। जब वह उदास हो जाती है, तो वह बार-बार एक ही प्रश्न पूछती है। तभी मैं बस ज़ोन से बाहर हो जाती हूँ और मैं अब ध्यान केंद्रित नहीं कर पाती हूँ और मैं हर किसी पर चिल्लाने और उन्हें सीधे बिस्तर पर भेजने के लिए तैयार हो जाती हूँ।''

हमेशा की तरह इस बार भी बच्चे की जीत हुई। श्रीमती पॉल ने उसे मोज़े पहने, जिससे कैरोल बहुत अधिक क्रोधित हो गई। कैरोल ने श्रीमती पॉल से कहा, ''साढ़े चार सैलून से वह दुखी हो रही है और आपने उसे ऐसे ही करने दिया है। दूसरी कक्षा में उसके साथ क्या होगा, जब वह केवल इसलिए गणित नहीं पढ़ने चाहेगी, क्योंकि उसे पढ़ने का मन नहीं है?''

इस तरह के दृश्य देखने के बाद इस बात पर विश्वास करना मुश्किल हो जाता है कि पारंपरिक रूप से माता-पिता अपने बच्चों को पीटना अपना कर्तव्य समझते

थे। ''छड़ी को रोकने के अर्थ है बच्चे को बर्बाद करना'' वास्तव में एक मानक सलाह थी, और बच्चे को लाड़-प्यार से बिगाड़ना असफल परवरिश के एक तत्व के रूप में देखा जाता था। प्यूरिटन कॉटन माथेर ने इसे और भी अधिक स्पष्ट रूप से कहा : ''शापित करने की तुलना में चाबुक मारना बेहतर है।'' हम पिटाई की वापसी की वकालत नहीं कर रहे हैं, कोड़े मारने की बात तो दूर की बात है, लेकिन हमारा मानना है कि माता-पिता को अनुशासक के रूप में अपनी भूमिका को फिर से समझने की ज़रूरत है। इसका मतलब दुर्व्यवहार करना या क्रोधित होना या कठोर दंड देना नहीं है। लेकिन इसका मतलब यह है कि अपने बच्चे के व्यवहार पर नज़र रखने और उचित पुरस्कार या दंड देने के लिए समय निकालें।

चाहे आप किसी बच्चे को समय (टाइम-आउट) दे रहे हों या किसी किशोर के ड्राइविंग विशेषाधिकारों को रद्द कर रहे हों, सज़ा के तीन बुनियादी पहलू हैं : गंभीरता, गति और निरंतरता। बहुत से लोग सख्त अनुशासन को गंभीर दंड से जोड़ते हैं, लेकिन वास्तव में यह सबसे कम महत्त्वपूर्ण पहलू है। शोधकर्ताओं ने पाया है कि गंभीरता उल्लेखनीय रूप से कम मायने रखती है और प्रतिकूल भी हो सकती है: सद्गुणों को प्रोत्साहित करने के बजाय, कठोर दंड बच्चे को सिखाते हैं कि जीवन क्रूर है और आक्रामकता उचित है। सज़ा की गति कहीं अधिक महत्त्वपूर्ण है, जैसा कि शोधकर्ताओं ने बच्चों के साथ-साथ जानवरों के साथ काम करने में भी पाया है। बच्चों के मामले में सज़ा इतनी जल्दी नहीं की जानी चाहिए, लेकिन जितनी बहुत अधिक देरी करने से इस बात की संभावना बढ़ सकती है कि वे उस उल्लंघन और उन मानसिक प्रक्रियाओं को भूल जाएँगे जिनके कारण ऐसा हुआ।

सज़ा का अब तक का सबसे महत्त्वपूर्ण पहलू - और माता-पिता के लिए सबसे कठिन - निरंतरता है। आदर्श रूप से, माता-पिता को हर बार जब बच्चा ग़लत व्यवहार करता है तो उसे तुरंत अनुशासित करना चाहिए, लेकिन संयमित, और यहाँ तक कि सौम्य तरीक़े से भी। जब तक कि सावधानीपूर्वक और नियमित रूप से किया जाता है, तब तक एक या दो कठोर शब्द अक्सर पर्याप्त होते हैं। इस दृष्टिकोण से शुरुआत में बच्चे की तुलना में माता-पिता अपने ऊपर अधिक दबाव महसूस कर सकते हैं। केवल इसलिए क्योंकि वे थके हुए हैं या इसलिए कि इससे बाक़ी सभी का सुखद और अच्छा समय ख़राब हो सकता है, उनके मन में किसी ग़लत काम को नज़रअंदाज़ करने या माफ़ करने का लोभ आ सकता है। माता-पिता तर्क दे सकते हैं कि वे दयालु बनना चाहते हैं; वे एक-दूसरे को अच्छा बनने के लिए भी कह सकते हैं और इस बात को जाने दिया जाए। लेकिन शुरुआत में वे जितने अधिक सतर्क रहते हैं, लंबे समय में उन्हें उतना ही कम प्रयास की आवश्यकता होती है। लगातार अनुशासन से अच्छे व्यवहार वाले बच्चे पैदा होते हैं।

बच्चों और माता-पिता पर लंबे समय तक नजर रखने वाली मनोवैज्ञानिक सूजन ओ'लेरी के अनुसार, जबकि सिंडी पॉल जैसे माता-पिता को अनुशासन थोपना शुरू करना दुखद लगता है, जब तक संक्षेप में, शांति से और लगातार डाँटा जाता है, तब तक बच्चे अच्छी प्रतिक्रिया देते हैं। जब माता-पिता असंगत होते हैं, जब वे किसी उल्लंघन को बर्दाश्त कर लेते हैं, तो वे कभी-कभी अगले के लिए अतिरिक्त सख़्त सज़ा देकर क्षतिपूर्ति करने का प्रयास करते हैं। इसके लिए माता-पिता की ओर से कम आत्म-नियंत्रण की आवश्यकता होती है : जब उन्हें ऐसा महसूस हो तो वे अच्छे हो सकते हैं, और यदि उन्हें गुस्सा आ रहा है या उनका दुर्व्यवहार गंभीर स्तर का है तो उन्हें कड़ी सज़ा दे सकते हैं। लेकिन कल्पना कीजिए कि बच्चे के दृष्टिकोण से यह कैसा दिखता है। कुछ दिन आप कोई अच्छी टिप्पणी करते हैं और सभी वयस्क हँसते हैं। अन्य दिनों में इसी तरह की टिप्पणी से नुक़सान होता है या क़ीमती विशेषाधिकारों की हानि होती है। आपके स्वयं के व्यवहार या स्थिति में प्रतीत होने वाले छोटे या यहाँ तक कि यादृच्छिक अंतर बिलकुल भी सज़ा नहीं दिए जाने और अत्यधिक परेशान करने वाले के बीच का अंतर बताते हैं। अन्याय पर नाराजगी जताने के अलावा, आप सीखते हैं कि सबसे महत्त्वपूर्ण बात यह नहीं है कि आप कैसा व्यवहार करते हैं, बल्कि यह है कि आप पकड़े जाते हैं या नहीं, और क्या आपके माता-पिता दंडित करने के मूड में हैं। उदाहरण के लिए, आप सीख सकते हैं कि रेस्तरां में टेबल मैनर्स से परहेज किया जा सकता है, क्योंकि आपको सार्वजनिक रूप से अनुशासित करने में वयस्कों को बहुत शर्मिंदगी महसूस होती है।

कैरोल का कहना है, ''माता-पिता को सार्वजनिक रूप से अनुशासन का पालन करना कठिन लगता है, क्योंकि उन्हें लगता है कि उनके साथ न्याय किया जा रहा है।'' वे कहती हैं कि ''उन्हें इस बात का डर होता है कि लोग उन्हें एक बुरी माँ के रूप में देखेंगे। लेकिन आपको इसे अपने दिमाग़ से निकालना होगा। जब मैं किसी बच्चे को असभ्य व्यवहार करने के लिए रेस्तरां से बाहर ले जाती हूँ तो लोग मुझे घूरते हैं, लेकिन आप इसे लेकर चिंतित नहीं हो सकते। आपको वही करना होगा, जो बच्चे के लिए सही हो, और यह वास्तव में लगातार बने रहने के बारे में है। उन्हें यह जानकर बड़ा होना होगा कि क्या उचित और अनुचित व्यवहार है।''

जब कैरोल ने पॉल घराने में अनुशासन का अपना सतत ब्रांड लागू किया, तो परिणाम चमत्कारी लगे। उसके सप्ताह भर के प्रवास के अंत तक, तीनों अपना बिस्तर बना रहे थे और अपने खिलौने उठा रहे थे; लॉरेन गर्व से अपने मोज़े पहन रही थी; माता-पिता यह सब देखकर शांत और ख़ुश महसूस कर रहे थे। कम से कम, इस तरह से इसे कार्यक्रम में प्रदर्शित करने के लिए संपादित किया गया था,

अराजकता से लेकर आनंद तक के सामान्य आर्क को ध्यान में रखते हुए। लेकिन क्या नैनी देब और कैमरों के चले जाने के बाद यह अनुशासन वास्तव में कोई स्थायी अंतर ला सकता है? कैरोल की यात्रा के छह साल बाद 2010 में जब हमने पॉल के घर जाकर इसकी जाँच की, तब श्रीमती पॉल ने इस बात की घोषणा कि यह एक लंबे समय तक सफल रहने वाला प्रयोग है। उन्होंने कहा, ''अब हमारे पास कोई ऐसी बड़ी समस्या नहीं है।'' उन्होंने यह कहते हुए यह भी बताया कि टेलीविज़न प्रसिद्धि के चार साल के बच्चे बड़े होकर दस साल के बच्चे बन गए हैं, जो शैक्षणिक रूप से समृद्ध हो रहे हैं और स्कूल के नेतृत्व परिषद में सेवा दे रहे हैं। घर पर वे अभी भी अपना काम कर रहे थे।

''नैनी देब के आने के पहले तक मैंने इस बारे में कभी नहीं सोचा था कि वे ये सभी काम स्वयं कर सकते हैं।'' श्रीमती पॉल ने हमें बताया। ''मुझे लगता था कि उनसे यह सब करने कहना बड़ी बात है, लेकिन बात सिर्फ़ इतनी सी थी कि उनके पास इस बात को लेकर ना तो मार्गदर्शन था, ना ही ढाँचा कि उनके द्वारा किए जाने वाले काम को करना कैसे है। माता-पिता के लिए यह कहना आसान है, 'जाओ और अपना कमरा साफ़ करो, लेकिन इससे बच्चे के सामने बात स्पष्ट नहीं होती है। आप इसी तरह उन्हें दीवार को घूरते रहने के लिए भी कह सकते हैं। आपको उस अनुशासन की ज़रूरत होती है कि आप उनके साथ कमरे में जाएँ और उन्हें यह करके दिखाएँ कि क्या करना है - उन्हें बताएँ कि एक कपड़े को कैसे मोड़ना है और उसे आलमारी या सही दराज में रखना है।''

एक बार जब श्रीमती पॉल ने कुछ समय तक ऐसा किया, उसके बाद बच्चों ने इन कामों को अपने हाथ में ले लिया, हालाँकि उन्हें अब भी माता-पिता से मिलने वाली निगरानी की ज़रूरत थी-और पीछे ना हटने और बच्चों के लिए काम करने का संकल्प। श्रीमती पॉल ने कहा, ''कभी-कभी, मैं रसोई में जाती थी और उनके खाने के कटोरे यूँ ही वहाँ पड़े होते थे, और मैंने देखा कि मैं कटोरे को उठाकर उन्हें धोना चाहती थी। मेरे लिए उन्हें जाकर ढूँढ़ने से ज़्यादा आसान था यह करना। लेकिन चाहे वे कहीं भी हों, मुझे याद रखना है कि मुझे उन्हें वापस लौटने और अपनी ओर पलटने और कटोरे धोने के लिए कहना है। इसी समय में मुझे आत्म-नियंत्रण का अभ्यास करने की ज़रूरत पड़ती है।''

जो हमें माता-पिता के लिए एक जाने-पहचाने प्रश्न पर वापस लेकर आता है : आप आत्म-नियंत्रण को कैसे हासिल करते हैं और उसे कैसे बनाए रखते हैं? आप अपने बच्चों को किस प्रकार शांति और निरंतरता से अनुशासित कर सकते हैं, जैसा कि श्रीमती पॉल को एहसास हुआ चीज़ों को अक्सर टाल देना आसान होता है? उत्तर, हमेशा की तरह, लक्ष्य और मानक निर्धारित करने से शुरू होता है।

बच्चों और दुष्टों के लिए नियम

इससे बहुत पहले कि बच्चे नियम पढ़ें या काम करें, वे आत्म-नियंत्रण सीखना शुरू कर सकते हैं। किसी भी माता-पिता से पूछें जो फ़र्बराइज़ेशन की प्रक्रिया से बच गए हैं, जो कि विक्टोरियन शिशु-पालन मैनुअल में पाई गई तकनीक पर आधारित है। माता-पिता को, सभी सहज प्रवृत्ति के विपरीत, अपने शिशुओं के रोने को नजरअंदाज़ करने की आवश्यकता होती है, जब उन्हें सोते समय अकेला छोड़ दिया जाता है। शिशु के पास जाने के बजाय, माता-पिता शिशु को एक निश्चित समय के अंतराल के लिए रोने देते हैं, फिर कुछ आराम देते हैं, फिर एक और निश्चित अंतराल के लिए पीछे हट जाते हैं। यह प्रक्रिया तब तक दोहराई जाती है जब तक बच्चा रोने पर नियंत्रण करना और माता-पिता की मदद के बिना सो जाना नहीं सीख जाता। हृदय-विदारक चीख़ों को नज़रअंदाज़ करने के लिए माता-पिता को बहुत आत्म-नियंत्रण की आवश्यकता होती है, लेकिन शिशु आमतौर पर बिना रोए सोना सीख जाते हैं। एक बार जब बच्चे आत्म-नियत्रण विकसित कर लेते हैं, तब सबकी जीत होती है : बच्चा अब सोते समय बेचैन नहीं होता है या जब बीच रात में उसकी नींद खुलती है और वह अकेला होता है, तब परेशान नहीं होता है और माता-पिता को अब अपनी रातें बच्चों के पालने के सामने नहीं बितानी पड़ती है।

हमने देखा है कि जब कोई शिशु दूध पिलाने के लिए रोता है तो माता-पिता इस दृष्टिकोण के एक प्रकार का सफलतापूर्वक उपयोग करते हैं। रोते हुए बच्चे को तुरंत दूध पिलाने के बजाय, माँ बच्चे को बता देती है कि संकेत मिल गया है, लेकिन फिर स्तन या बोतल देने से पहले उसके शांत होने का इंतज़ार करती है। एक बार फिर से, शुरुआत में बच्चे के रोने को नज़रअंदाज़ करना मुश्किल होता है, और हमें इसका एहसास है कि कुछ माता-पिता के लिए इसकी कोशिश करना भी क्रूर है। लेकिन एक बार जब कोई बच्चा बिना चिल्लाए खाना माँगना सीख जाता है, तो बच्चा और माता-पिता दोनों शांत और खुश हो जाते हैं। बच्चे सीख रहे हैं कि उनके पास खुद पर कुछ शक्ति है, कि कुछ प्रकार के व्यवहार की अपेक्षा की जाती है, और कार्यों के परिणाम होते हैं - सबक़ जो उनके बड़े होने के साथ और अधिक महत्त्वपूर्ण हो जाएँगे।

लगभग सभी विशेषज्ञ इस बात से सहमत हैं कि बच्चों को स्पष्ट नियमों की आवश्यकता है और वे स्पष्ट नियम चाहते हैं, और नियमों का पालन करने के लिए जवाबदेह होना स्वस्थ विकास की एक महत्त्वपूर्ण विशेषता है। लेकिन नियम तभी उपयोगी होते हैं जब बच्चे उन्हें जानते हों और समझते हों, इसलिए रेखा जितनी उज्ज्वल होगी, उतना बेहतर होगा। नैनी देब अपने ''घर के नियमों'' पर चर्चा करने के लिए एक विशेष बैठक बुलाना पसंद करती हैं और फिर वह प्रत्येक बच्चे के सोने

के कमरे में लकड़ी के एक खंभे के साथ काम की एक सूची पोस्ट करती हैं जिसका उपयोग स्कोर रखने के लिए किया जाता है। जब बच्चे बिस्तर बनाते हैं या अपने कमरे साफ़ करते हैं या बर्तन धोते हैं, तो उन्हें खंभे के चारों ओर एक रंगीन घेरा लगाना होता है। प्रत्येक रिंग उन्हें पंद्रह मिनट तक टेलीविज़न देखने या वीडियो गेम खेलने का अधिकार देती है, यानी प्रति दिन कुल एक घंटे तक। यदि वे दुर्व्यवहार करते हैं, तो उन्हें पहले चेतावनी मिलती है, और यदि वे ऐसा ही करते रहते हैं, तो माता-पिता उनमें से एक घेरा उतार देते हैं।

नियमों को सुसंगत बनाए रखने के लिए, माता-पिता को एक-दूसरे और देखभाल करने वालों के साथ समन्वय करने की आवश्यकता है, ताकि हर कोई जान सके कि क्या अपेक्षित है। जब आपके बच्चे अभी भी छोटे हों, तो पहले से ही पुरस्कार और दंड की एक प्रणाली स्थापित करें, और जब आप किसी बच्चे को इनमें से कोई एक दे रहे हों, तो स्पष्ट रूप से बताएँ कि क्यों। जैसे-जैसे वे बड़े होते जाते हैं, उनसे यह पूछना अधिक उपयोगी हो जाता है कि उनके पास अपने लिए क्या लक्ष्य हैं। एक बार जब आप उनकी महत्त्वाकांक्षाओं को सुन लेते हैं, तो आप सही प्रोत्साहन के साथ वहाँ पहुँचने में मदद कर सकते हैं, जैसे काम करने पर आकस्मिक भत्ता भुगतान करना, या अतिरिक्त काम करने के लिए बोनस का वादा करना। लेकिन इन वित्तीय प्रलोभनों को सार्थक बनाने के लिए, माता-पिता को स्वयं थोड़ा संयम दिखाना होगा। किम दंपत्ति को याद करें जिन्होंने अपनी बेटी सू को वह कार दी थी, जो वह चाहती थी, लेकिन उसके मेडिकल स्कूल में दाख़िला लेने के बाद ही। चैती नीली टोयोटा टेरसेल शायद आपको सपनों की कार नहीं लगे, लेकिन सू ने इसे सालों-साल प्यार से धोया और चमकाया था। जब आख़िरकार वह टूट गई और उसे खींचकर ले जाना पड़ा, तो सू भी टूट गई और रोने लगी। यह उसके लिए सब कुछ था, क्योंकि उसने इसे अर्जित करने के लिए बहुत मेहनत की थी।

छह साल की उम्र तक, कुछ बच्चे पैसे बचाना सीखना शुरू कर सकते हैं, लेकिन यह एक संघर्ष है, जैसा कि मनोवैज्ञानिक एनेट ओटो ने बच्चों को एक खेल खेलते हुए देखकर पाया, जिसमें वे एक वांछनीय खिलौना ख़रीदने के लिए पैसे बचा सकते थे, लेकिन साथ ही इसे अन्य खिलौनों और मिठाइयों पर ख़र्च भी कर सकते हैं। छह साल के कई बच्चों ने खेल के शुरू में ही अपना पैसा ख़र्च कर दिया, लेकिन धीरे-धीरे उन्हें एहसास हुआ कि उनके पास खिलौने के लिए पर्याप्त नहीं है (और फिर उन्होंने बचत करने की कोशिश करनी ही बंद कर दी)। इसके विपरीत, कुछ नौ साल के बच्चे और कई बारह साल के बच्चे पहले तब तक बचत करने में सफल रहे, जब तक कि वे अपनी इच्छित राशि तक नहीं पहुँच गए, और

फिर दावतों पर कोई अतिरिक्त पैसा ख़र्च करना शुरू कर दिया। भविष्य के प्रति इस अभिविन्यास को प्रोत्साहित करने के लिए, माता-पिता बच्चों को बचत खाते खोलने, बैंक विवरणों पर नज़र रखने और लक्ष्य और पुरस्कार निर्धारित करने में मदद कर सकते हैं। शोध से पता चला है कि जो बच्चे बैंक खाते खोलते हैं, उनके बड़े होकर बचतकर्ता बनने की संभावना दूसरों की तुलना में अधिक होती है। ऐसे ही बच्चे हैं जो बड़े होकर अपने माता-पिता के साथ पैसे पर चर्चा करते हैं।

कुछ माता-पिता अच्छे ग्रेड के लिए नक़द राशि देना पसंद करते हैं; अन्य लोग वैसे भी बच्चों को जो करना चाहिए, उसके लिए भुगतान करने से कतराते हैं। इन भुगतानों के ख़िलाफ़ सबसे सम्मोहक तर्क उस पर आधारित है जिसे मनोवैज्ञानिक अति-औचित्य प्रभाव कहते हैं : पुरस्कार खेल को काम में बदल देते हैं। अधिक सटीक रूप से, अध्ययनों से पता चला है कि जब लोगों को उन चीज़ों को करने के लिए भुगतान किया जाता है जो वे करना पसंद करते हैं, तो वे कार्य को भुगतान किए गए कठिन परिश्रम के रूप में मानना शुरू कर देते हैं। इस तर्क से, क्या ग्रेड के लिए भुगतान करने से बच्चों का सीखने के प्रति आंतरिक प्रेम कम नहीं हो जाएगा?

हम उस तर्क से आश्वस्त नहीं हैं। सबसे पहले, ग्रेड पहले से ही बाहरी पुरस्कार हैं, इसलिए व्यवस्था में पैसा डालने से सीखने के किसी भी आंतरिक प्रेम के लिए अति-औचित्य प्रभाव की कोई प्रासंगिकता नहीं बदलती है। दूसरा, पैसे के लिए अच्छा प्रदर्शन करना वयस्क जीवन का एक तथ्य है, इसलिए ग्रेड के लिए पैसा प्राप्त करना इसके लिए एक उचित तैयारी है। यह तब भी लागू होगा, जब यह सच हो कि जिन बच्चों को ग्रेड के लिए पैसे मिलते हैं वे किसी तरह सीखने के लिए अपने व्यक्तिगत जुनून को थोड़ा खो देते हैं। (सच कहूँ तो, जितना हमने अपने करियर में शोध का आनंद लिया है, हमें आश्चर्य होता है कि क्या सीखने के प्यार को प्रेरक उपकरण के रूप में अधिक महत्त्व दिया जाता है।) पैसा मूल्य का प्रतीक है, और ग्रेड के लिए भुगतान करने के लिए इसका उपयोग बच्चों को उच्च मूल्य बताता है, वह समाज और परिवार स्कूल को महत्त्व देते हैं, ख़ासकर यदि पैसा उत्कृष्ट उपलब्धि के लिए आरक्षित किया गया हो।

हम मानेंगे कि बच्चों को केवल नियमित रूप से स्कूल जाने के लिए भुगतान करने से बिना भुगतान के स्कूल जाने की उनकी इच्छा कम हो सकती है (जैसे कि यह एक चिंता का विषय हो)। लेकिन अगर आप उन्हें अतिरिक्त मेहनत करने और उत्कृष्ट प्रदर्शन करने के लिए भुगतान कर रहे हैं, तो समस्या क्या है? ग्रेड के भुगतान में यादृच्छिक प्रयोगों के परिणाम मिश्रित रहे हैं : कुछ स्थानों पर उन्होंने छात्रों के प्रदर्शन को बेहतर बनाने के लिए बहुत कुछ नहीं किया है, लेकिन अन्य स्थानों पर

भुगतान उल्लेखनीय रूप से प्रभावी प्रतीत होते हैं। इस प्रयोग को घर पर आज़माने से किसी तरह का नकारात्मक पहलू नहीं दिखाई पड़ता है। हालाँकि यदि आप चाहें तो निश्चित रूप से आप हमेशा गैर-नक़द पुरस्कारों पर टिके रह सकते हैं। बस याद रखें कि यदि आप आत्म-नियंत्रण स्थापित करना चाहते हैं, तो आप जो भी पुरस्कार दें, उसमें आपको निरंतरता बनाए रखनी होगी। अच्छे रिपोर्ट कार्ड के लिए बच्चे को अपने बटुए से बेतरतीब ढंग से कुछ ना दें। इसके बजाय, लक्ष्य पहले से निर्धारित करें : प्रत्येक ए के लिए कितना पैसा, प्रत्येक बी के लिए कितना, कौन से विषय सबसे अधिक मायने रखते हैं, आदि। एक छोटे बच्चे के लिए, आपको भुगतान कार्यक्रम निर्धारित करना पड़ सकता है, लेकिन बड़े बच्चे के लिए आप उनसे बोनस और दंड को लेकर बातचीत शुरू कर सकते हैं, और शायद दोनों पक्षों के हस्ताक्षर के लिए औपचारिक अनुबंध भी तैयार किया जा सकता है। जैसे-जैसे बच्चा बड़ा होगा, नियम और पुरस्कार बदल जाएँगे, लेकिन एक अनुशासित प्रणाली बनाए रखना महत्त्वपूर्ण है, भले ही किशोरावस्था जैसे उम्र के ख़तरनाक पड़ाव आने पर यह कितना भी मुश्किल क्यों ना लगे।

माता-पिता के दृष्टिकोण के अनुसार, किशोरों के साथ समस्या यह है कि उनमें एक बच्चे की आत्म-नियंत्रण की शक्ति होती है जो एक वयस्क की इच्छाओं और आग्रहों पर हावी होती है। नौ या ग्यारह साल की उम्र में जो भी सामंजस्य उभरता है, वह जैविक विकास के कारण बाधित हो जाता है जो नए यौन और आक्रामक आवेगों और नए रोमांच-चाहने वाले झुकावों को जन्म देता है। कुछ स्तर पर, किशोरों को पता है कि उन्हें मदद की ज़रूरत है। यही कारण है कि वे *ट्विलाइट* उपन्यासों की लाखों प्रतियाँ ख़रीदते हैं, जिसमें एडवर्ड पिशाच और बेला जैसी किशोरी को पता है कि अगर वे अपने प्यार को पूरा करते हैं, तो वह अपनी मानवता और शायद अपना जीवन खो देगी। इस प्रकार वे संघर्ष करते हैं :

एडवर्ड : सोने की कोशिश करो, बेला।

बेला : नहीं, मैं एक बार फिर से ख़ुद को चूमना चाहती हूँ।

एडवर्ड : तुम अपने आत्म-नियंत्रण को अधिक महत्त्व दे रही हो।

बेला : तुम्हें क्या अधिक लुभावना लग रहा है, मेरा रक्त या मेरा शरीर?

एडवर्ड : दोनों में टाई है।

उनका संघर्ष वही ब्लॉकबस्टर घटक है जिसने उन्नीसवीं सदी के रोमांटिक उपन्यासों को *सेल्फ़-कंट्रोल* और *डिसिप्लिन* जैसे शीर्षकों के साथ बेचा (दोनों मैरी ब्रंटन द्वारा लिखे गए, जिनकी किताबें उनके समकालीन प्रतिद्वंद्वी जेन ऑस्टेन की तुलना में अधिक बिकीं)। उन्नीसवीं सदी के किसान इस बात से चिंतित थे कि उनके बच्चे

औद्योगिक शहरों में उपलब्ध नई स्वतंत्रता से प्रलोभित हो रहे हैं, लेकिन वे प्रलोभन आज उपनगरों और वेब पर उपलब्ध चीज़ों की तुलना में हल्के हैं। आज के किशोर, यहाँ तक कि वे भी जिन्हें पिशाच बनने का कोई खतरा नहीं है, समझते हैं कि एडवर्ड क्या महसूस कर रहा है जब वह बेला से कहता है : ''जब मैं तुम्हारे साथ हूँ तो मैं कभी भी, किसी भी तरह का नियंत्रण खोने का जोख़िम नहीं उठा सकता।''

जब तक किशोरों का आत्म-नियंत्रण उनके आवेगों पर क़ाबू नहीं पा लेता, तब तक माता-पिता के पास किसी तरह सख़्त बाहरी नियंत्रण प्रदान करने का कृतघ्न कार्य होता है और साथ ही वे बच्चे को किसी वयस्क के क़रीब समझना शुरू करते हैं। संभवतः सबसे अच्छा समझौता यह है कि किशोर को नियम-निर्माण प्रक्रिया में अधिक अधिकार दिया जाए, और ऐसा तब किया जाए जब हर कोई शांत, आराम की स्थिति में हो - ना कि तब जब किशोर पहली बार सुबह दो बजे घर आता है। यदि किशोर नियम बनाने में मदद कर सकते हैं, तो वे इसे माता-पिता की सनक के बजाय व्यक्तिगत प्रतिबद्धताओं के रूप में देखना शुरू कर देंगे। यदि वे कर्फ़्यू पर बातचीत करते हैं, तो वे इसका सम्मान करेंगे, या कम से कम इसे तोड़ने के परिणामों को स्वीकार करेंगे। और जितना अधिक वे लक्ष्य निर्धारित करने में शामिल होते हैं, उतनी ही अधिक संभावना होती है कि वे आत्म-नियंत्रण के अगले चरण पर आगे बढ़ेंगे : स्वयं की निगरानी करना।

भटकती आँखें

स्टैनफ़ोर्ड विश्वविद्यालय के पास बच्चों के साथ अपने प्रसिद्ध मार्शमैलो प्रयोगों से पहले, वाल्टर मिशेल ने त्रिनिदाद में काम करते हुए आत्म-नियंत्रण के बारे में एक और खोज की। वह जातीय रूढ़िवादिता का अध्ययन करने के इरादे से वहाँ गए थे। ग्रामीण त्रिनिदाद में दो मुख्य जातीय समूह अलग-अलग वंश के थे, एक अफ़्रीकी, दूसरा भारतीय, और वे एक-दूसरे के प्रति नकारात्मक लेकिन अलग-अलग रूढ़ियाँ रखते थे। भारतीयों का मानना था कि अफ़्रीकियों में भविष्य की दिशा का अभाव है और वे बचत करने के बजाय भोग-विलास में लगे रहते हैं, जबकि अफ़्रीकियों ने भारतीयों को आनंदहीन बचतकर्ता माना, जिनमें जीवन के प्रति उत्साह का अभाव था। मिशेल ने प्रत्येक समूह के बच्चों से दो कैंडी बार के बीच चयन करने के लिए कहकर इन रूढ़िवादिता का परीक्षण करने का निर्णय लिया। एक कैंडी बार बड़ा था और उसकी क़ीमत दूसरे से दस गुना ज़्यादा थी, लेकिन जो बच्चा इसे चुनता था, उसे इसे पाने के लिए एक सप्ताह इंतज़ार करना पड़ता था। छोटा, सस्ता तुरंत उपलब्ध था।

मिशेल को जातीय रूढ़िवादिता के लिए कुछ समर्थन मिला, लेकिन इस प्रक्रिया में वह एक बहुत बड़े और अधिक सार्थक प्रभाव पर ठोकर खाई। जिन बच्चों के घर में पिता थे, वे विलंबित पुरस्कार चुनने के लिए दूसरों की तुलना में कहीं अधिक इच्छुक थे। अधिकांश नस्लीय और जातीय भिन्नता को इस अंतर से समझाया जा सकता है, क्योंकि भारतीय बच्चे आम तौर पर माता-पिता दोनों के साथ रहते थे, जबकि काफी संख्या में अफ्रीकी बच्चे एकल माँ के साथ रहते थे। पितृत्व का मूल्य तब भी स्पष्ट हुआ, जब मिशेल ने सिर्फ अफ्रीकी घरों का विश्लेषण किया : पिता के साथ रहने वाले लगभग आधे बच्चों ने विलंबित इनाम को चुना, लेकिन पिता रहित घरों में कोई भी बच्चा इंतज़ार करने को तैयार नहीं था। इसी तरह, पिता के बिना रहने वाले भारतीय बच्चों में से कोई भी इंतज़ार करने को तैयार नहीं था।

1958 में प्रकाशित होने वाले ये निष्कर्ष उस समय या आने वाले दशकों में ज़्यादा ध्यान आकर्षित नहीं कर पाए, जब यह सुझाव देना कि एकल-माता-पिता के घरों में कमियाँ हो सकती हैं, किसी के करियर के लिए ख़तरनाक था। (डैनियल पैट्रिक मोयनिहान को यह सुझाव देने के लिए उत्साहित किया गया था।) 1960 के दशक की शुरुआत में, संघीय नीतियों, सामाजिक मानदंडों और तलाक़ की दरों में बदलाव के कारण केवल एक माता-पिता, आमतौर पर माँ द्वारा पाले गए बच्चों की संख्या में काफ़ी वृद्धि हुई। कोई भी उन माताओं की आलोचना नहीं करना चाहता- और हम निश्चित रूप से उनकी कड़ी मेहनत और समर्पण को बदनाम नहीं करना चाहते। लेकिन आख़िरकार मिशेल जैसे इतने सारे परिणाम आए कि आँकड़ों को अब नज़रअंदाज़ नहीं किया जा सका। एक सामान्य नियम के रूप में - बिल क्लिंटन और बराक ओबामा सहित कई अपवादों के साथ - एकल माता-पिता द्वारा पाले गए बच्चे जीवन में उतना अच्छा प्रदर्शन नहीं करते जितना कि माता-पिता दोनों के साथ बड़े होने वाले बच्चे करते हैं। शोधकर्ताओं द्वारा सामाजिक-आर्थिक कारकों और अन्य चर पर नियंत्रण के बाद भी, यह पता चला है कि माता-पिता दोनों के घरों के बच्चों को स्कूल में बेहतर ग्रेड मिलते हैं। वे भावनात्मक रूप से अधिक स्वस्थ और बेहतर समायोजित होते हैं। उनका सामाजिक जीवन अधिक संतोषजनक होता है और वे कम असामाजिक व्यवहार में संलग्न होते हैं। उनके किसी विशिष्ट विश्वविद्यालय में दाख़िला लेने की संभावना अधिक होती है और जेल जाने की संभावना कम होती है।

एक संभावित व्याख्या यह है कि एकल माता-पिता वाले घरों के बच्चों में इसकी शुरुआत आत्म-नियंत्रण में आनुवंशिक कमी के साथ होती है। आख़िरकार, यदि पिता (या माँ, उस मामले के लिए) छोड़ कर चले गए हैं और परिवार को छोड़

दिया है, तो उसमें आवेगपूर्ण व्यवहार और आत्म-नियंत्रण की कमी का समर्थन करने वाले जीन हो सकते हैं, और उसके बच्चों को वही जीन विरासत में मिले होंगे। कुछ शोधकर्ताओं ने उन बच्चों को देखकर इसे सही करने का प्रयास किया है, जिनका पालन-पोषण एकल माता-पिता ने किया था, क्योंकि पिता परिवार छोड़ने के अलावा अन्य कारणों से अनुपस्थित थे (जैसे लंबे समय तक विदेश में रहना, या कम उम्र में मर जाना)। जैसा कि अनुमान था, परिणाम बीच में थे। इन बच्चों में कुछ कमियाँ दिखाई दीं, लेकिन उनकी समस्याएँ उन बच्चों जितनी बड़ी नहीं थीं, जिनके पिता स्वेच्छा से घर छोड़कर चले गए थे। सबूत बताते हैं कि, हमेशा की तरह, बच्चे आनुवंशिकी और पर्यावरण के मिश्रण से आकार लेते हैं।

जीन चाहे जो भी भूमिका निभाते हों, एकल-अभिभावक घरों में बच्चों को प्रभावित करने वाला एक स्पष्ट पर्यावरणीय कारक है : उन्हें देखने वाली आँखों की संख्या कम हैं। निगरानी आत्म-नियंत्रण का एक महत्त्वपूर्ण पहलू है, और माता-पिता दोनों मिलकर आम तौर पर निगरानी का काम बेहतर तरीक़े से कर सकते हैं। एकल माता-पिता आवश्यक कार्यों में इतने व्यस्त हैं - भोजन के इंतज़ाम के लिए पैसे कमाना, बच्चे को स्वस्थ रखना, बिलों का भुगतान करना - कि उनके लिए नियम बनाना और उन्हें लागू करना प्राथमिक नहीं रह जाता है। माता-पिता दोनों काम को विभाजित कर सकते हैं, जिससे उन दोनों के पास बच्चे के चरित्र निर्माण में देने के लिए अधिक समय और ऊर्जा बचेगी। छह दशक से भी पहले शुरू हुए एक अध्ययन के नतीजों से पता चलता है कि अधिक वयस्क आँखों की उपस्थिति से फ़र्क़ पड़ता है और काफ़ी स्थायी फ़र्क़ पड़ता है।

1940 के दशक की शुरुआत में किशोर अपराध को रोकने के प्रयास में, परामर्शदाताओं ने महीने में दो बार 250 से अधिक लड़कों से उनके घरों में मुलाक़ात की। उन्होंने परिवार, घर और लड़कों के जीवन के बारे में टिप्पणियाँ दर्ज कीं। इस अध्ययन की शुरूआत पर उन लड़कों की औसत उम्र लगभग दस वर्ष थी, और जब यह अध्ययन समाप्त हुआ तो लगभग सोलह वर्ष के हो चुके थे। दशकों बाद, जब लड़के बड़े हो गए और अपने चालीसवें और पचासवें वर्ष में थे, तो नोट्स का अध्ययन जोन मैककॉर्ड नामक एक शोधकर्ता द्वारा किया गया, जिन्होंने किशोरावस्था के अनुभवों की तुलना बाद के वयस्क व्यवहार से की - विशेष रूप से, आपराधिक व्यवहार। किशोरावस्था के दौरान वयस्क पर्यवेक्षण की कमी आपराधिक व्यवहार के सबसे मजबूत भविष्यवक्ताओं में से एक साबित हुई। परामर्शदाताओं ने यह दर्ज किया था कि क्या स्कूल के बाहर लड़कों की गतिविधियाँ आमतौर पर, कभी-कभी, या शायद ही कभी किसी वयस्क द्वारा नियंत्रित होती थीं। किशोरों ने जितना अधिक समय वयस्कों की देखरेख में बिताया,

उन्हें व्यक्तिगत या संपत्ति संबंधी अपराधों के लिए दोषी ठहराया जाने की संभावना कम थी।

दशकों बीत जाने के बाद भी माता-पिता की निगरानी का महत्त्व ख़त्म नहीं हुआ है। मारिजुआना के उपयोग पर अध्ययनों के एक हालिया संकलन, जिसमें कुल पैंतीस हज़ार से अधिक प्रतिभागी शामिल थे, ने माता-पिता की निगरानी के साथ एक गहरा और मजबूत संबंध दिखाया। माता-पिता की निगरानी में ना रहने वाले या कम निगरानी में रहने वाले बच्चों की तुलना में जब माता-पिता इस बात पर नज़र रखते हैं कि उनके बच्चे कहाँ हैं, क्या करते हैं और किसके साथ रहते हैं, तो बच्चों में अवैध नशीली पदार्थों के उपयोग की संभावना बहुत कम होती है। इसी तरह, मधुमेह से पीड़ित बच्चों के हालिया अध्ययन में माता-पिता की देखरेख के कई लाभ पाए गए हैं। किशोरों में इस हद तक अधिक आत्म-नियंत्रण होता है कि उनके माता-पिता आमतौर पर जानते हैं कि उनके बच्चे स्कूल के बाद और रात में कहाँ है, वे अपने ख़ाली समय के साथ क्या करते हैं, उनके दोस्त कौन हैं और वे पैसे कैसे ख़र्च करते हैं। हालाँकि, टाइप वन मधुमेह जीवन में जल्दी आ जाता है और मुख्य रूप से जीन का परिणाम हो सकता है, उच्च गुण वाले आत्म-नियंत्रण और माता-पिता की देखरेख में अधिक समय बिताने वाले किशोरों में रक्त शर्करा का स्तर दूसरों की तुलना में कम होता है (इस प्रकार, कम गंभीर मधुमेह समस्याएँ)। वास्तव में, एक माँ या पिता का होना जो बच्चे की गतिविधियों, दोस्तों और ख़र्च करने की आदतों पर नज़र रखता है, मधुमेह की गंभीरता को कम करने के मामले में आत्म-नियंत्रण के निम्न स्तर की कुछ हद तक भरपाई भी कर सकता है।

बच्चों पर जितनी अधिक निगरानी रखी जाएगी, उन्हें अपना आत्म-नियंत्रण बनाने के उतने ही अधिक अवसर मिलेंगे। माता-पिता उन्हें संकल्पशक्ति-मजबूत करने वाले उन अभ्यासों के माध्यम से मार्गदर्शन कर सकते हैं जिनकी हमने पहले चर्चा की है, जैसे सीधे बैठने का ध्यान रखना, हमेशा व्याकरणिक रूप से बोलना, वाक्यों को ''मैं'' से शुरू करने से बचना और कभी भी ''हाँ'' के बदले ''हम्म'' नहीं कहना। कुछ भी जो बच्चों को आत्म-नियंत्रण की मांसपेशियों का अभ्यास करने के लिए मजबूर करता है, सहायक हो सकता है : संगीत की शिक्षा लेना, कविताएँ याद करना, प्रार्थना करना, उनके टेबल शिष्टाचार का ध्यान रखना, अपवित्रता के उपयोग से बचना, धन्यवाद नोट लिखना।

जैसे-जैसे वे अपनी संकल्पशक्ति को मजबूत करते हैं, बच्चों को यह भी सीखना होता है कि कब इस पर निर्भर नहीं रहना है। स्टैनफ़ोर्ड के पास मिशेल के मार्शमैलो प्रयोगों में, कई बच्चों ने मार्शमैलो को एकटक देखकर और खुद को मज़बूत बनाने के लिए तैयार होकर प्रलोभन का विरोध करने की कोशिश की।

यह कारगर नहीं हो सका। वर्जित मार्शमैलो को घूरते रहने से उन्हें बार-बार उसके आकर्षण की याद आती रही, और जैसे ही संकल्पशक्ति एक पल के लिए कमज़ोर हुई, उन्होंने हार मान ली और उसे खा लिया। इसके विपरीत, जो बच्चे टिकने में कामयाब रहे – जिन्होंने दो मार्शमैलो पाने के लिए पंद्रह मिनट तक इंतज़ार किया – आमतौर पर खुद को विचलित करके सफल हुए। उन्होंने अपनी आँखें ढँक लीं, अपनी पीठ घुमा लीं, अपने जूते के फीते बाँधने लगे। उस मार्शमैलो प्रयोग ने कुछ शोधकर्ताओं को यह निष्कर्ष निकालने के लिए प्रेरित किया कि ध्यान को नियंत्रित करना महत्त्वपूर्ण है, ना कि संकल्पशक्ति का निर्माण करना, लेकिन हम असहमत हैं। हाँ, ध्यान को नियंत्रित करना महत्त्वपूर्ण है। लेकिन ध्यान को नियंत्रित करने के लिए आपको संकल्पशक्ति की आवश्यकता होती है।

जीतने के लिए खेलना

आधी सदी से भी अधिक समय से, टेलीविज़न ने बच्चों को अन्य गतिविधियों से विचलित कर दिया है, और आधी सदी से भी अधिक समय से इसे बच्चों के साथ होने वाली हर चीज़ के लिए दोषी ठहराया जाता है। हम सामान्यीकृत टीवी आलोचना में शामिल नहीं होना चाहते, क्योंकि हमने देखा है कि बच्चे टेलीविज़न से बहुत सारी उपयोगी चीज़ें सीखते हैं। लेकिन एक चीज़ जो वे नहीं सीखते वह यह है कि अपने ध्यान को कैसे नियंत्रित किया जाए। सफल टेलीविज़न शो जानते हैं कि अन्य शगलों की तरह समान मानसिक माँगों के बिना ध्यान कैसे खींचना और बनाए रखना है। वेब सर्फिंग बिलकुल निष्क्रिय नहीं है, लेकिन यह बहुत अधिक अनुशासन को भी बढ़ावा नहीं देती है, ख़ासकर यदि आप बस एक साइट से दूसरी साइट पर जा रहे हैं, एक ट्वीट या एक छोटी पोस्ट से अधिक समय तक कुछ भी पढ़ने के लिए कभी नहीं रुकते हैं।

तो बच्चे टेक्स्ट संदेश से अधिक लंबी और यूट्यूब वीडियो से अधिक चुनौतीपूर्ण चीज़ पर अपना ध्यान केंद्रित करना कैसे सीख सकते हैं? सामान्य सलाह यह है कि उन्हें किताबें पढ़ने को कहें, और हम इसका समर्थन करके बहुत ख़ुश हैं। (कौन सा लेखक नहीं है?) लेकिन वे पढ़ने के लिए पर्याप्त उम्र होने से पहले ही सही प्रकार के खेल खेलकर ध्यान केंद्रित करने पर भी काम कर सकते हैं। हाल के सबसे सफल आत्म-नियंत्रण कार्यक्रमों में से कुछ रूसी मनोवैज्ञानिक लेव वायगोत्स्की और उनके अनुयायियों के क्लासिक प्रयोगों पर आधारित हैं, जिन्होंने कुछ कार्यों में बच्चों के कौशल को बेहतर बनाने के लिए खेल का उपयोग किया था। प्रयोगों में शामिल बच्चे आम तौर पर लंबे समय तक खड़े नहीं रह सकते थे, लेकिन अगर वे निगरानी में गार्ड होने का नाटक करते तो उनकी सहनशक्ति बढ़

जाती। इसी तरह, यदि वे ऐसा दिखावा करते कि वे किसी दुकान पर जा रहे हैं और उन्हें ख़रीदने के लिए चीज़ों की एक सूची याद रखनी होती, तो उनके लिए शब्दों की सूची याद करना बहुत आसान होता।

उन प्रयोगशाला में किए गए प्रयोगों के परिणामों को टूल्स ऑफ़ द माइंड नामक एक प्रीस्कूल कार्यक्रम में लागू किया गया है, जो बच्चों को ऐसे दिखावटी खेल खेलने के लिए प्रोत्साहित करता है जिनकी योजना (कुछ हद तक) पहले से बनाई जाती है और जो कुछ मिनटों से अधिक समय तक (और संभवतः कुछ से लेकर कई दिनों तक चलते रह सकते हैं।) जैसा कि हमने देखा है, अधिकांश आत्म-नियंत्रण का संबंध समय के साथ व्यवहार को एकीकृत करने से है – भविष्य के लाभों के लिए तत्काल संतुष्टि को छोड़ देना – इसलिए कई दिनों तक एक गेम खेलने से बच्चों को लंबी दूरी की सोच शुरू करने में मदद मिलती है। अन्य बच्चों के साथ लंबे समय तक नाटकीय खेल खेलने के लिए भी उन्हें ध्यान पर नियंत्रण रखने और काल्पनिक भूमिकाएँ बनाए रखने की आवश्यकता होती है। यहाँ तक कि घर या सैनिक खेल जैसे सरल दिखावटी खेल भी बच्चों को चरित्र में बने रहने और अन्य बच्चों के साथ बातचीत करते समय खेल के नियमों का पालन करने के लिए बाध्य करते हैं। स्वतंत्र शोध से पता चला है कि जिन बच्चों ने टूल्स ऑफ़ द माइंड में भाग लिया, वे पारंपरिक प्रयोगशाला परीक्षणों में भाग लेने वाले बच्चों की तुलना में मानक प्रयोगशाला परीक्षणों के अनुसार आत्म-नियंत्रण के बेहतर स्तर को प्राप्त कर सकने में सफल हुए।

बड़े बच्चे, आलोचकों के क्रोध के एक अन्य आधुनिक लक्ष्य : वीडियो गेम से भी इन्हीं लाभों में से कुछ प्राप्त कर सकते हैं। हम मान लेंगे कि इनमें से कुछ गेम नासमझी वाले हैं, कि हिंसा अनावश्यक हो सकती है, और यह कि कुछ बच्चे अपने दिन का अधिकांश समय डिजिटल निमेस की शूटिंग में बिताते हैं। लेकिन लॉरेंस कुटनर और चेरिल ओल्सन के अनुसार, अधिकांश लोकप्रिय आलोचनाओं का उतना ही वैज्ञानिक आधार है जितना कि कॉमिक पुस्तकों के नृशंस ख़तरों के बारे में पुरानी चेतावनियों का। हार्वर्ड के इन शोधकर्ताओं ने साहित्य की समीक्षा करने और मध्य विद्यालय के बच्चों पर अपना अध्ययन करने के बाद निष्कर्ष निकाला कि अधिकांश बच्चों को वीडियो गेम खेलने से कोई नुक़सान नहीं हो रहा है, और वे खेल से अभ्यास के समान ही कुछ लाभ प्राप्त कर सकते हैं। जैसे कि संगीत, खेल खेलना, या अन्य शौक पूरे करना जिनमें अनुशासन की आवश्यकता होती है। एक जटिल कंप्यूटर गेम में सफल होने के लिए, आपको अपना ध्यान केंद्रित करना होगा, जटिल नियमों को सीखना होगा और लक्ष्य तक पहुँचने के लिए सटीक चरणों का पालन करना होगा। इसमें टेलिविज़न देखने की तुलना में कहीं अधिक अनुशासन की आवश्यकता होती है।

सौभाग्य से, आत्म-सम्मान आंदोलन ने कभी भी वीडियो गेम उद्योग में पकड़ नहीं बनाई, शायद इसलिए कि बच्चे उन खेलों से बहुत ऊब गए होंगे, जो उन्हें यह बताकर शुरू हुए थे कि वे कितने महान खिलाड़ी हैं। इसके बजाय, बच्चों ने ऐसे खेलों को प्राथमिकता दी है जिनमें वे नीच ''नोब्स'' (जैसे कि नौसिखियों) के रूप में शुरुआत करते हैं जिन्हें अपनी उपलब्धियों के माध्यम से सम्मान अर्जित करना होता है। कौशल हासिल करने में वे बार-बार असफल होते हैं। एक सामान्य किशोर ने हज़ारों डिजिटल मौतों और आभासी असफलताओं को सहन किया होगा, फिर भी किसी तरह वह प्रयास जारी रखने के लिए पर्याप्त आत्म-सम्मान बनाए रखता है। जबकि माता-पिता और शिक्षक हर किसी को ट्रॉफ़ी मिले के दर्शन को बढ़ावा दे रहे हैं, बच्चे अधिक मांग वाले मानकों वाले खेलों की तलाश कर रहे हैं। ऑर्क के बाद ऑर्क से लड़ने के लिए खिलाड़ियों को एकाग्रता की आवश्यकता होती है; उन्हें आभासी सोने के खनन के लिए धैर्य की आवश्यकता है; नई तलवार या हेलमेट के लिए बचत करने के लिए उन्हें मितव्ययिता की आवश्यकता होती है।

बच्चों पर गेम के वर्चस्व वाली बात पर अफ़सोस जताने के बजाए, हमें उन तकनीकों का लाभ उठाना चाहिए जो गेम डिज़ाइनर ने विकसित किए हैं। उन्होंने आत्म-नियंत्रण के मौलिक चरणों को परिभाषित किया है : स्पष्ट और प्राप्त करने योग्य लक्ष्यों को तय करना, तत्काल प्रतिक्रिया देना, और लोगों को अभ्यास और सुधार जारी रखने के लिए पर्याप्त प्रोत्साहन देना। यह देखने के बाद कि लोग खेलों में कितनी कड़ी मेहनत करते हैं, कुछ अग्रणी स्कूलों और कार्यस्थलों और डिजिटल सहयोग के लिए इन तकनीकों (जैसे ''खोज'' स्थापित करना और लोगों को ''स्तर ऊपर उठाने की अनुमति देना) को अपनाकर जीवन का ''गेमीकरण'' कर रहे हैं। वीडियो गेम पुराने जमाने के गुणों को नया ग्लैमर देते हैं। सफलता सशर्त है - लेकिन जब तक आप अनुशासित हैं, इसके लिए बार-बार प्रयास करते हैं, तब तक यह आपकी पहुँच में है।

10

डाइटिंग का अचूक चक्रवात

मेरे साथी नागरिकों, पेट के साथ बहस करना कठिन मामला है,
क्योंकि उसके कान नहीं होते।
– प्लूटार्क

मैंने इसे दोबारा कैसे होने दिया?
– ओपरा विनफ्रे

अमीर देशों में समतल पेट यानी कि फ़्लैट ऐब्स से अधिक सार्वभौमिक इच्छा दूसरी कुछ नहीं है। हम जितना अधिक पैसा कमाते हैं, और जितना अधिक हम इसे डाइट उद्योग को देते हैं, यह विचार उतना ही अधिक असंभव प्रतीत होता है। साल दर साल, बार-बार वज़न कम करने के तोड़ दिए गए संकल्प के बाद भी नए साल में लिए गए संकल्पों में सबसे वज़न कम करने का संकल्प ही सबसे अधिक लोकप्रिय है। लंबे समय में, संतुलित आहार लेने वाले यानी डाइटर असफल हो जाते हैं। इसलिए, हम आपको हमेशा के लिए दुबले-पतले शरीर की गारंटी नहीं देने जा रहे हैं। लेकिन हम बता सकते हैं कि वज़न कम करने में कौन सी तकनीक मददगार हो सकती हैं, और हम एक अच्छी ख़बर से इसकी शुरुआत करेंगे। यदि आप अपने वज़न को नियंत्रित रखने को लेकर गंभीर हैं, तब आपको नीचे लिखे तीन नियमों के पालन के लिए अनुशासित होने की आवश्यकता है :

1. कभी भी डायट पर न जाएं करें
2. चॉकलेट या किसी भी प्रकार के भोजन का सेवन बंद ना करें

3. चाहे आप स्वयं का मूल्यांकन कर रहे हों या दूसरों का मूल्यांकन कर रहे हों, अधिक वज़न को कभी भी कमज़ोर संकल्पशक्ति के साथ नहीं जोड़ें।

हो सकता है कि आपने इस साल दस पाउंड वज़न कम करने का अपना संकल्प नहीं लिया हो, लेकिन इसका मतलब यह नहीं है कि आपको डाइट करना चाहिए या मिठाई खाना छोड़ देना चाहिए। और आपको निश्चित रूप से अन्य उपलब्धि हासिल करने की अपनी क्षमता पर विश्वास नहीं खोना चाहिए, क्योंकि अधिक वज़न होना कमज़ोर संकल्पशक्ति का स्पष्ट संकेत नहीं है, भले ही ज़्यादातर लोग ऐसा सोचते हों। कुछ आधुनिक अमेरिकियों से पूछें कि वे आत्म-नियंत्रण का उपयोग किस लिए करते हैं, और आहार-विहार संभवतः पहला उत्तर होगा। अधिकांश विशेषज्ञ दशकों से यही धारणा बनाए हुए हैं। पेशेवर सम्मेलनों और वैज्ञानिक जर्नल लेखों में, जब शोधकर्ताओं को आत्म-नियंत्रण की कुछ समस्या को स्पष्ट करने के लिए एक उदाहरण देना होता है, तो वे किसी भी अन्य प्रकार के उदाहरण की तुलना में ज़्यादा बार उदाहरण देने से परहेज़ करते हैं।

हाल ही में, हालाँकि, शोधकर्ताओं ने पाया है कि आत्म-नियंत्रण और वज़न घटाने के बीच का संबंध हर किसी के विचार से बहुत कम प्रत्यक्ष है। उन्होंने कुछ ऐसा खोजा है जिसे हम दुनिया के सबसे प्रसिद्ध डाइटर के सम्मान में ओपरा पैराडॉक्स कहेंगे। अपने करियर की शुरुआत में, जब वह एक न्यूजकास्टर के रूप में काम कर रही थीं, ओपरा विन्फ्रे का वज़न 125 से 140 पाउंड तक बढ़ गया था, इसलिए वह एक आहार डॉक्टर के पास गईं और उन्हें प्रतिदिन बारह सौ कैलोरी वाली योजना के अंतर्गत रखा गया। उन्होंने इसका पालन किया, और पहले सप्ताह में 7 पाउंड वज़न कम किया और एक महीने के भीतर वापस 125 पाउंड पर आ गईं। लेकिन फिर उनका वज़न धीरे-धीरे वापस बढ़ गया। जब उनका वज़न 212 पाउंड हो गया, तो उन्होंने चार महीने के लिए ठोस भोजन छोड़ दिया, तरल आहार की खुराक पर निर्भर रहीं, और वापस 145 पाउंड पर आ गईं। लेकिन कुछ ही वर्षों में उसका वज़न पहले से कहीं ज़्यादा 237 पाउंड हो गया और उनका जर्नल वज़न कम करने के लिए प्रार्थनाओं से भरा रहता था। जब उन्हें एमी पुरस्कार के लिए नामांकित किया गया, तो उन्होंने अपने प्रतिद्वंद्वी टॉक-शो होस्ट फ़िल डोनह्यू के जीत की प्रार्थना की। इस तरह, जैसा कि उसे बाद में याद आया, ''मुझे अपनी सीट से अपना मोटा बट घुमाकर और गलियारे से नीचे मंच तक चलकर खुद को शर्मिंदा नहीं करना पड़ेगा।'' जब वह एक निजी प्रशिक्षक बॉब ग्रीन से मिली तो लगभग उनकी सारी उम्मीद समाप्त हो चुकी थी, जिसके बाद उन दोनों ने एक-दूसरे का जीवन बदल दिया।

वह विन्फ्रे के साथ उपयोग किए जाने वाले प्रशिक्षण नियमों और व्यंजनों के सबसे ज़्यादा बिकने वाले लेखक बन गए, और बेस्ट लाइफ़ फूड की अपनी श्रंखला बेचनी शुरू कर दी। ग्रीन और अपनी निजी शेफ़ (जिन्होंने अपनी बेस्टसेलर किताब लिखी), और पोषण विशेषज्ञ, डॉक्टरों और अपने शो में आने वाले अन्य विशेषज्ञों के मार्गदर्शन में, विनफ्रे ने अपने खानपान को, अपने व्यायाम को और जीने के तरीक़े को पूरी तरह से बदल दिया। उन्होंने अपने हर समय के भोजन के लिए एक साप्ताहिक कैलेंडर बना लिया, उसमें विशेष रूप से यह दर्ज था कि वह टूना कब खाएँगी, सामन मछली कब खाएँगी और किस समय उन्हें सलाद का सेवन करना है। उनके सहायकों ने भोजन और वर्कआउट के आधार पर उनका शेड्यूल बनाया। उन्हें आध्यात्मिक लेखिका मैरिएन विलियमसन जैसे दोस्तों से भावनात्मक सलाह मिली, जिन्होंने उनके साथ वज़न और प्यार के बीच के रिश्ते पर चर्चा की।

परिणाम 2005 में विन्फ्रे की पत्रिका के कवर पर प्रदर्शित किया गया था: एक चमकदार, चिकनी महिला जिसका वज़न 160 पाउंड था। (ध्यान दें, हालाँकि, इस जीत ने अभी भी उसे अपने पहले आहार की शुरुआत में उसके वज़न से 20 पाउंड अधिक रखा है।) विन्फ्रे की सफलता की कहानी उसके प्रशंसकों और एमोरी विश्वविद्यालय के मानवविज्ञानी, जॉर्ज आर्मेलगोस दोनों के लिए एक प्रेरणा थी। उन्होंने इसका उपयोग एक ऐतिहासिक बदलाव को दर्शाने के लिए किया, जिसे उन्होंने किंग हेनरी VIII और ओपरा विन्फ्रे इफ़ेक्ट का नाम दिया। उनके आहार के लिए सैकड़ों किसानों, बागवानों, मछुआरों, शिकारियों, कसाइयों, रसोइयों और अन्य नौकरों के संसाधनों और श्रम की आवश्यकता होती थी। लेकिन आज आम लोग भी राजा हेनरी VIII जितने मोटे हो सकते हैं – वास्तव में, ग़रीब लोग शासक वर्ग की तुलना में अधिक मोटे होते हैं। पतलापन एक स्टेटस सिंबल बन गया है क्योंकि आम लोगों के लिए इसे हासिल करना बहुत मुश्किल है, जब तक कि वे आनुवंशिक रूप से भाग्यशाली ना हों। पतले बने रहने के लिए, ओपरा विन्फ्रे की तरह संसाधनों और आपकी सेवा में लगे लोगों के एक नए समूह की आवश्यकता होती है : व्यक्तिगत प्रशिक्षक, शेफ़, पोषण विशेषज्ञ, परामर्शदाता, मिश्रित सहायक।

फिर भी उस साम्राज्य की भी कोई गारंटी नहीं है, जैसा कि *ओपरा* के दर्शकों ने नोटिस करना शुरू कर दिया था, और जैसा कि विन्फ्रे ने जश्न मनाने वाले कवर के चार साल बाद एक ताज़ा स्पष्ट लेख में खुद स्वीकार किया था। इस बार उनकी पत्रिका के कवर पर उनकी वर्तमान 200 पाउंड की तसवीर के बगल में उनकी 160 पाउंड की पुरानी तसवीर दिखाई गई। विन्फ्रे ने पाठकों से कहा, ''मैं अपने आप पर बहुत क्रोधित हूँ। मैं शर्मिंदा हूँ। मुझे विश्वास नहीं हो रहा है कि इतने वर्षों बाद,

सभी चीज़ों के करने के तरीक़ों की जानकारी रखने के बाद, मैं आज भी अपने वज़न के बारे में बात कर रही हूँ। मैं अपने पतले स्वरूप को देखती हूँ और सोचती हूँ, 'मैंने इसे दोबारा कैसे होने दिया?''' उन्होंने इसे अत्यधिक काम और चिकित्सा समस्याओं के संयोजन के रूप में समझाया, जो दोनों उनकी संकल्प शक्ति को कम कर सकते थे, लेकिन फिर भी, ओपरा विन्फ्रे स्पष्ट रूप से आत्म-अनुशासन वाली व्यक्ति थीं। आत्मसंयम के बिना वह अपना शेष जीवन इतनी सफलतापूर्वक नहीं जी सकती थी। उनके पास असाधारण व्यक्तिगत संकल्पशक्ति थी, दुनिया की बेहतरीन पेशेवर सलाह तक पहुँच थी, समर्पित मॉनिटरों का एक कैडर था, साथ ही वज़न बढ़ने के किसी भी संकेत को देखने के लिए हर दिन लाखों लोगों के सामने आने का बाहरी दबाव था। फिर भी अपनी सारी ताक़त, प्रेरणा और संसाधनों के बावजूद, वह अपना वज़न कम नहीं कर सकी।

इसे हम ओपरा विरोधाभास कहते हैं : यहाँ तक कि उत्कृष्ट आत्म-नियंत्रण वाले लोगों को भी अपने वज़न को लगातार नियंत्रित करने में कठिनाई हो सकती है। वे अपनी संकल्पशक्ति का उपयोग कई तरीक़ों से कर सकते हैं - स्कूल और काम पर, व्यक्तिगत रिश्तों में, अपने आंतरिक भावनात्मक जीवन में - लेकिन वे दुबले रहने में अन्य लोगों की तुलना में अधिक सफल नहीं होते हैं। जब बॉमाइस्टर और उनके सहयोगियों ने नीदरलैंड में उच्च आत्म-नियंत्रण वाले लोगों के दर्जनों अध्ययनों का विश्लेषण किया, तो उन्होंने पाया कि इन आत्म-अनुशासित लोगों ने अपने वज़न को नियंत्रित करने में औसत से थोड़ा बेहतर प्रदर्शन किया, लेकिन अंतर उतना चिह्नित नहीं था जितना कि उनके जीवन के अन्य क्षेत्र देखा जा सकता था। यह पैटर्न वजन घटाने के कार्यक्रम में अधिक वज़न वाले कॉलेज के छात्रों के बीच स्पष्ट रूप से दिखाई दिया, जिनका अध्ययन बॉमाइस्टर ने जॉयस एर्लिंगर, विल क्रेसिओनी और फ़्लोरिडा स्टेट यूनिवर्सिटी के सहयोगियों के साथ किया था। कार्यक्रम की शुरुआत में, जिन छात्रों ने आत्म-नियंत्रण के व्यक्तित्व परीक्षणों में उच्च अंक प्राप्त किए थे, उन्हें थोड़ा फ़ायदा हुआ था - उन्होंने कम आत्म-नियंत्रण वाले लोगों की तुलना में थोड़ा कम वज़न और बेहतर व्यायाम की आदतें रखनी शुरू कर दी थीं- और बारह-सप्ताह की अवधि वाले कार्यक्रम के दौरान उन्हें उसका लाभ भी प्राप्त होने लगा था, क्योंकि वे सीमित और सख़्त खानपान और व्यायाम के समय में वृद्धि के नियमों का पालन करने में बेहतर थे। लेकिन हालाँकि उनके आत्म-अनुशासन ने उन्हें अपने वज़न को नियंत्रित करने में मदद की, लेकिन इससे अध्ययन के पहले या उसके दौरान कोई बड़ा फ़र्क़ नहीं पड़ा। उच्च आत्म-नियंत्रण निम्न आत्म-नियंत्रण से बेहतर था, लेकिन बहुत अधिक नहीं।

और यदि शोधकर्ताओं ने वज़न घटाने का कार्यक्रम समाप्त होने के बाद छात्रों पर नज़र रखी होती, तो इसमें कोई संदेह नहीं कि उनमें से कई ने तुरंत अपना वज़न वापस बढ़ा लिया होता, जैसा कि ओपरा विन्फ्रे और कई अन्य डाइटर्स ने किया है। उनका आत्म-नियंत्रण उन्हें व्यायाम की दिनचर्या बनाए रखने में मदद करने में उपयोगी होता, लेकिन वज़न घटाने की गारंटी के लिए व्यायाम करना पर्याप्त नहीं है। भले ही यह तर्कसंगत लगता है कि अधिक कैलोरी जलाने से वज़न से छुटकारा मिल जाएगा, लेकिन शोधकर्ताओं ने पाया है कि शरीर अधिक भोजन की लालसा करके प्रतिक्रिया करता है, इसलिए ज़रूरी नहीं कि व्यायाम बढ़ाने से लंबे समय तक वज़न कम हो। (लेकिन कई अन्य कारणों से यह अभी भी सार्थक है।) चाहे आपके पास अच्छा आत्म-नियंत्रण है या नहीं, आप व्यायाम करते हैं या नहीं, यदि आप आहार का मार्ग अपनाते हैं, तो संभावना यह है कि आप स्थायी रूप से अपना वज़न कम नहीं करेंगे।

एक कारण बुनियादी जीवविज्ञान है। जब आप अपने इन-बॉक्स में जाने या रिपोर्ट लिखने या जॉगिंग करने के लिए आत्म-नियंत्रण का उपयोग करते हैं, तो आपका शरीर आंतरिक रूप से प्रतिक्रिया नहीं करता है। टेलिविज़न देखने के बजाय बिलों का भुगतान करने के आपके निर्णय से कोई शारीरिक ख़तरा नहीं है। इससे कोई फ़र्क़ नहीं पड़ता कि आप रिपोर्ट लिख रहे हैं या वेब सर्फ़िंग कर रहे हैं। जब आप बहुत ज़ोरदार व्यायाम करते हैं तो शरीर आपको दर्द के संकेत भेज सकता है, लेकिन यह जॉगिंग को अस्तित्व के लिए ख़तरा नहीं मानता है। डाइटिंग अलग है। जैसा कि युवा ओपरा विन्फ्रे ने खोज निकाला था कि, शरीर एक या दो बार डायटिंग वाले मार्ग पर आपका साथ देगा – लेकिन फिर यह वापस लड़ना शुरू कर देता है। जब प्रयोगशालाओं के मोटे चूहों को पहली बार नियंत्रित आहार पर रखा जाता है, तो उनका वजन कम हो जाता है। लेकिन अगर उन्हें फिर से स्वतंत्र रूप से खाने की अनुमति दी जाती है, तो वे धीरे-धीरे मोटे होने लगते हैं, और यदि उन्हें दूसरी बार नियंत्रित आहार पर रखा जाता है तो इस बार वज़न कम करने में उन्हें अधिक समय लगेगा। फिर, जब वे एक बार फिर से आहार बंद कर देते हैं, तो उनका वज़न पिछली बार की तुलना में अधिक तेज़ी से वापस आ जाता है। तीसरी या चौथी बार जब वे इस तेज़ी-मंदी के चक्र से गुज़रते हैं, तो डाइटिंग काम करना बंद कर देती है; भले ही वे कम कैलोरी का उपभोग कर रहे हों, अतिरिक्त वज़न बना रहता है।

विकास ने उन लोगों का पक्ष लिया जो अकाल से बच सकते थे, इसलिए एक बार जब शरीर पर्याप्त भोजन ना मिलने के अनुभव से गुजरता है, तो वह अपने पास मौजूद सभी वज़न को बनाए रखने के लिए संघर्ष करके प्रतिक्रिया करता है। जब आप नियंत्रित आहार पर जाते हैं, तो आपका शरीर मान लेता है कि अकाल

है और वह प्रत्येक वसा कोशिका को जकड़ लेता है। आहार में भारी बदलाव के माध्यम से वज़न कम करने की क्षमता को एक बहुमूल्य, एक बार की क्षमता के रूप में संरक्षित किया जाना चाहिए। शायद आपको जीवन में देर से इसकी आवश्यकता होगी, जब आपका स्वास्थ्य या आपका अस्तित्व वज़न कम करने में सक्षम होने पर निर्भर करेगा।

वज़न कम करने की तरफ़ वापस लौटने के बजाय, आपके लिए यह बेहतर होगा कि आप अपने आत्म-नियंत्रण का प्रयोग धीरे-धीरे लाने वाले ऐसे बदलावों के लिए करें जिससे दीर्घकालिक प्रभाव निकल कर आईं और आपको अपनी रणनीतियों को लेकर विशेष रूप से सावधान रहना होगा। आपको आत्म-नियंत्रण प्रक्रिया के हर चरण में विशेष रूप से शक्तिशाली चुनौतियों का सामना करना पड़ता है - लक्ष्य निर्धारित करने से लेकर स्वयं की निगरानी करने से लेकर अपनी संकल्पशक्ति को मजबूत करने तक। जब वे आपके सामने मिठाइयाँ लेकर आते हैं, तो आपका सामना किसी सामान्य चुनौती से नहीं होता है। यह बिलकुल तूफ़ान की तरह है।

आत्म-नियंत्रण में पहला क़दम यथार्थवादी लक्ष्य स्थापित करना है। वज़न कम करने के लिए, आप आईने में देख सकते हैं, अपना वज़न माप सकते हैं, और फिर अपने शरीर को सुडौल करने के लिए समझदारी भरी एक योजना बना सकते हैं। आप ऐसा कर सकते हैं, लेकिन बहुत कम लोग ऐसा करते हैं। लोगों के लक्ष्य इतने अवास्तविक हैं कि एक अंग्रेज़ी सट्टेबाज, विलियम हिल एजेंसी, वज़न कम करने की योजना बनाने वाले किसी भी व्यक्ति के ख़िलाफ़ दाँव लगाने की स्थायी पेशकश करती है। सट्टेबाज, जो 50 से 1 तक का ऑड्स प्रदान करता है, सट्टेबाज, सट्टा लगाने वालों को इसके लिए अपना लक्ष्य निर्धारित करने देता है कि कितने समय में कितना वज़न कम करना है। सट्टा लगाने वाले किसी भी व्यक्ति को यह पागलपन जैसा लगता है कि वह सट्टेबाजों को ना केवल दाँव की शर्तें निर्धारित करने देता है, बल्कि उसके परिणाम को भी नियंत्रित करने देता है - यह एक धावक को अपने द्वारा निर्धारित लक्ष्य समय को जीतने के लिए दाँव लगाने देने जैसा है। फिर भी इन फ़ायदों के बावजूद, सात हज़ार डॉलर से अधिक का भुगतान एकत्र करने के प्रोत्साहन के बावजूद, 80 प्रतिशत मामलों में सट्टा लगाने वालों को नुक़सान ही होता है।

विशेष रूप से दाँव लगाने वालों में महिलाओं के हारने की संभावना अधिक होती है, जो इतनी सारी महिलाओं द्वारा निर्धारित अवास्तविक लक्ष्यों को देखते हुए आश्चर्य की बात नहीं है। वे आईना देखती हैं और एक असंभव सा सपना सँजो लेती हैं : एक ''सुडौल'' शरीर, जैसा कि उन शोधकर्ताओं को पता है, जो उन

इच्छाओं पर अपना सिर खपाते हैं। मानक 36-24-36 का आदर्श शरीर जिसका अर्थ है एक ऐसा व्यक्ति जिसके कूल्हों का आकर 4, कमर का आकार 2, और कमर के निचले हिस्से का आकार 10 है – कोई ऐसा जो कम वसा वाले शरीर में सुडौल स्तनों वाला हो, जो कि या तो आनुवंशिक विसंगति या प्लास्टिक सर्जरी का उत्पाद हो सकता है।

इसे आदर्श मानकर, इसमें कोई आश्चर्य नहीं कि इतने सारे लोग असंभव लक्ष्य निर्धारित करते हैं। जब आप आईने में जो देखते हैं, उससे घृणा करते हैं, तो आपको क्रैश डाइट शुरू करने के बजाय आत्म-नियंत्रण की आवश्यकता होती है। आपको स्वयं को याद दिलाने की आवश्यकता है कि आहार आम तौर पर शुरुआत में काम करता है, लेकिन लंबे समय में बुरी तरह विफल हो जाता है। इसका कारण समझने के लिए, आइए प्रयोगशाला में मिल्कशेक के सेवन के बाद देखी गई एक अजीब घटना को देखते हैं।

व्हाट-द-हेल-प्रभाव

कुछ लोग ऐसे प्रयोगशाला में पहुँचे जिसे शोधकर्ता 'भोजन से वंचित अवस्था' कहते हैं, जिसे आम भाषा में 'भूख' कहा जाता है। उन लोगों ने कई घंटों से कुछ नहीं खाया था। भूख को थोड़ा शांत करने के लिए कुछ लोगों को मिल्शेक की एक बोतल दी गई थी; वहीं कुछ लोगों ने पर्याप्त कैलोरी वाले मिल्कशेक की दो बोतलें पीकर ख़ाली कीं जिससे एक सामान्य इंसान का पेट भर जाएगा। उसके बाद दोनों समूह का लोगों ने उन लोगों के साथ भोजन का स्वाद जाँचने का परीक्षण किया जिन्होंने बिलकुल भी मिल्शेक नहीं पिया था।

वह एक चाल थी। यदि परीक्षण में भाग लेने वाले प्रतिभागियों को पता है कि उनके भोजन सेवन की निगरानी अधिक खाने का अध्ययन करने वाले किसी व्यक्ति द्वारा की जा रही है, तो वे अचानक अपनी भूख खो देते हैं और सदाचार संयम बरतने लग जाते हैं। इसलिए शोधकर्ताओं ने, अलग-अलग स्नैक्स के स्वाद के बारे में केवल अपनी राय रखने का नाटक करते हुए, प्रत्येक को एक निजी कक्ष में क्रैकर और कुकीज़ के कई कटोरे और एक रेटिंग फ़ॉर्म के साथ बैठाया। अपनी रेटिंग दर्ज करते ही वे प्रत्येक कटोरे से जितनी चाहें उतनी खा सकते थे – और यदि उन्होंने सब कुछ खाकर समाप्त कर दिया, तो वे हमेशा खुद को बता सकते थे कि वे केवल क्रैकर और कुकीज़ की रेटिंग का एक अच्छा, संपूर्ण काम करने की कोशिश कर रहे थे। उन्हें इस बात का एहसास नहीं था कि रेटिंग से कोई फ़र्क़ नहीं पड़ता, और शोधकर्ताओं की दिलचस्पी सिर्फ़ इस बात में थी कि उन्होंने कितनी कुकीज़

और क्रैकर खाए, मिल्कशेक ने उन पर क्या प्रभाव डाला, और समूह में डाइटिंग करने वालों की तुलना उन लोगों से कैसे की गई जो नहीं थे, आहार नियंत्रण पर।

आहार नहीं लेने वालों ने पर्याप्त रूप से पूर्वानुमानित प्रतिक्रिया व्यक्त की। जिन लोगों ने अभी-अभी दो बड़े मिल्कशेक पिये थे, उन्होंने क्रैकर को थोड़ा सा कुतरकर तुरंत अपनी रेटिंग भर दी। जिन लोगों ने एक मामूली मिल्क-शेक पिया था, उन्होंने अधिक क्रैकर खाए। और जो लोग घंटों तक कुछ नहीं खाने के बाद भी भूखे थे, वे कुकीज़ और क्रैकर का बेहतर हिस्सा चट करने लगे। स्थिति बिलकुल स्पष्ट है।

लेकिन आहार-नियंत्रण पर जी रहे लोगों ने बिलकुल विपरीत पैटर्न दिखाए। दो बड़े-बड़े मिल्कशेक पीने वाले लोगों ने वास्तव में उन लोगों की तुलना में अधिक कुकीज़ और क्रैकर खाए जिन्होंने घंटों से कुछ नहीं खाया था। परिणाम को देखकर पीटर हरमन के नेतृत्व में काम करने वाले सभी शोधकर्ता आश्चर्यचकित थे। अविश्वसनीय रूप से, उन्होंने इसी तरह के परिणामों के साथ आगे के प्रयोग किए, जब तक कि उन्होंने आख़िरकार यह देखना शुरू नहीं कर दिया कि खाने में आत्म-नियंत्रण उन लोगों में भी क्यों विफल हो सकता है, जो सावधानी से खुद को नियंत्रित कर रहे हैं।

शोधकर्ताओं ने इसे एक औपचारिक वैज्ञानिक शब्द दिया, *प्रति-नियामक भोजन*, लेकिन उनकी प्रयोगशाला में और सहकर्मियों के बीच इसे केवल व्हाट्स-द-हेल प्रभाव के रूप में जाना जाता था। डाइटिंग करने वालों के मन में अपनी अधिकतम दैनिक कैलोरी के लिए एक निश्चित लक्ष्य होता है, और जब वे किसी अप्रत्याशित कारण से इसे पार कर जाते हैं, जैसे कि एक प्रयोग में बड़े मिल्कशेक की दो बोतलें दी जाती हैं, तो वे अपने आहार-नियंत्रण को उस दिन के लिए समाप्त मान लेते हैं। इसलिए उस दिन को मानसिक रूप से विफलता के रूप में वर्गीकृत किया जाता है, भले ही और कुछ भी घटित हो। कल से पहले सदाचार फिर से शुरू नहीं हो सकता। इसलिए वे सोचते हैं कि, *अगर मैं आज का दिन अपनी ख़ुशी के लिए बिता दूँ तो क्या हो जाएगा- और परिणामस्वरूप अकसर उनका वज़न मूल से अधिक हो जाता है।* यह तर्कसंगत नहीं है, लेकिन डाइटिंग करने वालों को इस बात की भी जानकारी नहीं है कि इस तरह की पैटर्न कितना नुक़सान पहुँचा सकता है, जैसा कि हरमन की लंबे समय तक की सहकर्मी जैनेट पॉलिवी द्वारा किए गए बाद के प्रयोग में प्रदर्शित हुआ। एक बार फिर से, आहार-नियंत्रण पर रह रहे भूखे लोगों को और बिना किसी तरह के आहार-नियंत्रण वाले लोगों को प्रयोगशाला में लाया गया, और उनमें से कुछ डाइटर को उनके प्रति दिन की सीमा से अधिक कैलोरी वाला भोजन मुहैया करवाया गया। उसके बाद, पूरे समूह को खाने के लिए

चौकोर आकार के सैंडविच दिए गए। उसके बाद, और अप्रत्याशित रूप से, प्रत्येक से पूछा गया कि उन्होंने चौकोर सैंडविच के कितने टुकड़े खाए।

ज़्यादातर लोगों को इस सवाल का जवाब देने में किसी तरह की समस्या नहीं हुई- अख़िरकार, उन्होंने अभी-अभी खाना खाया था, और वे जानते थे कि उन्होंने कितने सैंडविच उठाए थे। लेकिन एक समूह को इसका ज़रा सा भी अंदाज़ नहीं था। कुछ ने बहुत अधिक अनुमान लगाया, और कुछ ने कम संख्या बताई। परिणाम स्वरूप, वे आहार-नियंत्रण ना करने वालों या आहार-नियंत्रण करने वाले दोनों ही समूहों के लोगों से आगे थे, जो अब भी अपनी दैनिक भोजन सीमा के भीतर ही खड़े थे। जब तक उस दिन की आहार सीमा समाप्त नहीं हो जाती, तब तक वे इस बात पर निगरानी रख रहे थे कि वे क्या खा रहे हैं। लेकिन एक बार जब उन्होंने नियंत्रण खो दिया और व्हाट-दी-हेल प्रभाव का शिकार हो गए, तब उन्होंने माप-तौल बंद कर दी और आहार-नियंत्रण का पालन करने वाले लोगों की अपेक्षा भी इस बात को लेकर कम जागरूक हो गए कि वे क्या खा रहे थे। जैसा कि हम जानते हैं, लक्ष्य निर्धारित करने के बाद आत्म-नियंत्रण में निगरानी अगला क़दम है, लेकिन डाइटिंग करने वाले ऐसा कैसे कर सकते हैं, यदि वे जो खाते हैं उस पर नज़र रखना बंद कर दें? एक संभावित विकल्प यह होगा कि शरीर के संकेतों पर ध्यान दिया जाए कि उसके पास पर्याप्त भोजन है। लेकिन डाइटिंग करने वालों के लिए, यह एक और खोने की रणनीति साबित होती है।

डाइटर्स कैच-22

मनुष्य सही मात्रा में खाने के जन्मजात गुण के साथ पैदा होता है। जब एक शिशु के शरीर को भोजन की आवश्यकता होती है, तो वह भूख की पीड़ा के माध्यम से एक संकेत भेजता है। जब शरीर को पर्याप्त भोजन मिल जाता है, तो शिशु और कुछ नहीं खाना चाहता। दुर्भाग्यवश, जब बच्चे स्कूल में प्रवेश करते हैं, तब तक वे इस क्षमता को खोना शुरू कर देते हैं, और बाद में जीवन में कुछ लोगों के लिए यह कम होती रहती है - अक्सर उन लोगों के लिए जिन्हें इसकी सबसे अधिक आवश्यकता होती है। ऐसा क्यों होता है यह दशकों से वैज्ञानिकों को उलझन में डाल रहा है, जिसकी शुरुआत 1960 के दशक में कुछ शोध से हुई जिसने खाने के अध्ययन में क्रांति ला दी।

एक प्रयोग में, शोधकर्ताओं ने एक कमरे की दीवार पर एक घड़ी लगाई जहाँ लोग दोपहर के दौरान प्रश्नावली भरते समय नाश्ता कर सकते थे। जब घड़ी तेज़ी से चलती थी, तो मोटे लोग दूसरों की तुलना में अधिक खाते थे, क्योंकि घड़ी उन्हें

संकेत देती थी कि रात के खाने का समय क़रीब आ रहा होगा और इसलिए वे भूखे होंगे। अपने शरीर के आंतरिक संकेतों पर ध्यान देने के बजाय, उन्होंने घड़ी के बाहरी संकेतों के अनुसार खाना खाया। एक अन्य अध्ययन में, शोधकर्ताओं ने विभिन्न प्रकार के स्नैक्स पेश किए, कभी-कभी छिलके वाली मूँगफली और कभी-कभी साबुत मूँगफली दी गई। इससे सामान्य वज़न वाले लोगों को कोई फ़र्क़ नहीं पड़ा, जिन्होंने दोनों ही तरीक़ों से लगभग समान संख्या में मेवे खाए। लेकिन मोटे लोगों को जब छिलके वाली मूँगफलियाँ दी गईं तो उन्होंने कहीं अधिक मात्रा में खा लिया, जिससे ज़ाहिर तौर पर एक मजबूत संदेश गया कि आओ और पाओ। एक बार फिर, मोटे लोगों ने बाहरी संकेतों पर अधिक दृढ़ता से प्रतिक्रिया दी, और शोधकर्ताओं ने शुरू में ही इस बात का अनुमान लगा लिया कि यह उनकी समस्या का कारण था: वे मोटे हो गए क्योंकि उन्होंने अपने शरीर के भरे होने के आंतरिक संकेतों को नजरअंदाज़ कर दिया।

यह एक उचित सिद्धांत था, लेकिन अंततः शोधकर्ताओं को एहसास हुआ कि वे कारण और प्रभाव को भ्रमित कर रहे थे। हाँ, मोटे लोगों ने अपने आंतरिक संकेतों को नज़रअंदाज़ कर दिया, लेकिन इसीलिए वे मोटे नहीं हुए। इसने दूसरे तरीक़े से काम किया : उनके मोटापे ने उन्हें आहार नियंत्रण यानी कि डाइट पर जाने की संभावना बना दी, और उनके आहार ने उन्हें आंतरिक संकेतों के बजाय बाहरी संकेतों पर भरोसा करने के लिए प्रेरित किया। बाहरी नियमों को थोपने वाली योजना के अलावा आहार क्या है? डाइटिंग करने वाले एक योजना के अनुसार खाना सीखते हैं, ना कि अपनी आंतरिक भावनाओं और लालसाओं के अनुसार। डाइटिंग का मतलब है बहुत समय तक भूखा रहना (भले ही डाइट के विपणक हमेशा कुछ और ही वादा करते हों)।

अधिक सटीक रूप से, डाइटिंग का अर्थ है भूख लगने पर खाना नहीं खाना सीखना, अधिमानतः भूख की भावनाओं को नज़रअंदाज़ करना सीखना। आप मुख्य रूप से खाना शुरू करने के संकेत को ट्यून करने की कोशिश करते हैं, लेकिन शुरुआत और रुकने के संकेत आपस में जुड़े हुए होते हैं, इसलिए आप आम तौर पर खाना बंद करने के संकेत से भी संपर्क खो देते हैं, ख़ासकर अगर आहार आपको बताता है कि वास्तव में कितना खाना है। आप नियमों के अनुसार खाते हैं, जो तब तक ठीक रहता है जब तक आप उनका पालन करते हैं। लेकिन एक बार जब आप नियमों से भटक जाते हैं, जैसा कि लगभग हर कोई करता है, तो आपके पास मार्गदर्शन करने के लिए कुछ भी नहीं बचता है। इसीलिए, मिल्कशेक की कुछ बड़ी बोतलें पीकर ख़त्म करने के बाद भी, डाइट पर रहने वाले और मोटे लोग अपने भोजन की मात्रा बढ़ाते रहते हैं। मिल्कशेक से उनका पेट भर जाता है, लेकिन उन्हें

अब भी अपना पेट भरा हुआ नहीं लगता। उनके पास केवल एक उज्ज्वल रेखा है, और एक बार उस रेखा को पार कर जाने की स्थिति में उनके लिए अब किसी तरह की सीमा नहीं रह जाती है।

अब, आप बहस कर सकते हैं कि उन प्रयोगों की वास्तविक सीख यह है कि आहार-नियंत्रण पर रहने वाले लोगों को ऐसे प्रयोगों में भाग नहीं लेना चाहिए जिसमें मिल्क-शेक शामिल हो। अगर वे प्रयोगशाला में नहीं जाते और उच्च कैलोरी वाला भोजन नहीं खाते, तब वे अपने उस उज्जवल रेखा को पार करने से बच जाते और अपना दैनिक आहार सीमा भी नहीं तोड़ते। इसलिए आहार-नियंत्रण करने वाले लोग पूरे समय अपने नियमों का पालन कर सकें तो वे अपनी दैनिक सीमा से कभी बाहर नहीं निकलेंगे, और फिर वे कभी भी व्हाट-द-हेल प्रभाव के चंगुल में फँसेंगे। निश्चित ही, उन्हें भूख महसूस होगी, लेकिन जब तक उनके पास नियमों के पालन की संकल्पशक्ति होगी, तब तक वे अंतहीन रूप से खाते रहने की ग़लती नहीं करेंगे।

इनमें से सभी का एक निश्चित अर्थ है, लेकिन केवल तब तक जब तक आप वास्तव में फ़िल्मों, आइसक्रीम और एम ऐंड एम के साथ उन डाइटर्स की संकल्पशक्ति का परीक्षण करना शुरू नहीं करते हैं, जैसा कि कैथलीन वोह्स और टोड हीथरटन ने प्रयोगों की एक श्रंखला में किया था। मनोवैज्ञानिकों ने युवा महिलाओं को भर्ती किया, जो सभी क्रोनिक डाइटर्स थीं, और उन्हें एक क्लासिक टियरजर्कर दिखाया, *टर्म्स ऑफ़ एंडियरमेंट* में वह दृश्य जिसमें युवा माँ, जो कैंसर से मर रही है, अपने दो छोटे बेटों, अपने पति और अपनी माँ से अलविदा कहती है। आधे आहारकर्ताओं को निर्देश दिया गया कि वे अपनी भावनात्मक प्रतिक्रियाओं को आंतरिक और बाह्य दोनों तरह से दबाने की कोशिश करें। बाक़ी आधे लोगों से कहा गया कि वे अपनी भावनाओं और आँसुओं को स्वाभाविक रूप से बहने दें। बाद में, सभी डाइटर्स ने अपने मूड के बारे में प्रश्नावली भरी, और प्रत्येक को व्यक्तिगत रूप से एक अलग कमरे में ले जाया गया, जो स्पष्ट रूप से एक असंबंधित कार्य था : विभिन्न प्रकार की आइसक्रीम की रेटिंग करना। प्रत्येक आहारकर्ता को आइसक्रीम कई बड़े और केवल आंशिक रूप से भरे टबों में प्रस्तुत की गई, जिससे यह धारणा बनी कि प्रयोगकर्ताओं को पता नहीं चलेगा कि इसमें कितनी थी और प्रत्येक महिला ने आइसक्रीम की कितनी मात्रा खाई।

लेकिन, बेशक, आइसक्रीम को सावधानीपूर्वक तौला गया, और बाद में भी उनका वज़न लिया गया। शोधकर्ताओं ने पाया कि महिलाओं की मानसिक अवस्था और उनके खाने में किसी तरह का कोई संबंध नहीं था : सिनेमा के बाद दुखी महिलाओं ने अपने दुख को शांत करने के लिए अधिक मात्रा में आइसक्रीम

नहीं खाई थी। उनके लिए उनके मूड से ज़्यादा उनका संकल्प महत्त्वपूर्ण था। जिन डायटिंग करने वालों ने फ़िल्म के दौरान भावनाओं को दबाया था, उन्हें अपनी भूख को दबाने में बहुत कठिनाई हुई।

अपनी संकल्पशक्ति के क्षीण होने के कारण उन्होंने बहुत अधिक मात्रा में आइसक्रीम खाई- उन महिलाओं की तुलना में आधे से भी ज़्यादा - जिन्हें फ़िल्म के दौरान रोने की छूट थी। बेशक, यह अहंकार की कमी का एक दूसरा प्रदर्शन था। फिर भी, यह दोहराना ज़रूरी है कि खान-पान और परहेज़ उन चीज़ों से प्रभावित हो सकते हैं जिनका उनसे कोई संबंध नहीं है। फ़िल्म देखते समय अपनी भावनाओं को छिपाने की कोशिश करने से आपकी संकल्पशक्ति कम हो जाती है, जिससे बाद में एक अलग, स्पष्ट रूप से असंबंधित संदर्भ में आपके अधिक मात्रा में खाने की संभावना बढ़ जाती है।

डाइट यानी कि आहार-नियंत्रण करने वाली युवा महिलाओं से जुड़े एक अन्य परीक्षण में, प्रत्येक को एम ऐंड एम से भरे कटोरे द्वारा लुभाया गया था, जिसे स्क्रीनिंग रूम में उनके पास रखा गया था, क्योंकि वह एक प्रकृति वृत्तचित्र (बिघोर्न भेड़ के बारे में एक बिना आँसुओं वाला) देख रही थी। कुछ महिलाओं के लिए, कटोरे को उनकी आसान पहुँच के भीतर रखा गया था, इसलिए उन्हें लगातार प्रलोभन का विरोध करना पड़ा। अन्य महिलाओं के लिए, कैंडी का कटोरा कमरे के दूसरी तरफ़ रखा गया था और इसलिए विरोध करना आसान था। बाद में, बिना किसी प्रकार के भोजन वाले एक दूसरे कमरे में, महिलाओं को सुलझाने के लिए कुछ असंभव सी पहेलियाँ दी गई थीं, जो आत्म-नियंत्रण का मानक प्रयोगशाला जाँच थी। आहार-नियंत्रण करने वाली वे महिलाएँ जो एमएम की पहुँच में बैठी थीं, उन्होंने जल्द ही पहेलियों को सुलझाने के काम में हार मान ली, जो यह दर्शाता है कि उनकी संकल्पशक्ति प्रलोभनों का विरोध की कोशिश के कारण कम हो गई चुकी थी। स्पष्ट रूप से, यदि आप एक ऐसे डाइटर हैं जो अपना आत्म-नियंत्रण नहीं खोना चाहता है,तो आपको अपना बहुत सारा समय एमएम से भरे कटोरे के बग़ल में बैठकर बिताना चाहिए। भले ही आप उन स्वाभाविक प्रलोभनों का प्रतिरोध करते हैं, तो आप अपने संकल्पशक्ति को कम कर लेंगे और बाद में दूसरे प्रकार के खाद्य पदार्थों को खाने की प्रवृत्ति बढ़ जाएगी।

लेकिन इस समस्या से बचने का एक और तरीक़ा भी है, जैसा कि युवा महिलाओं और भोजन से जुड़े तीसरे प्रयोग में दिखाया गया है। इस बार वोह्स और हीथरटन ने डाइटिंग करने वालों के अलावा डाइट ना करने वालों का भी परीक्षण किया और एक स्पष्ट अंतर सामने आया। यह पता चला कि आहार नहीं करने वाले लोग संकल्पशक्ति का उपयोग किए बिना स्नैक्स की एक लंबी श्रृंखला - डोरिटोस,

स्किटल्स, एम ऐंड एम, नमकीन मूँगफली – के बगल में बैठ सकते हैं। कुछ ने नाश्ता खाया और कुछ ने नहीं, लेकिन किसी भी तरह, वे खुद को नियंत्रित करने के लिए संघर्ष नहीं कर रहे थे, इसलिए वे अन्य कार्यों के लिए अपेक्षाकृत तरोताज़ा बने रहे। इस बीच, आहार लेने वालों की संकल्पशक्ति धीरे-धीरे ख़त्म हो गई, क्योंकि वे अपने आहार-नियंत्रण को तोड़ने की इच्छा से जूझ रहे थे। वे उसी संघर्ष से गुज़रे, जिसे आप सामाजिक आयोजनों में देखते हैं, जब डाइटिंग करने वालों को मोटापा बढ़ाने वाले भोजन का सामना करना पड़ता है। डाइटिंग करने वाले कुछ समय के लिए विरोध कर सकते हैं, लेकिन प्रतिरोध का प्रत्येक कार्य उनकी संकल्पशक्ति को और कम कर देता है।

फिर, जैसे-जैसे वे कमज़ोर होते जा रहे हैं, उन्हें खाने पर नियंत्रण रखने की एक और विशेष चुनौती का सामना करना पड़ता है। प्रलोभन का विरोध जारी रखने के लिए, उन्हें अपनी खोई हुई संकल्पशक्ति को फिर से भरने की ज़रूरत है। लेकिन उस ऊर्जा को पुनः आपूर्ति करने के लिए, उन्हें शरीर को ग्लूकोज देने की आवश्यकता होती है। वे पोषण संबंधी कैच-22 में फँस गए हैं :

1. ना खाने के लिए डाइट करने वालों को संकल्पशक्ति की ज़रूरत होती है।
2. संकल्पशक्ति के लिए डाइट करने वालों को खाने की ज़रूरत है।

खाना चाहिए या नहीं, इस दुविधा का सामना करते हुए, एक आहार विशेषज्ञ खुद को यह बताने की कोशिश कर सकता है कि सबसे अच्छा विकल्प आहार में थोड़ी ढील देना है। वह तर्क दे सकती है कि थोड़ा भोजन करना सबसे अच्छा है और अपने विवेक को बचाने की कोशिश करने के क्रम में कह सकती है कि : *देखो, मुझे इसे बचाने के लिए ही इसे तोड़ना पड़ा।* लेकिन एक बार जब वह आहार-नियंत्रण से दूर हो जाती है तो हम जानते हैं कि उसे ख़ुद को क्या कहना होगा : *यह सब क्या है। और फिर : चलो फिर से बेतरतीब ढंग से ख़ाना शुरू करते हैं।*

मीठी चीज़ों को खाने से ख़ुद को रोकना विशेष रूप से कठिन हो जाता है, क्योंकि हमने पहले ही देखा है, आत्म-नियंत्रण रक्तप्रवाह में ग्लूकोज़ को कम करता है। अगर आपने कभी भी डायटिंग की है और अपने आप को चॉकलेट या आइसक्रीम के लिए उन तीव्र लालसाओं से छुटकारा पाने में असमर्थ पाया है, तो यह दमित इच्छाओं से कहीं अधिक है जो आपको परेशान करने के लिए वापस आ रही हैं। इसका एक ठोस शारीरिक आधार है। शरीर ''जानता है'' कि उसने आत्म-नियंत्रण का उपयोग करके अपने रक्तप्रवाह में ग्लूकोज को कम कर दिया है, और यह भी पता चलता है कि मीठे स्वाद वाले खाद्य पदार्थ आमतौर पर ऊर्जा से भरपूर

ग्लूकोज प्राप्त करने का सबसे तेज़ तरीक़ा हैं। हाल के प्रयोगशाला अध्ययनों में, कॉलेज के छात्र जिन्होंने आत्म-नियंत्रण कार्य किया, जिनका भोजन या परहेज़ से कोई लेना-देना नहीं था, उन्होंने पाया कि उनमें मीठे खाद्य पदार्थों के प्रति अधिक इच्छाएँ थीं। जब अगले कार्य के दौरान नाश्ता करने की अनुमति दी गई, तो जिन लोगों ने पहले आत्म-नियंत्रण किया था, उन्होंने अन्य (नमकीन) स्नैक्स की तुलना में अधिक मीठे स्नैक्स खाए।

यदि ये इच्छाएँ प्रबल लगती हैं, तो हम कुछ रक्षात्मक रणनीतियाँ सुझा सकते हैं। सबसे पहले स्थगित-ख़ुशी की चाल का उपयोग करना है : अपने आप को बताएँ कि यदि आप अभी भी चाहते हैं तो आप बाद में एक छोटी मीठी मिठाई खा सकते हैं। (हम इस चाल पर बाद में भी चर्चा करेंगे।) इस बीच, कुछ और खा लें। याद रखें, आपका शरीर ऊर्जा के लिए तरस रहा है, क्योंकि उसने आत्म-नियंत्रण के साथ अपनी कुछ आपूर्ति का उपयोग कर लिया है। शरीर को मीठे खाद्य पदार्थों की इच्छा महसूस होती है, लेकिन ऐसा केवल इसलिए होता है, क्योंकि यह ऊर्जा बहाल करने का एक परिचित और प्रभावी तरीक़ा है। स्वस्थ भोजन उसे आवश्यक ऊर्जा भी प्रदान करेगा। यह वह नहीं है जो आपके दिमाग़ में है, लेकिन इसे काम करना चाहिए।

यह भी याद रखें कि क्षीण अवस्था आपको हर चीज़ को सामान्य से अधिक तीव्रता से महसूस कराती है। इच्छाएँ और लालसाएँ क्षीण व्यक्ति के लिए असाधारण रूप से तीव्र होती हैं। डाइटिंग करने से आपकी संकल्पशक्ति बार-बार ख़त्म हो जाती है, और इसलिए डाइटिंग करने वाला अक्सर क्षीण अवस्था में रहेगा। वास्तव में, इससे दिन भर में होने वाली कई अच्छी और बुरी चीज़ों की मात्रा बढ़ जाएगी। इससे लालसाएँ भी पैदा होंगी - हाँ, दुर्भाग्य से, भोजन की लालसाएँ भी, जो पहले से ही मौजूद हैं - विशेष रूप से तीव्र लगती हैं। इससे यह समझाने में मदद मिल सकती है कि आख़िर क्यों, डाइट करने वाले कई लोग भोजन से जुड़ी अपने शरीर की चाहतों और भावनाओं के प्रति सुन्नता पैदा करने लगते हैं।

युद्ध की योजना बनाना

जब आप भूखे नहीं मर रहे हों, जब आपके शरीर में पर्याप्त मात्रा में ग्लूकोज हो, तो आप पूर्व-प्रतिबद्धता से शुरू करके, कुछ क्लासिक आत्म-नियंत्रण रणनीतियों के साथ उभार की लड़ाई के लिए तैयार हो सकते हैं। पूर्व-प्रतिबद्धता का अंतिम अचूक रूप - ओडीसियस द्वारा स्वयं को मस्तूल से बाँधने के वास्तविक समकक्ष - गैस्ट्रिक बाइपास सर्जरी होगी, जो शारीरिक रूप से आपको खाने से रोक देगी, लेकिन कई अधिक सामान्य रूप भी हैं। आप वसायुक्त भोजन को पहुँच और दृष्टि

से दूर रखकर इसकी शुरुआत कर सकते हैं। आप संकल्पशक्ति को संरक्षित रखेंगे (जैसा कि प्रयोग में महिलाओं ने तब किया था, जब एम ऐंड एम को पहुँच से बाहर कर दिया गया था) साथ ही आप कैलोरी से भी बच रहे हैं। एक प्रयोग में जब एक कार्यालय में कर्मचारियों के डेस्क बदले कैंडी को उनकी डेस्क में बनी दराज़ों में रखा गया, तब उन्होंने कम संख्या में कैंडी खाई। देर रात स्नैकिंग से बचने के लिए एक सरल प्रतिबद्धता रणनीति यह है कि रात के खाने के बाद और देर-रात स्नैकिंग करने के प्रलोभन के उत्पन्न होने से पहले अपने दांतों को साफ़ कर लें। हालाँकि यह आपको शारीरिक रूप से कुछ खाने से नहीं रोक सकेगा, लेकिन अपने दाँतों को ब्रश से साफ़ करने की आदत सोने से पहले की ऐसी क्रिया है, जो अनजाने में आपको अब और नहीं खाने का संकेत देती है। इसके अलावा, सचेतन स्तर पर, यह स्नैकिंग को कम आकर्षक बनाता है : आपको अपने दाँतों को दोबारा ब्रश करने से बचने के लिए मीठा खाने के अपने प्रलोभन और दोबारा अपने दाँतों को साफ़ करने से बचने के लिए किए जाने वाले आलस के बीच संतुलन बनाना होगा।

आप अधिक विस्तृत प्रतिबद्धता उपकरणों पर विचार कर सकते हैं, जैसे सट्टेबाज के साथ दाँव लगाना, या fatbet.net या stickK.com जैसी वेबसाइटों पर वज़न घटाने का अनुबंध करना, जो आपको दंड के साथ-साथ अपने लक्ष्यों को नाम देने की अनुमति देता है। एक कठिन दंड, जैसे किसी ऐसे कारण के लिए सैकड़ों या हज़ारों डॉलर दान करने के लिए प्रतिबद्ध होना जो आपको पसंद नहीं है, फ़र्क़ ला सकता है, लेकिन जब आप एक असंभव लक्ष्य निर्धारित करते हैं तो पैसे से चमत्कार करने की उम्मीद नहीं करें। अपना 5 या 10 प्रतिशत वज़न कम करना एक यथार्थवादी लक्ष्य है, लेकिन इससे आगे शरीर की प्राकृतिक प्रवृत्ति पर क़ाबू पाना मुश्किल हो जाता है। विलियम हिल एजेंसी में विशिष्ट सट्टेबाज प्रति सप्ताह लगभग अस्सी पाउंड के लिए लगभग तीन पाउंड खोने का लक्ष्य निर्धारित करता है – इसमें कोई आश्चर्य नहीं कि उनमें से बहुत से लोग असफल हो जाते हैं। स्टिकके.कॉम पर अपना पैसा लगाने वाले लोगों का ट्रैक रिकॉर्ड बहुत बेहतर है, इसकी वजह वेबसाइट की नीति है, जिसके तहत किसी को भी प्रति सप्ताह दो पाउंड से अधिक या अपने शरीर के वजन का 18.5 प्रतिशत वज़न कम करने का लक्ष्य निर्धारित करने से मना किया जाता है। अपने खान-पान में भारी बदलाव करके जल्दी से बहुत सारा वज़न कम करना संभव है, लेकिन अगर स्थायी रूप से इन सभी नियमों का पालन करना बहुत कठिन है तो फिर इसका क्या लाभ? इससे बेहतर है कि छोटे-छोटे बदलाव लाए जाएँ और फिर उनसे मुकरा ना जाए, क्योंकि सबसे कठिन काम होता है वज़न बढ़ने से ख़ुद को रोकना। अगर वज़न को कम करने के अपने लक्ष्य को प्राप्त करने के लिए आप इनाम और दंड वाली व्यवस्था

का उपयोग करते हैं, तो ऐसे में अपने वज़न को बनाए रखने के लिए उन्हीं प्रकारों के इनामों का उपयोग करें।

आप एक रणनीति भी आज़मा सकते हैं जिसे मनोवैज्ञानिक ''कार्यान्वयन इरादा'' कहते हैं, जो आपके विचारों को नियंत्रित करने में ख़र्च होने वाले समय और प्रयास को कम करने का एक तरीक़ा है। कैलोरी कम करने के लिए सामान्य योजनाएँ बनाने के बजाय, आप कुछ स्थितियों में स्वचालित व्यवहार के लिए अत्यधिक विशिष्ट योजनाएँ बनाते हैं, जैसे कि जब आपको किसी पार्टी में वसायुक्त भोजन खाने का लालच हो तो क्या करें। कार्यान्वयन का इरादा यदि-तब का रूप लेता है : यदि X होता है, तो मैं Y करूँगा। जितना अधिक आप अपने व्यवहार के नियंत्रण को स्वचालित प्रक्रियाओं में स्थानांतरित करने के लिए इस तकनीक का उपयोग करेंगे, उतना ही कम प्रयास आप ख़र्च करेंगे। इसे मानसिक प्रयास के क्लासिक स्ट्रूप परीक्षण से जुड़े कुछ प्रयोगों में प्रदर्शित किया गया था जिसका वर्णन अध्याय 1 में किया गया था : ग़लत लेबल वाले रंगों की पहचान करना। यदि आप हरे शब्द को हरी स्याही में मुद्रित देखते हैं, तो आप स्याही के रंग को तुरंत पहचान सकते हैं, लेकिन यदि हरे रंग की स्याही का उपयोग नीला शब्द बनाने के लिए किया जा रहा है तो इसमें अधिक समय लगता है। और यदि आपकी संकल्पशक्ति पहले ही ख़त्म हो चुकी है तो इसमें और भी अधिक समय लगेगा, जैसा कि अंग्रेज़ी शोधकर्ताओं ने एक प्रयोग में लोगों के साथ किया था। लेकिन उन्होंने पाया कि लोगों को उनके दिमाग़ पर तनाव कम करने के लिए प्रशिक्षण देकर इस कमज़ोर संकल्पशक्ति की भरपाई करना संभव है। स्याही-रंग-पहचान कार्य शुरू होने से पहले, लोग एक कार्यान्वयन योजना बनाते थे : *यदि मुझे कोई शब्द दिखाई देता है, तो मैं उसके अर्थ को अनदेखा कर दूँगा और केवल दूसरे अक्षर और स्याही के रंग को देखूँगा।* इस विशिष्ट यदि-तब योजना ने उनके कार्य को अधिक स्वचालित बना दिया, जिसके लिए कम सचेत मानसिक प्रयास की आवश्यकता थी, और इसलिए तब भी यह संभव था, जब उनकी इच्छा-शक्ति पहले से ही कमज़ोर थी।

तो इससे पहले कि आप किसी पार्टी में भोजन के प्रति आकर्षित हों, आप खुद को एक योजना के साथ तैयार कर सकते हैं जैसे: *यदि वे चिप्स परोसते हैं, तो मैं उन सभी को मना कर दूँगा।* या : *यदि बफ़े है, तो मैं केवल सब्ज़ियाँ और हल्के मांस खाऊँगा।* यह सरल है लेकिन आश्चर्यजनक रूप से आत्म-नियंत्रण हासिल करने का प्रभावी तरीक़ा है। चिप्स ना खाने के फ़ैसले को एक स्वचालित प्रक्रिया बनाकर आप इसे दिन के अंतिम पहर में भी आसानी से कर सकते हैं, जब संकल्पशक्ति का आपका स्तर कम होता है। और चूँकि यह अपेक्षाकृत सरल है,

आप चिप्स को नज़रअंदाज़ कर सकते हैं और पार्टी में अपने अगले से प्रलोभन से बचने के लिए आपके पास अब भी पर्याप्त संकल्पशक्ति बची होती है।

पूर्व-प्रतिबद्धता के अधिक कट्टरपंथी रूप के लिए, आप पार्टी को पूरी तरह से छोड़ सकते हैं और कम कैलोरी वाले भोजन और पतले लोगों के साथ सभाओं की तलाश कर सकते हैं। हम आपको यह सुझाव नहीं दे रहे हैं कि आप अपने मोटे दोस्तों को छोड़ दें, लेकिन ऐसा प्रतीत होता है कि आपके वज़न और आपके आसपास के लोगों के बीच कोई संबंध है। जिन शोधकर्ताओं ने सामाजिक नेटवर्क का विश्लेषण किया है, उन्होंने पाया है कि मोटे लोग पतले लोगों की तरह ही एक साथ इकट्ठा होते हैं। ऐसा प्रतीत होता है कि सामाजिक दूरी शारीरिक दूरी से अधिक मायने रखती है : आपके मोटे होने की संभावना अधिक बढ़ जाती है, क्योंकि आपके सबसे अच्छे दोस्त का वज़न बढ़ जाता है, बजाय इसके कि आपके पड़ोसी का वज़न बढ़ जाता है। कारण और प्रभाव को सुलझाना कठिन है-इसमें कोई संदेह नहीं है कि लोग ऐसे लोगों की तलाश कर रहे हैं जो उनकी आदतें और पसंद साझा करते हों। लेकिन यह भी सच है कि लोग एक-दूसरे के व्यवहार और मानकों को सुदृढ़ करते हैं। वेट वॉचर्स के सदस्यों द्वारा वज़न कम करने का एक कारण (कम से कम थोड़ी देर के लिए) यह भी है कि वे ऐसे लोगों के साथ अधिक समय बिता रहे हैं, जिन्हें वज़न कम करने की परवाह है। यह वही घटना है जिसे हमने पहले धूम्रपान करने वालों के साथ देखा था, यदि उनके दोस्त और रिश्तेदार भी धूम्रपान छोड़ देते हैं तो उनके धूम्रपान छोड़ने की संभावना अधिक होती है।

साथियों का दबाव यह समझाने में मदद करता है कि यूरोप में लोगों का वज़न अमेरिकियों की तुलना में कम क्यों है : वे विभिन्न सामाजिक मानदंडों का पालन करते हैं, जैसे पूरे दिन नाश्ता करने के बजाय केवल भोजन के समय खाना। जब यूरोपीय सामाजिक वैज्ञानिक कैंपस प्रयोगशालाओं में खाने की आदतों का अध्ययन करने के लिए संयुक्त राज्य अमेरिका आते हैं, तो उन्हें यह जानकर आश्चर्य होता है कि वे जब चाहें तब प्रयोग कर सकते हैं, क्योंकि अमेरिकी कॉलेज के छात्र सुबह या दोपहर किसी भी समय खाना खाकर ख़ुश होते हैं। फ्रांस या इटली में, भोजन के समय के अलावा किसी रेस्तराँ को खुला पाना कठिन हो सकता है। वे सामाजिक मानदंड ऐसी आदतें विकसित करते हैं जो स्वचालित मानसिक प्रक्रियाओं के माध्यम से संकल्पशक्ति को संरक्षित करती हैं। सचेत रूप से यह तय करने की कोशिश करने के बजाय कि नाश्ता करना है या नहीं, प्रलोभन से जूझने के बजाय, यूरोपीय लोग इस कार्यान्वयन योजना पर भरोसा करते हैं कि : *यदि शाम के चार बजे हैं, तो मैं कुछ भी नहीं खाऊँगा।*

मुझे अपना वज़न (कैलोरी) मापने दें

यदि आप अपना वज़न कम करने की कोशिश कर रहे हैं, तो आपको कितनी बार अपना वज़न मापना चाहिए? मानक सलाह यह होती थी कि हर दिन स्केल पर नहीं चढ़ें, क्योंकि आपका वज़न स्वाभाविक रूप से घटता-बढ़ता रहता है और जब बिना किसी स्पष्ट कारण के वज़न बढ़ जाता है तो आप निराश हो जाएँगे। वज़न घटाने वाले विशेषज्ञों का कहना है कि यदि आप अपनी प्रेरणा बनाए रखना चाहते हैं तो आपको सप्ताह में सिर्फ़ एक बार अपना वज़न करना चाहिए। वह सलाह बॉमाइस्टर और अन्य आत्म-नियंत्रण शोधकर्ताओं को अजीब लगी, क्योंकि अन्य समस्याओं पर उनके काम से लगातार पता चला कि लगातार निगरानी से आत्म-नियंत्रण में सुधार हुआ। आख़िरकार, एक सावधानीपूर्वक दीर्घकालिक अध्ययन में ऐसे लोगों पर नज़र रखी गई जिनका वज़न कम हो गया था और वे इसे दोबारा हासिल नहीं करने की कोशिश कर रहे थे। इनमें से कुछ लोग प्रतिदिन अपना वज़न मापते थे; दूसरों ने ऐसा नहीं किया। इससे पता चला कि पारंपरिक ज्ञान ग़लत था।

जो लोग प्रतिदिन अपना वज़न मापते थे, वे अपने वज़न को दोबारा बढ़ने से रोकने में अधिक सफल रहे। उनके अत्यधिक खाना खाने की संभावना कम थी, और पैमाने के साथ अपने दैनिक टकराव से उनमें मोहभंग या अन्य परेशानी का कोई संकेत नहीं दिखा। वज़न कम करने की सभी अनोखी चुनौतियों के लिए, सामान्य रणनीतियों में से एक अभी भी प्रभावी है : आप जितनी अधिक सावधानी से और बार-बार स्वयं की निगरानी करेंगे, उतना ही बेहतर आप स्वयं को नियंत्रित कर पाएँगे। यदि हर दिन अपना वज़न लिखना बहुत अधिक कठिन लगता है, तो आप एक पैमाने का उपयोग करके कुछ कठिन परिश्रम को आउटसोर्स कर सकते हैं जो आपके वज़न का इलेक्ट्रॉनिक रिकॉर्ड रखता है। कुछ मॉडल प्रत्येक दिन की रीडिंग को आपके कंप्यूटर या स्मार्टफ़ोन पर प्रसारित करेंगे, जो आपके मॉनिटरिंग आनंद (या अप्रसन्नता) के लिए एक चार्ट तैयार कर सकता है।

यहाँ तक कि निगरानी का एक बहुत ही सरल रूप भी बड़ा अंतर ला सकता है, जैसा कि शोधकर्ताओं ने तब पाया जब उन्होंने एक अजीब छोटे रहस्य की जाँच की : क़ैदियों का वज़न क्यों बढ़ता है? स्पष्टतः यह जेल के अनूठे व्यंजनों के कारण नहीं है। किसी भी स्वादिष्ट शेफ़ को खाना पकाने के लिए कभी भी काम पर नहीं रखा जाता है, जब ग्राहकों में ऐसे ग्राहक शामिल होते हैं जो वास्तव में बंधक होते हैं। फिर भी पुरुष लगातार उस समय की तुलना में अधिक मोटे होकर जेल से बाहर आते हैं, जब वे अंदर गए थे। कॉर्नेल के ब्रायन वानसिंक के अनुसार, इसका कारण यह है कि क़ैदी बेल्ट या टाइट-फ़िटिंग कपड़े नहीं पहनते हैं। अपने जंपसूट और ढीले पैंट में, उन्हें वज़न बढ़ने के छोटे संकेत नहीं मिलते हैं जो अन्य लोगों

को तब मिलते हैं, जब उनकी पैंट तंग महसूस होती है और उनकी बेल्ट को ढीला करना पड़ता है।

अपने शरीर की निगरानी के अलावा, आप यह भी देख सकते हैं कि आप इसमें क्या भोजन डालते हैं। यदि आप ईमानदारी से अपने द्वारा खाए जाने वाले सभी भोजन का रिकॉर्ड रखेंगे, तो संभवतः आप कम कैलोरी का उपभोग करेंगे। एक अध्ययन में, जो लोग खाने की डायरी रखते थे, उनका वज़न अन्य तकनीकों का इस्तेमाल करने वालों की तुलना में दोगुना कम हो गया। इससे यह दर्ज करने में भी मदद मिलती है कि भोजन में कैलोरी की मात्रा कितनी है, हालाँकि इसका अनुमान करना बहुत ही कठिन होता है। हम सभी, यहाँ तक कि पेशेवर डायटीशन भी, प्लेट में भोजन की मात्रा को कमतर आँकने के आदी होते हैं, विशेष रूप से जब उनके सामने भोजन की बहुत अधिक मात्रा होती है। हम पोषण विशेषज्ञों की चेतावनियों और खाद्य कंपनियों की चालों से और अधिक भ्रमित हो गए हैं, जो शोधकर्ता ''स्वास्थ्य प्रभामंडल'' बनाने के लिए ''कम वसा'' या ''कार्बनिक'' जैसे लेबल का उपयोग करेंगे। टियरनी ने दो शोधकर्ताओं, पियरे शंदन और अलेक्ज़ेंडर चेर्नें द्वारा डिज़ाइन किए गए एक प्रयोग में इस परिघटना की जाँच एक पोषण संबंधी सही क्षेत्र में किया था। पार्क स्लोपर्स में से कुछ को एप्पलबी के भोजन की तसवीरें दिखाई गईं जिसमें चिकन सलाद और एक पेप्सी शामिल थी; दूसरों को वही भोजन दिखाया गया और साथ ही कुछ क्रैकर भी दिखाए गए जिन पर प्रमुखता से ''ट्रांस फ़ैट फ्री'' लेबल लगा हुआ था। लोग क्रैकर पर लगे उस लेबल से इतने मंत्रमुग्ध थे कि क्रैकर के साथ वाले भोजन का उनका अनुमान बिना क्रैकर वाले उसी भोजन की तुलना में कम था। पार्क स्लोप में अनौपचारिक प्रयोग और बाद में चेर्नेव द्वारा प्रकाशित एक औपचारिक सहकर्मी-समीक्षा अध्ययन दोनों में लेबल को जादुई रूप से ''नकारात्मक कैलोरी'' में अनुवादित किया गया। अन्य अध्ययनों से पता चला है कि आम लोग और पोषण विशेषज्ञ दोनों ही ''कम वसा'' लेबल वाले भोजन में कैलोरी को लगातार कम आँकते हैं और परिणामस्वरूप अधिक मात्रा खाते हैं।

इन समस्याओं को दूर करने के लिए, आप भोजन के कैलोरी की गिनती पर अधिक ध्यान देने का प्रयास कर सकते हैं, जब यह किसी लेबल या मेन्यू पर उपलब्ध हो, या जब आपके पास कैलोरी पर नज़र रखने वाले ऐप वाला स्मार्टफ़ोन हो। जब कैलोरी की गिनती उपलब्ध ना हो तो आप कम से कम अपने सामने रखे भोजन पर ध्यान देने की कोशिश कर सकते हैं, जो बहुत कम लोग करते हैं। खाने के साथ जोड़ी जाने वाली दो सबसे आम गतिविधियाँ हैं सामाजिक मेलजोल और टेलिविज़न देखना - और दोनों ही बढ़ी हुई कैलोरी खपत से जुड़े हैं। शोधकर्ताओं ने बार-बार दिखाया है कि टेलिविज़न के सामने खाने से स्नैकिंग बढ़ जाती है,

और दर्शक तब अधिक खाएँगे जब उनका ध्यान इसमें लगा होगा – जैसे कि कुछ उबाऊ देखने की तुलना में एक अच्छी तरह से निष्पादित कॉमेडी या हॉरर फ़िल्म देखने के दौरान। एक अध्ययन में, महिला डाइटर्स ने एक फ़िल्म को डूबकर देखने के दौरान अपने द्वारा खाए जाने वाले भोजन की मात्रा को तीन गुना कर दिया था।

परिवार और दोस्तों के साथ भी खाना खाने पर लोग अधिक खाते हैं, जब उनका ध्यान अपने द्वारा खाए जाने वाले भोजन पर कम और अपने साथ पर अधिक होता है। इसमें आप वाइन या शराब को शामिल कर लें, और वे इस ओर अब भी कम ध्यान देंगे, क्योंकि शराब आत्म-जागरूकता को कम कर देता है और इसलिए निगरानी नहीं हो पाती है। सजगता की स्थिति में भी, खाना खाने वाले इतने बेख़बर हो सकते हैं कि वे लगातार सूप से भरे कई कटोरे पीते रह सकते हैं, जैसा कि ब्रायन वांसिंक ने कर्नेल में किए अपने लोकप्रिय प्रयोग में प्रदर्शित किया था, जिसमें उन्होंने सूप के कटोरे को एक छुपी हुई नाली से जोड़ दिया था। लोग लगातार भर रहे सूप के उस कटोरे से घूँट भरे जा रहे थे, क्योंकि उन्हें अपने सामने रखे भोजन को खाकर ख़त्म करने की आदत थी। यदि आप अपने स्वयं की रुचि के बदले किसी बाहरी कारक से निर्देशित होते हैं, तो जब भी आपके सामने भोजन की अधिक मात्रा परोसी जाती है तो आपके वज़न बढ़ने की संभावना बढ़ जाती है, जो कि बहुत आसानी से बिना आपके जाने भी घटित हो सकता है। जब भोजन को बड़ी सी प्लेट में परोसा जाता है या शराब को चौड़े मुँह वाले ग्लास में दिया जाता है, तब आप उसमें उपस्थित कैलोरी का ग़लत अनुमान लगाते हैं, क्योंकि आपके पास त्रि-आयामी आयतन का अच्छा सहज ज्ञान नहीं है। यदि किसी मूवी थियेटर ने बस पॉपकॉर्न बैग का एक आयाम बदल दिया है, मान लीजिए, इसकी ऊँचाई को तीन गुना कर दी है, तो आप तुरंत देख सकते हैं कि इसमें तीन गुना अधिक पॉपकॉर्न है। लेकिन जब बैग एक साथ चौड़ा, गहरा और लंबा हो जाता है, तो यह तीन गुना बड़ा दिखे बिना भी केवल मात्रा में तीन गुना अधिक हो सकता है। तो आप बड़ा ऑर्डर करें-और फिर पूरी चीज़ खाएँ। आप यह नियंत्रित नहीं कर सकते कि थिएटर और रेस्तराँ में किस प्रकार की पैकेजिंग और प्लेटों का उपयोग किया जाता है, लेकिन घर पर आप छोटी प्लेटों और पतले गिलासों का उपयोग करके अपने हिस्से को कम कर सकते हैं।

आप अपने खाने की टेबल को जल्दी ना साफ़ करके भी अपने खाने की मात्रा पर निगरानी रख सकते हैं। एक स्पोर्ट्स बार में एक प्रयोग में एक टेबल पर वेटर लगातार लोगों द्वारा खाए जा रहे टेबल को साफ़ कर रहे थे जबकि वहीं दूसरी टेबल को साफ़ नहीं किया जा रहा था। प्रयोग में यह सामने आया कि उस टेबल के लोगों ने अपेक्षाकृत बहुत कम चिकन विंग्स खाए थे, जिनके टेबल पर पड़ी

हड्डियों को हटाया नहीं गया था जबकि जिस टेबल की नियमित सफ़ाई की जा रही थी, उस पर बैठे लोगों ने बहुत अधिक मात्रा में खाया था, क्योंकि वे भूल जाते थे कि उन्होंने कितना खाया, लेकिन यही बात सबूतों के सामने रहने पर असंभव था। हड्डियों ने उनके लिए निगरानी का काम किया।

कभी भी कभी नहीं का प्रयोग ना करें (नेवर से नेवर)

आहार संबंधी शोध के परिणाम निराशाजनक होते हैं, लेकिन कभी-कभार अपवाद भी होता है, और हमने अपनी पसंदीदा आनंददायक खोज को अंत के लिए सहेज कर रखा है। यह आत्म-नियंत्रण की केंद्रीय समस्या का पता लगाने की कोशिश कर रहे विपणन शोधकर्ताओं द्वारा किए गए एक मिठाई-गाड़ी प्रयोग से लिया गया है : आत्म-त्याग इतना कठिन क्यों है? जैसा कि मार्क ट्वेन ने द *एडवेंचर्स ऑफ़ टॉम सायर* में कहा है : "किसी काम को नहीं करने का वादा करना दुनिया में किसी को उस काम को करने के लिए प्रेरित करने का सबसे सुरक्षित तरीक़ा है।" यह मानव मानस के अधिक निराशाजनक पहलुओं में से एक है, लेकिन शोधकर्ताओं, निकोल मीड और वैनेसा पैट्रिक ने विभिन्न प्रकार के आत्म-त्याग पर विचार करके राहत की तलाश की।

उन्होंने स्वादिष्ट, आकर्षक खाद्य पदार्थों के चित्रों का उपयोग करके कुछ मानसिक प्रयोग शुरू किए। प्रायोगिक विषयों को एक रेस्तराँ में मिठाई की गाड़ी पर पेश किए जा रहे इन व्यंजनों की कल्पना करने के लिए कहा गया था। कुछ ने अपना पसंदीदा चुनने और उसे खाने की कल्पना की। हालाँकि, बाक़ी लोगों ने दो तरीक़ों में से एक में मिठाई देने की कल्पना की। बेतरतीब ढंग से दिए गए इस काम में, कुछ ने कल्पना की कि उन्होंने इन मिठाइयों को बिलकुल नहीं खाने का फ़ैसला किया है, और वहीं दूसरों ने कल्पना की कि उन्होंने ख़ुद से कहा था कि अभी कुछ भी नहीं खाएँगे, लेकिन कुछ समय बाद वे खाएंगे। यह अस्वीकार किए गए आनंद और स्थगित किए गए आनंद के बीच का अंतर था।

इसके बाद, प्रयोगकर्ताओं ने मापा कि कितनी बार लोग मिठाइयों की लालसा से परेशान या विचलित होते थे। इन शोधकर्ताओं को पता था कि अधूरे कार्य दिमाग़ पर हावी हो जाते हैं (ज़िगार्निक प्रभाव के कारण, जिसकी हमने अध्याय 3 में चर्चा की थी), इसलिए उन्हें उम्मीद थी कि मिठाइयाँ उन लोगों के लिए विशेष रूप से ध्यान भटकाने वाली होंगी, जिन्होंने आनंद को स्थगित कर दिया था। हालाँकि हैरानी की बात यह थी कि जिन्होंने अभी नहीं लेकिन बाद में वाला विचार चुना था, वे चॉकलेट केक का दृश्य देखकर उन दोनों प्रकार के लोगों की तुलना में

कम परेशान थे, जिन्होंने इसे खाने की कल्पना की थी और जिन्होंने सीधे तौर पर ख़ुद को इस आनंद से वंचित रखने का फ़ैसला किया था। शोधकर्ताओं को उम्मीद थी कि सीधे तौर पर इनकार करने से कम इच्छाएँ पैदा होंगी, क्योंकि दिमाग़ मान लेगा कि मामला ख़त्म हो गया है- अब और बहस नहीं! लेकिन हुआ ऐन उलटा। स्थगित सुखों ने उतना हस्तक्षेप नहीं किया, जितना पहले कर दिया गया था। जब मिठाई की बात आई, तो मन ने उत्तर के रूप में 'नहीं' नहीं लिया, कम से कम इस मानसिक प्रयोग में तो नहीं।

लेकिन अगर इसमें वास्तविक भोजन शामिल होता तब क्या होता? इसका पता लगाने के लिए, शोधकर्ताओं ने लोगों को एक छोटी सी फ़िल्म देखने के लिए बुलाया और उस फ़िल्म के दौरान उनके सामने एम ऐंड एम (प्रयोगशालाओं में एक सतत पसंदीदा- क्योंकि उनके साथ काम करना बहुत आसान है - कोई गड़बड़ नहीं, कोई झंझट नहीं) का कटोरा रखा। कुछ लोगों से कहा गया कि वे कल्पना करें कि फ़िल्म देखते समय उन्होंने जितना चाहें उतना खाने का फ़ैसला किया है। दूसरों से कहा गया कि वे कल्पना करें कि उन्होंने कोई भी कैंडी नहीं खाने का फ़ैसला किया है। तीसरे समूह को कल्पना करने के लिए कहा गया था कि उन्होंने एम ऐंड एम को अभी नहीं खाने का फ़ैसला किया है, लेकिन बाद में खाएँगे। सामान्य तौर पर, निर्देश प्रभावी थे : जिन लोगों को यह मानने के लिए कहा गया था कि उन्होंने खाने का फ़ैसला कर लिया है, उन्होंने वास्तव में उन लोगों की तुलना में काफ़ी अधिक खाया है, जिन्हें आनंद से इनकार करने या स्थगित करने के लिए कहा गया था। अध्ययन कुछ प्रश्नावली के माध्यम से आगे बढ़ा, जिसके बाद प्रयोगकर्ता ने (झूठा) कहा कि प्रयोग अब समाप्त हो गया है। प्रत्येक व्यक्ति को रुकने और एक और प्रश्नावली भरने के लिए कहा गया, जो स्पष्ट रूप से प्रयोगशाला सेटिंग की गुणवत्ता से संबंधित थी।

फिर, बाद में विचार के रूप में, प्रयोगकर्ता ने उस व्यक्ति को एम ऐंड एम का कटोरा वापस दिया और कहा, ''आज के लिए आप हमारे आख़िरी प्रतिभागी हैं, बाक़ी सभी जा चुके हैं, इसलिए ये बचे हुए हैं। आप अपनी इच्छाअनुसार लें और खाएँ।'' प्रयोगकर्ता वहाँ से बाहर चला गया और अपने पीछे उस प्रतिभागी को प्रश्नोत्तरी और कैंडी का कटोरा छोड़ गया, स्पष्ट रूप से वहाँ ना तो इसकी निगरानी करने वाला कोई था और ना ही देखने वाला। लेकिन, हमेशा की तरह, शोधकर्ताओं ने इसका बहुत ध्यान रखा था। उन्होंने पहले ही कटोरे का वज़न कर लिया था, और प्रतिभागी के चले जाने के बार दोबारा एक बार वज़न किया।

एम ऐंड एम के साथ अकेले उस कमरे में, अपने आंनद को स्थगित करने की बात कहने वाले लोगों के पास इस सुनहरे मौक़े का फ़ायदा उठाने का पर्याप्त अवसर

था। आप उनसे अपेक्षा करेंगे कि वे एम ऐंड एम को खाएँगे, जबकि जिन लोगों ने कैंडी खाने की शपथ ली है, वे या तो मजबूत बने रहेंगे या शायद बस कुतरेंगे। लेकिन इसका ठीक विपरीत घटित हुआ। स्थगन की स्थिति वाले लोग वास्तव में आत्म-इनकार की स्थिति वाले लोगों की तुलना में काफ़ी कम खाते हैं। यदि लोगों ने स्थगन की स्थिति और इनकार की स्थिति में समान मात्रा में भोजन किया होता तो निष्कर्ष प्रभावशाली होते। आख़िरकार, स्थगन की स्थिति वाले लोग बाद में दावतों का आनंद लेने की पूरी उम्मीद कर रहे थे।

यह तथ्य कि उन्होंने दूसरों की तुलना में कम खाया, उल्लेखनीय है। परिणाम से पता चलता है कि अपने आप से यह कहना कि *मैं इसे बाद में प्राप्त कर सकता हूँ*, दिमाग़ में इसे अभी प्राप्त करने जैसा ही काम करता है। यह कुछ हद तक लालसा को संतुष्ट करता है – और वास्तव में स्वादिष्ट भोजन खाने की तुलना में भूख को दबाने में और भी अधिक प्रभावी हो सकता है। प्रयोग के उस अंतिम भाग के दौरान, जब सभी लोगों को एम ऐंड एम के कटोरे के साथ अकेला छोड़ दिया गया था, जिन लोगों ने ख़ुशी को स्थगित कर दिया था, उन्होंने उन लोगों की तुलना में भी कम खाया, जिन्होंने पहले खुद को इच्छानुसार कैंडी खाने की अनुमति दी थी। इसके अलावा, दमन का प्रभाव प्रयोगशाला के बाहर भी बना रहा। प्रयोग के अगले दिन, सभी लोगों को एक प्रश्न के साथ एक ई-मेल भेजा गया : '' इस समय आपको एम ऐंड एम कैंडीज खाने की कितनी इच्छा हो रही है, अगर कोई आपको उन्हें आपके सामने पेश करता है तो?'' जिन लोगों ने संतुष्टि को स्थगित कर दिया था, उन्होंने कैंडी खाने की इच्छा उन लोगों की तुलना में कम बताई, जिन्होंने आनंद को पूरी तरह से अस्वीकार कर दिया था या जिन्होंने भरपेट खा लिया था।

मिठाई को अस्वीकार करने के लिए संकल्पशक्ति की आवश्यकता होती है, लेकिन ज़ाहिर तौर पर कभी नहीं के बजाय बाद में कहना दिमाग़ पर कम तनावपूर्ण होता है। लंबे समय में, आपकी इच्छा कम हो जाती है और आप उपभोग भी कम करते हैं। इसके अलावा, आप एक अन्य प्रभाव के कारण अधिक आनंद प्राप्त कर सकते हैं, जो एक अलग प्रकार के प्रयोग में प्रदर्शित किया गया था : लोगों से पूछना कि वे आज अपने पसंदीदा फ़िल्म स्टार को चूमने के लिए कितना भुगतान करने को तैयार होंगे, और वे एक चुंबन के लिए कितना भुगतान कर सकते हैं और तीन बाद कितने पैसे दे सकते हैं। आम लोग तुरंत मिलने वाले आनंद के लिए अधिक भुगतान कर देंगे, लेकिन इस मामले में वे चुंबन को स्थगित करने के लिए अधिक पैसे देने के इच्छुक थे, क्योंकि इससे उन्हें संभावना का आनंद लेने में तीन दिन बिताने का मौक़ा मिलेगा। उसी प्रकार, क्रीम ब्रूली या पिघले हुए चॉकलेट केक की संतुष्टि में देरी करने से प्रत्याशा का आनंद लेने का समय मिलता है। उस अग्रिम

आनंद के परिणामस्वरूप, जब आप अंततः इसमें लिप्त होते हैं, तब आपको कम खाने की आवश्यकता महसूस हो सकती है और आप संतुलन में खाने को लेकर अधिक झुकाव महसूस कर सकते हैं। इसके विपरीत, जब आप किसी बात को पूरी तरह से नकार देते हैं और फिर अंततः हार मान लेते हैं, तो आप ख़ुद से कहते हैं कि, *क्या बात है*, और खुद को तृप्त कर लेते हैं।

इसलिए जब बात भोजन की होती है तो कभी भी कभी नहीं कहना चाहिए। जब मिठाई की वह गाड़ी आपके सामने पहुँचती है तो निषिद्ध वस्तुओं को लालसा से नहीं देखें। क़सम खाइए कि देर-सेवर आप ये सभी चीज़ें खाएँगे, लेकिन आज रात नहीं। स्कारलेट ओ'हारा की भावना में, अपने आप से कहें : *कल एक और नया स्वाद मिलेगा।*

निष्कर्ष : संकल्पशक्ति का भविष्य – अधिक लाभ, कम तनाव

(जब तक कि आप देर नहीं करते)

मुझे शुद्धता और संयम दीजिए, लेकिन अभी नहीं।

– संत बनने से पहले युवावस्था में संत ऑगस्टीन की प्रार्थना

युवा ऑगस्टीन की तरह, हर कोई किसी न किसी दिन आत्म-नियंत्रण के लाभों की सराहना करता है। लेकिन हमारे बीच जो संत नहीं हैं, उनके लिए वह दिन कब आएगा? यदि संकल्पशक्ति सीमित है और प्रलोभन बढ़ते रहते हैं, तो इस गुण का स्थायी पुनरुत्थान कैसे हो सकता है?

हम बाधाओं को कम नहीं करते हैं, लेकिन हम व्यक्तिगत और सामाजिक दोनों स्तरों पर आत्म-नियंत्रण के भविष्य को लेकर अभी भी उत्साहित हैं। हाँ, प्रलोभन अधिक परिष्कृत होते जा रहे हैं, लेकिन उनके विरोध के उपकरण भी। संकल्प शक्ति के लाभों को पहले से कहीं अधिक स्पष्ट रूप से सराहा गया है। आप एक सरल नियम के साथ शोध साहित्य के एक बड़े नए समूह का सार निकाल सकते हैं : *अपने जीवन में तनाव को कम करने का सबसे अच्छा तरीक़ा यह है कि आप गड़बड़ करना बंद कर दें।* इसका अर्थ यह है कि अपने जीवन को ऐसा कर दें कि आपके पास सफलता का वास्तविक अवसर हो। जैसा कि बॉमाइस्टर और उनके सहयोगियों ने हाल ही में अटलांटिक के दोनों किनारों पर देखा है, सफल लोग अपनी संकल्पशक्ति का उपयोग आपदा से खुद को रोकने के लिए अंतिम बचाव के रूप में नहीं करते हैं, कम से कम एक नियमित रणनीति के रूप में तो नहीं ही। जब उन्होंने पूरे दिन जर्मन लोगों की निगरानी कि (उस बीपर अध्ययन में जिसका

ज़िक्र हमने पहले किया है), शोधकर्ता यह देखकर आश्चर्यचकित थे कि मज़बूत आत्म-नियंत्रण वाले लोगों ने अन्य लोगों की तुलना में इच्छाओं का विरोध करने में कम समय बिताया।

शुरुआत में बॉमाइस्टर और उनके जर्मन सहयोगी हैरान थे। आत्म-नियंत्रण कथित तौर पर इच्छाओं का विरोध करने के लिए है, तो जिन लोगों के पास अधिक आत्म-नियंत्रण है, वे इसका अधिक बार उपयोग क्यों नहीं करते हैं? लेकिन फिर एक स्पष्टीकरण सामने आया : इन लोगों को संकल्पशक्ति का उपयोग करने की कम आवश्यकता है, क्योंकि वे कम प्रलोभनों और आंतरिक संघर्षों से घिरे हुए हैं। वे अपने जीवन को व्यवस्थित करने में बेहतर होते हैं, ताकि वे समस्याग्रस्त स्थितियों से बच सकें। यह स्पष्टीकरण बॉमाइस्टर के साथ काम करने वाले डच शोधकर्ताओं द्वारा किए गए एक अन्य अध्ययन के निष्कर्ष से जुड़ा है, जिसमें दिखाया गया है कि उच्च स्तर के आत्म-नियंत्रण वाले लोग मुख्य रूप से आपात स्थिति में बचाव के लिए नहीं बल्कि स्कूल और काम में प्रभावी आदतों और दिनचर्या विकसित करने के लिए इसका उपयोग करते हैं। इन आदतों और दिनचर्या के परिणामों को संयुक्त राज्य अमेरिका में हाल ही में किए गए अध्ययनों के एक और सेट में प्रदर्शित किया गया, जिसमें दिखाया गया कि उच्च आत्म-नियंत्रण वाले लोग लगातार अपने जीवन में कम तनाव होने की बात कहते हैं। वे अपने आत्म-नियंत्रण का उपयोग संकटों से निपटने के लिए नहीं बल्कि उनसे बचने के लिए करते हैं। वे किसी प्रोजेक्ट को पूरा करने के लिए खुद को पर्याप्त समय देते हैं; वे कार ख़राब होने से पहले उसे दुकान तक ले जाते हैं; वे सब कुछ खा सकने वाले बफ़े से दूर रहते हैं। वे बचाव के बजाय आक्रामक खेल खेलते हैं।

इस अंतिम अध्याय में, हम अपराध करने की रणनीति की समीक्षा करेंगे, जिसकी शुरुआत सबसे स्पष्ट लेकिन व्यापक रूप से नज़रअंदाज़ किए गए नियमों में से एक से होगी : इसे टालते मत रहो। काम टालना लगभग एक सार्वभौमिक बुराई है। सिसरो ने विलंब करने वालों को ''घृणास्पद'' कहा; जोनाथन एडवर्ड्स ने ''भविष्य के समय पर निर्भर रहने के पाप और मूर्खता'' के विरुद्ध एक संपूर्ण धर्मोपदेश दिया। आधुनिक सर्वेक्षणों में, 95 प्रतिशत लोग कम से कम कभी-कभी ऐसा करने की बात स्वीकार करते हैं (हमें नहीं पता कि वे अन्य 5 प्रतिशत कौन हैं - या वे किसका मज़ाक उड़ाने की कोशिश कर रहे हैं), और समस्या बदतर होती जा रही है, क्योंकि समाज आधुनिक हो रहा है और प्रलोभन बढ़ रहे हैं . मनोवैज्ञानिक पियर्स स्टील, जिन्होंने पिछले चार दशकों में दुनिया भर के आँकड़ों का विश्लेषण किया है, रिपोर्ट करते हैं कि समर्पित डिथरर्स के रैंक में तेज़ी से वृद्धि हुई है - जो विलंब को एक परिभाषित व्यक्तिगत विशेषता मानते हैं। उस श्रेणी में आज अंतरराष्ट्रीय स्तर पर सर्वेक्षण किए गए 20 प्रतिशत से अधिक लोग शामिल

हैं। कुछ अमेरिकी सर्वेक्षणों में, आधे से अधिक लोग खुद को लंबे समय तक काम में विलंब करने वाला मानते हैं, और श्रमिकों का स्वयं अनुमान है कि वे काम पर अपने एक चौथाई घंटे बर्बाद करते हैं – प्रति कार्यदिवस दो घंटे। सामान्य वेतन पर, इसका मतलब है कि प्रत्येक कर्मचारी को काम में बिताए गए व्यर्थ समय के लिए सालाना लगभग 10,000 का भुगतान किया जा रहा है।

मनोवैज्ञानिकों के साथ-साथ डिथर्स द्वारा भी इस दोष को अक्सर लोगों की चीज़ों को पूरी तरह से करने की मजबूरी के लिए ज़िम्मेदार ठहराया गया है। माना जाता है कि ये पूर्णतावादी जब भी कोई परियोजना शुरू करने का प्रयास करते हैं तो चिंता और घबराहट से भर जाते हैं, क्योंकि उन्हें लगता है कि यह उनके आदर्शों के अनुरूप नहीं है, इसलिए वे इसमें फँस जाते हैं या काम करना बंद कर देते हैं। यह सिद्धांत में समझ में आता है, और निस्संदेह यह कुछ मामलों में सच है, लेकिन शोधकर्ता बार-बार विलंब और पूर्णतावाद के बीच एक विश्वसनीय लिंक खोजने में विफल रहे हैं। एक लिंक देखकर मनोवैज्ञानिकों को शुरू में मूर्ख बनाए जाने का एक कारण चयन पूर्वाग्रह हो सकता है : समस्या के लिए मदद लेने के लिए उच्च मानकों वाला एक विलंबकर्ता कम महत्त्वाकांक्षी व्यक्ति की तुलना में अधिक इच्छुक होगा, इसलिए पूर्णतावादी विलंब करने वालों का इलाज करने वाले मनोवैज्ञानिकों के कार्यालयों में अधिक बार दिखाई देंगे। लेकिन उच्च मानकों वाले बहुत से अन्य लोग भी हैं जो काम में देरी नहीं करते हैं और पूरी रात मेहनत किए बिना पूरी तरह से अच्छा काम करते हैं।

जो गुण मायने रखता है वह है आवेग, जो काम में विलंब करने वालों के अध्ययन में बार-बार दिखाई देता है। यह संबंध हाल के साक्ष्यों को समझाने में मदद करता है कि टालमटोल पुरुषों के लिए महिलाओं की तुलना में अधिक समस्या है, और विशेष रूप से युवा पुरुषों के लिए : पुरुषों में आवेगों को नियंत्रित करना अधिक कठिन होता है। जब काम को टालने वाले लोग किसी कठिन काम को लेकर चिंतित होते हैं, या बस एक सांसारिक काम से ऊब जाते हैं, तो वे कुछ और करके अपने मूड को बेहतर बनाने की इच्छा के आगे झुक जाते हैं। वे रसोई की सफ़ाई करने या टर्म पेपर लिखने के बजाय वीडियो गेम खेलने के लिए तत्काल इनाम की तलाश में रहते हैं, और वे दीर्घकालिक परिणामों को नज़रअंदाज़ करने की कोशिश करते हैं। जब भविष्य की समय सीमा के बारे में विचार आते हैं, तो वे खुद को यह बताने की कोशिश भी कर सकते हैं कि आख़िरी मिनट तक इंतज़ार करना बुद्धिमानी है : *मैं समय सीमा के दबाव में सबसे अच्छा काम करता हूँ!* लेकिन जैसा कि बॉमाइस्टर और डायने टाइस ने खोजा, ज़्यादातर वे ख़ुद से मज़ाक़ कर रहे होते हैं।

समय सीमा परीक्षण

विलंब का यह परीक्षण एक विश्वविद्यालय के परिसर में किया गया, जहाँ एक अच्छा और लक्ष्य-स्मृद्ध वातावरण था। कॉलेज के छात्र आम तौर पर स्वीकार करते हैं कि वे अपने जागने के घंटों का एक तिहाई काम टालने में बिताते हैं, और कौन जानता है कि वास्तव में कितना अधिक समय बर्बाद हो रहा है। केस वेस्टर्न यूनिवर्सिटी में स्वास्थ्य मनोविज्ञान पढ़ाने वाली टाइस ने कुछ माध्यमों से अपनी कक्षा में काम में देरी करने वालों की पहचान की। सबसे पहले, सत्र की शुरुआत में, उन्होंने छात्रों से उनकी कार्य आदतों के बारे में एक प्रश्नावली भरवाई। उसके बाद उन्होंने एक कार्य दिया, जिसकी समय-सीमा शुक्रवार थी। टाइस ने यह भी घोषणा की कि शुक्रवार की समय-सीमा का पालन ना कर पाने वाले लोग अगले मंगलवार को अपना पेपर जमा कर सकते हैं, और अगर मंगलवार को भी नहीं कर पाए तो वे अगले शुक्रवार को उनके दफ़्तर में आकर उन्हें दे सकते हैं - मूल समय-सीमा से एक एक सप्ताह गुज़रने के बाद। बाद में उन्होंने पाया कि जिन छात्रों ने विलंब प्रश्नावली में उच्च अंक प्राप्त किए थे, उनमें से कुछ ने पहली दो समय-सीमाओं के बारे में सोचने तक की जहमत नहीं उठाई थी। जहाँ तक उनका सवाल है, दो बार बढ़ाई गई नियत तारीख़ ही एकमात्र ऐसी तारीख़ थी जो मायने रखती थी।

जमा किए गए कार्य को प्रशिक्षकों द्वारा वर्गीकृत किया गया था, जिन्हें यह नहीं पता था कि काम कब प्रस्तुत किया गया था, लेकिन टाइस और बॉमाइस्टर ने उस जानकारी पर नज़र रखी, ताकि वे छात्रों के प्रदर्शन की तुलना कर सकें। टालमटोल करने वालों का - जैसा कि प्रश्नावली और उनके पेपर में देरी से आने के आधार पर मापा जाता है - प्रत्येक शैक्षणिक मूल्यांकन के अनुसार बदतर प्रदर्शन किया : उनके पेपर पर कम अंक थे, उनके मध्यावधि और अंतिम परीक्षाओं में भी कम अंक थे। लेकिन क्या उन्हें अन्य तरीक़ों से फ़ायदा हुआ होगा? इस स्वास्थ्य मनोविज्ञान कक्षा में एक अलग परियोजना के रूप में, छात्रों ने अपने स्वयं के स्वास्थ्य का रिकॉर्ड रखा, जिसमें उनके सभी लक्षण और बीमारियाँ शामिल थीं और यह भी दर्ज था कि उन्होंने कितनी बार विश्विद्यालय परिसर के क्लिनिक या अन्य स्वास्थ्य देखभाल केंद्रों का दौरा किया। जब टाइस ने पहली छमाही के अध्ययन के निष्कर्षों की समीक्षा की, तो उन्हें एक आश्चर्यजनक परिणाम मिला : विलंब करने वाले स्वस्थ थे! उनमें कम लक्षण पाए गए और स्वास्थ्य केंद्रों पर जाने के अवसर भी कम थे। ऐसा लग रहा था जैसे किसी तरह का व्यापार हो: निश्चय ही, काम को जल्दी जमा करने वालों ने विलंब करने वालों की तुलना में अपना काम समय पर किया था और बेहतर अंक प्राप्त किए थे, लेकिन विलंब करने वालों का स्वास्थ्य अच्छा था। ऐसा प्रतीत हुआ जैसे कि समय-सीमा के पहले आत्म-नियंत्रण का

अभ्यास करने से कुछ तनाव का सामना करना पड़ा, शायद प्रतिरक्षा प्रणाली से ग्लूकोज की दिशा को बदलकर। लेकिन जब बॉमाइस्टर और टाइस ने इस परिणाम पर विचार किया, तो उन्हें याद आया कि छात्रों का स्वास्थ्य रिकॉर्ड रखने का काम सेमेस्टर के अंतिम सप्ताह से पहले ही समाप्त हो गया था – ठीक उसी समय जब टालमटोल करने वाले अपने आख़िरी मिनट के पेपर पर काम कर रहे थे। जब वे काम नहीं कर रहे थे तो शायद वे अधिक स्वस्थ रहे होंगे, लेकिन कार्यकाल के अंत में, जब समय सीमा समाप्त हो गई, तो उनका क्या हुआ?

इसलिए प्रयोग को दूसरे सेमेस्टर में दूसरी कक्षा के साथ दोहराया गया, और इस बार छात्रों ने अंतिम परीक्षाओं के दौरान बीमारियों, लक्षणों और चिकित्सक के दौरे पर नज़र रखना जारी रखा। एक बार फिर टालमटोल करने वालों को कम अंक मिले और सेमेस्टर की शुरुआत में उनका स्वास्थ्य अच्छा था, जब कक्षा के कुछ शुरुआती छात्र अपने पेपर पर काम करते समय सर्दी से परेशान थे। विलंब करने वाले शायद बाहर फ्रिस्बी खेल रहे होंगे, पार्टियों में आराम कर रहे होंगे, भरपूर नींद ले रहे होंगे। एक टालमटोल करने वाले व्यक्ति के लिए जिसकी समय-सीमा बहुत दूर है, जीवन बहुत अच्छा है। लेकिन अंततः समय-सीमा समाप्त होने वाली होती है। सेमेस्टर के अंत में, विलंब करने वालों को दूसरों की तुलना में कुछ ज़्यादा तनाव का सामना करना पड़ा। अब उन्हें अपने लंबे समय से इकट्ठा हुए काम को करने के लिए पूरी ताक़त लगानी पड़ रही थी, उन्होंने लक्षणों और बीमारियों में तेज़ी से वृद्धि की सूचना दी। वास्तव में, सेमेस्टर के अंत में काम में देरी करने वाले अन्य छात्रों की तुलना में इतने अधिक बीमार थे कि इसने शुरुआती हफ़्तों में उनके बेहतर स्वास्थ्य को रद्द कर दिया। उनकी सारी रात सोने की आदत पर असर पड़ा और कुल मिलाकर उन्हें स्वास्थ्य संबंधी अधिक समस्याएँ हुईं।

सबसे ख़राब विलंबकर्ता तीसरी और अंतिम समय सीमा को पूरा करने में भी कामयाब नहीं हुए। वे उस रियायत पर वापस आ गए जो कई विश्वविद्यालय छात्रों को विलंबित करने की पेशकश करते हैं, जो कि ''अधूरे'' अंक लेना है, इस प्रकार काम को अगले सेमेस्टर तक के लिए स्थगित कर देना है। विश्वविद्यालय ने अपूर्ण अंक की अनुमति दी थी, लेकिन उसकी दृढ़ नीति थी कि सभी काम पूरा करके जमा कर देना चाहिए ताकि अंकों को अगले सेमेस्टर के किसी विशेष शुक्रवार को शाम 5 बजे तक रजिस्ट्रार को सौंपा जा सके। उसके बाद वह शुक्रवार अंतिम और तय समय-सीमा था, जिसमें टाइस के उन छात्रों के पास बदलाव के लिए कोई जगह नहीं थी, जिन्होंने काम पूरे नहीं किए थे– एक समूह जिसमें अपरिहार्य रूप से वह महिला छात्र भी थी जिसने सत्र की शुरुआत में विलंब प्रश्नावली में सबसे अधिक अंक प्राप्त किए थे। विश्वविद्यालय की नीति के अनुसार, यह उस पर निर्भर था कि

वह काम को पूरा करने के लिए अपने शिक्षक के साथ एक समय-सारिणी बनाए ताकि उसे पढ़ने और अंक करने के लिए समय मिल सके। कई सप्ताह बीत गए लेकिन उसकी तरफ़ से एक संदेश तक नहीं आया। अंततः, उस अंतिम शुक्रवार को रजिस्ट्रार के पास अंक जमा करने से महज़ दो घंटे पहले उस छात्र ने फ़ोन किया।

"हेलो, डॉ टाइस" उसने बेफ़िक्री के साथ कहा। "क्या आप मुझे याद दिला सकती हैं कि अंतिम सत्र में आपकी कक्षा के लिए टर्म पेपर का विषय क्या था?"

जैसा कि आप अनुमान लगा सकते हैं, उसने समय पर अपना काम पूरा नहीं किया। यह वही समय है जब कोई भी संकल्पशक्ति आपको नहीं बचा पाएगी। लेकिन अधिकांश लोग, यहाँ तक कि लंबे समय तक काम टालने वाले भी, अपराध करना सीखकर उस भाग्य से बच सकते हैं। इस पुस्तक में अब तक, हमने सैकड़ों आत्म-नियंत्रण प्रयोगों और रणनीतियों पर चर्चा की है। आइए अब उनकी समीक्षा करें और उन्हें उपयोग में लाएँ।

संकल्पशक्ति 101, प्रथम पाठ : अपनी सीमाएँ जानें

इससे कोई फ़र्क़ नहीं पड़ता कि आप क्या हासिल करना चाहते हैं, अपराध के साथ खेलना अध्याय 1 से मिले दो मौलिक सीख की पहचाना से शुरू होता है: संकल्पशक्ति की आपकी आपूर्ति सीमित है, और आप कई अलग-अलग चीज़ों के लिए एक ही संसाधन का उपयोग करते हैं। आपके प्रत्येक दिन की शुरुआत ताज़ी और नई संकल्पशक्ति के साथ हो सकती है, कम से कम अगर अपने रात में अच्छी नींद ली हो और सुबह में अच्छा नाश्ता खाया हो। लेकिन फिर पूरे दिन अलग-अलग चीज़ें उसमें उलझती हैं और उसकी मात्रा कम करती रहती हैं। आधुनिक जीवन की जटिलता इस बात को दिमाग़ में रखना मुश्किल बिना देती है कि ये सभी असंबंधित प्रतीत होने वाले काम और मांगें आपके अंदर एक ही कारण से आती हैं।

कुछ ऐसी चीज़ों पर विचार करें जो एक सामान्य दिन में घटित होती हैं। भले ही आपका शरीर अधिक नींद चाहता हो, फिर भी आप अपने आप को बिस्तर से बाहर खींच लेते हैं। आप यातायात संबंधी परेशानियों से जूझते हैं। जब आपका बॉस या जीवनसाथी आपको गुस्सा दिलाता है, या जब कोई स्टोर क्लर्क "बस एक सेकंड" कहता है और आपके पास वापस आने में छह मिनट का समय लेता है, तो आप अपनी जीभ पर नियंत्रण रखते हैं। जब कोई सहकर्मी उबाऊ बैठक के दौरान आपकी ओर देखता है तो आप अपने चेहरे पर रुचिपूर्ण, सतर्क अभिव्यक्ति बनाए रखने की कोशिश करते हैं। आप बाथरूम जाना टाल देते हैं। किसी कठिन

परियोजना में आप पहला क़दम उठाते हैं। आप दोपहर के खाने में अपनी प्लेट में रखी सभी फ्रेंच फ्राइज़ को ख़ाना चाहते हैं लेकिन आप उनमें से आधा या लगभग हिस्सा छोड़ देते हैं, या (अपने साथ मोलभाव करने के बाद)। आप जॉगिंग के लिए ख़ुद पर दबाव डालते हैं, और जब आप जॉगिंग करते हैं तो आप अपने आप को तब तक दौड़ते रहने के लिए कहते हैं, जब तक कि आप अपना वर्कआउट पूरा नहीं कर लेते। इनमें से प्रत्येक पर आपने अपनी संकल्पशक्ति का जो हिस्सा ख़र्च किया, वह बाक़ी चीज़ों के लिए उसकी मात्रा को तय करता है।

यह कमी सहज रूप से स्पष्ट नहीं है, खासकर जब निर्णय लेने के प्रभाव की सराहना करने की बात आती है। वस्तुतः किसी को भी इस बात का अंदाज़ नहीं है कि निर्णय लेना कितना थका देने वाला है। रात के खाने में क्या खाना है, छुट्टी पर कहाँ जाना है, किसे काम पर रखना है, कितना ख़र्च करना है – इन सभी के लिए संकल्पशक्ति की आवश्यकता होती है। यहाँ तक कि काल्पनिक निर्णय भी ऊर्जा को ख़त्म कर देते हैं। याद रखें कि कुछ कठिन निर्णय लेने के बाद आपका आत्म–नियंत्रण कमज़ोर होने वाला है।

यह भी याद रखें कि परिश्रम महत्त्वपूर्ण है, परिणाम नहीं। यदि आप प्रलोभन से संघर्ष करते हैं और फिर हार मान लेते हैं, तो आप अभी भी क्षीण हैं, क्योंकि आपने संघर्ष किया है। समर्पण करने से आपके द्वारा पहले ही ख़र्च की गई संकल्पशक्ति की पूर्ति *नहीं* होती है। यह बस आपको और अधिक लंबित रहने से बचाता है। हो सकता है कि आपने अपना दिन कई प्रकार के प्रलोभनों और आवेगों के आगे झुककर बिताया हो, लेकिन फिर भी कुछ समय के लिए प्रत्येक प्रलोभन का विरोध करके आपने काफ़ी ऊर्जा ख़र्च की होगी। आप उन कामों या गतिविधियों में भाग लेकर भी संकल्पशक्ति का उपयोग कर सकते हैं जो आपको पसंद नहीं हैं। अपने आप को कुछ ऐसा करने के लिए मजबूर करना जो आप वास्तव में इस समय नहीं करना चाहते हैं – टकीला पीना, सेक्स करना, सिगार पीना – आपकी संकल्पशक्ति में कमी लाएगा। इसी तरह, सबसे थका देने वाले निर्णय वे होते हैं जो आपको कठिन लगते हैं, भले ही वे दूसरों को स्पष्ट लगें। आपका तर्कसंगत आत्म पूरी तरह से आश्वस्त हो सकता है कि आपको अतिरिक्त कमरे के साथ किफ़ायती अपार्टमेंट किराए पर लेना चाहिए, लेकिन शानदार दृश्य के साथ अव्यवहारिक अपार्टमेंट को छोड़ने का फ़ैसला आपको थका देगा।

लक्षणों पर नज़र रखें

कमी को स्पष्ट रूप से 'महसूस' नहीं किया जा सकता है। इसलिए आपको सूक्ष्म, आसानी से ग़लत समझे जाने वाले संकेतों पर नज़र रखने की ज़रूरत है। क्या चीज़ें

आपको ज़रूरत से ज़्यादा परेशान करने लगती हैं? क्या आपके जीवन पर किसी तरह वॉल्यूम बढ़ा दिया गया है, ताकि चीज़ें सामान्य से अधिक दृढ़ता से महसूस की जा सकें? क्या साधारण चीज़ों के बारे में भी निर्णय लेना अचानक कठिन हो जाता है? क्या आमतौर पर आपको कोई निर्णय लेने या मानसिक या शारीरिक रूप से खुद पर दबाव डालने की इच्छा नहीं होती है? यदि ऐसी भावनाओं पर आपका ध्यान जाता है या आप गौर करते हैं, तो पिछले कुछ घंटों पर विचार करें और देखें कि क्या आपको ऐसा लगता है कि आपकी संकल्पशक्ति ख़त्म हो गई है। यदि हाँ, तो अपने व्यवहार पर पड़ने वाले प्रभावों का अनुमान लगाते हुए जो कुछ बचा है उसे संरक्षित करने का प्रयास करें।

जब आप कमी से जूझ रहे होते हैं, तब निराशा आपको सामान्य से अधिक परेशान करती है। आप कुछ ऐसा कहने के लिए प्रवृत्त होंगे जिसके लिए आपको पछतावा होगा। खाने, पीने, ख़र्च करने या अन्य काम करने के आवेगों का विरोध करना सामान्य से अधिक कठिन होगा। जैसा कि हमने पहले कहा था, आपके जीवन में तनाव कम करने का सबसे अच्छा तरीक़ा गड़बड़ करना बंद करना है, लेकिन जब आप थक जाते हैं तो आप ग़लतियाँ करने के लिए उत्तरदायी होते हैं जिससे आपका ख़र्च बढ़ सकता है, रिश्तों में इतना नुक़सान हो सकता है कि उन्हें सुधारना मुश्किल हो, वज़न बढ़ सकता है। जब आपकी ऊर्जा का स्तर कम हो तो ख़ुद को जकड़ने वाले फ़ैसले लेने से बचें, क्योंकि आप तवारित लाभ लेकिन लंबे समय में नुक़सान पहुँचाने वाले फ़ैसले लेंगे। निर्णय के दीर्घकालिक परिणामों पर अतिरिक्त भार डालकर क्षतिपूर्ति करने का प्रयास करें। अतार्किक पूर्वाग्रहों और आलसी शॉर्टकट के आगे झुकने से बचने के लिए, अपने निर्णय के लिए अपने कारण स्पष्ट करें और विचार करें कि क्या उनका कोई मतलब है।

आपकी निष्पक्षता और संतुलित निर्णय लेने की क्षमता प्रभावित होगी। आप यथास्थिति में बने रहने की इच्छा रखते हुए समझौतों के प्रति कम झुकाव रखेंगे, विशेषरूप से यदि व्यापार-विवाद में बहुत अधिक मानसिक कार्य शामिल हो। अध्याय 4 में चर्चा किए गए कमज़ोर पैरोल न्यायाधीशों की तरह, आप सुरक्षित, आसान विकल्प लेने के लिए इच्छुक होंगे, भले ही वह विकल्प किसी और को नुक़सान पहुँचाता हो। इन प्रभावों के बारे में जागरूक होने से आपको क्षीण अवस्था के कुछ ख़तरों का विरोध करने में मदद मिल सकती है।

और जिम टर्नर की तरह, जिस अभिनेता के बारे में हमने अध्याय 2 में चर्चा की थी, आप खुद को सबसे सरल विकल्प चुनने में असमर्थ पा सकते हैं, भले ही वे आपकी मदद करते हों। मधुमेह से अपने संघर्ष के बारे में अपने वन-मैन शो में, टर्नर समुद्र तट पर एक दिन के बारे में बताते हैं, जब उन्हें लगा कि उनका रक्त

शर्करा ख़तरनाक रूप से कम हो रहा है। उसे एहसास हुआ कि उसे और उसके बेटे को, जो उस समय चार साल का था, जल्दी से निकलना होगा, और उन्होंने लड़के के खिलौनों को इकट्ठा करना शुरू कर दिया और उन्हें उन दो बक्सों में रखना शुरू कर दिया, जिन्हें वह समुद्र तट पर लाया था। लेकिन ग्लूकोज का स्तर इतना कम होने के कारण, टर्नर अपने विकल्पों से परेशान था : किस डिब्बे में कौन सा खिलौना? वह हताश होकर पहले नियम पर क़ायम हो गया जो उसके दिमाग़ में आया – प्रत्येक खिलौने को *ठीक उसी डिब्बे में जाना था जिसमें वह आया था* – और खिलौनों को पीछे-पीछे करने में जुनूनी रूप से समय बर्बाद किया, क्योंकि उसका रक्त शर्करा गिरता जा रहा था। फिर, जब वे अंततः चले गए और समुद्र तट के किनारे की सुविधाओं की ओर बढ़े – एक स्नैक बार और एक सार्वजनिक शौचालय – तो वह एक और निर्णय से स्तब्ध रह गए।

टर्नर याद करते हुए बताते हैं, "मैं वहाँ पंद्रह मिनट तक खड़ा रहा और ख़ुद से संवाद करता रहा कि : पहले पेशाब करूँ या पहले खाना खाऊँ?" "मेरा बेटा मुझे खींच रहा था लेकिन मैं निर्णय नहीं ले पाया। यह इतना थका देना वाला था कि मैं अंततः बैठ गया। मेरा बेटा परेशान हो रहा था। अंततः उठकर खाना खाने से पहले मैं वहाँ क़रीब आधे घंटे बैठा रहा।"

अगली बार जब आप समय-सारिणी से जुड़े फ़ैसले से संघर्ष कर रहे हों तो आप टर्नर की उस छवि को अपने दिमाग़ में रख सकते हैं और सोच सकते हैं कि – एक आदमी शौचालय जाने को लेकर फ़ैसले लेने में इतना थक गया कि वह समुद्र तट पर ही बेहोश हो गया। ग्लूकोज़ की कमी आपके साथ यही कर सकता है। टर्नर कहते हैं, "ऐसा महसूस होता है जैसे आपके दिमाग़ का एक हिस्सा आपसे ले लिया गया है। आप ध्यान केंद्रित नहीं कर सकते हैं। आप यह जानते हुए बैठे रहते हैं कि कुछ होना चाहिए, और आपको आश्चर्य होता है कि आप ऐसा क्यों नहीं कर सकते।" आप ऐसा तब तक नहीं कर सकते जब तक आप वही विकल्प नहीं चुन लेते जिससे अंततः टर्नर को बचाया गया : पहले भोजन करना। प्रयोगशालाओं में शोध करने वाले शोधकर्ता चीनी से भरे पेय देकर इस मूल ईंधन की भरपाई करते हैं, क्योंकि वे जल्दी काम करते हैं, लेकिन प्रोटीन का उपयोग करना बेहतर है। अपने शरीर के लिए कुछ स्वस्थ आहार लें, आधे घंटे तक प्रतीक्षा करें, और फिर निर्णय लेना इतना मुश्किल नहीं लगेगा।

अपनी लड़ाइयाँ चुनें

आप अपने जीवन में आने वाले तनावों को नियंत्रित नहीं कर सकते या उनकी भविष्यवाणी भी नहीं कर सकते, लेकिन आप किसी अपराध की योजना बनाने के

लिए शांत समय-अंतराल, या कम से कम शांतिपूर्ण क्षणों का उपयोग कर सकते हैं। एक व्यायाम कार्यक्रम शुरू कर सकते हैं, या कोई नया कौशल सीख सकते हैं। धूम्रपान छोड़ दें, शराब पीना कम करें, स्वस्थ आहार की दिशा में एक या दो स्थायी परिवर्तन करें। ये सब अपेक्षाकृत कम समय में सबसे अच्छे तरीक़े से किया जा सकता है, जब आप अपनी संकल्पशक्ति के अधिकांश भाग को कार्य में लगा सकते हैं।

''यह कि मैं नहीं कर सकता हूँ'' ब्लेन ने कहा। ''जब हर तरफ़ मच्छर ही मच्छर हों, मैं भाग जाता हूँ। यह कुछ ऐसा है जिससे मैं निपट नहीं सकता।''

जब आप अपनी लड़ाई चुनते हैं, तो तात्कालिक चुनौतियों से परे देखें और अपने जीवन को परिप्रेक्ष्य में रखें। क्या आप वहीं हैं जहाँ आप होना चाहते हैं? बेहतर क्या हो सकता था? आप इसके बारे में क्या कर सकते हैं? बेशक, आप इसे हर दिन नहीं कर सकते हैं, और निश्चित रूप से व्यस्त, तनावपूर्ण समय के दौरान नहीं, लेकिन आप साल में कम से कम एक दिन - शायद आपका जन्मदिन - कुछ विचार करने और नोट्स लिखने के लिए अलग रख सकते हैं कि आपने अपना पिछला साल कितने अच्छे से बिताया। यदि आप इसे एक वार्षिक अनुष्ठान बनाते हैं, तो आप पिछले वर्षों के नोट्स को देखकर यह पता कर सकते हैं कि आपने कितनी और किस प्रकार की प्रगति की है : कौन से लक्ष्य पूरे हो गए, कौन से लक्ष्य बचे हैं, किसकी उम्मीद करना बेमानी है। आपके पास हमेशा अधिक विशिष्ट मध्यवर्ती लक्ष्यों के साथ-साथ कम से कम एक अस्पष्ट पाँच-वर्षीय उद्देश्य होना चाहिए, जैसे कि मासिक योजनाएँ जिनकी हमने अध्याय 3 में चर्चा की थी। इस बात का अंदाज़ लगाएँ कि आप एक महीने में क्या हासिल करना चाहते हैं और वहाँ तक कैसे पहुँच सकते हैं। कुछ लचीलापन छोड़ें और असफलताओं का पूर्वानुमान लगाएँ। जब आप महीने के अंत में अपनी प्रगति की जाँच करते हैं, तो याद रखें कि आपको हर बार प्रत्येक लक्ष्य को पूरा नहीं करना है - महत्त्वपूर्ण बात यह है कि आपका जीवन महीने-दर-महीने धीरे-धीरे बेहतर होता जाता है।

बड़े और त्वरित परिवर्तनों का लक्ष्य रखना यदि असंभव लगे तो उल्टा असर डालेगा। यदि आप खुद को पूरी तरह से धूम्रपान छोड़ने के लिए तैयार नहीं कर सकते हैं, तो प्रति दिन दो या तीन सिगरेट कम करने का प्रयास करें। यदि आप बहुत अधिक शराब पी रहे हैं, लेकिन शराब छोड़ने की क़सम नहीं खाते हैं, तो शायद आप एक साप्ताहिक योजना बना सकते हैं जो शराब को सप्ताहांत तक सीमित करती है, या जो प्रत्येक सप्ताह में कई रातें बिना शराब पीने के लिए निर्दिष्ट करती है, जबकि अन्य रातों में आप जो चाहें उसे करने की अनुमति देती है। क्या आप

ऐसे व्यक्ति हैं जो शाम को शराब पीने की आदत को बीच में रोककर एक घंटे तक शराब नहीं पी सकते और यह देख सकते हैं कि आप किस स्थिति में हैं, और फिर यह निर्णय ले सकते हैं कि शराब पीना फिर से शुरू करना है या नहीं? यदि आप हैं, तो यह क्षति को सीमित करने का एक प्रभावी तरीक़ा हो सकता है। लेकिन अगर आप उन लोगों में से नहीं हैं, तो अपने आप को धोखा मत दीजिए। प्रभावी योजना को आपकी संकल्पशक्ति का बजट भी बनाना चाहिए। आप आज, इस शाम और अगले महीने अपनी संकल्पशक्ति कैसे ख़र्च करेंगे? यदि आगे कुछ अतिरिक्त चुनौतियाँ हैं, जैसे कर चुकाना या यात्रा करना, तो पता लगाएँ कि आपको अतिरिक्त संकल्पशक्ति कहाँ से मिलेगी, जैसे कि अन्य माँगों में कटौती करना।

जब आप अपने समय का बजट बना रहे हों, तो परिश्रम को उसके आवश्यक हिस्से से अधिक नहीं दें। पार्किंसन का नियम याद रखें : कार्य का विस्तार होता है ताकि उसके पूरा होने के लिए उपलब्ध समय को पूरा किया जा सके। कठिन कार्यों के लिए एक निश्चित समय सीमा निर्धारित करें। ''तहख़ाने को साफ़ करें'' या ''कोठरियों को पुनर्व्यवस्थित करने'' में पूरा दिन लग सकता है - यदि आप कभी भी इसके आसपास गए हों, जो आप नहीं करेंगे, क्योंकि आप अपने जीवन का एक भी दिन इतनी सांसारिक चीज़ में नहीं गँवाना चाहते हैं। लेकिन यदि आप एक या दो घंटे की स्पष्ट सीमा निर्धारित करते हैं, तो आप इस शनिवार को कुछ काम कर सकते हैं (और फिर, यदि आवश्यक हो, तो किसी अन्य सप्ताहांत के लिए काम की एक और छोटी अवधि की योजना बनाएं)। यहाँ तक कि उत्पादकता के गुरु डेविड एलन भी पार्किंसंस नियम के लिए अनुमति देते हैं। जब वह *गेटिंग थिंग्स डन* पर भाषण देने के लिए यात्रा करते हैं, तो प्रस्थान से पैंतीस मिनट पहले तक पैकिंग शुरू नहीं करते हैं। वह कहते हैं, ''मुझे पता है कि मैं पैंतीस मिनट में सामान पैक कर सकता हूँ,'' लेकिन अगर मैं इससे पहले शुरुआत करता हूँ, तो मैं इस पर छह घंटे ख़र्च कर सकता हूँ। अपने आप को एक समय सीमा देना मुझे ऐसे निर्णय लेने के लिए मजबूर करता है जो मैं समय से पहले नहीं लेना चाहता - और मैंने अपने बारे में इसे स्वीकार कर लिया है। मुझे लड़ने के लिए बड़ी लड़ाइयाँ मिली हैं।

एक कार्य सूची बनाएँ - या कम से कम ऐसे कार्यों की सूची जो आप नहीं करेंगे

हमने अध्याय 3 को कार्य सूची के गौरवशाली इतिहास के लिए समर्पित किया है, लेकिन हमें एहसास है कि कुछ पाठकों को अभी भी इसे तैयार करने का मन नहीं हो सकता है। यह नीरस और अटपटा लग सकता है। यदि ऐसा है, तो इसे एक ऐसी

सूची के रूप में सोचने का प्रयास करें जिसे नहीं करें : उन चीज़ों की एक सूची जिन्हें लिखने के बाद आपको चिंता करने की ज़रूरत नहीं है। जैसा कि हमने ज़िगार्निक प्रभाव की अपनी चर्चा में देखा, जब आप अधूरे कार्यों को नज़रअंदाज़ करने की कोशिश करते हैं, तो आपका अचेतन उनके बारे में उसी तरह परेशान होता रहता है, जैसे कान का कीड़ा अधूरा गाना बजाता रहता है। आप उन्हें टाल-मटोल करके या स्वयं उन्हें भूल जाने के लिए तैयार होकर अपने मस्तिष्क से नहीं निकाल सकते।

लेकिन एक बार जब आप एक विशिष्ट योजना बना लेते हैं, तो आपका अचेतन शांत हो जाता है। आपको कम से कम विशिष्ट अगला क़दम उठाने की योजना बनाने की आवश्यकता है : क्या करना है, किससे संपर्क करना है, इसे कैसे करना है (व्यक्तिगत रूप से? फ़ोन द्वारा? ई-मेल द्वारा?) यदि आप इसकी भी विशेष योजना बना सकते हैं कि इसे कब और कहाँ करना है, तो बहुत बेहतर होगा, लेकिन यह आवश्यक नहीं है। जब तक आप तय कर लेते हैं कि क्या करना है और इसे सूची में डालते हैं, तब तक आपका अचेतन आराम कर सकता है।

योजना संबंधी भ्रम से सावधान रहें

जब भी आप कोई लक्ष्य निर्धारित करें, तो उस बात से सावधान रहें जिसे मनोवैज्ञानिक नियोजन भ्रांति कहते हैं। यह युवा छात्रों से लेकर अनुभवी अधिकारियों तक सभी को प्रभावित करता है। आख़िरी बार आपने किसी राजमार्ग या इमारत के छह महीने पहले पूरा होने के बारे में कब सुना था? देर से तैयार होना और तैयार होने में अधिक बजट का होना आम बात है।

ऑनर्स थीसिस पर काम कर रहे कॉलेज के वरिष्ठ नागरिकों को शामिल करते हुए एक प्रयोग में नियोजन संबंधी भ्रांति को परिमाणित किया गया। मनोवैज्ञानिक रोजर ब्यूहलर और उनके सहयोगियों ने इन वरिष्ठों से सबसे अच्छे और सबसे ख़राब मामले की भविष्यवाणियों के साथ-साथ इस बात की भी भविष्यवाणी करने के लिए कहा कि वे संभवतः इसे कब पूरा कर पाएँगे। औसतन, छात्रों ने भविष्यवाणी की थी कि इसे पूरा होने में चौंतीस दिन लगेंगे, लेकिन वास्तव में उन्हें लगभग दोगुना समय लगा – छप्पन दिन। केवल मुट्ठी भर लोग ही अपनी भविष्यवाणी के अनुसार समय पर काम को पूरा कर पाए। सबसे ख़राब स्थिति की भविष्यवाणी, इस धारणा पर आधारित है कि सब कुछ जितना संभव हो उतना ख़राब हो जाएगा, – आख़िरकार, शायद ही कभी *सब कुछ* ग़लत होता है – लेकिन वास्तव में ऐसा नहीं था। आधे छात्र भी अपनी सबसे ख़राब स्थिति वाली अनुमानित तिथि तक अपना काम समाप्त नहीं कर पाए थे। नियोजन संबंधी भ्रांति लगभग हर किसी

को प्रभावित कर सकती है, लेकिन यह विलंब करने वालों पर विशेष प्रभाव डालती है, जो अंतिम समय में एक केंद्रित प्रयास से काम पूरा करने की उम्मीद करते हैं। यह रणनीति काम कर सकती है यदि वे समय सीमा से ठीक पहले पर्याप्त समय अपने लिए छोड़ दें, लेकिन वे ऐसा नहीं करेंगे। वे काम में लगने वाले समयावधि को कम आँकेंगे, और फिर उन्हें पता चलेगा कि उनके पास इसे अच्छी तरह से करने के लिए पर्याप्त समय नहीं बचा है।

नियोजन संबंधी भ्रांति से बचने का एक तरीक़ा यह है कि आप स्वयं को अपने अतीत के बारे में सोचने के लिए बाध्य करें। यदि टाइस की विलंब करने वाली उस छात्रा ने गंभीरता से विचार किया होता कि उसे पिछले टर्म पेपर लिखने में कितना समय लगा, तो उसने अगले पेपर में अपने कुछ अधिक घंटे लगाए होते। ऑनर्स-थीसिस प्रयोग में, जब छात्रों को अपनी भविष्य की योजनाओं को अपने पिछले प्रोजेक्टों पर आधारित करने के लिए निर्देशित किया गया, तो वे अपनी थीसिस के पूरा होने की तारीख़ की भविष्यवाणी करने में अधिक यथार्थवादी थे। एक और खोज यह थी कि छात्र अधिक यथार्थवादी थे और इसलिए *अन्य* छात्रों की थीसिस के पूरा होने की तारीख़ों की अधिक सटीकता के साथ भविष्यवाणी कर पाए। हम सभी, चाहे हम गंभीर रूप से काम को टालने वाले हों या नहीं, अपने काम के प्रति आशावादी पूर्वाग्रह रखते हैं, इसलिए दूसरों से हमारी योजनाओं की समीक्षा करने के लिए कहना समझदारी है। आप अपनी योजनाओं की रूपरेखा बताते हुए एक त्वरित ई-मेल लिख सकते हैं, या बातचीत में इसका संक्षेप में वर्णन कर सकते हैं। या आप उस प्रबंधन तकनीक का पालन करके थोड़ा अधिक व्यवस्थित हो सकते हैं (ज्यादा जटिल हुए बिना) जिसका उपयोग एरोन पैट्ज़र ने Mint.com को एक छोटे स्टार्ट-अप से लाखों लोगों के वित्त पर नज़र रखने वाली कंपनी तक मार्गदर्शन करने के लिए किया था।

पैट्ज़र कहते हैं, "हम बस अपने प्रबंधकों और अन्य कर्मचारियों से सप्ताह के लिए अपने शीर्ष लक्ष्य निर्धारित करने के लिए कहते हैं। आपके पास तीन से अधिक लक्ष्य नहीं हो सकते हैं, और यदि आपके पास तीन से कम लक्ष्य हैं तो यह ठीक है। प्रत्येक सप्ताह हम इस बात पर विचार करते हैं कि हमने पिछले सप्ताह क्या किया था और हमने उन लक्ष्यों को पूरा किया या नहीं, और फिर प्रत्येक व्यक्ति इस सप्ताह के लिए शीर्ष तीन लक्ष्य निर्धारित करता है। यदि आप केवल लक्ष्य एक और दो को पूरा करते हैं, लेकिन तीन को नहीं, तो यह ठीक है, लेकिन जब तक आप शीर्ष तीन को पूरा नहीं कर लेते, तब तक आप अन्य लक्ष्यों पर काम करना नहीं छोड़ सकते। बस, इसी तरह हम प्रबंधन करते हैं। यह सरल है, लेकिन यह आपको प्राथमिकता देने के लिए मजबूर करता है, और यह कठोर है।"

बुनियादी बातें नहीं भूलें (जैसे अपने मोज़े बदलना)

जैसे ही आप अपने लक्ष्य की ओर काम करना शुरू करते हैं, आपका मस्तिष्क स्वचालित रूप से अन्य तरीक़ों से संकल्पशक्ति के ख़र्च पर बचत करना शुरू कर देता है। परीक्षा के समय के उन कॉलेज छात्रों को याद करें जिनकी हमने अध्याय 1 में चर्चा की थी – जो मोज़े बदलने, अपने बाल धोने, बर्तन साफ़ करने और स्वस्थ भोजन खाने में ढीले हो गए थे? उन्हें, परीक्षा की तैयारी में अपनी सारी ऊर्जा लगाने के लिए ये कटौती एक उचित क़ीमत लगती होगी। लेकिन शायद यह साथ रहने वाले कुछ लोगों को उचित नहीं लगा, जिन्हें उनके मोज़े सूँघने पड़ते थे और गंदगी साफ़ करनी पड़ती थी, और परिणामी विवादों ने शायद सभी को थका दिया था। लंबे समय में, गंदगी आपको ऊर्जा की और स्वस्थ रिश्तों की कमी की स्थिति में लाकर खड़ा कर देते हैं।

उन भूखे कलाकारों को भूल जाएँ, जो गंदे कमरे में पूरे समय मेहनत करते हुए बहुत उम्दा काम करते हैं। यदि आप अपने शरीर की बुनियादी देखभाल करें, अच्छा खाना और अच्छी नींद लें तो ऐसे में आत्म-नियंत्रण सबसे अधिक प्रभावी होगा। आप मिठाइयाँ खा सकते हैं लेकिन नियमित रूप से स्वास्थ्यवर्धक भोजन लेना भी सुनिश्चित करें ताकि आपके दिमाग़ के पास पर्याप्त ऊर्जा हो। नींद संभवतः भोजन से अधिक महत्त्वपूर्ण है : शोधकर्ता नींद की कमी के विषय पर जितना अधिक शोध कर रहे हैं, उसके उतने अधिक प्रभाव सामने आ रहे हैं। सुबह के समय कॉफ़ी का एक बड़ा मग नींद का पर्याप्त विकल्प तब तक नहीं है, जब तक कि आपका शरीर पर्याप्त आराम मिल चुकने के बाद अपने आप नहीं जाग जाता। एक पुरानी सलाह जो यह कहती है कि सुबह में चीज़ों के बेहतर लगने का संबंध दिन की रोशनी से नहीं और इसका पूरा संबंध थकावट से है। एक शांत संकल्पशक्ति एक मजबूत संकल्पशक्ति है।

अपनी संकल्पशक्ति को बढ़ाने का एक और सरल पुराने जमाने का तरीक़ा यह है कि इसका थोड़ा सा हिस्सा साफ़-सफ़ाई पर ख़र्च किया जाए। जैसा कि हमने अध्याय 7 में बताया है, एक साफ़ डेस्क देखने की तुलना में एक गंदी डेस्क देखकर या एक साफ़-सुथरे और व्यवस्थित वेबसाइट की तुलना में एक कामचलाऊ वेबसाइट देखकर लोगों का आत्म-नियंत्रण कम हो जाता है। संभव है कि आप इसकी चिंता ना करें कि आपका बिस्तर बना हुआ है या नहीं और आपकी मेज़ साफ़ है या नहीं, लेकिन आपके आसपास के ये दृश्य आपके दिमाग़ और आपके व्यवहार को सूक्ष्मता से प्रभावित करते हैं, और अंततः आत्म-अनुशासन बनाए रखने का आपका दबाव कम हो जाता है। यह क्रम संक्रामक प्रतीत होता है।

अन्य प्रकार के संकेतों से भी सावधान रहें, जो किसी न किसी तरह से आपके व्यवहार को प्रभावित कर सकते हैं। बुरी आदतें दिनचर्या से मज़बूत होती हैं : काम पर जाते समय आप जिस डोनट की दुकान से गुज़रते हैं, दोपहर के समय सिगरेट ब्रेक या चॉकलेट का सेवन, काम के बाद शराब पीना, देर रात उसी आराम कुर्सी पर बैठकर वही टीवी शो देखते समय आइसक्रीम का कटोरा। अपनी दिनचर्या बदलने से इन आदतों को छोड़ना आसान हो जाता है। काम पर जाने के लिए दूसरे रास्ते का प्रयोग करें। बीच दोपहर में सैर पर जाएँ। काम के बाद जिम जाने के लिए समय निकालें। केवल रसोई की मेज़ पर ही आइसक्रीम खाएँ और टीवी के उस धारावाहिक को देखते समय उठक-बैठक करें। काम वाले कंप्यूटर से लग दूसरे कंप्यूटर पर वेब-सर्फ़िंग करें। धूम्रपान जैसी बुरी आदत को छोड़ने के लिए, छुट्टियों का इस्तेमाल करें, जब आप उन लोगों, जगहों और घटनाओं से दूर हों जिनका संबंध सिगरेट से है।

सकारात्मक विलंबन की शक्ति

टालमटोल आमतौर पर एक बुराई है, लेकिन कभी-कभी-कभी-कभार ही सकारात्मक टालमटोल जैसी कोई चीज़ होती है। पिछले अध्याय में हमने उन प्रयोगों पर चर्चा की, जो दिखाते हैं कि चॉकलेट से ललचाए लोग खुद से यह कहकर इससे बचने में कामयाब रहे कि वे इसे किसी और समय खाएँगे - एक स्थगन रणनीति जो खुद को पूरी तरह से नकारने की कोशिश करने से बेहतर काम करती है। यह "मैं इसे बाद में लूँगा/लूँगी" युक्ति अन्य प्रलोभनों के लिए भी काम कर सकती है। यदि कोई टीवी शो आपको काम पर वापस आने से रोक रहा है, तो उसे रिकॉर्ड करें और अपने आप से कहें कि आप इसे बाद में देखेंगे। एक बार जब आप काम पूरा कर लेंगे और आपको देरी करने के लिए किसी बहाने की आवश्यकता नहीं होगी, तो आपको पता चल सकता है कि आप वास्तव में शो देखना नहीं चाहते हैं। बुरी आदतों में देरी से बुरी आदतें अस्वीकृत हो सकती हैं।

सकारात्मक विलंब के एक अधिक संदिग्ध रूप की पहचान रॉबर्ट बेंचली द्वारा की गई थी, जो कि एल्गोंक्विन राउंड टेबल के समय-सीमा-चुनौती वाले सदस्यों में से एक थे। (उनके सहकर्मी डोरोथी पार्कर ने *द न्यू यॉर्कर* में उनके संपादक को एक अतिदेय लेख के लिए सर्वकालिक सर्वश्रेष्ठ बहाना दिया : "कोई पेंसिल का उपयोग कर रहा था।) एक व्यंग्यपूर्ण निबंध में, बेंचली ने बताया कि कैसे एक उष्णकटीय तट पर मिलने वाली मछली के बारे में लिखे वैज्ञानिक लेख को पढ़ने के लिए अनुशासित हो सकते हैं, किताब की अलमारी बना सकते हैं, उन अलमारियों में किताबों को व्यवस्थित ढंग से रख सकते हैं, और दोस्त के उस पत्र का जवाब

लिख सकते हैं जो उनकी मेज़ पर पिछले बीस वर्षों से इंतज़ार कर रहा है। उन्हें केवल एक सप्ताह में किए जाने वाले कामों की सूची बनानी थी और इन कार्यों को अपनी लेख लिखने के अपने काम वाली प्राथमिकता के नीचे रखना था।

बेंचली ने लिखा, ''काम पूरा करने में मेरी अविश्वसनीय ऊर्जा और दक्षता का रहस्य सरल है।'' ''मनोवैज्ञानिक सिद्धांत यह है: कोई भी व्यक्ति किसी भी मात्रा में काम कर सकता है, बशर्ते यह वह काम ना हो जो उसे उस समय करना चाहिए।

बेंचली ने एक ऐसी घटना को पहचाना जिसे बॉमाइस्टर और टाइस ने भी अपने टर्म-पेपर अध्ययन में प्रलेखित किया है : टालमटोल करने वाले आम तौर पर कुछ और करने से एक कार्य से बचते हैं, और शायद ही कभी वे कुछ भी नहीं करते हुए अपना समय बिताते हैं। लेकिन जैसा कि रेमंड चैंडलर ने माना लेकिन उस प्रवृत्ति का फ़ायदा उठाने का एक बेहतर तरीक़ा है।

कुछ नहीं का विकल्प (और अपराध के अन्य तरीक़े)

एंथोनी ट्रोलोप का लेखन नियम आत्म-अनुशासन का एक मार्ग है, जैसा कि हमने अध्याय 5 में उल्लेख किया है। लेकिन क्या होगा यदि, घड़ी के साथ ट्रोलोप के विपरीत, आप हर पंद्रह मिनट में 250 शब्द लिखने में असमर्थ हैं? सौभाग्य से, उन लेखकों से हतप्रभ रेमंड चांडलर के सौजन्य से, सामान्य मनुष्यों के लिए एक और रणनीति है, जो हर दिन गद्य का मंथन कर सकते थे।

द *बिग स्लीप* और अन्य क्लासिक जासूसी कहानियों को प्रकाशित करने के लिए चांडलर के पास अपनी प्रणाली थी। ''मैं, मैं प्रोत्साहन के लिए प्रतीक्षा करता हूँ,'' उन्होंने कहा। लेकिन इस काम को उन्होंने प्रतिदिन सुबह में व्यवस्थित रूप से किया था। उनका ऐसा विश्वास था कि एक पेशेवर लेखक को अपने इस काम के लिए प्रतिदिन कम से कम चार घंटे का समय अलग रखने की आवश्यकता थी : ''उसे लिखना नहीं था, और अगर उसे ऐसा करने की इच्छा नहीं है तो, उसे इसका प्रयास नहीं करना चाहिए। वह खिड़की से बाहर देख सकते थे या अपने सिर के बल खड़े हो सकते थे या फ़र्श पर लेट सकते थे, लेकिन वह कुछ भी सकारात्मक नहीं कर सकते थे, ना ही पढ़ सकते थे, ना ही पत्र लिख सकते थे और ना ही पत्रिकाओं पर एक नज़र डाल सकते थे या अपने बिल देख सकते थे।''

यह नथिंग अल्टरनेटिव किसी भी प्रकार के कार्य में विलंब के खिलाफ़ एक अद्भुत सरल उपकरण है। हालाँकि आपका काम चांडलर की तरह एकांत और स्पष्ट रूप से परिभाषित नहीं हो सकता है, फिर भी आप एक और केवल एक काम करने के लिए समय निकालकर लाभान्वित हो सकते हैं। उदाहरण के लिए, आप अपने

दिन की शुरुआत अपने सबसे महत्त्वपूर्ण लक्ष्य के लिए समर्पित नब्बे मिनट के साथ करने का संकल्प ले सकते हैं, जिसमें ई-मेल या फ़ोन कॉल से कोई रुकावट नहीं होगी, वेब पर कहीं किसी साइट को जाकर नहीं देखना होगा। केवल चांडलर के नियम का पालन करें :

''*लिखें या कुछ ना करें।* यह स्कूल में आदेश पालन के सिद्धांत के जैसा ही है। अगर आप अपने छात्रों को अच्छा व्यवहार सिखाने का प्रयास करते हैं, तो केवल ऊब से बचने के लिए वे कुछ ना कुछ सीख लेंगे। मुझे लगता है यह काम करता है। दो बहुत सरल नियम, पहला, आपको लिखना नहीं है, दूसरा, आप कुछ और भी नहीं कर सकते हैं। बाक़ी सब कुछ स्वयं ही हो जाता है।''

बाक़ी सब कुछ स्वयं ही हो जाता है। यह सहजता आक्रामक तरीक़े से खेलने से आती हुई प्रतीत होती है। चांडलर ने उन कई तकनीकों का प्रयोग किया था जिनके बारे में हम पहले बात कर चुके हैं। नथिंग अल्टरनेटिव एक उज्ज्वल-रेखा नियम है : एक स्पष्ट, त्रुटिहीन सीमा, एरिक क्लैप्टन और मेरी कर्र की तरह शराब ना पाइन की शपथ जैसा। चांडलर का विशेष नियम – *अगर मैं नहीं लिख सकता, तो मैं कुछ नहीं करूँगा* – भी एक कार्यान्वयन योजना का उदाहरण है, वह विशिष्ट इफ-एक्स-देन-वाई रणनीति जिसे संकल्पशक्ति पर मांगों को कम करने के लिए दिखाया गया है। यदि आप किसी ठोस कार्यान्वयन योजना के साथ दुकान में प्रवेश करते हैं, *जैसे कि अगर मैं कपड़ों की ख़रीददारी करता/करती हूँ, तो मैं केवल वे चीज़ें ही ख़रीदूँगा जिसके लिए मेरी जेब में नक़द पैसे हैं।* हर बार जब आप इस तरह के नियम का पालन करते हैं, यह और अधिक नियमित हो जाता है, अंततः ऐसा लगता है कि यह स्वचालित रूप से होता है और आपके पास इच्छा-शक्ति के संरक्षण के लिए एक स्थायी तकनीक है : एक आदत।

निःसंदेह, यदि आप किसी कपड़े की दुकान पर बिना क्रेडिट कार्ड के जाते हैं तो क़र्ज़ से बचना और भी आसान है। पूर्व-प्रतिबद्धता अंतिम आक्रामक हथियार है। जंक फूड को छोटे पैकेज में ख़रीदें या उन्हें रसोई से पूरी तरह बाहर रखें। सप्ताह के हिसाब से भोजन की योजना बनाएँ, ना कि उस क्षण के अनुसार जब भोजन का समय हो चुका हो और आप भूख से मर रहे हों। यदि आप एक बच्चा पैदा करने की योजना बना रहे हैं, तो दस हज़ार डॉलर एग-नेस्ट बनाने के लिए एक स्वचालित पेरोल कटौती योजना बनाएँ ताकि माता-पिता बनने के बाद नींद से वंचित उन पहले कुछ महीनों के दौरान आपको पैसे की चिंता ना हो। यदि आपको जुए की समस्या है और आप किसी ऐसे स्थान पर जा रहे हैं, जहाँ कसीनो है, तो स्व-बहिष्करण सूची के लिए समय से पहले साइन अप करें (जो आपको कोई भी जीत हासिल करने से रोकेगा)। नथिंग अल्टरनेटिव के लिए पूर्व-प्रतिबद्ध होने के लिए, एक सॉफ़्टवेयर

प्रोग्राम का उपयोग करें (जैसे कि फ्रीडम नामक प्रोग्राम) जो आपको एक निर्धारित अवधि के लिए इंटरनेट से दूर रखेगा।

पूर्व-प्रतिबद्धता आपको गर्म-ठंडा सहानुभूति अंतर से बचने में मदद करेगा जिस पर हमने पहले भी चर्चा की है : सराहना करने की आम विफलता, ठंडे पड़े विचार-विमर्श के क्षणों में, बाद के गर्म क्षणों में आप कितना अलग महसूस करेंगे। आत्म-नियंत्रण समस्या के लिए एक सबसे सामान्य कारण है संकल्पशक्ति में अतिविश्वास। एक हालिया अध्ययन में, धूम्रपान करने वालों को इस बात की शर्त लगाने के लिए बुलाया गया कि धूम्रपान के प्रलोभन के आगे झुके बिना वे सिनेमा देखते हुए एक बिना जली सिगरेट को अपने मुँह में दबाकर रख सकते हैं। बहुत सारे लोगों ने दांव लगाया और वे हार गए। सिगरेट को कहीं और छोड़ कर पहले से प्रतिबद्ध होना बेहतर है।

पूरी जानकारी रखें

आपके द्वारा बनाई गई किसी भी प्रकार की योजना के लिए निगरानी महत्त्वपूर्ण है – और यह तब भी काम कर सकती है, जब आप कोई योजना नहीं बनाते हैं। हर दिन अपना वज़न मापने या खाने का ब्योरा रखने वाली डायरी लिखने से आपको वज़न कम करने में मदद मिल सकती है, बिलकुल उसी तरह जैसे अपनी ख़रीदारी पर नज़र रखने से आपको कम ख़र्च करने में मदद मिलेगी। यहाँ तक कि एक लेखक जो ट्रोलोप की लिखने के दैनिक कोटा को पूरा करने की क्षमता नहीं रखता है, वह अभी भी दिन की शुरुआत और अंत में शब्दों की संख्या पर ध्यान देकर लाभ उठा सकता है : मात्र यह ज्ञान कि आपको एक संख्या लिखनी होगी, टालमटोल की प्रवृति को हतोत्साहित करेगा (व्यस्त रखने वाले वैसे काम जो सही हो सकते हैं, लेकिन शब्द संख्या में योगदान नहीं दे सकते हैं)। आप जितनी सावधानीपूर्वक अपनी नज़र रखेंगे, आपके लिए उतना बेहतर होगा। प्रत्येक सप्ताह अपने वज़न को मापना अच्छा है। प्रतिदिन अपने वज़न की माप करना बेहतर है। अपना वज़न मापना और उसे दर्ज़ करना और भी अच्छा है।

स्व-निगरानी एक उबाऊ प्रक्रिया हो सकती है, लेकिन नए उपकरणों की बदौलत यह पहले से कहीं अधिक आसान हो गया है, जो आपके लिए कठिन काम करते हैं। जैसा कि हमने अध्याय 5 में चर्चा की है, आप मिंट और अन्य प्रोग्राम को अपने क्रेडिट कार्ड और बैंक लेनदेन की निगरानी करने, बजट बनाने और लक्ष्यों की ओर अपनी प्रगति को ट्रैक करने दे सकते हैं। आप एक्सपेंसर और ट्वीटव्हाटयूस्पेंड जैसे कार्यक्रमों के माध्यम से खुद को ई-मेल या ट्विटर के माध्यम से संदेश भेजकर

अपने नक़द ख़र्च को ट्रैक कर सकते हैं। उद्यमी आपके जीवन के हर पहलू पर नजर रखने के लिए दौड़ रहे हैं – आपका स्वास्थ्य, आपका मूड, आपकी नींद – और आप क्वांटिफाइड सेल्फ़ और लाइफ़हैकर जैसी वेबसाइटों से परामर्श करके उनके दर्जनों उत्पाद पा सकते हैं।

तत्काल प्रोत्साहन देने के अलावा, निगरानी से आप अपनी दीर्घकालिक योजना में सुधार कर सकते हैं। यदि आप रिकॉर्ड रखते हैं, तो आप समय-समय पर जाँच सकते हैं कि आप कितनी दूर आ गए हैं ताकि आप भविष्य के लिए अधिक यथार्थवादी लक्ष्य निर्धारित कर सकें। ऐसे दिनों में जब आप ढीले पड़ जाते हैं और नियम तोड़ देते हैं, जब आप अपने आप को एक निराशाजनक कारण के रूप में ख़ारिज करने के लिए प्रलोभित हो सकते हैं, तो आप अपनी प्रगति पर एक नज़र डाल सकते हैं। यदि आपके पास पिछले छह महीनों का चार्ट है जिसमें एक रेखा नीचे की ओर झुकी हुई दिखाई दे रही है तो इस सप्ताह थोड़ा वज़न बढ़ाना इतना हतोत्साहित करने वाला काम नहीं होगा।

अक्सर अपने को पुरस्कृत करें

जब आप कोई लक्ष्य निर्धारित करते हैं, तो उस तक पहुँचने के लिए एक इनाम निर्धारित करें – और फिर अपने आप को कठोर नहीं बनाएँ। यदि आप अपने आप को चीज़ों से वंचित करने के लिए केवल संकल्पशक्ति का उपयोग करते हैं, तो यह बचाव का एक गंभीर, कृतघ्न रूप बन जाता है। लेकिन जब आप इसका उपयोग कुछ हासिल करने के लिए करते हैं, तो आप सबसे कठिन कार्यों से भी ख़ुशी हासिल कर सकते हैं। हमने आत्म-सम्मान आंदोलन के हर किसी को ट्रॉफ़ी मिलने के दर्शन की आलोचना की है, लेकिन वास्तविक उपलब्धियों के लिए ट्रॉफ़ियाँ ठीक हैं। जैसा कि हमने पालन-पोषण वाले अध्याय में देखा, आत्म-नियंत्रण को बढ़ावा देने के लिए सबसे सफल रणनीतियों में पुरस्कार शामिल हैं, चाहे वे ब्रिटिश नैनी, एशियाई-अमेरिकी माँओं या कंप्यूटर-गेम डिज़ाइनरों द्वारा पेश किए जा रहे हों। जो युवा स्कूल या नौकरी में निराशाजनक रूप से अनुशासनहीन लगते हैं, वे घंटों-घंटों तक खेलों पर ध्यान केंद्रित करते पाए जा सकते हैं, जिनमें कंप्यूटर पर अधिक उत्पादक कार्य के लिए आवश्यक समान कौशल शामिल होंगे : स्क्रीन पर जानकारी देखना, अल्पकालिक और दीर्घकालिक लक्ष्यों को संतुलित करना, एक विकल्प का चुनाव करना और क्लिक करना। कंप्यूटर-गेम उद्योग की आश्चर्यजनक वृद्धि – इक्कीस वर्ष की आयु तक, सामान्य अमेरिकी कंप्यूटर गेम खेलने में दस हज़ार घंटे बिताता है – इसलिए हुआ, क्योंकि इसके डिज़ाइनरों को प्रोत्साहनों के प्रति लोगों की प्रतिक्रियाओं का निरीक्षण करने का अभूतपूर्व अवसर मिला।

ऑनलाइन गेम अनिवार्य रूप से प्रेरक रणनीतियों में किया गया अब तक का सबसे बड़ा प्रयोग बन गया। लाखों ऑनलाइन खिलाड़ियों से त्वरित प्रतिक्रिया प्राप्त करके, गेम डिजाइनरों ने सटीक रूप से सीखा कि कौन से प्रोत्साहन काम करते हैं : कभी-कभी बड़े पुरस्कारों के साथ लगातार छोटे पुरस्कारों का मिश्रण। यहाँ तक कि जब खिलाड़ी लड़ाई हार जाते हैं या ग़लती करते हैं या मर जाते हैं, तब भी वे सज़ा के बजाय पुरस्कार पर ज़ोर देने के कारण प्रेरित रहते हैं। यह महसूस करने के बजाय कि वे असफल हो गए हैं, खिलाड़ी सोचते हैं कि वे अभी तक सफल नहीं हुए हैं।

यही वह भावना है जिसका लक्ष्य हमें वास्तविक दुनिया में रखना चाहिए, और हम रास्ते में सफलताओं के लिए लगातार ख़ुद को पुरस्कृत करके ऐसा कर सकते हैं। एक बड़े लक्ष्य को प्राप्त करना, जैसे कि एक साल के लिए धूम्रपान छोड़ने पर आप एक बड़े इनाम के हक़दार हैं - कम से कम, उन पैसे का उपयोग करें जो आपने सिगरेट पर ख़र्च किया होता, कुछ असाधारण करना, जैसे कि एक बेहद महंगे रेस्तराँ में भोजन करना। लेकिन छोटी-छोटी उपलब्धियों के लिए बहुत सारे छोटे-छोटे पुरस्कार मिलना भी उतना ही महत्त्वपूर्ण है। प्रेरित होने में लगने वाले समय को कम मत समझिए। आप लोगों को अपने दाँतों और मसूड़ों को ब्रश करने के लिए पूरे दो मिनट कैसे दे सकते हैं? उन्हें एक इलेक्ट्रिक टूथ-ब्रश बेचें जो ब्रश करने के दो मिनट बाद एक मुस्कुराता हुआ चेहरा प्रदर्शित करता है, जैसा कि ब्रौन के कुछ मॉडल करते हैं। हो सकता है कि डोपी चित्र आपके काम नहीं आएँ, लेकिन कुछ और काम करेगा। एस्थर डायसन यह बताना पसंद करती हैं कि कैसे, वर्षों तक नियमित रूप से दाँत साफ़ करने में असफल रहने के बाद, आख़िरकार उन्हें उचित प्रोत्साहन मिला। जैसा कि हमने पहले भी इसका ज़िक्र किया है, वह अपने जीवन के अधिकतर दूसरे हिस्सों में बहुत अधिक अनुशासित थीं, जिसमें प्रति दिन एक घंटे तैरना भी शामिल था। एक शाम उन्हें इस बात का एहसास हुआ : ''अगर आज मैंने अपने दाँतों को साफ़ कर लिया, तब कल मैं अपने तैरने के समय को पाँच मिनट कम कर दूँगी। यह चार वर्ष पहले हुआ था, और उसके बाद से हर रात मैं अपने दांत साफ़ करती हूँ। यह अविश्वसनीय रूप से मूर्खतापूर्ण है लेकिन आश्चर्यजनक रूप से प्रभावी है। हर किसी को अपनी छोटी-सी चीज़ ढूँढ़ने की ज़रूरत होती है। यह एक ऐसा पुरस्कार होना चाहिए जो प्रासंगिक हो।''

आत्म-नियंत्रण का भविष्य

अभी हाल तक, अधिकांश लोग आत्म-नियंत्रण बनाए रखने के लिए पारंपरिक पद्धति पर भरोसा करते थे : उन्होंने काम को भगवान को सौंप दिया था। या कम से कम अपने धर्म के साथी सदस्यों के लिए। दैवीय उपदेशों और शेष मंडली

के सामाजिक दबाव ने धर्म को अधिकांश इतिहास में आत्म-नियंत्रण का सबसे शक्तिशाली प्रवर्तक बना दिया। आज, भले ही कुछ स्थानों पर धर्म का प्रभाव कम हो रहा है, लोग आत्म-नियंत्रण के अन्य तरीक़े सीख रहे हैं – मित्रों और स्मार्टफ़ोन को, उन वेबसाइटों को जो व्यवहार की निगरानी करती हैं और दाँव लागू करती हैं, जो चर्च के बेसमेंट में पड़ोसियों की बैठक और सामाजिक नेटवर्क इलेक्ट्रॉनिक रूप से जुड़े हुए हैं। हम जो कुछ भी करते हैं उसका परिमाण निर्धारित करने और उसे नई मण्डलियों के साथ साझा करने के लिए हमारे पास नए उपकरण हैं। इस बीच, अधिक से अधिक लोग यह मानने लगे हैं कि कमज़ोर आत्म-नियंत्रण व्यक्तिगत और सामाजिक समस्याओं का केंद्र है। जब समाज आधुनिक होता है, तो नव-संपन्न लोग पहले तो पहले से वर्जित (या अप्राप्य) फलों का सेवन करने लगते हैं, लेकिन अंततः वे जीने के लिए अधिक संतोषजनक तरीके की तलाश करते हैं।

आत्म-नियंत्रण का उद्देश्य केवल अधिक ''उत्पादक'' होना नहीं है। आज लोगों को उतनी मेहनत नहीं करनी पड़ती, जितनी बेन फ्रेंकलिन और विक्टोरियन को करनी पड़ती थी। उन्नीसवीं सदी में, आम कर्मचारी के पास प्रति दिन बमुश्किल एक घंटा ख़ाली समय होता था और वह सेवानिवृत्त होने के बारे में सोचता भी नहीं था। वर्तमान में हम अपने जागृत समय का कुल केवल पाँच घंटा ही अपने काम पर लगाते हैं। बाक़ी बचा हुआ समय आश्चर्यजनक उपहार है – मानव इतिहास में एक अभूतपूर्व आशीर्वाद – लेकिन इसका आनंद लेने के लिए एक अभूतपूर्व प्रकार के आत्म-नियंत्रण की आवश्यकता होती है। हममें से बहुत से लोग आनंद की बात आने पर भी विलंब करते हैं, क्योंकि जब हम ''संसाधन की कमी'' का अनुमान लगाते हैं, जैसा कि व्यवहारवादी अर्थशास्त्री इसे क़हते हैं, तो हम योजना संबंधी भ्रम का शिकार हो जाते हैं। हम मानते हैं कि जादुई रूप से भविष्य में हमारे पास आज की तुलना में अधिक ख़ाली समय होगा। इसलिए हम अब से तीन महीने बाद एक कार्य प्रतिबद्धता के लिए हाँ कहते हैं जिसे हम अगले सप्ताह होने पर कभी स्वीकार नहीं करेंगे – और फिर बहुत देर से पता चलता है कि हमारे पास अभी भी इसके लिए समय नहीं है। शोधकर्ताओं ने इसे ''हाँ... लानत है!'' प्रभाव का नाम दिया है।

और हम वर्तमान सुखों को टालते रहते हैं, जैसे चिड़ियाघर जाना या सप्ताह के अंत में कहीं किसी दूर वाली जगह पर जाना। यह टालमटोल की प्रवृति इतनी अधिक है कि हवाई उड़ान वाले और बाज़ार के अन्य तत्त्व फ्रीक्वेंट फ़्लायर मील और उपहार प्रमाणपत्रों से सालाना अरबों डॉलर बचाते हैं, जिनका लाभ नहीं उठाया जा सकता है। उन तर्कहीन कंजूसों की तरह जिनकी बचत का अंत पछतावे के साथ होता है, आनंद प्राप्ति का टालमटोल करने वाले ना की जाने वाली यात्राओं और ना हासिल की जा सकने वाली ख़ुशियों के लिए पछताते हैं। चाहे आप काम कर रहे

हैं या खेल रहें, आक्रामक होने में आपको ख़ुशी अधिक और तनाव कम महसूस होगा। हो सकता है कि आपके स्वर्ग का आदर्श उष्णकटिबंधीय द्वीप पर तीन सप्ताह तक कुछ नहीं करना हो, लेकिन पहले से बिना योजना बनाएँ आप वहाँ नहीं जा सकते हैं – और हो सकता है कि, काम के शौकीन लोगों के मामले में, उस स्वर्ग में काम करने के ख़िलाफ़ कुछ स्पष्ट नियम स्थापित कर लिए जाएँ।

आत्म-नियंत्रण अंततः आत्म-सहायता से कहीं अधिक है। पृथ्वी पर अपने समय का आनंद लेने और अपने प्रियजनों के साथ ख़ुशी साझा करने के लिए यह आवश्यक है। बॉमाइस्टर के प्रयोगों में प्रदर्शित किए गए सभी लाभों में से, सबसे सुखद में से एक यह है : दृढ़ संकल्पशक्ति वाले लोग अधिक परोपकारी होते हैं। उनमें कल्याण के लिए दान देने, स्वयंसेवी कार्य करने और किसी ऐसे व्यक्ति को आश्रय के रूप में अपना घर देने की अधिक संभावना होती है जिसके पास जाने के लिए कोई जगह नहीं है। संकल्पशक्ति इसलिए विकसित हुई क्योंकि हमारे पूर्वजों के लिए क़बीले के बाक़ी लोगों के साथ घुलना-मिलना महत्त्वपूर्ण था और यह आज भी उस उद्देश्य को पूरा कर रही है। आंतरिक अनुशासन अभी भी बाहरी दयालुता की ओर ले जाता है।

इसीलिए, इस पुस्तक में वर्णित सभी कमजोरियों और असफलताओं के बावजूद, आत्म-नियंत्रण को लेकर आशावादी होने का कारण है। संकल्पशक्ति अभी भी विकसित हो रही है। हममें से बहुत से लोग हाल ही में नए प्रलोभनों के आगे झुक गए हैं, और आगे बहुत सारी अप्रत्याशित चुनौतियाँ आने वाली हैं। लेकिन चाहे कैसी भी नई तकनीकें विकसित क्यों ना हो जाएँ, कुछ नए ख़तरे कितने ही उत्तेजित क्यों ना लगें, इंसानों में उनसे निपटने की क्षमता है। हमारी संकल्पशक्ति ने हमें इस ग्रह पर सबसे अधिक अनुकूल प्राणी बना दिया है और हम फिर से खोज रहे हैं कि इसका उपयोग करने में एक दूसरे की मदद कैसे करें। हम एक बार फिर सीख रहे हैं कि संकल्पशक्ति ही वह गुण है जो हमारी प्रजातियों को अलग करती है और हममें से प्रत्येक को मजबूत बनाती है।

आभार

हम उन कई लोगों को धन्यवाद देना चाहते हैं जिन्होंने इस पुस्तक को संभव बनाया और जिन्होंने इसे बेहतर बनाने के लिए कई तरीक़ों से योगदान दिया। हम इसकी शुरुआत अपने असाधारण साहित्यिक एजेंट क्रिस डाहल से करेंगे, जिन्होंने हमें इस विचार को विकसित करने में मदद की और हमें हमारे संपादक, ऐन गॉड-ऑफ़ तक पहुँचाया। हम ऐन के समर्थन और मार्गदर्शन की गहराई से सराहना करते हैं, जिन्होंने कभी परिप्रेक्ष्य नहीं खोया और अपना धैर्य भी नहीं खोया। हम प्रेस की टीम के अन्य सभी सदस्यों के भी आभारी हैं, विशेष रूप से लिंड-से व्हेलन और यामिल एंगलाडा और आईसीएम की लॉरा नीली के, जिनकी संकल्पशक्ति अंतहीन है।

हम उन कई सहयोगियों को विशेष धन्यवाद देते हैं जिन्होंने हमारे साथ अपने काम पर चर्चा की और पुस्तक के लिए सुझाव दिए, जिसकी शुरुआत डैन एरीली से हुई, जिन्होंने मूल रूप से इस परियोजना का सुझाव दिया था। स्व-नियमन पर तेज़ी से आगे बढ़ने वाले शोध साहित्य में विशिष्ट निष्कर्षों और विकासों की ओर हमें इंगित करने में कैथलीन वोह्स विशेष रूप से सहायक थीं। हम जॉर्ज आइंस्ली, इयान आयर्स, जैक बेग, वॉरेन बिकेल, बेनेडिक्ट केरी, क्रिस्टोफ़र बकले, रूथ चाओ, पियरे शंदन, अलेक्जेंडर चेर्नव, स्टीफ़न डबनेर, एस्थर डायसन, स्टुअर्ट इलियट, एली फ़िंकेल, कैटरीन फ़िन्केनॉयर, विनीफ्रेड, गैलाघेर, डैनियल गिल्बर्ट, जेम्स गोर्मन, टॉड हीथरटन, विल्हेम हॉफमैन, वाल्टर इसाकसन, डीन कार्लन, रैन किवेट्ज़, जीना कोलाटा, जोनाथन लेवाव, जॉर्ज लोवेनस्टीन, दीना पोमेरेन्ज़, माइकल मैकुलॉ, विलियम रैशबाम, मार्टिन सेलिगमैन, पियर्स स्टील, जून टैंगनी, गैरी टब्स, डायने टाइस, जीन ट्वेंज, क्रिस्टीन व्हेलन और जिम और फ़िल व्हार्टन के आभारी हैं।

हम उन लोगों के आभारी हैं जिनकी कहानियाँ इस पुस्तक में बताई गई हैं, जिनमें अमांडा पामर, जिम टर्नर, डेविड एलन (जिनकी जीटीडी प्रणाली अभी भी

टियरनी द्वारा उपयोग की जा रही है), ड्रू केरी, डेविड ब्लेन, एरिक क्लैप्टन, मैरी कैर, डेबोरा कैरोल शामिल हैं। सिंडी पॉल और उनके परिवार, और ओपरा विनफ्रे का भी आभार। हम उत्कृष्ट जीवनी लेखक टिम जील के विशेष ऋणी हैं, जिन्होंने उदारतापूर्वक हेनरी मॉर्टन स्टेनली के बारे में जानकारी प्रदान की और ऐतिहासिक सटीकता के लिए हमारे अध्याय की समीक्षा की। आरोन पैट्ज़र, मार्था शौघ्नेसी, और Mint.com की बाकी टीम – जिसमें क्रिस लेसनर, जैक्स बेलिसेंट, टी. जे. सांघवी, डेविड माइकल्स और टॉड मैन्ज़र शामिल हैं – ने हमें दो अरब से अधिक वित्तीय लेनदेन का श्रमसाध्य विश्लेषण प्रदान किया।

बॉमाइस्टर के काम को फ़्लोरिडा स्टेट यूनिवर्सिटी से एक विश्राम अवकाश, उनके विश्राम के लिए मेजबान विश्वविद्यालय (कैलिफ़ोर्निया विश्वविद्यालय, सांता बारबरा) द्वारा और विशेष रूप से एफ़एसयू में उनके फ़्रांसिस एप्स प्रख्यात विद्वान प्रोफ़ेसर पद से जुड़े अवसरों द्वारा सुविधाजनक बनाया गया था। उनका कुछ समय राष्ट्रीय स्वास्थ्य संस्थान के अनुदान ''आत्म-नियंत्रण और तनाव,'' 1RL1AA017541 द्वारा समर्थित था। वह यह भी स्वीकार करते हैं कि यहाँ उल्लिखित किए गए कई पूर्व प्रकाशित कार्यों को उनके पहले शोध अनुदान, ''ईगो डिप्लेशन पैटर्न ऐंड सेल्फ़-कंट्रोल फ़ेल्योर,'' एमएच-57039, राष्ट्रीय स्वास्थ्य संस्थान से भी समर्थन प्राप्त था।

टियरनी के शोध को कोलंबिया विश्वविद्यालय के रचनात्मक लेखन कार्यक्रम में स्नातक छात्र, अत्यंत साधन संपन्न निकोल विंसेंट-रोलर द्वारा सहायता मिली, जिन्होंने स्कूल के एमएफ़ए अनुसंधान इंटर्नशिप कार्यक्रम के हिस्से के रूप में उनके साथ काम किया था। उन्हें और कार्यक्रम के निदेशक, पेट्रीसिया ओ'टूल को धन्यवाद।

अंत में, हम अपने परिवारों को धन्यवाद देना चाहते हैं – विशेष रूप से डायने और एथेना, डाना और ल्यूक को – इस पुस्तक के लेखन के दौरान हमारी क्षीण संकल्पशक्ति के क्षणों को सहने के लिए। उनकी ताक़त निरंतर प्रेरणा रही है।